Ulrich Drexler
Doggerland – Helgos Land

Ulrich Drexler

Doggerland

Helgos Land

Doggerland III: Helgos Land
© 2019 Ulrich Drexler
© dieser Ausgabe 2019 ROCKET BOOKS
Redaktion: Werner Fuchs
Lektorat: Michael Fehrenschild
Titelbild: Regina Kallasch
Umschlaggestaltung: Mario Heyer
Satz: Harald Gehlen
Druck: Bookpress

www.BLITZ-Verlag.de
www.fanpro.de
ISBN 978-3-946502-58-6

Rocket Books ist ein Imprint der BLITZ-Verlag e. K. und der Fanpro, Fuchs & Fuchs GbR

Inhaltsverzeichnis

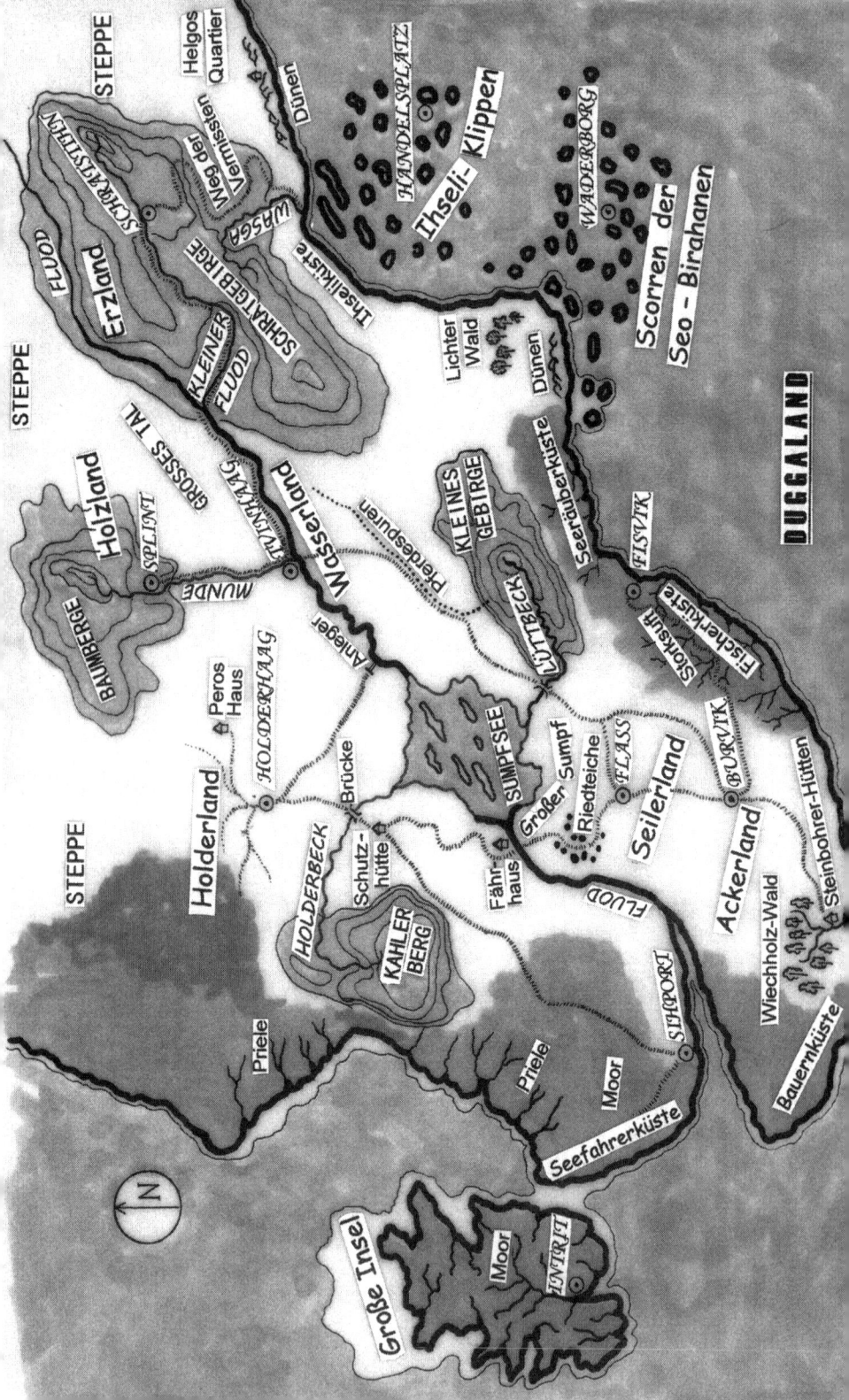

ACHTZEHN: Hauptquartier

Er sah sie kommen, als sie sich noch in der sumpfigen Senke befanden. Fünf Reiter in Schwarz bewegten sich hintereinander an den Moorteichen entlang. Vorsichtig ertasteten die Tiere den weichen Untergrund. Der schmale Weg war eigentlich nur ein Fußpfad, der an einigen Stellen notdürftig mit krummen Knüppeln befestigt worden war, damit die Pferde, die hier hin und wieder entlangkamen, nicht im Matsch einsanken. Der vordere Reiter trug etwas an seiner dunklen Kopfbedeckung, das sein Haupt breiter erscheinen ließ. Helgo konnte es zwar noch nicht erkennen, wusste aber, dass es sich um zwei Krähenflügel handeln musste. Gerade hatte er sich nach einer reichhaltigen Mahlzeit aufgemacht, um sich ein wenig die Beine zu vertreten. Nun blickte er durch das offenstehende Tor in dem windschiefen Flechtzaun, der seinen eigenen Bereich von der ursprünglichen Siedlung des Steppenvolks trennte. Anfangs hatten ständig irgendwelche Männer, Frauen und Kinder vor seiner Hütte herumgelungert, um einen Blick auf den großen *Seo-Thruhtin* zu erhaschen. Entnervt hatte er schließlich aus Weidenruten und Grasbüscheln einen mannshohen Sichtschutz errichten lassen, hinter dem er sich auch ohne Maske bewegen konnte. Die Errichtung von vier weiteren Hütten außerhalb dieses heiligen Bereichs hatte bewirkt, dass sich immer genügend Bedienstete vor dem Zaun befanden, um ihm lästige Gaffer vom Leib zu halten. Die neuen Hütten dienten sowohl seiner Versorgung mit Nahrung als auch der Unterbringung seiner Wachtmannschaft und der jungen Frauen, die auf ein Kind von ihm hofften. Da Helgo trotz des Zauns stets seine Ledermaske bei sich trug, hatte er sie hastig übergestreift, sobald er das offene Tor bemerkte. Vermutlich hatte sein Leibdiener vergessen, es zu schließen, als er die Überreste seines Essens fortgeräumt hatte. Helgo blickte ihm unwillkürlich nach, sah ihn aber nicht mehr. Wahrscheinlich zerteilte er bereits die Überbleibsel seines Mahls in kleine Portionen. Helgo musste grinsen. Man gab ihm in letzter Zeit immer mehr zu essen, als er bewältigen konnte, weil sich die Reste des durch seine Person geheiligten Mahls gut gegen Gewinn weitergeben ließen. Zwar hatten die angereisten Steppenbewohner an Waren auch nur das zu bieten, was im Quartier des *Seo-Thruhtin* ohnehin vorhanden war, doch waren seine direkten Bediensteten in letzter Zeit häufig mit jungen Frauen zu sehen, die offenbar als Tausch gegen diese Nahrungsmittel ihre Liebesdienste anboten. Seine Diener hatten, so war ihm zugetragen worden, mit Unterstützung des *Schamanen* bei den Ankommenden das Gerücht verbreitet, dass durch die geistige Kraft des *Seo-Thruhtin* seine Nahrung einen Zauber annähme, der vor dem gefürchteten Tod der Frauen bei der Geburt schützte.

‚Nicht schlecht überlegt', dachte Helgo. ‚Nach neun Monden sind die Frauen ohnehin nicht mehr hier im Lager. Und sollten sie sterben, können sie sich auch nicht mehr beschweren. Die gesund gebliebenen Mütter werden aber von der wundervollen Wirkung der Nahrung berichten und seine Heilwirkung preisen. So leicht lassen sich die Menschen etwas vormachen!'

Mit belustigtem Kopfschütteln drehte Helgo seinen Kopf wieder in Richtung der näher kommenden Reiter, sah sie aber nicht mehr. Sie mussten sich jetzt in der Senke unterhalb der ärmlichen Siedlung befinden, die auf der alten und zugewachsenen niedrigen Düne lag. Durch die Lage auf der Kuppe des flachen Hügels waren die Dächer der Hütten trotz ihrer geringen Größe bereits von der Küste aus zu erkennen.

Als Helgo wenige Augenblicke später durch das Tor trat, kamen die Reiter gerade zwischen den Hütten an und saßen ab. Sofort waren eilfertige Diener zur Stelle, die sich um die Pferde kümmerten und vier Krieger in die Wachhütte geleiteten. Der Fünfte zog sich den Flügelhelm vom Kopf und schloss sich dem jungen Mann an, den Helgo zu seinem ersten Leibdiener gemacht hatte. Gemessenen Schritts kamen sie auf den *Seo-Thruhtin* zu.

„Chundo!", rief Helgo. „Ich hätte nicht gedacht, dass du selbst kommst! Umso mehr freue ich mich, dich zu sehen!"

„Auch ich freue mich, dich wiederzusehen. Allerdings handelt es sich nicht um einen Freundschaftsbesuch, der mich hergetrieben hat.

Ich komme vielmehr als Bote, obwohl du mich zum Oberbefehlshaber unserer Truppen vor Tvinhaag gemacht hast."

„Ich hoffe, du bringst gute Neuigkeiten?"

„Lass uns darüber lieber unter vier Augen sprechen, auch wenn dein Leibdiener sicher dein Vertrauen genießt."

Helgos Gesichtszüge verfinsterten sich etwas, und er schickte seinen Bediensteten ins Haus, um einen Imbiss für den Angekommenen zu richten.

„Nun berichte!", sagte er schließlich, als sie gemeinsam in der Hütte saßen und sein Gast kräftig den mit Honig zerstampften Haselnüssen zusprach.

„Erfreuliche Nachrichten bringe ich nicht", begann Chundo kauend. „Sie zwingen uns sogar zu neuen Maßnahmen, und die wollte ich lieber direkt mit dir besprechen."

„Fang endlich an, spann mich nicht auf die Folter!", knurrte Helgo ungeduldig. „Was ist der Stand der Dinge?"

„Nun, nach der dir bekannten Einnahme von Burvik ..."

„Die ja auch kein Ruhmesblatt für uns war!", unterbrach ihn der *Seo-Thruhtin* ungehalten.

„Stimmt, aber immerhin hat sie unseren Ruf als todbringende Horde verstärkt."

Helgo grunzte nur abfällig.

„Immerhin hat der Befehlshaber vor Ort ... Du wolltest selbst, dass wir den Kampf dem Steppenvolk und seinen Anführern allein überlassen, weil keinem von uns das Abschlachten wirklich Freude bereitet und die *Hros-Wigmannen* geradezu besessen davon sind. Der Anführer in Burvik hat also aus den Erfahrungen gelernt und vor dem Angriff auf *Flass* zunächst eine Reitertruppe zur Erkundung hingeschickt. Von Gefangenen in Burvik hatte er erfahren, dass *Flass* im flachen Gelände liegt und lediglich durch eine dichte Dornenhecke gesichert ist. Die wenigen hohen Palisaden dort sind zu vernachlässigen. Andererseits unterhält die Stadt eine große Gruppe ausgebildeter Krieger, die zumindest ernster zu nehmen sind als die in Burvik. Er hat also einen großen Erkundungstrupp aufgeboten, soviel, wie fünf Männer Finger und

Zehen zusammen haben. Die Größe der Schar sollte den Kriegern einerseits selbst Schutz gewähren, andererseits ihnen ermöglichen, vielleicht den Ort im Handstreich zu nehmen, falls die Befestigungsmaßnahmen dort tatsächlich so gering wären, wie man munkelte."

„Und, waren sie erfolgreich?"

„Soweit mir berichtet wurde, leider nicht. Sie sind in einen Hinterhalt geraten. Immerhin haben sie ein paar Gefangene gemacht, von denen sie erfahren haben, dass die Flüchtlinge aus Burvik den Ort gewarnt haben. Die Ankunft dieser Leute hat dazu geführt, dass alle Bewohner von *Flass* sich zusammengetan haben, um den Ort gemeinsam zu verteidigen. Man muss dazu wissen, dass der größte Teil der Bewohner aus Sklaven und unbedeutenden Tagelöhnern bestand."

„Berichte endlich, was sich zugetragen hat!"

„Bevor man in die Siedlung kommt, muss man an einem befestigten Bauernhof vorbei, der einem Mann namens Quist gehört. Er ist jetzt der Anführer der Sklaven und Tagelöhner, die wohl den Hinterhalt gelegt haben. Als unsere Reiter ankamen, stand das Tor des Hofs offen, und niemand war zu sehen. Unsere Krieger glaubten, die Bewohner hätten sich mit in der Stadt verschanzt. Die Hälfte unserer Reiter ritt daraufhin weiter, auf einen völlig zugewachsenen Riedsee zu, der Rest drang in das Anwesen ein. Der Innenhof ist ringsum von einer dichten Hecke oder von den Gebäuden selbst umschlossen und stellt eine ideale Falle dar."

„Warum waren sie so blöd und sind einfach hineingeritten? Wie kann man nur so dämlich sein?", tobte Helgo.

„Es war alles still und wirkte verlassen. Zunächst schien es auch so zu sein. Unsere Männer sollen sich eine ganze Weile dort unbehelligt aufgehalten haben, zumindest so lange, bis der andere Trupp sich bereits am See befand. Dann schloss sich plötzlich das Tor von außen."

„Hatten sie denn keine Wachen aufgestellt?"

„Doch, doch. Sie sind aber wohl überrumpelt worden, vermutlich von versteckten Kämpfern des Bauern Quist. Als die Tore geschlossen waren, wurden sie von außen sofort mit dicken Balken verbarrikadiert und ließen sich zunächst nicht wieder öffnen. Im selben Augenblick zeigten sich in allen Fensterluken und hinter kleinen Öffnungen in der Hecke Schützen und Speerwerfer, die auf unsere Männer und Pferde schossen. Die getroffenen Tiere schlugen aus und verursachten ein völliges Durcheinander im Innenhof, was dazu führte, dass eine große Anzahl unserer Leute tödlich getroffen wurden. Die Verletzten sind vermutlich von den Einheimischen später umgebracht worden.

„Wie viel haben sie erwischt?"

„Etwa fünf Hände voll, also etwa die Hälfte, sagte man mir."

„Und der Rest?"

„Hat schließlich das Tor aufgebrochen. Dabei hat man auch drei Gefangene gemacht, die weiter versucht hatten, das Tor von außen geschlossen zu halten."

„Haben die *Hros-Wigmannen* dann wenigstens mit den Männern im Hinterhalt kurzen Prozess gemacht?"

„Nein, unsere Männer sind geflohen, da sie auch außerhalb des Tors noch aus dem geschützten Gebäude heraus beschossen wurden."

„Und was war mit der anderen Gruppe?", schnaufte Helgo.

„Kaum, dass sie den Bauernhof hinter sich gelassen hatten, sahen sie vor sich eine Handvoll Mägde mit irgendwelchen Körben, die an dem besagten See entlang Richtung *Flass* gingen. Sie sind sofort im Galopp auf sie zugeritten ..."

„Klar, wenn sie Weiber sehen, sind sie nicht mehr zu bremsen!"

„Genau so war es auch. Die Aussicht, am Abend noch die gefangenen Frauen besteigen zu können, hat sie wahrscheinlich nicht gerade vorsichtig gestimmt. Vermutlich hat dieser Quist genau damit gerechnet. Jedenfalls rannten die Mägde in Richtung Stadt, immer am Ufer des Sees entlang. Es war eigentlich aussichtslos für sie, das Tor zu erreichen. Pferde sind einfach zu schnell. Jedoch kurz bevor unsere Reiter die Frauen erreicht haben, tauchen diese schlagartig im Riedgürtel des Sees unter und sind nicht mehr zu sehen. Natürlich verteilen sich unsere Krieger und beginnen, nach den Frauen zu suchen. Doch kaum nähern sie sich dem Schilfgürtel, werden sie mit einer Wolke von Pfeilen empfangen. Die Verluste beim ersten Beschuss sind schon enorm. Wütend preschen einige Reiter in das Ried hinein, um die unsichtbaren

Schützen anzugreifen. Die meisten bleiben im Morast stecken und werden dort regelrecht erlegt, einige Pferde brechen sich die Beine, nur wenige können sich zu Fuß aus dem Sumpf retten. Auch hier bleibt etwa die Hälfte auf der Strecke. Der Anführer befiehlt schließlich, abzurücken und Bericht zu erstatten. An einen Handstreich war jedenfalls nicht mehr zu denken."

„Und was ist jetzt in Burvik geplant? Wir haben schließlich trotz der Verluste noch ein großes Heer vor Ort."

„Was inzwischen geschehen ist, weiß ich nicht, neuere Nachrichten habe ich auch noch nicht erhalten. Der Befehlshaber der *Hros-Wigmannen* dort wollte *Flass* aus Rache in Schutt und Asche legen. Vielleicht gelingt es ihm, denn die Verteidigungsanlagen sollen tatsächlich nicht sonderlich stark sein. Andererseits weiß man natürlich nicht, was sich dieser Quist noch einfallen lässt. Er kann sich schließlich denken, dass die Steppenreiter mit einer Übermacht an Kriegern zurückkehren werden."

Helgo nickte nachdenklich.

„Berichte mir nun, was in Tvinhaag geschehen ist!", sagte er dann.

Chundo hatte inzwischen sein Mahl beendet und einen der Becher mit *Met* ergriffen, die der *Seo-Thruhtin* gerade gefüllt hatte. Nachdem er einen Schluck gekostet hatte, meinte er: „In Tvinhaag war die Lage völlig anders. Der Ort ist die größte Siedlung Duggalands, besteht aus verschiedenen Stadtteilen, von denen jeder für sich mit Palisaden befestigt ist."

„Wie hast du das erfahren?"

„Ich habe zunächst unsere Reiter, die sich noch im Großen Tal befanden, aufgeteilt. Die Hälfte von ihnen hat sich am Rand des Schratgebirges entlangbewegt, genau wie das erste Heer, das sich nun in Burvik befindet. Im Kleinen Gebirge haben sie sich versteckt, sodass die Reisenden auf dem Weg zwischen Tvinhaag und *Flass* nichts von ihnen bemerkt haben. Von dort haben wir den Händlern aufgelauert und einzelne Gruppen gefangen genommen. Die haben wir dann befragt."

„Befragt, sagst du?"

„Na ja, sie wollten nicht sofort reden. Da haben wir immer einen herausgepickt und drei *Hros-Wigmannen* aus der Steppe überlassen. Die anderen Gefangenen mussten zusehen. Danach haben sie alle geredet. Der Anblick hat ihnen genügt."

„Wir haben uns mit den Steppenkriegern ein grausames Völkchen angelacht, was?"

„Das kannst du wohl sagen. Menschen quälen ist, glaube ich, ihre liebste Beschäftigung. Andererseits haben wir es ja regelrecht darauf angelegt, als wir ihnen das Kämpfen beigebracht haben. Allerdings, wenn wir Duggaland unterworfen haben, müssen wir uns wahrscheinlich etwas einfallen lassen, damit uns ihr Blutdurst nicht über den Kopf wächst."

Helgo nickte nur. „Aber daran denken wir später", setzte er hinzu, „wenn Lim unsere Verwandten wieder freigelassen hat ... bei dir ist es dein Bruder, den sie festhält, nicht?"

„Stimmt! Auf jeden Fall haben wir so alles über Tvinhaag erfahren, was wir wissen wollten. Leider war es nicht genug."

„Wieso?"

„Wir hätten mehr über ihre Bewaffnung erfahren müssen, und außerdem hätten wir mit ihrer Tücke rechnen müssen. Sie sind uns, was die List angeht, durchaus ebenbürtig. Kein Vergleich mit unseren primitiven Steppenbewohnern."

Helgo runzelte die Stirn, Chundo blickte ihn fragend an. Als der *Seo-Thruhtin* weiter schwieg, setzte der Bote seinen Bericht fort.

„Nun ja, was alle Befragten übereinstimmend bestätigt hatten, war, dass die Siedlung auf beiden Seiten des Fluod liegt, dass aber die Nachtseite nur durch den Fluss und einen niedrigen Erddamm gesichert ist. Da das Wasser zwischen den beiden Ortshälften zum Teil flach genug ist, um es zu Pferd zu durchqueren, hatten wir darauf gesetzt, dass wir zunächst das Viertel auf der Mittagsseite einnehmen mussten, um dann mit dem Rest leichtes Spiel zu haben. Deshalb habe ich mich wieder zu der zweiten Truppe begeben, die sich zwischen Splint und Tvinhaag aufhielt. Diese sollte später von der Nachtseite aus angreifen, und so sollte schließlich die Stadt von beiden Seiten in die Zange genommen werden. Beide Verbände stellten eine riesige Übermacht für die Verteidiger dar."

„Klingt alles gut durchdacht. Ist der Plan denn nicht aufgegangen?"

„Schon der Beginn war sehr verlustreich. Die Tvinhaager haben den Steppenreitern mehrere Fallen gestellt und sie aus dem Hinterhalt beschossen, so ähnlich wie in Burvik und *Flass*. Nach vergeblichen Versuchen, den Ort zu stürmen, hat man mich wieder gerufen. Ich hatte mich zu dieser Zeit mit einem kleineren Trupp an der Munde aufgehalten, um die Bewohner von Splint abzuhalten, unseren Leuten in den Rücken zu fallen."

„Und, konntest du die Lage für uns klären?"

„Nicht so, wie ich es mir gewünscht hätte. Die Einwohner haben sich jetzt in die Oberstadt zurückgezogen. Sie liegt auf einem Hügel mit steil abfallenden Wänden. Die flache Seite ist mit einem Wall und einer hohen Palisade geschützt. Dadurch reichen wenige Verteidiger, um den Ort zu halten. Auch Aushungern ist eine zweifelhafte Vorgehensweise. Die Bewohner Tvinhaags müssen schon vorausschauend alle Vorräte in der Oberstadt gesammelt haben. In den eroberten Vierteln war jedenfalls so gut wie nichts mehr."

„Und wie sieht es mit euren Vorräten aus?"

„Sie reichen vielleicht noch ein paar Tage, trotz eingeschränkter Nahrung. Die Krieger werden bereits unruhig, besonders die *Ihseligen* unter ihnen."

Helgo fluchte laut und unflätig.

„Wir haben keine Zeit mehr!", fauchte er. „Ich gehe täglich an den Dünenrand und halte nach einem großen Segel Ausschau. Wenn Lim die Geduld verliert, bevor wir hier einigermaßen klare Verhältnisse geschaffen haben, können wir nur noch um die Gnade der Götter flehen."

„Das sehe ich auch so", nickte Chundo. „Im Übrigen bekommen wir gerade ein zusätzliches Problem: Die Steppenkrieger beginnen hinter vorgehaltener Hand zu munkeln, dass es mit deiner Unbesiegbarkeit nicht so weit her sei."

Helgo horchte auf: „Wenn es bereits so weit ist, muss ich handeln. Ich werde mich zeigen und selbst die Führung übernehmen."

„Was hast du vor?"

Der *Seo-Thruhtin* stand auf und holte aus der Ecke der Hütte ein Eisenbeil. Fast liebevoll betrachtete er die Waffe und strich vorsichtig über die glänzende Schneide.

„Ich weiß nicht, wie sie dieses Material herstellen. Es könnte aber der Schlüssel zum Sieg sein. Wir müssen den Schratstihn angreifen und uns das *Eisen* holen. Damit wären selbst unsere dummen *Hros-Wigmannen* den Duggaländern überlegen. Pass auf: Gleich morgen früh reitest du los nach Tvinhaag. Lass dort nur so viel Reiter, wie nötig sind, um die Bewohner in der Stadt zu halten. Lass die Vorräte dort. Für die geringe Anzahl von Kriegern werden sie noch eine Zeit ausreichen. Alle anderen führst du zum Schratstihn. Folge einfach dem Weg, der am Fluss entlang führt. Ich selbst werde dich begleiten und da auf dich warten, wo der Weg ins Schratgebirge eintritt. Meine persönliche Wachmannschaft nehme ich mit. Die Männer können uns hinterher als Kundschafter dienen, damit wir nicht wieder in eine Falle tappen."

Der Diener wurde gerufen und eilte zu den Hütten der Leibwache. Kurze Zeit später wurde gemeldet, dass die Krieger aufbruchbereit seien.

Als die ersten Sonnenstrahlen am nächsten Morgen über dem Horizont auftauchten, verließen zwei schwarzgekleidete Männer mit Krähenhelm das Quartier des *Seo-Thruhtin*. Einer von ihnen trug eine Gesichtsmaske. Die alte Frau aus der Siedlung, die schlecht schlief, weckte sofort ihren Sohn, um ihm mitzuteilen, dass der *Seo-Thruhtin* nun selbst in die Schlacht zog. Als beide aus ihrer Hütte schauten, sahen sie die lange Reihe berittener Krieger, die den beiden Krähenhelmen folgte. Es waren so viele, wie sich Finger an fünf Händen befinden. Über dem Schratgebirge vor ihnen türmten sich dicke, graue Wolken.

NEUNZEHN: Inselfahrt

„Wenden! Wenden! Schnell!", schrie Juzz, als er die ehemaligen Birahanen-Kampfflöße entdeckte. Seine Mannschaft reagierte nur zögernd, denn fast alle befanden sich wegen der nahezu schlaflosen letzten Nacht in einem halb schlummernden Zustand. Auch das laute Bellen Risis hatte daran nicht viel geändert.

„Das hilft nicht allzu viel", bemerkte der *Schrat* trocken. „Schau dich mal um!"

Erschrocken blickte der *Kobereri* über seine Schulter und sah dort ebenfalls vier Flöße auf sich zukommen. Hierbei handelte es sich allerdings um Fahrzeuge der *Ihseligen* selbst.

„Trotzdem wenden!", mischte sich Ilunga ein. „Siehst du das auch so, Juzz?"

Der Angesprochene nickte nur und jetzt sprangen alle auf und beeilten sich, das Manöver durchzuführen. Thorn hatte zwar nichts mehr erwidert und unterstützte folgsam mit einem Ruder das Wendemanöver, zeigte aber mit seinem Blick, dass er noch eine Erklärung wünschte. Ilunga gab sie ihm schließlich:

„Ihseligen-Flöße sind schwerfälliger zu steuern, und außerdem haben wir in ihrer Richtung den besseren Wind. Würden wir weiter auf die Birahanenflöße zuhalten, hätten sie den Wind auf ihrer Seite."

„Macht das noch einen Unterschied, bei der Übermacht?"

„Wenn man sonst keinen Vorteil mehr sieht, sollte man wenigstens die besten Segelbedingungen nutzen, oder?"

„Gut, und wie geht es jetzt weiter?"

„Frag mich etwas Leichteres. Was meinst du, Juzz?"

„Hmm ... kann jemand erkennen, wie viele Krieger sich auf den Flößen befinden?"

Thorn beschattete seine Augen: „Soweit ich sehe, etwa zwei Hände voll auf jedem Floß, das sind zusammen ganz schön viele. Kampf wäre der sichere Tod."

„Stimmt, das Einzige, in dem wir ihnen überlegen sind, ist die Schnelligkeit dieses Schiffs. Die Wasserfläche zwischen den Scorren wäre auch breit genug, um zwischen den Flößen durchzusegeln, vorausgesetzt, sie ließen uns gewähren."

„Das werden sie wohl kaum tun!", stieß Ilunga schnaubend hervor und verdrehte die Augen. „Außerdem haben sie sich natürlich genau die engste Stelle der Durchfahrt ausgesucht, um uns den Rückweg abzuschneiden. Die schmale Landzunge, die sich dort drüben von der Insel bis in die Fahrrinne erstreckt, verringert die Breite der Wasserstraße um etwa die Hälfte. Davor oder dahinter wäre der Abstand zwischen den Inseln vielleicht breit genug, um mit ein paar Tricks gerade noch durchzukommen."

„Und wenn wir an Land gehen?"

„Dann verfolgen sie uns dort mit ihrer Übermacht, bis sie uns haben. So eine *Scorra* ist schließlich nicht sonderlich groß. Das Boot wäre zusätzlich in ihrer Hand und sie hätten damit noch ein Schiff, mit dem man auch die schnellsten Birahanenflöße jagen könnte."

„Nein, nein, du verstehst nicht, was ich sagen will. Wir gehen nur scheinbar an Land, genau da, wo die Landzunge aus der Insel herausragt. Alle bis auf uns beide steigen aus, was das Boot leicht und beweglich macht. Frij, Olunde, Thorn und Urk rennen zur anderen Seite der Landzunge, sodass sie sich, von hier aus gesehen, hinter den feindlichen Flößen befinden. Der Weg dorthin ist ziemlich kurz, da die Landzunge schmal ist. Was machen die *Ihseligen?*"

„Ah, langsam verstehe ich. Sie halten auf die Insel zu, um uns dort zu jagen. Das heißt, sie öffnen den Raum zwischen den Scorren, sodass wir auf Grund unserer größeren Schnelligkeit die Möglichkeit haben, uns zwischen ihren Flößen durchzumogeln."

„Richtig, und wenn es uns gelingt, holen wir die vier Landgänger auf der anderen Seite ab und machen uns davon."

„Es kommt nur darauf an, dass wir den richtigen Zeitpunkt zum Ablegen wählen, sodass sie die entstandene Lücke zwischen ihren Flößen nicht mehr schließen können."

„Sie dürfen euch auch nicht sehen!", warf Thorn ein. „Sie sind nicht dumm, sie würden merken, dass etwas faul ist, wenn ihr an Bord bleibt.

Ihr müsst jetzt schon von der Bildfläche verschwinden, und Risi auch." Schnell griff er dem Hund ins Fell und schob ihn in die Hütte. „Ich hoffe, sie haben Risi noch nicht bemerkt. Nein, eigentlich sind wir noch weit genug entfernt."

„Und wer segelt das Schiff, während wir uns verstecken?"

„Frij und Olunde. Urk und ich sind nicht so segelbegabt." Die beiden Frauen sahen sich erschrocken an. Die Aufgabenverteilung gefiel ihnen offenbar gar nicht. Dann nickten aber beide zur gleichen Zeit. Sie hatten begriffen, dass jetzt keine Zeit war, ihre persönlichen Gefühle auszuleben.

„Vergesst nicht, euch gegen Pfeilschüsse zu schützen!", rief Frij hinter Ilunga und Juzz her, als sie sich in die Hütte verkrochen.

Frij übernahm die Segelleinen und überließ Olunde den Platz am Ruder. Die ehemalige Sklavin behielt zunächst den Kurs bei, um bei den vor ihnen lauernden *Ihseligen* kein Misstrauen aufkommen zu lassen. Diese ließen ihre Flöße in der Engstelle dümpeln, die Segel heruntergelassen. Trotzdem standen sie in höchster Handlungsbereitschaft: Vier Männer standen an den Seilen bereit, um bei Bedarf sofort die Segel zu hissen. Der Rest der Mannschaft hatte sich, zum Rudern bereit, am rechten und linken Rand der Flöße postiert. Sie warteten nur darauf, sich in Bewegung zu setzen.

Olunde hatte angeordnet, dass Urk und der *Schrat* sich zwischen ihr und Frij aufstellen sollten. So konnten ihre Anweisungen einfach von Person zu Person weitergegeben werden, ohne dass sie schreien musste. Damit würden die *Ihseligen* auf die Bewegungen des Boots immer erst reagieren können, wenn diese sichtbar wurden, ohne vorher durch laute Befehle zu hören, was das Seegildeschiff als Nächstes vorhatte. Zumindest galt das, wenn die feindlichen Fahrzeuge ihnen ziemlich nah waren.

„Achtung jetzt, klar zum Beidrehen", gab Olunde an den *Schrat* weiter. „Ich möchte auf den kleinen Sandstrand zuhalten, der genau am Beginn der Landzunge liegt. Dort können wir leicht an Land gehen. Haltet euch in der Hütte bereit, das Schiff sofort zu übernehmen!"

„Ich kenne den kleinen Strand", erklang die Stimme des *Kobereri* aus der Hütte. „Beachtet, dass er sich unter Wasser in einer Sandbank fortsetzt. Steuert den linken Rand des Sandstrands an, sonst fährt sich das Schiff fest."

„In Ordnung, Juzz ... uuund jetzt! ... Beidrehen!"

Frij schwenkte das Segel ein Stück herum, und Olunde drückte gegen das schräg gestellte Steuerruder. Die beiden Männer hatten bereits soviel Erfahrung, dass sie spontan zu zwei Rudern griffen und das Abschwenken des Bootes damit unterstützten. Aus vollem Lauf zog das Schiff in eine elegante Kurve nach rechts und tauchte mit dem linken Schwimmer tiefer ein. Segel und Ruder wurden etwas nachgeregelt, und Olunde hielt gerade auf den kleinen Strand zu. Juzz spähte angespannt durch die Ritzen der Hütte, da er rechtzeitig angeben musste, wann es nötig war abzudrehen, um nicht auf der Sandbank unter Wasser aufzulaufen.

Die *Ihseligen* reagierten mit begeistertem Johlen auf das Manöver des Seegildeschiffs. Das Geschrei war so laut, dass die Gejagten es deutlich hören konnten, obwohl der Abstand noch sehr groß war. Sofort legten sich die Besatzungen der Flöße in die Ruder, und die Segel wurden in Windeseile gehisst. Da die Ränder der Landzunge von Felsen und kleinen Klippen gesäumt war, hielten die Flöße in einem weiten Bogen auf die Bucht mit der Sandbank zu.

„Sie beißen an", meinte die ehemalige Fischerin. „Sie versuchen offenbar, nach uns an der Insel zu landen."

„Wahrscheinlich gehen sie tatsächlich davon aus, dass wir an Land flüchten wollen und wähnen uns schon in der Falle", erklang die Stimme des *Kobereri* aus der Hütte.

„Den Göttern sei Dank, dass sie die Landzunge mit Felsen gespickt haben", warf Ilunga ein. „Sonst hätten die *Ihseligen* vielleicht dort schon angelegt. Dann hätten sie die Landgänger gehabt, bevor das Schiff um die Zunge herumgesegelt wäre."

„Auf jeden Fall öffnen sie jetzt eine schöne breite Lücke in ihrer Schlachtreihe", bemerkte Olunde zufrieden. „Soll ich schon mal nach links abfallen, Juzz?"

„Warte noch einen Augenblick. Ich sage dir, wann es so weit ist ... jetzt!"

„Schwenk links!", gab Olunde den Befehl weiter, wieder reagierte Frij ohne Verzögerung, und die beiden Männer huschten auf die andere Seite, um dort mit ihren Rudern den schnellen Richtungswechsel zu unterstützen. Das Boot hielt jetzt gerade auf das Ufer zu, am rechten Rand ließ sich bereits der helle Boden der Sandbank ausmachen, die Wassertiefe nahm deutlich ab.

„Kann man schon im Wasser stehen?", klang es aus der Hütte.

„Auf jeden Fall", sagte Frij, die sich gerade über den Bootsrand beugte.

„Dann die Anker raus und das Segel stehen lassen!"

Thorn und Urk griffen nach den schweren Steinen, die mit dicken Tauen am Bootsrand befestigt waren und warfen sie mit lautem Platsch ins Wasser.

„Runter mit euch!"

Auf den Befehl des *Kobereri* sprangen die vier Personen von Deck und kämpften sich im brusttiefen Wasser angestrengt auf den Strand zu. Risi wollte gerade den anderen ins Wasser folgen, wurde aber noch vor dem Ausgang der Hütte von Juzz zurückgehalten. Frij war direkt neben Thorn gesprungen und hatte ihn sofort am Arm gepackt, damit er beim Aufkommen nicht ausrutschte und zu ertrinken drohte. Dankbar hatte er ihre Hilfe angenommen und hielt auch jetzt noch unter Wasser ihre Hand fest umklammert.

Juzz und Ilunga warteten noch eine Weile, bis sie aus der Hütte kamen, um das Boot hinter den Ihseligenflößen aus der Falle zu führen. Sie wollten ihren Feinden gegenüber noch den Anschein aufrecht erhalten, dass alle Besatzungsmitglieder an Land gegangen seien.

„Es wird Zeit!", mahnte Ilunga. „Sonst kommen wir nicht mehr an ihnen vorbei. Über die Sandbank können wir ihnen schließlich nicht ausweichen."

„Unser Tiefgang ist jetzt doch nicht mehr so groß."

„Willst du riskieren, dass wir auf Grund laufen?"

„Wir hätten mehr Spielraum, wenn wir über den tieferen Teil der Sandbank ausweichen, und ich glaube nicht, dass die *Ihseligen* diese Untiefe hier kennen."

Bei diesen Worten schob sich der *Kobereri*, um von den Flößen unentdeckt zu bleiben, vorsichtig bäuchlings aus der Hütte und warf einen Blick auf die Schwimmer. Sie hatten sich durch die verringerte Last deutlich aus dem Wasser gehoben.

„Es müsste reichen", raunte er Ilunga zu.

„Bist du sicher?"

„Vertrau mir."

Die Segelweise seufzte und nickte zustimmend.

Im nächsten Augenblick stürzten sie aus der Hütte und rissen die Steinanker ein Stück nach oben. Um keine Zeit zu verlieren, ließen sie sie ein Stück über dem Grund hängen und befestigten die Taue lediglich mit einem leichten Knoten am Bootsrand. Sofort nahm das Schiff Fahrt auf und drohte, auf die Küste getrieben zu werden. Ilunga sprang auf das Segel zu und riss es herum. Juzz ergriff das Ruderblatt und legte sich mit seinem gesamten Gewicht und all seiner Kraft gegen den Vortrieb des Boots. Mit einem sich nahezu aus dem Wasser hebenden Schwimmer gelang ihnen die Wende, und sie zogen in einem leichten Bogen vor den feindlichen Flößen vorbei. Noch befanden sie sich außerhalb der Schussweite der Ihseligenpfeile. Konzentriert steuerte Juzz das Boot knapp am Rand der Sandbank vorbei, immer zwei bis drei Schritt Abstand haltend zur drohenden Untiefe. Ilunga hatte sofort nach dem Festmachen des Segels die Anker vollends eingeholt, damit sie nicht auf Grund gerieten und ihre Segelmanöver gefährdeten. Gleichzeitig behielt sie die feindlichen Flöße ständig im Blick.

„Sie versuchen, uns den Weg abzuschneiden!", rief sie Juzz zu, der am Ruder die Bewegungen ihrer Verfolger nicht so genau übersehen konnte. Er musste sich mehr auf den Verlauf der Sandbank konzentrieren.

„Das wird ihnen nicht gelingen, wir sind zu schnell für sie."

„Hoffen wir's ... aber was? ... Was machen sie denn jetzt?"

„Was meinst du?"

„Sie teilen sich auf! Drei Flöße halten weiter auf uns zu und eines biegt zu dem Sandstrand ab ...Ich glaube, sie wollen an Land und unseren Gefährten nachsetzen."

„Verdammt! Das sind zwei Hände voll bewaffneter Krieger gegen vier Unbewaffnete!" Juzz schaute kurz über seine Schulter zur Landzunge hinüber und konnte vier kleine Gestalten erkennen, die sich zwischen Gestrüpp und größeren Sträuchern bemühten, möglichst schnell auf die andere Seite zu gelangen. Nicht weit von ihnen näherte sich eines der Flöße dem kleinen Sandstrand.

„Was machen wir nur, Juzz? Wir werden nie rechtzeitig auf der anderen Seite sein, um sie vor ihren Verfolgern aufzulesen!"

Der *Kobereri* kniff die Lippen zusammen und sagte keinen Ton. Ebenso wie Ilunga stand ihm die Panik ins Gesicht geschrieben.

„Wir können nichts weiter tun als unseren alten Plan verfolgen", knurrte er dann, „und hoffen, dass uns die Götter gnädig sind."

Die Segelweise nickte stumm mit verbissener Miene.

„Da, sie haben sich festgefahren!", rief sie dann erregt. „Sie sind vor dem Strand auf Grund gelaufen, sie haben wohl mitten auf den höchsten Punkt der Sandbank zugehalten!"

Erneut sah Juzz über seine Schulter und gewahrte nun ein regungsloses Floß unter vollen Segeln etwa eine Handvoll Bootslängen vor dem Strand. Am vorderen Rand war das Wasser aufgewühlt, so als ob durch den Aufprall ein Teil der Besatzung ins Wasser gefallen wäre und sich nun bemühte, ins Trockene zurück zu gelangen. Eine Spur von Erleichterung zeigte sich im Gesicht des *Kobereri*.

„Vielleicht schaffen wir es ja doch noch mit etwas Glück", meinte er dann. „Hoffentlich brauchen sie lange, bis sie wieder flott werden."

„Meinst du nicht, sie könnten zum Ufer waten?"

„Könnten sie schon, aber ich glaube nicht, dass sie es tun werden. Die *Ihseligen* leben zwar am Meer, lieben es aber nicht. Die meisten von ihnen sind geflüchtete Landratten und nur zwangsläufig auf einer Insel. Einige ihrer Priester gehen sogar so weit, dass sie behaupten, dass die Götter die Menschen nicht zum Schwimmen geschaffen hätten, sonst hätten sie ihnen Flossen gegeben."

Jetzt begann die Lage für sie selbst so brenzlig zu werden, dass sie sich nicht weiter um die Geschehnisse auf der *Scorra* kümmern konnten.

Eines der drei Verfolgerflöße hatte seinen Kurs leicht geändert und versuchte, ihnen den Weg abzuschneiden. Die Gejagten hätten wegen der Schnelligkeit ihres Bootes darin normalerweise kein Problem gesehen, jedoch waren mittlerweile auch die ehemaligen Birahanenflöße bereits so nah gekommen, dass das Seegildeschiff seine direkten Verfolger nicht mehr im weiten Bogen umrunden konnten, ohne dieser zweiten Floßgruppe zu nahe zu kommen.

„Wir kommen auf jeden Fall in den Bereich ihrer Pfeile!", rief Juzz.

„Hoffen wir, dass diese Flechtmatten uns schützen!"

„Und dass sie nicht in die ungedeckten Stellen treffen!"

„Es nützt nichts, wir müssen zwischen ihnen durch, so oder so!"

Ilunga zog das Segel noch ein Stück herüber, um die Ihseligenflöße knapp zu schneiden.

„Pass auf, dass wir sie nicht rammen!", brüllte Juzz ihr zu. „Sie sind zwar langsamer, aber gegen die dicken Holzbalken kommen deine Holderzweige nicht an!"

„Ich weiß, hilf mir etwas mir dem Ruder! Es wird auf jeden Fall knapp!" Das Seegildeboot zog nun in einem immer enger werdenden Bogen vor den Ihseligenflößen her. Wenige Armlängen entfernt zischten bereits die ersten Pfeile von den Birahanenflößen ins Wasser. Von den drei direkten Verfolgern steckten schon einige Pfeile im Segel. Auch Juzz und Ilunga hatten schon mehrere Treffer abbekommen, doch reichte die Kraft der Geschosse wegen der weiten Entfernung nicht aus, um das Flechtwerk, mit dem sie sich geschützt hatten, zu durchschlagen. Sie hielten genau auf die Lücke zu, die noch zwischen den verfolgenden Ihseligenflößen und den von vorn kommenden Birahanenflößen blieb. Doch dieses Nadelöhr zog sich immer weiter zusammen. Von beiden Seiten erreichten sie jetzt die Pfeile und Juzz hatte schon den ein oder anderen kleinen Stich verspürt, wenn sich eine Pfeilspitze genau zwischen die Weidenruten der Flechtmatten gebohrt hatte. Beide hofften inständig, dass sie die Engstelle durchqueren konnten, bevor sich der Einsatz von Speeren gelohnt hätte, denn dagegen wären sie völlig schutzlos gewesen.

Sie hatten den offenen Streifen zwischen den Flößen nahezu passiert, lediglich zwei feindliche Fahrzeuge hielten von rechts sowie von links auf sie zu. Der Abstand verkürzte sich immer mehr. Nur noch mehrere Floßlängen trennten sie nach beiden Seiten. Ein Hagel von Pfeilen ging auf sie nieder, sodass sie unfähig waren, das Boot genau zu steuern. Sie waren vollauf damit beschäftigt, die Flechtmatten doppelt zu nehmen und sich über den Kopf zu halten. Ruder und Segel hatten sie gerade noch rechtzeitig festgezurrt und es blieb nur zu hoffen, dass das Boot allein zwischen den Flößen durchzog.

„Die Birahanenflöße sind zu schnell!", hörte Juzz Ilunga schreien. Tatsächlich kamen sie ihnen bereits bedrohlich nah, fast bis auf Speerweite.

„Leicht abfallen!", brüllte er und zog das Ruder etwas herum.

Ein Schrei und Ilunga hing mit schmerzverzerrtem Gesicht am Segeltau. Sie hatte ihre Deckung genau wie Juzz zugunsten der Beweglichkeit aufgeben müssen, und ein Pfeil hatte sich genau in eine Lücke in den Matten verirrt und steckte nun in ihrem Oberschenkel.

Trotzdem war es ihr noch gelungen, das Segel soweit herumzuzerren, dass das Boot wieder auf die Mitte zwischen den sich nähernden Flößen zuhielt.

„Mach's fest!", brüllte Juzz, der auch sein Ruder erneut festgezurrt hatte. „Und komm schnell!"

Ilunga verstand sofort, machte nur eine behelfsmäßige Schlaufe, um die Segelleine zu befestigen und eilte dann in kurzen Sätzen dem *Koberi* hinterher, der schon in der Schutzhütte verschwunden war.

„Krach!"

Risi jaulte erschrocken auf. Mit einem splitternden Geräusch war der erste Speer zwischen die Holzstangen der Hütte gedrungen und steckte dort fest. Die knöcherne, scharf geschliffene Spitze ragte eine Handbreit in den Innenraum. Nach mehreren Versuchen, die Hütte mit ihren Spießen zu durchdringen, gaben die *Ihseligen* auf. Vorsichtig lugten die zwei Personen in der Hütte durch die schmalen Spalten. Ihr Schiff war nun auf gleicher Höhe mit den beiden Flößen, die sich wie ein Zangengriff auf sie zu bewegten. Quälend langsam schob sich das Seegildeschiff zwischen den Vorderseiten seiner Widersacher durch. Als das Heck gerade die Lücke passiert hatte, betrug der Abstand zu den feindlichen Flößen nur wenige Handbreit mehr, als mit einem beherzten Sprung zu überbrücken gewesen wäre.

„Wir sind durch", ächzte Juzz erleichtert. Ilunga nickte und sackte dann an der Hüttenwand zusammen. Bisher hatte die Anspannung sie den Schmerz vergessen lassen, den ihr der Pfeil bereitete. Erschrocken betrachtete Juzz den blutigen Schenkel. In der Aufregung war ihm ihre Verletzung nicht bewusst geworden. Jetzt bemerkte er auch die Blutspur, die Ilunga auf dem Boden der Hütte hinterlassen hatte. Schnell warf er einen Blick nach draußen und stellte fest, dass sich ihr Boot gleichmäßig aus dem Einflussbereich der Flöße entfernte. Größere Schäden an Segel oder Ruder waren auf den ersten Blick nicht auszumachen. Er hatte noch etwas Zeit, bevor er die Richtung erneut ändern musste. Hastig kramte er in der Ecke, um ein Stück Leine und einen einigermaßen sauberen Lappen zu entdecken. Schnell wurde er fündig und versuchte, den Pfeil aus Ilungas Fleisch zu ziehen. Sie hatte doppeltes Glück gehabt, da die Spitze glatt war und keine Widerhaken besaß. Außerdem war der Pfeil nur in die Muskulatur gedrungen, Sehnen oder Knochen schienen unverletzt zu sein. Juzz musste nur die noch immer kräftige Blutung stillen. Da Ilunga nicht mehr so recht bei Bewusstsein war, konnte er den Pfeil mit einem schnellen Ruck herausziehen, ohne dass sie den heftigen Schmerz wahrnahm. Sie stöhnte nur kurz im Halbdämmerzustand auf. Eilig befestigte er einen mehrfach gefalteten Lappen auf der Wunde und schnürte ihn mit den dünnen Seilen fest, sodass der Druck des Wundpolsters die Verletzung verschloss. Er hätte gern noch etwas Salz in die Wunde gestreut, angeblich sollte das dem Eiter vorbeugen, der bei der Behandlung solcher Verletzungen gefürchtet war. Allerdings war ihm nicht klar, wo sich das Säckchen mit Salz auf dem Schiff befand. So schleppte er sie erst einmal in die Ecke und bettete sie etwas weicher auf den Kleidersäcken. Risi legte sich sofort zu ihr, als ob sie sie beschützen wollte, und leckte ihr zärtlich das Gesicht.

Als Juzz sich überzeugt hatte, dass er nun nichts weiter für sie tun konnte, verließ er vorsichtig die Schiffshütte. Zu seiner Beruhigung war der Abstand zu den Birahanenflößen inzwischen auf Pfeilschussweite angewachsen. Er konnte sich also wieder frei an Bord bewegen. Es war

Zeit, das Schiff in einem Bogen um die Landzunge zu führen. Dummerweise hatte er nun niemanden, der ihm beim Beidrehen behilflich sein konnte. So befestigte er zunächst das Ruder in der gewünschten Position und beschäftigte sich dann mit dem Segel. Langsam zog er es so herum, dass das Boot allmählich die Richtung änderte. Ein kurzer Blick auf die Verfolger bestätigte ihm, dass er genug Abstand zu ihnen hatte, um den sichereren, aber längeren Kurs um die kleinen Riffe unter Wasser zu nehmen. Er hätte auch zwischen ihnen durchsegeln können, denn er kannte in etwa ihre Lage. Doch ohne Gehilfen erschien ihm das zu riskant. Während er in einem weiten Bogen um die Spitze der Landzunge trieb, bemerkte er, wie das erste Birahanenfloß versuchte, einen engeren Kurs zu fahren, um auf diese Art den Abstand wieder zu verringern. Er grinste zufrieden, als er den Ruck bemerkte, der das Floß schlagartig zum Stehen brachte. Es war zwar keiner von der Besatzung ins Wasser gestürzt, aber ein gemeinsamer Schreckensschrei hallte durch die Bucht vor der *Scorra*.

,Gut, dachte Juzz angesichts des Abstands zum nachfolgenden Verfolgerfloß, ,so habt ihr uns noch etwas mehr Zeit verschafft.'

Inzwischen glitt er an der Rückseite der Landzunge entlang und kam ihrem vereinbarten Treffpunkt näher. Gebannt starrte er auf die Insel.

„Na, wie sieht es aus?", fragte in diesem Augenblick Ilunga, die stöhnend aus der Hütte kroch. Sie war aufgewacht, und die Unruhe hatte sie von ihrem weichen Lager hochgetrieben. Auch Risi war ihr gefolgt, sie schien Ausschau nach ihrem Herrn zu halten.

„Es sieht gar nicht gut aus, schau!"

Ihr Blick folgte der Richtung seines Zeigefingers, und sie entdeckte die Gefährten an Land in wilder Flucht. Sie hatten das Ufer erreicht, aber die Besatzung des Floßes, das sich inzwischen wieder von der Sandbank befreit hatte, war ihnen auf den Fersen. Unter Kampfgeheul hasteten sie auf die wehrlose Gruppe am Strand zu.

„Wir werden sie nicht mehr rechtzeitig erreichen", flüsterte Ilunga.

Der *Kobereri* gab dazu keinen Kommentar ab. Gebannt beobachteten sie das weitere Geschehen: Die vier standen mit dem Gesicht zu den Verfolgern, offenbar unfähig, irgendetwas zu unternehmen. Der

Abstand wurde zusehends geringer. Plötzlich winkte eine der Frauen in Richtung Meer und gleichzeitig flohen sie ins Wasser. Zunächst wateten sie, bis sie bis zum Bauch im Wasser standen, dann blickten sie sich hilflos um.

„Kann der *Schrat* eigentlich schwimmen?", fragte Juzz.

„Ich glaube, nicht besonders."

„Hm."

In diesem Augenblick, die Verfolger hatten das Ufer fast erreicht, bewegten sich zwei der im Wasser Stehenden, wie wild mit den Händen rudernd, zurück auf den Strand zu.

„Sind die wahnsinnig geworden?" Juzz schien fassungslos.

Ilunga blieb still, beschattete ihre Augen und versuchte, das Geschehen genau zu erkennen.

„Ich glaube nicht ... Sie zerren da an irgendetwas herum ... Ich glaube, es ist so etwas wie ein Baumstamm."

Tatsächlich schienen sie sich sehr anzustrengen. Offensichtlich versuchten sie, einen großen Gegenstand frei zu bekommen, der sich im Grund verhakt hatte. Immer wieder hängten sich die beiden an das Geäst, das ein Stück aus dem Wasser ragte. Plötzlich ertönte ein erlösender Schrei und das Wasser wirbelte um die beiden auf.

„Da muss sich ein dicker Ast des Baums in den Uferschlamm gebohrt haben, vielleicht beim letzten Sturm", meinte Ilunga, „Sie haben ihn offenbar freibekommen. Man kann den Stamm jetzt erkennen, er schwimmt!"

Wieder fassten die Verfolgten an und schoben den Stamm weiter ins tiefere Wasser. Genau in diesem Augenblick stürzten sich die ersten Verfolger ins Meer und versuchten watend ihre Opfer einzuholen. Als die vier wieder zusammen waren, schoben sie den Baum weiter ins Meer hinaus. Inzwischen ging ihnen das Wasser bis zum Hals. Dann stießen sie sich ab, hielten sich am Stamm fest und trieben mit kräftigen Schwimmstößen weiter in die Bucht hinaus. Die *Ihseligen* gaben auf und kehrten zum Ufer zurück.

„Jaaah", jubelte Juzz. „Sie haben es geschafft!"

„Aber wir noch nicht!", warnte Ilunga. „Schau!"

Juzz blickte zurück und sah erschrocken, wie das zweite Verfolgerfloß langsam aufholte. Der Wind war etwas abgeflaut, die gesamte Mannschaft hatte die Ränder des Floßes gesäumt und ruderte wie um ihr Leben. „Oooh Wind! Ihr Götter, bitte schickt uns mehr Wind!", flehte der *Kobereri*.

„Sie versuchen auch, uns von der Seeseite aus in die Zange zu nehmen", vermutete die Segelweise. „Dann haben wir sie vor der Nase, und am Ufer warten ihre Mitstreiter."

Juzz nickte besorgt.

Endlich hatten sie den Stamm erreicht und zogen als erstes den *Schrat* an Bord. Er hatte unter dem Wasser am meisten gelitten und ließ sich erschöpft auf das Deck fallen.

„Den Göttern sei Dank", murmelte er. „Wir haben es noch einmal geschafft."

„Schön wär's!", knurrte Urk ihn an und zeigte auf das Birahanenfloß.

„Verdammt!", keuchte Thorn. „Die sind ja schon verflucht nahe."

Eilig griff er nach seinen Waffen.

„Das würde uns nicht viel nützen, sie sind uns eindeutig überlegen. Und das nächste Floß folgt schon kurz dahinter."

„Zum Glück benutzen sie keine Bögen", brummte Juzz. „Sie sind wohl eher darauf aus, uns zu erwischen, und ohne zu rudern, schaffen sie das nicht."

Da sich beide Wasserfahrzeuge in einer Bucht befanden, musste das Seegildeschiff seinen Verfolger mit einer kurzen Kehre umrunden, um dann wieder in die Richtung zu fliehen, aus der es ursprünglich gekommen war. Zu diesem Zweck hatte jeder an Bord eine bestimmte Aufgabe zu erfüllen. Ilunga sollte das Steuerruder übernehmen, da sie wegen ihrer Beinverletzung am unbeweglichsten und geschwächtesten von allen war. Juzz wollte die Segel bedienen. Die übrigen vier wurden auf die Ecken des Boots verteilt, um mit Rudern die Wende zu unterstützen. Thorn und Urk waren vorn, Frij und Olunde hinten. Der Hund musste wieder in die Hütte.

„Uuuund jetzt!", schrie Ilunga, als es soweit war. Wieder wurde das Ruder umgelegt, das Segel herumgerissen. Die Ruderer stemmten sich mit aller Macht gegen den Wasserdruck, um die Kehre möglichst eng zu nehmen. Mit dem Kurswechsel lag das Boot schlagartig wieder günstiger im Wind, die Luft ließ das Segel kurz flattern, um es dann mit einem Ruck aufzublähen. Ein kräftiger Stoß ging durch das Schiff. Mit lautem Knarren und Ächzen zog es einen Bogen und legte sich dabei auf die Seite.

„Aaaah!", ertönte Frijs gellender Schrei, als sie auf dem feuchten Deck ausrutschte. Sie hatte beim Wenden den Halt verloren und glitt hilflos über Bord.

Ohne nachzudenken sprang Olunde auf die andere Seite. Sie war, abgesehen von der lädierten Ilunga, die am nächsten Stehende. Schon trieb Frij etwas ab, trotz ihres vergeblichen Versuchs, dem Schiff nachzuschwimmen. Olunde griff instinktiv nach einem Seil, um es ihrer Rivalin zuzuwerfen. Als sich ihre Blicke trafen, starrten Misstrauen und Angst aus Frijs Augen. Einen kurzen Augenblick zögerte Olunde, – für die Frau im Wasser eine Ewigkeit - um dann das Seil doch zu werfen.

Sie verfehlte Frij, die noch weiter abtrieb. Schon war sie etwa eine halbe Bootslänge entfernt. Ihre Gesichtszüge spiegelten Todesangst. Olunde befestigte das Seil mit einem einzigen Schlag am Bootsrand, ergriff das andere Ende und sprang Frij hinterher.

Juzz, der das Segel neu befestigt hatte, eilte hinzu und ergriff das nur unzureichend angebundene Tauende. Als Olunde Frij erreicht hatte, packten beide das Seil und ließen sich auf das Schiff zurückziehen. Keuchend sanken sie auf Deck zusammen.

„Duckt euch!", schrie in diesem Augenblick die Segelweise. Die *Ihseligen* hatten schnell erkannt, dass die Kehre des Seegildebootes für sie eine günstige Gelegenheit bot, ihre Feinde mit einem Hagel Pfeile einzudecken. Notgedrungen hatte Ilunga das Schiff so nah an dem Floß der Verfolger vorbeiführen müssen, dass sie es in den Einzugsbereich ihrer Bögen brachte. Blitzschnell hatten die *Ihseligen* ihre Ruder hingeworfen und nach ihren Waffen gegriffen. Thorn und Urk im vorderen Bereich konnten sich nur platt auf den Bauch fallen lassen, Ilunga drehte dem Floß den Rücken zu und kauerte sich mit angezogenen Beinen vor das Ruder. Den Kopf tief auf die Brust gedrückt hoffte sie, dass die

Flechtmatten um ihren Oberkörper, die sie noch immer trug, die Pfeile abhalten würden. Juzz, der seinen Schutz ebenfalls noch nicht abgelegt hatte, half den beiden durchnässten Frauen auf, sodass sie hinter die Schutzhütte springen konnten. Sie bekamen wenige Atemzüge später Gesellschaft von Urk und dem Schrat, die die Zeit des Pfeilwechsels genutzt hatten, um ihrerseits hinter der Hütte Schutz zu suchen.

Erneut erreichte ein Pfeilhagel das Schiff, konnte aber wieder keinen größeren Schaden anrichten.

„Wir werden bei der nächsten Gelegenheit das Segel flicken müssen. Mit der Zeit reißen die vielen Pfeillöcher aus."

Beim nächsten Beschuss schrie Ilunga vor Schmerz auf.

„Bist du verletzt?"

„Nur leicht! Einer der Pfeile ist an der Schulter durchgedrungen und hat mir die Haut aufgerissen!"

„Warte, ich helfe dir!"

Wie ein Wiesel glitt Juzz in die Hütte. Die beiden Pfeile, die ihn dabei erreichten, blieben im Flechtwerk hängen. Kurz danach kam er mit zwei Kleidersäcken zurück, hielt sie vor sich und ging gebückt im Entengang zur Segelweisen. Dort deckte er sie gegen den Beschuss ab.

„Einer hätte doch gereicht!", wunderte sich Ilunga.

„Nicht, wenn ich neben dir sitze!"

„Du bist verrückt!"

„Ja, nach dir!"

Ilunga schüttelte den Kopf, lächelte ihn aber vielsagend an.

Eine Weile musste die Besatzung des Seegildeschiffes noch ausharren, dann gelang es nur noch einzelnen Pfeilen, das Boot zu erreichen. Als die meisten Pfeile im Wasser landeten, gaben die *Ihseligen* das Schießen auf.

„Das war's wohl", meinte Thorn, erhob sich und begann, die Pfeile an Deck einzusammeln. „Wer weiß, wozu wir sie noch benötigen."

„Wo du recht hast, hast du recht", erwiderte Urk und zupfte vorsichtig an den Geschossen, die noch im Segel steckten.

Juzz übernahm nun das Ruder, und Frij bediente das Segel, während Olunde sich um die verletzte Ilunga kümmerte. Sie half ihr in die Hütte, wusch ihre Wunden mit Salzwasser und versorgte sie mit den saubersten Tüchern, die sich auf dem Schiff fanden. Mit einer dünnen Schnur zog sie die Verbände soweit zusammen, dass die Verletzungen aufhörten zu bluten.

„Du bist geschickt", lobte die Segelweise sie.

„Danke, in der Sklaverei muss man lernen, sich gegenseitig zu helfen."

Inzwischen waren die ehemaligen Birahanenflöße um die Landzunge gebogen und versuchten, ihnen den Rückweg abzuschneiden. Da zwischen den Scorren hier aber hinreichend Platz war, gelang es Juzz und Frij, das Boot so zu steuern, dass sie nicht noch einmal in den Schussbereich der Pfeile gerieten. Allmählich vergrößerte sich der Abstand zwischen dem Schiff und den Verfolgerflößen.

„Wir müssen einen großen Bogen nehmen und viele Scorren zwischen die *Ihseligen* und uns bringen, damit wir ihnen nicht noch einmal in die Arme laufen", meinte Juzz. „Für's Nächste also erst einmal geruhsame Fahrt. Thorn, kannst du solange das Ruder übernehmen? Du musst nur immer auf die Mitte zwischen den Inseln halten."

Thorn nickte und ging nach hinten.

„Ruf mich, wenn du unsicher bist. Ich schaue mal, wie es Ilunga geht."

„Geht klar", brummte der *Schrat* und ergriff das Ruder.

Still segelten sie eine Zeitlang dahin. Alle schwiegen und hingen ihren Gedanken nach. Schließlich erhob sich Frij langsam von ihrem Platz, band das Segel mit einem Schlag fest und ging die wenigen Schritte hinüber zu ihrer alten Konkurrentin, die neben der Hütte Platz genommen hatte. Sie schaute sie an, und als sie keine Abwehr spürte, setzte sie sich wortlos neben sie. Nach einer kurzen Zeit des Schweigens gab Frij ein schwaches Räuspern von sich.

„Ich bin dir sehr dankbar", sagte sie leise zu Olunde, „dass du die Gelegenheit vorhin nicht genutzt hast."

Olunde nickte: „Du hast recht, ich war tatsächlich einen Augenblick lang versucht. Ich glaube, man wird hart in der Sklaverei. Aber ich bin froh, dass ich es nicht getan habe."

Frij lächelte sie an: „Ich bin mir auch nicht sicher, was ich im umgekehrten Fall getan hätte. Ich, ich würde dir gern etwas vorschlagen, aber ... aber ... ich weiß gar nicht, ob es mir eigentlich zusteht."

„Versuch es einfach!", sagte Olunde.

Einen Augenblick lang geschah nichts.

„Freundinnen?", fragte Frij dann und streckte ihrer Retterin die Hand hin.

„Freundinnen!", antwortete Olunde und zog sie an sich.

Frij schossen die Tränen in die Augen und sie schlang ihrerseits die Arme um Olunde.

Eine Zeitlang saßen sie so eng umschlungen und schauten sich dabei gegenseitig über die Schulter. Schließlich schob Frij ihre neue Freundin etwas von sich und schaute ihr ins Gesicht. Sie blickte in ein erleichtertes Lächeln, das sich langsam in einen verschmitzten Ausdruck wandelte: „Du erwartest jetzt aber nicht, dass ich als deine Freundin alles mit dir teile, oder?"

„Redest du etwa von Urk?"

Olunde nickte.

„Haha, nein!", lachte Frij. „Ich glaube nicht, dass das auch nur einem oder einer von uns gut tun würde."

„Gut", seufzte Olunde und zog sie wieder an sich.

„Und es fällt dir nicht schwer, auf Urk zu verzichten?", hakte Olunde nach einer kurzen Weile noch einmal nach.

„Ich weiß nicht recht. Eigentlich war Urk die ganze Zeit ein schönes Bild, an das ich mich geklammert habe. Tatsächlich fühlte ich mich irgendwann Thorn viel näher. Und wenn er sich nicht anderweitig verliebt hätte ... na ja. Du kennst ja selbst diese Verbundenheit, die entsteht, wenn man so einschneidende gemeinsame Erfahrungen macht. Erfahrungen von Leben und Tod."

„Ja, das kenne ich gut, und das war sicher auch bei Urk der Grund dafür, dass er sich schließlich für mich entschieden hat."

Frij nickte.

„Vielleicht solltest du jetzt die Lage mit ihm genauso klären wie mit mir, sodass wir wenigstens wieder auf diesem Schiff Frieden haben."

„Ja, das wäre wohl gut. Kannst du ihn wohl zu meinem Platz bitten? Ich kann das Segel auf Dauer nicht verlassen."

Als Urk kam, wirkte er sehr verunsichert: „Habt ihr irgendeine Abmachung getroffen, die auch mich betrifft?", fragte er mit belegter Stimme.

„Keine Angst, ich werde mich nicht mehr zwischen euch drängen", lächelte Frij. „Ich hätte nur gern noch deine Freundschaft."

„Heißt das, dass du mir nichts mehr vorwirfst?"

„Kann man jemandem die Liebe vorwerfen?"

„Wahrscheinlich nicht, aber ich glaube, dass du es getan hast, oder?"

„Schon, aber ..."

Das Gespräch setzte sich bis in den frühen Abend fort, nur unterbrochen von ein paar Handgriffen, die das Segeln erforderte. Als Juzz schließlich einen Ankerplatz an einer *Scorra* ansteuerte, der ihnen durch eine kleine Anhöhe Sichtschutz aus der Richtung ihrer Verfolger gewährte, hatten die beiden Frauen und Urk sich soweit ausgesprochen, dass sie sich ihrer neuen Freundschaft gegenseitig sicher waren.

Juzz hatte am Nachmittag wieder die Richtung geändert, in der Hoffnung, auf dem neuen Kurs zu den Inseln der *Ihseligen* keinen weiteren feindlichen Flößen zu begegnen. Bisher schien sein Plan aufzugehen, denn niemand war ihnen begegnet. Allerdings zeigte er hin und wieder mit versteinerter Miene auf verwüstete und verbrannte Hütten, ehemalige Behausungen von Birahanenfamilien.

„Getötet oder verschleppt", murrte er dann leise.

Als sie das Boot festgemacht hatten, holte Frij einen Spieß aus der Hütte und stellte sich in das flache Wasser der Bucht. Im Wesentlichen gab es dort nur kleine Schwärme von Jungfischen, doch hin und wieder verirrte sich ein etwas größerer Fisch, der sich aus dieser Kinderstube eine Mahlzeit holen wollte. Da die Fische nicht mit einer treffsicheren Schanzenfischerin rechnen konnten, wurden sie zur leichten Beute. Risi, die Frij sofort ins Wasser gefolgt war, wurde an Land geschickt, um die Fische nicht zu verscheuchen. Dort jagte sie ausgelassen den Strand auf und ab.

„Wenn es hier *Ihselige* in der Nähe gibt", nuschelte Thorn mit vollem Mund, „hoffe ich, dass sie keine guten Nasen haben."

„Hast du Angst, dass wir wieder fliehen müssen?"

„Nein, Frij, dass sie uns diesen leckeren Fisch wegfressen."

Frij grinste und schlug dem *Schrat* freundschaftlich auf die Schulter. Es fühlte sich gut an, wieder über kleine Scherze lachen zu können. Alle einschließlich des Hundes fühlten sich zufrieden, mit vollem Bauch an einem Ort der Ruhe.

Ihre Stimmung sank allerdings, als Olunde den Verband an Ilungas Bein wechseln wollte. Als sie die Lappen abnahm, war der stark geschwollene Schenkel tiefrot und die Wunde nässte stark. Olundes Gesichtszüge verfinsterten sich. Erschrocken sah sie sofort nach, ob sich schon ein dunkler Strich das Bein hinauf zeigte. Sie atmete auf, als keiner zu finden war.

„Hoffentlich bleibt es dabei", murmelte sie.

„Und wenn nicht?", sorgte sich Juzz.

„Dann werde ich sterben", bemerkte Ilunga trocken.

„Ist das wahr?"

Juzz sah Olunde angstvoll an, in der Hoffnung, eine gegenteilige Meinung zu hören. Doch sie nickte nur schwach. Juzz geriet in Panik und nahm Ilunga stürmisch in den Arm.

„Das darfst du nicht!", flehte er förmlich. „Jetzt, wo wir uns gerade wiedergefunden haben."

„Beruhige dich", versuchte Ilunga, ihn zu besänftigen. „Noch ist es nicht so weit, noch hat sich kein *Strich des Todes* gezeigt."

„Kannst du nicht etwas unternehmen?", wandte sich der *Kobereri* wieder an die ehemalige Sklavin.

„Ich habe auch nur Erfahrung mit den üblichen Verletzungen. Die Einzigen, die sich mit schwereren Erkrankungen auskennen, sind Heilerinnen oder *Schamanen*. Wir müssten Ilunga zu einer solchen Person bringen. Am besten bald. In Fisvik kenne ich ein Kräuterweib, aber es ist sehr weit bis dahin."

„Dann fahren wir nach Waderborg zurück!" Juzz war im Begriff, loszugehen und das Ablegen vorzubereiten. Ilunga aber rief ihn scharf zurück.

„Mach keinen Unsinn, Juzz!", rief sie bestimmt. „Du weißt genau, dass in Waderborg gerade eine Schlacht tobt. Du hast doch die Flöße gesehen. Die Verteidiger eurer Siedlung halten uns sozusagen den Rücken frei. Dort vorbeizusegeln oder gar ihre Belagerung zu durchbrechen wäre glatter Selbstmord. Es nützt weder uns noch der Sache, für die wir uns einsetzen."

„Aber du musst zu einem Heiler, hast du es nicht gehört? Du musst!" Die Segelweise blieb trotz ihrer Lage erstaunlich ruhig.

„Ich schaue dem Tod nicht zum ersten Mal ins Gesicht", sagte sie bedächtig. „Bisher hat er mir nur zugewunken, ohne mich zu holen, und ich hoffe, dass es diesmal wieder so sein wird. Lasst uns die Sache in Ruhe besprechen: Zurücksegeln ist keine Lösung, weil das Kräuterweib in Fisvik zu weit entfernt ist. Waderborg ebenso wenig, da dort vermutlich gekämpft wird. Da wird es ohnehin schon genug Verletzte geben, unabhängig davon, ob es uns überhaupt gelingt, in die Siedlung hineinzukommen."

„Und was bleibt da noch?"

„Die Klippen der *Ihseligen*. Sie sind am nächsten, und sie werden sicher auch ihre Heilkundigen haben."

„Aber das sind unsere Feinde!", ereiferte sich Juzz. „Glaubst du wirklich, sie würden dir helfen?"

„Das bleibt zu hoffen. Viele Heilkundige in Duggaland kennen keine Freunde oder Feinde, nur Hilfsbedürftige. Vielleicht halten es die *Ihseligen* ja genauso."

Juzz sah sich hilfesuchend in der Runde um.

„Ich glaube, Ilunga hat recht", sagte Frij. „Wenn wir umkehren, liefern wir sie wahrscheinlich dem sicheren Tod aus. So besteht zumindest noch die Möglichkeit, dass sie behandelt werden kann und gesund wird."

Die anderen nickten zustimmend.

„Gut", ließ sich der *Kobereri* überzeugen, nicht ohne noch einen ängstlichen Blick auf Ilunga zu werfen. „Dann segeln wir beim ersten Morgengrauen. Wir werden bald in Gewässern sein, in denen ich mich nicht mehr auskenne. Da wäre etwas Helligkeit schon wünschenswert. Wir sollten Ilunga aber sofort an Bord bringen, damit wir morgen keine Zeit mehr verlieren. Kannst du jetzt noch etwas für sie tun, Olunde?"

„Ich könnte ihr höchstens noch einen Salzverband anlegen, wie du es eigentlich auch vorgehabt hast. Aber ob es wirkt, weiß ich nicht."

„Tu das. Frij und ich sollten uns das Segel vornehmen und die Pfeillöcher einigermaßen flicken. Wenn Olunde mit dem Verband fertig ist, kann sie uns ja helfen. Thorn und Urk, ihr versteht, glaube ich, am wenigsten vom Segelflicken. Könntet ihr Wache auf der Inselkuppe halten? Wechselt euch am besten ab, damit ihr auch noch etwas Schlaf bekommt in dieser Nacht. Das gilt für uns ebenso. Ans Werk!"

Juzz hatte wie selbstverständlich das Kommando übernommen, und nachdem Ilunga ausgefallen war, gab es niemanden, der dagegen Einspruch erhob.

Nach dem arbeitsreichen Abend fielen alle bis auf die jeweilige Wache in einen erschöpften Schlaf. Auch Ilunga schlief, schien aber von Fieberträumen geplagt zu werden, denn sie murmelte ständig irgendwelche unverständlichen Wortfetzen.

Trotz bleierner Müdigkeit wachten sie mit dem ersten Licht der Sonne auf. Über Duggaland hingen dicke Regenwolken, aber zum Meer hin hatte der Wind den zugezogenen Himmel in dicke, ziehende Himmelsschafe zerstreut.

Nahezu wortlos verteilten sie die Reste der gebratenen Fische vom Vorabend untereinander und legten dann ab. Ilunga ließen sie in der Schutzhütte ruhen. Sie redete jetzt zwar nicht mehr im Schlaf, ihr Gesicht fühlte sich aber noch heiß an.

Als die Sonne hoch stand, hatte der kräftige Wind sie an den Rand der letzten Birahanen-Scorren getrieben. Juzz schaute misstrauisch zum Himmel.

„Hm, es könnte noch rauer werden, wenn ich mir die Wolken so anschaue. Können wir es wagen, über die offene See zu segeln? Andernfalls müssten wir uns an den äußeren Scorren bis zur Küste vortasten, sicher mit viel größerem Risiko, auf die *Ihseligen* oder die Leute des *Seo-Thruhtin* zu stoßen. Was meint ihr, was hält so ein schwimmender Holderbesen an schwerem Wetter aus?"

Olunde und Urk zuckten die Achseln, aber Frij erwiderte: „Wir sind vor der Großen Insel mit Ilunga während einer Sturmflut gesegelt. Als wir in Intrit ankamen, hat sich die Sturmflut als Mandränke herausgestellt. An Bord ist alles heilgeblieben."

„Tja, nun ist Ilunga sicher eine ausgesprochen fähige Segelweise, und sie kennt ihr Schiff wie ihren Wohnraum in Intrit."

„Besser!", ließ sich in diesem Augenblick Ilunga aus der Hütte vernehmen. „Nehmt den kürzeren Weg direkt zu den Klippen. Meist ist man bei Sturm in Landnähe noch gefährdeter als auf hoher See."

„Da ist was dran", gab Juzz zu. „Also gut, behalten wir den Kurs bei. Rein ins Vergnügen!"

Die Überfahrt war stürmisch. Schauer jagten über das Schiff, und das Segel blieb die ganze Zeit prall gebläht. Zwar kamen sie gut voran, aber dem *Schrat* wurde es angesichts der sich immer höher aufschaukelnden Wellen mulmig. Er zog sich in die Schutzhütte zurück und leistete Ilunga Gesellschaft. Die anderen seilten sich an, um nicht über Bord gespült zu werden. Frij und Olunde waren am Segel eingeteilt, Urk unterstützte Juzz am Ruder. Obwohl die Lage der kleinen Gemeinschaft alles andere als rosig war, überkam Frij ein einzigartiges Gefühl von Freiheit und Leben. Den Blick geradeaus gerichtet wurde ihr Gesicht immer wieder von kalter Gischt besprüht. Sie musste tief einatmen, um nicht von einem tiefen Glücksgefühl überwältigt zu werden. Nachdem sie sich am Vortag innerlich von Urk getrennt hatte, schien in ihr etwas aufgebrochen zu sein. Es war, als platzten alle überkommenen und unausgesprochenen Erwartungen und Bevormundungen von ihr ab. Sie fühlte sich stark und mutig, atmete den Wind und spürte das Salz auf ihren Lippen. Niemand würde ihr von heute an sagen, was sie zu tun und zu lassen hätte. Es kam ihr vor, als ob das junge Mädchen, das einst in Sihport voller Wünsche und Hoffnungen gewesen war, sich nun aus seinen Fesseln befreit hätte und damit begänne, seine Träume zu verwirklichen.

Als die Sonne sich langsam dem Horizont zuneigte, ließ der Wind etwas nach. Juzz ordnete an, das Segel zu verkleinern und festzubinden.

„Wir müssen nun entscheiden, wohin wir segeln wollen", sagte er, nachdem sich die gesamte Gruppe vor dem Hütteneingang versammelt hatte. „Ich würde den Weg zum Handelsplatz finden, weil ich ihn oft aufgesucht habe. Er liegt aber auf einer der vorderen Inseln, weil die

Ihseligen verhindern wollten, dass Fremde ihre Scorren erkunden. Wir haben es zwar trotzdem versucht, aber natürlich sind wir dabei nicht sehr weit vorgestoßen."

„Ich halte es auch nicht für besonders klug, dorthin zu segeln", warf Frij ein. „Schließlich werden dort heute sogar die Birahanen als Feinde angesehen, geschweige denn ein Segler der *Seegilde*."

„Richtig, aber dort ist die Wahrscheinlichkeit groß, dass wir eine heilkundige Person für Ilunga finden", gab Thorn zu bedenken.

„Vermutlich würden sie mich dort ein für alle Male heilen, zum Beispiel mit einem Speer", erklang es schwach aus der Hütte.

„Ilunga hat recht", ergriff nun Olunde das Wort. „Könnten wir nicht versuchen, zunächst eine sehr kleine, aber bewohnte Insel anzusteuern? Sie darf aber nur so wenige Bewohner haben, dass wir uns ihnen gegenüber behaupten können. Traust du dir das zu, solch eine *Scorra* zu finden, Juzz?"

„Aber dort wird sicher kein Heiler wohnen. Schon eher in größeren Siedlungen, aber ich habe keine Ahnung, wo es bei den *Ihseligen* so etwas gibt, und ob es überhaupt einen Hauptort neben dem Handelsplatz gibt."

„Aber auch die Bewohner der kleinen Inseln kennen sicher jemanden, der heilkundig ist. Wir könnten sie fragen."

„Ziemlich riskant", knurrte der Schrat. „Wer weiß, wohin sie uns schicken?"

„Haben wir eine Alternative?", gab Olunde zurück. „Im Übrigen wüsste ich auch nicht, wen wir sonst fragen sollten, auch was den *Seo-Thruhtin* betrifft. Direkt eine große Siedlung anzulaufen halte ich für reinen Selbstmord."

„Ich glaube, Olundes Einschätzung ist völlig richtig", redete nun Frij ihrer früheren Rivalin das Wort, wofür sie ein warmes Lächeln von ihr erntete. „Wir müssen versuchen, von einer Insel, die wir überwachen können, Hilfe von außen zu holen und dabei gleichzeitig möglichst viel über den Krieg und den *Seo-Thruhtin* zu erfahren."

„Dann könnten wir jetzt etwas beidrehen, den Handelsplatz rechts liegen lassen und auf die Küste zuhalten", schlug Juzz vor. „Dort ziehen sich die Inseln bis direkt vor das Schratgebirge. Angeblich sollen die Scorren der *Ihseligen* sich vor der Küste noch erheblich vergrößern. Das habe ich gehört, bin aber nicht sicher, ob das auch stimmt. Auf jeden Fall hätten wir in Küstennähe immer noch die Möglichkeit, uns an Land und zum Schratstihn zu retten, wenn wir fliehen müssen."

Nach kurzer Beratschlagung entschied man sich für den Plan des *Kobereri*. Olunde und Frij drehten das Segel, und das Schiff nahm Kurs auf das Erzland der Schrate. Thorn wurde wegen seiner scharfen Augen vorn als Ausguck eingesetzt.

„Kleine Hügel im Wasser!", rief er nach kurzer Zeit. Alle waren angespannt, hielten ihre Waffen griffbereit und starrten auf die Handvoll winziger Eilande vor ihnen. Hin und wieder warf einer einen Blick zurück, ob sie nicht verfolgt würden, doch auf der Abendseite deutete sich lediglich ein verschwommener Sonnenuntergang in dem Grau der Wolken an.

Die Scorren vor ihnen unterschieden sich nicht wesentlich von denen, die sie bei den Birahanen gesehen hatten. Vorsichtig umrundeten sie zwei dieser Inselchen. Sie schienen unbewohnt zu sein. Da die Dunkelheit nun allmählich hereinbrach, entschlossen sie sich, auf einer an Land zu gehen, um dort zu übernachten. Juzz suchte eine natürliche Steilkante aus, so dass auch bei Ebbe das Boot noch im Wasser lag. Bei Gefahr könnten sie so jederzeit ablegen und fliehen. Es war etwas schwierig, von Bord zu kommen, da die Böschung etwa schulterhoch über dem Bootsdeck lag. Thorn und Urk ließen sich von den anderen hochschieben und standen bald darauf auf der Kante. Mit Speeren und Bögen bewaffnet erkundeten sie zunächst die *Scorra*, ob nicht doch eine Gefahr drohe. Doch nach kurzer Zeit kehrten sie zurück und gaben Entwarnung. Thorn hatte einen kleinen, toten Baumstamm gefunden, den er nun wie eine Leiter aufs Schiff hinabließ. An den Aststummeln ließ es sich wesentlich bequemer hinabsteigen. Auch die Nachtwache benutzte diesen Aufstieg. Ein Feuer zündeten sie nicht an, sie wollten kein feindliches Volk heranlocken. Ilungas Gesicht fühlte sich immer noch heiß an, und das Bein war weiterhin geschwollen. Die Rötung hatte vielleicht sogar noch zugenommen.

„Morgen müssen wir unbedingt einen Heiler finden", meinte Frij besorgt, als sie nach der Wunde sah.

„Aber begebt euch nicht meinetwegen in Gefahr", mahnte Ilunga schwach. Frij warf ihr einen, wie sie hoffte, beruhigenden Blick zu: „Wir schaffen das schon."

Am nächsten Morgen legten sie früh ab und suchten auf den restlichen Scorren der kleinen Inselgruppe nach einer Siedlung. Der winzige Archipel zeigte sich jedoch völlig unbewohnt. Selbst Tiere waren selten. Außer Vögeln und ein paar Robben bewegte sich nichts auf den Inseln. Vor ihnen lag erneut ein Streifen offener See. Die nächsten Eilande waren nur als winzige schwarze Flecken am Horizont auszumachen.

„Na, da werden wir auf der anderen Seite dieser Pfütze weiter suchen müssen", brummte Juzz und richtete die Spitze des Boots gerade ins freie Wasser. Der Wind war nicht mehr so stürmisch wie am Tag zuvor, blies aber noch als frische Brise, sodass sie gut vorankamen. Als der Vormittag zur Hälfte herum war, waren die Scorren vor ihnen bereits als Hügelchen wahrzunehmen, die unbewohnten Inseln hinter ihnen erschienen auch nur noch als dunkle Tupfer. Segelmanöver waren bisher nicht nötig gewesen, da sie einen geraden Kurs hielten. Also dösten alle bis auf die jeweilige Person am Ruder vor sich hin, vom Gluckern und dem leichten Platschen der Wellen in eine Art Halbschlaf gewiegt.

„Was war das? Hat das eben jemand gehört?", rief plötzlich Frij, die sich am vorderen Rand des Decks niedergelegt hatte.

„Was meinst du?", fragte Olunde zurück, die gerade das Steuerruder bediente und deshalb noch am aufmerksamsten war.

„Es klang wie hihiii oder so ähnlich."

„Habe ich nicht gehört, woher kam denn das Geräusch?"

„Von schräg vorn, so etwa von der Abendseite, meine ich. Da! Da ist es wieder!"

Aufgeschreckt horchten alle in die angegebene Richtung. Tatsächlich war so etwas wie ein schwaches ‚Hieeee' zu vernehmen. Alle versuchten auf dem Wasser etwas zu entdecken und bedeckten ihre Augen.

„Dort!", schrie Thorn laut und zeigte in die Richtung des Geräuschs. „Dort bewegt sich etwas!"

Es dauerte ein wenig, bis auch der letzte die Quelle des Geräuschs ausgemacht hatte. Der *Schrat* hatte eindeutig die besten Augen. Jetzt war ein deutliches ‚Hiiilfeee!' zu vernehmen. Zunächst sah das Ding vor ihnen aus wie ein im Wasser treibendes Holz, von dem ein schmaler Gegenstand emporragte. Allmählich konnte man dieses senkrechte Gebilde als Mensch erkennen, der heftig winkte.

„Scheint jemand in Seenot zu sein", meinte Urk.

„Vorsicht!", warnte der *Kobereri*. „Es könnte auch eine Falle sein. Wenn wir näher kommen, sollten wir auf jeden Fall die Waffen griffbereit haben."

Während sie auf den Hilfesuchenden zuhielten, bereiteten sich alle auf eine bewaffnete Auseinandersetzung vor und blickten dann gespannt auf das, was vor ihnen immer deutlicher wurde. Es handelte sich um ein schmales Boot, offenbar ein Einbaum. Das Boot lag schief im Wasser, da aus der einen Seite zwei Balken ins Wasser ragten. Sie schwammen zwar, tauchten aber am abstehenden Ende durch ihr Übergewicht ins Wasser. An einem der beiden Hölzer schien noch ein größerer, locker verbundener Klotz zu hängen, der wahrscheinlich verhinderte, dass die abstehenden Balken noch tiefer unter Wasser tauchten.

Jetzt entdeckten sie auf dem Einbaum eine weitere Person, die sich bäuchlings bemühte, den Klotz heranzuziehen.

„Diese Art von Fahrzeug kenne ich doch", stieß Juzz hervor. „Es ist zwar ziemlich zerstört, aber wenn mich nicht alles täuscht ..."

„Ist das eins von den Auslegerbooten des *Seo-Thruhtin*", fuhr Frij dazwischen. Alle ergriffen ihre Bögen und legten auf die beiden Gestalten in dem Bootswrack an.

„Seid ihr noch ganz gescheit?", fauchte in diesem Moment Olunde. „Das sind fast noch Kinder, die dort auf Rettung hoffen. Legt sofort die Waffen weg und greift euch lieber ein paar Seile, damit wir sie heranziehen können!"

In dem Einbaum befand sich ein junges Pärchen, beide mochten höchstens soviel Winter hinter sich gebracht haben, wie sich Finger an drei Händen befinden. Sie waren in weite Hosen und Wämser aus Seehundfell gekleidet, die aber völlig durchnässt an ihren Körpern klebten. Das braunhaarige Mädchen bemühte sich mit einem Stück steifen Leders, das Wasser aus dem Boot zu schöpfen. Da durch die Schieflage der Rand aber mit der Wasseroberfläche abschloss, schwappten immer wieder die Wellen ins Innere. Der Junge hatte gerufen und gewunken und mühte sich nun, mit dem Steuerruder das halb zerstörte Boot in Richtung des Seegildeschiffs zu bewegen. Das entpuppte sich allerdings als nutzlos, da der lose anhängenden Ausleger eine gerade Bewegung verhinderte und das Boot durch das Rudern nur im Kreis bewegt wurde.

,Kein Wunder, dass ihr hier hilflos in der See treibt', dachte Olunde, die sofort tiefes Mitleid mit den beiden Schiffbrüchigen empfand. Schlagartig war vor ihrem inneren Auge das Bild aufgetaucht, das sie und ihren Bruder in ähnlicher Not zeigte.

Die Haare des Jungen waren von dem gleichen Braun wie die des Mädchens, und beim Näherkommen zeigten ihre Gesichtszüge deutlich, dass es sich um Geschwister handeln musste. Da beide offensichtlich unbewaffnet waren, konnte man unbesorgt bis nahe an das halb zerstörte Boot herangleiten. Um zu vermeiden, dass sich die Schwimmer mit den Balken verhedderten, musste allerdings doch noch ein geringer Abstand eingehalten werden.

„Könnt ihr schwimmen?", rief Olunde hinüber, als sie mit heruntergelassenem Segel neben dem Einbaum dümpelten.

„Ja", klang es zaghaft zurück. Die beiden schauten sich ängstlich an. Offenbar erschienen ihnen das Schiff und seine Besatzung unheimlich.

„Gut, dann können wir euch Stricke zuwerfen und euch dann herüberziehen."

Die beiden sahen sich unsicher an. Was war mit ihnen, wenn sie erst einmal im Wasser waren? Würden sie wirklich an Bord gezogen, oder würden sie dann den Wellen überlassen?

„Los jetzt! Aufgepasst!"

Schon schwirrten zwei feste Seile durch die Luft und ihre Enden schlugen vor dem Einbaum auf. Hastig griffen die Geschwister zu und erwischten jeder ein Tauende. Sie ließen sich vorsichtig ins Wasser und wurden von Thorn und Urk auf das Schiff gezogen.

„Danke", stießen sie gemeinsam hervor, als sie an Deck waren und sich erschöpft fallen ließen. Ihr anfänglicher Schreck, den der große Hund ihnen eingejagt hatte, legte sich schnell, als Risi sie nur freundlich beschnupperte.

„Jetzt nicht schlapp machen", scheuchte Olunde sie auf. „Zunächst mal müsst ihr die nassen Kleider wechseln." Mit diesen Worten zerrte sie sie hinüber zur Schutzhütte. Sie warf einen Blick hinein, sah Ilunga schlafen und bedeutete den Geretteten mit einem Handzeichen, still zu sein. Dann schlich sie in die Hütte und zog vorsichtig einen der Kleidersäcke nach vorn.

„Holt euch etwas Passendes heraus und zieht euch um", flüsterte sie. „Danach könnt ihr euch in der Hütte aufwärmen, aber macht keinen Lärm. Die Frau dort drin ist verletzt und schläft gerade. Eure nassen Sachen hängen wir gleich in den Wind zum Trocknen."

Als die jungen Leute in der Hütte verschwunden waren, wurde überlegt, ob man das Boot retten sollte.

„Wir haben nicht so viel Zeit, lasst uns zusehen, dass wir weiterkommen", mahnte Frij. „Ilunga braucht möglichst bald Hilfe!"

„Genau das wollte ich auch sagen", stimmte Juzz zu. „Dieses Boot im Schlepptau würde uns nur unnötig aufhalten. Unter anderen Umständen hätte ich es auch geborgen, aber jetzt geht Ilunga eindeutig vor."

Schnell zogen sie das Segel wieder hoch und hielten auf die nächsten Scorren zu.

„Sollten wir die beiden nicht fragen, woher sie stammen?", warf Frij in die Runde. „Vielleicht wissen sie sogar, auf welcher Insel sich hier ein Heiler befindet."

„Du hast recht", sagte Juzz, der wieder am Ruder stand, „frag sie. Vielleicht können wir so unnötige Umwege vermeiden."

Genau in diesem Augenblick verließen die Geschwister die Hütte und schauten unschlüssig an sich herunter. Olunde musste lachen: „Wir hätten vielleicht doch schon mal die Pfeilschäden stopfen sollen! Aber das belüftet gut die Haut!"

Tatsächlich sahen die beiden in ihren durchlöcherten Kleidern ziemlich abgerissen aus, aber zumindest froren sie nicht mehr. Gegen den Hunger und den noch größeren Durst erhielten sie einen Anteil aus den Schiffsvorräten. Dann begannen sie zu schildern, wie sie in ihre Notlage gekommen waren. Sie streiften jedoch nach wenigen Sätzen vom Thema ab. Das Auslegerboot hatten sie nicht von den Männern des *Seo-Thruhtin* bekommen, sondern es war, schon etwas lädiert, eines Tages angetrieben worden. Sie lebten auf einer *Scorra* allein mit ihrer Familie, Mutter, Vater und noch einer kleineren Tochter. Vom Krieg des Steppenvolks hatten sie wohl bei Besuchen auf den Nachbarinseln gehört, aber selbst waren sie bisher in keiner Weise davon berührt worden. Die schwarz gekleideten Krieger kannten sie nur vom Hörensagen.

„Es gibt fast keine größeren Ansiedlungen auf unseren äußeren Inseln. Die Scorren sind zu klein und können nicht viele Personen ernähren", erklärte das Mädchen. „Aber direkt vor der Küste des Schratgebirges gibt es größere Inseln, dort wohnen auch mehr Menschen."

Juzz nickte: „Gut, wir werden euch zunächst auf eure Heimatinsel zurückbringen. Ihr müsst uns nur sagen, wohin wir segeln müssen. Damit ihr wisst, mit wem ihr es zu tun habt, nenne ich euch jetzt unsere Namen und unsere Herkunft."

Die beiden staunten nicht schlecht, als sie erfuhren, dass ihre Retter aus verschiedenen Teilen Duggalands stammten. Und noch mehr staunten sie, dass sie nicht sofort von ihnen umgebracht wurden, schließlich wurde es in den Ihseligen-Familien den Kindern so erzählt.

„Nein, nein", lachte Thorn, „eigentlich sind wir ganz friedlich, nur wenn wir angegriffen werden, dann natürlich nicht. Aber", setzte er hinzu, „wie sollen wir euch denn nun anreden?"

Das Mädchen antwortete, dass sie Nidiri heiße, was so viel wie Wenigkeit bedeute.

„Das liegt daran, dass ich bei meiner Geburt sehr, sehr klein gewesen sein muss", setzte sie hinzu. „Eigentlich hat niemand gedacht, dass ich überleben würde. Aber heute sagt man", hier klang sie ein wenig kokett, „dass ich mich recht gut entwickelt hätte."

Nachdem die Männer ihr grinsend beigepflichtet hatten, ergänzte sie noch, dass eine heftige Hungersnot auf den Ihseli-Klippen geherrscht hatte, während ihre Mutter mit ihr schwanger ging.

„Klar!", bemerkte Olunde. „Hat die Mutter Hunger, bleiben die Kinder klein."

„Und ich heiße Shanc!", mischte sich nun der Junge ein. Bisher war er im Gespräch immer übergangen worden, weil er der Jüngere war. „Und Shanc bedeutet so viel wie Schatz. Der erste Junge wird bei uns oft so genannt."

„So viel zu der Wertigkeit von Männern und Frauen", knurrte Ilunga aus dem Zelt. Sie hatte trotz ihrer Mattigkeit das Gespräch verfolgt. Der Junge hatte aber die Spitze nicht bemerkt und fuhr unverdrossen fort: „Bei meiner Geburt war es auch nicht nötig, die Heilkundige zu befragen."

„Ach, eine Heilerin habt ihr auch?" Frij war hellhörig geworden. „Lebt sie auch auf eurer Insel?"

„Nein, dafür sind wir dort zu wenige. Sie wohnt ein paar Inseln weiter. Die Kranken müssen dafür sorgen, dass sie zu ihr gebracht werden. Mit einem kleinen Floß benötigt man, mit etwas Wind, von unserer Insel aus den Vormittag. Wenn die Behandlung schnell geht, ist man am Abend wieder zu Hause."

„Gibt es auch Krieger auf der Insel der Heilerin?"

„Normalerweise nicht. Zwei Hände voll Männer leben dort mit ihren Familien, sie sind aber keine richtigen Krieger."

„Jetzt ist es aber vielleicht anders", warf Nidiri ein. „Wir waren zwar nicht selbst dort, aber jemand von der Nachbarinsel hat neulich gesagt, dass durch den Krieg jetzt dort sehr viel Volk sein soll, Verletzte und auch Bewacher."

„Dann müssen wir versuchen, anders als mit diesem Schiff zu der Insel der Heilkundigen zu gelangen," stellte Frij fest und wandte sich wieder dem Mädchen zu: „Wie kommt ihr denn zu der Heilerin, wenn einer von euch krank wird?"

„Mit unserem Floß. Mein Vater fährt normalerweise damit hinaus zum Fischen."

Allmählich näherten sie sich den nächsten Scorren, doch waren sie sämtlich unbewohnt. Nidiri übernahm die Lotsendienste und wies Juzz die Richtung. Einmal wies sie ihn an, eine scheinbar breite Rinne zwischen zwei kleinen Inseln zu vermeiden und stattdessen einen Bogen zu segeln.

„Ich weiß nicht, wie tief dieses Boot ins Wasser taucht", erklärte sie. „Es ist ziemlich groß und schnell. Ich kann nicht abschätzen, ob wir damit den kleinen Felsen unter Wasser ausweichen können."

Juzz wurde hellhörig: „Segelst du viel? Du scheinst dich gut in euren Gewässern auszukennen."

„Im Augenblick lerne ich meinen kleinen Bruder an, damit er sich später auch vom Fischen ernähren kann. Ich selbst bin schon viel mit meinem Vater gesegelt und kenne den größten Teil der Ihseli-Klippen, wie ihr unser Land nennt. Mein Bruder und ich haben das kleine Auslegerboot benutzt, es segelt schnell, und darum erschien es uns gut geeignet für eine Erkundungsfahrt. Es hat meinem Bruder und mir richtig Spaß gemacht. Bis das Boot verunglückte, natürlich."

„Wie ist es passiert?"

Das Mädchen genierte sich zunächst ein wenig, dann rückte sie mit der Sprache hinaus.

„Wir hatten guten Wind", druckste sie etwas herum. „Wir haben richtig Fahrt gemacht, und da haben wir ... ja, wir wollten ein ganz wildes Wendemanöver machen ... so eins, was mit einem trägen Floß nie gelingt. Tja, und dabei sind die Halteriemen des Auslegers gerissen."

„Waren wohl schon etwas morsch", lachte Juzz und stieß seine Lotsin mit dem Ellenbogen an. „Na, tröste dich, als junger Mann hätte ich auf solche Kleinigkeiten auch nicht geachtet. Hauptsache, man hatte seinen Spaß!"

Nidiri grinste, auch wenn es ihr um das verlorene Boot etwas leid tat.

„Dort hinten", wies sie dann mit der Hand voraus, „die Insel mit dem spitzen Hügel, das ist unser zu Hause."

Als sie näher kamen, sahen sie eine winzige, geschützte Bucht vor sich, auf deren Ufer man ein kleines Floß gezogen hatte. Von dem halbmondförmigen Sandstrand zog sich ein schmaler Trampelpfad einen grasbewachsenen Hügel hinauf, dessen Spitze mit einer hoch aufragenden Klippe gekrönt war. Vor diesem Felsen erhob sich aus dem satten Grün der Wiese eine kleine Hütte, deren mit *Plaggen* gedecktes Dach bis auf den Boden reichte. Vor der Behausung befand sich quer zum Hang ein hüfthoher Zaun aus krummen Hölzern, offenbar Treibholz. Als Juzz gerade die Bucht ansteuerte, wurden sie von dort mit Pfeilen empfangen. Zwei Personen, geduckt hinter den Zaun, zielten mit ihren Bögen auf das sich nahende Schiff.

„Mutter, Vater, wir sind es!", schrie Nidiri und sprang mit beiden Armen winkend auf das Vorderende des Decks. Beinahe wäre sie noch von einem der anfliegenden Pfeile erwischt worden. Doch nun erhoben sich die beiden Gestalten hinter dem Knüppelzaun, hielten aber ihre Bögen weiter griffbereit. Misstrauisch schielten sie auf die Fremden und auf den Hund.

„Was macht ihr auf einem Seegildeschiff?", schrie der Mann hinter dem Zaun ihnen zu, als das Boot in die kleine Bucht einlenkte und die Segel fallen ließ.

„Sie haben uns gerettet, Vater!"

Der Mann blickte seine Frau an und schüttelte ungläubig den Kopf, ließ das Schiff aber ungehindert in der Bucht ankern.

Frij blieb bei Ilunga, nachdem das Boot festgemacht war. Die anderen sprangen in das seichte Wasser und wateten zum Ufer. Vor dem Haus angekommen fielen sich Kinder und Eltern zunächst in die Arme. Dann berichtete Shanc aufgeregt von ihrem Abenteuer und wie das Seegildeschiff zufällig gekommen sei und sie gerettet hätte. Erst danach war Zeit für eine allgemeine Begrüßung. Gerührt brachten die Eltern zunächst kein Wort heraus, dann aber dankten sie den Rettern ihrer Kinder überschwänglich. Sie boten ihnen einen frischen Trunk aus dem Graben neben ihrem Haus an, der vom Dach mit Regenwasser gespeist wurde. Danach setzten sie sich zu einem einfachen Mahl zusammen, das aus gesalzenem Fisch und *Meersalat* bestand. Da die Nahrung sehr salzhaltig war, sprachen sie alle dem frischen Regenwasser ausgiebig zu. Risi bekam ein paar große Fischköpfe, den Abfall vom Einsalzen. Nachdem alle ihren Hunger gestillt hatten, ging Urk, um Frij bei Ilunga abzulösen. Er nahm auch etwas Nahrung und Wasser mit, obwohl er ahnte, dass die Verletzte keinen großen Appetit haben würde. Ihr Zustand hatte sich weiter verschlechtert und es wurde Zeit, dass ihre Wunde fachkundig behandelt würde. Zu seiner Freude sprach sie insbesondere dem *Meersalat* kräftig zu. Offenbar meldete ihr Körper einen erhöhten Bedarf an frischer Pflanzennahrung.

„Und woher wusstet ihr, dass unser Schiff ein Segler der *Seegilde* ist?", hörte Frij gerade, als sie zu den anderen stieß. Der *Kobereri* hatte die Frage an ihre Gastgeber gestellt. Sie waren beide etwa im Alter von Juzz und Ilunga. Der Mann trug einen wirren Vollbart, der sowohl Mund und Hals als auch den größten Teil der Wangen bedeckte. Um seine Stimmung zu erkennen, musste man genau auf seine Augen achten, die zwischen dem Wildwuchs von Bart und lockigem Haupthaar hervorlugten. Seine Haare hatten die gleiche braune Farbe wie die seiner Frau, nur zogen sich bei ihm die ersten grauen Strähnen durch die dichte Wolle.

„Ich wusste es nicht, mein Mann hat es mir gesagt", antwortete die Frau zunächst. Ihre großen, braunen Augen gaben ihrem Gesicht etwas Sanftes, was nicht so ganz zu ihrem gezielten Bogenangriff passen wollte. Sie war wie ihr Mann groß und schlank gewachsen. Ihre schulterlangen Haare rahmten ihre harmonischen Gesichtszüge so ein, dass sie jünger wirkte als ihr Gatte.

Juzz wendete die Augen fragend zu dem Mann, der jetzt das Wort ergriff:

„Du weißt sicher, dass die Ihseligenklippen eine Zuflucht für Menschen darstellen, die in Duggaland verfolgt werden?"

Juzz nickte.

„Nun, ich selbst stamme aus Sihport, und man wollte mir die Hand abhacken."

„Du hattest gestohlen?"

„Man hat es mir vorgeworfen. Ich hatte eine größere Menge Salzfisch. Das war damals schon meine Spezialität als Fischer. Also, ich hatte den Fisch an einen Händler aus Tvinhaag geliefert ..."

„Wie hieß der Händler?", fiel Frij ihm ins Wort. Der Mann blickte sie misstrauisch an.

„Bist du vielleicht aus Tvinhaag oder aus Sihport?"

„Aus Tvinhaag."

„Hm. Der Mann hieß Scant. Er bezahlte mich reichlich, und ich dachte noch, dass er ein großzügiger Mensch sein müsste. Am nächsten Tag aber stand er mit zwei Kriegern der *Seegilde* vor meiner Hütte und behauptete, dass ich ihm die *Balla* gestohlen hätte."

„Das sieht ihm ähnlich!", knurrte Thorn.

„Er ist euch allen bekannt?"

„Das kann man wohl sagen."

„Nun, jedenfalls schleppten sie mich vor den Rat. Und weil Scant ein angesehener Händler aus Tvinhaag war, ich aber nur ein kleiner Fischer, und weil der Rat es sich nicht mit den Schlauchflößern aus Tvinhaag verderben wollte, glaubte man ihm und nicht mir. Ich muss allerdings hinzufügen, dass sie zumindest nachgeschaut haben, ob sich bei Scant noch meine Ware befand. Die hatte der Betrüger aber früh genug fortgeschafft. Schließlich wusste er, dass die *Seegilde* danach suchen würde. Er hat sie vermutlich einem anderen Händler mitgegeben, der nach Tvinhaag abgereist ist. Ein Freund von mir, der als Vertreter der Fischer im Rat saß, hat es schließlich geschafft, mir das Abhacken der Hand zu ersparen. Dafür wurde ich aber der Stadt verwiesen und darf mich seitdem nie wieder im Einzugsbereich der *Seegilde* oder der Schlauchflößer aufhalten. So blieb nicht viel für einen Fischer. In Fisvik wollten sie auch keine Verstoßenen der *Seegilde* und die Birahanen waren nur an Kriegern interessiert, denn sie hatten damals gerade wieder sowohl mit der *Seegilde* als auch mit den *Ihseligen* Ärger. Ich wollte aber mein Leben in Frieden als Fischer führen. So waren die *Ihseligen* die Einzigen, die mich ohne Bedingungen aufgenommen haben. Jedenfalls bete ich seitdem jede Nacht zu den Göttern, dass sie mir diesen Betrüger Scant noch einmal vor die Fäuste laufen lassen."

„Das ist nicht mehr möglich", warf Thorn ein.

„Wieso?"

„Er ist tot. Ich habe ihn in Notwehr getötet. Vielleicht haben die Götter deine Bitten auch erhört und mich zu ihrem Werkzeug gemacht." Nidiris Vater sprang erregt auf, nahm Thorn bei den Armen und wollte genau wissen, was damals geschehen war. Frij und der *Schrat* berichteten ihm, wie es zu Scants Tod gekommen war.

„Nicht nur, dass ihr mit euren Freunden meine Kinder vom sicheren Tod gerettet habt, auch meinen schlimmsten Feind habt ihr seiner gerechten Strafe zugeführt! Mein Dank wird euch ewig begleiten. Sagt mir, was ich für euch tun kann!"

„Du kannst tatsächlich etwas für uns tun", sagte Frij. „Du hast ja schon mitbekommen, dass unsere Freundin verletzt auf dem Schiff liegt und dringend zu einer Heilerin oder einem Heiler muss, wenn sie überleben soll. Deine Kinder haben uns gesagt, dass sich zur Zeit auch Krieger des *Seo-Thruhtin* bei eurer Heilerin befinden. Wenn wir dort mit unserem Seegildeschiff auftauchen würden, hätten wir vermutlich nicht mal mehr die Zeit, die Kranke zur Heilerin zu bringen, wenn du verstehst, was ich meine."

„Ihr müsstet dort mit einem Ihseligenfloß in Ihseligenkleidung auftauchen, um nicht aufzufallen."

Frij nickte: „Und es müsste schnell geschehen, bevor der rote Strich am Bein erscheint."

„Am besten gleich morgen früh", murmelte der Mann. „Ihr könnt mein Fischerfloß nehmen. Es hat auch eine kleine Hütte, in der ihr eure Verletzte lagern könnt. Natürlich müsstet ihr Nidiri mitnehmen. Sie kennt die Insel der Heilerin, und vor allem mögen sich die beiden sehr. Die Heilerin hat damals dafür gesorgt, dass meine Tochter nach ihrer Geburt trotz ihrer geringen Größe überleben konnte."

„Danke!", sagte Frij. „Ich werde gleich zu Ilunga gehen und ihr sagen, dass sie morgen zu der Heilerin gebracht wird."

„Hast du Ilunga gesagt? Vielleicht sogar Ilunga aus Intrit?"

„Ja, Ilunga, eine Segelweise der *Seegilde*. Ich hoffe, das hindert dich nicht, ihr zu helfen."

„Ganz im Gegenteil!", freute sich der Mann. „Ilunga war damals die netteste Segelgehilfin der ganzen *Seegilde*. Alle Männer waren scharf auf sie, und sie war auch kein Kind von Traurigkeit. Aber obwohl sie so umschwärmt war, war sie nicht die Spur eingebildet. Sie war oft mit uns jungen Fischern und Fischerinnen zusammen, wenn wir uns abends unsere Suppe aus den Fischresten am Strand gekocht haben. Und mit den erfahrenen Fischern ist sie hinausgefahren, um von ihnen zu lernen. Sie sagte immer, dass die Arbeit auf See lehrreicher ist als das reine Segeln. Lass uns sofort zu ihr gehen."

Beim Weggehen bat er noch seine Frau, alles Notwendige für die Abreise am Morgen vorzubereiten.

Es wurde ein freudiges Wiedersehen, als der Fischer vor Ilunga stand. Sie traute ihren Augen nicht, erkannte ihn aber sofort wieder.

„Hast du endlich einen Mann gefunden, der dir genügt?", fragte er sie schließlich.

„Ja", antwortete sie schwach. „Aber jetzt weiß ich nicht mehr, ob mir noch die Zeit dafür bleibt." Fürsorglich nahm er ihre Hand.

„Sei guten Mutes. Die Heilerin versteht sich wirklich auf ihre Kunst. Manchmal denkt man sogar, sie könne zaubern."

Ilunga sank lächelnd und erschöpft auf ihren Kleidersack zurück.

Am nächsten Morgen nach Sonnenaufgang war das Wetter wolkig, aber trocken und dabei wehte ein steifer Wind aus der Abendseite.

„Genau richtig für eine Fahrt zur Heilerin", meinte der Fischer. „Nur die Rückfahrt dürfte etwas schwierig werden bei diesem Wind. Aber wer weiß, manchmal dreht er ja noch."

Da Juzz auf jeden Fall bei Ilunga bleiben wollte, wurde Frij das Seegildeschiff anvertraut, sie hatte mit diesem Gefährt die größte Segelerfahrung. Thorn ging ebenfalls nicht mit auf das Floß. Er hätte sich nur ungern von seiner Axt getrennt, und bei den *Ihseligen* wäre er vermutlich damit sofort aufgefallen. Auch Olunde blieb, obwohl Urk mit auf das Fischerfloß ging. So waren auf beiden Fahrzeugen zwei Personen mit genügender Segelerfahrung, hier Frij und Olunde, dort Juzz und Nidiri. Risi sollte bei Frij und Olunde auf der *Scorra* bleiben.

„Sei bitte vorsichtig und verrate dich nicht", bat Olunde Urk beim Abschied. „Ich möchte dich noch lange an meiner Seite haben."

Hastig schaute sie sich zu Frij um. Sie wollte ihren Gesichtsausdruck in diesem Augenblick erfassen. Frij hatte es bemerkt und musste lächeln.

„Ich wünsche euch beiden Glück", sagte sie leise. „Wirklich."

Olunde schloss die Augen und atmete tief ein. Unterdessen hatte sich Frij an Juzz gewandt.

„Wie lange sollen wir auf euch warten, bis wir nachkommen?"

„Lasst es lieber mit dem Nachkommen! Mit diesem Schiff kämt ihr nicht in unsere Nähe, ohne aufzufallen. Wartet einfach so viel Tage ab, wie zwei Hände Finger haben. Wir bemühen uns, rechtzeitig zurück zu sein, oder euch Nachricht zukommen zu lassen, vielleicht über Nidiri. Danach müsst ihr versuchen, irgendwie allein zurecht zu kommen. Ich vermute, in den Ihseligenklippen wimmelt es nur so von Auslegerbooten."

„Viel Glück! Und tut bitte nichts, was euch gefährden könnte. Bis in ein paar Tagen dann!"

„Bis bald!"

Die Zurückgebliebenen blickten dem Floß von der Inselklippe aus nach, bis sie es nicht mehr sehen konnten. Risi wimmerte ein wenig, als sie Urk davon segeln sah, da sie aber Olunde inzwischen als Ersatz ansah, beruhigte sie sich bald wieder. Danach begannen sie, vor allem, um die Zeit herumzubringen, Segel und Kleider zu flicken und sich im Haus der Fischerfamilie nützlich zu machen.

„Gar nicht schlecht, diese Kleidung aus Seehundfell", wandte sich Juzz gerade an Nidiri. „Warm, winddicht und dabei ziemlich leicht. Ich überlege mir, mich auch so einzukleiden."

„Dann würdest du überall für einen *Ihseligen* gehalten!", lachte Nidiri. Juzz zuckte nur die Achseln. Zu erwidern, dass auch bei den Birahanen Seehundfell getragen wurde, allerdings nur von denen, die sich wertvollere Kleidung nicht erlauben konnten, widerstrebte ihm. Vor ihrer Abreise waren sie von den Fischersleuten mit den für sie ungewohnten Kleidern ausgestattet worden. Bewaffnet waren sie nur mit den hier üblichen Fischerspießen und Steinmessern, auch dies eine Gabe der Inselbewohner.

Juzz hoffte, dass sie so unauffällig genug seien, und fragte vorsichtshalber bei Nidiri nach. Die fand ihre Aufmachung perfekt. Niemand würde sie für Leute aus anderen Regionen halten, behauptete sie. Auch ihre Sprache würde sie nicht verraten, da die *Ihseligen* schließlich auch aus den verschiedenen Bereichen Duggalands stammten. Da die meisten Neuankömmlinge zunächst allein auf kleinen Inselchen wohnten, dauerte es meist zwei bis drei Generationen, bis deren Nachkommen den etwas näselnden Ihseligenklang angenommen hatten. Auch Nidiri sprach fast noch, als ob sie in Sihport geboren wäre.

Nachdem sie ein paar nahezu unbewohnte Inseln passiert hatten, tauchte am späten Vormittag eine breite, grüne *Scorra* vor ihnen auf. Sie war in der Mitte von einem flachen Hügel gekrönt, auf dem man beim Näherkommen sogar dichten Baumbewuchs wahrnehmen konnte. Auf halber Höhe zwischen Ufer und Hügelkuppe zog sich ein Streifen aus mehreren Hütten entlang. Nidiri lenkte das Floß zur Mittagsseite der Insel und ließ es dort auf einen breiten Strand aus feinem Kies gleiten. Juzz sprang flink ans Ufer und trieb mit einem Steinhammer einen Pflock in den Kies, um das Floß daran festzumachen. Sie waren nicht die Einzigen. Nidiri hatte eine Lücke zwischen zwei großen Flößen der *Ihseligen,* die wegen der Anzahl der Ruderplätze und der Anordnung von Schutzhütten eindeutig für Kampfzwecke gemacht waren, ausgewählt. Ein Stück weiter lagen noch kleine Fischerflöße wie das ihrige, dahinter in gebührender Entfernung befand sich schließlich eine Handvoll der Auslegerboote des *Seo-Thruhtin.*

Um Ilunga zu transportieren, hatten sie aus zwei Stangen und einer Schilfmatte eine Trage hergestellt, die Juzz und Urk jetzt anhoben. Sie folgten dem jungen Mädchen, das zielstrebig einen ausgetretenen Weg einschlug, der direkt hügelan führte. Um sie herum bewegten sich noch einige Personen, die geschäftig ihrem Tagewerk nachgingen. Insgesamt wirkte die Insel sehr belebt.

„Heute ist hier ja ein richtiges Gewimmel", bemerkte Nidiri, „fast wie in einem Ameisennest."

Tatsächlich ließ sich eine große Anzahl von Kriegern ausmachen, die fast immer in Gruppen unterwegs waren. Die meisten gehörten zu den einheimischen *Ihseligen*. Hin und wieder bewegten sich aber an ihrer Spitze schwarz gekleidete Männer mit Krähenflügeln am Helm. Sie hielten Abstand zu den einfachen Kriegern und vermittelten den Eindruck von Befehlsgewalt. Über die Hälfte der Männer war offensichtlich verletzt, denn sie humpelten, trugen blutige Binden und hatten an Armen oder Beinen eine Holzschiene. Selbst Krieger mit nur einem Bein oder Arm waren zu sehen.

„Gut, dass wir nicht mit unserem Schiff hergesegelt sind", brummte Urk leise. Juzz nickte nur.

Sie waren jetzt auf der Höhe der Hütten angelangt. Etwas mehr als eine Handvoll lagen in einer Reihe an den Hang des Hügels geschmiegt. Sie waren klein und plaggengedeckt, offenbar die Fischerhütten der Inselbewohner. Direkt vor ihnen standen jedoch drei größere Gebäude, wobei das mittlere von den zwei anderen so flankiert wurde, dass dazwischen ein weiter Hof entstand. Bei diesen Häusern waren die Rückseiten der riedgedeckten Dächer bis zum Boden heruntergezogen. Auf der Hofseite aber war ein offenes Ständerwerk aus Holzstämmen zu sehen, das vom Dach ein Stück überragt wurde. Die Wände bestanden aus einem mit Lehm und Seegras bedeckten Rutengeflecht und ließen in regelmäßigen Abständen türartige Öffnungen frei, über denen eingerollte Lederplanen hingen, die bei schlechtem Wetter heruntergelassen und am Boden befestigt werden konnten. Auf dem grasbewachsenen Platz vor den drei Gebäuden befanden sich eine Reihe von Liegen aus einfachen Holzrahmen, die mit trockenem Seegras gefüllt waren. Fast alle waren mit einer kranken Person belegt, weit über die Hälfte von ihnen mit verwundeten Kriegern. Der Rest der Kranken setzte sich aus Kindern, Frauen und Männern von den umliegenden Scorren zusammen.

Als die Ankömmlinge in den Hofbereich gelangten, legte sich der Wind und blieb nur als laues Lüftchen spürbar. Die Gestalt des Hügels und die Anordnung der Bauten nahmen hier dem starken Seewind die Kraft und erlaubten so der Sonne, etwas mehr ihrer Wärme an die Kranken abzugeben.

„Das ist ja ein herrliches Plätzchen", staunte Urk. „Die Luft ist plötzlich ganz mild."

„Ja, ein Ort, um gesund zu werden", antwortete Nidiri, „zumindest sagt das Elfa immer. Elfa ist unsere Heilerin. Ich schaue mal, ob ich sie finde."

Als das junge Mädchen im mittleren Haus verschwunden war, wandte sich Juzz wieder Ilunga zu. Ihr Bein erschien ihm noch weiter angeschwollen und kochend heiß. Sie selbst war in einen fiebrigen Schlaf gefallen, aus dem sie sich hin und wieder keuchend und ächzend bemerkbar machte. Vorsichtig strich er ihr die Schweißtropfen von der Stirn. Urk stieß ihn leicht an. Nidiri hatte vom Eingang des Hauses aus gewunken. Sie nahmen die Trage auf, Ilunga gab dabei ein gequältes Stöhnen von sich, dann bewegten sie sich vorsichtig in Richtung Eingang. Als sie eingetreten waren, standen sie in einer wegen der großen Türöffnungen lichtdurchfluteten Halle. Auf der Rückseite befand sich ein riesiger steinerner Tisch. Die ovale Tischplatte, ein ungewöhnlich flacher Findling, war in Hüfthöhe auf drei runden, massiven Steinblöcken aufgelegt, die leicht in den gestampften Erdboden eingearbeitet waren und so unverrückbar fest standen. Dabei war die glatte Seite als Arbeitsplatte nach oben gekehrt, während die etwas bauchige Unterseite zwischen den drei Blöcken durchhing. Der Tisch maß in der Breite etwa vier Schritt, in der Tiefe etwa drei. Urk fragte sich, wie man diese massiven Steine wohl bewegt hatte, musste aber dann an die noch viel größeren Sonnensteine in den Tempeln der *Seegilde* denken. Auf der Arbeitsplatte lagen verschiedene Werkzeuge wie kleine, scharfe Messer, die meisten mit Steinklingen, aber auch eines aus *Eisen*. In der Mitte befand sich ein ebenfalls steinerner Tiegel mit einem glattgeriebenen kugeligen Stein darin, offenbar ein Mörser zum Zerkleinern von Heilmitteln, daneben mehrere tönerne Gefäße, glatte Holzstäbe, Schnüre und feingeflochtene Lappen aus Bast, offenbar Material zur Versorgung von Wunden. Auf der rechten Seite der Platte gab es eine eigene Feuerstelle. Die erkaltete Holzkohle war noch unter einem getöpferten Gefäß zu sehen, das auf drei behauenen Steinen stand. Der Raum unter dem Tisch war zugestellt mit geflochtenen Körben, von denen die meisten getrocknete Pflanzenteile enthielten. Außer dem Tisch befanden sich an der Rückseite des Gebäudes noch mehrere Liegen, ähnlich denen, die vor dem Haus standen. Drei davon waren mit Kranken belegt. Nidiri sprach dort mit einer Frau, die sich gerade über ein Kind beugte. Dann richtete sich die Frau auf und wandte sich den Neuankömmlingen zu. Sie war offensichtlich sehr alt, denn ihre am Hinterkopf zusammengebundenen Haare waren schlohweiß und das wettergegerbte Gesicht war von tiefen Furchen durchzogen. Ihre graublauen Augen blickten aber sehr wach und ihre Haltung war gerade wie bei einer jungen Frau. Sie war einen Kopf größer als Nidiri und von kräftiger Gestalt, sodass sie den Anschein machte, auch in ihrem Alter noch einen Kranken anheben zu können. Gekleidet war sie in einen langen Umhang aus grober Wolle, der die Arme freiließ. Federnd schritt sie auf die neuen Hilfesuchenden zu, als sich plötzlich von der Seite ein Helmträger des *Seo-Thruhtin* dazwischenschob.

„Kann nicht warten!", fauchte er. „Bin Anführer von Krieger. Muss schnell gesund! Erst mich heilen!"

Dabei schwenkte er einen offenbar blau geschlagenen Daumennagel vor dem Gesicht der Heilerin hin und her. Die alte Frau warf einen kurzen Blick auf den Daumen, schnaubte nur verächtlich und wandte sich dann Ilunga zu.

„Heh!", brüllte der Krieger. „Erst ich, ich sage. Bist taub?"

„Ihr kommt später an die Reihe, großer Krieger", antwortete die Frau mit einer ungewöhnlich tiefen, tragenden Stimme.

„Was? Weiß nicht, wer bin? Bin Unterführer von *Seo-Thruhtin* selbst. Wenn nicht gehorchen, dann Strafe!"

„In diesem Haus bestimme ich und sonst niemand. Ich entscheide, welche Kranken vordringlich behandelt werden müssen. Wenn Euch das nicht passt, könnt Ihr mich bestrafen. Dann könnt Ihr aber auch hinterher Eure Krieger selbst wieder zusammenflicken! Wollt Ihr das?"

Einen Augenblick starrten sie sich gegenseitig in die Augen, dann ließ der Krieger seinen Blick senken. „Aber ich danach!" stieß er drohend hervor.

„Wenn nicht noch etwas Wichtigeres kommt", gab sie ruhig zurück.

„Was ist mit der Frau geschehen?", fragte Elfa, als Ilunga auf einer der Liegen lag und sie sich zu ihr hinabbeugte. Juzz drehte sich vorsichtig um, ob der schwarze Krieger mithören konnte.

„Sie hat sich am Schenkel verletzt."

"Das sehe ich selbst", fuhr die Heilerin ihn ärgerlich an. „Ich will wissen, wie sie sich verletzt hat!"

„Es ... es war ... es war ein Pfeil", flüsterte der *Kobereri* zögerlich und sah sich noch einmal vorsichtig um. Elfa sah auf.

„Ihr seid nicht von hier, was? Es war ein Kampf, oder?" Jetzt flüsterte auch sie. Juzz nickte.

„Es wäre besser gewesen, Nidiri hätte mir gleich alles gesagt, dann hätte ich euch etwas abseits behandeln können. Nun ja, nun muss es halt so gehen. Wann ist das mit dem Pfeilschuss passiert?"

„Vor ziemlich genau zwei Tagen."

„Da könnt ihr von Glück sagen, dass die Pfeile nicht vergiftet waren. Sonst wäre sie schon tot."

„Womit denn vergiftet?"

„Mit dem Presssaft des *Iwastrauchs* zum Beispiel. Er wirkt absolut tödlich. Und in Zeiten des Krieges weiß man ja nie, worauf die Menschen noch kommen."

„Heißt das, dass du Ilunga heilen kannst?"

Elfa zuckte mit den Schultern. „Wer weiß, die Götter haben uns mit den Pflanzen zwar viele Heilmittel an die Hand gegeben, aber manchmal kommt unsere Hilfe zu spät. Einige Krankheiten können auch die erfahrensten Heilkundigen nicht bekämpfen. Vielleicht wollen die Götter, dass uns einiges verborgen bleibt. Auf jeden Fall werde ich versuchen, diese Frau wieder gesund zu machen. Allerdings ist die Wundröte weit fortgeschritten. Ohne Hilfe würde sich sicher noch heute der rote *Strich des Todes* zeigen."

Juzz traten die Tränen in die Augen: „Bitte hilf ihr!", flehte er.

„Wenn der Strich heute nach der Behandlung nicht auftritt, wird sie wahrscheinlich überleben", sagte die Heilerin und drückte die Schulter des Birahanen. „Ich mache mich gleich ans Werk."

„Du fertig jetzt?", fuhr der schwarze Krieger wieder dazwischen.

„Tut er sehr weh, der Daumen?"

„Sehr weh, ja. Muss sofort helfen."

„Kommt mit!", und zu Juzz gewandt: „Es geht wirklich ganz schnell. Dann gibt der Mann hier endlich Ruhe."

Elfa zog den Krieger hinüber zu dem großen Tisch und suchte in ihren Werkzeugen. Schließlich hatte sie das Richtige gefunden. Sie nahm den länglichen Stein, der Ähnlichkeit mit einer Speerspitze hatte, aber in einer noch feineren, sehr zerbrechlich wirkenden Nadel auslief. Diesen feinen Bohrer setzte sie auf dem Nagel des Kriegers an, der erschrocken und ängstlich seinen Daumen zurückzog.

„Nein!", schrie er entsetzt. „Soll mich Schmerz heilen, nicht mehr machen!"

„Angsthase!", lachte die Heilerin. „Das Blut drückt gegen den Nagel und schmerzt. Es muss heraus, dann hört auch der Schmerz auf. Gebt ihn schon her, Euren Daumen."

Zögernd schob der Krieger seine Hand vor. Er fühlte sich von den vermeintlichen neu angekommenen *Ihseligen* beobachtet und wollte vor ihnen nicht als Feigling dastehen. Elfa nahm den Daumen, drückte ihn fest auf die Tischplatte, um dann mit einer kurzen Drehung die winzige Steinspitze in den Nagel zu bohren. Der Krieger zuckte kurz, doch bevor er einen Schmerzenslaut von sich geben konnte, trat ein schwärzlicher Blutstropfen aus dem Daumennagel aus.

„Ist weg, Schmerz", stieß er verblüfft aus. „Du wirklich gute Heilerin."

Freudig starrte er auf seinen nunmehr nicht mehr schmerzenden Daumen und eilte hinaus.

„So, und jetzt zu den wesentlichen Dingen", seufzte Elfa. „Zunächst brauche ich frische Kräuter. Du kannst mir helfen", damit deutete sie auf Urk. „Nimm den Korb und komm mit." „Du", wobei sie auf Juzz zeigte, „du bleibst bei der Kranken. Tröste sie, wenn sie aufwacht. Nidiri! Du kochst inzwischen einen Sud aus diesen getrockneten *Heideblüten* und gibst ihn der Kranken in kleinen Schlucken. Er wird ihre Hitze etwas senken. Gib auch etwas von dem Honig dazu, das gibt ihr neue Kraft. Zerreibe dann drei Stücke der getrockneten *Weidenrinde* dort und mische sie mit Wasser. Wir werden sie ihr später einflößen. Das Rindenwasser wird den Schmerz lindern und die Körperhitze noch weiter bekämpfen."

Danach verließ sie mit Urk die Halle, bog um die Hausecke und folgte dort einem kleinen Trampelpfad. Sie stiegen ein Stück den Hügel hinauf und erreichten eine flache Mulde im Hang, die mit einem engmaschigen Zaun aus Zweigen umgeben war. Elfa öffnete eine schmale Pforte und sie standen vor einem Wirrwarr kleiner Beete mit Kräutern, Zwergsträuchern und Sträuchern. Das vor ihnen liegende Blütenmeer strömte in der geschützten Mulde einen betörenden Duft aus.

„Hier wachsen meine Heilpflanzen", sagte sie und zeigte in die Runde. „Für eure Freundin brauche ich frisches Kraut, da wir nicht mehr darauf warten können, dass sich die Heilkräfte aus den trockenen Kräutern entfalten. Den Göttern sei Dank sind die Pflanzen in dieser Jahreszeit schon so weit gediehen, dass wir sie benutzen können. In der Sommerzeit wäre ihre Wirkung allerdings noch besser. Wir müssen also versuchen, die noch geringe Wirkung durch ein Mehr an verschiedenen Pflanzen zu erhöhen. Wenn du die Finger von zwei Händen nimmst und noch zwei Finger hinzuzählst, erhältst du die Zahl der Pflanzen, die ich für einen heilenden Brei benötige. Er ist das stärkste Mittel, das ich bei solchen Verletzungen einsetzen kann. Ich nenne ihn den *Brei der Götter.*"

Elfa bückte sich, pflückte vorsichtig bestimmte Pflanzenteile von den verschiedenen Kräutern, hier Blätter, da Blüten, dort auch Stiele. Urk folgte ihr mit dem Korb, in dem die Heilerin sorgfältig ihre Bündelchen anordnete. Manchmal verharrte sie einen Moment, überlegte und nahm von dem betreffenden Kraut etwas mehr oder weniger. Schließlich hatte sie die Grundlagen ihrer Arznei zusammen und forderte Urk auf, sich zu sputen, damit die Kraft der Kräuter in ihrer Wirkung nicht nachlasse.

Als sie wieder im Haus waren, hatte eine Gehilfin Elfas bereits dafür gesorgt, dass Ilunga in eine Bettstatt im Nachbarraum gelegt wurde. Die Heilerin hatte es vor ihrem Gang in den Kräutergarten angeordnet, damit sie niemand bei der Behandlung beobachten konnte. Sie war nicht erpicht darauf, Schwierigkeiten mit den Kriegern des *Seo-Thruhtin* zu bekommen, wenn sie möglicherweise ihre Feinde heilte.

„Gut so", lobte sie ihre Gehilfin, als sie vor Ilungas Bett stand, und zu Juzz und Urk gewandt meinte sie: „Ihr müsst wissen, dass ich wie viele meiner Zunft ein Gelübde vor den Göttern abgelegt habe, alle Kranken unabhängig von ihrer Herkunft, ihrem Alter und Geschlecht zu versorgen. In Kriegszeiten wird das leider nicht so ohne weiteres respektiert."

Die Gehilfin nahm Urk den Korb ab und ging in den vorderen Raum, um an dem großen Tisch den Pflanzenbrei herzustellen. Gleichzeitig kam Nidiri mit einem Tontöpfchen herein und begann, Ilunga den darin befindlichen Sud einzuflößen. Trotz ihres nahezu bewusstlosen Zustands verzog die Segelweise angewidert das Gesicht und konnte nur mit Zureden und sanftem Zwang dazu gebracht werden, das Gebräu zu schlucken.

„Mittel, die der Heilung dienen, sind manchmal sehr bitter", bemerkte Elfa trocken, während sie sich derweil in einer Tonschüssel Hände und Finger mit Salzwasser und einem rauen Stein schrubbte. Dann trocknete sie sich ihre Hände an einem ausgekochten Basttuch ab. Urks fragender Blick entlockte ihr eine Erklärung für die Reinlichkeit: „Ich weiß nicht, warum ich Hände und Gerät immer sehr gründlich wasche, auch wenn sie offensichtlich nicht schmutzig sind. Aber nach meinen Erfahrungen fördert es die Heilung. Es treten nach den Behandlungen erheblich weniger Rötungen und Erhitzungen auf, als wenn ich es nicht mache. Also wasche ich die Hände gründlich und koche meine Verbände und Werkzeuge. Wer weiß, vielleicht mögen es die Götter, wenn man mehr Aufwand treibt."

Dann ging sie in den Nebenraum und kam mit einer weiteren Waschschüssel und einer kleinen Schale mit Werkzeugen zurück. Nachdem sie Ilungas Wunde und ihren Schenkel ebenfalls gereinigt hatte, betastete sie vorsichtig die Wundränder. Die Kranke stöhnte auf.

„Da ist noch etwas in der Wunde", sagte Elfa. „Es war ein Pfeilschuss, nicht?" Juzz nickte.

„Wer hat den Pfeil entfernt?" Wieder meldete sich der *Kobereri*.

„Du hast ihn wahrscheinlich mit einem Ruck herausgezogen, oder? Hatte der Pfeil eine Knochenspitze?" Erneutes Nicken.

„Wahrscheinlich ein Fischknochen, einfach zu bearbeiten und sehr scharf. Leider splittern sie leicht." Mit einem abschätzigen Blick auf Juzz fügte sie noch hinzu: „Krieger finden das sogar besonders vorteilhaft, weil die Getroffenen später am roten *Strich des Todes* sterben." Der *Kobereri* blickte verlegen auf seine Füße.

„Na ja, wie auch immer, ich werde die Wunde noch einmal öffnen müssen, um den Splitter zu entfernen. Den Göttern sei Dank wird sie in ihrem derzeitigen Zustand nicht viele Schmerzen spüren. Trotzdem solltest du ihr Bein so festhalten, dass sie es nicht hochreißen kann!"

Den letzten Satz hatte sie an Nidiri gerichtet, die sich daraufhin mit beiden Armen auf das geschwollene Bein stützte. Juzz ergriff gleichzeitig Ilungas Hand und hielt sie fest, während die Heilerin eine schmale, spitze Steinklinge im Zentrum des Wundbereichs ansetzte und einen kleinen, aber tiefen Schnitt ansetzte. Ilunga bäumte sich mit einem Wehlaut auf und schaute Elfa entsetzt an.

„Schon gut, schon gut", beruhigte sie die Heilerin. „Das Schlimmste ist schon geschafft." Aus der Wunde ergoss sich ein Schwall blutigwässriger Flüssigkeit. Elfa reinigte noch einmal die Verletzung, bevor sie mit einer langen, spitzen und blankgeputzten Fischgräte in den frischen Schnitt fuhr. Sie hatte die Wundränder auseinander gezogen und suchte jetzt den abgebrochenen Rest der Pfeilspitze. Wieder wimmerte Ilunga und Juzz drückte ihre Hand fester. Nach zwei vergeblichen Versuchen, bei denen Nidiri mit ihrem ganzen Gewicht das verletzte Bein festhalten musste, gelang es der Heilerin, die Grätenspitze so unter den Fremdkörper zu bringen, dass sie ihn nach oben hebeln konnte. Dort konnte sie ihn schließlich mit den Fingerspitzen erfassen und ganz aus der Wunde ziehen. Der Übeltäter war nur etwa halb so groß wie der Nagel ihres kleinen Fingers.

„Geschafft!", sagte sie, „So klein und doch so gefährlich."

Sie presste nun das Fleisch unterhalb der Wunde, um noch möglichst viel Flüssigkeit austreten zu lassen, dann säuberte sie die Verletzung erneut. Mit zwei kleinen, polierten und gekochten Gräten steckte sie die Wundränder fest, sodass sie wieder einigermaßen glatt verheilen konnten. Kurz darauf erschien ihre Gehilfin mit dem frischen Pflanzenbrei.

Er wurde dick auf die Schnittstelle gestrichen und dünn auf die Umgebung der Wunde aufgetragen. Schließlich wickelte Elfa noch eine dünne Matte aus Bastfasern um den Schenkel.

„Gebt ihr zunächst etwas von dem Rindenwasser und dann im Wechsel von dem Gebräu, das Nidiri gekocht hat. Von Zeit zu Zeit immer einen kleinen Schluck. Mehr können wir jetzt nicht tun. Der Rest liegt in den Händen der Götter."

„Wird sie überleben?", fragte Juzz zaghaft.

„Ich weiß es nicht, wir müssen bis morgen warten. Wenn sich ihr Zustand bis dahin etwas bessert, müsste sie es eigentlich schaffen. Lasst sie jetzt ruhen. Wenn sie schläft, weckt sie nicht, wenn sie aufwacht, gebt ihr etwas von den Heiltränken."

„Wir müssen eine Krankenwache einteilen", sagte Urk, nachdem die Heilerin sich wieder den anderen Hilfsbedürftigen gewidmet hatte, „und einer sollte versuchen, etwas zu essen aufzutreiben."

Da Juzz unbedingt noch bei Ilunga bleiben wollte und Nidiri der Heilerin etwas zur Hand ging, machte sich Urk auf, um die Umgebung zu erkunden. Da es auf den Abend zuging, hatte man die Kranken aus dem Hof wieder im Haus untergebracht, und der Ort strahlte nun eine wohlige Ruhe aus. Die Abendsonne begann, die wenigen Wolken in ein zartes Rot zu tauchen, und vom Meer her war das gleichmäßige Plätschern der sanften Dünung zu vernehmen. Urk atmete tief ein und ließ die Ereignisse der letzten Tage noch einmal vor seinem inneren Auge vorbeiziehen. Als er an die Versöhnung von Olunde und Frij dachte, wurde er von einer großen Erleichterung erfasst. Er seufzte und schüttelte seine Gedanken wieder ab. Er sollte etwas zu essen besorgen, da die Fischerfamilie nicht genügend Vorräte besessen hatte, um die Personen auf dem Floß mit Nahrung für längere Zeit auszustatten.

Zunächst umrundete er das Haus Elfas und wendete sich den kleinen Hütten zu. Dort traf er auf eine Frau, die ihn misstrauisch beäugte.

„Bist du auch einer von diesen Kriegern hier?", fragte sie ihn, als er sie um etwas Nahrung gebeten hatte. Er verneinte und erfuhr, dass sie leider nichts mehr für ihn und auch nicht für seine kranke Verwandte hätte, da die Krieger auf der Insel den Bewohnern bereits alles abgenommen hätten. Wenn er Hunger habe, solle er sich doch an die Befehlshaber des *Seo-Thruhtin* wenden. Auf seine Rückfrage, ob vielleicht jemand anderes im Ort noch etwas für ihn hätte, erntete er nur ein Kopfschütteln und ein spöttisches Lachen. Gerade wollte er sich trotz der enttäuschenden Antwort für die Auskunft bedanken, als die Frau schon wieder in ihrer Hütte verschwunden war.

So blieb ihm nichts weiter übrig, als sich zu einem Lager der Kriegsleute zu begeben.

Wohl war ihm nicht, als er auf das Feuer zuschritt, das eine Gruppe von Ihseligen-Kriegern entzündet hatten. Je näher er kam, desto lauter wurden die Stimmen, und er konnte erkennen, dass sie sich in einer aufgeregten Stimmung befanden. Der jeweils Redende gestikulierte wild und wurde meist nach wenigen Sätzen von einem seiner Kameraden unterbrochen. Als Urk verstehen konnte, was sie sagten, stellte er fest, dass sie sich gegenseitig ihre Kriegserlebnisse, vor allem von dem Überfall auf die Birahanen, erzählten. Dabei versuchte jeder Redner, die Geschichte seines Vorgängers noch zu übertrumpfen, sowohl was den Inhalt als auch was die Lautstärke anging. Urk sah sich nach einem Vorgesetzten um, konnte aber niemanden erkennen, der eine solche Funktion haben könnte. Offenbar verbrüderten sich die Krähenflügelträger nicht mit den untergebenen Männern von den Ihseli-Klippen, die hier das Feuer umlagerten. Stattdessen hatten sie ihren einfachen Kriegern erlaubt, sich mit einer Art *Grastrunk* bei Laune zu halten, was diese auch reichlich ausnutzten.

,Wahrscheinlich haben sie die Graskörner auch jemandem abgenommen', dachte Urk, ,vermutlich den Birahanen.'

„Heh, seht da!", wurde er lauthals begrüßt, als er an das Lagerfeuer trat. „Ein junger Mann, den sie noch nicht zum Kriegsdienst verdonnert haben. Das nenne ich eine Seltenheit. Komm her und erzähl uns, wie du dich hast drücken können." Der Sprecher winkte hastig einem seiner Kameraden, der die Tonbecher der Krieger immer wieder nachfüllte, auch dem Hinzugekommenen einen Becher abzufüllen. Der Grastrunkverteiler kam der Aufforderung sofort nach, und kurz danach hatte auch Urk ein Getränk in der Hand. Im schwindenden Licht sah Urk in die trübe Flüssigkeit, überwand ein leichtes Ekelgefühl, bedankte sich und trank seinen Gönnern zu. Es war der schnell herzustellende *Spucketrunk,* den er sofort an seinem muffig-gärigen Geschmack erkannte. „Ist noch vor zwei Tagen von den Schönen des Ortes gekaut worden!", setzte der Sprecher nach. „Nicht von meinem Nachbarn hier mit den faulen Zähnen, hahaha!"

Urk zog richtigen *Grastrunk* vor, der längere Zeit gären musste, nicht so trüb war und einen klaren Geschmack hatte. Immerhin nahm ihm die Vorstellung, dass die Frauen im Ort die Körner vor der Gärung gekaut hatten, ein wenig von seinem Ekel.

„Nun, wie hast du es angestellt?"

„Was meinst du?"

„Habe ich doch schon gesagt: Wie hast du dich davor drücken können, Krieger zu werden?"

„Eigentlich habe ich mich gar nicht gedrückt", sagte Urk. „Aber erzählt es nicht weiter. Ich bin bis jetzt noch nicht gefragt worden."

„Das kann doch nicht wahr sein", eiferte sich sein Gegenüber. „Auf unserer *Scorra* sind drei Hände voll Krieger des *Seo-Thruhtin* aufgekreuzt, damit ihnen ja niemand durch die Lappen ging."

„Das glaube ich gern. Ihr seid ja auch lange als Inselbewohner bekannt. Bei mir liegen die Dinge etwas anders. Ich bin erst vor kurzem auf die Ihseli-Klippen gekommen. Das hat sich glücklicherweise noch nicht bis zum *Seo-Thruhtin* herumgesprochen."

„Wo kommst du denn her, und weswegen bist du aus deiner Heimat geflohen?"

„Ich komme aus Splint, aus dem Holzland, wenn ihr wisst, wo das liegt. Und geflohen bin ich wegen des Kriegs. Die Gegend dort wimmelte nur noch von kampflustigen Steppenkriegern."

„Ja, ja, unsere netten Verbündeten", brummte der *Ihselige.* „Aber dazu sage ich lieber nichts."

Die Krieger in der Runde nickten zustimmend.

„Jedenfalls bist du dann von einer Not in die nächste geschlittert", setzte der *Ihselige* hinzu. „Wir waren hier schon an einigen Schlachten beteiligt."

„Erzählt!", forderte Urk sie auf. „Ich habe das ganze Geschehen durch meine Flucht nur am Rande mitbekommen. Und ich glaube, es ist gesunder, wenn man weiß, was hier so abläuft."

„Davon kannst du ausgehen, mein Junge. Hätte ich vorher gewusst, was mich erwartet, hätte ich mich rechtzeitig auf eine kleine, unbewohnte Klippe zurückgezogen und abgewartet, bis der ganze Wahnsinn vorbei ist."

Erneut bestätigten seine Kameraden seine Worte mit einem zustimmenden Nicken.

Urk erfuhr nun von dem Sprecher, wie die Männer des *Seo-Thruhtin* die einzelnen Inseln, Scorren und Klippen aufgesucht hatten, um alle kampffähigen Männer zum Kriegsdienst zu zwingen, zum Teil mit brutaler Gewalt. Wenn die Männer sich weigerten, wurden sie mit Knüppeln von den schwarzen Kriegern geschlagen, manchmal bedrohten sie auch die Frauen und Kinder der *Ihseligen,* um die Männer gefügig zu machen. Danach habe man sie auf die Birahanen gehetzt, angeblich, um ihnen die Möglichkeit zu geben, sich für die immer wieder erlittene Schmach zu rächen.

„Welche Schmach sollte das sein?", regte sich der Sprecher auf. „Klar, wir haben immer Auseinandersetzungen mit den Seeräubern gehabt, sie haben einige von uns auch in die Sklaverei verkauft, aber seien wir doch einmal ehrlich: Haben wir uns ihnen gegenüber anders verhalten, wenn sich die Möglichkeit ergab?"

Die Männer schüttelten den Kopf.

„Eben! Und deshalb sehe ich auch keine Schmach, die es zu tilgen gälte. Bei Lichte betrachtet ist das alles vorgeschoben. Wir sollen für diese Männer vom Meer die Drecksarbeit machen."

„Halt lieber den Mund, du weißt nie, wer hier mithört", wurde der Sprecher von einem seiner Genossen gewarnt.

„Aber was in dem Krieg mit den Birahanen abgelaufen ist, könnt ihr mir schon erzählen, oder?", warf Urk ein.

So erfuhr er, dass die Ihseligenkrieger aufgeteilt worden waren. Eine Gruppe, die von sich behauptet hatte, sie würde sich noch in Duggaland auskennen, wurde dem Heer der Steppenkrieger zugeschlagen, der weitaus größere Teil aber wurde für einen Angriff auf die *Seo-Birahanen* eingesetzt. Kontrolliert von den schwarzen Kriegern in ihren Auslegerbooten griffen sie die Siedlungen der Seeräuber an. Die meisten waren völlig unvorbereitet und wurden so zu leichten Opfern der Angreifer. Die besseren Birahanenflöße wurden, wenn man ihrer habhaft werden konnte, übernommen, was wiederum zu Verwirrung bei den Seeräubern führte, die nicht verstanden, wieso sie von den eigenen Leuten angegriffen wurden. Bis die Birahanen gemerkt hatten, was geschah, hatten die *Ihseligen* schon nahezu die Hälfte der Scorren eingenommen und die Bevölkerung darauf getötet. Von da an wurden die Kämpfe heftiger, da die Birahanen vorgewarnt waren. Die Verluste der *Ihseligen* stiegen spürbar.

„Sie sind gute Kämpfer, die Birahanen, man sollte sie nicht unterschätzen", erklärte der *Ihselige*. „Aber die wendigen Boote des *Seo-Thruhtin* können sie nicht besiegen. Die Krähenhelme umkreisen mit ihren Auslegerschiffchen ihre Beute wie die Falken und schießen mit ihren Bögen einen Krieger nach dem anderen ab. Wenn nur noch wenige Männer auf den Flößen waren, mussten wir sie entern und den Rest erledigen. Wir haben sie besiegt, schließlich waren wir in der Übermacht, aber du kannst mir glauben, dass sie auch dann noch eine Reihe von uns mit in den Tod genommen haben. Inzwischen sollen unsere Leute soweit vorgedrungen sein, dass sie Waderborg belagern. Den Göttern sein Dank, dass sie uns kleinere Verwundungen beschert haben, so können wir auf dieser wunderschönen Insel auf das Ende des Krieges warten. Darauf trinke ich."

„Auf das Kriegsende!", grölten die Männer im Chor.

„Glaubt ihr wirklich, dass der Krieg bald vorbei sein wird?", hakte Urk nach. „Meint ihr nicht, dass sich der *Seo-Thruhtin* an Duggaland die Zähne ausbeißen wird?"

„Die Zähne ausbeißen? Ha, da kann ich nur lachen. Die Männer des *Seo-Thruhtin* sind unbesiegbar, wenn du mich fragst. Ihren Booten hat ganz Duggaland nichts entgegenzusetzen, und sie kämpfen wie die Löwen. Ein Einzelner von ihnen nimmt es mit einer ganzen Gruppe von uns auf. Sie sind, wie soll ich sagen, geübt und schnell. Jeder Griff sitzt, jeder Pfeil erreicht sein Ziel."

„Das Heer des *Seo-Thruhtin* soll aber nicht immer so erfolgreich gewesen sein", wandte Urk ein. „Zumindest habe ich während meiner Flucht so etwas munkeln hören."

„Jaja, das Heer. Das sind die *Hros-Wigmannen.* Und hinter diesem wohlklingenden Namen verbirgt sich nichts anderes als das altbekannte Steppenvolk. Gut, man hat den jungen Leuten das Kämpfen beigebracht, aber schlauer als vorher sind sie damit auch nicht geworden. Der *Seo-Thruhtin* dagegen, das sage ich dir, das ist ein ganz Ausgekochter. Er hat Tvinhaag ausgeblutet, und jetzt bereitet er seinen letzten Schlag vor, glaube es mir."

Urk wurde hellhörig.

„Was meinst du mit ‚sein letzter Schlag'?"

„Ich sage nur *Eisen*", antwortete der Sprecher geheimnisvoll. Urk sah ihn fragend an.

„Nun, es wird erzählt, dass das Heer vor Tvinhaag abgezogen wird. Es soll auf Schratstihn marschieren. Tvinhaag ist angeblich zwar nicht eingenommen worden, aber so geschwächt, dass seine Krieger den *Hros-Wigmannen* nicht folgen werden. Also stehen die Schrate allein da. Und wir", hier machte der *Ihselige* eine bedeutungsvolle Pause, „wir kommen von der Küste hoch und nehmen Schratstihn in die Zange. Die Siedlung wird fallen, die Übermacht ist zu groß. Wenn der *Seo-Thruhtin* dann im Besitz des Schrateisens ist, ist Duggaland geliefert."

Urk erschrak angesichts dieser Aussichten.

„Aber wie wollt ihr denn mit eurer Streitmacht von See aus den Schratstihn erreichen?", fragte er. „Soviel ich weiß, gibt es nur von Tvinhaag aus einen Weg ins Erzland."

„Hahaha, man merkt, dass du noch nicht lange auf den Klippen bist, mein Freund. Hier weiß jedes Kind, dass es einen Pfad von unserer Küste direkt zum Schratstihn gibt. Übrigens wissen auch die Schrate davon. Sie haben immer geduldet, dass die *Ihseligen* ihn für den Handel mit ihren Köhlern benutzen. Wir tauschen unseren *Bernstein* gegen ihre Holzkohle. Weißt du, auf den Scorren gibt es nicht viel Baumbestand. Fisch schmeckt uns aber gegart besser, und *Bernstein* brennt zwar, aber die Mengen, die man hier findet, reichen nicht für ein ordentliches Feuer. Verstehst du?"

Urk nickte.

„Als Bedrohung haben die Schrate diesen Pfad nie angesehen", und mit einem Schnauben setzte der Redner hinzu: „Und uns haben sie ohnehin nicht ernst genommen. Nur der *Bernstein*, der gefiel ihren Frauen." Inzwischen begannen einige der Krieger, Urk misstrauisch zu beäugen. Seine intensiven Fragen und seine Unkenntnis erschienen ihnen offenbar verdächtig. Der Flößer fühlte, dass es Zeit war, sich zu verabschieden. Nach Nahrungsmitteln zu fragen, traute er sich nun auch nicht mehr. Soviel er beobachten konnte, hatten die Menschen, die hierher auf die Insel der Heilerin kamen, für ihre Nahrung vorgesorgt. Wenn er nun etwas zu essen erbettelte, würde das den keimenden Verdacht gegen ihn sicher noch verstärken.

„Vielen Dank, dass ihr mir etwas von eurem Trunk abgegeben habt, aber ich muss nun nach meiner Kranken sehen und ihr etwas zu essen geben", wandte er sich an die Runde. „Auch vielen Dank für den Hinweis, dass die Männer des *Seo-Thruhtin* noch immer Krieger suchen. Ich werde versuchen, ihnen möglichst aus dem Wege zu gehen."

Eilig kehrte er zu Juzz zurück.

Der saß neben dem Lager Ilungas und kaute an einem Stück geräucherten Fischs.

„Hier, nimm", sagte er mit vollem Mund und wies auf ein gut belegtes Holzbrett, „wir haben noch mehr davon. Nidiri hat die Fische vorhin gebracht, allerdings mit der Auflage, dass wir uns bei Bedarf hier auch etwas nützlich machen sollten. Die Nahrungsmittel sind nämlich nur für die Helfer der Heilerin bestimmt."

„Wie geht es Ilunga?", fragte Urk und griff erfreut nach einem der duftenden Fische.

„Sie schläft, und die Heilerin meinte vorhin, es sähe nach Genesungsschlaf aus."

„Den Göttern sei Dank, wenn sie recht behält. Aber das werden wir wohl erst morgen früh wissen." Juzz nickte.

„Du bist wohl vergebens auf Nahrungssuche gewesen, oder?"

„Das schon, aber ganz nutzlos war meine Suche nicht. Ich konnte ein paar Neuigkeiten zur Kriegslage erfahren. Wir sollten übrigens den Kontakt mit den Anhängern des *Seo-Thruhtin* meiden, sie suchen immer noch händeringend nach Männern, die sie zu Kriegern machen können. Da trifft es sich vielleicht gut, wenn wir uns hier bei der Heilerin nützlich machen."

Als Juzz ihn fragend anblickte, unterrichtete er ihn über alle Einzelheiten, die er bei seiner Nahrungssuche erfahren hatte.

„Damit wären unsere nächsten Schritte schon vorherbestimmt", sinnierte der *Kobereri*, als Urk seinen Bericht beendet hatte. „Wir müssen an die Küste der *Ihseligen* segeln und diesen geheimen Handelspfad finden ..."

„Der jetzt gar nicht mehr so geheim ist", unterbrach ihn Urk. „Schließlich werden die Ihseligenkrieger ihn benutzen, um zum Schratstihn zu gelangen."

„Wir müssen ihnen zuvorkommen und die Schrate warnen." Urk nickte zustimmend.

„Ob Thorn wohl von diesem Pfad weiß? Bisher hat er mir nie von einer Handelsbeziehung zu den *Ihseligen* erzählt."

„Keine Ahnung. Aber vielleicht ist das auch ein geheimes Schratwissen, das nicht weitererzählt werden darf. Die Köhler und Schmiede gelten wahrscheinlich nicht zu Unrecht als verschwiegen."

Danach saßen sie noch eine Weile still beieinander und beobachteten die schlafende Segelweise. Da diese sich nicht rührte und gleichmäßig im Schlaf atmete, entschieden sie sich, sich in die Decken zu hüllen, die Nidiri ihnen besorgt hatte, um zu schlafen.

Es war noch nicht Morgen, als sie von lautem Geschrei geweckt wurden. Kurz darauf stürzte Nidiri in den Raum und war offensichtlich froh, sie bereits wach vorzufinden. So konnte sie leise mit ihnen sprechen und lief nicht Gefahr, Ilunga zu wecken, die trotz der lauten Stimmen noch schlief.

„Kommt schnell!", flüsterte sie eindringlich. „Elfa braucht dringend eure Hilfe. Sie traut euch offenbar mehr als den Kriegern hier."

„Na, da können wir ja direkt unser Abendmahl abarbeiten", bemerkte Juzz trocken, schaute besorgt noch einmal nach Ilunga und folgte dann den beiden aus dem Raum. In der großen Halle sahen sie die Heilerin über eine junge Frau gebeugt, die man auf einem schnell hereingetragenen Holztisch abgelegt hatte. Das Gesicht der Frau war blutüberströmt, und in der Mitte des Schädels klaffte eine breite Wunde. Ihre Glieder zitterten immer wieder in unregelmäßigen Abständen. Elfa betupfte mit einem Lappen die Wunde, um in dem Gewirr von Blut und Haaren die eigentliche Verletzung erkennen zu können.

„Der Schädelknochen ist geborsten. Kann sein, dass Splitter bis ins Hirn gedrungen sind", murmelte die Heilerin, um sich dann abrupt an ihre Gehilfin zu wenden, die bis dahin die Verletzte festgehalten hatte: „Mach alles fertig für eine *Schädelöffnung,* schnell!"

Die Angesprochene eilte zu dem großen Steintisch und begann, dort verschiedene Geräte und Arzneien zusammenzustellen. Nidiri übernahm derweil ihre Aufgabe.

„Was ist passiert?", fragte Urk.

„Ach, das war wieder einer dieser verrückten Krieger!", fauchte Elfa aufgebracht. „Er hat sich heimlich hier in die Halle geschlichen und versucht, etwas von meinen Kräutern zu stehlen, wahrscheinlich in der Hoffnung, ein Rauschmittel zu erwischen. So, wie er sich verhalten hat, könnte es ihm sogar gelungen sein, denn als meine Gehilfin hier…", damit deutete sie auf die Verletzte vor sich, „als sie ihn hindern wollte, hat er ihr mit einem Knüppel auf den Kopf geschlagen, mit voller Kraft, völlig unkontrolliert. So fest, dass die Schädelknochen dabei zu Bruch gegangen sind. "

„Und wo ist er nun?"

„Nidiri ist von dem Lärm wachgeworden und hat sofort ein paar Krieger alarmiert, die ihn fortgeschleppt haben."

„Warum hast du nicht uns gerufen, Nidiri, wir waren doch näher?"

„Ihr wollt doch nicht wirklich in eine Auseinandersetzung mit einem berauschten und unberechenbaren Krieger des *Seo-Thruhtin* verwickelt werden, oder?", antwortete die Heilerin an Nidiris Stelle. Juzz sah das junge Mädchen an: „Danke für die Umsicht!"

Die Angesprochene lächelte nur kurz, denn sie war dabei, der Verletzten vorsichtig etwas von einem Gebräu einzuflößen, das beruhigend wirken sollte.

„Ihr müsst den Kopf der Frau festhalten, während ich ihr den Schädel öffne, traut ihr euch das zu?", wies Elfa nun Juzz und Urk an. „Es eilt, es ist grausig und für das Opfer hier sehr schmerzhaft. Leider haben uns die Götter bisher kein Mittel gezeigt, die Kranken gezielt in einen tiefen, schmerzlosen Schlaf zu versetzen. Deshalb bleibt uns nur diese qualvolle Möglichkeit, der Frau das Leben zu retten."

Juzz und Urk sahen sich kurz an, schluckten und nickten zustimmend.

„Na, dann los!", stieß Elfa hervor.

Zunächst wurde die Verletzte mit Lederstreifen auf dem Tisch festgebunden, sodass sie ihren Körper auch bei großen Schmerzen nicht bewegen konnte. Da die Frau noch nahezu ohnmächtig war, leistete sie dabei keinen Widerstand. Das Hauptproblem war, den Kopf ruhig zu stellen, sodass die Heilerin bei ihrem Tun nicht abrutschte und so weitere Verletzungen im Hirn hervorrief. Um dies zu gewährleisten, war die Kraft von zwei Männern notwendig, die von jeder Seite den Schädel halten mussten.

Vorsichtig begann die Heilerin, mit spitzen Fingern die Haare aus der Wunde zu entfernen. Urk bemerkte, dass sie dabei vorzugsweise die Nägel am Daumen und Zeigefinger der rechten Hand benutzte, die sie besonders lang hatte wachsen lassen. Außerdem waren sie zur Mitte hin so zugefeilt, dass sie einen feinen Pinzettengriff ermöglichten. ‚Sie muss viel Sorgfalt darauf verwenden, die beiden Nägel in dieser Form zu erhalten', dachte Urk angesichts seiner eigenen Erfahrungen mit eingerissenen oder abgebrochenen Fingernägeln. Als Elfa die Wunde freigelegt hatte, betupfte sie sie mit einem ausgekochten, verfilzten Wolllappen, bis sie ihr sauber erschien. Die Haut war durch den Schlag aufgeplatzt, sodass man den darunter liegenden Schädel erkennen konnte. Der Knochen war auf beiden Seiten eines deutlichen Risses leicht nach innen weggeknickt.

„Diese beiden Bruchstücke muss ich entfernen", teilte die Heilerin ihren Gehilfen mit. Dann ergriff sie ein Feuersteinmesser und rasierte damit die Haare rund um die Wunde ab. Anschließend tauschte sie das Messer gegen eine zierliche Feuersteinklinge, mit der sie die Kopfhaut so einschnitt, dass ein Kreuz entstand, in dessen Mitte sich die

Verletzung befand. Nun schob sie vorsichtig die Spitze der Klinge zwischen Schädelknochen und Haut, zog die dreieckigen Enden der Haut nach hinten und steckte sie jeweils mit einer gereinigten Fischgräte fest. Die Schädeldecke lag nun in Form eines Quadrates von etwa vier Fingern Breite offen. Die Bruchverletzung im Zentrum war so für weitere Maßnahmen frei zugänglich. Bisher hatte sich die Frau auf dem Tisch kaum gerührt, lediglich bei den Schnitten hatte sie aufgestöhnt und versucht, den Kopf wegzuziehen.

„Jetzt kommt der schwierigere Teil", bemerkte Elfa sachlich. „Ihr müsst jetzt sehr aufmerksam sein. Eine kleine Kopfbewegung kann schlimme Folgen nach sich ziehen.

Urk und Juzz atmeten noch einmal tief ein, nickten zum Zeichen ihrer Bereitschaft und konzentrierten sich genau auf ihre Aufgabe.

Es war eine lang andauernde und elende Tortur, die die Heilerin der Verletzten zumuten musste. Mit Schabe- und Kratzwerkzeugen aus Stein dünnte sie den Schädelknochen um die Bruchstelle herum aus, bis er wenig mehr als die Dicke eines Fingernagels besaß. Je dünner der Knochen wurde, desto vorsichtiger musste die Heilerin zu Werk gehen, um nur nicht mit ihren Werkzeugen in die Hirnmasse abzugleiten. Die Verletzte stöhnte und jammerte während der ganzen Behandlung, was Juzz und Urk so zusetzte, dass sie beide schweißgebadet waren. Endlich war der Knochen um den Bruch herum so weit heruntergeschabt, dass Elfa zum letzten Schritt übergehen konnte. Auch sie schwitzte, und Nidiri war ständig damit beschäftigt, ihr den Schweiß von der Stirn zu tupfen, damit er ihr nicht in die Augen lief. Die zweite Helferin gab Elfa die geforderten Werkzeuge an und reinigte die gebrauchten zwischendurch in kochendem Wasser.

Nach einer weiteren Aufforderung an ihre Helfer, in der Aufmerksamkeit jetzt auf keinen Fall nachzulassen, klemmte die Heilerin einen dünnen, spitz gefeilten Knochen in die Bruchstelle und versuchte behutsam, eines der beiden eingedrückten Knochenstücke vom Hirn wegzuhebeln. Die dünn geschabte Knochenscheibe gab etwas nach, bog sich und Elfa konnte einen zweiten Stab unter das Bruchstück bringen. Noch etwas weiter bog sie die geborstene Platte, griff schließlich mit den Fingern zu und knickte den abgeflachten Knochen nach oben. Mit einem leisen Knirschen brach das Stück der Schädeldecke genau an der dafür bearbeiteten Stelle ab. Mit dem zweiten, eingedrückten Teil des Schädelknochens verfuhr Elfa genauso. Danach schob sie ein kleines, festes Lederläppchen unter die gebrochenen Ränder und kratzte mit einem fingergroßen, rauen Stein die Bruchkanten glatt. Zwei oder drei kleine Knochensplitter entfernte sie noch mit ihren Pinzettennägeln und murmelte dann: „Puh, das Schwierigste wäre geschafft."

Zur Versorgung der Wunde wurde eine Tinktur aus verschiedenen Heilpflanzen aufgetragen, und nach einer abermaligen Aufforderung, den Kopf jetzt noch einmal ganz fest zu halten, vernähte die Heilerin die Hautlappen über dem Hirn mit Nadel und Faden aus einer Fischgräte und mehreren gedrehten, langen Menschenhaaren. Die Naht wurde mit dem *Brei der Götter* bestrichen und schließlich mit einem sauberen Tuch aus Bast bedeckt.

„So, du hast es geschafft", flüsterte Elfa ihrer verletzten Gehilfin zu und streichelte ihr dabei die Wange. „Nun brauchst du nur noch viel Ruhe und die Unterstützung der Götter. Ich werde für dich beten."

Als ob sie es in ihrem benommenen Zustand verstanden hätte, seufzte die Angesprochene erleichtert auf. Nachdem man sie von ihren Fesseln befreit hatte, bettete man sie in ein Lager im hinteren Teil des Raumes um und passte ihr eine Haube aus stabilem Leder an, die die Öffnung in ihrem Schädelknochen schützen sollte.

„Danke für die Hilfe", wendete sich die Heilerin nun an ihre Assistenten, „und vor allem dafür, dass ihr so lange durchgehalten habt."

Erst jetzt bemerkte Juzz, dass die Sonne schon lange ihren Mittagsstand hinter sich gelassen hatte. Nie in seinem bisherigen Leben hatte er sich so lange pausenlos auf eine Sache konzentrieren müssen.

„Was ist mit Ilunga?", rief er erschrocken aus und stürzte in den Nachbarraum. Urk folgte ihm eilig und sah gerade noch, wie die Segelweise ihren Kopf hob und Juzz mit einem seligen Lächeln empfing.

„Ilunga, du bist wach? Oh, wie schön! Wie, wie geht es dir?", stotterte der *Kobereri* aufgeregt.

„Viel besser. Ich muss lange geschlafen haben, glaube ich. Die Sonne scheint schon nicht mehr sehr hoch zu stehen."

„Du hast recht, es geht auf den Abend zu. Du kannst dich schon bald wieder ausruhen."

Jetzt trat Urk an das Krankenbett, lächelte Ilunga an und fühlte ihre Stirn.

„Du bist nicht mehr so heiß im Gesicht. Das ist bestimmt ein gutes Zeichen. Vielleicht kann Elfa sich gleich mal dein Bein anschauen, wenn sie sich etwas ausgeruht hat."

Auf Ilungas fragenden Blick wandte sich Urk wieder zum Ausgang.

„Ich lasse euch beiden jetzt erst einmal allein und schaue nach Elfa", sagte er im Hinausgehen. „Juzz kann dir inzwischen alles berichten, was sich während deiner Ruhezeit zugetragen hat."

Es dämmerte schon, als er mit Nidiri zurückkehrte. Der *Kobereri* saß neben Ilunga auf der Bettstatt und hielt ihre Hand. Zärtlich blickten sie einander in die Augen.

„Wird Elfa bald kommen?", fragte Juzz, nachdem auch Nidiri Ilunga begrüßt hatte.

„Sie ist schon da!", ertönte die kräftige Stimme der alten Frau, während sie eintrat. „Na, da wollen wir doch einmal schauen, wie der Brei gewirkt hat."

Eilig traten alle an die Seite, um die Heilerin an das Bett zu lassen. Vorsichtig löste die alte Frau den Verband aus Bast und strich mit einem schmalen Holzspatel, der frisch aus einem Weidenast geschnitzt war, die Reste des Breis an die Seite. Dann wischte sie alles mit einem Tuch ab. Eine Weile betrachtete sie das Bein, ohne irgendein Anzeichen in ihrem Gesicht, das auf Freude oder Sorge schließen ließ. Juzz trat nervös von einem Bein aufs andere. Am liebsten hätte er die Heilerin angefahren, nun doch endlich etwas verlautbaren zu lassen. So wie bei allen, die um ihr Bett standen, war auch Ilungas Blick die ganze Zeit gebannt und angstvoll auf Elfas Gesicht gerichtet, so, als ob sie einen Urteilsspruch erwartete und hoffte, dass die Strafe an ihr vorübergehen möge. Schließlich blickte die Heilerin ihr tief in die Augen.

„Die Götter haben dir geholfen. Du wirst überleben", sagte sie sanft, und in ihrem Gesicht erschien ein mildes Lächeln. „Es tut mir leid, dass ich euch so auf die Folter gespannt habe."

„Juhuuh!", schrie Juzz laut auf, tanzte wie ein Verrückter durch den Raum und stürzte sich dann auf Ilunga, um sie wie von Sinnen abzuküssen.

„He!", ging Elfa dazwischen. „Das gilt natürlich nur, wenn sie nicht überanstrengt wird. Sie braucht nach wie vor Ruhe, Ruhe und gutes Essen.

„Und viel Liebe!", fuhr Juzz wieder dazwischen.

„Stimmt, aber zurzeit nur in Form von Gesellschaft, Händchen halten und hin und wieder einem Küsschen."

„Das andere holen wir später nach, Juzz", wandte sich Ilunga mit matter Stimme, aber leuchtenden Augen an den *Kobereri*.

„Ganz bestimmt!", stieß der hervor und schubste Urk und Nidiri, die auch gerade ihrer Freude über die gute Nachricht durch eine herzliche Umarmung der Kranken Ausdruck verliehen, an die Seite.

„Schluss jetzt!", ging Elfa erneut dazwischen. „Wenn ich recht behalten soll, müssen wir noch ein paar Tage lang den Verband wechseln und die Breipackung erneuern. Kannst du das übernehmen, Nidiri?"

Die Angesprochene nickte.

„Gut, dann braucht ihr mich jetzt nicht mehr, und ich kann mich wieder den anderen Hilfsbedürftigen widmen."

„Eine Frage noch!", hielt Urk die Heilerin vom Hinausgehen zurück. „Wie lange wird Ilunga noch hier ruhen müssen, oder anders gefragt: Wann können wir sie wieder mitnehmen?"

„Das kommt darauf an, wie ihre Genesung fortschreitet. Aber wenn ich mir überlege, dass der Brei und die Ruhe schon eine solche Verbesserung gebracht haben, kann sie vermutlich in wenigen Tagen reisen. Aber nur, wenn sie dabei nichts anderes tut als in Ruhe mit einer Decke an Deck zu sitzen oder bei schlechtem Wetter in der Schutzhütte. Ihr müsstet ihr allerdings dann noch die Gräten aus der Wunde ziehen, wenn sie zugewachsen ist. Auf keinen Fall, bevor so viel Tage verstrichen sind wie sich Finger an zwei Händen befinden. Das gilt natürlich nur, wenn sich um die Einstichstellen kein Eiter bildet. In dem Fall müsst ihr sie vorher ziehen und peinlich genau darauf achten, dass die Wunde nicht wieder aufreißt."

Urk nickte und stellte dann noch eine letzte Frage.

„Was wäre gewesen, wenn du sie nicht hättest retten können?"

„Dann hätte ich sie, solange sie noch bei klarem Verstand ist, gefragt, ob sie die Krankheit bis zum Tod ertragen will."

„Und was bedeutet das?"

„Am roten Strich zu sterben ist kein Vergnügen. Ich hätte sie gefragt, ob ich ihr ein Mittel geben soll, das das Leiden abkürzt. Vielleicht ist dir bei unserem Gang in den Kräutergarten aufgefallen, dass ich auch Giftpflanzen ziehe."

„Ich habe noch nie von einer Heilerin gehört, die auch tötet", meinte Urk betroffen.

„Ich mache es auch nur auf Verlangen. Und glaube mir, es fällt mir sehr schwer. Aber ich bin trotzdem der festen Überzeugung, dass das manchmal die gnädigere Lösung ist. Es gibt Krankheiten, die wir nicht heilen können, von denen wir aber wissen, dass sie tödlich sind und dass die Betroffenen extreme Schmerzen leiden. Ich gebe diesen Todgeweihten einen Trunk, der sie einschlafen lässt und ihnen die Schmerzen lindert. Aus diesem Schlaf wachen sie dann im Allgemeinen nicht mehr auf."

Betroffen schwiegen die Anwesenden, als Elfa nun endgültig den Raum verließ. Nidiri, der die Ansicht der Heilerin seit Langem bekannt war, zeigte sich als Einzige völlig gelassen und begann in aller Ruhe, Ilunga einen neuen Breiwickel anzulegen. Anschließend nahmen alle gemeinsam ein Essen ein, das ihnen von den Gehilfen der Heilerin zur Verfügung gestellt worden war. Danach zeigte Ilunga erneut Zeichen von Müdigkeit, bat die beiden Männer aber noch, sie nach draußen zu tragen, da sie ihre Notdurft verrichten müsse. Die Trage, mit der sie Ilunga vom Floß hergetragen hatten, stand noch im Raum. So konnten sie die Verletzte leicht ins Freie und später wieder ins Haus schaffen. Als die Segelweise schließlich schlief, hatte keiner von ihnen Lust, noch einmal hinaus zu gehen. Sie wollten sich möglichst wenig von den Kriegern des *Seo-Thruhtin* sehen lassen.

Die nächsten drei Tage verliefen ausgesprochen gleichförmig. Wenn Nidiri gerade nicht der Heilerin zur Hand ging, kümmerte sie sich regelmäßig um die Wundversorgung Ilungas, die zunächst viel schlief oder matt dahindämmerte. Trotzdem verbesserte sich ihr Zustand soweit, dass sie am zweiten Tag fast durchgängig wach blieb und sich bereits selbst kurzfristig erhob und etwas im Raum herumging. Am dritten Tag ging sie schon allein vor die Tür, was Elfa mit großer Genugtuung und Freude erfüllte. Juzz verbrachte viel Zeit an Ilungas Bett und half ansonsten im Krankenbereich aus. Meist übernahm er dort gröbere Aufgaben, die viel Kraft erforderten wie Kranke zu tragen oder eine neue Bettstatt aufzubauen. Auf diese Weise kam er auch nur mit solchen Kriegern des *Seo-Thruhtin* in Berührung, die nicht weiter mit ihren Kameraden reden konnten, weil sie zu schwach waren. Urk war von Elfa in den Kräutergarten geschickt worden. Die Heilerin nahm sich die Zeit, ihn gründlich darin zu unterweisen, welche Pflanzen in den Garten gehörten und welche ausgerissen werden mussten, damit sie die Heilkräuter nicht am Wachsen hindern konnten. Die Aufgabe gefiel dem Flößer, da er an der frischen Luft war und gleichzeitig einiges über Pflanzenheilkunde lernen konnte. Er nahm sich vor, später, wenn der Krieg einmal zu Ende sein sollte, mit Olunde auch einen kleinen Kräutergarten anzulegen. Durch seine Gartentätigkeit hatte ihn die Heilerin ebenso wie Juzz den Blicken der anwesenden Krieger entzogen. Zwar hätte er die Männer gern noch weiter zum *Seo-Thruhtin* und seinen Plänen befragt, jedoch erschien ihm das Risiko, bei ihnen Verdacht zu wecken, zu groß. Am vierten Tag fühlte sich Ilunga wieder reisefähig. Sie humpelte zwar noch ein wenig, konnte aber mit Hilfe eines Stocks wieder recht gut gehen.

„Bald werde ich auch wieder andere Bewegungen machen können", grinste sie Juzz vielsagend an.

Nach kurzer Beratung und Rückfrage bei Elfa beschlossen sie, am nächsten Morgen in aller Frühe zu Nidiris Eltern zurückzusegeln.

„Der Wind weht immer noch aus der gleichen Richtung wie am Tag unserer Ankunft", wandte sich Juzz an Nidiri, nachdem sie in aller Frühe aufgebrochen waren und zum Strand hinuntergingen.

„Stimmt!", antwortete sie, nachdem sie einen angefeuchteten Finger in die Luft gehalten hatte. „Wir werden wohl im Zickzack segeln müssen. Das kostet Zeit, aber wir haben ja noch den ganzen Tag vor uns."

Juzz nickte und griff Ilunga unter den Arm, um sie beim Abwärtsgehen zu unterstützen. Der Morgen war noch jung, die Luft frisch, und von den Kriegern hatte sich bisher keiner sehen lassen. Offenbar schliefen sie noch. Als die Gruppe schließlich am Floß angelangt war, begann Nidiri, die Segel klarzumachen, während Juzz sich in der Hütte beschäftigte, um der Verletzten ein möglichst bequemes Lager zu bereiten. Urk blieb mit Ilunga am Ufer stehen und stützte sie so lange, bis Juzz ihnen Bescheid geben würde. Versonnen blickte er auf den Hügel der Insel, über dem die aufgehende Sonne ihre Strahlen leuchten ließ, ohne sich selbst zu zeigen.

„Heh!", ertönte in diesem Augenblick eine raue Stimme vom benachbarten Floß herüber. Ein Mann kroch gerade etwas schlaftrunken aus der Hütte des Ihseligenfloßes und rieb sich noch die Augen. Offenbar hatte er die Nacht dort als Wache zugebracht. Urk erkannte ihn sofort, er hatte mit in der Runde der trinkenden Krieger gesessen.

„Du bist ja immer noch hier!", brüllte der Mann. „Ich dachte, du hättest dich längst aus dem Staub gemacht."

„Du siehst ja, dass ich jetzt verschwinde", versuchte Urk ihn abzuwimmeln. „Du musst also nicht so herumbrüllen."

„Willst du mir etwa das Maul verbieten?" Die Stimme des Mannes klang ausgesprochen gereizt. Wahrscheinlich hatte er schlechte Laune, weil er die Nacht auf dem Floß hatte verbringen müssen. Mit wenigen Schritten hatte er den Abstand zu Urk überwunden und baute sich nun herausfordernd vor ihm auf.

„Das könnte dir so passen, dich mit der Frau davonzumachen, während wir für dich unser Leben aufs Spiel setzen! Du bleibst gefälligst hier und kämpfst mit uns. Ich werde gleich mal eine Meldung bei einem unserer Anführer machen. Dann ist es mit deinem schönen Leben vorbei."

Urk schaute unsicher Ilunga an. Offenbar wusste sie auch keinen Rat, wie man sich nun verhalten musste. Der Mann bemerkte ihre Unsicherheit und grinste hinterhältig.

„Ich könnte allerdings auch den Mund halten", sagte er kichernd. „Allerdings wäre dieser Dienst auch eine Gegenleistung wert, oder?"

„Was willst du?"

„Du weißt ja, dass wir Krieger nur selten eine Frau zu Gesicht bekommen", begann er umständlich und musterte Ilunga abschätzend. „Deine Frau würde mir schon für einen kurzen Ritt zusagen. Wie wär's, du überlässt sie mir jetzt mal eben, und ich lasse euch ungeschoren davonsegeln?"

„Dir werde ich es zeigen, du Dreckstück!", fauchte die Stimme des *Kobereri* aus der Hütte. Im nächsten Augenblick stand er schon mit erhobenem Spieß vor dem fremden Krieger.

„Du machst mir keine Angst!", zischte dieser aufgebracht. „Weißt du, was meine Kameraden mit dir anstellen, wenn du mir etwas antust?"

Juzz zögerte. Der Mann bemerkte es und lachte lauthals los.

„Na, da verschlägt es euch die Sprache!", wieherte er. „Wie ist es jetzt mit unserem Geschäft?" Sein Blick wanderte hinüber zum Floß, wo Nidiri gerade das Segel losband. „Ich nehme auch gern die Junge dort, vielleicht sogar noch besser beide!"

Es gab einen dumpfen Krach, als Ilungas Stock gegen das Gebiss des Kriegers schlug. Die Segelweise hatte nicht mehr an sich halten können. Mit einem gurgelnden Stöhnen sackte der Krieger in die Knie, während er eine Reihe von Zähnen ausspuckte.

„Ua uartet, 'as uird ueuch 'euer 'u 'tehen kommen", lallte er wütend und versuchte, sich wieder zu erheben. Mit einem trockenen Knall landete Ilungas Knüppel auf seinem Hinterkopf. Der Mann fiel vornüber, war aber nicht besinnungslos und begann, durchdringend zu kreischen. Ein letzter Schlag auf den Schädel und der Krieger verstummte. Urk hatte einen der runden Steine vom Strand genommen und ihm auf den Kopf geschlagen.

„Ist er tot?", fragte Juzz leise, als Urk sich über den Mann beugte.

„Nein, er atmet noch, er wird vermutlich nach einer gewissen Zeit wieder aufwachen."

Alle sahen sich panisch um, ob jemand etwas von dem Vorfall mitbekommen hätte, doch bisher blieb alles ruhig.

„Dann lasst uns schnell das Weite suchen", schlug Juzz vor. „So müssen wir ihn nicht noch töten, damit wir fortkommen."

„Schade wär's nicht um ihn, dieses Drecksmaul", murmelte Ilunga. „Aber vielleicht ist es so besser."

In aller Eile gingen sie an Bord und legten ab.

„Kurs Nachtseite!", befahl Nidiri und Juzz blickte sie erstaunt an.

„Bei diesem Wind kommen wir erst einmal flott voran und gewinnen genügend Abstand zu Elfas *Scorra*. Später können wir uns dann zwischen den kleinen Klippen zu meiner Heimatinsel zurückarbeiten."

„Klingt vernünftig", nickte der *Kobereri*.

Tatsächlich glitt das Floß bei frischem Wind zügig durchs Wasser, und bald war die Insel der Heilerin schon ziemlich klein geworden.

„Für einen genügenden Abstand hat es wohl noch nicht gereicht", bemerkte Urk plötzlich besorgt. Juzz und Nidiri blickten sich schlagartig um und gewahrten ein Segel, das in der gleichen Richtung wie sie unterwegs war.

„Ist wohl doch früher aufgewacht als wir gedacht haben, der Dreckskerl."

„Vielleicht aber auch gefunden worden", warf Nidiri ein.

„Na, wie auch immer. Ich hoffe, dein Fischerfloß ist schneller als unsere Verfolger."

Nidiri zuckte nur die Schultern.

„Es muss ein ehemaliges Birahanenfloß sein", sagte sie nach einer Weile. „Es kommt deutlich näher. Ich habe auch eines am Ufer liegen sehen."

„Wir sollten rudern", mahnte Ilunga, die nun auch vor die Hütte getreten war. „Vielleicht können wir ihnen so entkommen."

„Einen Versuch ist es wert", seufzte Juzz, ging in die Hütte und holte zwei Ruder heraus. Eins davon reichte er Urk.

„Einer auf der rechten Seite, der andere auf der linken."

Die beiden Männer hakten die Ruder in die Holzgabeln ein, die an jeder Seite am Floß befestigt waren und begannen, möglichst gleichmäßig die Blätter durchs Wasser zu ziehen. Nach kurzer Zeit war das Ergebnis spürbar. Das Verfolgerfloß holte nicht mehr auf, schien aber auch nicht abzufallen.

„Schade", meinte Urk, „so scheint kein Ende der Ruderei in Sicht."
Da Ilunga ihre normale Standfestigkeit noch nicht wieder erreicht
hatte und überdies noch relativ schwach war, konnte sie nicht als Ablösung einspringen. So löste Nidiri zunächst Urk ab, der nach einer Pause
an die Stelle von Juzz trat, worauf dieser später wieder Nidiri entlastete.
Trotz des regelmäßigen Wechsels waren die Ruderer nach einer Weile
ziemlich erschöpft. Zu allem Überfluss kam das Verfolgerfloß jetzt wieder näher.

„Sie sind wohl auch aufs Rudern verfallen", knurrte Juzz unwillig.

„Ich hoffe, sie kennen sich dort nicht so gut aus", sagte Nidiri nun und
wies nach vorn, wo sich eine dichte Gruppe kleiner Inseln und Klippen
auftat. „Immerhin ist dieses Floß erheblich kleiner als das Birahanen-
fahrzeug. Vielleicht ..."

„Wir können dir nur vertrauen", übertrug Juzz jetzt offiziell die Führung des Floßes auf die junge Fischerin.

Sie ruderten weiter, bis sie in das Gewimmel von Untiefen eintauch-
ten. Dann war langsames Umrunden der gefährlichen Felsen geboten.

„Hier kann das Birahanenfloß zumindest nicht schneller segeln als
wir, wenn sie ihr Fahrzeug nicht aufs Spiel setzen wollen."

Geschickt umsteuerte Nidiri die Klippen und hielt damit Abstand von
den Verfolgern, doch hartnäckig blieb das große Floß hinter ihnen. Die
Inselchen waren jetzt schroff und steinig geworden, viele zeigten nicht
einmal mehr Grün auf ihrer Oberseite.

„Jetzt weiß ich auch, warum diese Inselgruppe Ihseli-Klippen heißt",
murmelte Ilunga mehr zu sich als zu den anderen.

„Es gibt hier enge Buchten, in die man nur mit kleinen Flößen
gelangt", erklärte Nidiri. „Wenn die Verfolger kurz hinter einer *Scorra*
außer Sicht sind, versuche ich, ein Versteck aufzusuchen."

Ergeben nickten die drei und warteten auf weitere Anweisungen.

„Hinter der nächsten *Scorra* biegen wir nach links, aber vorher lassen
wir sie etwas näher kommen, damit sie unsere Wende auch mitbekommen."

Sie zogen das Segeltuch etwas zusammen, sodass sie weniger
Angriffsfläche für den Wind hatten. Das Birahanenfloß holte sichtlich

auf. Dann vollzogen sie eine scharfe Wende und glitten zwischen zwei eng benachbarten Felseninseln durch. Das Segel war wieder voll ausgebreitet und zusätzlich ruderten die Männer.

„Wir müssen um die rechte *Scorra* gebogen sein, bevor sie uns sichten!", trieb Nidiri die beiden Ruderer an.

Juzz und Urk legten sich noch einmal richtig ins Zeug. Keiner von ihnen beachtete die Blasen, die sich an der Seite ihrer Daumen gebildet hatten.

„Geschafft!", brach es erleichtert aus der jungen Fraun hervor, als sie um die *Scorra* rechts von ihnen gebogen waren. Genau gegenüber lag ein größeres Eiland, das sich durch eine felsige Steilküste auszeichnete und von einem Klippenkranz umgeben war. Nidiri zog das Segel etwas herum und hielt genau auf die Felswand zu.

„Willst du die Steilwand rammen oder was hast du vor?" fragte Urk ängstlich. Auch Juzz machte ein besorgtes Gesicht. Nur Ilunga blieb völlig ruhig, sie vertraute der fast noch Jugendlichen blind.

„Klarmachen zur Wende!", rief Nidiri plötzlich und riss wenige Augenblicke später das Segel herum. Das Floß machte einen kleinen Schlenker nach rechts und zog elegant an einer Reihe nadelspitzer Klippen vorbei.

„Und Wende!", rief die junge Fischerin erneut, zerrte diesmal das Segel zur anderen Seite und mit einem Knall griff der Wind erneut in das Segeltuch. Das Floß nahm einen Bogen nach links, und wo vorher noch eine Felswand aufragte, lag nun eine schmale Einfahrt zwischen zwei Felswänden vor ihnen, die nur aus einem bestimmten Blickwinkel zu erkennen war. Hinter der engen Passage fielen die Steilwände in eine winzige, kreisrunde Bucht ab, umsäumt von einem Sandstrand, gerade groß genug, um ein kleines Fischerfloß eine enge Wende vollführen zu lassen.

Begeistert beglückwünschten die Reisenden ihre Führerin zu ihren Segelfähigkeiten. Ilunga fragte sie, ob sie nicht Lust hätte, bei der *Seegilde* als Segelweise für Erforschungsfahrten anzufangen. Auch Juzz wollte ihr das Kommando über ein Birahanenfloß anbieten, wenn die Zeiten sich wieder gebessert hätten.

„Danke", antwortete Nidiri nur kurz. „Ich bleibe lieber Fischerin."

„Ich habe bei Fischern gelernt", pflichtete Ilunga ihr bei, „und wenn ich bisher noch nicht wusste, wofür es gut war, weiß ich es jetzt."

„Wir müssen das Floß fest machen und auf den Felsen klettern, um zu wissen, ob die *Ihseligen* auf unsere Finte hereingefallen sind", drängte Nidiri.

Schnell legten sie an und banden ein Seil um einen Felsen, der aus dem Sandstrand aufragte. Dann hastete Nidiri, gefolgt von Urk und Juzz, die Schräge zu den Felsen empor. Oben angekommen rutschten sie auf dem Bauch weiter, um von dem Verfolgerfloß nicht erblickt zu werden. Gerade umrundete das ehemalige Birahanenfloß die Insel gegenüber. Es war vollgepackt mit Kriegern. Urk machte ungefähr eine Zahl von der Größe aus, wie er selbst Finger besaß. Die Männer dort schienen sehr aufgeregt, selbst auf die Entfernung waren ihre Stimmen noch zu vernehmen, wie sie durcheinander schrien und fluchten.

„Sie scheinen nicht zu wissen, wo sie uns suchen sollen", bemerkte Juzz.

„Hoffen wir, dass es dabei bleibt!"

Nidiris Worte im Ohr warteten sie noch gespannt, wohin sich ihre Feinde wenden würden. Nach einer Weile verschwand das Floß hinter den nächsten Felseninseln.

„Uff, das scheint gut gegangen zu sein. So können sie uns wenigstens nicht zu der Insel meiner Eltern verfolgen." Juzz nickte.

„Danke, Nidiri!", sagte er.

Sie warteten noch eine Weile, um sicher zu sein, dass das fremde Floß nicht zurückkäme. Schließlich bot Urk an, noch auf der Klippe zu bleiben, bis sie sich entschieden, weiter zu segeln. Juzz und die Fischerin stiegen zu Ilunga hinunter und brachten ihr die Kunde von der gelungenen Finte.

Als Nidiri meinte, es sei nun Zeit, weiterzusegeln, wenn man noch am heutigen Tage zum Seegildeschiff zurückwollte, kletterte Juzz noch einmal auf den Ausguckfelsen und holte Urk.

Bald darauf verließen sie die geschützte Bucht.

ZWANZIG: Steppenküste

„Ein Bote, ein Bote!"

Der Ruf setzte sich durch die Kolonne der berittenen Krieger fort, die in Zweierreihe ihren beiden Anführern folgten. Helgo drehte den Kopf und gab mit der Hand das Zeichen anzuhalten. Sie waren noch nicht weit gekommen, es ging auf Mittag zu, und sie sahen gerade das ansteigende Schratgebirge vor sich, das sie in einem Bogen zu umrunden gedachten. Wenige Augenblicke nach dem Halt der Reiter preschte ein ebenfalls in Schwarz gekleideter Krieger zu Pferd heran, wild mit seinem Speer winkend.

„Zum *Seo-Thruhtin?*", rief er in die Kriegerschar und wurde nach vorn gewunken. Vor dem Mann mit der Gesichtsmaske sprang er vom Pferd und kniete nieder. Mit gesenktem Kopf wartete er darauf, angesprochen zu werden.

„Was gibt's?", fragte Helgo.

„Mächtiger *Seo-Thruhtin*, Euer Stellvertreter in Eurem heiligen Haus hat mich beauftragt, Euch eine Nachricht zu überbringen."

„Sprich!"

„Euer Stellvertreter bittet Euch umzukehren, da sich wichtige Dinge ankündigen."

„Was für Dinge? Götter, lass dir nicht alles aus Nase ziehen!"

„Verzeiht, großmächtiger *Seo-Thruhtin*. Ich werde Euch geschwind berichten."

Helgo runzelte ärgerlich die Stirn und blickte zu Chundo. Als er ihn amüsiert grinsen sah, verdrehte er nur die Augen und musste dann auch schmunzeln, was man allerdings durch die Maske nicht sehen konnte. ‚Wenn die Menschen einen fürchten, kann das auch von Nachteil sein', ging ihm kurz durch den Kopf. ‚Zumindest, wenn man eine schnelle und klare Auskunft erwartet'. Dann nickte er dem Boten zu.

„Berichte der Reihe nach. Ich werde dich nicht unterbrechen", erklang es unter der Maske. „Steh auf, während du mit mir redest." Helgo hatte sich bemüht, seiner Stimme jeden gereizten Tonfall zu nehmen, um den Mann vor sich nicht noch weiter einzuschüchtern. Gern hätte er ihn ohne den Akzent seiner eigenen Heimatsprache in der Mundart des Steppenvolks angeredet, das würde sicher noch größeren Eindruck auf diese Leute machen. Er hatte zwar ihre Sprache im ständigen Umgang mit den Dorfbewohnern erlernt, sprach sie auch einigermaßen flüssig, aber ganz wie ein eingeborener Steppenbewohner gelang es ihm immer noch nicht.

„Eins von Euren Auslegerbooten mit drei Männern an Bord ist heute in Euer Quartier gekommen, kurz nachdem Ihr aufgebrochen wart", begann der Reiter, nachdem er sich erhoben hatte. „Die Männer waren von Eurem Volk und sagten, dass ein sehr großes Boot mit einer hochgestellten Person Eures Volks in Kürze anlanden werde und dass es wichtig sei, sie zu empfangen, da sie Neuigkeiten für Euch hätte. Aus diesem Grund werdet Ihr gebeten, wieder umzukehren und die Person zu empfangen."

„Haben die Männer gesagt, ob die hochgestellte Person ein Mann oder eine Frau ist?"

„Sie haben von einer Frau gesprochen."

„Lim, ich habe es geahnt", sagte Helgo leise zu Chundo. Der zog die Augenbrauen hoch und nickte nur vielsagend.

Offenbar hatte Helgo den kurzen Satz nicht leise genug gesprochen, denn bei den Kriegern, die zum größten Teil aus dem Steppenvolk stammten, lief prompt die Nachricht durch die Reihe: „Er hat schon vorher geahnt, dass eine Frau namens Lim kommen wird."

„Wir müssen uns beeilen, vor ihr dort zu sein, damit wir ihr einen gebührenden Empfang bereiten können. Es ist besser, wenn wir die Dinge in unserem Sinne vorbereiten können", wisperte Helgo. Chundo nickte und brummte eine unverständliche Bestätigung.

Die Rückkehr verlief in größter Eile. Im Quartier angekommen wurde Helgos karge Hütte zu einem beeindruckenden Palast umgestaltet. Glücklicherweise hatte er schon vorher an seine bescheidene Unterkunft eine rundes Türmchen aus *Plaggen* anbauen lassen, dessen ringsum verteilte Fensterluken ihm einen ungehinderten Blick auf das Meer ermöglichten. So hatte er den ganzen Tag über Licht, außer im Winter, wenn er aus Kältegründen die Öffnungen mit Heidekraut und trockenem Gras verstopft hatte. Wie die *Schamanen* immer wieder bestätigt hatten, stand der Kreis, den die Wände beschrieben, für die Ewigkeit der Götter. Hier fühlte er sich einigermaßen wohl und unbeobachtet, was der Grund war, dass er sich vorzugsweise in diesem kleinen Aussichtsturm über der Düne aufhielt. Die Kinder des winzigen Ortes wurden nun beauftragt, Blumen zu schneiden und alle Wände des Gemachs damit auszustaffieren. Helgos Bettstatt wurde mit schmückenden Fellen belegt, und die Sitze bekamen Polster aus Dünengras, das in Seehundfelle eingeschlagen war. Zwölf verzierte Speere lehnten im Kreis an der Wand und standen für die Beherrschung der zwölf Stämme des Steppenvolks. Der Oberschamane wusste zwar nichts von einer Trennung in zwölf Stämme, fand aber bei näherer Befragung, dass es mit der Aufteilung schon seine Richtigkeit haben könne, da man schließlich auch zwölf Mondphasen über den Zeitraum von Sommer und Winter verteilen konnte. Er wurde jetzt noch beauftragt, die Eingänge in Zaun und Haus mit möglichst bunten magischen Zeichen zu versehen, die die Macht des Bewohners verdeutlichen sollten. Zwei Wachen wurden an jedes Tor postiert, die von nun an alle Ankömmlinge zu kontrollieren hatten und diese erst auf Helgos persönliches Geheiß vorlassen durften. Für Lim ließ der *Seo-Thruhtin* im vorderen Teil der älteren, eckigen Hütte einen Schlafraum herrichten, der zwar mit einer bequemen Liege eingerichtet war, sonst aber einen eher schlichten Eindruck machte.

„Meinst du nicht, dass du Lim den prächtigeren Raum anbieten müsstest?", fragte Chundo nach einer eingehenden Besichtigung am Mittag des nächsten Tages.

„Ich möchte nicht, dass die Steppenleute den Eindruck haben, dass ihr göttlicher Gesandter noch jemanden über sich hat. Wer weiß, wozu es gut sein könnte."

„Da könntest du recht haben, zumindest, wenn Lim einige der Geiseln bei sich hat. Ich bin gespannt, wie sie auf diese Herabsetzung reagiert."

„Ich auch."

Sie mussten nicht mehr lange warten, denn noch am gleichen Tag erschien ein Wachtposten vor dem *Seo-Thruhtin*, der aufgeregt vom Auftauchen eines großen Segels berichtete. Helgo eilte, begleitet von Chundo, den schmalen Pfad zum Meer hinab und wartete unruhig an der Abbruchkante bei den Pfählen, die man zum Festmachen der Boote in den Uferschlick geschlagen hatte. Die beiden Männer wussten auf Anhieb, dass es sich um das mächtige Schiff ihrer Königin handelte. Zunächst war nur das breite Segel zu erkennen, in Streifen aus fein gesponnener Wolle gewebt, vernäht und mit Farbstoffen aus Erde und Pflanzen dunkelbraun gefärbt. Eine Aufgabe für alle Frauen des Volks, die sie einen ganzen Winter lang beschäftigt hatte. Leder wäre für die Größe dieses Segels, das an einer Rahe aus einem jungen Baumstamm aufgehängt war, zu schwer gewesen. Vom Mast, der aus zwei schlanken Stämmen bestand, die wie ein schmales Dreieck an der Spitze miteinander verbunden und mit mehreren Querstangen verstrebt waren, sah man zunächst nur die dreieckige Spitze, die über die Rahe hinausragte. Beim Näherkommen konnte man schließlich auch den unteren Teil des Schiffs erkennen. Er besaß als tragendes Element zwei Schwimmkörper aus den ausgehöhlten Stämmen zweier Eichbäume, die die Länge von gut zehn Männern und entsprechende Dicke hatten. Durch sechs gerade Balken aus dem Holz junger Nadelbäume waren sie in einem Abstand von etwa drei Mannslängen miteinander verbunden. An den Stellen, wo die Querbalken auf den beiden Einbäumen lagen, hatte man die Eichstämme nicht ausgehöhlt, sondern das Holz wie eine Begrenzungs-wand von zwei Handbreit Dicke stehen lassen, sodass die im Wasser liegenden Stämme in jeweils fünf große und zwei kleine Kammern an den Enden aufgeteilt waren. An den Scheidewänden hatte man Holz-nasen stehen lassen, an denen die aufliegenden Balken mit gedrehten Haselzweigen festgebunden waren. Die äußeren Trägerbalken befan-den sich jeweils eine gute Armlänge von vorderem und hinteren Ende der Einbäume entfernt und lagen frei. Die restlichen vier trugen eine Plattform, die sich in der Mitte des Fahrzeugs befand. Zusätzlich zu den Querbalken waren die Eichenstämme vor und hinter der Platt-form noch durch zwei gekreuzte Hölzer so stabilisiert, dass sie sich nicht schräg gegeneinander bewegen konnten. Die riesigen Einbäume waren oben mit überlappendem gefettetem Leder abgedeckt, sodass kein Spritzwasser in die Hohlräume gelangen konnte. Da die Leder nur mit Riemen festgebunden waren, konnten sie im Notfall leicht gelöst und die Schwimmer ausgeschöpft werden. Die dickere Wurzelseite der Stämme bildete das Vorderteil des Bootes. Durch die beilartig zugehauene Form und die weit aus dem Wasser ragenden Spitzen schnitt dieses Schiff leicht durch die Wellen und blieb auch in stürmischer See gut manövrierfähig. Die zwei Stangen des Mastes waren am Anfang der Plattform angebracht und an der Unterseite direkt an den Einbäumen befestigt. Lange Taue spannten die verbundenen Spitzen der Masthölzer zu den Enden der Eichstämme hin ab. Die Plattform selbst bestand aus dünneren Hölzern, die quer auf den Trägerbalken befestigt waren. Sie trug eine Schutzhütte aus leichtem Ständerwerk, dessen Zwischenräume mit doppeltem Weidengeflecht ausgefüllt waren. Als Dach diente eine festgezurrte Lederplane. Den Rand der Plattform begrenzte eine niedrige hölzerne Reling, die Lücken aufwies, um das Schiff leichter besteigen oder verlassen zu können. An den festen Teilen der Reling endete der mittlere Pflock oben jeweils in einer Astgabel, die man zum Einlegen eines Ruders nutzen konnte. So ließ sich das Boot auch bei Windstille durch sechs Ruderer auf jeder Seite bewegen.

Helgo hatte selbst beim Bau dieses Kolosses die Aufsicht geführt. Allein das Aushöhlen und Ausbrennen der Eichstämme hatte zwei Handvoll Männer einen Sommer gekostet. Schon das Fällen war ein Problem gewesen. Die gleiche Anzahl von Männern hatten mit ihren Steinbeilen mehr als eine Handvoll Tage die Stämme bearbeitet. Als die Bäume endlich fielen, völlig unerwartet, erschlugen sie mit ihren Ästen zwei der Baumfäller. „Das war eben das Opfer für den Gott der Bäume", hatte Lim nur gleichgültig bemerkt, als sie die Nachricht bekommen hatte.

Langsam näherte sich das Schiff dem Ufer. Inzwischen war auch das Geschwader von zwei Handvoll Auslegerbooten sichtbar geworden, die ihrer Königin Geleit gaben. Sie wirkten neben dem majestätischen Segler wie ein Schwarm Entenküken neben einem Schwan. Hinter Helgo hatten sich die Bewohner des Dorfes versammelt und drängten nach vorn, um nur ja nichts von dem Schauspiel zu verpassen. Sie wurden allerdings von der Wache des *Seo-Thruhtin* immer wieder zurückgedrängt. Als das Schiff nur noch wenige Längen vom Ufer entfernt war, rauschte mit lautem Gepolter das Segel samt Rahstange herab. Sofort bezogen einige Männer an der Reling Stellung und ruderten gegen die Fahrtrichtung, um das Boot anzuhalten. Gleichzeitig machte sich noch der Rest der Besatzung an Deck nützlich, sodass man nun erkennen konnte, dass sich vier Handvoll Männer an Bord befanden. Zwei der Auslegerboote zogen nun an dem Schiff vorbei, um eine geeignete Stelle zum Anlegen auszumachen. Chundo eilte an die Abbruchkante und wies sie ein. Die Führer der kleinen Boote tauschten sich kurz mit ihm aus, nickten zustimmend und glitten dann zu dem großen Schiff zurück. Dort wiesen sie die Ruderer an, die nun langsam und vorsichtig das riesige Gefährt auf die Küste zutrieben. Als man vom Ufer aus die Gesichter der Besatzung erkennen konnte, öffnete sich plötzlich in der Schutzhütte eine Tür und eine hochgewachsene Frau trat an den vorderen Rand der Plattform. Ein aufgeregtes Raunen ging durch die Menge, sodass sich Helgo unwillkürlich umsehen musste. Er erblickte vor Staunen geweitete Augen und offenstehende Münder.

Die Frau auf dem Schiff war nicht nur überdurchschnittlich groß, etwa ein bis zwei Köpfe größer als die durchschnittliche Steppenfrau, sondern schien auch sehr kräftig zu sein. Sie war in ein bis auf den Boden fallendes weiß gebleichtes Wollkleid gewandet, das auch ihre Füße verdeckte. Das Kleid wurde in der Mitte durch einen geflochtenen Ledergürtel gerafft, der ihre geschwungenen Hüften betonte. Um die Schultern hatte sie einen Umhang gelegt, der aus den Pelzen von grauen Wölfen bestand und bis an ihre Kniekehlen heranreichte. Die Schultern wurden durch ihr weißblondes Haar bedeckt. Die ersten auftretenden grauen Haare hatte sie geschickt durch Salzwasser und Sonne ausgebleicht, sodass das Licht, das sie von hinten beschien, ihr Haupt in eine leuchtende Aura tauchte. Auf dem Kopf trug sie einen Helm wie ihre Krieger, doch war das Leder wie ihr Kleid nahezu weiß gebleicht und statt der schwarzen Krähenflügel trug sie die ausgebreiteten Schwingen einer riesigen Möwe. Aus ihrem hellhäutigen Gesicht leuchteten zwei strahlend blaue Augen, deren eisige Kälte Helgo so oft gespürt hatte. Die gesamte Erscheinung wurde durch einen mit schwarzen Federn geschmückten Speer unterstrichen, auf den sich die Frau mit der rechten Hand stützte.

„Aaaah!", kam es aus dem Gedränge am Ufer, um dann in ein ehrfürchtiges Schweigen überzugehen.

„Ein gekonnter Auftritt, wie man es von ihr kennt", flüsterte Helgo Chundo zu, der inzwischen wieder neben ihm stand.

„Wie willst du sie deinem Steppenvolk vorstellen, ohne deinen Einfluss bei ihm zu verlieren?"

„Hm, wir werden sehen."

Das Schiff hatte jetzt längsseits am Ufer angelegt und wurde an den dafür vorgesehenen Pflöcken vertäut. Da gerade Hochwasser war, hatte man seinen rechten Schwimmer bis dicht an die lehmige Abbruchkante bringen können, sodass nur noch ein schrittbreiter Spalt zu überwinden war. Die Männer der Besatzung, die das Boot festgemacht hatten, waren einfach mit einem kleinen Sprung an Land gelangt. Für die Königin stellte die Lücke allerdings eine scheinbar unüberwindbare Kluft dar. Für sie hing an der Hüttenwand eine rechteckige, massive Planke bereit, die mit viel Geduld aus einem Baumstamm geschlagen worden war und nun als Brücke auf den festen Boden diente. Zusätzlich wurde an der Reling ein Seil befestigt, das sich auf der Landseite ein Besatzungsmitglied um die Schulter geschlungen hatte und das so als Handlauf für Lim diente. Langsam und würdevoll überschritt die Königin nun die Planke und wandte sich Helgo zu, der ihr beim letzten Schritt an Land behilflich war. Ihre Haltung drückte aus, dass sie mit Duggaland ihren eigenen Herrschaftsbereich betrat. Sie blickte auf die Versammlung und öffnete den Mund, um zu reden. Doch bevor sie etwas sagen konnte, kam ihr Helgo zuvor und wandte sich an die hinter ihm stehende Menge:

„Männer, Frauen und Kinder des mutigen Steppenvolks. Wie ihr seht, ist gerade die mächtige und schöne Königin Lim zu uns gestoßen, um uns in unserem Kampf gegen unsere Feinde zu unterstützen. Mit

Sehnsucht haben meine Männer und ich auf diesen Augenblick gewartet, wird doch ihre Anwesenheit dazu führen, dass unser Sieg noch eher eintreten wird als geplant. Lim ist neben meinen Männern und mir eine weitere Verbündete aus einem Land jenseits des Meeres, das den Freiheitskampf des lange unterdrückten Steppenvolks zu einem siegreichen Ende führen will. Darum wollen wir sie gemeinsam mit einem donnernden ‚Lang lebe Lim' begrüßen!"

Helgo gab mit der rechten Hand ein Zeichen und die versammelte Gemeinschaft rief dreimal hintereinander den vorgegebenen Wunsch. Lim warf ihrem *Seo-Thruhtin* einen kurzen, wütenden Blick zu und richtete dann selbst einige Worte an die Zuhörer, mit denen sie sich für das Willkommen bedankte und dem Steppenvolk noch einmal ihre Unterstützung zusagte. Allerdings sprach sie in der abgehackten *Sprache der Händler*, sodass ihre Ansprache sehr unbeholfen klang. Da sie wohl gemerkt hatte, dass Helgos Rede die Menschen viel stärker berührt hatte als ihre, bedachte sie ihren Untergebenen mit einem weiteren Blick, der einer unverhohlenen Drohung gleichkam. Sie überlegte, ob es den Eindruck, den sie auf das einfache Volk machte, verbessern würde, wenn sie sich in einer kleinen Sänfte tragen lassen würde, verwarf den Gedanken aber gleich wieder, da sie dadurch möglicherweise eher als schwache Frau statt als Kriegsherrin angesehen würde. Schließlich brachen sie, geleitet von der ganzen Kriegerschar, zum Hauptquartier des *Seo-Thruhtin* auf. Die Bewohner des Dorfes folgten ihnen in gebührendem Abstand.

„Wie hast du es geschafft, diese Rede so flüssig und sauber vorzutragen, als ob einer aus der Steppe sie gehalten hätte? Man konnte Lim deutlich ansehen, wie sie ihren Zorn unterdrücken musste, als sie das gehört hat", wisperte Chundo, als sich Lim einige Schritte entfernt hatte. Helgo grinste verhalten unter seiner Maske.

„Erstens habe ich ja schon eine Weile mit diesen Leuten zu tun und kenne inzwischen ihren Tonfall, und zweitens war abzusehen, dass unsere Königin irgendwann hier erscheinen würde. Da habe ich den *Schamanen* beauftragt, sich eine schöne Rede für mich auszudenken. Er weiß als Priester am besten, wie man das Volk hier beeindruckt und hinter sich bringt."

„Haha, du meinst, wie man es am geschicktesten für seine Zwecke ausnutzt!"

Sie mussten ihr Gespräch unterbrechen, da Lim sich ihnen wieder genähert hatte. Als sie endlich in Helgos Behausung angekommen waren, schickte sie alle bis auf den *Seo-Thruhtin* und Chundo hinaus und forderte Helgo auf, seine Maske abzulegen.

„Haben euch die Götter den Verstand geraubt, oder was fällt euch ein? Wisst ihr nicht mehr, was ihr eurer Königin schuldig seid? Auf die Knie mit euch, ihr Kriegerpack! Sofort leistet ihr Abbitte!"

„Wofür sollen wir Abbitte leisten? Wir haben doch nur in Eurem Sinne gehandelt", erwiderte Helgo und zeigte sich so unschuldig und erstaunt, wie es ihm in diesem Augenblick möglich war. Immerhin wusste er, dass sie ihn in einem Wutanfall von ihrer Wache töten lassen konnte. Es wäre in ihrer Regentschaft nicht das erste Mal gewesen.

„Willst du mich auch noch verspotten?", kreischte Lim aufgebracht und funkelte ihn gefährlich an. „Du verweigerst mir deine Gefolgschaft, stellst mich als ,eine Königin von irgendwo hinter dem Meer' vor und tust, als ob du mit mir nichts zu tun hättest. Und das nennst du obendrein noch ,in meinem Sinne'?"

„Beruhigt Euch doch! Natürlich bleibt es bei meiner Gefolgschaft. Im Übrigen gilt das sicher genauso für Chundo, oder?" Der Angesprochene nickte heftig, wagte aber nicht zu sprechen.

„Darf ich es Euch erklären? Danach mögt Ihr selbst urteilen, ob es eine Verfehlung meinerseits war."

Lim schnaufte wütend auf, atmete tief und blickte Helgo prüfend an. Sein treuherziger Blick verunsicherte sie, sodass sie bereit war, ihm Gelegenheit für eine Begründung seines Verhaltens zu geben. Innerlich musste sie sich eingestehen, dass sie ihn immer als vorausschauend und vernünftig erlebt hatte, auch wenn gerade diese Eigenschaften nicht immer ihrem eigenen Naturell entsprachen.

„Nun gut", überwand sie sich mit gepresster Stimme. „Du sollst die Gelegenheit bekommen, aber sei gewiss, dass ich jeden Verstoß gegen deine Treuepflicht zu ahnden weiß."

„Lasst mich zuerst die Lage schildern, wie sie sich zurzeit darstellt. Man muss sie kennen, um meine Handlungen zu verstehen. Unter anderen Umständen wäret Ihr natürlich mit Euren Anschuldigungen im Recht."

Helgo wartete einen kurzen Augenblick, ob von seiner Herrin eine Bemerkung käme. Von Lim kam aber nur ein kurzes: „Fahr fort!"

„Euer Auftrag an mich lautete, ein Land zu gewinnen, das unser Volk ernähren kann und zumindest noch für mehrere Generationen dem steigenden Meer widersteht. Nun, diese Insel bietet diese Voraussetzungen, allerdings nur in dem Bereich, in dem die großen und zum Teil gut befestigten Siedlungen liegen. Hier gibt es gutes Ackerland, saftige Viehweiden und vor der Küste auch reiche Fischgründe. Allerdings sind die Bewohner dieser Region, was Bewaffnung und Zusammenarbeit in der Gemeinschaft angeht, uns durchaus ebenbürtig. Zwar sind unsere Krieger besser für den Kampf geschult, das liegt aber daran, dass die jetzigen Bewohner dieser Insel ihre Feindseligkeiten schon vor langer Zeit eingestellt haben, im Gegensatz zu uns, die wir seit Generationen um die verbleibenden fruchtbaren Landflächen vor der *Geest* mit unseren Nachbarn im Krieg liegen. Um auch nur eine dieser Siedlungen zu überrennen, hätte ich viel mehr Krieger benötigt, als wir aus unserer Heimat auf die Schnelle hätten herüberbringen können. Von ihrer Ernährung und dem fehlenden Schutz unseres verbleibenden Landes hinter dem Meer einmal abgesehen. Da traf es sich gut, dass die große Zahl der Steppenbewohner in mir eine Art Gottheit gesehen hat, die ihnen vorausgesagt war und der sie bis jetzt bedingungslos folgen. Leider bietet die Steppe, in der sie wohnen, nicht gerade viel zum Leben. Da hätten wir auch, statt hier zu suchen, gleich in die *Geest* auswandern und wieder den Rentieren hinterherlaufen können. Wenn ich diesen Dummköpfen hier jetzt aber erzählen würde, dass ich nichts weiter als der Erste Eurer Krieger bin, ist es mit dem Glauben an den großen göttlichen Führer vorbei und die Steppenkrieger machen sich in Scharen davon. Da würden sie vermutlich, statt ihr Leben zu riskieren, lieber wieder ihren Honig an die Leute aus den Siedlungen verkaufen. Denn vor denen haben sie immer noch, und ich muss sagen, zu Recht, einen Mordsrespekt."

Lim war nachdenklich geworden.

„Du meinst also, dass ich als Verbündete eines Gottes, sozusagen als seine Verstärkung, mehr an Kampfeswillen bei ihnen erzeuge?"

„Auf jeden Fall!"

„Und wenn ich das noch hinzufügen darf", mischte sich Chundo in das Gespräch. „Denkt daran, dass Ihr eine Frau seid, und dass beim Steppenvolk immer noch der Mann das Sagen hat. Die Frau gilt eher als Belohnung für den Sieger, nicht als Herrscherin. Und diese Vorstellung spielte sicher eine bedeutende Rolle, als die Männer Euch angeschaut haben. Zumindest habe ich beobachtet, wie ihnen bei Eurem Anblick fast die Augen herausgefallen wären. Sie werden den Sieg für Euch anstreben, auch wenn sie Euch selbst nicht bekommen werden."

„Du meinst, sie haben sich insgeheim eine Siegesfeier mit mir erträumt? Alle?"

„Das lag doch förmlich in der Luft!", bestätigte Helgo schnell und zwinkerte Chundo verschwörerisch zu, als Lim geschmeichelt ihre Augen aufschlug und selbstverliebt an ihrem Körper entlangstrich.

Bei der Unterbringung schien die Königin zunächst mit dem ihr zugewiesenen Ruheraum einverstanden, wollte dann aber alle Zimmer des *Seo-Thruhtin* sehen. Über die unerwartete Pracht war sie erstaunt, runzelte zunächst auch die Stirn bei dem Vergleich mit ihrer eigenen Behausung, zeigte sich aber nicht weiter erbost oder beleidigt. Lediglich ein „Wenn es unseren Zielen dient, belassen wir es bei diesen Zuständen" war aus ihrem Mund zu hören. Zufrieden registrierte Helgo, dass sie seine Vorgaben offensichtlich geschluckt hatte, beeilte sich aber nun, noch einen versöhnenden Vorschlag zu unterbreiten:

„Was haltet Ihr davon, wenn ich vor Eurer Tür zwei zusätzliche Wachen aus der Schar der *Hros-Wigmannen* postieren würde? Es würde Eure Bedeutung erhöhen und eine besondere Verantwortung des Steppenvolks für Euch versinnbildlichen. Da die Krieger Euch so hin und wieder zu Gesicht bekämen, würde es sich bald als Auszeichnung erweisen, vor Eurer Tür Wache stehen zu dürfen. Die Krieger würden sicher lautstark von Eurer Schönheit und Stärke erzählen. Ihr wäret sozusagen das Bild, das sie anbeten."

„Eine gute Idee, Helgo. Oder muss ich dich jetzt mit *Seo-Thruhtin* anreden?"

„In der Öffentlichkeit wäre es vermutlich besser, bedenkt, dass es lediglich zur erfolgreichen Umsetzung Eurer Pläne dient."

Lim nickte und wechselte dann abrupt das Thema. „Wie lange gedenkst du, noch hier zu bleiben? Wie ist zurzeit die Lage, warst du erfolgreich?"

Helgo und Chundo berichteten nun abwechselnd von Erfolgen und Misserfolgen, wobei sie die Misserfolge eher klein redeten. Schließlich führten sie ihre kommenden Pläne aus, von denen sie zunächst durch Lims Ankunft abgehalten worden waren.

„Was soll dann noch das Wachestehen vor meiner Tür, wenn wir morgen ohnehin abreisen?", bemerkte sie etwas verärgert.

„Ich dachte, Ihr wolltet Euch hier aufhalten, bis das Ziel erreicht ist."

„Glaubst du wirklich, dafür habe ich die lange Überfahrt bei hohem Wellengang auf mich genommen? Nein, natürlich werde ich bei unserer letzten, siegreichen Schlacht dabei sein."

„Wie Ihr wollt, dann werden wir eben für Euch ein Zelt mitführen, vor das wir die Wachen postieren. Wäret Ihr damit einverstanden?"

„Damit du mich immer unter Kontrolle hast, Helgo? Glaubst du, mir ist nicht klar, dass du dein Leben dadurch abgesichert hast, dass ich hier die Kriegsbraut spiele, nach der alle Männer schmachten, du aber weiterhin den Oberbefehl über deine *Hros-Wigmannen* hast, die meinen eigenen Kriegern an Zahl weit überlegen sind. Ich weiß schon, dass du damit meiner Macht, über dein Leben zu bestimmen, einen Riegel vorschieben willst. Dir dürfte aber auch klar sein, dass ich genau so gefährdet bin wie du. Wie du weißt, bin ich als Königin verpflichtet, die Zukunft unseres Volkes zu sichern. Wenn mir das nicht gelingt, kann der Rat der *Schamanen* mich absetzen, verbannen oder direkt töten lassen. Zu Hause sieht es zurzeit schlecht aus. Wir liefern uns einen verlustreichen Kampf mit unseren Nachbarn um die letzten Siedlungsgebiete, und unsere Krieger sind wahrlich nicht immer erfolgreich. Insofern unterliegen wir beide der Notwendigkeit zu siegen. Und damit für dich dieser Zwang nicht kleiner ist als für mich, habe ich dir eine Überraschung mitgebracht."

Ohne eine Erwiderung abzuwarten, stürmte Lim mit einem selbstzufriedenen Lächeln vor die Hütte und rief einen ihrer Krieger. Bereits kurz nachdem sie zurück war, ging plötzlich die Tür auf und zwei junge Männer traten grußlos in den Raum. Nur Lim gegenüber deuteten sie eine Verbeugung an. Helgo blickte sie fassungslos an.

„Helson, Gosson! Meine Söhne! Was macht ihr hier?", rief er außer sich.

„Ob wir noch deine Söhne sind, wird sich erst zeigen", blaffte Helson, der ältere der beiden, ihn an. Der zweite Sohn schwieg und blickte seinen Vater verächtlich an.

„Wir sind zuallererst die Diener unserer Königin!", fuhr Helson nach kurzer Pause fort.

„Wie hast du sie auf deine Seite ziehen können?", fuhr Helgo seine Herrscherin an und vergaß vor Erregung die ehrerbietige Anredeform, die Lim eigentlich gebührte.

„Untersteh dich, mich noch einmal so anzureden! Verkenne deine Lage nicht! Du bist nicht unersetzbar!"

„Was willst du, äh, was wollt Ihr mir damit sagen?", fragte Helgo verwirrt und blickte sich hilflos im Kreis der Umstehenden um. Chundo machte eine sorgenvolle Miene und schaute ängstlich auf den Boden.

„Wenn du die Anforderungen nicht erfüllst, werden wir die neuen Anführer der *Hros-Wigmannen!"*, platzte es aus Gosson heraus. „Als Söhne des *Seo-Thruhtin* können wir leicht dein Erbe antreten ... wenn du zufällig zu den Göttern berufen werden solltest."

Helgo erbleichte und hatte Mühe, sich auf den Beinen zu halten.

„Wie habt Ihr es geschafft, mir mein eigen Fleisch und Blut zu entreißen?" keuchte er mit Blick auf Lim. Die grinste nur spöttisch: „Vielleicht bekommst du es ja bald heraus. Aber ich habe noch eine weitere Überraschung für dich. Bringt sie herein!"

Als Helgo seine Frau erkannte, die nun abgemagert und in Fesseln von zwei Kriegern hereingezogen wurde, stieß er einen Schrei aus und sank auf die Knie. Flehend blickte er zu seiner Königin, unfähig, ein Wort herauszubringen. Mit einem schmallippigen, kalten Lächeln blickte sie zurück.

„Nun weißt du, was geschehen wird, wenn du meinen Forderungen nicht bis zur letzten Kleinigkeit Genüge tust. Solltest du erfolgreich sein, könnte ich mir vorstellen, dir ein Boot zu geben und dich mit deinem Weib ziehen zu lassen. Wie mir deine Söhne zugetragen haben, war das immer ein heimlicher Wunsch von dir. Wenn nicht, werden auch die *Hros-Wigmannen* dich nicht schützen, denn ein unterlegener Heerführer hat seine Macht verwirkt. Und was dein abgezehrtes Weib angeht, ist sie mir jetzt bereits völlig ausgeliefert. Ich habe übrigens verfügt, ihr ab morgen nur noch Wasser zu geben. Wenn du sie also lebend zurück haben willst, musst du siegen, bevor sie verhungert ist."

Noch während sie redete, gab sie den beiden Kriegern ein Zeichen, und bevor Helgo seiner Frau etwas sagen konnte, hatten sie sie schon wieder hinausgezerrt. Lim schaute erhobenen Haupts von oben auf ihre beiden Heerführer herab und genoss dabei sichtlich ihre Überlegenheit. Dann winkte sie Helgos Söhnen und schritt zu ihrem Schlafgemach. „Lass alles zum Abmarsch für morgen früh vorbereiten, Helgo. Wir wollen doch keine Zeit mehr verlieren, oder?", säuselte sie im Hinausgehen mit süßlicher Stimme, ohne sich dabei umzusehen.

„Wollt ihr nach dem Krieg nicht mehr mit mir kommen?", fragte Helgo, während seine Söhne sich anschickten, ihrer Königin zu folgen. Helson blickte ihn hochmütig an. „Wir werden an deiner Stelle die Heerführer Lims sein, Gosson zu Hause und ich auf dieser Insel. Dich brauchen wir dann nicht mehr."

Fassungslos schaute Helgo ihnen nach. Chundo kam und versuchte, seinem Freund auf die Beine zu helfen.

„Wie hat sie meine Söhne nur herumgekriegt?", flüsterte Helgo.

„Ich glaube, ich weiß es", stieß sein Freund hervor und wies mit dem Kopf hinüber zu Lims Tür. Von dort war jetzt das Kichern einer weiblichen Stimme zu vernehmen, bald gefolgt von einem Rumoren und stöhnenden männlichen Lauten. Helgo horchte auf.

„Sie lässt sich begatten ... von beiden", sagte Chundo.

Helgo war einen Augenblick versucht, in Lims Schlafgemach zu stürzen und dem Treiben dort ein Ende zu bereiten, als ein abgehetzter Bote

Einlass begehrte. Nachdem er seine Maske aufgesetzt hatte, ließ Helgo den Mann eintreten.

„Waderborg steht vor dem Fall. Der Anführer der *Ihseligen* dort lässt fragen, ob er über eine Übergabe verhandeln soll oder ob sie kämpfen sollen, bis der Ort eingenommen ist", stieß der Mann außer Atem hervor. „Er gibt zu bedenken, dass die Birahanen dort sich nicht auf Dauer, aber immerhin noch einige Tage halten können."

Helgo schüttelte heftig seinen Kopf, um wieder Herr seiner Sinne zu werden.

„Er soll versuchen, die Sache schnell zu beenden, möglichst so, dass die Birahanen überlaufen. Er kann sie aber auch schonen, wenn er sicher sein kann, dass sie später nicht mehr gegen uns antreten. Sag ihm das. Und wenn es gelingt, soll er möglichst bald seine Krieger in Richtung Schratstihn bewegen. Schick sofort einen anderen Boten zurück, danach kannst du dich ausruhen."

Der Mann verbeugte sich und verließ eilends den Raum.

„Endlich mal wieder eine gute Nachricht", meinte Chundo.

„Wir müssen sie wohl Lim überbringen", knurrte Helgo, „wenn sie da drin mit meinen Söhnen fertig ist."

„Ich mache das für dich. An deiner Stelle würde es mir jetzt auch schwer fallen, mit unserer Gnädigsten ruhig zu verhandeln. Du solltest etwas später nachkommen, um deiner eigenen Schonung willen."

„Danke", sagte Helgo und wandte sich ab.

„Waderborg ist so gut wie eingenommen?", freute sich Lim, als sie von Chundo die Neuigkeit erfahren hatte.

„Wir bleiben letztlich doch siegreich!", bemerkte Helson, der noch damit beschäftigt war, umständlich sein Wams zu schließen.

„Ob du siegreich geblieben wärest, wage ich noch bezweifeln", konnte Helgo sich nicht zurückhalten, als er in diesem Augenblick den Raum betrat. „Wer es auf dem Lager schafft, schafft es noch lange nicht auf dem Schlachtfeld."

Helson hob drohend die Faust: „Komm mir nicht so, wenn du nicht meine Fäuste spüren willst, alter Mann!"

Helgo lächelte verächtlich: „Wenn du wüsstest, wie sehr ich mir wünsche, dass du dich traust."

Auch Chundo grinste. Er wusste, dass der *Seo-Thruhtin* trotz seines höheren Alters noch immer stark und im Kampf gut geübt war und seinem Sohn seine Grenzen aufgezeigt hätte. Nach dem Vorfall vorhin hätte er dem Möchtegern-Krieger eine kräftige Abreibung aus vollstem Herzen gegönnt. Doch Lim hatte Chundos aufschlussreichen Blick intuitiv aufgenommen und griff sofort ein.

„Ihr hört sofort mit dem Unsinn auf!", fauchte sie. „Ich verbiete euch, euch zu prügeln!"

„Hat die Königin vielleicht Angst, dass ich ihr das Spielzeug kaputt mache?"

Helgo hatte sich nicht bremsen können und erntete einen vernichtenden Blick seiner Königin. Weiter reagierte sie aber nicht.

„Sie weiß, dass sie dich noch braucht", kommentierte Chundo die Situation, als sie in Helgos Schlafraum wieder unter sich waren.

Da die Umkehr wegen Lims Ankunft viel Zeit gekostet hatte, erklärte sich Chundo bereit, noch am selben Abend mit einem kleinen Trupp aufzubrechen, um die Krieger von der Belagerung Twinhaags abzuziehen. Angesichts der Lage, in der sich Helgos Frau befand, konnte der Zeitraum einer Nacht entscheidend sein.

Für den nächsten Morgen musste nicht mehr viel vorbereitet werden, da der Abmarsch schon einmal durchgeführt worden war. Es mussten lediglich zwei weitere Pferde mit Verpflegung beladen werden, auch Helgos Frau würde ein Reittier benötigen. Für die Königin wurde die auf dem Schiff mitgebrachte Sänfte zwischen zwei Pferde gespannt.

Im Morgengrauen setzte sich der Trupp in Marsch, Helgo ritt voraus, die Königin in der Mitte, Helgos Frau am Ende. Helson und Gosson bildeten die Nachhut. Lim hatte darauf bestanden, angeblich um Reibereien zwischen ihnen und ihrem Vater zu vermeiden.

‚Von hinten droht ihren Spielzeugen am wenigsten Gefahr', dachte Helgo, verkniff sich aber eine Bemerkung.

EINUNDZWANZIG: Schratgebirge

„Da liegt es!", jubilierte Ilunga und machte einen kleinen Freuden-sprung, als sie ihr Boot am Strand entdeckte. Die Sonne stand schon am Horizont, als sie endlich Nidiris Heimatinsel erreichten.

„Du solltest dich trotzdem noch etwas schonen und nicht so wild herumhüpfen", warnte Juzz. „Auch wenn es dir schon besser geht, bist du noch nicht richtig auf der Höhe."

„Was willst du denn damit sagen, he?" Ilunga grinste den *Kobereri* anzüglich an.

„Du hast mich schon sehr gut verstanden", erwiderte er lachend und kniff sie leicht in eine Pobacke. Mit glänzenden Augen zog sie ihn an sich.

„Ich bin so froh", hauchte sie ihm ins Ohr.

„Und ich erst! Wenn ich mir vorstelle, was wir ohne Nidiri und Elfa gemacht hätten."

Sie drückte ihm einen dicken Kuss auf den Mund, sodass er nicht weiterreden konnte.

„Heh, ihr zwei!", fuhr ihnen Nidiri zwischen ihre Zärtlichkeiten. „Soll ich etwa allein mit dieser Landratte hier das Floß ans Ufer bringen?"

„Du setzt dich!", bestimmte Juzz und drückte Ilunga so auf die Deck-hölzer, dass sie, mit dem Rücken an die Schutzhütte gelehnt, das Anle-gen bequem verfolgen konnte. Lächelnd gab sie nach.

Als sie an Land gingen, wurden sie von den Zurückgebliebenen regel-recht überfallen. Urk hatte kaum einen Fuß auf festem Boden, als ihm Olunde schon um den Hals fiel. Gleichzeitig sprang Risi laut bellend an ihm hoch. Nidiri wurde sofort von ihren Eltern und ihrem Bruder in Beschlag genommen, während Frij und Thorn sich auf Ilunga stürzten.

„Und ich?", fragte Juzz kleinlaut.

Lachend versuchten nun alle gleichzeitig, seiner habhaft zu werden, was in einem wilden Getümmel von Küssen und Umarmungen endete. Kreischend vor Lachen machten alle ihren Spannungen Luft.

Erst nachdem die dringendsten Neuigkeiten ausgetauscht waren, besann sich Ilunga, dass sie einen genaueren Blick auf ihr Schiff werfen wollte.

„Das Boot liegt ja auf dem Trockenen!", entfuhr es ihr entsetzt. „Was ist, wenn wir eilig aufbrechen müssen, oder was wäre gewesen, wenn ihr plötzlich hättet fliehen müssen?"

„Nidiris Vater hat uns dazu geraten", antwortete Frij. „Er meinte, es wäre gut, den Holderbündeln etwas Trockenzeit zu gönnen, sie würden danach wieder stärker auftreiben, was gut für die Schnelligkeit wäre. Außerdem liegt das Schiff noch auf den Rollen, mit denen sonst das Fischerfloß aufs Ufer gezogen wird. Wir können es also ziemlich schnell wieder zu Wasser bringen."

„Das sollten wir auch heute Abend noch tun", ereiferte sich Ilunga. „Wer weiß, was noch alles passiert."

„Unsere Insel ist ziemlich sicher", beruhigte sie Nidiris Vater. „Sie liegt außerhalb der üblichen Segelstrecken. Ich bin sicher, dass auch bei den *Ihseligen* nur sehr wenige wissen, dass diese Insel überhaupt bewohnt ist. Deshalb ist bis jetzt auch noch kein Werber für den *Seo-Thruhtin* hier erschienen. Zu unserem Glück!"

„Trotzdem müssen wir bald aufbrechen."

„Da hast du natürlich recht. Aber auf eine Nacht kommt es jetzt bestimmt nicht mehr an. Wer zwischen unseren Scorren unterwegs ist, hat sicher jetzt schon einen Ankerplatz für die Nacht gesucht. Zurzeit haben wir ablaufendes Wasser, heute Nacht kommt die Flut und morgen früh ist wieder Hochwasser. Dann lässt sich das Boot auch besser zu Wasser bringen, und ihr könnt noch vor der Ebbe in tiefe Gewässer gelangen. Ruht euch besser noch eine Nacht aus, bevor ihr euch wieder in Gefahr begebt."

Die Segelweise stimmte ihm schließlich zu, fand es aber nach wie vor leichtsinnig, dass das Schiff so lange auf dem Trockenen lag.

Der Abend wurde an einem Treibholzfeuer mit Erzählungen und einem kräftigen Mahl verbracht, schließlich verkrochen sich alle in der kleinen Fischerhütte, um zu schlafen. Da die letzten Tage nicht sonderlich anstrengend gewesen waren, wachten sie morgens zeitig auf und zogen sich wieder ihre eigenen Kleider an. Die Seehundgewänder, die sie sich von Nidiris Eltern geliehen hatten, gaben sie zurück.

„Hier ist noch etwas, das wir euch gern geben möchten", sagte Thorn und reichte dem Vater Nidiris einen großen verschlossenen Krug. „Es ist zwar eigentlich unsere Notration gegen das Verdursten, aber ihr habt uns ganz sicher aus noch größerer Not geholfen. Nehmt dieses Gefäß mit bestem Burviker *Grastrunk* als Dank von uns. Sozusagen als Erinnerung an die besseren Zeiten in Duggaland. Vermutlich wird es noch lange dauern, bis die überlebenden Menschen aus Burvik wieder in der Lage sind, dieses köstliche Getränk zu brauen."

„Aber es könnte doch noch für euch lebenswichtig werden", wiegelte der Beschenkte ab.

„Wir haben diesen Krug bisher nicht gebraucht, dann wird es wohl auch auf der letzten Etappe so gehen." Thorns Tonfall duldete keinen Widerspruch.

„Danke! Dann werden wir damit auf euer Glück trinken!"

Nun schoben sie das Schiff auf den hölzernen Rollen ins Wasser und luden noch einen Lederschlauch mit Regenwasser, einen Korb mit Räucherfisch und ein paar Angelleinen in die Schutzhütte. Der Abschied verlief tränenreich.

„Und wie finden wir nun den Strandabschnitt, an dem der Pfad zum Schratstihn beginnt?", fragte Thorn, während sie bei leichtem Wind auf die Ihseli-Küste zutrieben. „Ich kenne ihn nämlich nicht. Ich kenne nur das obere Ende des Wegs der Vermissten, den Teil, der im Gebirge vor unserer Siedlung endet. Und auch Nidiri und ihren Eltern war der Anfang des Pfades nicht bekannt, wie ihr gestern Abend erfahren habt."

„Uns wird nichts anderes übrig bleiben, als dicht an der Küste entlang zu fahren und zu hoffen, dass wir ihn bemerken", meinte Juzz.

„Nicht ungefährlich", brummte der Schrat. „Es könnte sein, dass sich dort auch einige Krieger des *Seo-Thruhtin* aufhalten."

„Weißt du etwas Besseres?"

„Leider nicht."

Alle blickten genauso ratlos wie Thorn, schwiegen dann und dösten etwas in der sanften Luft.

„Was ist das da drüben?" Ilungas Stimme riss alle aus ihrem Halbschlaf.

Niemand hatte die drei Segel bemerkt, die plötzlich aus dem Gewirr der Inseln aufgetaucht waren. Die beiden kleinen Dreiecke bewegten sich gezielt auf sie zu und waren schon relativ nah, das größere Rahsegel gehörte offensichtlich einem Floß und folgte noch in weitem Abstand.

Nach kurzer Beratung beschlossen sie, den Kampf aufzunehmen, da sich normalerweise nur drei Krieger auf einem Auslegerboot befanden, sie aber über vier Personen verfügten, wenn zwei sich mit dem Manövrieren beschäftigten. Schnell legten sie die bewährten Flechtmatten an und holten die Kleidersäcke für Ilunga, die es sich zutraute, das Schiff zu steuern.

„Gerade hatten wir die Kleider geflickt, und jetzt bekommen sie wahrscheinlich wieder neue Löcher", maulte Thorn.

„Sei froh, wenn es bei den Löchern in der Kleidung bleibt, denk an Ilunga", gab Juzz ihm zurück. Juzz übernahm die Segelarbeit, eingepackt in Flechtmatten wie die restlichen vier, die Bögen und Pfeile bereithielten.

Ilunga hielt genau auf die kleinen Dreiecke zu, versuchte, zwischen ihnen durchzustoßen, sodass auf jeder Seite zwei Bogenschützen gegen den vermeintlichen Schützen auf dem Auslegerboot standen. Als die kleinen Segler den Plan erkannten, bogen sie kurz vor dem Zusammentreffen jeweils zur anderen Seite ab. Sie versuchten die alte Taktik des Umkreisens, hatten aber offenbar nicht mit der Schnelligkeit des Seegildeschiffes gerechnet. Ilunga setzte zunächst einem nach und kam ihm bedrohlich nahe. Beinahe wäre der Schütze von einem Pfeil getroffen worden. Das zweite Boot versuchte ein Ablenkungsmanöver und setzte dem großen Segler nach, konnte ihn aber wegen dessen Geschwindigkeit nicht einholen. Gleichzeitig kam das Seegildeschiff dem ersten Auslegerboot immer näher.

„Nimm etwas Wind aus dem Segel, sodass der Abstand gleich bleibt, Juzz", ordnete Ilunga an. „Vielleicht können wir sie in eine Falle locken."

Der *Kobereri* verschob das Segel so weit, dass ihr Verfolger allmählich aufholte und das Boot vor ihnen an Abstand gewann. Bald hatte das Boot hinter ihnen auf Pfeillänge aufgeschlossen. Ilunga und Juzz legten ihre Bögen griffbereit.

„Urk und Olunde übernehmen den Bogenschützen, Thorn und Frij den Mann am Segel, Juzz und ich nehmen uns den am Ruder vor. Zielt mit Bedacht. Uuuund ... jetzt!"

Juzz ließ plötzlich das Segel fallen, das Schiff wurde schlagartig langsamer, und ihre Verfolger schlossen unerwartet schnell auf. Um nicht auf das Schiff vor ihnen aufzulaufen, drehte der Mann am Ruder etwas bei. Dadurch stand das Dreieckssegel, das vorher den Blick auf die drei Männer verwehrt hatte, schräg, und die Besatzung gelangte so in die Ziellinie der Pfeilschützen. Blitzschnell ergriffen Ilunga und der *Kobereri* ihre Bögen, ein Schwirren von sechs gleichzeitig abgeschossenen Pfeilen, zwei laute Schreie, gefolgt vom Aufklatschen der Getroffenen im Wasser. Es handelte sich um den Mann am Segel sowie den Bogenschützen. Der Krieger am Ruder hatte sich noch zur Seite werfen können, doch jetzt zielten sechs neue Pfeile auf ihn und er sprang in Panik ins Wasser. Sein Versuch, zurück an Bord zu gelangen, scheiterte, da das Dreieckssegel noch im Wind hing und sein Fahrzeug schnell davontrug. Das zweite Boot hatte jetzt gewendet und hielt auf das Seegildeschiff zu. Vielleicht hatten sie wahrgenommen, dass einer der Ihren über Bord gegangen war. Sofort zog Juzz das Segel wieder hoch und das Schiff nahm wieder Fahrt auf. Sobald ihre Widersacher es bemerkt hatten, drehten sie eilig ab, um in den Schutz des größeren Floßes zu gelangen.

„Das schafft ihr nicht!", feixte Ilunga. „Wir sind zu schnell für euch!"

„Gut, dass wir die Schwimmer getrocknet haben, was?", bemerkte Frij in Richtung auf Olunde, die als Antwort verschmitzt zurücklächelte.

„Ja, ja, ihr habt ja recht!", stieß die Segelweise hervor und musste auch grinsen.

Nach kurzer Zeit zog Ilungas Schiff an dem Auslegerboot vorbei, im Abstand weit genug, um nicht von ihren Pfeilen erreicht werden zu können. In der Mitte zwischen dem nahenden Floß und dem Boot wendete Ilunga und zwang so die drei Männer, sich zum Kampf zu stellen. Sie zurrten Segel und Ruder fest, nahmen alle ihre Bögen und zielten auf das feindliche Schiff. Im Vertrauen auf ihre Treffsicherheit schossen sie, sobald das Seegildeschiff in die Reichweite ihrer Pfeile gelangte. Sie trafen tatsächlich auch alle Ziele, doch die Durchschlagskraft ihrer Pfeile erwies sich wegen des weiten Abstandes als so gering, dass die Spitzen sich in den Flechtmatten und Kleidersäcken verfingen, ohne Schaden angerichtet zu haben. Ilunga gab erst etwas später den Befehl zu schießen. Sie wollte sicher sein, dass die Pfeile die ledernen Wämser ihrer Gegner durchdrangen. Eine Kampfhandlung Mann oder Frau gegen Mann wollte sie vermeiden, da die Krieger auf den Auslegerbooten ihr zu gefährlich erschienen. Diesmal stürzten alle drei getroffen ins Meer.

„Man wird wirklich allmählich zu einem kaltblütigen Mörder", bemerkte Thorn leise. „Es fällt immer leichter, einen Menschen zu töten."

„Ja, es wird Zeit, dass der Krieg zu Ende geht. Vielleicht haben wir dann noch die Möglichkeit, wieder zu einem normalen Empfinden zurückzufinden", bestätigte Frij.

„Ich bin sicher, bei mir wird das noch länger dauern", fügte Olunde hinzu. „Ihr glaubt gar nicht, welchen Groll ich auf bestimmte Menschen hege. Mit einem Friedensschluss wäre das noch lange nicht behoben." Frij blickte sie nachdenklich an.

„Vielleicht kann ich es mir sogar vorstellen", sagte sie dann.

„Nehmt das Boot ins Schlepptau!", unterbrach Juzz das Gespräch. „Möglicherweise brauchen wir es nachher noch. Das andere lassen wir abtreiben, es ist ohnehin schon sehr weit weg."

Mit einer langen Enterstange zogen sie das kleine Boot heran, als sie ihm nah genug waren.

„Sollen wir uns in zwei Dreiergruppen aufteilen?", schlug Ilunga dem *Kobereri* vor, „Ich bleibe hier mit Frij am Segel und Thorn als Bogenschütze, du gehst auf das kleine Wolfsboot und nimmst Olunde als Segelgehilfin. Urk wäre dann euer Bogenschütze. Danach machen wir auf die gleiche Weise Jagd auf das Floß, wie wir es von den Männern des *Seo-Thruhtin* gehört haben."

Schnell wechselten die genannten Personen das Boot, nicht ohne Bögen samt Pfeilen für alle mitzunehmen. Die Flechtmatten behielten sie vorsorglich am Leib.

„Es scheinen Ihseligenkrieger zu sein", sagte Ilunga, als sie sich ihren Feinden weiter genähert hatten. „Zumindest sieht ihr Floß danach aus."

„Ich erkenne insgesamt zwei Hände voll Krieger", meldete Thorn, während er seine Augen mit der flachen Hand beschattete. Davon scheint einer am Ruder zu stehen und ein weiterer am Segel. Die anderen haben sich bewaffnet im vorderen Bereich des Floßes postiert."

„Gut, dass du so scharfe Augen hast", lobte ihn Ilunga. „Wir werden also mehrere Male von zwei Seiten an ihnen vorbeiziehen müssen, um sie zu besiegen."

Als Urk dem *Kobereri* die Frage stellte, warum man die *Ihseligen* nicht einfach ziehen ließ, schließlich sei das Seegildeschiff doch erheblich schneller als das träge Floß, erhielt er zur Antwort, dass man nicht wisse, wie nahe weitere Auslegerboote zu finden seien. Die Floßbesatzung könnte sie alarmieren, und dann hätten sie vielleicht in den nächsten Tagen mit einer gefährlichen Verfolgungsjagd zu rechnen. Wenn sie den Weg zum Schratstihn finden wollten, brauchten sie sicher etwas Zeit dazu. Urk sah es ein und nickte bedrückt.

Es dauerte lange, bis sie die Besatzung des Floßes dazu gebracht hatten, aufzugeben. Immer wieder umkreisten sie das feindliche Fahrzeug wie Wölfe, die versuchen, ein größeres Opfer zur Strecke zu bringen. Jedes Mal sprachen sie sich ab, welche von den *Ihseligen* das Ziel der Pfeile sein sollte. Schließlich blieben nur drei Krieger übrig.

Nachdem sie die Waffen gestreckt hatten, sprangen Urk, Thorn und Juzz hinüber, um mit ihnen zu reden. Die Gefangenen mussten sich so aufstellen, dass jeder leicht von einem Pfeil der Frauen getroffen werden konnte, ohne dass die mit Spießen bewaffneten Männer vor ihnen in die Schusslinie geraten konnten.

Der Führer des Floßes war unter den Überlebenden. Als Juzz die Frage stellte, ob er wisse, wo der Weg zum Schratstihn begänne, nickte er nur. „Wir wissen es auch!", riefen seine Kumpane wie aus einem Mund.

„Das ist nicht wahr!", schäumte ihr Anführer. „Ich bin der Einzige, der den Zugang zum Weg der Vermissten kennt."

„Du willst nur deine Haut retten und uns ans Messer liefern, weil du hoffst, für die Leute aus Duggaland unverzichtbar zu sein. Uns können sie dann ja den Fischen zum Fraß vorwerfen!"

„Das wird gar nicht nötig sein!", gab der Angesprochene zurück, griff in sein Wams und riss eine mehr als handlange, sehr scharfe Feuerstein-klinge heraus, wie sie zum Zerteilen großer Fische oder zum Schaf-scheren benutzt wurde. Blitzschnell ergriff er den ersten seiner Mitge-fangenen und schlitzte ihm mit einem Schnitt die Kehle auf. Während sein Opfer gurgelnd zusammenbrach, sprang er bereits den zweiten Krieger an. Der versuchte noch, sich zu wehren, war aber dem erheb-lich größeren Gegner nicht gewachsen. Als Juzz den Anführer am Arm erwischte, hatte er sein blutiges Werk bereits vollbracht. Schnell warf er sein Steinmesser ins Meer und hob die Hände.

Am liebsten hätte Juzz ihm seinen Spieß in den Leib gerammt, doch hielt er sich im letzten Augenblick zurück. Er wusste, dass sie ihn noch brauchen würden.

„Ich hoffe für dich, dass du den Anfang des Weges tatsächlich kennst, sonst hast du dein Lebensende nur aufgeschoben!", fuhr Juzz ihn an.

„Von mir erfahrt ihr nichts!"

„Dann werfen wir dich jetzt gleich ins Meer ..."

„... wenn ich keine Sicherheit bekomme, dass ihr mich danach frei-lasst."

„Du wirst schon bei uns bleiben, bis wir sicher sind, dass du uns nicht belogen hast."

„Und du kannst sicher sein, dass ich dich ...", mischte sich nun Frij mit lauter Stimme ein und zog dabei ihr Schratmesser, „... dass ich dich zunächst deiner Männlichkeit berauben werde, wenn sich herausstellt, dass du uns in irgendeiner Weise hintergangen hast. Und ich schwöre es dir, ich werde es tun, auch wenn es das Letzte ist, was ich auf dieser Welt noch vollbringe!"

Olunde schaute Frij erstaunt an, wollte dem offenbar noch etwas hinzufügen und blickte zu dem Gefangenen hinüber. Vor Schrecken erstarrten ihre Gesichtszüge, ihr bereits zum Sprechen geöffneter Mund schien schlagartig den Gehorsam zu versagen. Schnell schaute sie zur Seite, ob jemand ihre Reaktion gesehen hätte. Da alle ihren Blick auf den *Ihseligen* gerichtet hatten, war Olundes Erstarren niemandem aufgefallen. Schnell schloss sie den Mund, und ihr Gesicht nahm eine gleichgültige Miene an.

Juzz führte die Verhandlung mit dem nun offensichtlich verängstigten Gefangenen weiter. Schließlich einigten sie sich darauf, dass sie das Auslegerboot mitnehmen würden und dass der *Ihselige* es nach Erreichen des Weganfangs bekommen sollte, um damit nach Hause zu segeln. Man würde allerdings darauf achten, dass er tatsächlich in eine Richtung verschwände, bei der er für seine Rückkehr einige Zeit brauchen würde. Dies, um der Besatzung des Seegildeschiffs einen Vorsprung vor etwaigen Verfolgern zu verschaffen, falls es dem Gefangenen einfallen sollte, irgendwelche Krieger des *Seo-Thruhtin* zu benachrichtigen. Der *Ihselige* hatte letztlich keine andere Möglichkeit, als dieser Abmachung zuzustimmen.

„Und denk immer daran", setzte Frij schließlich hinzu und zog erneut ihr Messer, „mein Versprechen gilt, und selbst, wenn du es überleben solltest, wirst du nicht mehr viel Freude im Leben haben!"

Diesmal lächelte Olunde nur.

Diese unerwarteten Geschehnisse hatten sie lange aufgehalten und der Tag neigte sich bereits dem Ende zu. Man beschloss aber, noch möglichst lange weiter zu segeln, um nicht an einem Ankerplatz von vorbeikommenden Flößen oder Booten überrascht zu werden. Frij versuchte, einen Fisch aufzuspießen, hatte aber kein Glück, da die Tiere sich offenbar alle in größerer Wassertiefe aufhielten. Schließlich nahm Olunde die dünne Angelleine, die Nidiris Vater ihnen mitgegeben hatte. Sorgfältig befestigte sie den kleinen Haken aus Fischbein am Ende und steckte einen winzigen Köder aus Fischhaut und Gräten, beides auch eine Gabe von Nidiris Familie, an die Angelschnur. Bald zappelte ein junger *Girifisc* an der Leine. Olunde teilte den Fisch in drei Teile, tauschte den kleinen gegen einen größeren Haken aus und befestigte daran das erste Stück. Der Erfolg ließ auf sich warten, aber Olunde verlor nicht die Geduld.

Endlich hatte ein Dorsch angebissen, etwa so lang wie ein Unterarm mit Hand. Danach bissen noch zwei größere Fische, von denen sie ebenfalls Köderteile nahmen. Am Abend würden sie für alle genug zu essen haben. In der Dämmerung landeten sie an einem kleinen Strand. Der Gefangene blieb gefesselt an Bord, bewacht von Risi, die sich leise knurrend neben ihn setzte. Als sie auf der Insel etwas Holz gefunden hatte, konnten sie die Fische, auf frische Zweige gespießt, über dem Feuer braten. Urk ging noch einmal, um Risi und dem *Ihseligen* etwas von ihrem abendlichen Mahl zu bringen. Da eine kühle Brise wehte, das Wetter aber trocken blieb, beschlossen sie, es sich mit ihren Decken in einer windgeschützten Ecke einer Düne bequem zu machen. Nachdem sie Wachen eingeteilt hatten, legten sie sich schlafen.

Der nächste Tag war vom Segeln bestimmt. Ilunga, die sich täglich besser und kräftiger fühlte, steuerte gemeinsam mit Juzz das Schiff zunächst in Richtung Ihseli-Küste, wobei sie die größer werdenden Inseln in möglichst weitem Abstand passierten. In dem breiten Wasserstreifen zwischen den Hauptinseln und der Küste fühlten sie sich am sichersten, da sie hier bei Gefahr am ehesten die hohe Schnelligkeit ihres Schiffs nutzen konnten. Der Gefangene ließ sie gewähren und sagte, sie sollten den eingeschlagenen Kurs beibehalten. Wenn es soweit wäre, dass sie sich dem Pfad näherten, würde er sich schon melden.

Der Abend lief ähnlich ab wie der vorige, auch diesmal waren Olundes Fischzüge erfolgreich gewesen, sodass alle satt einschliefen.

Gegen Mittag des nächsten Tages forderte der Gefangene sie auf, die Ihseli-Küste direkt anzusteuern. Hier gab es keinen Strand mehr, da das Land vom Ufer an direkt anstieg. Das Ufer lag vor ihnen als mannshohes Kliff aus schwerem Lehm, mit Kies und Geröllbrocken durchsetzt. Es dauerte noch eine Weile, bis sie einen Einschnitt in der schwer zu besteigenden Kante fanden. Ein kleiner Bach, der vom Schratgebirge herabkam, hatte diesen Winkel in die vorspringende Steilwand gewaschen. Er sprudelte durch eine enge Rinne den Berg hinunter direkt auf den schmalen Küstensaum zu, wobei er im Laufe der Jahre rechts und links von seiner Mündung eine kleine Landzunge aus Kies und Geröll angeschwemmt hatte. Oberhalb des Spalts, durch den der Bach herabstürzte, erweiterte sich das Bachbett in ein tiefer eingeschnittenes Tal mit steilen Hängen.

„Das ist die Wasga, das einzige Süßwasser im Gebiet der *Ihseligen,* wenn man einmal vom Regen absieht", erklärte der *Ihselige.* „Wenn ihr einen Ankerplatz sucht, solltet ihr hier landen. Es ist nicht mehr weit zum Weg der Vermissten. Man erreicht ihn mit einem Fußmarsch in weniger als einem halben Vormittag."

„Und weshalb sollen wir nicht noch weiter segeln, bis wir seinen Anfang erreicht haben?"

Olunde blickte den Gefangenen misstrauisch an. „Zu Fuß sind wir schließlich viel leichter angreifbar als auf dem Schiff."

„Wenn ihr genau da anlegen wollt, wo alle *Ihseligen* und die Boote des *Seo-Thruhtin* anlanden, bitte sehr. Aber sagt mir nicht hinterher, ich hätte mein Leben verwirkt, weil ich euch in eine Falle gelockt hätte."

„Lasst uns hier bleiben", mischte sich nun Ilunga ein. „Heute ist der Tag der *Harmfluot,* wir bekommen also das Schiff so hoch auf den Strand wie sonst nie. Wenn wir ein paar runde Hölzer unter die Schwimmer schieben, bleibt es aller Voraussicht nach trocken, wenn es nicht gerade einen schweren Sturm gibt. In einem halben Mond kommt die nächste *Harmfluot,* und wir könnten dann mit wenig Aufwand das Schiff wieder ins Wasser bringen."

Da alle einverstanden waren, machten sie sich ans Werk, das Boot auf eine der beiden Kiesbänke zu schieben. Thorn und Urk stiegen ein Stück die Steilkante hoch, um geeignete Hölzer zu besorgen. Dabei holten sie sich nasse Füße, da der einzig gangbare Weg durch das Bachbett nach oben führte. Danach mussten sie allerdings nicht weiter steigen, da über die Kante einige junge Kiefern mit gut armdicken Stämmen standen. Das Schratbeil tat ihnen gute Dienste, und nach einer gehörigen Anstrengung lagen fünf glatte Rundhölzer vor ihnen.

„Und jetzt geht die Schlepperei los", stöhnte Thorn und wischte sich den Schweiß aus der Stirn.

„Keine Sorge, so schlimm wird es nicht werden", beruhigte ihn Urk. „Wir müssen die Hölzer nur bis an den Rand des Bachtals ziehen, dann lassen wir sie einfach den Abhang hinunterrollen. Wenn sie erst im Wasser sind, ist der Rest ein Kinderspiel."

„Gut, dass wir einen Holzflößer dabei haben!", grinste Thorn.

Tatsächlich ging der Rest einfach von der Hand. Es waren nur wenige Schritte bis zum Talhang. Dieser war kaum bewachsen, da der Untergrund aus Geröll bestand, und so polterten die Stämme bald hinunter zum Bach und schlugen dort mit lautem Platschen auf. Im Wasser mussten sie lediglich hin und wieder flott gemacht werden, wenn sie sich irgendwo verkantet hatten. Als das erste Rundholz durch die Rinne zum Ufer hinabschoss, jubelten die Untenstehenden und zogen es schnell auf den Kiesstrand. Sie wählten eine möglichst flache Stelle mit festem Untergrund, zogen das Boot bis zum Rand und schoben die ersten Hölzer noch im flachen Wasser unter die Holderbündel. Direkt vor das Vorderende wurden die nächsten Rollen platziert, und mit vereinten Kräften schoben sie das Schiff ein Stück auf den Strand, sodass der hintere Teil noch im Wasser schwamm. Ein weiteres Rundholz kam vor den Schwimmer, und jedes Mal, wenn die Brandung das Schiff ein Stückchen hochdrückte, schoben sie nach. Bald ragten die Holderbündel auch hinten eine knappe Handbreit aus dem Wasser.

„Das reicht", meinte Ilunga. „Ab morgen geht das Wasser ohnehin wieder zurück, dann liegt das Boot ganz trocken. Wenn wir es noch weiter hochschieben, haben wir zu viel Mühe, wenn wir es später wieder ins Wasser bringen müssen."

Nachdem sie Pflöcke in den Kies geschlagen und das Schiff daran vertäut hatten, bereiteten sie ihren Marsch vor. Sie achteten darauf, dass sie ihre besten Waffen mitnahmen, packten noch den Rest ihres Proviants ein und verstauten die restlichen Dinge in der Schutzhütte des Schiffs. Thorn und Frij wechselten auch noch die auf dem Schiff getragene Seegildekleidung gegen ihre ursprüngliche Ausstattung. Der Abend verlief ruhig, Risi wurde wieder beauftragt, den Gefangenen zu bewachen. Dann legten sie sich früh zur Ruhe.

Nachts wurden sie vom Regen geweckt. Sie mussten sich, um trocken zu bleiben, alle in der Hütte zusammen legen. Risi bekam den Platz direkt am Eingang, der Gefangene musste allerdings vor der Hütte schlafen. Niemand wollte ihn direkt neben sich haben. Es war klar, dass er zu jeder Untat bereit wäre, die ihm nützte, wenn sich für ihn die Gelegenheit dazu ergäbe. Schließlich befanden sich noch alle Waffen in der Hütte. Ärgerlich zog sich der *Ihselige* eine Decke über den Kopf. Wie zur Strafe schnarchte er laut.

Man hatte mit dem Gefangenen ausgemacht, dass er sie zunächst zum Beginn des Pfades führen würde. Sollte sich dort alles zur allgemeinen Zufriedenheit finden, würde er wieder zum Boot zurückgebracht werden. Dort schließlich wollte man sich versichern, dass er mit dem Auslegerboot abgesegelt wäre. Man würde ihm auf keinen Fall die Gelegenheit geben, das Seegildeschiff zu zerstören. Um den Ablauf später zu beschleunigen, ließ man das Wolfsboot im Wasser und band es nur mit einem Tau an einem Pflock fest.

Am nächsten Morgen regnete es noch immer. Da fast alle Kleidung trugen, die Nässe gut abhielt, ließen sie sich aber dadurch nicht entmutigen. Der Gefangene musste mit gebundenen Händen gehen. Um seinen Hals hatte man ihm einen Strick gebunden, den die meiste Zeit Juzz in der Hand hielt. Zunächst bekamen sie zusätzlich zum Regen noch nasse Füße, da sie unter der Steilkante am Ufer entlang waten mussten. Mit ablaufendem Wasser wurde der trockene Streifen am Ufer zusehends breiter. Da der Untergrund aus Sand und Kies bestand, kamen sie leicht voran und sanken nicht bei jedem Schritt ein, wie es bei Schlickboden der Fall gewesen wäre. Juzz schaute oft besorgt zu Ilunga, ob sie der neuerlichen Anstrengung schon gewachsen wäre. Weil aber alle auf ihre Schwäche Rücksicht nahmen, bestand in dieser Hinsicht keine Gefahr. Im Gegenteil schien der Segelweisen die frische, feuchte Seeluft in Verbindung mit der Bewegung gut zu tun. Als es auf Mittag zuging, gab der *Ihselige* den Hinweis, dass es nun nicht mehr weit sei. Um nicht unerwartet auf Krieger zu treffen, lugten sie von nun an vorsichtig um jeden Vorsprung der Steilküste und tasteten sich so allmählich von Bucht zu Bucht voran.

„Hinter der nächsten Nase ist der Anfang", sagte der Gefangene schließlich.

„Gut", meinte Juzz, „dann werden wir zwei jetzt allein vorgehen und die Lage auskundschaften. Sollte mich jemand angreifen, wirst du mein

Schutzschild sein. Und versuche erst gar nicht, mich an deine Freunde zu verraten. Wenn sie mich entdecken, wird es meine letzte Handlung sein, dich zu töten."

„Ja, ja, ich habe schon verstanden."

Als sie an der vorspringenden Spitze des Kliffs angelangt waren, nahmen alle bis auf den *Kobereri* ihre Bögen zur Hand, um sich gegebenenfalls direkt verteidigen zu können, Juzz wollte lieber beweglich sein und nahm nur einen kurzen Spieß.

Mit einem Auge schaute er um die Steilkante, die hier wie ein spitzes Dreieck ins Meer ragte. Der Fuß des Kliffs war auch jetzt noch vom flachen Wasser umspült. Hinter dem Vorsprung öffnete sich eine breite Bucht, in der bizarr anmutende, mannshohe Kalkfelsen und Lehmhaufen unregelmäßig verstreut lagen. Das Wasser hatte sich zwischen den massigen Klötzen prielartig verschlungene Rinnen gegraben, die sich bei jeder Brandungswelle füllten, um danach wieder leerzulaufen.

„Es ist noch nicht so lange her, da hat eine Sturmflut hier die Steilküste aufgerissen", erklärte der *Ihselige*. „Es gab schon vorher größere Risse in der Kante. Das waren die ursprünglichen Aufstiegspfade. Jetzt hat das Meer den Zugang so erweitert, dass man bequem eine breite Rampe hinaufsteigen kann, um an den Weganfang zu gelangen."

„Siehst du Menschen, Juzz?", fragte Ilunga von hinten.

„Im Augenblick ist nichts zu sehen, aber schaut euch die Lage doch selbst an."

„Hm, ob sich da hinten irgendwer befindet, lässt sich bei dem Felsgewirr von hier kaum erkennen. Boote oder Flöße sieht man jedenfalls nicht."

„Wenn es welche gibt, liegen sie auch hinter diesen Brocken", warf der Gefangene ein. „Der Strand ist auf der anderen Seite flacher und günstiger zum Anlegen."

„Schön", bestimmte Ilunga, „dann wirst du uns noch bis auf die Rampe begleiten. Wenn niemand da ist, den du warnen kannst, und wenn wir den eigentlichen Weg erreicht haben, lassen wir dich zurückkehren."

Behutsam umrundeten sie die Hindernisse, die ihnen im Weg lagen, immer gewärtig, dass dahinter ein Feind auftauchen könnte. Schließlich erreichten sie das andere Ende der Bucht, die dort in einem breiten Sandstrand auslief. Mit Holzrollen weit aufs Land gezogen lag dort ein großes Ihseligenfloß, mit umgelegtem Mast und aufgerolltem Segel. Am Ufer dümpelte ein etwas kleineres ehemaliges Birahanenfloß im flachen Wasser. Es war mit einer langen Leine an einem Findling festgebunden, der mitten auf dem Strand lag. Weit und breit war kein Mensch zu sehen.

„Und was ist das?", fragte Juzz.

„Das große Floß gehört den Holzfällern, sie leben in einem Lager ein Stück oberhalb der Steilkante. Sie versorgen die Ihseligeninseln mit Baumstämmen. Das andere Floß scheint mir eher einem Kriegertrupp zu gehören, der den Weg zum Schratstihn auskundschaftet."

„Keine Wachen?"

„Wenn es *Ihselige* sind, sicher nicht. Seit Generationen wurde dieser Zugang ins Schratgebirge genutzt, ohne dass ein Fremder hier unten aufgetaucht wäre."

„Und die Schrate?"

„Interessieren sich offenbar nicht dafür, frag mich nicht, warum."

Juzz blickte Thorn an.

„Was die Schrate angeht, hat er recht", sagte dieser. „Natürlich hat es mal eine Erkundung gegeben, aber das muss zur Zeit meiner Urgroßeltern gewesen sein. Danach nie wieder, wir Schrate haben es vorgezogen, die *Ihseligen* den Berg hinauflaufen zu lassen, wenn sie uns ihren *Bernstein* angeboten haben."

Die Gruppe bewegte sich den Strand hinauf, der schließlich in einen kalkig-lehmigen Untergrund überging und dann wie ein flacher Deich anstieg. Das Meer und seine Stürme hatte an dieser Stelle so lange die Steilwand malträtiert, bis diese schließlich in sich zusammengesackt war und von den Sturmwellen zu einer Schräge modelliert worden war. Sie klommen den Abhang hinauf und gelangten zu einer ausgetretenen Mulde, die endlich in einem schmalen Trampelpfad auslief. Wie der Weg sich fortsetzte, konnte man nicht erkennen, da er bald in dichten

Wald eintauchte. Neben dem Weg ließen sich alte Spuren erkennen, vorwiegend Schleifspuren, die von transportierten Baumstämmen herrührten.

„Dann können dich jetzt zwei von uns zurückbringen und aufpassen, dass du auch wirklich verschwindest", wandte sich Ilunga an den Gefangenen. „Sie werden dir ein paar Löcher ins Segel schneiden, damit du nicht so schnell bist ..."

„Alles Zeitverschwendung!", rief Olunde in diesem Augenblick, stürmte auf den *Ihseligen* zu und rammte ihren Speer in seinen Bauch. Der brach aufschreiend zusammen und krümmte sich vor Schmerzen.

„Was tust du?", schrie Urk seine Geliebte an. „Wir haben ihm doch unser Wort gegeben!"

„Ich nicht! Und überhaupt! Solchen Dreckskerlen gegenüber muss man sein Wort nicht halten!", fauchte sie zurück und wendete sich dann dem Gefangenen zu, der sich wimmernd vor ihr am Boden wand.

„Da wunderst du dich, dass die Götter deine Untaten eines Tages doch noch rächen würden! Schau mich an! Erkennst du mich?"

Regungslos starrte der Gefangene auf seine Richterin. Nicht einmal ein leichtes Kopfschütteln wollte ihm gelingen. Aller Augen waren auf Olunde gerichtet. Niemand sagte einen Ton.

„Wir waren im Sturm verschlagen worden, mein Bruder und ich. Wir waren fast noch Kinder, euch hilflos ausgeliefert. Meinen Bruder hast du gnadenlos umgebracht und mich in die Sklaverei verschleppt, zunächst als Spielzeug für deinen Häuptling ... Na, erinnerst du dich jetzt?"

Ein Zucken ging durch das Gesicht des am Boden Liegenden. Seine schwächer werdenden Arme hielten den Schaft des Speeres umklammert, und sein Atem ging stoßweise. Olunde blickte mit unsäglicher Genugtuung auf ihr Opfer.

„Deswegen habe ich den Speer in deinen Bauch gestoßen, damit du noch gerade lange genug lebst, um zu verstehen. Begreifst du, weshalb du sterben musst?"

Hilflos öffnete der *Ihselige* den Mund, aber nur ein schwaches Röcheln war zu vernehmen.

„Das genügt mir als Zustimmung", sagte Olunde nun ganz ruhig. „Dann kann ich dir jetzt die Gnade erweisen, dass du sterben kannst." Mit diesen Worten riss sie die Speerspitze aus der Wunde, und ein Schwall von Blut ergoss sich auf den Boden. Ein roter Bach folgte dem ersten Guss in pulsierenden Stößen, der *Ihselige* zitterte noch kurze Zeit, dann fiel er in sich zusammen, und der Blutstrom versiegte.

Olunde hatte den Todeskampf mit steinernem Gesicht verfolgt. Als der Mann sich nicht mehr rührte, machte sich ihre Anspannung in einem wilden Schrei Luft, und sie warf sich, hemmungslos weinend, an Urks Hals. Als ihr Schluchzen schließlich verebbte, fragte sie ihn leise: „Urk, kannst du verstehen, warum ich das tun musste?" Er atmete hörbar ein.

„Ich weiß es nicht", sagte er leise. „Ich habe dein Schicksal nicht erlebt, aber ich kann dich nicht verurteilen. Ich hoffe nur, dass diese Geschichte damit für dich ein Ende gefunden hat." Olunde nickte zweimal. „Danke", flüsterte sie dann.

Die Erste, die sich aus der Gruppe der ehemaligen Sklavin zuwandte, war Frij. Fürsorglich legte sie ihr den Arm um die Schulter. „Ich glaube, es war gerecht, dass er nicht ungestraft davongekommen ist. Mir hat schon gereicht, wie er mit seinen Gefährten umgegangen ist."

Olunde nickte ihr dankbar zu. Jetzt gesellten sich auch die anderen zu ihr und bestätigten ihr erneut ihre Freundschaft.

Als sich alle etwas beruhigt hatten, beschlossen sie, den Toten in den Wald zu ziehen, damit er nicht gleich gefunden würde. Dort verscharrten sie ihn notdürftig im Unterholz. Den Rest würden die Tiere schnell erledigen. Den großen Blutfleck deckten sie mit Sand und Erde zu. Der Dauerregen, der immer noch vorherrschte, würde den Boden so waschen, dass nach kurzer Zeit die Spuren nicht mehr erkennbar sein würden. Wortlos betraten sie den Anfang des Ihseli-Pfades und tauchten dann in den Wald ein.

Zunächst wanderten sie unter hochgewachsenen Kiefernbäumen. Sie standen wegen ihrer kräftigen Stämme nicht sehr dicht, waren aber durch den Waldschatten alle gerade nach oben zum Licht getrieben worden. Nur die ersten Bäume am Rand oberhalb der Steilkante reckten ihre Äste in abenteuerlichen Verzweigungen über den hellen Strand, als ob sie ihre Arme nach milden Gaben ausstreckten. Der Waldweg lag, bedingt durch den bedeckten Himmel und das Nadeldach, in schummerigem Licht. Immerhin wurde der Regen durch den Filter der Zweige und Kiefernnadeln etwas gedämpft. Die Schleifrinnen der Baumfäller waren durch die Nässe glitschig, ebenso wie der Trampelpfad daneben. Deshalb gingen alle auf dem weichen Bett aus abgefallenen Kiefernnadeln. Sie bewegten sich in einer Reihe hintereinander, um keine Spuren zu hinterlassen, aus denen etwaige Verfolger ihre Anzahl hätten erkennen können. Thorn hatte diese Anordnung empfohlen. Auf die erstaunte Frage von Juzz, woher er solche Kniffe kenne, antwortete er, dass Schratkinder im Wald aufwüchsen und es in ihren Spielen hauptsächlich darum ginge, gegnerische Gruppen in die Irre zu führen.

„Na ja, als Wasserratte hat man damit natürlich keine Erfahrung", kommentierte Juzz die Erklärung Thorns.

„Wir müssen jetzt vorsichtig sein", warnte Urk nach einer Weile. „Ich vermute, dass wir jetzt dem Holzfällerlager ziemlich nah sind."

„Wie kommst du darauf?", fragte Olunde.

„Weil der Weg jetzt weniger steil ist als bisher. Je steiler der Abhang, desto leichter lassen sich die geschlagenen Stämme bewegen. Wenn ich hier Holzfäller wäre, würde ich nicht höher gehen, um mir nicht das Leben schwer zu machen. Wenn die Männer selbst das Holz ziehen müssen – und Tierspuren von Pferden oder anderen Zugtieren habe ich bisher nicht entdeckt – werden sie nicht im flachen Bereich schlagen. Sie haben auch schon hier in der Umgebung des Wegs gefällt, wie man an den Mengen abgeschlagener und vertrockneter Zweige um uns herum sehen kann. Außerdem befinden sich seit Kurzem viele junge Bäume entlang des Pfads. Sie haben die Gelegenheit ergriffen und sind in den Schneisen aufgewachsen. Im hohen Wald kommen Jungbäume schlecht hoch, sie müssen warten, bis ihre alten Vorgänger von selbst umfallen oder gefällt werden, damit sie Licht zum Aufwachsen bekommen."

Alle schauten sich erstaunt um, ihnen waren die Veränderungen noch nicht aufgefallen.

„Es gibt auch noch einen weiteren Grund für ein Lager in der Umgebung", fuhr Urk fort. „Bei den *Ihseligen* ist zum Teil auch das Holz von

Schweinebäumen verbaut worden, ich habe es zumindest auf der Insel der Heilerin beobachtet. Und wenn ihr euch umschaut, seht ihr, dass genau hier, wo der Boden flacher wird, die Nadelbäume immer mehr von diesen Laubbäumen ersetzt werden. Wahrscheinlich ist der Boden hier feuchter als in der starken Steigung. Auf jeden Fall gilt auch für die Schweinebäume, dass sie transportiert werden müssen, und ihr Holz ist ziemlich schwer."

„Urk hat recht", pflichtete Thorn seinem alten Freund bei. „Sie haben hier schließlich kein Wasser, mit dem sie die Stämme bewegen könnten. Viel weiter in den Berg hinein werden sie nicht gehen, um die Bäume zu fällen. Und schließlich stehen hier ja auch noch genug."

„Eben", bestätigte Urk. „Wir müssen jetzt ganz behutsam vorgehen. Ich schlage vor, dass ich mit Risi vorangehe. Sie riecht und hört sehr gut und kann mich rechtzeitig warnen, falls ich auf Menschen stoßen sollte."

„Ist ihr Bellen nicht zu laut, wenn sie etwas bemerkt?", sorgte sich Ilunga.

„Keine Sorge, ich habe ihr beigebracht, nur ganz leise zu jaulen und mich anzustoßen."

„Ja, Risi ist schon eine besondere Hündin", bemerkte Olunde, „aber trotzdem muss man sehr vorsichtig sein. Meinst du nicht, ich sollte dich begleiten?"

„Besser nicht, eine Frau fällt hier im Wald auf jeden Fall auf und wird das Misstrauen etwaiger *Ihseliger* noch erhöhen. Bleib lieber hier, es ist bestimmt sicherer für uns alle."

Olunde nickte zustimmend, schien aber nicht ganz glücklich bei dem Gedanken, Urk allein vorausgehen zu lassen.

„Ich möchte auch noch vorschlagen, dass Thorn hier in der Gruppe die Führung übernimmt. Wir sind schließlich nicht mehr auf dem Wasser, und im Wald kennt er sich aus wie sonst keiner von uns."

Alle waren sofort einverstanden, und Juzz winkte den *Schrat* nach vorne.

„Geh du voran", sagte er. „In den Bereichen, wo ich keine Weitsicht mehr habe, fühle ich mich ohnehin unsicher."

Nach kurzer Verabschiedung machte sich Urk mit Risi auf den Weg. Als er allein den Weg entlangschritt, bemerkte er, wie still der Wald war. Der Regen hatte endlich nachgelassen, aber die Luft war noch dampfend feucht und das Licht so trüb, dass selbst die Vögel keine Lust auf ihren Gesang zu haben schienen. ‚Ich habe ja vergessen, mir etwas Essbares mitzunehmen. Vielleicht sollte ich besser den Bogen zur Hand nehmen, falls mir etwas Jagdbares über den Weg läuft', dachte er und machte sich gleichzeitig Gedanken darüber, dass er die Nacht im Wald allein verbringen müsste. Auf einem kahlen Ast über ihm saß ein Rabe und blickte ihn aus der Höhe an. Urk war versucht, auf ihn anzulegen, hatte auch schon einen Pfeil ergriffen, ließ es dann aber. Raben galten als Göttervögel. Vielleicht war es besser, sich nicht auch noch mit diesen Wesen anzulegen. Feindliche Krieger reichten ihm zur Genüge. Als ob der Vogel seine Gedanken verstanden hätte, gab er einen dunklen Krächzlaut von sich und schwang sich träge in die Luft. Nach wenigen Flügelschlägen war er zwischen den Baumkronen verschwunden. In diesem Augenblick knackte ein Ast und Urk fuhr herum. Ein Reh mit einem Kitz sprang durch das Gebüsch, nur wenige Schritte von ihm entfernt. Geistesgegenwärtig riss der Flößer seinen Bogen hoch, zielte kurz und schoss. Mit einem gequälten Schrei brach das Kitz zusammen, doch bevor es noch einen weiteren Laut ausstoßen konnte, war Risi bereits über ihm und hatte ihm die Kehle durchbissen. Das Blut bedeckte ihre Schnauze, dann aber ließ sie von der Beute ab und wartete auf Urk. Der lobte die Hündin, tätschelte ihren Kopf und zog das Rehkitz an den Hinterbeinen hoch. Das auslaufende Blut ließ er Risi über die Nase laufen, die es begierig aufleckte. Auch als das Tier ausgeblutet war, schleckte die Hündin noch sorgfältig alle Blutspuren vom Boden auf. Urk schwang sich das Kitz über die Schulter und machte sich auf, einen geeigneten Lagerplatz zu finden. Er überlegte gerade, ob es wohl zu gefährlich wäre, wegen der Nähe des Holzfällerlagers ein Feuer zu machen, als Risi ihn anstupste und leise fiepte. Sofort versteckten sich beide hinter einem dicken Baumstamm. Leichte Geräusche wie Rascheln und das Knacken dünner Äste waren zu vernehmen, dann sah Urk, wie sich zwei Männer von der rechten Seite aus näherten. Beide waren mit Bögen und Speeren bewaffnet, und einer von ihnen trug ein kleines Wildbret über der Schulter. Wegen des graubraunen Fells hielt Urk das erlegte Tier für eine Wildkatze. Die beiden gingen auf den Ihseligenpfad zu und erreichten ihn etwa ein Dutzend Schritte vor ihm. Dort schwenkten sie auf den Weg ein und folgten ihm bergan. Mit angehaltenem Atem erstarrte Urk hinter dem Baum und hielt Risi eine Hand vor die Schnauze. Die Hündin verharrte genauso regungslos wie ihr Herr. Als die beiden Männer vor ihm abbogen, hatten sie offenbar ein Gespräch über Bäume geführt, zumindest schloss Urk das aus den Wortfetzen, die er mitbekommen hatte. Sicher waren es Holzfäller, und er musste ihnen nur vorsichtig folgen, um ihr Lager zu finden.

Während die Fremden palavernd auf dem Weg der Vermissten voranschritten, folgte Urk ihnen leise in gebührendem Abstand. Risi hielt er bewusst hinter sich, damit sie nicht etwa versuchte, die Männer zu stellen. Bald darauf durchzog ein brenzliger Geruch die Luft, und wenige Schritte später leuchtete ein großes Lagerfeuer durch das Geäst der Büsche vor ihnen. Die beiden Holzfäller schritten geradewegs auf den Lagerplatz zu und wurden bei ihrer Ankunft lauthals begrüßt. Vorsichtig tastete sich Urk voran, bis er das Lager gut übersehen konnte. An dem Feuer hatten sich vier Männer auf dem Boden ausgestreckt, waren aber bei der Ankunft ihrer zwei Gefährten aufgesprungen und schienen nun die Beute zu begutachten. Hinter den Männern befand sich eine einfache Schutzhütte aus dünnen Stämmen und belaubten Zweigen, die kreisförmig um den Stamm eines hohen Baumes gesteckt und oben mit dünnen Zweigen verknüpft waren. Vorn blieb nur ein schmaler Eingang frei, sodass man nicht in die Hütte hineinschauen konnte. Nach Urks Annahme schliefen die Männer darin im Kreis, jeweils mit dem Kopf zum Stamm. Mehr als den anwesenden Personen bot die karge Unterkunft sicher keinen Platz. Um die zeltähnliche Laube herum war der Wald in einem weiten Kreis abgeholzt, einige Stämme lagen noch übereinander in der freien Fläche. Am Rand der Lichtung war mit dem Abfallholz der gefällten Bäume ein dichtes Gewirr von Ästen und Zweigen aufgeschichtet worden, sodass der Platz wie von einer Barrikade umgeben war, die sicher einen guten Schutz gegen Wölfe darstellte, falls es in diesem Teil des Schratgebirges noch welche gab.

Urk kroch weiter auf die torähnliche Öffnung in der Umfriedung zu, durch die die beiden Männer den Platz betreten hatten. Das Gespräch der Holzfäller konnte er nicht verstehen, er beobachtete nur, wie sie ihrer Jagdbeute das Fell abzogen. Nachdem sie die Katze ausgenommen hatten, schoben sie ihren Braten auf einen frischen Zweig und drehten ihn langsam über dem Feuer. Risi war schon etwas unruhig geworden, als sich der Geruch von frischen Innereien in ihre Nase geschlichen hatte. Als jetzt der herbe Duft gebratenen Katzenfleischs zu ihnen hinüberzog, konnte sie nicht mehr an sich halten und gab ein kurzes, aber durchdringendes Jaulen von sich.

Sofort standen alle Männer auf den Beinen und ergriffen ihre Waffen. Urk war einen Augenblick versucht, die Flucht zu ergreifen, besann sich aber schnell, da er dann vermutlich einen Speer oder Pfeil in den Rücken bekommen hätte. Die Möglichkeit, bis zu seinen eigenen Leuten zu fliehen, ohne vorher erwischt zu werden, sah er als äußerst gering an. Also beschloss er spontan, sich stattdessen in die Höhle des Löwen zu begeben. Mit Risi im Schlepptau schritt er nun ganz offen auf den Eingang des Lagers zu.

„Heh, hoh!", rief er angesichts der vielen Speer- und Pfeilspitzen, die auf ihn gerichtet waren. „Keine Angst, ich bin allein, nur mein Hund und ich, sonst niemand!"

Misstrauisch beäugten die Holzfäller den Herankommenden, die Spitzen ihrer Waffen ließen sie erst sinken, als sie sich überzeugt hatten, dass wirklich niemand dem Fremden nachfolgte.

„Was willst du hier, und woher kommst du?", lauteten die ersten Fragen an Urk.

„Ein Fischer auf den Ihseli-Klippen hat mir erzählt, dass hier ein Holzfällerlager sein soll. Ich bin ein Flüchtling aus Splint und habe früher von der Holzfällerei und dem Abtransport der Bäume gelebt. Wir haben die Holzstämme nach Tvinhaag geliefert. Und da dachte ich, dass ich mich hier auch nützlich machen kann."

„Und warum bist du geflohen? Und warum ausgerechnet zu den *Ihseligen?* "

Die Männer trauten ihm offenbar nicht. Auch Splint und das Holzland gehörten zu dem wohlhabenden Teil Duggalands und waren den *Ihseligen* verhasst.

„Die *Hros-Wigmannen* haben meine Mitflößer umgebracht. Ich konnte gerade noch bis Tvinhaag fliehen, aber dort hat man mich auch nicht haben wollen. Es wurde erzählt, wer den Steppenkriegern entkommen wäre, könnte nur als ihr Verbündeter überlebt haben. Der Rat der Stadt hat beschlossen, mich fortzujagen. Ich würde den feindlichen Kriegern womöglich das Tor öffnen, sagten sie. Und wohin kann man in solch einem Fall sonst fliehen, wenn nicht zu den *Ihseligen?* "

Geschichten wie die eben von Urk erfundene kursierten zuhauf auf den Ihseli-Klippen. Die Holzfäller waren geneigt, dem Neuankömmling Glauben zu schenken. Doch den Ausschlag gab schließlich Urks Angebot, das Kitz mit ihnen zu teilen.

„Gebt das Katzenfleisch meinem Hund", schlug er vor, „es schmeckt ja meistens sehr streng und ist häufig auch noch zäh. Das Kitz hier", mit diesen Worten zog er das Tier hinter seinem Rücken hervor, „wird bestimmt besser schmecken, und es reicht für uns alle."

Ein Leuchten ging über die Gesichter der Männer und ihr Anführer, ein riesiger vierschrötiger Geselle, lud Urk schließlich ein, sich zu ihnen ans Feuer zu setzen und von seiner Flucht zu erzählen. Noch bevor sich der Flößer gesetzt hatte, hatte ihm einer der Männer bereits das Kitz weggenommen und begonnen, es für den Spieß fertig zu machen. Urk erfand eine abenteuerliche Geschichte, wie sie sich hätte tatsächlich abspielen können. Dabei schöpfte er aus seinen Erlebnissen, natürlich ohne seine Feindschaft gegenüber dem *Seo-Thruhtin* und seinen Kriegern zu erwähnen. Am Ende seiner Erzählung war er auf den Ihseli-Klippen angelangt und traf dort angeblich einen Fischer, der ihn am Beginn des Wegs zum Schratstihn absetzte. Die Holzfäller hörten ihm gespannt zu und stellten Zwischenfragen. Es kam nicht so oft vor, dass sich ein Fremder zu ihnen verirrte und eine neue, spannende Geschichte zum Besten gab. So verflog die Zeit, in der der Braten garte, wie im Fluge. Die Katze hatte man schon vorher vom Feuer genommen und dem Hund gegeben. Keiner von den Männern wollte Katzenfleisch essen, wenn es Rehkitz gab. Schließlich überließ man Urk als dem Spender der Mahlzeit das Zerteilen des Bratens. Arglos zog er sein Schratmesser und wollte sich gerade daran machen, die Schenkel aus dem Gelenk zu lösen, als der Anführer der Holzfäller aufsprang, ihn am Arm fasste und versuchte, ihm das Eisenmesser zu entwenden.

„Das ist aber ein feines Stück", knurrte er. „Zeig's mal her, ich möchte es betrachten."

Urk hielt sein Messer fest, sein Widersacher hatte aber mit einem leichten Kopfnicken seine Kumpane bereits alarmiert und sie hielten ihn an Armen und Beinen fest. Der Anführer drehte so lange Urks Hand, bis der das Messer fallen ließ. Geschwind hob er es auf.

„Du hast uns belogen", bellte er seinen Gefangenen an, das Gesicht vor Wut verzerrt. „Solche Waffen tragen nur die Schrate. Du bist ein Kundschafter und willst sie zu uns locken, damit sie uns überfallen!"

Urk beteuerte seine Unschuld, doch der riesige Kerl lachte nur verächtlich.

„Das gute Stück nehme ich wohl besser an mich, fesselt ihn!"

„Ich bin kein Schrat!", brüllte Urk. „Lasst mich los!"

Der Tonfall hatte Risi aus ihrem Schlummer gerissen, in den sie nach ihrer reichlichen Mahlzeit gefallen war. Jetzt kam sie mit gefletschten Zähnen auf die Gruppe zugesprungen. Urk sah die eilig hochgerissenen Speere der Holzfäller und konnte nur „Risi, lauf!" brüllen, bevor sein Hund von den Spießen getötet wurde. Mitten im Lauf schlug der Wolfshund einen Haken und entkam so den geschleuderten Speeren. Wild hin und her springend hatte sie in kürzester Zeit die Barriere aus Zweigen erreicht und mit einem gekonnten Satz überwunden. Danach war sie verschwunden.

„Mistvieh! Es ist entwischt!", schrie der Riesige, wandte sich aber dann wieder an Urk. „Aber du bist noch hier, kleiner Schrat. Da kannst du uns von Nutzen sein. Zu essen bekommst du von uns nichts. Dafür werden wir uns das Kitz allein einverleiben, und du kannst dabei zuschauen. Morgen darfst du aber für uns arbeiten, bis du umfällst, hehe, man sagt den Schraten ja nach, dass sie sehr kräftig sind. Und später, wenn sich die Lage in Duggaland wieder etwas beruhigt hat, werden wir dich als Sklaven verkaufen."

Allmählich wurde es dunkel. Urk sah sich eine sehr unbequeme Nacht unter freiem Himmel verbringen. Zwar regnete es nicht mehr, der Boden, auf dem er lag, war allerdings noch sehr feucht. Sein gefettetes Leder war ihm auch fortgenommen worden. Einer der Holzfäller schien Verwendung dafür zu haben.

Olunde schreckte aus dem Schlaf hoch, als sie das Jaulen des Hundes neben sich hörte. Risi war plötzlich aufgetaucht und hatte zielsicher über ihr Gesicht geleckt. Aufgeregt wimmerte der Hund und tänzelte vor seiner Herrin hin und her. Wenige Augenblicke später waren alle auf den Beinen. Ratlos betrachteten sie das Verhalten Risis, die immer wieder ein paar schnelle Sätze in die Richtung machte, aus der sie gekommen war. Dann blieb sie abrupt stehen, sprang wieder zu Olunde zurück, jaulte oder bellte, um dann erneut in die Gegenrichtung zu rennen.

„Sie will uns zu Urk führen", vermutete Thorn. „Wahrscheinlich befindet er sich in einer Notlage."

„Meinst du, es ist sinnvoll, jetzt im Dunkeln nach ihm zu suchen?", warf Juzz ein, wurde aber durch Olunde am Weiterreden gehindert.

„Bis zum Sonnenaufgang ist er vielleicht schon tot!", ereiferte sie sich und bekam dabei Unterstützung von Frij: „Wir müssen es auf jeden Fall versuchen, er gehört schließlich zu uns, und wir können ihn nicht einfach im Stich lassen."

„Das hatte ich auch nicht vor", beteuerte Juzz. „Ich habe nur überlegt, ob wir im Dunkeln vielleicht selbst in eine Falle tapsen."

„Wir müssen auf Risi bauen und hoffen, dass sie uns rechtzeitig warnt", beendete Ilunga die Auseinandersetzung. „Ich für meinem Teil kann jedenfalls nicht die Nacht hier hocken und auf mehr Licht warten."

Olunde band Risi eine lange Leine um, damit die Hündin nicht plötzlich im Unterholz verschwinden konnte. Dann nahmen alle ihre

Ausrüstung auf und folgten dem Hund in kurzem Abstand hintereinander. Die Nacht war wegen der immer noch dichten Wolken sehr finster und jeder konnte gerade einmal seinen Vordermann erkennen. Nur mit Mühe kamen sie voran und Ilunga wurde mehrfach gefragt, ob sie diese Strapaze ertragen könne. Da ihre Wunde bereits geschlossen, wenn auch noch nicht richtig verheilt war, wiegelte sie Maßnahmen zu ihrer Entlastung grundsätzlich ab. Damit die Gräten, die die Wundränder zusammenhielten, nicht verrutschen konnten, hatte Olunde ihr einen breiten, festigenden Verband aus einem Stück Leder angefertigt, den sie um die Verletzung gewickelt und mit Schnüren befestigt hatte. Mehrere Male tauchte plötzlich eine Eule aus dem Dunkeln auf und ließ sie vor Schreck zusammenfahren. Die Vögel flogen so leise, dass sie ihre Anwesenheit erst an einem starken Luftzug spürten, der an ihren Gesichtern entlangstrich. Auch die nächtlichen Geräusche des Waldes jagten ihnen immer wieder einen Schauer über den Rücken, ob es sich dabei um den Ruf des Kauzes oder um ein flüchtendes Tier handelte, das sie auf ihrem Marsch aufgeschreckt hatten.

Endlich schienen sie dem Ziel nahe gekommen zu sein, denn Risi, die bis dahin heftig an ihrer Leine gezogen hatte, begann nun auch, sich behutsam vorzutasten. Tatsächlich erblickten sie einen entfernten Feuerschein, der wie eine Verlockung hinter den dunklen Sträuchern aufglühte.

„Still, Risi", zischte Olunde, bevor der Hund Laut geben konnte.

„Bist du sicher, dass sie still bleibt?", fragte Thorn.

„Nicht so ganz. Nur Urk gehorcht sie unbedingt."

„Dann sollten wir den Hund besser hier lassen, bevor er uns noch durch sein Bellen verrät."

Als ob sie die Worte verstanden hätte, stieß Risi in diesem Augenblick ein jämmerliches Winseln aus.

„Siehst du?", meinte Thorn. „Binde sie an einem Baum fest."

„Dann bellt sie vielleicht richtig laut und verrät uns erst recht", warnte Juzz. „Vielleicht sollte Ilunga bei ihr bleiben und sie beruhigen. Schließlich ist sie immer noch verletzt."

Die Segelweise war nicht begeistert von dem Vorschlag, fügte sich aber schließlich in die Notwendigkeit. Die anderen pirschten sich langsam in Richtung Feuer. Am Rand des Lagers angekommen, duckten sie sich hinter der Aufschüttung aus Zweigen und versuchten, die Lage einzuschätzen. Eine Wache saß neben dem gefesselten Gefangenen am Rande des Feuers. Das Holz war inzwischen heruntergebrannt und ließ den Eingang zum Lager sowie den inneren Bereich vor dem kleinen Zweigwall im Dunkeln. Wie viele Personen in der einfachen Laube schliefen, war nicht zu erkennen.

„Wir müssen sie herauslocken", flüsterte Juzz. „Wenn wir jetzt einfach hineingeheen, könnten sie uns aus der Hütte heraus mit ihren Pfeilen erschießen, zumindest wäre die Gefahr sehr groß."

„Deshalb müssen wir Urk möglichst schnell von dort wegbringen", warf Olunde ein, wurde aber von Frij sofort unterbrochen:

„Ihr habt beide recht. Einer von uns muss sich durch den dunklen Bereich bis hinter die Hütte schleichen, um Urk so schnell wie möglich zu befreien, wenn es los geht."

„Das mache ich!"

„Das hätte ich an deiner Stelle jetzt auch gesagt, Olunde. Ich schlage aber doch vor, dass Thorn diesen Part übernimmt. Er ist einfach stärker als du und kann Urk zur Not auf dem Rücken wegschleppen."

Bedauernd stimmte die ehemalige Sklavin zu.

„Gut. Thorn kriecht also dicht an diesen angehäuften Zweigen entlang und befreit Urk bei der ersten sich bietenden Gelegenheit von den Fesseln. Er scheint mit Stricken an Händen und Füßen gebunden zu sein."

„Und was macht ihr?", fragte Thorn.

„Wir scheuchen den Wachtposten auf und müssen ihn dann sofort mit unseren Pfeilen niederstrecken. Ich sehe keine andere Möglichkeit, ihr vielleicht?"

Alle schüttelten den Kopf.

„Wenn der Wachtposten fällt, wäre das der Augenblick für Thorn, Urk zu befreien", sagte nun Juzz. „Aber sei vorsichtig, Thorn, halte dich möglichst nicht vor der Öffnung der Laube auf, du weißt schon!"

„Schon klar", grunzte der Schrat.

„Gut", erwiderte Frij, „wenn Thorn sich neben der Laube versteckt hat, nehme ich einen langen Ast und werfe ihn auf den Mann am Feuer.

Sollte ich ihn verfehlen und dabei Urk treffen, verletze ich ihn zumindest nicht damit. Auf jeden Fall wird der Wachtposten aufspringen und uns damit ein deutliches Ziel bieten. Alle Pfeile müssen auf ihn gerichtet sein. Er muss auf der Stelle umfallen, um Thorn den Weg frei zu machen. Das Weitere müssen wir dann entscheiden."

Alle waren einverstanden mit dem Plan und nahmen ihre Plätze ein. Der *Schrat* schlich sich zum Eingang des Lagers und kroch von dort aus an der Aufschüttung der Zweige entlang, bis er die Höhe der Hütte erreichte. Als er seinen Platz im Rücken der Wache eingenommen hatte, erhob er sich kurz, um anzuzeigen, dass er bereit war. Frij hatte sich bereits einen geraden, schlanken Ast aus den Reisighaufen gezogen, der sich wie ein Speer werfen ließ.

„Au!", schrie der Wachtposten, als er an der Schulter getroffen wurde, blickte sich erschrocken um und sprang auf. Ein leises Zischen von drei Pfeilen und der Mann brach mit einem schrillen Wehlaut zusammen. Das Schratmesser zwischen den Zähnen sprang Thorn hinzu, griff Urk unter den Schultern und zog ihn sofort hinter die Laube. Nahezu gleichzeitig steckte der erste der Holzfäller seinen Kopf aus dem Eingang. Da nichts geschah, blickte er sich hilflos um, um dann wieder in der Schutzhütte zu verschwinden. In dieser Zeit hatte Thorn seinen Freund befreit und gab ihm nun sein Messer. Er selbst ergriff das Schratbeil, das ihm am Gürtel hing. Beide duckten sich in die Finsternis hinter der Hütte.

Nichts geschah, nur ein leises Wispern war aus dem Innenraum zu vernehmen.

Gerade wollten sich Urk und Thorn leise davonschleichen, als auf der Rückseite der Laube ein Rascheln und Knacken ertönte.

„Sie sind vorsichtig und versuchen, ihre Behausung auf der Rückseite zu verlassen", flüsterte Urk.

„Das müssen wir verhindern. Wenn sie in die Dunkelheit entkommen, haben wir sie weiter am Hals. Los, komm!"

Mit gezückten Waffen schlichen sie zu der Stelle, an der sich in der Wand etwas rührte. Thorn wartete noch, als zwei Hände die Äste auseinander bogen. Sobald er die Nase erblickte, schlug er zu. Mit einem knirschenden Laut drang sein Beil in die Schädeldecke.

Einen Augenblick später wurde der leblose Körper zurückgezogen. „Das muss ein Schratbeil gewesen sein!", hörten Urk und Thorn den entsetzten Ruf aus der Laube. „Die Schrate haben die Hütte eingekesselt!"

Einen Atemzug lang blieb es still, dann erscholl der Ruf des Anführers: „Los, raus hier, flieht!" Im gleichen Augenblick brachen die Männer mit Geschrei aus dem vorderen Eingang. Sie überlebten nur wenige Schritte, dann brachen sie, von Pfeilen getroffen zusammen. Zwei von ihnen lebten noch, doch schon waren Urk und der *Schrat* zur Stelle, beugten sich über sie und töteten sie mit jeweils einem Hieb.

Als sie sich wieder aufrichteten, blickten sie sich in die Augen und begriffen allmählich, was geschehen war. Im Licht des flackernden Feuers erschien beiden das Gesicht gegenüber aschfahl. Gleichzeitig wendeten sich beide ab und übergaben sich.

Wortlos kamen die Gefährten, auch Ilunga wurde geholt. Sie war einerseits froh, dass Urk gerettet war, drehte sich aber weg, als sie die Toten erblickte.

Um die Getöteten zumindest diese Nacht vor den Aasfressern zu schützen, schleppten sie sie still in die Hütte. Sie selbst lagerten sich um das Feuer und versuchten, noch etwas Schlaf zu finden, was aber nur schwer gelang.

Am nächsten Morgen entschieden sie sich, die Männer nicht zu beerdigen, da es zu viel Zeit und Mühe gekostet hätte, sie tiersicher zu vergraben. Sie hofften, dass die Götter dafür Verständnis haben und darüber nicht unmutig sein würden. Um den Totengott wegen der fehlenden Zeremonie nicht zu erzürnen, richteten sie eine gemeinsame Bitte um Verzeihung an ihn.

Als sie den Platz verließen, fiel Urk ein, dass der Anführer der Holzfäller noch sein Eisenmesser hatte. Er eilte in die Hütte zurück und zog es dem Toten aus dem Gürtel. Dabei stellte er fest, dass der vierschrötige Riese auch seinen Überwurf aus gefettetem Leder an sich genommen hatte. Er musste den Pfeil aus der Seite des Toten ziehen, um sein Eigentum zurückzubekommen.

„Komm, Risi", befahl er dann, und der Hund folgte ihm.

Den ganzen Tag über folgten sie dem Pfad, der sich in weiten Serpentinen den Hang hinaufzog. Bis auf den Schrat, der das kräfteraubende Steigen im Berg von Kindheit an gewöhnt war, klagten alle über die Anstrengung. Erschwerend kam hinzu, dass Ilunga doch noch schwächer war, als sie selbst geglaubt hatte. So fertigten sie ihr eine Trage aus langen Ästen an, auf der sie von jeweils zwei Personen wie auf einer Sänfte bergan getragen wurde. Immer, wenn sie sich wieder etwas erholt hatte, lief sie allein, „um ihre alten Kräfte zurückzugewinnen", wie sie selbst sagte.

Die Kiefern waren inzwischen nahezu vollständig verschwunden und hatten einem Wald aus mächtigen Eichen Platz gemacht. Da die Bäume ein dichteres Blätterdach aufwiesen als die Kiefern mit ihren Nadeln, lag der Weg ständig im Halbdunkeln und wirkte besonders auf die Seefahrer in der Gruppe unübersichtlich und unheimlich. Es kam immer wieder vor, dass sie hinter den knorrigen Stämmen einen Menschen zu erkennen glaubten, erschrocken zu den Waffen griffen, um dann doch nur einen halb verwitterten und bemoosten Findling zu entdecken. Am tiefsten saß der Schreck, wenn sie gleichzeitig mit dem angeblichen Feind das tiefe Krächzen eines Kolkraben vernahmen, der etwas unmutig auf die Störung durch die Wanderer reagierte. Thorn begrüßte die Raben jedes Mal, wenn sich einer von ihnen blicken ließ, und machte ihnen mit einer Verbeugung seine Aufwartung.

„Sie sind die Vögel des Gottes, der uns das Schmieden lehrte", erklärte er sein Tun. „Deshalb sind sie auch so schwarz wie die Kohle, die wir dafür benötigen. Wenn ich einen von ihnen zu Gesicht bekomme, weiß ich, dass dieser Gott über mich wacht."

„Verlass dich nur nicht zu sehr darauf", warnte Ilunga ihn.

„Keine Sorge", beruhigte er sie. „Ich weiß, dass die Götter zuweilen unberechenbar in ihren Taten sind. Trotzdem haben wir Schrate ein inniges Verhältnis zu den weisen schwarzen Vögeln."

„Ich dachte, die weisen Vögel wären die Eulen", warf Olunde keuchend ein, da sie gerade mit Frij die Segelweise trug.

„Eulen und Raben haben sich Tag und Nacht aufgeteilt, so sind im Hellen und im Dunkeln immer die Wächter der Götter unterwegs. Frag

Urk, er wird es dir bestätigen. Die Flößer aus den Baumbergen und die Schrate aus dem Erzland haben viele Vorstellungen gemeinsam."

„Kein Wunder, ihr lebt beide in den bewaldeten Bergen. Deshalb fürchtet ihr auch beide den dunklen Wald und seine Bewohner nicht."

„Du hast recht, wir fürchten den Wald nicht, trotzdem sind wir sehr vorsichtig, da tatsächlich hinter jeder Wegkehre eine Überraschung lauern kann."

In diesem Augenblick ertönte Risis aufgeregtes Bellen ein gutes Stück vor ihnen. Sie hatten nach dem Erlebnis mit den Holzfällern beschlossen, sich nicht mehr zu trennen. Urk ging lediglich mit der Hündin ein kurzes Stück vor, in der Hoffnung, dass Risi mögliche Gefahren früher wahrnahm als die Menschen. Diesmal handelte es sich allerdings um eine erfreuliche Überraschung. Der Hund hatte eine kleine Rotte von Wildschweinen aufgespürt, die hier im Schratgebirge hauste. Die Bachen stürmten mit ihren halbwüchsigen Frischlingen in wilder Flucht davon, doch Risi gelang es, eines der Jungtiere von seiner Mutter abzulenken und vor einem großen Findling zu stellen. Dort konnte Urk es mit einem einzigen Pfeil niederstrecken.

Es brach lautlos zusammen. Trotzdem stieß Urk noch einmal mit dem Speer zu, um sicher zu gehen, dass das Tier wirklich tot war.

„Das ist der Vorteil des Waldes gegenüber dem Meer", gab Juzz beim abendlichen Mahl zu. „Man kommt hin und wieder zu einem kräftigen Braten und muss nicht immer rohen Fisch essen." Tatsächlich war ihre Ernährungslage sehr günstig, denn jetzt im späten Frühjahr stöberten sie auf ihrem Weg immer wieder nahrhaftes und wohlschmeckendes Wild auf. Auch an Wasser hatten sie keinen Mangel, da sich durch die letzten Niederschläge auf dem ausgetretenen Pfad immer wieder Pfützen fanden, die noch hinreichend klares Regenwasser enthielten. Nachdem sie aber mehrere Tage gewandert und dem Schratstihn sehr nahe gekommen waren, begannen vor allem die Frauen, von der abwechslungsreichen und pflanzenreichen Kost an der Küste zu träumen.

Urk erwartete sie an der nächsten Wegbiegung und gab ihnen ein Zeichen, still zu sein. Als sie zu ihm aufschlossen, wies er mit einer kreisenden Handbewegung auf die frischen Spuren in einer Lichtung.

Sie trauten sich nur noch flüsternd zu reden, als sie die Lage besprachen.

„Sie sind von dort drüben gekommen und dann auf den Weg der Vermissten abgebogen", erläuterte Urk. „Sie müssen sich auf dem Pfad etwas oberhalb von uns befinden, denn es kann seit ihrer Ankunft noch nicht viel Zeit vergangen sein, die Ränder der Fußabdrücke sind noch ganz feucht. Ich tippe auf heute Mittag. Hier, wo mehr Platz ist, sind sie nicht mehr hintereinander gegangen wie dort drüben auf dem Weg zum Schratstihn. Es müssen mehrere Hände voll Krieger gewesen sein."

„Kann man erkennen, um wen es sich handelt?", fragte Ilunga.

„Ich habe Blutstropfen gefunden und dort hinten Reste von Innereien und kleine Fellstücke. Vermutlich kamen sie von der Jagd und haben dort ihre Beute aufgebrochen und gehäutet. Die Reste haben sich sehr schnell die Füchse und Marder geholt, oder welche Tiere sonst noch Aas fressen."

„So viele Männer, die gleichzeitig auf die Jagd gehen, ist das nicht merkwürdig?", wunderte sich Ilunga.

„Ein Stück weiter dort hinten trennen sich die Spuren wieder. Ich nehme an, dass sie sich aufgeteilt haben, um ein größeres Waldgebiet gleichzeitig zu durchkämmen."

„Da muss vor dem Schratstihn ein großes Aufgebot von Männern liegen, die alle ernährt werden wollen", vermutete Thorn. „Das Gerücht über eine groß angelegte Belagerung der Schratsiedlung scheint nicht von ungefähr zu sein."

„Meinst du, sie würden noch heute ihr Ziel erreichen?"

„Das glaube ich nicht, dann müssten sie noch im Dunkeln laufen. Das ist ihnen wahrscheinlich zu unsicher. Morgen früh könnten sie dann allerdings auf ihre Gefährten stoßen, wenn sie vor unserer Siedlung lagern."

„Hm, es wäre nicht schlecht, etwas über ihr weiteres Vorgehen zu erfahren. Kennst du den Weg hier, oder hast du dich nie so weit von eurem Ort entfernt?"

„Doch, doch, hier kenne ich inzwischen jeden Stein."

„Auch im Dunkeln?"

„Ich habe Eulenaugen, Urk, das weißt du doch."

„Was haltet ihr davon, wenn wir versuchen würden, die Jäger zu belauschen? Hunde scheinen sie nicht zu haben. Wir müssten uns nur im Dunkeln anschleichen. Traust du dir das zu, Thorn?"

Der *Schrat* nickte.

„Gut, dann brechen wir nachher zu zweit auf und schauen mal, was wir erfahren können."

„Das halte ich für keine so gute Idee, Urk", wandte der *Schrat* ein.

„Wenn uns beiden etwas geschieht, ist keiner mehr bei der Gruppe, der sich wirklich im Wald zurechtfindet, also zum Beispiel einen kaum begangenen Pfad erkennt."

„Thorn hat Recht", meldete sich Frij. „Ich werde an deiner Stelle gehen."

Gleichzeitig erklärten sich auch die anderen bereit, diese Aufgabe zu übernehmen, aber Frij konnte sie überzeugen, dass sie die Einzige außer Thorn war, die zu keinem der anderen ein Liebesverhältnis unterhielt. So machten sich beide bei anbrechender Dunkelheit auf den Weg.

Der *Schrat* erwies sich wirklich als Kenner des Waldes und führte sie durch zum Teil stockfinsteres Dickicht immer näher an seinen alten Heimatort heran. Bei den Verfolgten handelte es sich um so viele Männer, wie drei Menschen Finger an ihren Händen besitzen. Sie verhielten sich völlig sorglos, hatten keine Wachen aufgestellt und ein riesiges Feuer entfacht. Es qualmte entsetzlich, da der Wald und sein Holz noch feucht vom letzten Regen waren. Trotzdem hielten sie die Stücke eines Rehs auf frischen Ästen über das Feuer.

„Das wird eher Räucher- als Bratfleisch", amüsierte sich Thorn.

Er musste nicht einmal flüstern, denn die Jäger unterhielten sich laut und ausgelassen und versuchten, sich ständig mit durchdringend in die Runde gerufenen Scherzen zu überbieten.

„Hier ist im Augenblick nichts Wichtiges zu erfahren", bedauerte Thorn. „Über Kriegsgeschäfte reden sie jedenfalls nicht."

„Vielleicht doch!"

Frij wies auf eine Gruppe, die etwas abseits saß und sich leise unterhielt. Es handelte sich offenbar um die Anführer. Drei von ihnen gehörten von ihrer Ausrüstung her zu den hier lagernden *Ihseligen,* einer war aber zweifelsfrei ein direkter Untergebener des *Seo-Thruhtin,* was an dem schwarzen Leder und dem Krähenhelm zu erkennen war. Thorn und Frij vergewisserten sich noch einmal, dass sie ihre Messer zur Hand hatten. Es waren die einzigen Waffen, die sie mitgenommen hatten, um beweglich zu sein. Dann krochen sie vorsichtig auf dem Bauch hinüber zu der kleinen Gruppe.

„Warum *Seo-Thruhtin* zu euch über das Meer gekommen, wollt von mir wissen?", hörten sie gerade den Mann mit dem Krähenhelm in der Händlersprache sagen. „Nun, das sind zuerst unsere Möglichkeit für Leben. Ich weiß, ihr nicht haltet *Seo-Thruhtin* für Gott, wie Steppenbewohner. Deshalb ich euch nichts will vormachen. Dort, wo herkomme, steigt Höhe von Wasser stark. Das hier auch so, aber unser Land flacher als Insel hier und wird Moor bald, Land auch von Wasser mit Salz überspült. Keine Tiere für Jagen bleiben in Land und Wiesen für Futter für Tiere immer weniger, Felder für Anpflanzen fast gar nicht mehr. Sind um unser Gebiet andere Stämme, bei denen ähnlich und die kämpfen um letzte trockene Flächen mit uns. Kampf dort sehr blutig. Wir hoffen Platz finden für unser Volk hier. Für lange Zeit, aber nicht für immer. Menschen in Duggaland das natürlich nicht wollen, darum wir kämpfen."

„Und warum sollen wir uns euch anschließen?", fragte nun der *Ihselige* neben ihm.

„Ihr auch leben schlecht. Auf viele kleine Insel. Duggaland euch nicht liebt. Nach Krieg auch für euch mehr Land und besser leben."

„Hoffen wir es mal! Aber sagt, was hat der *Seo-Thruhtin* denn nun vor?"

„Erobern Schratstihn, nehmen *Eisen* und dann schlagen ganz Duggaland."

„Wenn ihr euch da mal nicht täuscht, die Schrate haben es in sich!"

„Wie meinen?"

„Nun, man sagt ihnen Zauberkräfte nach", der schwarze Krieger musste lächeln, aber der *Ihselige* setzte seine Rede unbekümmert fort: „Ja, lächelt nur! Wie erschaffen sie denn das *Eisen,* wenn nicht mit

Zauberkraft? Man sagt, sie machen es aus Steinen. Ich frage Euch, wie das gehen soll. Außerdem ist Schratstihn eine mächtige Siedlung. Sie liegt hoch auf einem Hügel, der kleine Fluod umfließt sie, und sie ist zusätzlich von einem Wall aus Findlingen umgeben."

„Aber haben nicht so viel Krieger wie *Seo-Thruhtin*. Krieger, die jetzt kommen von Tvinhaag und *Ihselige*. Mehr als Schrate, viel mehr."

„Dafür besitzen sie gefährliche Kampftiere. Die Männchen haben sogar riesige Hörner, nein, eher so etwas wie Paddel mit gefährlichen Spitzen auf dem Kopf. Und sie sind größer als Pferde!"

Thorn musste lachen: „Der meint unsere friedlichen *Elche*", flüsterte er Frij zu. „Da kann man mal sehen, was die Leute sich so erzählen."

„Ihr habt *Elche?*"

„Natürlich! Wusstest du das nicht? Wir nutzen sie wie andere ihre Pferde. Man kann auf ihnen auch reiten, das tun wir aber nur selten. Hauptsächlich nutzen wir sie als Lasttiere für das schwere Erz oder Holzkohle. Sie sind sehr trittsicher, besonders auf rutschigem Untergrund."

„Ich wusste gar nicht, dass sie sich zähmen lassen. Aber wenn ich ehrlich bin, habe ich selbst auch noch keinen *Elch* gesehen. In Tvinhaag gab es jedenfalls keine."

Gerade wollte Thorn antworten, als er bei einer Bewegung mit seinem Bein einen trockenen Zweig zerbrach. Das Knacken reichte aus, um den Krieger mit dem Krähenhelm auffahren zu lassen. Blitzschnell hatte er seinen Spieß gepackt, seine Anführer aufgescheucht und schon standen sie vor der überraschten Frij. Zwei der Männer fassten sie so schnell, dass sie nicht mehr nach ihrem Messer greifen konnte und zerrten sie vor das Feuer. Thorn, der noch nicht bemerkt worden war, weil er sich durch seine Fellkleidung im Dunkeln kaum vom Boden abhob, sprang nun mit einem Schrei auf die Anführer zu, um Frij loszureißen. Dabei wäre er fast in die aufgerichteten Spitzen der Speere gerannt, konnte sich aber gerade noch bremsen. Jetzt stand er mit gezücktem Messer den Kriegern gegenüber und sah, wie die gesamte Schar zu den Waffen griff.

„Flieh!", schrie Frij ihn an. „Bring dich in Sicherheit, du kannst mir nicht helfen!"

Dabei blickte sie ihn so eindringlich an, dass er nicht mehr überlegte und mit lautem Krachen ins Unterholz sprang. Die Zweige schlugen ihm in der Dunkelheit ins Gesicht, doch er rannte nur noch vorwärts. Nach kurzer Zeit merkte er, dass ihm niemand folgte. Die *Ihseligen* trauten sich offenbar nicht, bei Nacht den dichten Wald zu durchstreifen. Keuchend drehte er sich noch einmal um, überlegte kurz, dann entschied er sich, zum Lager zurückzukehren und den anderen zu berichten. Allein hätte er jetzt sicher keine Möglichkeit, Frij aus der aufgebrachten Kriegerschar zu retten.

Tiefe Betroffenheit machte sich breit, als Thorn seine Nachricht überbracht hatte. Mehrfach musste er berichten, wie es zur Gefangennahme Frijs gekommen war. Besonders Olunde hatte die Nachricht sehr mitgenommen. Wenn man sie ansprach, reagierte sie fahrig und unwirsch, war abwesend und schluchzte plötzlich unvermittelt los. Während sich Ilunga um sie kümmerte, wurde ihr allmählich klar, dass die ehemalige Sklavin ihre früheren schlimmen Erfahrungen erneut durchlebte. Olunde, die in den vergangenen Tagen Frijs engste Freundin geworden war, sah nun, wie sich ihr eigenes Schicksal bei ihrer Gefährtin zu wiederholen schien. Sie war sich nicht einmal darüber klar, ob sie Frij einen schnellen Tod oder das Überleben als Opfer der Steppenkrieger wünschen sollte. Manchmal konnte sie nicht mehr an sich halten. Sie schrie die anderen an, doch nun sofort zu handeln, um gleich danach wieder weinend zusammenzubrechen. Auch Thorn war kaum ansprechbar. Er machte sich Vorwürfe, Frij nicht befreit zu haben. „Lieber wäre ich tot als mit dieser Last zu leben" war der Satz, den er unablässig wiederholte. Juzz und Urk versuchten, ihm diese Schuldgefühle auszureden, ließen sich immer wieder den Vorgang schildern, um dann darzulegen, dass niemand in dieser Situation Frij hätte helfen können.

In dieser Nacht war an Schlaf nicht mehr zu denken. Die Gespräche drehten sich im Kreis, und am Morgen waren alle so erschöpft, dass sie dennoch in einen unruhigen Schlaf sanken. Gegen Mittag wachten sie schließlich auf und berieten erneut, wie sie ihrer Gefährtin wohl helfen könnten. Bald wurde ihnen aber klar, dass es wegen der großen Kriegerzahl vor ihnen keine Hoffnung auf Erfolg gab. So einigten sie sich endlich darauf, dass Thorn sie zunächst zum Schratstihn geleiten sollte und dass sie dann aus der befestigten Siedlung heraus vielleicht etwas unternehmen könnten.

Wortlos setzten sie sich in Marsch. Der Wald mit seinem Unterholz schien undurchdringlich. Vorsichtig lugten sie um jede Wegkehrung, ließen Risi etwas voranlaufen und tasteten sich so allmählich an die Siedlung der Schrate heran.

„Das ist der letzte Abschnitt auf dem Pfad der Vermissten", sagte Thorn, als der Weg plötzlich schnurgerade verlief und dabei nur noch leicht anstieg. „Wir sollten uns nun seitwärts des Weges unter den Bäumen halten, damit wir nicht sofort entdeckt werden, wenn wir auf feindliche Krieger stoßen."

Eine Weile bewegten sie sich noch neben dem Weg, der hier inzwischen breit ausgetreten war, durch das Unterholz. Dann endete der Wald mit einem Mal, als ob er abrasiert worden wäre, und sie blickten auf eine ausladende Wiesenfläche. Thorn wies mit einer weit ausladenden Bewegung nach vorn und sagte fast ehrfürchtig: „Schratstihn."

Alle drängten nach vorn an den Waldrand, um auch einen Blick auf die sagenumwobene Eisenschmiede zu erlangen. Die Wiese lag wie ein breites, leicht ansteigendes Tal vor ihnen, auf beiden Seiten eingefasst von zwei kleinen, rundlichen Seen mit dunkelblauem Wasser. Während das Grün vor ihnen noch eine glatte Fläche darstellte, war es mit zunehmender Höhe von grauen Findlingen durchsetzt, bis die Wiese schließlich in einer steil aufragenden Geröllhalde aus rundlichen Steinen aufging. Wie ein Klotz ragte diese Felsmasse vor ihnen auf, um am oberen Rand in einem mehr als mannshohen Wall aus ineinander verkeilten Findlingen aller Größen zu enden. Auf dem glatten Abschluss dieser gigantischen Mauer hatte man weitere Steinklötze in einer regelmäßigen Reihe platziert, deren Zwischenräume geschützte Schießscharten ergaben. Vor ihnen auf der linken Seite umrundete der Wall den Geröllberg, sodass sie den weiteren Verlauf nicht mehr erkennen konnten. Von der rechten Seite strömte aus einem schmalen Tal ein rauschender, wilder Flusslauf, der sich in den kleinen See dort ergoss. Nachdem er den See durchflossen hatte, bog er vor der Geröllhalde ab und hatte sich zwischen dem Berg, auf dem Schratstihn lag, und dem Nachbarhügel ein enges Bett gegraben, sodass die Siedlung hier von einem hohen Steilhang begrenzt war. An der Stelle, wo der kleine Fluss den See wieder verließ, endete oben der Steinwall und setzte sich in einer niedrigen Palisade fort.

„Das ist der kleine Fluod", erklärte Thorn, indem er auf das Wildwasser zeigte. „Er umfließt den Hügel, auf dem Schratstihn liegt, erweitert sich dort in den Eisensee und tritt dann wieder in einem kleinen Wasserfall aus. Über den Wasserfall haben wir eine Brücke gebaut, die von einem Torturm aus Holz gesichert wird. Das ist der Eingang zur Siedlung. Von hier könnt ihr den Turm aber nicht sehen. Der Wildbach durchströmt schließlich den See dort links, den wir einfach Fallbecken nennen. Dann fließt der Kleine Fluod weiter den Berg hinunter. Er mündet später im Großen Tal dann in den Fluod, der dort aus der Steppe kommt."

„So hätte ich mir den Sitz der Schrate nicht vorgestellt", sagte Ilunga ergriffen. „So aufragend erscheint er mir fast wie ein Sitz der Götter."

„Na ja, der Ort ist kleiner als Tvinhaag", wiegelte Thorn ab.

„Mag sein, aber diese Lage auf dem Berg ist schon sehr beeindruckend."

„Hoffentlich finden die da drüben das auch!", unterbrach jetzt Urk das Gespräch und zeigte auf das Heerlager von Ihseligenkriegern, die sich vor dem Fallbecken auf der Wiese ausgebreitet hatten. Aus dem Gewirr von Männern und einfachen Laubhütten ragte das Dach eines Langhauses hervor.

„Was ist das für ein Gebäude dort auf der Wiese?", fragte Juzz.

„Das ist Haus Weltende. Dort findet oder, ich muss wohl sagen fand der Handel mit den *Ihseligen* statt. Die Waren konnten dort im Trockenen angeboten werden, und wir mussten die *Ihseligen* dafür nicht in die Stadt lassen. Ein kurzes Stück hinter dem Lager gibt es noch eine kleine Brücke über den Fluss, die mit einem Tor gesichert ist. Das war immer die Grenze, die die *Ihseligen* nicht überschreiten durften."

„Na ja", warf Olunde ein, „eigentlich kein Wunder, wenn die *Ihseligen* bei dieser Behandlung nicht gut auf euch zu sprechen sind, oder?"

Der *Schrat* zuckte nur mit den Achseln.

„Und wie willst du uns in den Ort bringen?", fragte Urk. „An den Kriegern dort kommen wir ja wohl nicht vorbei, wenn wir zum Tor am Wasserfall wollen."

„Es gibt einen anderen, geheimen Weg, aber ich kann ihn euch erst bei Dunkelheit zeigen."

Die Zeit zog sich, bis es endlich so dunkel war, dass Thorn das Zeichen zum Aufbruch gab. Sie folgten zunächst dem Waldsaum auf der rechten Seite, bis sie sich gegenüber dem kleinen See befanden, den Thorn nun als Felsenbecken bezeichnete. Tatsächlich ragten eine Reihe von Felsen aus dem Wasser, die der Fluss trotz des wilden Wassers noch nicht hatte fortspülen können. Gebückt hasteten sie schnell hinüber zum Ufer und bewegten sich dann kriechend daran entlang, bis sie den Grund der Geröllhalde erreichten. Auch dort mussten sie sich noch auf allen Vieren fortbewegen, um nicht entdeckt zu werden. Sie hielten sich dicht hintereinander, um sich nicht zu verlieren. Als sie dem Lager der *Ihseligen* bereits sehr nah gekommen waren, verschwand Thorn plötzlich auf der rechten Seite zwischen zwei dicken Findlingen. Nacheinander zwängten sie sich durch den engen Spalt und konnten sich nach wenigen weiteren Schritten endlich aufrichten. Sie befanden sich nun in einem Gewirr von verstreuten Felsbrocken, die so hoch aufragten, dass sie einem leicht gebückt gehenden Menschen genügend Sichtschutz gewährten. Der *Schrat* folgte einem nicht näher zu erkennenden gewundenen Pfad, bis sie sich direkt unterhalb des Steinwalls befanden. Zehn Schritte weiter erkannten sie plötzlich eine schmale Lücke in dieser Mauer, die so schräg hineinführte, dass sie von unten nicht zu erkennen war. Sie mussten einen schmalen Gang durchschreiten und standen schließlich vor einer Tür aus massiven Eichenbalken. Aus den Mauerlücken rechts und links der Pforte starrten ihnen Pfeilspitzen aus *Eisen* entgegen.

Thorn nahm beide Hände vor den Mund und machte den Ruf des Käuzchens nach, zweimal kurz hintereinander, dann machte er eine Pause, um dann wieder zweimal hintereinander zu schreien.

ZWEIUNDZWANZIG: Großes Tal

„Sie ziehen ab! Sie ziehen ab!"

Der Junge, der die Botschaft überbrachte, war völlig außer sich.

„Wer zieht ab?", fragte Gruoni verwirrt. Gerade hatte man ihn aus dem Schlaf gerissen, weil eine von den Kinderwachen eine wichtige Botschaft für ihn hätte.

„Na, die *Hros-Wigmannen!*"

„Ist das wahr?"

In diesem Augenblick kam Wizi in den Raum gestürzt.

„Hast du es schon gehört?"

„Gerade habe ich es ihm gesagt!", maulte der Junge mit einem beleidigten Unterton. Wizi bekam den Tonfall trotz ihrer eigenen Aufregung mit und beeilte sich, den kleinen Boten zu beschwichtigen: „Toll, ihr seid wirklich schnell und wachsam. Nicht wahr, Gruoni? Manchmal frage ich mich, was wir ohne die Kinder und das junge Volk gemacht hätten."

„Wahrscheinlich wären wir von den Kriegern des *Seo-Thruhtin* irgendwann überrascht und überrannt worden. Es hat etliche Gelegenheiten gegeben, bei denen unser Nachwuchs den Sieg der Angreifer verhindert hat."

Der Junge wurde rot vor Stolz und blickte verlegen auf den Boden.

„Erkläre mir bitte genau, was geschehen ist. Was habt ihr gesehen?", sprach Gruoni ihn an.

„Zuerst haben wir in der Dämmerung auf der Abendseite Bewegungen bemerkt. Wir dachten schon, sie bereiten einen weiteren Angriff vor, doch dann sahen wir, dass sie in einem Bogen hinüber zum Munde-Viertel gezogen sind. Daraufhin sind wir sofort zum Grabentor gerannt, um die Besatzung der Palisade dort zu warnen. Doch da gab es schon die Meldung, dass die Krieger nicht im Munde-Viertel blieben, sondern alle nacheinander über die reparierte Brücke zum Neuviertel zögen. Vom Torturm aus konnte man dann erkennen, dass sie sich von dort aus

auf den Weg zum Schratstihn gemacht haben. Der Anführer der Stadtwache war gerade da und hat gesagt, wir sollten dir sofort die Nachricht
überbringen."

„Gut gemacht, mein Junge! Ich danke dir für die schnelle Übermitt-
lung. Dann hast du dir jetzt wohl ein kräftiges Frühstück verdient."
Der Bote rannte sofort zum Tempel der *Seegilde*, wo eine Kochstelle
für die Bevölkerung eingerichtet war. Gruoni und Wizi hingegen eilten zum Grabentor. Unterwegs blickten sie nur in strahlende Gesichter.
Alle hatten bereits die frohe Kunde erfahren.

Als sie auf der Plattform des Torturms ankamen, warteten dort bereits
Retari und der Segelweise auf sie. Sie machten allerdings Gesichter, die
alles andere als erfreut wirkten.

„Ich glaube nicht, dass alle abziehen", antwortete der Segelweise auf
Gruonis Frage, was der Grund für ihre Trauermiene sei. „Es sieht für
mich eher so aus, als ob sie den Großteil der Krieger auf die Schrate
hetzen wollen. Einen Teil scheinen sie aber hier zu lassen, ich vermute,
um uns hier weiter einzukesseln."

Tatsächlich blieben offenbar einige größere Trupps zurück, die nun
allmählich begannen, sich gleichmäßig um Tvinhaag zu verteilen. Ein
Mädchen von der Kinderwache wurde sofort zurück zur Häuptlingsburg geschickt, um nachzusehen, ob sich auch im Wasserviertel etwas
tat. Nach kurzer Zeit kam das Mädchen außer Atem zurück und verkündete mit Pausen, in denen sie nach Luft schnappen musste, dass
die *Hros-Wigmannen* sich auch dort aufmachten, dass sie ins Munde-
Viertel zögen und sich dann der anderen Kolonne von der Abendseite
anschlössen. Ob im Wasserviertel noch Krieger zurückgeblieben wären,
könne man nicht sehen, aber die Beobachtungsposten auf der anderen
Fluodseite gegenüber dem Steilhang wären noch geblieben.

Die Enttäuschung stand allen ins Gesicht geschrieben. Sie blickten
sich hilflos an und fanden keine Worte.

„Vielleicht bilden die Zurückgebliebenen später eine Art Nachhut, die
die große Kolonne schützen soll. Wir sollten zunächst einmal abwarten,
was weiter geschieht. Was wir tun können, müssen wir später entscheiden, wenn die Lage sich geklärt hat."

„Das heißt, unsere Wachen bleiben auf ihren Posten wie bisher?", fragte der Segelweise.

„Auf jeden Fall! Es könnte sich auch um eine Finte halten. Vielleicht rechnen sie damit, dass wir in unserer Wachsamkeit nachlassen." Der Anführer der Stadtwache, der sich gerade am Tor der Oberstadt befand, wurde gerufen, damit die inzwischen geschrumpfte Anzahl seiner Krieger den Bewohnern von Tvinhaag Gruonis Entscheidung mitteilte. Dann setzte eine beklemmende Zeit des Hoffens und Wartens ein. Fast alle, die zurzeit keine feste Aufgabe hatten, suchten sich irgendwo einen Platz, von dem man zumindest einen Teil der Steppenkrieger beobachten konnte. Es war fast totenstill im Ort, da alle gebannt auf die kleinste Bewegung achteten, die sich bei den *Hros-Wigmannen* erkennen ließ. Als es Mittag wurde und sich keine Änderung bezüglich der verbliebenen Krieger erkennen ließ, verließ auch Gruoni die Geduld. Er beriet sich mit dem Segelweisen und sie entschieden, eine Versammlung aller Bewohner einzuberufen, um über die anstehenden Maßnahmen zu entscheiden. Bis auf diejenigen, die weiter Wache halten mussten, kamen fast alle. Sie versammelten sich innerhalb des kreisförmigen Erdwalls, der von der *Seegilde* in ihrem Tempelbereich aufgeschüttet worden war. Dort standen sie dicht an dicht, nur Gruoni und der Segelweise befanden sich auf dem Wall und bemühten sich, gemeinsam mit allen Anwesenden eine geordnete Beratung durchzuführen.

Nach einer kurzen Darstellung der Lage meldete sich der Anführer der Stadtwache zu Wort.

„Die *Hros-Wigmannen* sind zwar nicht alle verschwunden", rief er, nachdem er auch auf den Wall geklettert war, „aber es sind nun so wenige zurückgeblieben, dass wir sie in einem Ausfall besiegen könnten, zumindest, wenn wir erst die Krieger auf der Abend- und dann die auf der Mittagsseite angreifen. Ich finde, wir sollten es tun und uns aus dieser furchtbaren Umklammerung befreien."

„Das halte ich für keinen guten Vorschlag!", widersprach ihm Retari. „Auch die Zurückgebliebenen sind im Besitz von Reittieren. Wenn wir sie zu Fuß angreifen, werden sie ausweichen und mit ihren schnellen Pferden jede Gelegenheit nutzen, uns zu schaden und unsere Zahl zu verringern. Wir haben schon genug Tote zu beklagen. Solche Ausfälle würden uns nur weiter schwächen."

„Genau!", ereiferte sich die Frau, die in einer der Ortsküchen die Mahlzeiten für die Kämpfer zubereitete. „Wer weiß denn wirklich, ob die abgezogenen Krieger tatsächlich zum Schratstihn ziehen? Vielleicht warten sie auch nur ein Stück weit entfernt, um uns erneut zu bestürmen, wenn wir durch kleinere Gefechte noch mehr unserer kampffähigen Bewohner verloren haben!"

„Zuzutrauen wäre es ihnen", bemerkte der Segelweise ruhig.

„Wie sieht es denn mit unseren Vorräten aus?", fragte Gruoni nun die Küchenfrau. „Wie lange können wir der Belagerung noch widerstehen?"

„Es wird allmählich knapp. Wenn wir so viel essen wie bisher, reicht es vielleicht noch einen halben Mond. Wenn wir uns etwas einschränken, noch ein paar Tage länger."

Die Menschen wurden allmählich unruhig und begannen, ihre Meinungen durcheinander zu rufen.

„Die Steppenkrieger haben natürlich inzwischen auch nicht mehr allzu viel!"

„Vergesst aber nicht, dass die Zurückgebliebenen weniger benötigen als die riesige Meute vorher!"

„Es wäre gut, wenn wir eine neue Nahrungsquelle auftun könnten, wenn es uns zum Beispiel gelingen würde, im Fluod Fische zu fangen."

„Oder wieder in den Gräben der Schanzenfischerinnen!"

„Darin gibt es bestimmt keinen einzigen Fisch mehr, die *Hros-Wigmannen* haben die Gräben bestimmt längst leergefressen."

„Wenn wir das Munde-Viertel wieder besetzen könnten, kämen wir auch an den Fluod."

„Stimmt, und von dem neuen Zahlenverhältnis her gesehen könnten wir das Munde-Viertel auch wieder halten!"

„Das gilt aber nur, wenn die Steppenkrieger nicht wieder zurückkommen!"

„Trotzdem ist es vielleicht einen Versuch wert!", schaltete sich nun wieder Gruoni ein. „Was haltet ihr davon, wenn wir heute die Palisade zum Munde-Viertel mit Beobachtern besetzen, die nichts tun als darauf zu achten, ob sich in dem Viertel noch etwas rührt? Wenn wir dann sicher sein können, dass die *Hros-Wigmannen* das Viertel aufgegeben haben, zum Beispiel, weil sie sich nun vor der Stadt mit weniger Kriegern sicherer fühlen, dann könnten wir morgen wieder versuchen, uns auszudehnen und damit Zugriff auf den Fluod zu bekommen."

„Und wer soll das Viertel beobachten?"

„Ich schlage vor, dass das unser junges Volk einschließlich der Kinder übernimmt. Sie haben noch gute Augen, und wenn sie sich oft genug abwechseln, müsste es auch mit der Aufmerksamkeit klappen."

„Guter Vorschlag! Vernünftig! So machen wir's!"

Nachdem die Anwesenden ihr Einverständnis bekundet hatten und niemand mehr etwas zu entgegnen hatte, wurde der Vorschlag umgesetzt und die Beobachter eingeteilt. Für die Wache der kommenden Nacht erklärten sich die erwachsenen Frauen bereit, damit vor allem die Kinder ihren Schlaf bekämen. Um dem Anführer der Stadtwache die Enttäuschung über seinen abgelehnten Vorschlag zu nehmen, wurde er von Gruoni und dem Segelweisen beauftragt, die beschlossene neue Besetzung des Munde-Viertels so zu planen, dass man möglichst gegen feindliche Überraschungen gefeit wäre. Zufrieden mit dem Zutrauen, das man in seine Fähigkeiten setzte, rief er gleich die Mitglieder der Stadtwache zu sich.

Als sich die Versammlung aufgelöst hatte, setzten sich Wizi und Gruoni an die Steilkante hinter dem Erdwall der *Seegilde*. Hier, wo sie endlich wieder eine Weile allein waren, verfolgten sie den restlichen Nachmittag den Zug der Wolken und redeten miteinander über alles, was nichts mit Kampf und Tod zu tun hatte und das in den Wirren der letzten Zeit keinen Platz mehr in ihrem Leben gefunden hatte.

Als die Sonne sich allmählich der Abendseite näherte, wurden sie durch den Anführer der Stadtwache gestört.

„Den Kindern ist bisher noch keine Bewegung im Munde-Viertel aufgefallen. Ich vermute, die Steppenkrieger haben sich auf einen Belagerungsring außerhalb der Stadt zurückgezogen. An ihrer Stelle hätte ich auch so gehandelt, denn auf engem Raum können sie die Überlegenheit ihrer Pferde nicht ausspielen und riskieren beim jetzigen Kräfteverhältnis erhebliche Verluste. Ich wollte vorschlagen, noch heute ins Mundeviertel zu gehen, vielleicht ist dort noch etwas liegen geblieben, was wir gut gebrauchen können. Der Plan für die Besetzung jedenfalls steht."

Mit einem gewissen Stolz schilderte der Mann, wie er sich die neuerliche Übernahme des verlorenen Ortsteils vorstellte.

„Klingt vernünftig", bekundete Gruoni seine Zustimmung. „Aber lass uns noch zum Segelweisen gehen, vielleicht fällt ihm noch etwas zu deinem Plan ein."

Da der Gefragte keine Einwände hatte, wurde beschlossen, das verbleibende Tageslicht zu nutzen und noch heute das Viertel zu besetzen. Die besten Bogenschützen wurden auf der Palisade postiert, die die Oberstadt vom Munde-Viertel abgrenzte. Unter ihnen waren Boto und Poto sowie eine Reihe junger Leute. Sie sollten die Krieger schützen, die den bisher feindlichen Raum betreten würden. Die Männer, die an dem Ausfall beteiligt waren, sammelten sich hinter dem Tor und warteten darauf, dass der Segelweise auf dem Turm ihnen freie Bahn gab. Dann wurde der Doppelflügel des schweren Balkentors aufgerissen und die Männer stürmten auf den Platz vor dem Wall. Da keine Reaktion aus dem Viertel kam, eilten sie auf die ersten Hütten zu, von denen das Feuer aber nur Wandreste übergelassen hatte. Die Männer duckten sich völlig lautlos hinter den stehen gebliebenen Trümmern und arbeiteten sich so Hütte für Hütte vor. Als sie die letzten Ruinen vor der Munde erreicht hatten, erkannten sie, dass die *Hros-Wigmannen* nach dem Verlassen des Viertels die von ihnen reparierte Brücke zum Neuviertel erneut eingerissen hatten. Gruoni, der zusammen mit dem Anführer der Stadtwache einer der ersten gewesen war, betrachtete traurig die völlige Verwüstung des Ortsteils. Nachdem sie einige der verkohlten Häuser untersucht hatten, mussten sie feststellen, dass außer ein paar brennbaren Holzresten nichts in den Hütten geblieben war, was man hätte nutzen können. Die zu Beginn der Belagerung noch in aller Eile erstellte Palisade auf dem Erddeich entlang des Fluod war völlig verschwunden, ebenso wie das Fluodtor. Vermutlich hatten die Steppenkrieger damit ihre Lagerfeuer unterhalten. Auch von der Palisade zwischen Fluodtor und der Brücke fehlten schon einige Stämme. Es wäre nur eine Frage der Zeit gewesen, bis auch diese in den Feuern aufgegangen wären.

„Verteidigen lässt sich das Munde-Viertel in seinem jetzigen Zustand nicht", meinte Gruoni und der Anführer der Stadtwache nickte zustimmend. „Aber wenn die restlichen *Hros-Wigmannen* nichts weiter unternehmen, könnten wir zumindest den Fluod als Nahrungsquelle nutzen und das Holz einsammeln."

„Wir müssen nur stets eine Wache aufstellen, damit nicht einer der Angler oder Holzsammler unversehens in eine Falle läuft."

„Gut, sorge dafür, dass genügend Wachen an den entsprechenden Stellen stehen. Die Palisade auf der Nachtseite bei den Fischgräben scheint noch intakt zu sein, bis auf die kleine Lücke in der Mitte, die die *Hros-Wigmannen* als Tor benutzt haben. Die Brücke ist zerstört und große Schwimmer sind die Steppenkrieger nicht. Bleibt noch die Mittagsseite, wo der Fluod flach genug ist, um ihn mit Pferden zu überwinden."

Als sie zum Tor der Oberstadt zurückkehrten, empfing sie dort helle Aufregung.

„Schnell! Kommt zurück hinter die Palisade! Es sind neue Krieger angekommen!"

Gruoni eilte zum Grabentor, da auf der Seite die neue Horde Bewaffneter gesichtet worden war. Es bot sich ihm ein merkwürdiges Bild. Von der Abendseite, an der sich bis zum Holderland nur unbewohntes Gebiet ausdehnte, näherte sich eine ansehnliche Kriegerschar. Sie hatten nur wenige Lasttiere dabei, zwei Pferde und eine Handvoll Ochsen waren zu erkennen. Die Männer selbst waren zu Fuß, aber offensichtlich gut bewaffnet. Wizi stand auf dem Turm und winkte ihn hinauf. Als er die letzten Sprossen erklommen hatte, sah er ihr erleichtertes Lächeln.

„Gute Nachrichten?", fragte er sie.

„Schau nur!"

Während sich die Ankömmlinge langsam auf Tvinhaag zu bewegten, lösten die *Hros-Wigmannen* hektisch ihre Lager auf, bepackten ihre

Pferde und ritten eilig auf die Munde zu. Sie folgten dem Flüsschen in Richtung Splint.

„Anscheinend suchen sie eine Furt, um auf die andere Mundeseite zu fliehen", vermutete der nachgekommene Segelweise. „Mit dieser großen Meute wollten sie sich wohl nicht anlegen, ob sie nun Pferde haben oder nicht."

„Aber was sind denn das für Krieger dort drüben?", fragte Gruoni fassungslos.

„Also, soweit ich es erkennen kann, sind Männer aus Holderhaag und Sihport darunter. Sie müssen zu unserer Befreiung gekommen sein."

„Keinen Tag zu früh", bemerkte Wizi. „Stellt euch vor, sie wären noch auf das große Heer der *Hros-Wigmannen* gestoßen."

„Da hast du recht. Wir hätten sie in die Stadt lassen und zusätzlich ernähren müssen. Gegen das Aufgebot der Steppenkrieger hätten sie nicht lange Widerstand leisten können."

Jetzt lösten sich zwei Männer aus der Kriegerschar und näherten sich der Treppe zum Grabentor. Der vordere war ein großgewachsener Krieger, der in dickes, braunes Leder gekleidet war. Ein dunkler, wirrer Vollbart und die struppigen, fast schwarzen Haare, die unter seinem Helm aus Weidengeflecht hervorschauten, verliehen ihm einen Ausdruck von Wildheit und Stärke. Bewaffnet war er mit zwei Speeren unterschiedlicher Länge, einem Schratbeil am Gürtel und einem runden Holzschild.

„Das ist Wahsan", sagte der Segelweise, „der Häuptling von Holderhaag. Und der junge Mann dahinter ... Hmm, ich erkenne ihn noch nicht, aber er muss aus Sihport sein, wartet ... Ja, das könnte ... nein, das ist Jungi, der Segelgehilfe von Ilunga! Wie kommt der denn hierher?"

Der Trupp hatte inzwischen die Treppe erstiegen und stand vor dem noch geschlossenen Tor.

„Wollt ihr uns nicht einlassen?", brüllte Wahsan lachend. „Oder habt ihr die Gesetze der Gastfreundschaft verlernt?"

„Lasst sie hinein", befahl der Segelweise. Das Grabentor wurde aufgeschoben und die Männer traten hinein. Wahsan erkannte den Segelweisen und begrüßte ihn mit einer herzlichen Umarmung, dann verbeugte sich auch Jungi vor ihm, traute sich aber nicht, ihn zu berühren.

„Heh, du trägst ja jetzt auch die Schnecke aus dem *Mittagsland*!“, freute sich der Segelweise. „So jung und schon so hoch aufgestiegen. Na ja, ich habe es immer gesagt, wer bei Ilunga in die Lehre geht, ist gut bedient. Na, komm her, lass dich auch umarmen!“

Gruoni hatte bei der Begrüßung still daneben gestanden und sich nicht getraut, das Wort zu erheben. Wizi und er blickten sich beklommen an. Plötzlich fühlten sich beide angesichts des Häuptlings vor ihnen wieder als kleine Leute, die warten mussten, bis sie angesprochen wurden. Die Erfahrungen der letzten Zeit schienen ihnen mit einem Mal wie weggewischt.

„Und wo ist mein Freund Hohsedal?“, tönte wieder die Bärenstimme Wahsans. „Ich habe ihn eine Ewigkeit nicht gesehen. Bringt mich direkt zu ihm!“

„Das ist leider nicht möglich. Hohsedal ist im Kampf gefallen.“

„Was? Oh Ihr Götter!“, entfuhr es Wahsan. „Das tut mir leid. Er war ein guter Kumpan. Und wer steht jetzt an seiner Stelle in Tvinhaag?“

„Das ist Gruoni“, antwortete der Segelweise und deutete auf den Genannten. „Er ist mit seiner Frau Wizi zur rechten Zeit in die Stadt gekommen, um uns vor der Einnahme durch die Steppenkrieger zu bewahren.“

„Hättest du nicht die Nachfolge Hohsedals übernehmen müssen?“, wunderte sich Wahsan und blickte den Hauptmann der Stadtwache erstaunt an.

„Schon, schon“, erwiderte der eilig. „Aber es hat sich gezeigt, dass Gruonis Einfälle geeignet waren, die *Hros-Wigmannen* in verschiedene Fallen zu locken. Ich glaube, ohne diese Finten hätten wir der Übermacht nicht standhalten können.“

Da Gruoni wusste, dass der Anführer der Stadtwache nur zu gern der Nachfolger Hohsedals geworden wäre, rechnete er ihm diese Antwort hoch an und griff daraufhin selbst in das Gespräch ein, auch wenn es ihn immer noch eine gewisse Überwindung kostete.

„Ohne die Stadtwache und insbesondere ihren Anführer hätten wir überhaupt nicht widerstehen können. Auch wenn man brauchbare Einfälle hat, braucht man in Kriegszeiten immer noch fähige Kämpfer,

147

die wissen, wie man im rechten Moment einen erfolgreichen Angriff angeht. Diese Erfahrung ging mir völlig ab, bevor es Wizi und mich nach Tvinhaag verschlagen hat."

Während die umstehenden Mitglieder der Stadtwache das Lob sichtlich genossen, war Wahsan nun neugierig geworden.

„Ich habe eure Namen nie vorher gehört", sagte er. „Aus welchem Ort Duggalands seid ihr beiden denn?"

„Wir stammen aus *Flass*", mischte Wizi sich nun in das Gespräch, „aber das ist eine lange Geschichte. Ich glaube, im Augenblick haben wir Wichtigeres zu tun als uns über unsere Herkunft auszutauschen. Eines der Kinder hat mir eben zugeflüstert, dass nach den *Hros-Wigmannen* auf der Nachtseite der Stadt nun auch die Krieger auf der Mittagsseite in Richtung Schratstihn abziehen. Damit ihr gegen plötzliche nächtliche Überfälle sicher seid, solltet ihr die Nacht hier in der Stadt verbringen. Schließlich könnte der Abzug der *Hros-Wigmannen* nur vorgetäuscht sein. Und wenn wir eure Unterbringung geregelt haben, ist es bereits Nacht und wir haben sicher noch einiges zu bereden."

„Das nenne ich zupackend!", lobte der Häuptling von Holderhaag Wizis Rede. „Kurz und bündig das Notwendige klargestellt. Ich wusste gar nicht, dass die Frauen aus *Flass* so bestimmend sind!"

„Ohne Wizi, die anderen Frauen und auch das junge Volk hätten wir gleich aufgeben können!", warf der Segelweise ein.

„Ihr müsst mir alles berichten! Später! Wie Wizi schon gesagt hat."

Die restliche Zeit des Tageslichts verging zum größten Teil damit, die Krieger aus Duggaland unterzubringen. Sie wurden auf alle Gebäude der Oberstadt verteilt, sodass es dort noch enger wurde als ohnehin schon. Es gab aber niemanden, der sich deswegen beschwerte, waren die Ankömmlinge doch zu ihrer Rettung erschienen. Glücklicherweise hatte die Kriegerschar fürs Erste genügend Lebensmittel mitgeführt, sodass mit der Beköstigung so vieler Menschen kein Problem entstand. Da man vorhatte, noch weiter zu ziehen, ließ Wahsan nur so viel von ihren Vorräten an die Stadtküchen aushändigen, dass an diesem Abend und dem nächsten Morgen kein Mangel auftreten konnte. Die Schanzenfischerinnen ließen es sich nicht nehmen, am nun wieder zugänglichen

Fluod nach Fischen zu stechen, um damit den Speiseplan für die Gäste zu bereichern. So bildeten sie an den Ufern des Mundeviertels und der Inseln gegenüber längere Reihen von speerbewehrten Frauen. Nach der langen Zeit, in der sie ihrem Handwerk nicht nachgehen konnten, hätten sie am liebsten bei jedem Fang vor Freude laut aufgeschrien, doch sie behielten ihre Fassung, um die Fische möglichst nicht zu verjagen. Ob es daran lag, dass es am Abend noch zu regnen begann oder an dem besonderen Einsatz der Schanzenfischerinnen, auf jeden Fall war die Ausbeute unerwartet groß.

Gruoni und Wizi hatten beschlossen, die führenden Personen des heute angekommenen kleinen Heeres in der Häuptlingsburg zu bewirten. Der Raum wurde mit einem Feuer erhellt, das man auf der zentralen Feuerstelle des Haupthauses entzündet hatte. An Holz musste man nach der Übernahme des Mundeviertels für die nächste Zeit nicht mehr sparen. Auch wenn sich über dem Feuer ein Loch in der Decke befand, durch das der Rauch abziehen sollte, drückte das regnerische Wetter einen Teil des Qualms in das Haus zurück, sodass die Anwesenden häufig husteten. Da im Grunde aber jeder an verräucherte Häuser gewöhnt war, verlor man darüber kein Wort. Heubündel mit darüber gelegten Fellen waren aus den Vorräten der Häuptlingsburg geholt und im weiten Kreis um die Feuerstelle verteilt worden. Dort saßen nun aus Tvinhaag Gruoni und Wizi, der Segelweise, der Hauptmann der Stadtwache und der neue Vertreter der *Schlauchflößerinnung*. Die anderen Verbindungen der Stadt, wie zum Beispiel die Schanzenfischerinnen, hatten darauf verzichtet, einen Vertreter zu entsenden. Wegen der Kenntnisse, die sie von den feindlichen *Hros-Wigmannen* besaßen, hatte man auch noch Boto, Poto und Retari zu der Versammlung gebeten. Von den Ankömmlingen saß zurzeit nur Wahsan in der Runde. Er vertrat die Kriegerschar aus Holderhaag, der andere Teil des Heeres stammte aus Sihport. Für diese sollte Jungi in der Runde sitzen, er ließ aber noch auf sich warten. Holderhaags Häuptling erklärte unterdessen, dass *Flass* leider keine Männer entbehren könne, da immer noch ein größerer Verband von Steppenkriegern im zerstörten Burvik lagerte. Die Seilerstadt fürchtete, wohl zu recht, wie Wahsan betonte, weiterhin einen Angriff auf ihren Ort. Es kämen immer wieder Trupps von Kriegern zu Pferd, die offenbar kundschafteten und, wenn sich die Gelegenheit ergab, auf die Höfe vor der Stadt oder die ungesicherten Hütten der Tagelöhner einen Angriff ritten.

„Der *Seo-Thruhtin* ist unberechenbar", bemerkte Retari. „Sein Vorgehen wechselt ständig. Als ich noch zwangsweise bei den Steppenkriegern kämpfen musste, wusste selbst da niemand, was weiter geplant war. Was der Abzug des Heeres von Tvinhaag zu bedeuten hat, ist mir auch ein Rätsel. Man muss ständig auf der Hut sein."

„Es sieht so aus, als ob er es jetzt auf die Schrate abgesehen hätte", warf der Segelweise ein, wurde aber von der Ankunft Jungis unterbrochen. Zur allgemeinen Überraschung wurde er von einer fülligen Frau begleitet.

„Darf ich euch eine Abgesandte Intrits vorstellen? Sie heißt Salida und war dort bis zum Untergang der Siedlung die Priesterin der Großen Mutter. Jetzt will sie zum Schratstihn, um ihren Zukünftigen, den *Schrat* Thorn, dort wieder zu treffen."

Alle erhoben sich und bezeugten der Priesterin ihre Verehrung, besonders Wizi war hoch erfreut, sie zu sehen, da unter den Sklavinnen auch der Kult der Großen Mutter sehr verbreitet war. Die Göttin als die Gebärende und Ernährerin machte keinen Unterschied zwischen den Menschen, für sie gab es keine hoch- und niedrigstehenden Menschenwesen. Sofort lief die ehemalige Sklavin in den Nachbarraum, um den gepolsterten, hölzernen Prunksessel Hohsedals zu holen. Schnaufend ließ sich die Priesterin darauf nieder.

„Du sprichst von Thorn, der mit Frij auf dem Fluod unterwegs war?", wandte sich nun Boto erstaunt an Jungi.

„Ja, kennst du ihn?"

„Und ob! Die beiden haben meinen Bruder und mich sozusagen zum Frieden bekehrt."

„Hier in Tvinhaag galten sie lange als Verbrecher!", warf der Hauptmann der Stadtwache trocken ein.

„Nicht nur in Tvinhaag!", meinte der Segelweise. „Auch in Sihport wurden sie verfolgt. Die *Seegilde* ging sogar so weit auch Ilunga, eine unserer besten Seefahrerinnen, wie eine Verbrecherin zu behandeln, weil sie mit ihnen gemeinsame Sache gemacht hatte. Wenn wir alle früher auf sie gehört hätten, wäre uns möglicherweise viel Leid erspart geblieben."

„Da sagst du etwas!", polterte Wahsan. „Ich selbst war einer von diesen blinden Dummköpfen. Als dieser Urk bei mir vorsprach, wollte ich ihn ..."

„Hast du Urk gesagt?", schrien Wizi und Gruoni wie aus einem Mund.

„Wie, kennt ihr ihn auch?"

„Das kann man sagen! Er hat uns aus der Sklaverei befreit!"

Wahsan blieb der Mund offen stehen.

„Ihr, ihr wart Sklaven in *Flass*?", stammelte er ungläubig. Als die beiden nickten, schüttelte er verwundert den Kopf.

„Die Welt ändert sich zum Schwindeligwerden", keuchte er dann. „Da muss jemand vor mir fliehen, der mich retten und warnen will, und diese Person befreit ausgerechnet zwei Sklaven, die dann wieder die größte Siedlung Duggalands vor dem Untergang bewahren."

„Es sind offensichtlich nicht mehr die Häuptlinge und *Schamanen*, die wirklich die Geschicke der Menschen bestimmen", bemerkte Salida ruhig. „Es sind jetzt die Sklaven, unbedeutende Flößer oder Schanzenfischerinnen. Vielleicht bricht jetzt doch das Zeitalter der Göttin an. Es kann sein, dass erst ein mörderischer Feind über das Meer kommen musste, damit die Mächtigen in Duggaland ihre Mitbewohner wieder ernst nehmen."

Eine Zeitlang schwiegen alle betreten.

„Und du?", wandte sich Salida nun an Gruoni. „Führst du dich jetzt als Häuptling von Tvinhaag auf, kurz nachdem du die Sklaverei abgeschüttelt hast?"

Gruoni war außerstande zu antworten, so betroffen machte ihn der versteckte Vorwurf. Er bekam Hilfe vom Segelweisen:

„Nur im Kleinen gibt er Anweisungen, zum Beispiel, wann die Wachen getauscht werden müssen, damit genügend Ruhepausen für die Menschen bleiben. Seine Einfälle, die im Wesentlichen zur Rettung der Stadt geführt haben, wurden immer mit uns abgesprochen, die wirklich wichtigen auch der gesamten Einwohnerschaft zur Entscheidung vorgelegt."

Salida lächelte Gruoni entschuldigend an: „Ein guter Weg, den du eingeschlagen hast."

„Und auch wir beginnen zu lernen", pflichtete der Vertreter der Schlauchflößer bei. „Im Rat der Stadt gibt es nun auch Menschen, die früher bei den wichtigen Entscheidungen nie mitreden durften, zum Beispiel die Frauen, die das einfache *Eichelbrot* backen."

In diesem Augenblick wurde die Unterredung unterbrochen, weil ein Junge und zwei etwas ältere Mädchen kamen, um das Essen für die Gruppe aus der Ortsküche zu bringen. Nachdem man ihnen gedankt hatte, wandten sich zunächst alle ihrem Mahl zu.

Als sie gesättigt waren, begannen sie, das weitere Vorgehen zu beraten.

„Ich bin dafür, den Steppenreitern gemeinsam nachzueilen und sie, wenn wir auf sie stoßen, in die Flucht zu jagen", tönte Wahsan großspurig. „Gemeinsam müssten wir ihnen doch endlich die verdiente Niederlage beibringen können."

„Man merkt, dass du noch nichts mit den *Hros-Wigmannen* zu tun hattest", warf der Segelweise schmunzelnd ein. „Du kennst sie nur aus Erzählungen und pflegst immer noch deine Vorstellung von den etwas dummen und ungeschickten Steppenbewohnern. Glaube mir, wäret ihr mit euren Kriegern einen Tag eher hier angekommen, wären jetzt nur noch die am Leben, die sich rechtzeitig hinter die Palisade Tvinhaags flüchten konnten."

Unwirsch winkte Wahsan ab, doch die Bestätigung des Segelweisen durch die übrigen Anwesenden ließ ihn schließlich verstummen. So wurde zunächst vom Verlauf der Belagerung Tvinhaags berichtet, wobei auch Wahsan schließlich deutlich wurde, dass es nur durch Finten und einfallsreiche Maßnahmen gelungen war, die Siedlung zu halten und nicht etwa durch kämpferische Überlegenheit.

„Wie auch immer", ergriff schließlich Salida das Wort, „es scheint wirklich so zu sein, dass der *Seo-Thruhtin* es nun auf die Schrate abgesehen hat. Allein werden sie in einer ähnlichen Lage sein wie vorher

Tvinhaag. Hilfe von unserer Seite können sie auf jeden Fall gebrauchen. Wir müssen nur darauf achten, dass wir in keine Falle geraten und von den Steppenkriegern niedergemetzelt werden."

„Salida hat recht", sagte Jungi. „In Tvinhaag auf bessere Zeiten warten kann nicht die Lösung sein. Der *Seo-Thruhtin* hat es schon zu lange geschafft, die Bewohner Duggalands davon abzuhalten, gemeinsam aufzutreten."

„Wir benötigen unbedingt Ortskundige, die den Weg zum Schratstihn und die Umgebung dort kennen", warf Wizi ein. „Leider können Gruoni und ich dabei überhaupt nicht helfen."

„Aber ich!", erbot sich der Hauptmann der Stadtwache. „Ich war schon mehrmals in Schratstihn, zum Eisenkauf. Auch wenn den Schraten das damals nicht so recht war."

„Und wir kennen das Große Tal sehr genau", fügte Poto hinzu und wies auf seinen Bruder und sich selbst. Wahsan runzelte misstrauisch die Stirn und blickte unsicher in die Runde.

„Hm, ich will ja nichts Falsches von mir geben", brummte er zaghaft. „Aber wenn ich mich jetzt nicht irre, gehört ihr doch zu den Steppenkriegern." Wieder blickte er zögernd von einem zum anderen. Als er Poto ansah, erhielt er ein freundliches Grinsen als Antwort.

„Du bist nicht sicher, ob man meinem Bruder und mir trauen kann, willst du sagen?"

Wahsan nickte langsam und sah sich, um Unterstützung heischend, erneut um. Poto blieb ganz ruhig und behielt sein Lächeln bei.

„Ich habe schon mit diesem Einwand gerechnet. Ehrlich gesagt verwundert mich dein Misstrauen überhaupt nicht. Ich würde einem Überläufer auch nicht ohne Weiteres trauen. Der Häuptling hat völlig recht. Ihr müsst euch schon fragen, ob mein Bruder und ich euch in eine Falle führen würden."

„Ich glaube, dass sie vertrauenswürdig sind, lässt sich leicht beweisen", ging Wizi nun dazwischen und wandte sich direkt an Wahsan und Jungi:

„Ich werde euch die Geschichte meiner Gefangennahme erzählen, danach mögt ihr selbst urteilen."

Als Wizi ihren Bericht beendet hatte, in dem außer Poto und Boto auch Retari gewürdigt wurde, gab es keinen Widerspruch mehr, und Wahsan nahm seinen vorher geäußerten Einwand zurück. Damit waren die beiden Brüder aus der Steppe als Ortskundige angenommen. Der Anführer der Stadtwache sollte mit seinen Kriegern auch an dem Zug zum Schratstihn teilnehmen, ebenso ein Teil der waffenfähigen Männer Tvinhaags. Der Rest sollte mit den Halbwüchsigen und den Frauen die Sicherung der Stadt übernehmen. Mit großen Kriegerhorden rechnete nach dem Abzug der *Hros-Wigmannen* niemand mehr.

„Dann bleiben Wizi und ich wohl auch besser hier", schlug Gruoni vor. „Wir kennen uns zur Zeit am besten in Tvinhaag aus."

„Und die Bewohner vertrauen euch!", setzte der Schlauchflößer hinzu. „Es wäre sicher falsch, wenn sowohl der Anführer der Stadtwache als auch ihr ins Erzland zöget."

„Bleibst du auch hier, Salida?", fragte Wizi die zweite Frau am Tisch. Die Priesterin schüttelte den Kopf.

„Ich bin überzeugt, dass meine neuen Aufgaben in Schratstihn liegen", antwortete sie und schlug sinnend die Augen nieder. „In den Bergen kann ich meiner Göttin sicher sehr nah sein."

„Und hoffentlich auch Thorn, oder?", lachte Jungi.

Sie bedachte ihn mit einem empörten Blick: „Und was wäre so schlimm daran?"

„Nichts!", antwortete Jungi. „Ich finde es nur auffällig, dass Priesterinnen und *Schamanen* ihre persönlichen Wünsche immer hinter einem göttlichen Auftrag verstecken."

„Die Göttin lehrt uns schließlich, uns der Liebe hinzugeben. Und das dürfen und sollen ihre Priesterinnen genauso wie jeder andere Mensch!"

„Ich kann Salida sehr gut verstehen", nahm Wizi sie nun in Schutz. „Wenn ich mir vorstelle, ich wäre von Gruoni getrennt und könnte ihn möglicherweise auf diese Weise wiedersehen, dann würde ich ebenso ..."

„Ist ja gut", lenkte der junge Segelweise ein. „Ich denke eigentlich mehr an die Gefahren, in die sich Salida begibt. Es herrscht schließlich Kriegszustand, und man muss ständig auf der Hut sein. Nun ja, und wie man leicht sehen kann, ist Salida durch ihre Körperfülle nicht so beweglich, wie es vielleicht nötig wäre"

„Nicht beweglich? Hah!", lachte die Priesterin auf. „Wenn ich mich nicht mit Thorn schon verbunden hätte, würde ich dir gleich hier und jetzt zeigen, wie beweglich ich bin, wenn es darauf ankommt." Die ganze Runde brach in schallendes Gelächter aus. Jungi blickte verwirrt von einem zum anderen und ließ sich schließlich von der allgemeinen Fröhlichkeit anstecken. Anschließend versuchte niemand mehr, die Priesterin an ihrem Vorhaben zu hindern.

Die Entscheidung, wer letztlich die Truppe anführen sollte, ließ sich ohne Konflikt fällen. Wahsan als Häuptling galt als Befehlshaber, aber da man eine Vorhut schicken wollte, um nicht in eine Falle gelockt zu werden, übernahm der Hauptmann der Stadtwache diese Aufgabe mit seinen Kriegern. Ihm schloss sich auch Poto an. Sein Bruder sollte beim Haupttrupp bleiben, da auch hier ein Ortskundiger nötig war. Retari fühlte sich für Wizi verantwortlich und blieb folglich in Tvinhaag. Wie es in der Stadt inzwischen zur neuen Sitte geworden war, wurde der besprochene Plan der Bevölkerung vorgestellt. Es dauerte eine Weile, bis sich alle eingefunden hatten. Widerspruch gab es nicht, lediglich die Entscheidung, wer von den Männern blieb und wer mit zum Schratstihn zog, zog sich in die Länge. Die Frauen versuchten, ihre Männer und Söhne im Ort zu behalten, was die Männer oft gerne annahmen. Bei den Söhnen gab es schon mehrere, die auch gegen den Widerspruch aus der eigenen Familie das Abenteuer suchten.

Trotz der einsetzenden Dunkelheit wurden noch die Vorbereitungen für den morgigen Auszug getroffen. Den Rest des Abends verbrachten Familien und Freunde gemeinsam, wobei das Zusammensein in den meisten Fällen einer beklommenen Verabschiedung gleichkam. Hofften doch alle, ihre Väter und Söhne gesund wiederzusehen.

Mit dem Morgengrauen brach die Vorhut auf. Viele im Ort schliefen noch, nur die wenigen Angehörigen der Krieger verabschiedeten sich. Man hatte noch am Abend die Brücke über die Munde aus vier langen Palisadenstämmen behelfsmäßig wieder hergerichtet, sodass die Männer nicht durch den Fluss waten mussten. Am späten Vormittag marschierte schließlich der größere Teil der Kämpfer hinüber ins Neuviertel, um dann den Weg zum Schratstihn einzuschlagen.

„Jetzt laufen wir schon wieder fast einen ganzen Tag am Fluod entlang. Hätten wir keine Schlauchflöße benutzen können? Das Marschieren ist für einen Seefahrer doch sehr ermüdend", maulte Jungi wieder einmal. „Hört das Gejammer denn nie auf?", entgegnete Wahsahn etwas gereizt. „Darüber haben wir doch schon auf dem Marsch nach Tvinhaag gesprochen."

„Klar, da hätte ich den Weg auch lieber auf dem Fluss zurückgelegt."

„Götter! Wie oft denn noch? Wir sind nicht ohne Grund quer durch den unbewohnten Teil des Holderlands gezogen. Auf dem Fluod hätte uns ganz sicher einer dieser berittenen Spähtrupps aufgespürt. Ich möchte nicht über die Verluste nachdenken, die wir als lebende Zielscheiben hätten hinnehmen müssen. Und im Holderland ist es bis heute ruhig geblieben. Das kannst du daran sehen, dass die Reisigsammler immer noch mit ihren Frauen in schöner Regelmäßigkeit zum *Heimleiti-Samwist* gehen. Als ob in Duggaland noch immer alles wie früher wäre."

„Das ist sicher richtig", mischte sich Boto nun in das Gespräch, „aber mir als ehemaligem Reiter fällt das Laufen auch recht schwer, vor allem hat man das Gefühl, nicht voran zu kommen. Wir setzen fast den ganzen Tag einen Fuß vor den anderen, immer in der Mitte des Großen Tals, immer am Ufer des Fluod entlang, immer rechter Hand in der Ferne die Ausläufer des Schratgebirges, linker Hand etwa gleichweit entfernt die Baumberge der Flößer. Und das Ganze will kein Ende nehmen, nein, es verändert sich nicht einmal die Landschaft."

„Aber du kennst doch die Gegend, wieso regst du dich denn auf? Du wusstest doch, was dich erwartet."

„Zu Fuß ist es anders als zu Pferd. Da treibst du dein Tierchen etwas an, und dann fliegst du förmlich an der Eintönigkeit vorbei. Mit einem Pferd wäre ich schon an der Mündung des Kleinen Fluod in den Fluod angelangt."

„Und was ist das Besondere an diesem Ort?"

„Der Fluod kommt aus der Steppe, der Kleine Fluod aus dem Schratgebirge. Wenn man zum Schratstihn will, muss man an der Mündung dem Verlauf des Kleinen Fluod folgen, das Flusstal stellt einen natürlichen Weg dar, weit genug, dass man sogar zu Pferd hinaufreiten kann. Irgendwann stößt man dann auf den Schratstihn. Das ist übrigens auch der einzige Weg, den die Steppenkrieger mit ihren Pferden nehmen können. Der Rest des Erzlands ist viel zu unwegsam."

„Und wird der Weg dann besser, wenn wir die Mündung des Kleinen Fluod erreichen?", fragte Jungi.

„Vor allem steiler. Dann kommen wir vermutlich noch langsamer voran. Aber von der Zeit, die wir benötigen, haben wir trotzdem etwas mehr als die Hälfte des Weges zum Schratstihn geschafft."

An diesem Abend erreichten sie den Abzweig ins Gebirge noch nicht. Sie schlugen ihr Lager auf, aßen etwas, machten es sich so bequem, wie es ging, verteilten die Nachtwachen und verbrachten eine unruhige Nacht. Es wurde kalt in der Nähe des Wassers und es waren Geräusche zu vernehmen, die für die meisten unbekannt und unheimlich waren. Nur wenige schnarchten unbekümmert weiter, wenn nachts ein aufgescheuchter Wasservogel schrie oder die Füchse in der Umgebung des Lagers bellten. Schon früh brachen sie wieder auf, denn durchgefroren, wie sie sich fühlten, waren am nächsten Morgen alle froh, sich wieder bewegen zu können.

Bisher hatte sich der Pfad durch eine Landschaft gezogen, die von hohem Gras geprägt war, das Große Tal stellte somit einen Ausläufer der Steppe dar, der sich wie eine Zunge zwischen die Berge des Holz- und Erzlandes schob. Ab Mittag zeigte sich auf der anderen Seite des Fluod zum Schratgebirge hin immer häufiger Baumbewuchs. Als sie schließlich nachmittags die Einmündung des Kleinen Fluod erreichten, der wie ein Wildwasser in den trägeren Arm des Fluod schäumte, waren dessen Flussränder bereits wieder von dichten Auwäldern umgeben. Sacht begann das Land zum Schratgebirge hin anzusteigen, wo die Auwälder ohne erkennbare Grenze in den Gebirgswald übergingen.

„Hier müssen wir abbiegen?", fragte Wahsan den ehemaligen Steppenkrieger.

„Nein, hier noch nicht!", ertönte da eine Stimme aus dem Gebüsch vor ihnen. Bevor die Männer zu den Waffen greifen konnten, trat ein Krieger der Stadtwache unter den Bäumen hervor. Erleichtert nahmen alle ihre Hände, soweit sie sie schon an den Waffen hatten, wieder herunter.

„Ganz schön sorglos!", feixte der Krieger. „Wenn hier ein paar *Hros-Wigmannen* statt meiner gewesen wären, hätte es aber für die Herren Anführer sehr bitter ausgesehen."

Niemand antwortete auf die kritischen Worte des Wachkriegers. Alle wussten, dass sie sich sträflich leichtsinnig verhalten hatten.

„Ihr müsst noch ein kleines Stück weiter den Fluod hinaufgehen. An dieser Stelle kann man ihn nur schwer überqueren."

Sie setzten sich wieder in Marsch.

„Seid ihr auf feindliche Krieger gestoßen?", fragte Wahsan den Wachkrieger.

„Nicht direkt. Wir haben immer zwei Männer vorgeschickt und die haben uns berichtet, dass sich vor dem Schratstihn eine riesige Ansammlung von Kämpfern aller Art befindet. Sie sind nicht ganz nah herangekommen, aber es scheinen hauptsächlich berittene *Hros-Wigmannen,* daneben aber auch Krieger zu Fuß zu sein. Unsere Kundschafter tippen auf *Ihselige.* Schließlich wollen sie auch noch Männer gesehen haben, die den Anführern bei der Belagerung Tvinhaags ähneln. Schwarzes Lederwams und Helme mit Krähenfedern."

„Das sind die Leute des *Seo-Thruhtin*", warf Boto ein, „die Männer, die übers Meer gekommen sind."

„Klingt nicht gerade beruhigend", murmelte Jungi. Wahsan blickte ihn an und nickte zustimmend.

„Ich soll euch noch von unserem Hauptmann sagen, dass ihr euch beeilen sollt", fuhr der Stadtkrieger fort. „Kurz vor dem Schratstihn fließt der Kleine Fluod durch eine Engstelle, nicht sehr gangbar für Pferde, die müssen dort hintereinander reiten. Auch wenn wir nicht so viel Männer zur Verfügung haben, wäre es möglich, die Feinde von dort zu bedrohen und ihnen gleichzeitig den Rückweg abzuschneiden."

„Wenn diese Stelle so riskant für Reiter ist, wieso haben die Steppenkrieger sie nicht selbst besetzt?"

„Ich kenne die Stelle!", warf Boto ein. „Sie liegt noch ein Stück vom Schratstihn entfernt. Ich vermute, dass sie sich auf Grund ihrer Übermacht sicher genug fühlen und sich deshalb nicht besonders darum kümmern."

„Trotzdem", knurrte Wahsan misstrauisch, „ich hätte zumindest eine Wache dort aufgestellt."

„Hatten sie auch", grinste der Krieger. „Zwei Männer von den Ihseli-Klippen, aber gegen unseren Hauptmann und mich hatten sie schon verloren." Als die anderen ihn fragend anblickten, setzte der Stadtkrieger mit sichtlichem Vergnügen seinen Bericht fort: „Nun, sie waren ziemlich nachlässig, unterhielten sich lautstark, was sie nach ihrem Sieg wohl anstellen wollten. Wir haben sie schon von Weitem gehört und uns vorsichtig angeschlichen. Sie haben auch von einem Pfad geredet, auf dem sie nach Hause zurückkehren wollten, wenn das hier alles vorbei wäre. Ich kenne den Weg nicht, aber er soll vom Schratstihn direkt zur Küste der *Ihseligen* führen. Das mit dem Weg haben wir uns noch angehört, danach haben sie nichts mehr gesagt, was für uns wissenswert gewesen wäre. Wir waren ihnen so nah, dass ein Pfeil gar nicht daneben gehen konnte. Sie sind lautlos und schnell gestorben."

„Ach, deshalb sollen wir uns beeilen", sagte Jungi. „Wir müssen dort sein, bevor die Belagerer des Schratstihn Verdacht schöpfen, weil sie nichts mehr von ihren Posten hören. Meinst du nicht, dass es dafür ohnehin zu spät ist?"

„Nicht unbedingt. Die beiden *Ihseligen* haben in ihrem Gespräch auch gesagt, dass sie noch zwei Tage auf ihrem Posten ausharren sollen, bis sie abgelöst werden. Ich bin euch jetzt einen Tag lang entgegen gegangen. Einen weiteren benötigen wir, um die besagte Stelle zu erreichen. Dann wird die nächste Ablösung genau stattgefunden haben. Unsere Leute werden sie wohl überwältigen können. Fehlt nur noch die Zeit, bis die Steppenkrieger vor dem Schratstihn misstrauisch werden, warum die zwei *Ihseligen* nicht zurückkommen."

„Na, dann los, Beeilung allesamt!"

Den Männern hinter ihnen wurde kurz die Lage geschildert, dann setzte ein kräftezehrender Eilmarsch bergauf ein. Wegen ihrer Kurzatmigkeit klagten diesmal weder Jungi noch Poto über den mühsamen Anstieg. Sie gingen, bis das fehlende Licht ihrem Vorankommen ein Ende setzte, waren aber mit den ersten Strahlen der Morgensonne schon wieder auf den Beinen. Als sie die Engstelle erreichten, kam gerade auch die Ablösung für die toten *Ihseligen*. Die gleichzeitige Ankunft verhinderte, dass die zwei ankommenden Wachen lautlos überwältigt werden konnten. Sie bemerkten die Falle rechtzeitig und stürmten laut schreiend zu ihrem Lager zurück. Die Krieger der Stadtwache versuchten noch, sie zu erreichen, ließen aber bald von ihnen ab, da sie nicht wussten, wo sie auf die ersten weiteren feindlichen Krieger stoßen würden. Da jetzt sicher war, dass die Männer des *Seo-Thruhtin* in kürzester Zeit von ihrer Anwesenheit erfahren würden, bemühten sich die Krieger Duggalands, die Engstelle abzusichern. Hektisch schleppten sie Astwerk und Steine heran, um den Durchgang mit Hindernissen zu verriegeln, sodass sie trotz ihrer zahlenmäßigen Unterlegenheit einen Angriff der *Hros-Wigmannen* abwehren konnten.

Gerade hatten sie die Verhaue im Groben aufgerichtet, als sie die ersten behelmten Reiter den Weg herabkommen sahen.

DREIUNDZWANZIG: Schratstihn

Nahezu lautlos öffnete sich die Pforte und gab im schwachen Abendlicht den Blick auf eine locker verteilte Ansammlung von kleinen Blockhütten frei. Sie bestanden im Wesentlichen aus grob zugehauenen und entrindeten Stämmen, die nebeneinander in den Boden gerammt oder gegraben waren. Über die oberen Längsseiten liefen zwei massive Hölzer, auf denen die Dachkonstruktion ruhte. Wie die Ankömmlinge später von Thorn erfuhren, waren diese Längshölzer mit Nuten versehen, die die zugehauenen Enden der aufrechten Stämme wie Zapfen aufnahmen. Auf diese Weise waren die Seitenwände der Behausungen fest miteinander verbunden. Die Schmalseiten der Hütten bestanden ebenfalls aus Stämmen, die durch ihre unterschiedliche Länge spitze Giebel bildeten. Auch sie waren mit je einem Baumstamm abgedeckt, der mit entsprechenden Einkerbungen den Giebelstufen genau angepasst war. Am First, wo diese beiden Deckhölzer zusammenstießen, waren sie in einer Höhe durchbohrt und mit einem gemeinsamen Zapfen verbunden worden. Durch diese Verbindung erhielt das Grundgerüst der Hütte einen in sich stabilen Halt. Jeweils in der Mitte der Schmalseiten fehlten unter dem Giebel etwa fünf Stämme. Am Boden war die entstehende Lücke mit einer erhöhten steinernen Schwelle ausgefüllt. Etwas mehr als mannshoch darüber befand sich ein dicker hölzerner Sturz, der keilartig in die seitlichen Stämme eingepasst war. Er diente als Rahmen für die Eingangstür. Direkt unter dem First befand sich ein weiteres Querholz, das zusammen mit dem Türsturz ein Fenster bildete, was somit den gesamten Raum über der Tür umfasste. Die Fensteröffnung war mit gegerbter und dünn geraspelter Tierhaut verschlossen. Dieses Pergament ließ ein milchiges Licht in den Innenraum dringen. Das Dreieck zwischen Fensteroberseite und First blieb frei und diente als Rauchabzug. Das Türblatt selbst bestand aus einer doppelten Lage dünner Rundhölzer, die mit feinen Lederbändern quer aufeinander befestigt waren. Damit der Regen gut ablaufen konnte, hatte man die Dächer der

Hütten alle etwa gleich spitz konstruiert. Zusätzlich ragten sie an den Hausseiten weit über die hölzernen Wände hinaus. Sie bestanden aus dicht aneinander liegenden Holzstangen, auf die dachziegelartig Bündel von Farnkraut, Heu oder Ried gebunden waren. Der Regen tropfte in einen kleinen Graben, der die Hütte umgab und das Wasser zur Vorderseite ableitete. Da die gesamte Siedlung auf eine schräge Erdplatte gebaut war, blieben die Wände der Hütten so stets im Trockenen.

„Willkommen in Schratstihn!"

Mit feierlicher Geste lud Thorn seine Gefährten ein, die schmale Lücke im Steinwall zu durchschreiten. Er selbst betrat als erster den weiten Platz vor der Pforte. Die anderen folgten ihm dicht hintereinander. Nachdem Ilunga als letzte das kleine Tor passiert hatte, wurde es hinter ihr sofort wieder verschlossen.

„Thorn! Du lebst!", ertönte ein lauter Schrei aus der Gruppe bewaffneter Männer, die sich mit erhobenen Äxten um die Ankommenden gedrängt hatte, und im nächsten Augenblick sprang ihm der Rufer mit einem Freudenschrei um den Hals. Thorn selbst riss den Mund auf, brachte aber nichts weiter als einen unartikulierten Jauchzer hervor und zerrte seinerseits den Mann an sich.

„Das ist mein Bruder Galm", stellte er ihn schließlich seinen Weggefährten vor, und mit einer ausholenden Bewegung wies er auf die umstehenden Männer: „Und das hier sind alles meine Freunde, die Schrate."

Urk, der einigen der Anwesenden seit langem bekannt war, wurde ebenfalls überschwänglich begrüßt, die unbekannten Begleiter hieß man freundlich willkommen.

Die anwesenden Schrate waren alle begierig, Neuigkeiten zu erfahren, aber Thorn vertröstete sie auf später. Sie müssten zunächst mit dem Häuptling und dem Rat der Ältesten reden, da sie einiges zur Erklärung der bedrohlichen Lage in Duggaland erfahren hätten. Auf jeden Fall würden auch alle Bewohner Schratstihns erfahren, was sie zu sagen hätten. Allerdings seien sie jetzt müde und hungrig und würden sich gern ausruhen. Der Anführer der Wachtruppe versprach sofort, ihnen etwas zu essen zu besorgen und den Häuptling zu verständigen. Am besten gleich morgen früh sollten sie sich am Sitz des Häuptlings zu einer großen Beratung einfinden, dann werde man weiter sehen. Thorns Bruder wurde für heute vom weiteren Wachdienst befreit und schloss sich der Gruppe der Ankömmlinge an.

„Das da ist mein Haus", sagte Thorn und wies auf die Hütte, die der Pforte schräg gegenüber lag. „Dort können wir übernachten."

Als sie Thorns Unterkunft betraten, war es darin stockdunkel. Der *Schrat* trat zielsicher in die Mitte der Hütte und machte sich dort auf einer erhöhten Fläche zu schaffen. Bald darauf war ein schwaches Glimmen zu erkennen, gefolgt vom Aufflackern einer kleinen Flamme. Kurze Zeit später prasselte ein Feuer in der Mitte des Raums auf einem mit Steinen eingefassten kniehohen Block aus gestampfter Erde, der Feuerstelle der Hütte. Der Rauch stieg nach oben und kroch unter dem Dach zur Öffnung im Giebel, von wo er nach außen abzog. Im hinteren Teil des Hauses war das Dach mit gegerbtem Leder abgehängt. Genau darunter befand sich ein Holzgestell, in das mit Lederschnüren ein riesiges Fell gehängt war, groß genug für eine Person, um sich darin wie in einer Hängematte zur Ruhe zu legen.

„Meine Bettstatt", erklärte Thorn mit unverhohlenem Stolz. „Ich habe sie selbst gebaut."

„Und was soll das Leder dort an der Decke?", fragte Juzz.

„Nun ja, unsere Dächer sind nicht immer ganz dicht, wir haben hier oben leider kaum Ried oder dickes Stroh. Es sind nur Tropfen, die hin und wieder durchkommen, aber beim Schlafen stört es schon. Deswegen habe ich so eine Art Zelt über dem Bett."

„Was ist das für ein riesiges Fell, auf dem du schläfst?", fragte Olunde staunend.

„Das war mal ein ausgewachsener *Elch*", schmunzelte Thorn.

„Es muss ein mächtiges Tier gewesen sein, hast du es gejagt?"

„Haha, nein, wir jagen keine *Elche,* wir nutzen sie als Arbeitstiere. Morgen zeige ich sie euch. Aber hin und wieder stirbt ein *Elch,* und dann nutzen wir natürlich das ganze Tier, von den Hufen bis zum Geweih, wenn es eines hat. Man kann viele nützliche Dinge aus einem *Elch* herstellen, besonders aus den Knochen."

„Ihr Schrate seid offenbar sehr geschickte Handwerker, nicht nur, was die Eisenherstellung angeht. Auch die Holzbearbeitung scheint ihr gut zu beherrschen. Ich habe die Bohrungen und Keile in der Hüttenwand beobachtet. Bei uns in *Flass* waren nur wenige dazu in der Lage, aber es war auch für sie stets eine sehr aufwändige Arbeit."

„Nun ja, ein wenig hängt es schon mit dem *Eisen* zusammen. Mit einer *Säge,* wie wir sie schmieden, lässt sich Holz viel leichter und genauer bearbeiten als mit einer Steinsäge oder einem Steinbeil."

Olunde nickte und sah sich weiter um. Neben der Feuerstelle entdeckte sie zwei Körbe, einen mit trockenem Brennholz und einen mit schwarzen Brocken. Auf ihre erneute Frage erklärte Thorn, dass die Schrate aus Holz zunächst Holzkohle herstellten, hauptsächlich zum Schmieden, weil die Glut heißer sei als die von Brennholz. Inzwischen nehme man sie aber auch zum Zubereiten der Speisen, weil sie nicht so qualme wie ein Holzfeuer, und das sei im Haus schließlich angenehmer.

„Und warum brennst du nun mit Holz?"

„Tja, hell ist ein Kohlefeuer leider nicht, wenn man Licht im Raum haben will, muss man immer noch Holz verbrennen."

Juzz interessierte sich für die Herstellung der Kohle, hier wich Thorn aber einer Antwort aus.

„Die Schrate geben bestimmte Kenntnisse nicht gern weiter, wie zum Beispiel die Kunst der Eisenherstellung", sagte er. „Die Arbeit der Köhler gehört auch dazu."

Um nicht weiter befragt zu werden, begann er, unter den Anwesenden Decken und Felle für die Nacht zu verteilen. Auch Bündel von Heu befanden sich in seiner Hütte, die er jetzt gleichmäßig im Raum als Schlafunterlage verteilte. Als er gerade damit fertig war und die Gefährten sich ein Plätzchen für die Nacht zurechtgemacht hatten, wurde die Tür geöffnet. Es war Thorns Bruder, der losgegangen war, um etwas Essbares zu besorgen, was er jetzt in einem großen Korb am rechten Arm trug.

„Noch haben wir Vorräte im Ort, die Belagerung hat erst begonnen. Ich glaube, die *Ihseligen* unten vor Haus Weltende warten noch auf Verstärkung. Unser Tor haben sie jedenfalls noch nicht blockiert. Wir kommen noch in den Wald und zur Elchweide."

„Und warum bist du dann bewaffnet?", fragte Thorn mit einem Grinsen und deutete auf den mehr als ellenlangen Stab, den sein Bruder unter die linke Achsel geklemmt hatte.

„Ach, meine *Flöte* meinst du. Ich dachte mir, liebe Gäste und Heimgekehrte sollten mit ein wenig Lärm begrüßt werden."

„Ich freue mich auf dein Spiel. Garm ist ein begnadeter Flötenspieler", wandte sich Thorn an die Runde. „Ihr werdet es gleich hören ... von wegen Lärm!"

„Zunächst gibt es aber etwas Handfesteres als Musik. Ihr habt bestimmt alle einen ordentlichen Hunger nach dem Tag."

„Das kann man sagen!", stimmten die Anwesenden zu.

Entsprechend langten sie bei der Schratmahlzeit zu. Kräftiges frisches Fladenbrot aus Eichelmehl gab es zu kleinen geräucherten Fischen aus dem Kleinen Fluod. Auch eingesalzenes und dann im Wind des Schratgebirges getrocknetes Elchfleisch hatte Thorns Bruder aufgetragen. Dazu tranken sie frisches Wasser aus dem Eisensee. Als sie sich gesättigt hatten, packte Garm noch einen Krug und kleine Tonbecher aus seinem Korb.

„Sag bloß, du hast noch etwas vom Waldwin?", freute sich Thorn.

„Ich hätte geschworen, der wäre längst ausgetrunken."

„Es ist der letzte Rest. Aber für liebe Gäste immer das Beste."

„Was ist das, Waldwin?", fragte Ilunga.

„Probier's!"

„Hm, er ist ein wenig wie der *Holderwin*, aber der Geschmack ist noch besser. Woraus stellt ihr ihn her?"

„Aus den Früchten des Waldes, er ist darum immer unterschiedlich, je nach dem, was gerade reif ist. Ich glaube, dieser ist hauptsächlich aus der Waldbeere."

„Stimmt", antwortete Ilunga. „Es ist die gleiche Beere, die man im Holderland Heidelbeere nennt."

Thorn zuckte mit den Achseln, aber Urk sagte: „Genau die. Sie wächst sowohl in der Holderheide als auch im Wald. Auch wir in den Baumbergen nutzen diese leckeren Früchte, aber wir essen sie roh."

„Auf jeden Fall ist der Waldwin köstlich", sagte Olunde und nahm einen Schluck. „Aber, ohne unverschämt scheinen zu wollen, Garm, wolltest du nicht etwas auf deiner *Flöte* spielen?" Der Angesprochene ließ sich nicht lange bitten und nahm sein Instrument zur Hand, das er aus einem daumendicken, hohlen Holderzweig gefertigt hatte. Er blies sanft in einen schmalen Schlitz, der sich am oberen Ende der *Flöte* befand. Der kleine Spalt zwischen Rinde und Holz leitete die Luft auf eine scharfe Kante, die Garm von außen in das Holz des Astes gekerbt hatte. Ein gefälliger, heller Klang war zu vernehmen. Nun bedeckte er sechs unterschiedlich große Löcher, die sich über den Flötenschaft verteilten, mit seinen Fingerspitzen. Dabei deckte er die oberen drei Löcher mit Zeige-, Mittel- und Ringfinger seiner linken Hand ab, für die unteren benutzte er die entsprechenden Finger der rechten Hand. Aus dem offenen Ende des Rohrs ertönte ein tiefer, warmer Klang. Danach öffnete und schloss er die Löcher der *Flöte* abwechselnd und spielte sich allmählich in eine Melodie ein, die bei allen im Raum eine sehnsüchtige Stimmung hervorrief, ohne dass sie hätten sagen können, worauf sich ihre Sehnsucht richtete. Thorn wurde das Gefühl zuerst bewusst: Vor seinem inneren Auge erschien das Bild von Frij, das ihn ernst anblickte. Er konnte seine Tränen nicht zurückhalten und wischte sie verstohlen fort. Als Olunde das sah, war sie die nächste, die sich mit dem Handrücken über die Augen wischte. Bevor alle in Trauer versanken, wechselte Garm die Melodie, und nach kurzer Zeit wiegte sich die ganze Gesellschaft fröhlich im Takt.

„Du bist wie ein *Schamane*", sagte Ilunga, als der Flötenspieler eine Pause machte. „Du kannst die Stimmung der Menschen verändern, sie fröhlich oder traurig machen. Es ist fast wie Zauberei."

„Das stimmt", warf Juzz ein. „Mit der Axt hast du bei Weitem nicht so einen Eindruck auf mich gemacht wie mit deiner *Flöte*. Sag, bist du ein flötender Krieger oder ein kämpfender Flötenspieler?"

„Weder noch. Krieger bin ich jetzt nur wegen der Bedrohung durch die Steppenkrieger und *Ihseligen*. Eigentlich kümmere ich mich in Schratstihn um die *Elche*. Ich bringe sie zur Weide und lasse sie fressen. Dort habe ich immer viel Zeit. So bin ich auf das Flötenspiel verfallen."

„Und wer hat es dir beigebracht?"

„Als Kind habe ich öfter in Haus Weltende gesessen und den Händlern von den Ihseli-Klippen zugesehen. Einmal war dort ein alter Mann, der auf einer *Flöte* spielte. Ich habe ihn danach gefragt, und er hat mir beigebracht, wie man sie baut. Von da an habe ich viele Winter immer wieder *Flöten* gebaut und die Löcher verändert. Endlich ist mir diese gelungen, mit der ich die Töne so gestalten kann, dass sie zusammen passen."

Garm spielte noch die eine oder andere Weise, wie sie ihm seine Eingebung in die Finger drängte. Schließlich ging er in seine Hütte, und die Reisenden legten sich zur Ruhe.

Am nächsten Morgen wachte Olunde als Erste auf, befreite sich vorsichtig aus Urks Arm, um ihn nicht zu wecken, öffnete lautlos die Tür und schlich hinaus. Die Schatten vor ihr fielen noch lang, die Sonne stand noch nicht sehr hoch. Es wehte ein kühler Wind, der sie leicht frösteln ließ. Der Ort erwachte allmählich. Einzelne Personen traten noch etwas schlaftrunken vor ihre Türen, reckten sich ausgiebig, um dann hurtig hinter ihren Hütten zu verschwinden. Kurze Zeit später kamen sie mit erleichtertem Gesichtsausdruck zurück und verschwanden wieder hinter ihren Haustüren. Olunde verspürte plötzlich auch ein dringendes Bedürfnis. Unsicher blickte sie sich nach einem Ort um, an dem sie ihr Wasser lassen konnte, ohne damit jemanden zu belästigen. Gerade in diesem Augenblick schlurfte eine weißhaarige Frau vorbei und beäugte sie neugierig.

„Na, mein Mädchen, du scheinst dich nicht zurecht zu finden", fragte die Alte freundlich. „Du gehörst doch zu den Fremden, die gestern mit Thorn angekommen sind, oder?" Olunde nickte. „Kann ich dir irgendwie helfen?"

„Äh, ja, ich müsste mal ... und ich weiß nicht, wo."

„Du scheinst gut erzogen zu sein, Mädchen", lachte die Frau. „Von den *Ihseligen* weiß man, dass sie überall hinpinkeln, wo sie gerade stehen. Deswegen stinkt es auch manchmal so am Haus Weltende. Na ja, so eine scheinst du ja nicht zu sein."

„Und wo kann ich dann ...?"

„Das kommt darauf an. Wenn du nur pinkeln musst, kannst du das einfach in dem Graben hier am Haus erledigen. Das machen wir hier alle so. Der nächste Regen spült den Ort wieder sauber. Wenn du aber ein größeres Geschäft erledigen willst, dann solltest du dich zu unseren Wehrtürmen begeben. Der nächste von hier ist dort genau gegenüber, am Ende des Steinwalls."

Olunde blickte in die Richtung, die ihr angezeigt wurde, und konnte gerade noch den schweren, hölzernen Wachturm erkennen, der hinter der nächsten Hausecke vorlugte.

„Dort findest du eine hölzerne Kiste, die du benutzen kannst. Von Zeit zu Zeit wird sie geleert. Das macht ein *Ihseliger*, der dafür in Schratstihn wohnen darf."

„Und wohin bringt er den Inhalt der Kiste?"

„Zunächst aus dem Ort und anschließend auf einen Haufen am Hirtenpfad hinter dem Eisensee. Da kommt auch der Elchmist hin und wird damit vermengt. Wenn das Ganze verrottet ist, so nach zwei Wintern, werden damit die Heuwiesen und Weiden für die *Elche* gedüngt. So wächst das Futter für die Tiere besonders gut."

„Danke für die Auskunft, aber, äh, jetzt wird es wirklich dringend für mich."

„Nur zu, mein Mädchen!", lachte die Alte, winkte und trottete weiter. Offenbar war sie gerade auf dem Weg zum nächsten Wachturm.

Olunde duckte sich im Graben hinter Thorns Haus und kehrte kurz danach erleichtert zur Tür zurück, wo sie fast von Thorn über den Haufen gerannt worden wäre.

„Hoppla!", stieß er überrascht hervor. „So früh schon unterwegs? Ich habe gar nicht bemerkt, dass du schon auf warst."

„Ich habe bereits von einer alten Frau eine Aufklärung darüber erhalten, wie man in Schratstihn seine Notdurft zu verrichten hat."

„Und verrichtet hast du auch schon?"

„Ja, schon erledigt. Und was treibt dich so früh aus dem Haus? Auch ein natürlicher Drang?"

„Jetzt schon, aber eigentlich hat mich gerade mein Bruder gerufen, es gibt etwas Dringendes zu erledigen."

„Ich habe ihn gar nicht bemerkt."

„Wahrscheinlich hast du gerade hinten im Graben gesessen. Er hat mich auch nur vor die Tür gewunken und ist sofort wieder verschwunden."

„Und was ist so dringend?"

„Wir müssen Holzkohle bergen. Es liegt noch ein ausgebrannter *Meiler* bereit. Die *Meiler* sind aber im Wald, dort wo das Holz ist. Zurzcit sind wir noch nicht von den *Hros-Wigmannen* und *Ihseligen* abgeriegelt. Die Krieger lagern in den Wiesen hinter dem Fallbecken. Unser Tor und die Brücke sind noch frei. Wir müssen die Kohle holen, bevor unsere Belagerer davon Wind bekommen. Wenn sie einen *Meiler* in Funktion finden, können sie sich überlegen, wie man die Holzkohle herstellt, und dann ist es nur ein Schritt, bis sie herausbekommen, wie man das *Eisen* gewinnt. Unsere Beobachter sagen, dass die feindlichen Krieger noch schlafen. Jetzt böte sich also eine gute Gelegenheit, die Kohle zu holen. Es ist vielleicht die Letzte."

„Warum weckst du nicht alle im Haus, damit sie mithelfen?"

Thorn wand sich ein wenig, aber Olunde verstand sofort.

„Fremde dürfen nicht eingeweiht werden, oder?"

„Hm, ja ..."

„Und in dieser Beziehung sind auch wir Fremde, nicht?"

„Ich weiß nicht so recht", druckste der *Schrat* herum. „Vielleicht, vielleicht auch nicht. Es würde auf jeden Fall zunächst eine Beratung geben. Und dafür haben wir jetzt eigentlich keine Zeit."

„Und wenn du mich allein mitnimmst? Oder trauen die Schrate den Frauen tatsächlich zu, dass sie die Herstellung von Holzkohle nur vom Ansehen eines Kohlehaufens begreifen?"

„Ich schon", grinste Thorn, „ dir traue ich das bestimmt zu. Aber egal. Komm einfach mit. Ich vermute, du bist ohnehin zu neugierig, als dass ich dich so einfach los würde."

„Danke, Thorn! Dann lass uns gehen, bevor die anderen aufwachen."

„Einen Augenblick noch!"

Als Thorn wieder aus dem Graben herausstieg, winkte er Olunde, ihm zu folgen. Sie gingen zunächst tiefer in den Ort hinein und mussten dazu eine leichte Steigung überwinden. Zu ihrer Linken lagen quadratische Hütten, in die man leicht hineinsehen konnte, weil sie nur auf drei Seiten Wände besaßen. Eine Seite war völlig offen, sodass man erkennen konnte, dass sich darin irgendwelche Vorrichtungen befanden. Aus der Ferne konnte Olunde allerdings nicht erkennen, worum es sich bei dieser Ausstattung handelte.

„Das sind unsere Schmieden", bemerkte Thorn auf Olundes fragenden Blick. „Du kannst sie dir später ansehen."

Nach nur wenigen Schritten befanden sich auf ihrer linken Seite drei große Langhäuser, deren geräumige Eingänge mit Balken umrahmt waren. Die Seitenbalken der Öffnungen waren tiefschwarz gefärbt. Ohne auf Olundes Fragen zu warten erklärte Thorn:

„Das sind die Häuser, in denen wir die Holzkohle lagern. Die schwarzen Balken stammen von den kohleverschmutzten Händen unserer Köhler."

Sie umrundeten die Lagerhäuser und gingen auf ein noch größeres Gebäude zu, das direkt über dem Hang lag, welcher hinab zum Eisensee führte. Olunde bemerkte ein tiefes Loch im Hang und trat neugierig näher. Unter sich sah sie den Abhang, wie er sich in mehreren Stufen bis hinunter vor den See erstreckte. Der Höhenunterschied betrug sicher mehr als fünf Mannshöhen. Entlang des Seeufers erstreckte sich bis zum Haupttor von Schratstihn ein brusthoher Zaun aus kräftigen Zweigen, die zwischen stabilen Pfählen aufgeschichtet waren. Das Ende des Zauns am Seeufer bildete ein kleiner, hölzerner Wachturm von knapp zwei Mannshöhen. Von ihm aus zog sich der Zaun in einem Bogen den Abhang hoch, an dessen oberem Rand er wieder an einem kleinen Wachturm endete. Hinter diesem Turm folgte eine Palisade dem Rand der Anhöhe, auf der die Siedlung der Schrate lag.

„Vorsicht! Geh nicht zu nah ran!", warnte Thorn sie besorgt. „Die Höhle ist eine unserer Erzgruben, in denen wir die *Glanzsteine* gewinnen. Der Hang darüber ist nicht ganz fest und kann leicht abrutschen."

„Und aus den *Glanzsteinen* macht ihr das *Eisen*."

„Genau. Aber auch das ist streng geheim."

„Habe ich mir fast gedacht. Ich frage mich nur, ob es in diesen Zeiten überhaupt noch möglich ist, solche Geheimnisse zu bewahren."

„Wenn der *Seo-Thruhtin* Duggaland besiegt, sicher nicht."

„Wie auch immer diese Auseinandersetzung ausgeht, meinst du wirklich, dass Duggaland zu den alten Verhältnissen zurückkehren kann?"

„Wahrscheinlich hast du recht", brummte Thorn. „Komm, lass uns jetzt zwei *Elche* holen."

Das Tor des größten Gebäudes von ganz Schratstihn lag auf der Hangseite. Es bestand aus festen Stangen, die ein luftiges Gitter bildeten. Die beiden Torblätter ließen sich in der Mitte mit einem breiten Holzriegel verschließen. Als Olunde sich wunderte, dass der schwere Riegel außen angebracht war, lachte Thorn: „Wir müssen nicht aufpassen, dass uns jemand die Tiere stiehlt, sie sollen nur nicht fortlaufen."

Thorn öffnete das Tor, und Olunde war von dem Anblick überwältigt, der sich ihr bot. Nie hatte sie solch mächtige Tiere gesehen. In zwei Reihen standen die *Elche* aufgereiht, jedes Tier hatte seinen eigenen Verschlag, der vom Nachbarn durch dicke Balken getrennt war.

Die weiblichen Tiere auf der linken Seite waren nicht ganz so groß wie die Elchbullen, die an der rechten Seite aufgereiht standen. Die Männchen sahen merkwürdig aus mit den blumenkohlartigen, flauschigen Auswüchsen aus ihrem Kopf.

„Können die Elchmänner ihre Geweihe etwa abnehmen?", fragte Olunde mit ungläubigem Tonfall und wies mit dem Finger hinüber zur Stallwand, an der man etliche der riesigen Elchschaufeln befestigt hatte.

„Nein, nein", lachte Thorn. „Sie verlieren sie nur jedes Jahr vor dem Winter. Im Frühjahr wachsen sie dann neu. Du siehst, dass sie gerade wieder beginnen, ihre Schaufeln auszubilden. Zuerst sind sie noch mit einer weichen Haut bedeckt, die äußerst empfindlich ist. Wir sagen, sie sind im Bast. Deshalb sind die Elchmännchen auch jetzt nicht so recht zu gebrauchen. Normalerweise würden wir sie auch einfach auf der Elchweide bei meinem Bruder in Ruhe grasen lassen, denn sie müssen sich ständig mit den Hinterbeinen am Bast kratzen. Dadurch wachsen die Schaufeln besser."

„Und das geht jetzt nicht?"

Thorn zuckte mit den Achseln.

„Wir wollen nicht riskieren, dass ihnen etwas geschieht. Zwar ist der Weg zur Elchweide noch frei, aber das kann sich ja schnell ändern. Wir wollen die feindlichen Krieger vor unserem Tor schließlich nicht mit feinstem Elchfleisch ernähren."

Olunde trat vorsichtig an einen der Bullen heran und versuchte, sein Maul zu streicheln. Das Tier wich aber erschrocken zurück. Auch Olunde machte vor Schreck einen Satz rückwärts.

„Lass sie lieber in Ruhe, sie sind zurzeit sehr schreckhaft, wahrscheinlich fühlen sie sich mit ihren empfindlichen Auswüchsen am Kopf unsicher. Und dass sie im Stall stehen müssen, gefällt ihnen vermutlich auch nicht. Versuch es lieber bei den Weibchen."

Die Elchkühe zeigten sich viel neugieriger und zutraulicher, und Olunde war fasziniert von den riesigen Tieren, die sanft an ihren Händen schnupperten.

„So, ihr bekommt Abwechslung!"

Mit diesen Worten streifte der *Schrat* den zwei ersten Elchkühen ein aus Lederbändern geflochtenes Zaumzeug um, öffnete die beiden Verschläge und führte die Tiere in den vorderen Teil des Stalls, wo sich allerlei Gerätschaften befanden. Dort legte Thorn zwei mit Heu gefütterte Lederpolster auf die Rücken der Elchkühe und verschnürte sie mit flachen Lederbändern so, dass sie nicht verrutschen konnten. Auf die Polster hievte er zwei hölzerne Lastsättel, die auf jeder Seite jeweils zwei vorspringende Holzpflöcke besaßen. Auch die Sättel wurden sorgfältig verschnürt. Anschließend hakte Thorn auf jeder Seite einen großen, aber schlaffen Ledersack an die Pflöcke des Packsattels. Dann drückte er Olunde eine der beiden am Zaumzeug befestigten Leinen in die Hand und sagte kurz „Komm".

„Wird das Tier denn auch mit mir gehen?", fragte Olunde ängstlich und sah, wie die dunklen Augen der Elchkuh sie anblickten. Thorn lächelte nur und zog sein Tier aus dem Stall.

„Kommst du auch?", fragte Olunde die Elchkuh und zog etwas an der Leine. Eine Antwort bekam sie nicht, aber das Tier trottete gemächlich hinter ihr her.

Ein Gefühl von Stolz und Freude erfasste die ehemalige Sklavin. Sie war in der Lage, dieses riesige Wesen zu leiten, und es folgte ihr ohne jedes Murren.

„Danke noch mal, dass du mich mitnimmst", sagte sie, als sie nebeneinander durch den Ort wanderten. „Es ist ein überwältigendes Gefühl, so ein riesiges Tier an der Leine zu führen."

„Dann weißt du ja jetzt, wie sich unsere jungen Mädchen fühlen", grinste Thorn. „Sie sind nämlich auch verrückt nach den *Elchen* und kümmern sich ständig um sie. Und wenn sie sie reiten dürfen, sind sie überglücklich."

„Eure jungen Mädchen reiten *Elche?* " Olunde war fassungslos.

„Mit Vorliebe. Und damit nehmen sie meinem Bruder viel Arbeit ab. So reicht ein Mann, um unseren gesamten Elchbestand zu pflegen."

„Und warum ist dann nicht eine Frau die Elchpflegerin in Schratstihn?"

„Weil die Frauen irgendwann Kinder bekommen und sich dann nicht mehr so stark für die Tiere interessieren. Aber du hast trotzdem recht. Vor meinem Bruder hat eine Frau die *Elche* versorgt. Sie hatte aber auch keine eigenen Kinder."

„Und warum ist schließlich dein Bruder zu dieser Aufgabe gekommen?"

„Weil er, was die *Elche* angeht, als Junge genauso verrückt auf die Tiere war wie die Mädchen. Man munkelt sogar, er habe sich mit den Mädchen so gut verstanden, dass alle schwanger wurden, bevor sich die Frage stellte, ob eine von ihnen Elchpflegerin wurde."

„Ist das wahr?" Olunde machte große Augen. „Jetzt kümmern sich die Frauen allein um die Kinder deines Bruders?"

Thorn grinste: „Alle Kinder haben jemanden, den sie als Vater betrachten. Aber wir Schratmänner legen keinen Wert darauf, uns mit Jungfrauen zusammen zu tun. Da kann man schon mal eine frühe Schwangerschaft der Frau übersehen. Im Übrigen spielt es eigentlich auch keine Rolle, da wir Bewohner von Schratstihn uns insgesamt für unsere Kinder verantwortlich fühlen. Hier oben im Wald sind wir sowieso immer auf die Hilfe und Mitarbeit der anderen angewiesen, und deshalb versucht auch fast jeder, seinen Neigungen und seinen Fähigkeiten nach einen Beitrag für die Gemeinschaft zu leisten."

„Das war in *Flass* anders, zumindest was die freien Bewohner anging. Da ging es vor allem um Besitz, und man wollte sein Eigentum auch nur an seine eigenen Kinder vererben."

„Besitz haben wir nur wenig, eine Hütte, Kleider, Waffen, Werkzeug. Das meiste selbst gefertigt. Wer arbeitet, dem steht auch Nahrung zu. Viele Dinge hier gehören allen, wie zum Beispiel die *Elche* oder die Schmieden."

Thorn fielen als Beispiel die Schmieden ein, weil sie gerade an ihnen vorbeikamen. Jetzt näherten sie sich dem großen Torturm. Er hatte eine Höhe von mehr als zwei Mannslängen und bestand aus massiven, glatt behauenen Stämmen. Zwischen den Pfählen befanden sich kaum Lücken, eine Folge des beim Bau verwendeten Eisenwerkzeugs. Olunde betrachtete die Arbeit und bewunderte sie insgeheim. Auch in *Flass* hatte man Wert auf saubere Verarbeitung gelegt, aber die zumeist verwendeten Steinwerkzeuge erlaubten nicht diese Genauigkeit der Anpassung. Als sie in das Innere des Turms trat, sah sie über sich die Decke aus dünneren, nahezu lückenlos verlegten Balken. Auf der rechten Seite befand sich eine viereckige Öffnung, in die eine feststehende Leiter führte. Die Stämme des Turms ragten über diese obere Plattform hinaus und bildeten damit eine umlaufende Brustwehr. Das Doppeltor stand weit auf, denn noch konnten die Schrate ihren Beschäftigungen außerhalb des Ortes nachgehen. Olunde betrachtete die Bauweise der beiden Türflügel. Auf beiden Seiten der niedrigen Toröffnung, die gerade hoch genug für einen *Elch* war, befand sich ein runder Stamm. Dadurch, dass dessen unteres Ende jeweils in einem ausgehöhlten Stein saß, das obere aber in einem Loch in der Plattform steckte, waren die Torpfähle drehbar gelagert. In diese beiden Rundhölzer waren drei senkrecht vorspringende Balken wie Zapfen eingesetzt, die wiederum dicht mit Längshölzern beschlagen waren. Zwei massive Balken, die man als Riegel vorlegen konnte, lagen noch unbenutzt innerhalb des Torturms. Rechts und links des Tors befanden sich zwei kleine Öffnungen zwischen den Stämmen, durch die man nach draußen sehen und auch mit einem Pfeil schießen konnte. Thorn und Olunde begrüßten die zwei anwesenden Wächter, dann traten sie auf die Brücke hinaus, die den Überlauf des Eisensees und den Wasserfall querte. Von ihrer rechten Seite schoss das Wasser des Kleinen Fluod in einer Rinne unter den hölzernen Balken der Brücke durch, um dann auf der linken Seite mit lautem Gurgeln in die Tiefe zu stürzen. Der Wasserfall war etwa drei Mann hoch und endete unten in einem durch das Wasser ausgewaschenen kleinen, rundlichen Trog, um dann weiter als Wildbach dem Fallbecken entgegen zu rauschen. Olunde blickte zu ihrer rechten Hand auf die Oberfläche des Sees, der eigentlich eine weite Ausbuchtung des Kleinen Fluod darstellte. Winzige Wellen glitzerten in der Morgensonne, und aus dem tiefen Blaugrün ragten immer wieder spitze, braune Felsnadeln. Auf der Seite der Siedlung zog sich der Zaun aus brusthohen Hölzern am Ufer entlang, den Olunde vorher von oben gesehen hatte. An seinem Ende ragte der kleine hölzerne Turm hervor. Der Blick zum Ende des Sees, wo die palisadenbewehrte Steilwand des Schratstihn fast bis zum Wasser abfiel, zeigte kleine, flache Inseln im dunklen Wasser, dahinter schrumpfte der See schließlich wieder zum schmalen Bett des Kleinen Fluod. Hinter der Biegung leuchtete das satte Grün eines Wiesentals, die Elchweide.

„Jetzt befinden sich dort aber keine *Elche* mehr?", fragte Olunde, nachdem Thorn ihr die Örtlichkeiten erklärt hatte.

„Nein, ich sagte ja schon, dass uns die Tiere zu wertvoll sind, als dass wir sie einer Gefahr aussetzen würden. Du müsstest im Stall vorhin alle unsere *Elche* gesehen haben. Mag sein, dass die Köhler noch einen oder zwei bei sich haben. Lass uns jetzt weitergehen."

Olunde blickte die Elchkuh an und zog wieder leicht an der Leine. Gefügig setzte sich das große Tier in Gang. Der Pfad teilte sich nach einer kurzen Stecke und sie folgten dem Abzweig nach links. Bei dem anderen Weg handelte es sich um den sogenannten Hirtenpfad, der auf der Rückseite des Eisensees zur Elchweide führte. Der gewählte Weg verlief bergab durch die Wiesen. Bald sahen sie zu ihrer linken Hand eine weitere Wasserfläche liegen, die erheblich kleiner als der Eisensee war. Der wegen des darüber befindlichen Wasserfalls Fallbecken genannte See stellte einen weiteren Bauch des Kleinen Fluod dar.

Bevor sie sich dem See aber weiter näherten, wählte Thorn einen Weg, der nach rechts in die Wälder führte.

„Das ist der Köhlerpfad in den Wald", erklärte er. „Der andere Abzweig führt nach Tvinhaag, oder jetzt eher zum Lager unserer Feinde."

Bald erreichten sie den schütteren Waldsaum. Die Bäume waren recht klein und standen vereinzelt. Für Olunde sah ein Wald anders aus. Als sie eine diesbezügliche Bemerkung machte, nickte Thorn.

„Du hast schon recht", gab er zu. „Wald kann man das hier nicht nennen. Aber vielleicht wächst er ja wieder. Früher haben die Schrate hier die Bäume für die Köhlerei geschlagen. Es war günstiger wegen der Nähe zum Wasser. Beim Löschen der *Meiler*, wenn die Kohle ausgegart ist, braucht man viel Wasser. Jetzt müssen wir das Wasser mit den *Elchen* in großen Ledersäcken heranschaffen. Wenn ein *Meiler* gelöscht wird, kannst du nahezu alle unsere Tiere in einer Reihe hintereinander marschieren sehen. Ich sage dir, das ist ein wirklich überwältigendes Bild. Ich bin jedes Mal wieder begeistert."

„Jetzt brennt wohl kein *Meiler* mehr, oder?" Thorn schüttelte den Kopf.

„Als die Krieger kamen, haben die Köhler nur noch den gerade brennenden *Meiler* weiter betreut. Glücklicherweise war er schon kurz vor der Reife. Von ihm ist die Kohle, die wir heute holen."

Allmählich wurde der Baumbestand dichter und sie gingen unter einem lückenlosen Blätterdach. Ein brenzliger Geruch lag in der Luft und verstärkte sich noch, je näher sie dem *Meiler* kamen. Schließlich öffnete sich vor ihnen eine riesige Lichtung, die über und über von großen, schwarzen Flecken übersät war. Auf dem freien Platz gab es außer kleinen, kümmernden Kräutern und Gräsern keinen Bewuchs. Inmitten der verwüsteten Fläche lag noch ein größerer, kreisrunder Haufen schwarzer Kohle, der von einem kleinen Wall aus Grassoden umgeben war. Fünf Männer bemühten sich, diesen Rand an die Seite zu schaufeln und möglichst gleichmäßig in der Fläche zu verteilen. Die Werkzeuge, die sie dabei benutzten, waren kurze Schaufeln, die aus den Geweihen der alten männlichen *Elche* hergestellt waren. Man hatte sie so bearbeitet, dass sie insgesamt flacher und damit leichter zu handhaben waren.

Die natürlichen Fortsätze hatte man grundsätzlich belassen, sie waren nur zu scharfen Spitzen bearbeitet worden. ‚So etwas lässt sich mit Schratbeilen bestimmt leichter herstellen als mit steinernen Werkzeugen', dachte Olunde, als sie sah, wie die Männer geschickt die Geweihschaufeln in den Erdwall stießen.

Als sie sich den Männern näherten, wurden sie lautstark begrüßt. Eine Frau auf dem Köhlerplatz, noch dazu eine Fremde, war eine außergewöhnliche Abwechslung für die Köhler, die stets lange von den anderen Schraten isoliert lebten und ihre *Meiler* betreuten. Oft kamen sie für mehr als zwei Monde nicht in die Siedlung zurück, je nachdem wie viele *Meiler* sie angelegt hatten und wann sie die einzelnen Holzstöße entzündet hatten. Schnell hatten sie die fremde Frau umringt und bestürmten sie mit Fragen. Olunde versuchte, so kurz wie möglich Rede und Antwort zu stehen. Schließlich war ihr Vorhaben eilig, und sie wollte nicht schuldig sein, wenn ihretwegen der Kohletransport nicht mehr rechtzeitig zu Ende gebracht würde. Die Köhler waren offenbar auch keineswegs beunruhigt, dass eine Fremde ihre Geheimnisse erfahren könnte. Im Gegenteil, jeder der anwesenden Männer außer Thorn bemühte sich nach Kräften, einen Anteil an der Rede zu bekommen und gegenüber der Frau mit seiner Köhlererfahrung zu glänzen. Schließlich war es Thorn, der ein Machtwort sprach und die Gruppe zur Eile drängte. Er ergriff auch selbst eine der Elchschaufeln und hieb sie in die Grassoden um den Kohlehaufen. Als auch Olunde sich dieser schweren Tätigkeit anschloss, erntete sie begeisterte Rufe der Köhler. Offenkundig galt eine Frau, die richtig zupacken konnte, bei ihnen als anziehend. Während der Schaufelei erfuhr Olunde auch, wie ein *Meiler* angelegt wurde und wie die Holzscheite mit den Soden abgedeckt wurden, damit möglichst wenig Luft an das Holz gelangen konnte. Auch alle Kniffe zur richtigen Befeuerung und Belüftung erfuhr sie, sodass sie vermutlich nach Abtragen des kleinen Erdwalls in der Lage gewesen wäre, zumindest versuchsweise einen *Meiler* nachzubauen.

„Warum benutzt ihr die Soden nicht wieder und verteilt sie stattdessen in der Landschaft?"

„Normalerweise verwenden wir sie auch mehrfach, es ist schließlich harte Arbeit, die Grassoden aus den Wiesen zu stechen. Aber wir wollen keine Zeichen hinterlassen, durch die die *Hros-Wigmannen* sich den Aufbau eines *Meilers* vorstellen können."

Als sie die Erde und die Grassoden gleichmäßig verteilt hatten, holte einer der Köhler zwei weitere Elchkühe, die zum Äsen etwas abseits im Wald angebunden worden waren. Auch diese Tiere trugen je zwei noch leere Ledersäcke an der Seite.

„Ist der *Meiler* auch kalt?", fragte Thorn vorsorglich. Er hatte einmal miterlebt, wie ein vermeintlich gelöschter *Meiler* beim Angraben eine Stichflamme abgegeben hatte. Das Glutnest war unbemerkt geblieben, und durch das Freilegen hatte die plötzliche Luftzufuhr für eine Verpuffung gesorgt und dem schaufelnden Köhler den Bart abgesengt.

„Keine Sorge", bekam Thorn zur Antwort, „wir haben diesmal mehr Wasser als üblich genommen und der *Meiler* hat seit zwei Tagen nicht wieder zu rauchen begonnen."

Wieder griffen sie zu den Schaufeln, diesmal um die Tragesäcke der *Elche* mit der wertvollen Kohle zu befüllen. Sie hatten bis zum beginnenden Nachmittag zu tun, bevor sie den Kohlehaufen abgetragen und auf die Packtiere verteilt hatten. Da keiner der Anwesenden irgendwelche Essensvorräte besaß, weil die Köhler in den letzten Tagen nicht mehr versorgt worden waren und ihren Nahrungsvorrat völlig aufgebraucht hatten, beschloss man, sich nach einer kurzen Verschnaufpause auf den Weg in den Ort zu machen. So trotteten sie im Gänsemarsch auf Schratstihn zu, der älteste Köhler voran, dann die Tiere mit der Last, und schließlich die vier übrigen Köhler. Dass sie nicht noch eine längere Pause eingelegt hatten, erwies sich als glückliche Fügung, denn als sie gerade vom Köhlerpfad wieder auf den Hauptweg in die Siedlung einbogen, sahen sie einen größeren Trupp fremder, berittener Krieger, die sich genau auf diesem Weg auf sie zu bewegten. Sie waren noch ziemlich weit entfernt, doch die Menge der Speerspitzen und die schwarzen Helme gaben ein beredtes Bild ab.

„Beeilung!", zischte Thorn. „Mit denen müssen wir uns jetzt nicht anlegen, lasst uns versuchen, das Tor vor ihnen zu erreichen."

In diesem Augenblick hatten die feindlichen Krieger offenbar auch die Karawane vor ihnen gesichtet, denn sie begannen, ihre Pferde anzutreiben. Die Schrate trieben ihre *Elche* mit einem speziellen Schnalzlaut an, die sofort in einen flotten Trab verfielen, sodass die Menschen sich sputen mussten, um mitzukommen. Obwohl Olunde nicht geschnalzt hatte, reagierte ihr Tier wie die anderen und riss seine Führerin fast um. Olundes Bewunderung für die *Elche* stieg noch einmal angesichts der Schnelligkeit, die sie trotz ihrer schweren Last aufbrachten. Als sie den Abzweig zum Hirtenpfad passierten, waren ihnen die Krieger schon deutlich näher gekommen, und als sie die Brücke zum Tor erreichten, waren sie dicht hinter ihnen.

„Das Tor!", schrie der erste Köhler. „Schließt das Tor hinter uns!"

Da sich außer drei Wachen keine bewaffneten Schrate am Tor befanden, mussten diese schnell reagieren. Wenn es dem feindlichen Reitertrupp gelingen würde, ins Innere des Turms zu gelangen, hätten die *Hros-Wigmannen* von dort die aus dem Ort hinzugerufenen Schrate bekämpfen können, bis sie selbst Verstärkung bekommen hätten. Da sie von innen auch auf die Plattform des Turms gelangt wären, wäre es ihnen ein Leichtes gewesen, die Schratkrieger eine Zeitlang auf Abstand zu halten. In diesem Fall hätten sie den Schratstihn im Handstreich genommen.

Kaum war der letzte Köhler durch das Tor, schloss es sich hinter ihm, und der schwere Riegel rutschte in seine Stellung. Ein paar der *Hros-Wigmannen* waren auf der Brücke von den Pferden gestiegen und versuchten, mit Pfeilen durch die kleinen Lücken neben dem Tor ins Innere zu schießen, doch wurden ihnen die hineinragenden Pfeile von innen sofort entrissen, sodass sie diesen Versuch aufgaben. Als die Wache auf dem Turm jetzt seinerseits den Bogen spannte und auf den Trupp schoss, zogen sich die Krieger eilig wieder zurück. Der Schratkrieger hatte niemanden getroffen, da er sich sofort nach Abschuss des Pfeils wieder hinter die Brustwehr ducken musste, um nicht seinerseits von einem Pfeil der *Hros-Wigmannen* getroffen zu werden.

„Uff!", keuchte Thorn und wischte sich die Stirn. „Das war knapp!"

„Glücklicherweise suchen sie jetzt das Weite", sagte der Köhler, der ihnen durch die Luke am Tor nachblickte. „Ich glaube, wir können das Tor wieder öffnen."

„Davon würde ich abraten", entgegnete Thorn. „Der Versuch eben zeigt, dass sie uns jetzt nicht mehr in Ruhe lassen werden. Ihr habt ja gesehen, wie schnell sie sind."

„Sie haben angehalten und sitzen ab!", rief in diesem Augenblick der Wachtposten oben auf dem Turm.

„Wo halten sie an?"

„An der Gabelung zum Hirtenpfad!"

„Sind noch Bewohner der Stadt irgendwo draußen?"

„Köhler nicht", sagte der älteste der Köhler zu Thorn.

„Hier hat außer euch keiner den Ort verlassen", meldete der Wachtposten, der durch die zweite Luke äugte. „Wenn nicht jemand durch die Pforte zum Schleichpfad gegangen ist, müssten alle Bewohner drinnen sein."

„Gut, das sollten wir noch einmal kontrollieren, und dann wird es, glaube ich, Zeit, die Wachen zu verstärken und unsere Krieger aufzurufen, sich bereitzuhalten."

„Ich gehe und verständige den Häuptling", erklärte der alte Köhler.

„Gut, und ich mache die Runde bei den anderen Wachposten", sagte einer der drei Krieger am Tor.

„Und wir sollten jetzt wohl besser unsere Waffen zusammensuchen, oder?", fragte einer der Köhler. Thorn nickte nur und wandte sich an Olunde:

„Wir zwei bringen jetzt erst einmal die Holzkohle ins Lager, dann versorgen wir die *Elche,* und schließlich werden wir mit dem Häuptling und dem Rat reden müssen, wenn das die anderen nicht schon erledigt haben. Danach werde ich wohl den Rest des Tages in der Schmiede stehen, wenn die *Hros-Wigmannen* es zulassen. Wir werden sicher noch Pfeil- und Speerspitzen gebrauchen können."

„Darf ich dir helfen, wenn du schmiedest?", fragte Olunde zaghaft.

„Du meinst, ob du mir zusehen darfst und mir nebenher ein paar nützliche Anreichungen machen kannst?", grinste Thorn.

„Oder so", schmunzelte Olunde.

„Gern, wenn du willst."

Mit jeweils zwei beladenen Elchkühen im Schlepptau gingen sie ortseinwärts. Oberhalb des Holzzauns am Ufer des Eisensees war der vormals steile Hang zum Flusstal hinunter zu einer abfallenden Landschaft aus Stufen, Erdhaufen und Schutt zerwühlt. Das hinabstürzende Regenwasser hatte zusätzlich tiefe Furchen in die Schräge gegraben und an einigen Stellen gähnten tiefe, schwarze Löcher, die wie von riesigen Würmern in den Berg gegraben waren. Diese Erzgruben, in denen die Schrate nach den *Glanzsteinen* schürften, hatten für Olunde etwas Unheimliches, so als ob es sich um die Eingangspforten des Totenreichs handelte.

„Habt ihr keine Angst, in diese dunklen Höhlen hinabzusteigen?", fragte sie.

„Ein bisschen gefährlich ist es schon, aber wir sind sehr vorsichtig. Früher ist es öfter geschehen, dass ein Stollen eingebrochen ist, aber das war vor meiner Zeit. Damals soll man sogar die Kinder in die Gruben geschickt haben, weil die sich auf Grund ihrer geringen Körpergröße dort besser bewegen können. So ist es auch zu dem Gerücht gekommen, dass die Schrate ein Zwergenvolk versklavt hätten, damit es für sie das Erz abbaute. Als dann einmal eine Handvoll der Kinder mit einem Schlag verschüttet wurden, hat der Rat sofort die Gruben für Kinder verboten. Sie dürfen sich dort nicht mehr aufhalten. Heute müssen wir eher aufpassen, dass die Kinder nicht hineingehen. Es ist ein wunderbarer Platz zum Spielen für sie, und das Verbot spornt sie geradezu an, auf irgendeine Art Zutritt zu den Höhlen zu bekommen."

„Erwachsene können aber auch verschüttet werden!"

„Stimmt schon. Deshalb ist man nach den ersten Unglücken dazu übergegangen, die Gruben mit Holzstämmen und Holzbalken abzusichern. Trotzdem kommt es immer wieder vor, dass ein Grubenschrat einen Stein auf den Kopf bekommt und sich schwer verletzt. Wir treiben die Stollen heute auch nicht mehr so tief in den Berg wie früher. Stattdessen graben wir ein neues Loch. Wenn wirklich etwas passiert, ist man so schneller draußen."

Olunde betrachtete die Vielzahl der schwarzen Höhlen im Hang.

„Wenn ihr so weiter macht, habt ihr bald den ganzen Schratstihn ausgehöhlt."

„Deswegen hat es auch schon Vorschläge gegeben, den Berghang hinter der Elchweide anzugraben, aber im Augenblick sind die Gruben innerhalb des Ortes noch sicherer. Die *Hros-Wigmannen* müssen ja nicht unbedingt herausbekommen, was es mit den *Glanzsteinen* auf sich hat. Sowohl die *Ihseligen* als auch die Steppenvölker kennen diese Steine, weil wir kleine Brocken davon bei ihnen gegen andere Dinge eingetauscht haben. Inzwischen benutzen sie sie auch zum Feuermachen. Einige ziehen es aber vor, sie als Schmuckstücke ihren Frauen um den Hals zu hängen."

Während des Gesprächs hatten sie ihren Weg fortgesetzt und waren nun vor den drei großen Gebäuden angekommen, in denen die Schrate ihre Kohle lagerten. Es handelte sich um langgestreckte, im First etwa zwei Mann hohe Hütten, deren Dächer bis kurz über den Boden hinabreichten. Sie waren mit dicken Grasbündeln gedeckt, ein Material, das um den Schratstihn im Überfluss geerntet werden konnte. Der vordere Giebel der Lagerhäuser war völlig offen, sodass man ohne Schwierigkeiten die Kohle hinein- und hinausschaffen konnte. Um die Holzkohle trocken zu lagern, war der Innenraum kniehoch mit Erde aufgeschüttet und dann mit flachen Steinen ausgelegt, die man aus dem Geröllfeld gesammelt hatte. Außerdem reichte die Kohleschüttung nur bis sechs Schritte hinter dem offenen Giebel, sodass auch heftiger Schlagregen nicht bis an den Brennstoff gelangen konnte.

Thorn führte jetzt den ersten *Elch* in das Lagerhaus, das noch nahezu leer war, ließ das Tier seitlich an den bereits vorhandenen Kohlehaufen herantreten, öffnete einen Knoten, mit dem der lederne Packsack in einer Mittelnaht verknüpft war und zog das Band aus seinen Ösen. Mit einem Rauschen entleerte sich der Sack auf den Kohlehaufen. Olunde staunte über diese geschickte Transportvorrichtung. Danach drehte Thorn den *Elch* auf die andere Seite und verfuhr dort entsprechend. Nach kurzer Zeit waren die Tiere von ihrer Last befreit.

„Sollten wir die Kohle nicht noch etwas aufschütten, ein paar Schaufeln liegen dort noch in der Ecke?", fragte Olunde.

„Das ist eine Aufgabe für die halbwüchsigen Jungen aus dem Ort", grinste der Schrat. „Das ist gut, um Kräfte zu sammeln und macht sie so müde, dass sie nicht ständig auf dumme Gedanken kommen." Olunde war mit der Antwort sehr zufrieden, denn inzwischen spürte sie ihre Beine und hätte sich gern etwas ausgeruht. So beließen sie es dabei, die *Elche* wieder in den Stall zu bringen und ihnen eine Ration Heu aus der Scheune nebenan zu bringen. Schließlich begaben sie sich zurück zu Thorns Hütte, um ihre Gefährten aufzusuchen, fanden aber das Haus verwaist vor.

„Sie sind vielleicht schon beim Häuptling", vermutete Thorn. „Sollen wir einfach einmal nachsehen?"

„Wenn ich vorher noch etwas trinken und deinen Graben benutzen kann, gern."

Der *Schrat* schaute nach, ob noch ein Krug mit Wasser im Haus war, fand schließlich einen und bot Olunde zu trinken an. Er nahm dann auch einen kräftigen Schluck, wartete kurz, bis sie wieder aus dem Graben auftauchte und führte sie erneut in den oberen Teil der Siedlung, um zum Sitz des Häuptlings zu gelangen.

Auf der Höhe des Heulagers befand sich auf ihrer rechten Seite eine ausgedehnte Grube, die mit klarem Wasser gefüllt war. Wegen der abfallenden Lage sammelte sich hier ganz natürlich das Regenwasser wie bei einer Zisterne. Während sich im vorderen Teil ein schmaler Riedstreifen gebildet hatte, blieb das Wasser auf der Rückseite unbewachsen. Offensichtlich hatte das Becken dort eine erhebliche Tiefe. Über diesem Teil des Wasserspeichers erhob sich ein kleiner Steilhang, auf dem ein beeindruckendes Langhaus thronte. Es bestand aus einem Ständerwerk dicker Balken und besaß statt des üblichen Grasdachs eine Abdeckung aus Ried. Die Räume zwischen den Hölzern waren mit lehmbeworfenem Flechtwerk ausgefüllt, das durch das weit vorspringende Dach vor Regen geschützt war. Auffällig war, dass jede Kassette des Fachwerks in einer anderen Erdfarbe gefärbt war. Es wechselten sich rötliche mit gelben und braunen Tönen ab. Auf jeder Fläche waren in einer sich jeweils abhebenden Farbe unverständliche Zeichen aufgemalt. Daneben gab es noch kleinere, kunstvolle Zeichnungen von Tieren.

„Das ist unser Tempel", erklärte Thorn, als Olunde ihn fragend anblickte. „Die Farben stammen aus verschiedenen Lehmarten des Erzlandes. Die Bilder und Zeichen hat unser *Schamane* gestaltet. Frage mich nicht, was sie im Einzelnen bedeuten. Auf jeden Fall haben sie alle etwas mit der Erde zu tun. Wir Schrate sind sehr erdverbunden, schon weil wir unsere Schätze aus dem Boden schürfen. Deswegen beten wir auch zur Großen Göttin, die wir mit der Erde gleichsetzen. Für uns kommt das Leben aus der Erde, unsere Nahrung, unsere Werkzeuge, eigentlich alles."

„Und habt ihr einen guten *Schamanen?* "

„Leider ist er verstorben, ohne einen Nachfolger zu hinterlassen. Er war noch ziemlich jung, magerte aber plötzlich zusehends ab, klagte über starke Schmerzen im Bauch. Schließlich wurde er fast wahnsinnig vor Schmerz und sagte, dass es gegen seine Krankheit kein Mittel gebe. Er bat uns, ihm einen Trunk zu verabreichen, den wir aus bestimmten Pflanzen kochen mussten. Der Rat musste darüber befinden, ob es eigentlich zulässig sei, einen *Schamanen* zu töten, und ob man damit nicht die Rache der Göttin auf sich beschwören würde. Glücklicherweise war er noch bei Sinnen, als sie ihn deswegen befragt haben. Er hat erklärt, dass man mit jedem leidenden Tier Mitleid hätte und ihm den Gnadentod gewährte. Die Große Göttin stehe auch dafür, das Leid der Lebewesen zu mildern. Also sollten sie ihm den Trunk zubereiten. So ist es dann auch geschehen."

„Und wer soll nun sein Nachfolger sein?"

Thorn wand sich ein wenig und sagte dann wehmütig: „Ich hoffe, dass Salida aus Intrit hierher kommen kann, aber im Augenblick sehe ich keine Möglichkeit."

„Deine Geliebte, die Intrit verlassen musste, die Priesterin der Großen Mutter?"

Thorn nickte: „Die Große Mutter ist auch eine Erdgöttin, wahrscheinlich dieselbe wie unsere, und was macht das schon für einen Unterschied, Große Göttin oder Große Mutter?"

„Dann steht der Tempel zurzeit leer?"

„Wir benutzen ihn noch zum Beten, aber außer der Göttin wohnt dort jetzt niemand."

Inzwischen waren sie in den oberen Teil des Ortes gelangt, auf dem sich ein weiterer kleiner Hügel erhob. Er fiel in Richtung auf den Steinwall flach ab, wodurch man einen guten Blick auf den Sitz des Häuptlings hatte. Ein querliegendes Langhaus wurde von zwei nur unwesentlich kleineren flankiert, sodass man in eine Art Hof blickte. Der Zugang war frei, und es gab keine Wachen oder Zäune wie in anderen Orten Duggalands.

„Keine Palisade um den Häuptlingssitz, keine Absperrung?", wunderte sich Olunde. „Das ist ungewöhnlich."

„In Fisvik und Waderborg ist es doch auch so. Wahrscheinlich liegt es an der Macht, die die Bewohner ihren Anführern überlassen. Unser Häuptling wird von allen Schraten gewählt und bleibt Häuptling, bis er selbst aufhört oder die Mehrheit der Schrate ihn nicht mehr will. Er sorgt dafür, dass alle Schrate gleichen Nutzen von der Gemeinschaft und ihren Gütern haben. Die Besitzverhältnisse habe ich dir ja schon erklärt. Ein guter Häuptling zeichnet sich dadurch aus, dass er nötige Maßnahmen frühzeitig erkennt und sie veranlasst. Und er sollte auch bei jung und alt beliebt sein und ein offenes Ohr für die Wünsche und Nöte der Bewohner haben. Deshalb erhält er auch bei Antritt seiner Aufgabe den Namen Ebenher, was bei uns so viel wie gleichgestellt heißt."

„Warum konnte ich nicht in Schratstihn geboren werden?", seufzte Olunde.

„Auch ein *Schrat* kann versklavt werden, er muss nur schutzlos in die Hände der *Ihseligen* fallen."

„Stimmt auch wieder."

Sie erklommen den kleinen Hügel und standen vor dem mittleren Haus. Das Eingangstor stand weit auf, und sie sahen schon ihre Gefährten an einer langen Tafel mit den Mitgliedern des Rates sitzen. An der Tür wachte ein großer Wolfshund, der Olunde freudig ansprang.

„Risi, nicht umwerfen!", rief sie lachend und machte damit die Gesellschaft im Haus auf sich aufmerksam.

Ebenher, der am Kopfende des langen Tisches saß, erhob sich, um die Neuankömmlinge zu begrüßen. Durch seine Größe und die Fellkleidung der Schrate wirkte er wie ein Bär in Drohhaltung. Der bis zur Brust reichende Vollbart und die schulterlangen braunen Haare verstärkten diesen Eindruck noch. Sein Gesicht mit der gemütlichen Knollennase und den sanften Augen sprach aber eine andere Sprache. Neben der Güte, die seine Züge ausstrahlten, war noch Platz für tiefgehende Besorgnis.

„Schön, dass ihr da seid!", begrüßte er die Ankömmlinge, nahm beide nacheinander in den Arm, freute sich über Thorns Rückkehr und bedauerte, Olunde nicht unter besseren Umständen kennen gelernt zu haben.

„Wir haben schon alles berichtet", teilte Ilunga den Hinzugekommenen mit. „Leider bleibt uns im Augenblick nicht mehr zu tun, als den *Hros-Wigmannen* Widerstand zu leisten und zu verhindern, dass sie an *Eisen* kommen."

„Vielleicht gibt es aber auch eine Gelegenheit, Frij aus den Händen des *Seo-Thruhtin* zu befreien. Ich könnte mir vorstellen, dass sie gar nicht so weit von hier gefangen gehalten wird", warf Thorn ein.

„Das wird schwierig", bemerkte Ebenher und wiegte seinen Kopf. „Nachdem ihr dem ersten Trupp entkommen konntet, hat sich vor unserem Tor einiges getan. Dort haben unsere Feinde drei Lager errichtet. Ein größeres, ich vermute das der *Ihseligen,* liegt etwa da in der Wiese, wo der Schleichpfad zur Pforte vom Pfad der Vermissten abzweigt. Das größte Lager befindet sich direkt vor unserem Tor. Es beginnt am Abzweig zum Hirtenpfad und zieht sich am Hauptweg nach Tvinhaag entlang. Wie weit, lässt sich noch nicht genau sagen, auf jeden Fall bis auf die Höhe des Tors, das den Pfad der Vermissten am Kleinen Fluod sperrt. Bei diesem Lager handelt es sich vermutlich um die *Hros-Wigmannen* aus der Steppe. Dann ist da aber noch eine dritte Ansammlung von Kriegern. Sie bilden eine verhältnismäßig kleine Gruppe, halten Abstand von den anderen und haben sowohl den Torturm am Kleinen Fluod als auch Haus Weltende besetzt. Sie sind nicht beritten wie die *Hros-Wigmannen.* Auffällig ist, dass diese Gruppe sehr viel Wert auf Wachen legt. Die anderen Krieger fühlen sich durch ihre hohe Anzahl offenbar sicher und haben praktisch keine Wachposten aufgestellt."

„Hm, es könnte gut sein, dass das die Krieger des *Seo-Thruhtin* sind", vermutete Thorn. „Die, die mit ihm über das Meer gekommen sind."

„Das haben wir auch schon angenommen", erwiderte Ilunga. „Vielleicht ist dort sogar der *Seo-Thruhtin* selbst, ich meine, wenn das hier seine entscheidende Schlacht werden soll."

„Dann spricht viel dafür, dass auch Frij dort im Torturm oder in Haus Weltende gefangen gehalten wird", unterbrach sie Thorn. „Schließlich könnten sie sie als Geisel einsetzen wollen."

„Gibt es denn eine Möglichkeit, ungesehen dorthin zu kommen und Frij dort herauszuholen?", ging Urk jetzt dazwischen.

„Das halte ich für sehr schwierig", antwortete Ebenher, wurde aber wieder von Thorn unterbrochen:

„Wie sieht es denn auf der Rückseite vom Schratstihn aus, an der Elchweide oder im Bachtal hinter dem Felsenbecken?"

„Nichts bisher", sagte der Häuptling. „Ein paar *Ihselige* haben zwar versucht, über das Geröllfeld zwischen dem Felsenbecken und unserem Steinwall durchzukommen, sind aber gleich wieder geflohen, als ihnen die ersten Steine um die Ohren geflogen sind."

Ratloses Schweigen folgte.

„Na ja", meinte Thorn schließlich, „wir werden noch nachdenken müssen, wie wir Frij helfen können. Was mich angeht, werde ich jetzt erst einmal in der Schmiede arbeiten. Habt ihr euch schon im Ort umgesehen? Wenn nicht, wäre es vielleicht von Vorteil, damit ihr euch hier auskennt, wenn irgendwie Not am Mann ist."

Entschlossen erhob er sich und verließ das Haus. Unaufgefordert folgte ihm Olunde, nachdem sie den anderen mitgeteilt hatte, dass sie Thorn behilflich sein würde.

Nach einem kurzen Lauf holte sie den *Schrat* ein und gemeinsam betraten sie die Schmiede, die seinem Haus am nächsten lag.

„Ah, sehr gut", freute sich Thorn, „es ist schon angefeuert."

Die quadratische Hütte von jeweils zehn Schritt Seitenlänge war auf der Morgenseite völlig offen. Sowohl die vier dicken Stämme, auf denen das Dach ruhte, wie auch die aus *Plaggen* aufgeschichteten Seiten waren von innen mit Lehm verschmiert, der allerdings durch den

Rauch inzwischen eine schmierig-schwarze Farbe angenommen hatte. Auch die dicht an dicht liegenden Hölzer, die die Unterlage für das Grasdach bildeten, waren auf diese Weise gegen Funkenflug geschützt. An der höchsten Stelle des Daches befand sich ein Loch, das als Rauchabzug diente. In der Mitte des Raums war ein großer Findling in den Boden eingelassen, sodass seine Oberseite Thorn etwa bis zur Hüfte reichte. Der Stein besaß eine bizarr anmutende Oberfläche mit Wölbungen, scharfen Kanten und geglätteten Flächen.

„Das ist der Amboss", erklärte Thorn bedeutungsvoll, „dieser Stein ist wegen seiner vielgestaltigen Oberseite ausgesucht worden. Wir mussten nur an einigen Stellen etwas nacharbeiten, um so die passenden Unterlagen für das Schmieden verschiedenster Gegenstände zu bekommen. In jeder Schmiede steht solch ein Findling. Jeder ist etwas anders geformt. Deshalb benutzen die Schmiedschrate immer den Stein, der ihnen am meisten liegt."

Olunde sah sich weiter im Raum um. An den Wänden entlang standen große Körbe, die entweder mit Holzkohle oder mit handgroßen, unregelmäßig geformten grau-schwarzen Klumpen gefüllt waren.

„Das ist das rohe *Eisen*", beantwortete Thorn Olundes fragenden Blick auf die Körbe. „Heb mal ein Stück an!"

„Schwer!", meinte Olunde und wog einen der schmutzigen Gegenstände in der Hand. „Ich dachte, ihr nehmt zum Schmieden die *Glanzsteine*, diese Dinger hier sehen doch völlig anders aus."

„Die *Glanzsteine* kann man noch nicht schmieden. Sie geben beißenden Rauch ab, wenn man sie heiß macht. Sie müssen erst zu Schmiedeeisen gemacht werden. Das machen wir aber nicht hier, sondern direkt neben den Erzgruben."

„Und wie macht ihr das?"

Der *Schrat* musste grinsen.

„Du weißt schon, dass ich dir das eigentlich auch nicht sagen darf. Aber immerhin bist du mit Urk zusammen, und der hat auch längst erfahren, wie das Metall gewonnen wird. Allerdings hoffe ich, dass du genauso verschwiegen bist wie Urk."

„Natürlich!"

„Nun gut, nur damit du dir in etwa vorstellen kannst, wie das geht. Wir holen also zunächst die *Glanzsteine* aus dem Berg. Danach rösten wir sie über einem hellglühenden Holzkohlefeuer. Wie schon gesagt, dabei stoßen sie gelblichen, beißenden Rauch aus, es nimmt dir regelrecht den Atem. Man hat den Eindruck, der Stein will sich gegen das Verbrennen wehren. Vielleicht ist es sogar so, denn schließlich verliert er dabei seine Schönheit. Er hat nicht mehr diesen Glanz und wird völlig unansehnlich. Man könnte dieses *Eisen* auch schon schmieden, müsste es aber sehr lange immer wieder in der Holzkohle zum Glühen bringen, schlagen, wieder zum Glühen bringen, bis das Metall schließlich die gewünschten Eigenschaften hat und nicht spröde ist. Früher hat man das wohl auch so gemacht, inzwischen sind wir aber darauf gekommen, dass es günstiger ist, das geröstete Erz in einem Lehmofen zusammen mit viel Holzkohle zu schmelzen. Wenn man einen solchen abgeschlossenen Ofen gut belüftet, wird die Glut darin so heiß, dass das Erz schmilzt. Wenn man den Ofen zur rechten Zeit an der Unterseite öffnet, kann man das flüssige *Eisen* dann in einem vorbereiteten Sand- oder Lehmbett auffangen. Es fließt hinein und erkaltet dabei, daher die etwas unregelmäßige Form. So, dann wollen wir mal beginnen. Wenn du mir helfen willst, kannst du den Blasebalg dort bedienen.“

Thorn zeigte auf einen unförmigen, dicken, geschlossenen Ledersack, der am Boden dicht um einen hohlen Röhrenknochen gewickelt und vernäht war. Jeweils auf der Ober- und Unterseite des Sacks befand sich ein Holz, das ebenfalls mit dem Leder vernäht war. Zog man die beiden Hölzer auseinander, weitete sich der Sack und zog die Luft durch den Röhrenknochen nach innen. Drückte man sie zusammen, wurde die Luft durch den hohlen Knochen wie durch eine Düse hinausgepresst. Olunde wusste zunächst nicht mit dem ihr unbekannten Gerät umzugehen, aber der *Schrat* zeigte ihr, wie man damit Luft in ein bereits vorbereitetes Holzkohlefeuer blasen konnte, das in einer aus Lehm und Steinen geformten Mulde brannte. Diese Glut hatte Thorn gemeint, als er davon sprach, dass schon angefeuert sei. Zunächst übte Olunde, wie weit man mit dem Windknochen an die Holzkohle heran musste, damit weiße Glut entstand, um ihn dann schnell wieder zur Seite zu nehmen.

Daraufhin erneutes Aufblasen, um den Vorgang zu wiederholen. Als sie die Handgriffe zu Thorns Zufriedenheit beherrschte, warf er ein Stück Roheisen in die Glut, und Olunde brachte das Metall zum Glühen. Als es hell leuchtete, nahm der *Schrat* eine Zange, die aus zwei Elchrippen gemacht war. Die gebogenen Knochen waren im unteren Viertel durchbohrt worden, dann hatte man einen kleinen, runden Knochen als Achse durch die Öffnungen geschoben, sodass sich die beiden Rippen wie eine Zange greifen ließen. Das kürzere, stabilere Ende diente zum Greifen des Werkstücks, durch die längeren Griffe hatte man Kraft genug, das Metall zu halten.

Thorn angelte mit der Schmiedezange das glühende Metallstück aus der Glut, ergriff einen dicken Steinhammer mit Holzgriff und schlug den Hammerkopf geschickt auf das noch weiche *Eisen*. Dann warf er es ins Schmiedefeuer zurück und ließ es von Olunde erneut zum Glühen bringen. Die kokelnde Knochenzange löschte er in einem Wassergefäß, das aus einem ausgehöhlten Baumstumpf bestand. Dieser Vorgang wiederholte sich mehrfach. Thorn benutze immer wieder andere Stellen des Ambosssteins, um schließlich eine Speerspitze aus dem Metall zu formen. Zum Schluss löschte er die heiße Metallspitze in dem Wassergefäß ab, dass es zischte und weißer Dampf aufstieg.

„Das härtet das *Eisen*", bemerkte er aus der Wolke heraus.

Olunde war warm geworden, und sie wischte sich den Schweiß aus der Stirn. Jetzt sammelte der *Schrat* die kleinen Metallsplitter, die beim Schmieden abgefallen waren und formte daraus noch zwei Pfeilspitzen. Als er schließlich noch eine weitere Speerspitze und drei Pfeilspitzen geschmiedet hatte, ging der Nachmittag bereits auf den Abend zu, und er beschloss, es für heute genug sein zu lassen.

„Lass gut sein!", sagte er, als Olunde neue Holzkohle in das Schmiedefeuer füllen wollte. „Es reicht für heute, lass uns Schluss machen."

Er nahm das Wassergefäß, löschte damit die restliche Glut und füllte sie in einen noch leeren Korb.

„Wir lassen sie trocknen und verwenden sie später wieder."

Die neuen Schmiedestücke brachten sie zum Sitz des Häuptlings, wo die Waffen zur Verteidigung des Ortes gelagert waren. Dort saßen bereits einige der Alten und verbanden die von den Schmieden angelieferten Stücke mit Holzstangen verschiedener Dicke und Länge zu den entsprechenden Waffen. Sauber passten sie die Spitzen in die entsprechend herausgearbeiteten Mulden in den Stäben ein. Um eine feste Haftung zwischen den verschiedenen Materialien zu schaffen, benutzten sie Baststreifen, die sie um die überlappenden Teile von Holz und Metall wickelten und dabei gleichzeitig mit Baumharz verklebten. Wenn das Harz ausgetrocknet war, entstand so eine durchgehend feste Verbindung. Diese Technik wandten sie ebenso an, wenn es um Werkzeuge oder Waffen mit Stein- oder Knochenspitzen ging.

„Schöne Arbeit!", lobte Ebenher, der gerade ins Haus trat. „Aber ich hoffe, wir benötigen sie nicht mehr. Schließlich müssen sie noch etliche Tage trocknen, bevor sie zu benutzen sind."

„Wer weiß, wie lange wir durchhalten müssen", knurrte Thorn und verzog das Gesicht. Dann verließ er mit Olunde den Häuptlingssitz. Im Becken unter dem Tempel wuschen sie sich den Schmutz und Schweiß ab und schlenderten dann zu Thorns Haus zurück. Dort saß Urk allein auf einem Stein und schaute müßig in die Gegend.

„Was ist los?", fragte Olunde, nachdem sie ihn mit einem Kuss begrüßt hatte. Urk wies nur mit dem Daumen zur Tür. Jetzt hörten auch die Herangekommenen die gleichmäßigen Geräusche und mussten schmunzeln.

„Hat Ilunga wieder Schmerzen, oder was ist das für ein Stöhnen?", scherzte Thorn.

„Ich glaube eher, es geht ihr viel besser", antwortete Urk grinsend und als schließlich ein lautes Keuchen von Juzz zu vernehmen war, setzte er hinzu: „Das war's dann wohl, die Heilbehandlung ist jetzt erst einmal beendet, und wir können wieder ins Haus gehen."

Tatsächlich öffnete sich kurz danach die Pforte, und eine sichtlich zufriedene Ilunga trat beschwingt vor die Hütte, gefolgt von dem etwas erschöpft, aber glücklich wirkenden *Kobereri* der Birahanen.

„Na, dann dürfen wir ja jetzt auch hinein", brummte der Schrat.

„Noch nicht!", hielt Olunde ihn zurück. „Ich weiß, dass es dein Haus ist, aber Urk und ich haben auch noch etwas zu erledigen!"

Urk sah nur einen Augenblick überrascht aus, als Olunde ihn am Wams in die Hütte zog, dann wandelte sich sein Gesichtsausdruck in erwartungsvolle Vorfreude.

„Waren wir auch so laut?", fragte Ilunga kichernd den Schrat, als unverkennbare Geräusche aus dem Haus drangen.

„Noch lauter."

Eigentlich hatten sie vor, abzuwarten, bis die zwei Thorns Haus verlassen würden, doch plötzlich drang lautes Geschrei aus der Richtung des Tors zu ihnen. Kurz danach kam ein junger *Schrat* durch den Ort gerannt und brüllte ständig „Angriff! Angriff! Zu den Waffen!"

„Tut mir leid!", stieß Thorn hervor, nachdem er die Tür seiner Hütte aufgestoßen und dabei das Paar bei seinen Verrenkungen gestört hatte.

„Wir holen nur unsere Waffen, ihr könnt dann ja etwas später nachkommen ... wenn ihr soweit seid."

„Was?", stieß Urk hervor und richtete sich verwirrt mit noch steifem Glied auf.

„Auch nicht schlecht", feixte Ilunga mit Blick auf seine Männlichkeit, wandte sich aber dann gleich ab, um ihre Waffen zu holen.

„Lass sie und komm!", fuhr Olunde ihren Liebhaber an. „Die kurze Zeit wird der Kampf wohl noch auf uns warten können."

Während sie ihn erneut an sich zog, hatten die anderen bereits ihre Gerätschaften ergriffen und eilten aus dem Haus.

Am Steinwall standen nur wenige Wachen, die eher interessiert als besorgt nach unten sahen.

„Die *Ihseligen* quälen sich gerade durch das Geröllfeld. Es wird noch eine Weile dauern, bis sie unter dem Wall angekommen sind. Dann ist immer noch Zeit genug, etwas zu unternehmen", sagte ein Posten zu Thorn. „Ich glaube, vorn am Tor ist mehr los."

„Gut, dann laufen wir erst einmal dorthin. Gebt Bescheid, wenn sich hier etwas ändert!"

Der Wachtposten winkte nur zur Bestätigung und betrachtete weiter die Ihseligenkrieger, die sich offenbar schwertaten, im rutschigen Geröll voran zu kommen.

Nicht lange, nachdem sie das Tor erreicht hatten, kamen auch Urk und Olunde angerannt.

„Das ging aber schnell!", stichelte Ilunga.

„Wir haben uns beeilt, leider", antwortete Olunde mit vielsagendem Stirnrunzeln. „Wenn ein Kampf ansteht, sind Männer bei der Liebe immer etwas abgelenkt."

„Umgekehrt wäre es für die Welt besser", konterte Ilunga trocken. „Wem sagst du das!"

Vor dem Tor hatte sich inzwischen eine Traube von Schratkriegern eingefunden. Auch Ebenher war unter ihnen.

„Die *Hros-Wigmannen* haben wieder versucht, das Tor zu stürmen", teilte er den Hinzugekommenen mit. „Sie haben einen dicken Baumstamm zwischen zwei Pferde gebunden und die Tiere gegen die Türflügel getrieben. Der Göttin sei Dank hat das Tor gehalten. Und als die Reiter hinzugekommen sind, konnten die Ersten glücklicherweise durch unsere Schießscharten getroffen werden. Vom Turm oben war ein Beschuss kaum möglich, weil ihre Bogenschützen die Brustwehr ständig mit Pfeilen eingedeckt haben."

„Wir sollten große Schilde hinaufschaffen, sodass wir sie auch beschießen können", schlug Juzz vor.

„Das könnte helfen", murmelte Ebenher und betrachtete nachdenklich die Leiter zur oberen Plattform des Turms. Er wandte sich an den nächstbesten Krieger und gab ruhig ein paar Anweisungen. Schnell lief der Mann davon.

„Eigentlich haben wir keine größeren Schilde", setzte er das Gespräch mit Juzz wieder fort. „Aber wir haben im Elchstall noch mannshohe Vierecke aus Holz, die wir benutzen, um einzelne Tiere von den anderen abzugrenzen, wenn sie krank sind zum Beispiel. Sie sind stabil genug, um einen Speerwurf abzuwehren, aber auch leicht genug, dass man sie tragen kann."

Nach kurzer Zeit kam der beauftragte Krieger mit zwei jungen, noch bartlosen Männern zurück. Jeder von ihnen trug eines der viereckigen Holzgestelle auf dem Rücken. Da die Trennwände aus etwa handgelenkdicken Stangen bestanden, die dicht nebeneinander auf drei

Querhölzer gebunden waren, hatten die drei ordentlich zu schleppen. Schnaufend setzten sie ihre Last vor dem Häuptling ab und warteten auf weitere Befehle.

„Nach oben!", lautete die kurze Anweisung, die von einem Fingerzeig begleitet wurde.

Da die Träger immer noch mit ihrem Atem zu kämpfen hatten, griffen Urk und Juzz unaufgefordert zu und schleppten zu zweit eine der Platten die schmale Stiege hinauf. Oben angekommen machten ihnen die zwei Turmwachen sofort ein Zeichen, sich nicht zu weit aufzurichten. Die Pfeile der *Hros-Wigmannen* kamen immer noch unregelmäßig auf der Plattform nieder. Vorsichtig zogen sie gemeinsam das Schild über den Boden hin zur Vorderseite des Turms.

„Oh, jede Menge Pfeile, ist wohl so etwas wie ein Gastgeschenk unserer Belagerer!", tönte die Stimme Ilungas, die gerade den Kopf aus der Deckenluke steckte und sich umsah. Gemeinsam mit Olunde zerrte sie das zweite Viereck auf den Turm. Die beiden hatten es sich nicht nehmen lassen, auch eins der Schilde hinaufzutragen.

„Der erste Pfeilschuss gehört mir, wenn wir den Schutz aufgebaut haben!", setzte die Segelweise entschlossen hinzu. „Wer Frij entführt, hat mit mir noch eine Rechnung offen."

Der dritte Schild wurde von Thorn und Ebenher getragen.

„Eine gute Idee", bemerkte der Häuptling, als er sah, wie Ilunga die feindlichen Pfeile einsammelte. „Wir können davon gar nicht genug haben."

Auf allen vieren zerrten sie nun gemeinsam die hölzernen Vierecke bis zum Rand der Brustwehr, richteten sie nebeneinander aus und stemmten sie zusammen hoch, sodass sie die Brustwehr noch ein Stück überragten und sich eine Person ganz dahinter verbergen konnte. Zwischen den Schilden blieben nur zwei schmale Lücken, gerade groß genug, um einen Pfeil gezielt durch die Öffnung zu schießen.

„Treffer!", jauchzte Ilunga, nachdem ihr erster Pfeil von der Sehne geschnellt war.

„Bei mir auch!", freute sich Olunde. Die Männer hatten, nachdem noch ein paar Schrate auf den Turm geklettert waren und die Schilde in der aufrechten Position hielten, den beiden Frauen den Vortritt gelassen. Nun standen Juzz und Urk mit gespanntem Bogen bereit. Zwei Pfeile und zwei getroffene Reiterkrieger. Danach setzten Thorn und Ebenher die Folge fort. In Augenblicksabständen wechselten sich die Personen auf dem Turm ab und verbrauchten nach und nach die von den Belagerern hinaufgeschossenen Pfeile. Von den Kriegern, die sich mit ihren Pferden auf der Brücke gedrängt hatten, lebte keiner mehr. Nachdem die Reiter getroffen heruntergestürzt waren, schlugen die Pferde in Panik aus und versuchten zu flüchten. Eines von ihnen sprang über den Brückenrand und fiel in den Wasserfall, der das Tier nach unten riss. Die Reiter, die vor der Brücke gestanden hatten, drehten eilig um und preschten bis zur ersten Weggabelung zurück, wo sie vor den nachgeschickten Pfeilen in Sicherheit waren. Vor dem Tor blieben die toten *Hros-Wigmannen* liegen. Als die Reiter weit genug entfernt waren, öffneten die Schrate das Tor einen Spalt weit und nahmen den Gefallenen ihre Waffen ab. Gleichzeitig sammelten sie die Pfeile wieder ein, die sie den Steppenreitern aus den leblosen Körpern ziehen mussten.

„Die Pfeile sind wirklich gut!", lobte Juzz die zurückgebrachte Beute. „Ganz gerade Schäfte und mit den Knochenspitzen sehr ausgewogen. Mit den Pfeilen lässt es sich gut treffen."

„Was machen wir mit den Toten?", schnitt Ebenher ein anderes Thema an. „Wir können sie doch nicht so einfach dort verfaulen oder den Füchsen zum Fraß lassen."

„Wir könnten sie erst einmal bis vor die Brücke schleppen", schlug einer der Wachtposten vor. „Vielleicht kann man ihnen signalisieren, dass sie ihre toten Krieger abholen können."

„Einen Versuch ist es wert."

Der Wachmann holte eine lange Stange, an deren Ende er ein altes Stück Fell befestigt hatte. Er schwenkte das Fell probeweise wie eine Fahne, dann schlüpfte er mit ein paar anderen Schratkriegern durch das wieder einen Spalt breit geöffnete Tor. Gemeinsam legten sie die Toten auf dem Weg hinter der Brücke ab. Während seine Helfer schnell wieder im Turm verschwanden, schritt der Stangenträger gemessen auf das feindliche Lager zu.

„Geh nicht zu weit!", rief ihm sein Häuptling hinterher. Der Angesprochene nickte nur. Nachdem er sich so weit entfernt hatte, dass vom Turm abgeschossene Pfeile zwar noch bis hier reichten, aber keine große Treffsicherheit und Durchschlagskraft mehr besaßen, er sich aber bei Gefahr schnell wieder in den schützenden Bereich des Tors retten konnte, blieb er stehen und schwenkte den Stab mit dem Fell. Nachdem zunächst keine Reaktion aus dem Lager der *Hros-Wigmannen* kam, versuchte er es noch einmal. Tatsächlich bewegte sich jetzt ein Krieger in schwarzem Leder vorsichtig auf ihn zu. Etwa fünf Schritt vor ihm blieb er stehen.

„Was willst du?", redete er ihn in der Mundart der Steppenbewohner an. Offensichtlich handelte es sich um einen der unter dem *Seo-Thruhtin* aufgestiegenen Männer aus der Steppe.

„Wollt ihr eure Toten bestatten?"

Der Angesprochene stutzte. Fürchtete er eine Falle? Die Schrate galten immerhin als gerissenes Völkchen.

„Schon!", erklang es zögernd. „Aber wer sagt uns, dass ihr die Gelegenheit nicht nutzt, uns zu beschießen?"

„Wenn ihr unbewaffnet kommt, werden wir die Toten achten und euch unbeschadet wieder abziehen lassen."

„Warte, ich gehe, um mich mit den anderen zu beraten, und komme dann wieder zurück."

Der Schratkrieger nickte kurz und sah dem Unterhändler nach, während dieser zu den Seinen zurückkehrte.

„Ich komme mit vier Männern und fünf Pferden", verkündete der Steppenkrieger, nachdem er wieder zurück war. „Die Pferde führen wir am Zügel. Sie sollen die Toten tragen."

„Einverstanden."

„Halt! Wer sagt uns, dass du uns nicht anlügst?"

„Ich schwöre es bei der Großen Göttin. Reicht dir das?"

Der Steppenkrieger nickte, hob die Hand zur Bestätigung des Handels und lief zum Lager zurück. Auch der *Schrat* kehrte wieder um.

Es dauerte nicht lange, bis die angekündigten Männer und Pferde an der Brücke ankamen. Die Schilde auf dem Turm waren zur Seite gelegt worden, es wäre zu lästig gewesen, sie ständig aufrecht zu halten. Stattdessen standen auf dem vorderen Rand der Plattform fünf Krieger. Sie hatten zum Zeichen, dass sie waffenlos waren, die Hände über den Köpfen verschränkt. Die Steppenkrieger waren offenbar ebenfalls unbewaffnet. Sie begannen direkt, die Leichen auf die Pferde zu heben. Unruhig blickten sie aber immer wieder zu den Schraten hinüber. Anscheinend trauten sie dem Frieden nicht so recht. Als die Toten schließlich alle auf den Tieren verzurrt waren, wendeten sie sich um, jeder ergriff ein Pferd am Halfter und sie trotteten langsam zum Lager zurück. Plötzlich drehte sich einer von ihnen noch einmal um.

„Möge die Große Göttin mit uns allen sein!", schrie er, was aber offenbar das Missfallen seiner Kumpane auslöste, denn sie stießen ihn unsanft vorwärts.

„Eigenartig", meinte Ebenher, „es scheint auch bei den *Hros-Wigmannen* einige zu geben, die noch etwas Menschliches haben."

„Leider haben wir bisher noch nicht sehr viel davon bemerkt", brummte Urk als Antwort. „Aber schön wäre es ja."

Jäh wurde der Augenblick der Besinnung durch den Ruf eines herbeieilenden Kriegers unterbrochen:

„Zur Pforte!", schrie er. „Die *Ihseligen* haben unseren Schleichpfad zur Pforte entdeckt."

Sie ließen ein paar Wachen auf dem Torturm und wendeten sich nun alle dem Steinwall und dort besonders der kleinen Pforte zu, die einst der Haupteingang zur Siedlung gewesen war. Als sie ein Stück gelaufen waren, eilten bereits die Bewohner aus dem Ort in Gruppen auf den Steinwall zu. Lautes Jaulen war aus Thorns Hütte zu vernehmen. Risi, die dort eingesperrt war, schien die Bedrohung zu spüren und bellte nun aus Leibeskräften.

„Ich hole sie!", rief Urk den anderen zu. „Sonst spielt sie womöglich verrückt und zerlegt Thorns Hütte."

„Aber nicht meine Bettstatt!", schrie Thorn. „Hol bloß den Hund aus meinem Haus!"

Urk lachte und drehte kurz ab, um die Wolfshündin zu befreien.

Schon bevor sie die Pforte erreicht hatten, stießen sie auf Schrat-kämpfer, die versuchten, einen Angriff auf den Schutzwall abzuweh-ren. Es waren meist die jungen Leute des Ortes, die offenbar sogar ein gewisses Vergnügen an ihrer Aufgabe hatten. Thorn eilte schnell hinzu und bemerkte, wie sie Steine auf die Angreifer hinabwarfen, die am unteren Rand des Walls standen und nun offensichtlich nicht wussten, wie sie entweder das Hindernis bezwingen oder sich durch das Geröll-feld wieder in Sicherheit bringen sollten. Da hier zurzeit keine große Gefahr herrschte, winkte Thorn den jungen Leuten nur aufmunternd zu und rannte dann weiter den anderen hinterher.

An der Pforte zeigte sich bereits ein wildes Getümmel. Die *Ihseligen* waren auf dem Marsch durch das Geröllfeld zufällig auf den Schleich-pfad gestoßen und dadurch sehr schnell bis nach oben gelangt. Dort standen sie nun in der Engstelle, die auch Thorn und seine Gefähr-ten passiert hatten, bevor sie in die Stadt eingelassen worden waren. Auch hier wurden die Angreifer vor allem mit Steinen beworfen, nur die Vordersten waren durch die Schießscharten direkt vor dem Einlass mit Pfeilen angegriffen worden. Tote hatte es hier noch nicht gege-ben, die von den Pfeilen verletzten *Ihseligen* waren auch direkt wieder abtransportiert worden. Einige von ihnen versuchten, die Schrate auf der Mauer ihrerseits mit ihren Bögen zu bedrohen, was aber wegen der räumlichen Enge in dem letzten Teil des Schleichpfads nur schwer möglich war. Als Thorn hinzukam, waren auch diese Angreifer bereits wieder auf dem Rückzug und versuchten lediglich, durch Pfeilschüsse die Schrate zu zwingen, sich beim Steinewerfen nicht zu weit über den Rand des Walls zu beugen.

„Ärgerlich nur, dass sie den Pfad und die Pforte entdeckt haben", sagte Thorn, als die *Ihseligen* abgezogen waren. „Jetzt müssen wir hier ständig eine stärkere Wache aufstellen."

Der Häuptling nickte zustimmend mit dem Kopf.

„Was bleibt uns anderes übrig?"

„Vielleicht sollten wir einen Verhau aus Ästen und dünnen Stämmen in den Hohlweg bauen", schlug Juzz vor. „Am besten kurz vor dem ersten Abknicken des Pfads. Bei einem plötzlichen Angriff wäre das für die *Ihseligen* ein Hindernis, und die Wachen könnten sie mit ihren Pfeilen auf Abstand halten."

„Ein guter Vorschlag", erwiderte Ebenher und veranlasste sofort, dass ein solches Hindernis errichtet würde. „Aber macht es so, dass man es wieder entfernen kann, wenn man den Pfad noch benutzen muss", schickte er hinterher.

Langsam zerstreute sich die herbeigeeilte Bevölkerung, und die Gefährten gingen langsam zum Haupttor zurück. Dort war alles ruhig. Die *Hros-Wigmannen* hatten ihre vorgelagerte Reitertruppe an der Weggabelung zum Hirtenpfad postiert, weit genug von den Pfeilen der Schrate entfernt. Das Hauptlager der Steppenkrieger begann jetzt ein Stück hinter der Abzweigung des Köhlerpfads auf mittlerer Höhe des Fallbeckens. Von der Turmplattform ließ sich sowohl das Lagerleben der *Hros-Wigmannen* als auch das der *Ihseligen* beobachten, die sich in der Wiese unterhalb des Schleichpfads ausgebreitet hatten. Allerdings konnte man wegen der Entfernung dort keine Einzelheiten erkennen. Vom Geschehen in Haus Weltende, wo die dritte Gruppe lagerte, war noch weniger auszumachen. Die Bewegungen der Menschen dort erinnerten Urk an klamme Ameisen im Herbst.

Träge zog die Zeit dahin und langsam zog das rötliche Abendlicht auf. Vor der Brücke wurde noch ein Holzhaufen für ein Feuer aufgeschichtet, das den Wegabschnitt vor dem Tor in der Dunkelheit beleuchten sollte. Entsprechend verfuhr man auch im oberen Abschnitt des Schleichpfads, man wollte sich gegen Überraschungen wappnen, so gut es ging.

Schließlich kam die Dunkelheit, und die Reisenden suchten Thorns Hütte auf, wo sie wieder von Galm mit Nahrung versorgt wurden. Die Nachtruhe verlief ungestört, und ausgeschlafen begaben sie sich am nächsten Morgen hinüber zum Tor.

Der neue Tag schien genauso gleichförmig verlaufen zu wollen wie der vorherige Nachmittag und Abend, doch gegen Mittag zeigte sich plötzlich eine ungewöhnliche Bewegung im Lager der *Hros-Wigmannen*. Die Männer schienen sich wie auf ein Zeichen zu erheben und zu sammeln.

„Da tut sich etwas!", rief Thorn, der den Tumult als Erster bemerkt hatte. „Es könnte sein, dass sie uns angreifen wollen!" Gebannt verfolgten alle das weitere Geschehen, während zwei der Wachen schon losliefen, um Ebenher zu holen und die Einwohner Schratstihns zu den Waffen zu rufen.

„Das sieht mir gar nicht wie ein Angriff aus", bemerkte Ilunga, „eher wie das Gegenteil." Tatsächlich schienen die meisten Krieger abzuziehen. Sie zogen in einer langen Kolonne den Weg nach Tvinhaag hinunter.

„Heh, sie schicken einen Reitertrupp in unsere Richtung", sagte Olunde und wies mit dem Finger in Richtung auf das Lager der Steppenkrieger. Alle auf dem Turm sahen, wie sich eine Gruppe aus dem Verbund der abziehenden Krieger löste und den Weg zum Wasserfall hinaufgaloppierte. „Was haben sie vor?", fragte keuchend der Häuptling, der gerade die Leiter zur Plattform hinaufgehastet war.

„Es muss etwas geben, was sie von Tvinhaag aus bedroht", vermutete Juzz. „Sonst würden sie nicht den größten Teil ihrer Männer dort hinunter schicken."

„Gleichzeitig scheinen sie aber die Belagerung aufrechterhalten zu wollen", warf Urk ein. „Denn die *Ihseligen* bleiben, wo sie sind, und die Gruppe, die das Tor hier blockiert, wird verstärkt."

„Könnte sein", meinte Ebenher. „Ich würde aber gerne Genaueres wissen. Diese Ungewissheit macht mich krank."

„Hm, man müsste Gefangene machen und sie dann befragen." Thorn hatte mehr zu sich selbst als zu den anderen gesprochen, dennoch wurde sein Einwurf sofort aufgegriffen. Sie steckten die Köpfe zusammen und heckten einen Plan aus.

Träge schob sich die Sonnenscheibe ein Stück auf ihrer Bahn weiter, ohne dass etwas geschah. Die Reiter, die den Trupp an der Weggabelung vor dem Tor verstärkt hatten, hatten sich inzwischen ein bequemes Lager bereitet, als plötzlich das Tor Schratstihns aufgerissen wurde und eine Horde bewaffneter und schwer bepackter Krieger über die Brücke auf die Reiterkrieger zulief. Da die Krieger zu Fuß waren, blieb den

Hros-Wigmannen genug Zeit, ihre Waffen zu ergreifen, aufzusitzen und ihrerseits auf die Fußkrieger zuzureiten. Kaum waren sie auf Pfeilweite heran, hoben die Schrate ihre Last vom Rücken, die jeder Zweite von ihnen geschleppt hatte. Blitzschnell hatten sie die brusthohen Holzschilde aufgestellt und kauerten sich dahinter nieder. Während jeweils einer den Schild hielt, schoss der zweite einen Pfeil nach dem anderen auf die heranstürmenden Reiter ab. Der erste Pfeilregen führte neben ersten Verlusten zu großer Verwirrung bei den Reitern, doch fingen sie sich rasch, ergriffen ihrerseits die kleinen Holzschilde, die sie an ihren Pferden befestigt hatten und ritten nun um so schneller auf die Pfeilschützen zu. Diese begannen, rückwärts gehend und dabei ihre Schilde hochhaltend, sich zur Brücke zurückzuziehen. Doch kurz bevor sie von den Steppenreitern erreicht wurden, öffnete sich das Tor, das sich hinter den Fußkriegern wieder geschlossen hatte, erneut: Aus der Öffnung stürmten zehn riesige, schrecklich anzusehende Tiere mit ihren Reitern auf die angreifenden *Hros-Wigmannen* zu. Sowohl Tiere wie auch ihre Reiter trugen Gehörne mit spitz zulaufenden Enden auf dem Kopf, die Köpfe der Reittiere waren von dicken Lederhauben bedeckt und vor Brust und Hals befanden sich dicht geflochtene Schutzmatten als Schutz gegen Pfeilschüsse. Laut röhrend schossen die Tiere auf die Pferde der Steppenreiter zu. Auch die Reiter boten ein furchteinflößendes Bild mit ihren dick ausgestopften Fellumhängen und hölzernen Masken, die völlig ausdruckslos schienen und nur die Augen freiließen. Brüllend lenkten sie ihre Reittiere auf die Feinde zu und schwenkten dabei Lanzen mit Eisenspitzen, die zusätzlich einen langen Metallhaken besaßen.

Die Pferde der *Hros-Wigmannen* scheuten, wendeten um und ergriffen die Flucht, ob ihre Reiter wollten oder nicht. Da die Männer vollständig mit ihren bockenden und ausschlagenden Tieren beschäftigt waren, hatten sie keine Hand frei für Bögen oder Speere. Gleichzeitig veranlassten die flüchtenden Pferde durch den Herdentrieb auch die nachrückenden Reittiere zur Flucht, sodass ein heilloses Durcheinander entstand und mehrere der Steppenkrieger aus dem Sattel gerissen wurden.

Genau auf diese Krieger hatten es die Schrate auf ihren ausstaffierten *Elchen* abgesehen. Die Fortsätze an ihren Lanzen hakten sie in die

Lederwämser der Herabgefallenen und zogen sie bis in die Siedlung hinter sich her. Als sie auf diese Weise drei der Steppenkrieger im Schlepptau hatten, kehrten alle schnell hinter ihren Schutzwall zurück.

„Wunderbar! Gut gemacht!", brüllten Ilunga und Olunde gemeinsam, als Thorn und seine Mitstreitern wieder im Ort waren und das Tor hinter ihnen geschlossen wurde.

„Wer hätte das gedacht, dass uns die Ausrüstung für den Festaufzug der *Elche* zur Ehre der Großen Göttin noch einmal in dieser Form nützlich sein würde!", lachte Thorn zurück.

„Eure Masken und die kleinen Elchschaufeln mit den angespitzten Enden sind aber wirklich erschreckend anzusehen. Wieso habt ihr eigentlich diese Gegenstände?", fragte Olunde.

„Neugierig wie immer!", grinste der Schrat. „Na ja, sie gehören eben zur Verehrung der Götter. Du musst wissen, dass die Große Göttin auch einen männlichen Gott an ihrer Seite hat. Wir nennen ihn ‚Der Gehörnte', weil er wie die *Elche* und Hirsche zur Zeit der Vereinigung mit der Göttin ein Elchgeweih trägt. Im Frühjahr, wenn das Fest stattfindet, stehen die Elchbullen aber noch im Bast und sind für den Umzug ungeeignet. Also befestigen wir an den Köpfen der Kühe abgeworfene Elchschaufeln, die wir ein bisschen zugespitzt haben. Wir nehmen allerdings nur die kleineren. Die Tiere sind ja nicht an solche großen Gewichte auf ihren Köpfen gewöhnt. Die Reiter, die *den Gehörnten* darstellen, haben aus verzweigten Ästen geschnitzte Geweihe, denn für einen Menschen wären auch kleine Elchschaufeln zu schwer. Da wir nicht wissen, wie *der Gehörnte* aussieht, haben wir diese Masken geschnitzt, um ihn nicht mit unseren Gesichtern zu beleidigen. Wir tragen sie sonst nur am Tag, an dem wir die Vereinigung von Göttin und Gott feiern. Dieses Fest liegt genau in der Mitte zwischen dem Tag, an denen Tag und Nacht gleich lang sind und dem längsten Tag zu Mittsommer."

„Das ist fast wie bei uns, nur dass wir nicht so schöne Tiere und Masken bei unserer Feier haben."

„Für die Götter nur das Beste", schmunzelte Thorn. „Da machen wir uns schon einmal viel Arbeit und gehen besonders sorgfältig dabei vor, auch wenn man manchmal denkt, dass man in der gleichen Zeit etwas viel Nützlicheres schaffen könnte. Aber jetzt sollten wir uns um unsere Gefangenen kümmern. Mal sehen, ob sie uns etwas über den Abzug ihrer Krieger sagen können."

Ebenher hatte bereits veranlasst, den drei Steppenkriegern die Hände auf dem Rücken zu fesseln und ihnen auch die Augen zu verbinden. Sie sollten im Falle einer Flucht möglichst wenig von der Lage und Ausstattung der Siedlung mitbekommen haben. Bei dem anstehenden Verhör würde man ihnen die Augenbinden allerdings wieder abnehmen müssen. Deshalb entschloss man sich auch, sie nicht in einem der größeren Gebäude wie Häuptlingssitz oder Tempel zu befragen, sondern dazu eine der Wohnhütten zu benutzen. Da Thorns Behausung nahe am Eingang lag, hatte er sich bereit erklärt, sein Haus zur Verfügung zu stellen.

Die Gefangenen wurden nun von mehreren Kriegern am Steinwall entlang bis nahe an die kleine Pforte gebracht, dann bog man nach links ab auf Thorns Haus zu. Auf diese Weise vermied man es, den Schmieden und den Erzgruben zu nahe zu kommen, für den Fall, dass doch einer der gefangenen Krieger unter seiner Binde durchschauen konnte. Der Abtransport war nur langsam möglich, da die Gefangenen durch ihren Sturz vom Pferd und das anschließende Schleifen an den Haken deutlich lädiert waren. Sie bewegten sich nur humpelnd und vor Schmerzen stöhnend vorwärts. In Thorns Hütte angekommen, wurden sie von einer furchterregend wirkenden Gruppe empfangen. Während sich die sechs Schratkrieger als ihre Bewacher in normaler Ausstattung hinter ihnen aufbauten, hatten sich der Häuptling, Thorn, Urk und Olunde, Ilunga und Juzz sowie ein Mann aus dem Ältestenrat namens Wiht in die Verkleidung *des Gehörnten* geworfen. Urk hatte zusätzlich Risi neben sich platziert. Als die Gefangenen in die leeren Augenhöhlen der Holzmasken blickten, lief ihnen bereits der kalte Angstschweiß über das Gesicht.

„Nennt zunächst die Verletzungen, die ihr euch vorhin beim Sturz und der Gefangennahme zugezogen habt!", begann Ebenher unvermittelt.

203

Verwundert beschrieben die drei ihre Blessuren. Es waren meist Prellungen und Verstauchungen, allerdings hatten zwei von ihnen auch einen Arm gebrochen.

„Sehr gut!", tönte der Häuptling. „Bis hierher scheint ihr meine Frage wahrheitsgetreu beantwortet zu haben. Wenn ihr dabei bleibt, werdet ihr keine weiteren Schäden zu befürchten haben. Sollten wir euch aber bei einer Lüge ertappen, könnte sich das aber plötzlich ändern, nicht wahr, Risi?"

Urk flüsterte dem Hund schnell etwas Undeutliches zu, worauf das Tier in eine angespannte Haltung überging und wie fernes Donnergrollen zu knurren begann. Soweit es in ihrem Zustand möglich war, machten die Steppenkrieger eine erschrockene Bewegung rückwärts. Zufrieden betrachtete Ebenher ihre Reaktion und begann nun mit der eigentlichen Befragung.

„Von wie vielen Männern wird der Schratstihn belagert, und wer führt diese Männer an?"

Unsicher blickten sich die Gefragten gegenseitig an, sagten aber kein Wort.

„Wird's bald?", herrschte der Häuptling sie an.

„Wi ... wi ... wir dürfen das nicht verraten", stammelte schließlich einer von ihnen. „Wir würden sonst einen fürchterlichen Tod erleiden."

„Ach ja?"

Ohne weitere Worte hob Ebenher nun seinen Speer und schlug dem Redner den Schaft auf den gebrochenen Arm.

„Aaaah", brüllte der und versuchte, sich vor dem nächsten Schlag wegzuducken. Doch der Hieb blieb aus.

„Nun? Ich warte noch auf eine Antwort."

„Es sind ..."

„Sag es nicht!", unterbrach ihn der zweite Gefangene. „Du weißt doch, dass du einem Gottgesandten die Treue geschworen hast."

Kaum hatte er ausgesprochen, schrie der Erste erneut auf. Diesmal hatte der Häuptling seinen gebrochenen Arm nur leicht mit dem Schaft berührt.

„Möchtest du, dass ich dich weiter frage?", wandte er sich an den Zweiten.

„N... nein, nein, bitte nicht!", flehte der ihn an.

„Und was ist mit dir?"

Der angesprochene Dritte riss angstvoll die Augen auf, öffnete auch den Mund, bekam aber kein Wort heraus.

„Vielleicht bitten wir Risi um ihre Hilfe?", wandte sich Ebenher nun an Urk. Der nickte und sagte leise: „Stell ihn".

Mit einem Japsen sprang die Hündin auf, machte einen Satz auf den Mann zu und umschloss mit ihrem Gebiss seine Kehle, gerade so fest, dass er die Spitzen der Zähne auf seiner Haut fühlte. Ohne sich zu rühren gab der Krieger ein jämmerliches Wimmern von sich.

„Wie lange sollen wir noch auf eine Antwort warten?"

„Ich rede ja, nimm nur den Hund fort."

Die Antwort war mehr gehaucht als gesprochen, aber doch verständlich.

„Und du unterbrichst ihn nicht noch einmal, wie du es eben getan hast!", sagte der Häuptling zum zweiten Krieger.

Ebenher ließ dieser Aufforderung ohne Verzögerung einen heftigen Hieb auf dessen verstauchtes Knie folgen. Nach dem Schmerzensschrei traute der Mann sich nicht mehr, das Verhör zu stören. Er war später sogar bereit, auch seine Kenntnisse preiszugeben.

Nachdem einer der Gefangenen begonnen hatte zu reden, steuerten seine Gefährten ihre Kenntnisse ungefragt bei. Offenbar wollten sie sich nicht gegenüber den vermeintlichen Schraten als halsstarrig zeigen und weiteren Misshandlungen ausgesetzt werden. So verlief die folgende Befragung tatsächlich ohne weitere Gewaltanwendung, und nach einer Weile hatten die Gefangenen alles ausgeplaudert, was von ihnen zu erfahren war. Man verband ihnen erneut die Augen und brachte sie in den Wachturm hinter dem Tempel, wo sie angebunden und unter Aufsicht zunächst bleiben sollten.

„Tja, was wissen wir nun?", begann Ebenher die nachfolgende Besprechung.

„Mehrere Siedlungen Duggalands haben offensichtlich inzwischen ein Heer aufgestellt, das den Weg nach Tvinhaag unter Kontrolle hat", fasste Ilunga zusammen. „Ringsum ist dichter Wald, in dem die *Hros-Wigmannen* mit ihren Pferden nicht gut zurechtkommen. Für sie gibt es daher nur den Angriff auf den Schratstihn, um das *Eisen* zu bekommen. Die *Ihseligen* lagern unten auf der Wiese vor dem Pfad der Vermissten und könnten sich, wenn sie wollten, ohne weiteres wieder zu ihren Klippen absetzen. Sie sind zu Fuß, könnten also grundsätzlich auch im Wald kämpfen. Die meisten von ihnen fühlen sich dort aber nicht gerade heimisch und haben immer noch eine tiefsitzende Furcht vor den Schraten. Um den Schratstihn einzunehmen, sind sie zu wenige, dazu benötigen sie die Männer des *Seo-Thruhtin* und seine Steppenreiter. Von denen erwarten sie bei einem gemeinsamen Sieg aber auch nicht allzu viel, obwohl sie mit ihnen verbündet sind. Eher fühlen sie sich von ihnen ausgenutzt und unterdrückt."

„Sie haben ihre Lage also durch die Ankunft des *Seo-Thruhtin* nicht grundlegend verbessern können, im Gegensatz zu den Steppenvölkern", unterbrach sie Urk. „Damit stellen die *Ihseligen* für den *Seo-Thruhtin* auch keine verlässlichen Mitstreiter dar, da sie jetzt ihm gegenüber dieselbe Haltung einnehmen, die sie auch den Bewohnern Duggalands entgegenbringen und schon immer entgegenbrachten."

„Und diese Einstellung haben sie nicht ohne Grund!", mischte sich Olunde ein. „Denn sie kennen aus langer Erfahrung die herabwürdigende Behandlung durch die großen Siedlungen Duggalands. Diese Behandlung durch die Städte hat schließlich auch die Steppenreiter veranlasst, sich mit Hilfe des *Seo-Thruhtin* aufzulehnen und zu kämpfen."

Alle in der Runde blickten Olunde überrascht an, mussten dann aber ihren Worten zustimmen.

„Was aber den *Seo-Thruhtin* selbst angeht", meinte Juzz nun, „der scheint sich nun genau zwischen seinen zwei Heerhaufen in Haus Weltende aufzuhalten, und wenn ich das richtig verstanden habe, ist jetzt plötzlich eine Königin aus dem Land hinter dem Meer dazugekommen, die nach den Aussagen der drei Steppenkrieger auch noch etwas zu bestimmen hat. Was genau, wusste aber keiner der Männer so recht."

„Auch Frij scheint noch zu leben", warf Olunde ein. „Die Krieger haben von einer Gefangenen berichtet, von der sie nur wissen, dass sie nicht bei ihnen, sondern direkt beim *Seo-Thruhtin* lebt und von dessen eigenen Männern bewacht wird. Wenn wir sie also suchen wollen, müssen wir zum Haus Weltende."

„Das erscheint mir zur Zeit aber unmöglich", ergriff wieder der Häuptling das Wort. „Zwar lagert dort die geringste Zahl an Kriegern, aber sie sind am gefährlichsten, was ihre Kampffähigkeit angeht. Außerdem müsste man zunächst an den *Ihseligen* vorbei." Nach einer kurzen Redepause fuhr er fort: „Also, wenn ich jetzt in der Lage des *Seo-Thruhtin* wäre, würde ich mich nicht sehr wohl fühlen. Meine Untergebenen werden unruhig wegen der ausbleibenden Erfolge, ich sitze eher in der Falle zwischen Duggalands Kriegern, den Schraten und meinen unzuverlässigen *Ihseligen,* die außerdem noch meinen Fluchtweg zum Meer besetzt halten. Sind die gut geübten, aber wenigen eigenen Kämpfer stark genug, die *Ihseligen* im Falle einer Niederlage oder einer langen, erfolglosen Belagerung zu besiegen und den Weg zum Meer frei zu machen? Eine verworrene Lage, wenn ihr mich fragt. Auch was wir nun tun können oder sollen, ist mir völlig unklar."

„Verhandeln!", erscholl es da aus dem Mund des Schratältesten, der bisher nur ruhig zugehört hatte. „Es ist schon lange her, aber die Schrate haben ihren Frieden mit den *Ihseligen* damals auch nicht mit Kampf, sondern durch Unterhändler geschlossen. Sie hätten die *Ihseligen* zwar leicht von der Küste vertreiben können, aber die Inseln hätten sie nie einnehmen können. Sie hätten vielmehr eine dauernde Bewachung der Uferregion am Ende des Wegs der Vermissten aufrechterhalten müssen, was ein ständiges Blutvergießen bedeutet hätte. So hat es durch die Verhandlungen seit über einer Generation einen friedlichen Handel an Haus Weltende gegeben, von dem beide Seiten ihren Vorteil gezogen haben."

„Ich glaube, Wiht hat recht", meinte Olunde. „Vielleicht können wir so wirklich den Krieg beenden. Vor allem, wenn man es schaffen würde, die Vorteile etwa gleich zu verteilen."

„Und was hätte Duggaland anzubieten, damit Steppenvolk und *Ihselige* sich vom *Seo-Thruhtin* lossagen?", gab Juzz zu bedenken. „Immerhin sind sie zurzeit wegen ihrer zahlenmäßigen Überlegenheit noch im Vorteil. Und ich muss leider zugeben, dass das Verhältnis zwischen *Ihseligen* und Birahanen auch nur dann ohne Übergriffe ablief, wenn beide Seiten gleich stark waren und Verstöße gegen gemeinsame Abmachungen von der Gegenseite sofort geahndet werden konnten."

„Vielleicht kann ich mich besser in unsere Feinde hineinversetzen als ihr", erwiderte Olunde nach einer Weile. „Unterdrückung ist mir nicht fremd, wie ihr euch leicht denken könnt. Zunächst müssten alle Völker Duggalands als gleichwertig gelten. Das ließe sich durch eine Öffnung der Siedlungen für das Steppenvolk und die *Ihseligen* erreichen. Die *Ihseligen* dürften zum Beispiel von den Schraten nicht mehr an Haus Weltende abgespeist werden, sie müssten Zugang zur Stadt und ehrliche Anerkennung als gleichwertige Partner erfahren. Und das ist zunächst am einfachsten über den Tauschwert der Waren zu erreichen. Ihr werdet sehen, dass gleichwertiger Handel Vertrauen schafft, bisher entstand aber bei den *Ihseligen* immer eine unterdrückte Wut, weil sie jedes Mal betrogen worden sind. Das Gleiche gilt natürlich auch für das Steppenvolk."

„Die junge Frau scheint mir weise gesprochen zu haben", bemerkte der Älteste nun. „Es bleibt aber zu bedenken, dass wir augenblicklich im Nachteil sind, was die Verhandlungen betrifft. Sie werden natürlich von uns die Unterwerfung fordern. Wir müssten also überlegen, welches Pfund wir noch gegen sie in der Hand haben."

„Wir sind geschützt durch den Schratstihn und haben Vorräte, die lange reichen. Auch das Heer aus Duggaland hat den Rücken frei und kann sich versorgen. Der *Seo-Thruhtin* aber mit seinen Mannen ist von Feinden und dem dichten Wald umgeben. Sie werden bald mit dem Hunger kämpfen müssen. Eine so große Anzahl von Menschen lässt sich nicht durch das Erlegen von Wild ernähren. Und weder die Steppenreiter noch die *Ihseligen* sind große Jäger im tiefen Wald."

„Das stimmt nicht ganz", widersprach Juzz. „Die *Ihseligen* kontrollieren den Weg der Vermissten und können darüber zumindest für längere Zeit die Versorgung aller Krieger des *Seo-Thruhtin* übernehmen. Bis die Ihseli-Klippen keine Nahrung mehr aufbringen können, vergeht einige Zeit."

„Dann müssen wir sie dabei stören", warf Urk ein. „Ich frage hier die Schrate etwas, was ich als Waldbewohner eigentlich für selbstverständlich halte: Könnt ihr unbemerkt in den Wald gelangen und euch an den Weg der Vermissten anschleichen, um dort den *Ihseligen* aufzulauern und so die Versorgung zumindest zu behindern, wenn nicht zu unterbrechen?"

Ebenher und Thorn nickten spontan. „Es gibt geheime Pfade", schmunzelte der Schratälteste, „die ein Fremder nicht mal als Tierspur erkennen würde."

„Gut", fuhr Urk fort, „dann müssten wir nur einmal einen solchen kleinen Überfall durchführen, bevor wir verhandeln. Nur um zu zeigen, wozu wir in der Lage sind."

„Es scheint nicht nur junge Frauen, sondern auch junge Männer in Duggaland zu geben, die weise reden", bemerkte der Älteste anerkennend.

„Was meinst du, wie viele Männer man für diese Überraschung benötigt?", fragte Ebenher zu Urk gewandt. Der zog die Augenbrauen hoch und meinte: „Schwer zu sagen, es kommt natürlich darauf an, wie groß die anzugreifende Schar ist. Das müssten wir uns nun gemeinsam überlegen."

Es dauerte noch bis in die Nacht, dann waren sie zu einem Entschluss gekommen.

Am nächsten Morgen verließen zwei Handvoll Männer leise den Schratstihn. Hinter dem Sitz des Häuptlings zogen sie eine heimliche Pforte in der Palisade einen Spalt breit auf und verschwanden in einer schmalen Rinne, die im niedrigen Grün des Abhangs nicht auffiel. Bald darauf tauchten sie in einiger Entfernung von der Pforte in einem Graben wieder auf, der am Ufer des Kleinen Fluod gegenüber der Elchweide endete. Sie zogen eine schmale Sprossenleiter aus dem Graben und legten sie über das schäumende Wasser. Die dicken Steine, die genau als Ablage für die Holme passten, sahen wie normale Bachsteine aus, die der Fluss vor langer Zeit dorthin geschwemmt hatte. Vorsichtig schauten sich die Männer um, ob sich nicht doch ein *Hros-Wigman* bis drüben auf die Elchweide gewagt hatte. Als sie niemanden bemerkten, überquerten sie in aller Eile trockenen Fußes den Kleinen Fluod und tauchten drüben erneut gebückt in einem Graben unter, in dem sie auch die Leiter wieder versteckten. Bald darauf erschienen sie am gegenüberliegenden Berghang und verschwanden im dichten Unterholz.

VIERUNDZWANZIG: Weltende

„Wirst du jetzt endlich meinem Befehl folgen und diesen lächerlichen Steinhügel dort drüben einnehmen?" Lim schäumte vor Wut und fauchte ihren Heerführer heute nicht zum ersten Mal an.

„Wie oft willst du dich noch fragen lassen, ob du diese Demütigung auf dir sitzen lassen willst? Da taucht eine Handvoll Schrate aus dem Wald auf, versetzt deine Ihseligenkrieger in Angst und Schrecken und schlägt einen Teil von ihnen in die Flucht. Anschließend werden die restlichen Krieger gezwungen, die Vorräte, die für deine Männer gedacht waren, bis an die Umzäunung des Schratsihns zu transportieren. Willst du das wirklich tatenlos mit ansehen? Rede endlich!"

Helgo wand sich unbehaglich.

„Ihr habt ja recht", versuchte er zu beschwichtigen. „Aber Ihr wisst auch, dass der Schratstihn nur schwer einzunehmen ist. Ich habe schließlich meine Erfahrungen mit den Bewohnern Duggalands. Sie sind raffiniert ... und die Schrate gelten als die Raffiniertesten unter ihnen. Wir können unter keinen Umständen eine Niederlage riskieren, Ihr wisst selbst, dass die Stimmung in den Heerlagern deutlich abgekühlt ist. Bei einem Misserfolg würde alles auseinanderbrechen, alles, was ich in der zurückliegenden Zeit aufgebaut habe. Es war schon schwierig genug, den *Hros-Wigmannen* vor Tvinhaag ihren Abzug zu erklären. Bis auf die Oberstadt hatten sie die Verteidiger zurückgedrängt, und dann wurde ihnen schließlich der endgültige Sieg verwehrt."

„Der ja noch in weiter Ferne lag, wenn ich deinen Bericht richtig verstanden habe!"

„Schon, aber für die Krieger vor Ort stellte sich das anders dar. Schließlich haben meine Männer ihnen immer wieder den Sieg ausgemalt. Man glaubt eben gern, was man glauben will."

„Und warum willst du sie nun den Schratstihn nicht stürmen lassen? Dann hättest du sie wieder ganz auf deiner Seite."

„Götter! Wie oft muss ich Euch noch sagen, dass es nur mit unermesslichen Verlusten möglich wäre, wenn überhaupt? Gerade der Vorfall am Pfad der Vermissten zeigt doch deutlich, in welch unsicherer Lage wir uns befinden. Sie können unseren Nachschub empfindlich stören, wie sie eindrucksvoll bewiesen haben. Der zweite Weg, über den wir uns versorgen könnten, ist von diesem Kriegerhaufen aus Duggaland blockiert. Sie sitzen dort auf einem steilen Hügel direkt über dem Weg, nahe genug, um vorbeireitende Krieger abzuschießen, gleichzeitig aber so weit über dem Handelspfad, dass man durch dichtes Unterholz muss und ständig ihren Geschossen ausgesetzt ist. Die *Hros-Wigmannen* sind keine guten Fußkrieger. Auch hier wären die Verluste riesig, wenn man den Durchgang nach Tvinhaag freikämpfen wollte. Und selbst, wenn es gelänge – wer sagt uns denn, dass sich unsere Gegner nicht zunächst im Wald zerstreuen, um dann plötzlich an der nächsten Wegbiegung das gleiche Spiel von neuem zu beginnen?"

„Es spielt doch keine Rolle, wie groß die Verluste sind. Hauptsache, wir gewinnen diesen Krieg. Wenig Überlebende auf beiden Seiten heißt für uns auch wenige, die sich uns später entgegenstellen können. Lass sie doch alle draufgehen, wenn nur Duggaland an uns fällt."

„Für Eure Macht geht Ihr über Leichen, was? Mir scheint, es geht Euch längst nicht mehr darum, neuen Lebensraum für unser Volk zu gewinnen, sondern nur noch um Eure Stellung."

„Hüte deine Zunge, Helgo! Glaube nicht, dass du für mich auf ewig unersetzlich bist. Das kann sich sehr schnell ändern! Deine Söhne würden jederzeit gern in deine Fußstapfen treten."

„Ihr wisst, dass damit die Gefolgschaft der *Hros-Wigmannen* und der *Ihseligen* aufgekündigt wäre. Ihr müsset Euch schon etwas Besonderes einfallen lassen, um die mächtigste Kriegerschar Duggalands wieder hinter Euch zu bringen."

Lims Augen blitzten vor Wut, doch musste sie sich eingestehen, dass Helgo recht hatte.

„Dieses Gespräch führt uns nicht weiter", lenkte sie daher ab. „Sage mir lieber, welches Ereignis du abwarten willst, bevor du dich zum Angriff auf dieses Schratnest entschließt."

„Ich möchte wissen, ob die Männer, die am Weg nach Tvinhaag lagern, sich mit den Schraten austauschen können. Wenn sie Botschaften schicken können, ist unsere Lage schwieriger, weil sie stets auf einen Angriff von uns reagieren könnten. Ihr selbst habt ja angedeutet, dass man am besten die gesamte Streitmacht auf einen Gegner wirft. Wenn man dann plötzlich beim Angriff von hinten aus dem Gebüsch beschossen wird, kann das den schönsten Schlachtplan gefährden. Sollten sie nichts voneinander wissen, könnte man sie tatsächlich mit der geballten Kriegerschar nacheinander überrollen."

„Wie sollen sie denn an uns vorbei kommen? Sie werden schließlich nicht mitten durch das Heerlager der *Hros-Wigmannen* spazieren, oder?"

„Darf ich Euch an den gerade stattgefundenen Überfall auf die Männer mit dem Nachschub erinnern? Auch da hätten wir vorher nicht gedacht, dass sie sich unbemerkt durch die Wälder dorthin schleichen könnten. Sie werden sich sowieso nicht mehr auf den direkten Kampf einlassen, denn sie wissen, dass wir ihnen darin überlegen sind. Vielmehr werden sie auf kleine, überraschende Verwundungen setzen. Aushalten, Nachschub behindern, plötzliche Angriffe aus dem Hinterhalt, bis unsere Leute an übernatürliche Kräfte glauben. Im Übrigen gibt es tatsächlich einen Sachverhalt, der für ein gemeinsames Handeln der Siedlungen Duggalands spricht."

„Was meinst du?"

„Die Gefangene, die die *Ihseligen* auf dem Pfad der Vermissten festgenommen haben. Sie muss aus Tvinhaag stammen, wie ihre Redensweise beweist. Zumindest behaupten das die *Ihseligen,* die sie eingefangen haben. Merkwürdig ist, dass sie sich vom Meer aus zum Schratstihn begeben hat. Normalerweise traut sich nicht einmal die *Seegilde* in diese Gewässer. Außerdem waren offensichtlich noch andere bei ihr, die aber entwischt sind. Das Ganze riecht förmlich nach einem durchdachten Plan."

„Und was hat sie selbst dazu gesagt?"

„Nichts. Nicht einmal ihren Namen hat sie genannt."

„Was?!"

Lim hatte das Wort förmlich herausgeschrien und verfiel nun in ein kreischendes Gelächter.

„Und der große *Seo-Thruhtin* findet keine Möglichkeit, etwas aus ihr herauszulocken? Das kann doch nicht wahr sein! Röste sie auf kleiner Flamme, wenn sie den Mund nicht aufmacht. Oder, noch besser, zeichne ein paar der Steppenreiter für besondere Tapferkeit aus und übergib ihnen die Frau für einen Nachmittag. Glaub mir, sie wird reden wie ein Wasserfall."

„Ich will sie nicht verletzen. Ich war schon froh, dass bei den *Ihseligen,* die sie festgenommen haben, einer unser eigenen Krieger war. Er hat sie sofort als Beute des *Seo-Thruhtin* erklärt, sodass sich bisher keiner an ihr vergangen hat."

„Helgo, der Gnädige!", spottete Lim. „Was soll dieser Blödsinn nun wieder bedeuten? Hast du dich in die Kleine verguckt und willst sie als heimliche Geliebte halten, oder was hast du dir dabei gedacht?"

„Nichts von alledem. Ich halte es nur für möglich, dass sie eine wichtige Person aus Tvinhaag ist und möglicherweise ein Faustpfand darstellen könnte, das man noch in die Waage werfen könnte."

„Das klingt ganz so, als ob du mit der Gegenseite verhandeln ..."

„Verzeihung, wenn ich störe!", wurde sie in diesem Augenblick von dem hereintretenden Mann unterbrochen.

„Was gibt es, Chundo?", fragte Helgo.

„Vor dem Haus stehen zwei Unterhändler."

Überrascht fixierte Lim ihren Heerführer.

„Hast du etwa schon, ohne mich zu fragen, Verhandlungen mit der Gegenseite eingeleitet?", keifte sie ihn an. „Ist das der eigentliche Grund, warum du dich nicht entschließen kannst anzugreifen?"

„Nein, nein, wo denkt Ihr hin. Es wäre mir im Traume nicht eingefallen, in dieser Hinsicht etwas ohne Euer Einverständnis zu unternehmen."

„Das kann ich bezeugen!", beeilte sich Chundo zu bestätigen. „Die Unterhändler sind völlig überraschend gekommen. Eben wurden sie von vier Ihseligenkriegern hergeführt. Sie hatten erst überlegt, ob sie sie einfach gefangen nehmen sollten, meinten aber, man solle besser den *Seo-Thruhtin* fragen, ob er sie sehen will."

„Was sind das für Leute?", fragte Helgo. „Ein alter Mann und eine jüngere Frau, beide unbewaffnet. Sie wirken völlig ungefährlich. Gekleidet sind sie wie Schrate, sagen die *Ihseligen*."

„Lasst sie warten", befahl Lim. „Damit zeigen wir, dass wir nicht darauf angewiesen sind zu verhandeln. Außerdem bin ich noch nicht überzeugt, dass das Ganze nicht doch ein betrügerisches Spiel ist. Und dir, Chundo", setzte sie nach, bevor der Angesprochene nur den Mund aufmachen konnte, „traue ich genau so wenig wie deinem Freund hier."

„Ich mache Euch einen Vorschlag, um Euch mein ehrliches Verhalten zu beweisen", ergriff Helgo das Wort. „Versteckt Euch hinter diesem Vorhang, der den Raum von dem Nächsten trennt. Dort könnt Ihr alles mithören und durch die kleinen Löcher auch alles mit ansehen. Aus dem Gespräch könnt Ihr dann Eure Rückschlüsse ziehen, auch wenn Ihr der Sprache nicht ganz mächtig seid."

„Gut", nickte sie, „ich bin einverstanden. Verhandlungen mit gefangenen Frauen scheinen ja inzwischen zu deiner Spezialität geworden zu sein." Der Spott in ihrer Stimme war unüberhörbar. „Außerdem sprichst du die Mundart Duggalands inzwischen fließend, wie du deutlich gezeigt hast. Aber lass dich nicht zu Eingeständnissen überreden, von denen du annehmen kannst, dass ich nicht damit einverstanden bin."

Wegen der Anweisung Lims ließen Helgo und Chundo noch eine gewisse Zeit verstreichen, bevor sie die Unterhändler hineinriefen. Unterdessen legte Helgo seinen Helm und auch die lederne Gesichtsmaske an und setzte sich auf einem Schemel in Positur, in der Hoffnung, einen furchteinflößenden Eindruck zu machen. Wie angekündigt traten zwei in Schratfelle gekleidete Personen ein. Voran ging ein Greis, der sich nur langsam und gebückt vorwärts bewegte. Hinter ihm in zwei Schritten Abstand folgte eine jüngere Frau mit fast bis auf den Boden reichendem Fellumhang. Da beide keine Kopfbedeckung trugen, konnte man die strähnig-schütteren, weißgrauen Haare des Mannes erkennen, die unregelmäßig bis auf seine Schultern fielen. Die Haare der Frau waren voll und tiefbraun, umrahmten ein ovales Gesicht mit einer leicht gebogenen Nase und ein wenig schräg stehenden Augen. Als sie näher trat, erkannte Helgo die feinen Fältchen um ihre Augen. Sie war also kein junges Mädchen mehr und galt vermutlich als erfahrene Person. Etwa vier Schritte vor Helgo blieben sie stehen und verbeugten sich vor der Gestalt auf dem Schemel.

„Kniet euch nieder, ihr steht vor dem *Seo-Thruhtin*!", befahl Chundo in der Hoffnung, die Ankömmlinge einzuschüchtern.

„Es steht niemandem zu, Unterhändler auf die Knie zu zwingen", erwiderte die Frau mit dunkler Stimme. „Es sei denn, Ihr wolltet alle menschlichen Gepflogenheiten brechen, die auch im Krieg gelten und über die die Götter wachen. Schließlich sind wir nicht die Untergebenen Eures Führers. Außerdem ist es bei uns nicht üblich, sich mit verdecktem Gesicht gegenüberzutreten, mag sein, dass es in dem Land hinter dem Meer anders ist. Aber vielleicht spielt ja auch nur jemand den *Seo-Thruhtin*, und wir verhandeln mit einem unbedeutenden Krieger."

„Du traust dich etwas!", sagte Helgo und konnte seine Bewunderung für den Mut der Frau nicht verbergen. „Auch bei uns ist es üblich, die Rechte der Unterhändler zu achten. Was die Maske angeht, werdet ihr mit ihr vorliebnehmen müssen. Zwar tritt man sich in unserem Land auch mit offenem Gesicht gegenüber, jedoch gibt es hier gewichtige Gründe für mich, sie aufzubehalten. Dennoch könnt ihr sicher sein, dass ihr mit dem *Seo-Thruhtin* redet. Nennt mir nun eure Namen!"

„Dies ist Olunde, sie vertritt den Kriegsrat der Siedlung Schratstihn." Helgo zog erstaunt die Augenbrauen hoch.

„Und mein Name ist Wiht, ich stehe für den Ältestenrat der Schrate."

„Hol bitte noch zwei Hocker und bring frisches Wasser und Becher für unsere Gäste", befahl Helgo und Chundo eilte, die Anweisung zu erfüllen. Als sie schließlich im Kreis saßen und getrunken hatten, begann Helgo das Gespräch.

„Was genau ist euer Auftrag?"

„Zunächst einmal, Euch zu fragen, warum Ihr dieses Land mit Krieg überzieht", antwortete Olunde.

„Die Frage ist müßig", lautete die kurze Antwort. „Ihr müsst euch mit den Gegebenheiten abfinden, und ich werde nicht einhalten, bevor Duggaland sich mir und meinen Verbündeten unterworfen hat."

„Vielleicht wären Eure Verbündeten ja mit weniger zufrieden", wagte Olunde einen erneuten Vorstoß.

„Nur verhandelt ihr zurzeit mit mir und weder mit den *Ihseligen* noch den *Hros-Wigmannen.* Ihr müsst euch also an mich und meine Forderungen halten."

„Schaut, geehrter *Seo-Thruhtin*", mischte sich Wiht nun ein. „Uns geht es in erster Linie darum, das Töten zu beenden. Deshalb wäre uns sehr daran gelegen, genau zu erfahren, was für Euch das Wort Unterwerfung bedeutet. Wenn Ihr darunter versteht, den Schratstihn oder alle Siedlungen Duggalands zu zerstören und seine Bewohner umzubringen, gibt es für uns natürlich nichts zu verhandeln. Dann müssen wir bis zum bitteren Ende kämpfen. Und seid gewiss, dass ein solcher Sieg Euch den größten Teil Eurer Männer kosten wird."

„Und denkt auch dabei an die Krieger Duggalands, die jetzt angekommen sind und am Weg nach Tvinhaag lagern", warf Olunde beiläufig ein.

„Steht ihr mit ihnen in Verbindung?", rutschte es Chundo heraus, wofür Helgo ihm einen bösen Blick zuwarf. Olunde hatte den kurzen Austausch registriert und verkniff sich ein zufriedenes Lächeln. Der große Kriegsherr ihrer Feinde war sich über ihre Verbindungen und Möglichkeiten noch im Unklaren.

Für den *Seo-Thruhtin* war Chundos Frage ein Zugeständnis ihrer Unsicherheit und damit ein Anlass, trotz seiner inneren Verhandlungsbereitschaft erneut Härte zu zeigen. Gleichzeitig war ihm ständig bewusst, dass Lim hinter dem Vorhang mithörte und Schwächen seinerseits nicht hinnehmen würde. Er nannte also knapp die Forderungen, die er an die Bewohner Duggalands hatte: Siedlungsland mit guten Ackerflächen und Fischgründen für sein Volk, das er später nachholen würde. Ferner Unterwerfung unter seinen Befehl, Auslieferung der Waffen, regelmäßige Abgaben von Nahrung an sein Volk sowie an die Steppenbewohner und die *Ihseligen.* Außerdem die Übergabe der gesamten Eisenvorräte und Einweihung in die Kunst ihrer Herstellung. Unter diesen Umständen wäre er bereit, Frieden zu schließen und die Angriffe zu unterlassen.

Wiht und Olunde sahen sich vielsagend an. Der Älteste erklärte in bedauerndem Ton, dass diese Forderungen wohl zu weitreichend seien, als dass man sich darauf einlassen könnte. Doch würden sie zunächst pflichtschuldig den Häuptling sowie den Rat von Schratstihn davon in Kenntnis setzen. Wenn sie eine Antwort hätten, würden sie sich zurückmelden und dem *Seo-Thruhtin* Mitteilung machen.

„Aber lasst euch nicht zu lange Zeit mit eurer Nachricht!", rief Helgo den beiden nach, als sie das Haus verließen. „Ein Abwarten, bis ihr euch zu einer Antwort bequemt, garantiere ich euch nicht."

Draußen warteten schon die Ihseligenkrieger, die sie zur Schratsiedlung zurückbrachten.

Als die Unterhändler den Raum verlassen hatten, trat Lim hinter dem Vorhang hervor.

„Endlich hast du einmal Härte gezeigt", lobte sie Helgo, nachdem Chundo für sie den Inhalt des Gesprächs kurz wiedergegeben hatte. „Sie gehen jetzt und werden sich den Kopf darüber zerbrechen, wo du vielleicht noch in deinen Forderungen nachgeben könntest. Auf keinen Fall rechnen sie damit, dass wir sie, sobald sie ihren Rat zusammengetrommelt haben, angreifen werden. Und zwar, noch bevor sie die Möglichkeit des Austauschs mit den Kriegern am Weg nach Tvinhaag wahrnehmen können."

„Ihr wisst doch gar nicht, wie schnell sie ihre Nachrichten überbringen können", versuchte Helgo noch einen halbherzigen Einspruch.

„Willst du mich für dumm verkaufen?", kreischte Lim daraufhin. „Wie lange wird es denn dauern, bis sie auf langen Umwegen durch den Wald die andere Seite benachrichtigen können? Du weißt genau, dass das nicht im Handumdrehen geht. Dein Zögern langt mir jetzt, ich habe genug von deiner Hinhaltetaktik! Chundo!"

Der Angesprochene trat vor.

„Bring Helgos Frau und seine Söhne hierher, außerdem eine Handvoll Wachen von unseren eigenen Leuten. Und vor dem Haus postierst du weitere Wachen, sodass wir nicht gestört werden. Sofort!"

Chundo warf Helgo einen Seitenblick zu, doch der blieb regungslos. Mit einer Verbeugung wandte er sich daraufhin um und verließ das Haus. Draußen hörte man ihn Befehle rufen.

„Was hast du vor, Lim?"

„Wage es nicht noch einmal, mich so anzureden, auch wenn wir allein sind. Die Zeit, in der es dir erlaubt war, ist längst vorbei. Du hast dich damals für eine andere entschieden. Pech für dich, dass ich doch noch Königin geworden bin. Jetzt brauche ich dich nicht mehr, haha, jetzt habe ich deine Söhne auf meiner Bettstatt. Und zwar beide!"

„Was habt Ihr vor, meine Königin?"

„Schon besser, aber eine Antwort gebe ich dir trotzdem nicht."

Wenige Augenblicke später betraten fünf Krieger den Raum und verbeugten sich vor ihrer Königin. Als sie sich danach auch vor Helgo verbeugen wollten, wurden sie von Lim zurückgehalten.

„Das tut nicht mehr Not. Es ist die Frage, ob er noch euer Befehlshaber ist. Möglicherweise müsst ihr ihn wegen Verrats in Gewahrsam nehmen. Haltet ihn zunächst nur fest."

Verunsichert traten die Männer auf Helgo zu. Da der sich aber nicht rührte, umringten sie ihn so, dass er keine großen Bewegungen mehr machen konnte. Kurz danach traten Helgos Söhne ein. Sie lächelten der Königin zu, ohne ihren Vater eines Blicks zu würdigen. Nach ihnen schleppten zwei Krieger eine völlig abgemagerte und verdreckte Frau in den Raum. Sie war offensichtlich kaum noch bei Bewusstsein und so geschwächt, dass die Wachen sie unter den Schultern gefasst durch die Tür tragen mussten. Das lange Hemd, das sie trug, war von oben bis unten verschmiert und löchrig. Die Haare klebten verfilzt an ihren Schultern, Brust und Rücken. Helgos schrie auf und versuchte, auf die Frau zuzustürzen, doch wurde dieser Versuch von seinen Wachen unterbunden. Schwer atmend und mit offenem Mund starrte er auf das zerbrochene Wesen, das seine Gemahlin gewesen war, unfähig, ein Wort hervorzubringen. Auch ein zweiter Anlauf, ihr zu Hilfe zu kommen, wurde von den Kriegern verhindert. Die Frau selbst schien von alldem nichts mitzubekommen und stierte mit halbgeschlossenen Augen vor sich auf den Boden.

„Nun, *Seo-Thruhtin*", meinte Lim mit spöttischem Unterton, „willst du nun Gehorsam zeigen, dich vor deine Krieger stellen und den Schratstihn einnehmen?"

Helgo schluckte.

„Aber es ist doch ein viel zu großes Risiko", flüsterte er matt. Lim hatte ihn trotz der leisen Stimme verstanden und befahl in scharfem Tonfall: „Tötet sie! Jetzt!"

Die Männer gehorchten. Einer hielt die Frau fest, der andere stieß seinen Speer in ihre Brust. Ein kurzes Röcheln und das Opfer brach tot zusammen.

„Aaaah!", schrie Helgo auf, griff plötzlich in sein Wams, zog das Eisenmesser hervor und stach auf seine Bewacher ein. Erschrocken und von Stichwunden verletzt sprangen sie einen Schritt zurück. Helgo ging auf Lim los und konnte nur im letzten Augenblick von zwei Kriegern zurückgerissen werden. Sofort stellten sich die restlichen Krieger vor ihre Königin und versuchten, Helgo erneut dingfest zu machen. Doch dieser riss sich los und rannte brüllend aus dem Haus.

„Ihm nach!", schrie Lim. „Fasst ihn, tot oder lebendig!"

Die Männer stürzten aus dem Haus und verfolgten ihren ehemaligen Anführer. Der war allerdings schon ein Stück voraus und eilte auf dem Pfad der Vermissten auf das Lager der *Ihseligen* zu. Er war erst versucht gewesen, in die andere Richtung zu den ihm ergebenen *Hros-Wigmannen* zu laufen, doch hätte er dort das Tor zur Brücke über den Kleinen Fluod passieren müssen. Dies Tor war aber verschlossen und von den Getreuen Lims bewacht. Die Männer wären über seine Flucht zumindest sehr verwundert gewesen und hätten ihn auf jeden Fall aufgehalten.

Helgo keuchte, so schnell rannte er, doch waren ihm seine Verfolger dicht auf den Fersen. Als er sich den *Ihseligen* so weit genähert hatte, dass die Ersten im Lager aufmerksam wurden, ertönte hinter ihm die Warnung, dass er mit Pfeilen beschossen würde. Helgo achtete nicht weiter darauf, versuchte aber, durch Zickzacklaufen ein unsicheres Ziel abzugeben. Er war schon auf Rufweite, als er den Schlag in seine linke Schulter spürte. Der Schmerz nahm ihm die Luft, und er brach nach wenigen weiteren Schritten zusammen. Die ersten *Ihseligen* liefen herbei, wurden aber von Helgos Verfolgern zurückgescheucht. Einer der *Ihseligen* erkannte Helgos Maske, die er noch immer trug, und rief lauthals: „Sie haben den *Seo-Thruhtin* erschossen! Sie haben den *Seo-Thruhtin* erschossen!", während er zu seinem Lager zurückrannte.

Die Verfolger Helgos zerrten ihn hoch und zwangen ihn, ihnen zurück zum Haus Weltende zu folgen. Stolpernd schaffte er den Rückmarsch, gestützt von zwei Kriegern, die ihn mitleidig, aber schweigend betrachteten.

„Ah, unser tapferer Vater!", wurde er von seinem älteren Sohn Helson empfangen, der ihm nun die Maske von Gesicht zog. „Scheint sich im Kampf um Schratstihn bereits eine Verletzung zugezogen zu haben."

Sein jüngerer Sohn Gosson und Lim standen dabei und grinsten.

„Da werden wir als deine Söhne jetzt wohl den Kampf an deiner Statt fortführen müssen", fuhr Helson fort und wandte sich an seinen Bruder. „Nimmst du die *Ihseligen?* Ich werde die *Hros-Wigmannen* in den Kampf führen."

„Einverstanden, Helson. Und Ihr, meine schöne Königin", wandte er sich Lim zu, „wünscht uns Glück für die Schlacht!"

„Kommt her, meine Helden", antwortete sie, zog sie beide an sich, küsste erst den einen, dann den anderen auf den Mund und griff ihnen dabei gleichzeitig in den Schritt, „wenn ihr siegreich zurückkehrt, wird euch eure Königin wahrhaft königlich zu belohnen wissen."

Augenzwinkernd stolzierten Helgos Söhne hinaus und wandten sich jeder seinem Heerlager zu.

Lim drehte sich wieder zu den Wachen um.

„Bringt ihn nach hinten in den Raum für die Gefangenen."

„Meine Königin, sollen wir den Pfeil entfernen und die Wunde versorgen?"

„Den Pfeil hat er sich selbst zuzuschreiben, genauso wie den Tod seiner Gattin."

Damit rauschte sie in einen der hinteren Räume.

Helgo wurde erneut von zwei Kriegern gepackt und durch den langen Gang gezogen, der in Haus Weltende genau unter dem First entlang lief. Auf jeder Seite des Gangs waren mit stabilen Holzgittern offene Verschläge abgeteilt, die früher dazu gedient hatten, die Händler von den Ihseligenklippen mit ihrer Ware aufzunehmen. Am Ende des Gebäudes befand sich nur noch ein durchgehender Raum, der auf drei Seiten durch die Außenwände des Hauses begrenzt war. Seine Vorderseite bestand aus den Holzgittern, die die nächsten Verschläge abteilten. Die Öffnung zum Längsgang hatte man mit einer Tür verschlossen, die aus unterarmdicken Holzstangen gefertigt war. Vor der Tür stand ein bewaffneter Posten und wunderte sich offenbar über den neuen Gefangenen, denn er blickte seine Kameraden fragend an.

„In Ungnade gefallen", knurrte einer der beiden Krieger nur und stieß seinen Gefangenen unsanft durch die geöffnete Tür, die er sofort wieder schloss.

Als er auf den Boden fiel, stöhnte Helgo laut auf. Er war genau auf die getroffene Schulter gefallen. Um den Schmerz zu ertragen, biss er die Zähne aufeinander und presste die Augenlider zusammen.

„Was ist mit dir?", drang plötzlich eine weibliche Stimme zu seinem Bewusstsein durch. „Ah, ich sehe schon, du bist verletzt, und sie haben dir nicht einmal den Pfeil aus der Schulter gezogen."

Als er die Augen öffnete, stand vor ihm eine schlanke, wohlgeformte Frau mit schwarzem, langem Haar und gebräunter Haut. Dass ihr wollenes Gewand abgestoßen und verschmutzt war, nahm er angesichts ihres Anblicks nicht wahr.

„Oh!", meinte er erstaunt. „Ausgerechnet du. Jetzt muss ich mich vermutlich auch noch vor meiner Mitgefangenen hüten."

Mit schmerzverzerrtem Gesicht bemühte er sich, aufzustehen und mit der rechten Hand nach dem Pfeil in seiner linken Schulter zu greifen. Der Schaft ragte aus dem ledernen Wams, das er durchschlagen hatte, obwohl das Kleidungsstück aus einer doppelten Schicht bestand. Er erreichte den Pfeil gerade mit den Fingerspitzen, hatte aber so keine Kraft, ihn herauszuziehen.

„Lass das lieber, du wirst die Wunde nur noch weiten und vielleicht den Schaft abknicken."

Misstrauisch beäugte Helgo seine ehemalige Gefangene, als sie sich daran machte, seine Verletzung notdürftig zu versorgen.

„Entweder du vertraust mir jetzt und lässt dir helfen oder du wirst noch größere Schwierigkeiten bekommen, wenn dein Körper versucht, den Fremdkörper herauszueitern", fuhr sie ihn ungeduldig an, als sie seine abwehrende Haltung bemerkte. Seufzend drehte Helgo ihr den Rücken zu und überließ sich ihrem guten Willen. Trotzdem schaute er mit verdrehtem Kopf weiter über seine Schulter. Frij zog das Lederwams vorsichtig am Kragen auseinander, nötigte ihn dann, um besser sehen zu können, sich weiter ins Licht zu begeben, das an einer Stelle durch einen breiteren Spalt in den Raum floss.

„Wie mache ich das jetzt am besten?", murmelte sie mehr zu sich selbst als zu ihrem Mitgefangenen. „Ein Messer müsste man jetzt haben, um das Leder etwas aufzutrennen und um dann einen Streifen aus deiner Kleidung zu trennen. Ich müsste ja irgendwie das Blut stillen, wenn ich dir den Pfeil herausziehe. Leider haben mir deine Männer mein schönes Schratmesser abgenommen."

„Ich habe ein Schratmesser."

„Wie geht das? Ich dachte, du wärest auch ein Gefangener. Und dann lässt man dir eine solche Waffe?"

„Sie haben das Messer nicht mehr gesehen und vermutlich nicht mehr daran gedacht, als sie mich schließlich gestellt haben. Ich habe das Messer sofort, nachdem ich mich losgerissen hatte, wieder im Innenfach meines Wamses verschwinden lassen. Wenn man das Fach nicht kennt, fällt es nicht auf."

„Na dann her damit."

Immer noch widerwillig rückte Helgo seine letzte Waffe heraus. Ihm war unwohl, als Frij sich mit gezücktem Messer hinter seinem Rücken befand.

„Das wäre ja jetzt die Gelegenheit", stichelte sie, als sie seine Angst bemerkte. „Jetzt könnte man ein für alle Male mit der Gestalt des *Seo-Thruhtin* abrechnen."

„Davon hätten deine Freunde auch nichts mehr", bemerkte er bitter. „Ich bin abgesetzt, meiner Macht beraubt. Ob das so gut für eure Seite ist, ist noch die Frage. Meine Entscheidung war dieser Krieg ohnehin nicht. Und jetzt ist er es erst recht nicht mehr."

Als er das Geräusch von aufgetrenntem Leder hörte, zuckte Helgo noch einmal zusammen, war dann aber erleichtert, dass Frij nicht zugestochen hatte.

„Hm, was nehme ich nur, um die Wunde abzudecken?"

Sie musste an die sauberen Wundtücher Elfas denken, mit der Ilungas Wunde verbunden gewesen war. Und ebenso an die Heilpflanzen, die die Heilerin nach Nidiris Erzählung eingesetzt hatte. Leider gab es von alledem hier nichts.

„Was ist das unter deinem Lederwams?"

„Unterkleidung aus Wollfilz."

„Einigermaßen sauber?"

„Ich habe sie vor ein paar Tagen erst waschen lassen."

„Na gut, dann muss das reichen. Du wirst es selbst noch säubern müssen."

Helgo verstand nicht, was sie meinte, ließ sie aber gewähren, als sie sein Wams jetzt ganz öffnete und einen Streifen des Wollfilzes abtrennte, der ihr nicht sehr verschmutzt erschien.

„Bevor ich den Pfeil herausziehe, musst du über den Wollstreifen pinkeln. Mach ihn richtig nass, aber nimm nur den Harn, der nach dem ersten Strahl kommt. Auch den letzten Rest solltest du daneben pinkeln."

„Was soll das nun wieder für ein Zauber sein?", wunderte sich Helgo.

„Ein alter Trick der Schlauchflößer. Angeblich soll der eigene Harn die Wundheilung fördern. Ob es stimmt, weiß ich nicht, aber etwas anderes steht uns hier ja nicht zur Verfügung."

„Götter, was für eine Plage", stöhnte der Verletzte, kam aber gehorsam Frijs Aufforderung nach.

„Jetzt beiß die Zähne zusammen!", wies sie ihn an. Bevor er wusste, wie ihm geschah, hatte sie den Pfeil schon aus dem Fleisch gezogen.

„Au!", schrie er auf, als sie ihm den durchnässten Filzstreifen auf die Wunde drückte.

„Halt still!", befahl sie dann und zog das dünne Lederband, mit dem sein Wams verschlossen war, aus dem Kleidungsstück. Damit schnürte sie den Verband an seiner Schulter fest, so gut es ging. Vorsichtig zog sie ihn hinüber zu dem Lager aus Heu, auf dem sie vorher geruht hatte und wies ihn an, sich auf den Bauch zu legen, damit das Blut aufhörte zu fließen. Unter Stöhnen ließ er sich nieder.

„Du könntest Glück haben", sagte sie dann. „Der Pfeil ist nicht tief eingedrungen. Ich konnte ihn herausziehen, ohne dass etwas von der Spitze abgebrochen ist. Das doppelte Leder hat anscheinend doch einiges bewirkt."

„Danke!"

„Bitte! Aber dafür habe ich etwas gut bei dir."

„Das stimmt, aber was sollte ich jetzt noch für dich tun können?"

„Wenn das hier schon das Ende ist, könntest du mich zumindest darüber aufklären, was es mit diesem Krieg auf sich hat und wie es dazu gekommen ist. Außerdem wüsste ich gern, warum deine Männer mich geschont haben und was du damit gemeint hast, dass der Krieg nicht auf deiner Entscheidung beruhte."

Beiläufig gab sie ihm das Messer zurück, das er erstaunt in seinem versteckten Fach verschwinden ließ.

„Warum vertraust du mir?"

„Wer sagt dir, dass ich dir vertraue?"

„Du hast mir das Messer zurückgegeben. Du hättest es gut zu deinem eigenen Schutz behalten können."

„Vielleicht beschützt du mich ja nun, wenn es nötig ist. Ich schätze, wenn du dich etwas erholt hast, kannst du mit der Waffe immer noch besser umgehen als ich. Auch wenn mir dein Krieg schon etwas Übung beschert hat."

„Ich gebe zu, dass ich diesen Krieg ohne Gnade geführt habe, aber ausgesucht habe ich ihn mir nicht. Wenn es nach mir gegangen wäre, wäre ich schon vorher mit meiner Familie übers Meer gesegelt und hätte mir ein sicheres Plätzchen am Ufer gesucht, da wo die Küste höher liegt. Dort hätte ich vom Fischfang gelebt und wäre zufrieden gewesen. Und weil Lim weiß, dass ich jetzt, wo meine Frau tot ist und meine Söhne mich verraten haben, nicht mehr von ihr erpressbar bin, war es eigentlich klar, dass sie mich bald fallen lässt. Nur dass es so schnell gegangen ist, damit habe ich nicht gerechnet."

„Wer ist Lim?"

Helgo lachte bitter auf.

„Meine Königin", sagte er dann. „Und eine alte Jugendliebe, die mir nie verziehen hat, dass ich eine andere ihr vorgezogen habe."

Frij ermunterte ihn, mehr zu erzählen, und er berichtete ihr von seinem Volk jenseits des Meeres, wo ein Kampf um die letzten trockenen Flächen tobte, von seiner Vorgeschichte und dass Lim ihn schließlich mit der Eroberung Duggalands beauftragt hatte, da sie keinen Fähigeren als ihn hatte. Er erzählte davon, dass sie seine Familie als Geiseln festgehalten hatte und dass er nicht der Einzige der Krieger war, dem es so ging. Dann berichtete er von der Verehrung durch die Steppenvölker und von seinen weiteren Plänen. Dass er es mit klügeren Gegnern zu tun bekommen hatte, als er vermutete und dass er am Schluss in der verzwickten Lage war, sich als Belagerer Schratstihns nicht mehr auf alle seine Krieger verlassen zu können. Deshalb habe er heimlich die Hoffnung auf ein Ende durch Verhandlungen gesetzt. Wie es sich gezeigt hatte, war Lim in dieser Hinsicht völlig anderer Auffassung gewesen.

„Und warum haben deine Männer mich verschont?"

„Meine Männer hätten dich ohnehin verschont. Zwar kann ich natürlich nicht für jeden Einzelnen von ihnen meine Hand ins Feuer legen, aber wir führen grundsätzlich keinen Krieg gegen die Frauen."

„Wie edel von euch!"

Frij konnte sich diesen Einwurf einfach nicht verkneifen.

„Ich verstehe deinen Spott, aber es hat einfach etwas damit zu tun, dass wir in dem Land, aus dem ich komme, um fruchtbaren Boden kämpfen, und zwar bis auf den letzten Blutstropfen. Es ist vorgekommen, dass alle Männer einer Siedlung dabei umgebracht wurden, und die Frauen sind dann von den jeweiligen Siegern übernommen worden und in das eigene Volk eingefügt worden. Das ist auf allen Seiten wiederholt vorgekommen. Es hat sich einfach herausgestellt, dass ein Zusammenleben nur möglich war, wenn man die Frauen menschlich behandelte und nicht als Kriegsbeute betrachtete."

„Aber das Kämpfen und Töten habt ihr nie in Frage gestellt?"

Helgo schüttelte den Kopf. „Kämpfen oder Verhungern war der Schlachtruf."

„Du hättest mich aber einfach als Kriegsbeute bei den *Ihseligen* lassen können oder den *Hros-Wigmannen* ausliefern. Das soll ja wohl geschehen sein, wie man so hört."

„Und das kann dir jetzt auch geschehen. Lim hatte es sowieso schon vor, ich habe sie aber davon abgehalten."

„Kannst du hellsehen? Wusstest du vielleicht schon, dass du bald eine Pflegerin für deine Verletzung brauchen würdest?"

„Nein, nein, natürlich nicht. Ich hielt dich einfach für eine wichtige Person aus den Siedlungen Duggalands. Was hat sonst eine Frau aus Tvinhaag auf dem Pfad der Vermissten zu suchen? Und die noch dazu vom Meer heraufkommt, was mir völlig unverständlich war. Ich hoffte, du könntest mir bei Verhandlungen oder als Geisel wichtig sein. Der Einfall kam übrigens nicht von mir. Er stammt von dem Krieger aus meinem Volk, der zufällig bei den *Ihseligen* war, als du festgenommen wurdest. Er kam auf den Gedanken, du könntest für mich von Bedeutung sein, als die *Ihseligen* sagten, dass du Tvinhaager Mundart sprächest."

„Es stimmt, ich komme aus Tvinhaag. Was aber die Bedeutung meiner Person betrifft, hast du mich völlig überschätzt. Ich gehörte nur zufällig einer Gruppe an, die sich nach Schratstihn durchschlagen wollten."

„Und der Rest der Gruppe?"

„Sitzt jetzt vermutlich in der Schratsiedlung und bereitet die Verteidigung des Ortes vor."

„Was mir gerade einfällt: du hast mir noch nicht deinen Namen gesagt. Unter Gefangenen könntest du ihn ja jetzt nennen, oder?"

„Ich heiße Frij, und wie soll ich dich anreden? Großer *Seo-Thruhtin*?"

„Den *Seo-Thruhtin* gibt es nur noch als Geschichte. Ich heiße Helgo."

„Leider können wir keinen Becher *Grastrunk* oder *Holderwin* auf unsere neue Bekanntschaft trinken, Helgo."

„Ja, wirklich schade."

In diesem Augenblick ertönte aus dem vorderen Teil von Haus Weltende ein ohrenbetäubender Lärm. Stimmen riefen durcheinander, Männer rannten hin und her, Speere stießen gegen Wände. Frij konnte nichts verstehen, da die Rufe in der Sprache von Helgos Volk getätigt wurden.

„Was passiert da?", fragte sie.

„Schschscht!", zischte er. „Lass mich erst zuhören ... Ich höre meine Söhne ... Sie scheinen sehr aufgeregt!"

Gebannt lauschten beide in Richtung des Lärms, selbst Frij, obwohl sie so gut wie nichts verstand.

„Es scheint eine Art Aufstand zu geben", berichtete Helgo, nachdem er eine Weile versucht hatte, aus dem Stimmengewirr schlau zu werden. „Sowohl die *Ihseligen* als auch die *Hros-Wigmannen* haben sich geweigert, meine Söhne als Befehlshaber anzuerkennen. Die Steppenreiter haben meine Herausgabe gefordert. Man weiß allerdings nicht, ob sie mich weiter als Führer wollen oder mich bestrafen wollen, weil ich kein Gott bin. Meine Leute hier sind in Aufruhr und verschanzen sich gerade in Haus Weltende. Unsere Krieger, die den Torturm am Kleinen Fluod besetzt hatten, sind von dort geflohen, als die Steppenkrieger zu Pferde angerückt sind. Mein ältester Sohn konnte sich gerade noch einer Gefangennahme durch die *Hros-Wigmannen* entziehen. Im Augenblick soll dort der *Schamane* des Lagers den Befehl übernommen haben. Auch die *Ihseligen* wollen offenbar zunächst abwarten. Sie räumen ihren Lagerplatz nicht. Wir sitzen hier in Haus Weltende in der Falle, aber bis jetzt haben sie uns noch nicht angegriffen. Vermutlich besprechen sie sich erst einmal untereinander."

Stimmen kamen plötzlich näher, die Tür schwang auf, und Lim stand im Raum. Hinter ihr eine Gruppe von bewaffneten Kriegern.

„Nun zu euch beiden!", fauchte sie.

FÜNFUNDZWANZIG: Kleiner Fluod

„Wer von euch beiden hat denn nun die Befugnis, mit uns Abmachungen zu treffen?", fragte der groß gewachsene *Ihselige,* dem Thorn und Olunde gegenübersaßen. Er nannte sich Smali, was eher einen kleinen Mann erwarten ließ, jedoch war er ein Hüne von Gestalt. Mit seinem dichten, schulterlangen Haar, dem bis auf die Brust reichenden Vollbart und dem wollenen Überwurf, der bis auf die Fußknöchel fiel, wirkte er auch ohne jegliche Bewaffnung wie ein Sinnbild von Macht und Stärke. Nachdem sie sich nicht mehr den Befehlen des *Seo-Thruhtin* oder dessen Nachfolgern unterwarfen, hatten die zwischen Schratstihn und dem Haus Weltende lagernden *Ihseligen* Smali als ihren Anführer bestimmt und ihm auch die Verhandlungen mit den Schraten und den *Hros-Wigmannen* übertragen. Jetzt zeigte er sich allerdings angesichts der Frau, die ihm gegenübersaß, etwas verunsichert.

„Wir beide gleichermaßen", antwortete Olunde. „Genau genommen aber keiner von uns, da wir vor einer solchen Abmachung zunächst unsere Leute befragen müssen, ob sie einverstanden sind." Als sie merkte, dass ihr Gegenüber nicht sehr begeistert war von langem Taktieren, setzte sie schnell hinzu: „Du kannst aber sicher sein, dass wir schon sehr gut abschätzen können, was unsere Seite für Vorstellungen hat und wo sie Zugeständnisse machen würde."

„Hätte dafür nicht eine Person gereicht?"

„Wenn es nur um die Schrate gegangen wäre, hättest du sicher recht", erwiderte Thorn. „Für die hätte ich allein sprechen können. Meine Begleiterin hier steht aber für die anderen Beteiligten, die nicht aus Schratstihn stammen."

„Habt ihr direkte Verbindungen mit den Kriegern, die an der Straße nach Tvinhaag lagern?"

‚Das wüsstest du wohl gern', dachte Thorn, bevor er auf Smalis Frage einging.

„Du kannst dir denken, dass wir nicht befugt sind, über unsere kriegerischen Handlungsmöglichkeiten zu berichten. Uns geht es eigentlich darum, den Krieg zu beenden und ein gemeinsames Leben auf dieser Insel neu zu gestalten."

„Schön gesprochen", grinste der *Ihselige*. „Nur leider fällt euch das erst ein, nachdem die von euch missachteten und betrogenen Völker eine Bedrohung darstellen."

„Genau um diesen Punkt muss es in unserem Gespräch auch gehen", übernahm Olunde. „Glaube mir, ich gehöre nun wahrlich nicht zu denen, die das Steppenvolk und die *Ihseligen* übervorteilt haben. Ich bin eine ehemalige Sklavin aus *Flass* und habe mit den versklavten *Ihseligen* dort auf der gleichen Stufe gestanden."

Smali hob erstaunt seine buschigen Augenbrauen. Um diesen Überraschungsmoment zu nutzen, schob Olunde schnell nach: „Und dass ich trotzdem hier als Unterhändlerin auftrete, mag dir zeigen, dass sich bei den Bewohnern der Siedlungen einiges geändert hat, was ihr Selbstverständnis und die Einschätzung ihrer Nachbarn angeht."

„Das wäre ja sehr schön", brummte Smali. „Wer aber sagt mir, dass du tatsächlich für das Heer aus Tvinhaag stehst und mir nicht nur irgendwelche Geschichten erzählst, um mich weich zu klopfen? Wie willst du denn mit deinen Kriegern Gespräche führen? Immerhin liegt die Streitmacht der *Hros-Wigmannen* zwischen ihnen und Schratstihn."

„Dass wir jederzeit in der Lage sind, uns unbemerkt durch die Wälder zu bewegen, haben wir euch ja bewiesen, als wir euren Nachschub überfallen haben", trumpfte Thorn auf, setzte aber schnell hinzu: „Natürlich geht das nicht immer so schnell, wie es jetzt wegen der Verhandlungen wünschenswert wäre. Deshalb wäre es sicher besser, den Austausch der Unterhändler ganz offen zu gestalten."

„Und wie kann ich sicher sein, dass ihr mich nicht betrügt? Es wäre schließlich nicht das erste Mal, dass die *Ihseligen* belogen und übervorteilt worden sind, nicht zuletzt von den Schraten."

„Wenn wir eine Absprache im Namen der Götter machen, würde dir das genügen?"

„Götter!", lachte der *Ihselige*. „Von welchen Göttern redest du denn? Von denen der Schrate oder denen, die auf unseren Klippen angebetet werden? Oder denen, die die Männer des *Seo-Thruhtin* mitgebracht haben? Gerade scheint sich wieder einmal einer dieser Götter als faustdicke Lüge entpuppt zu haben."

Olunde und Thorn horchten auf.

„Ich rede vom *Seo-Thruhtin*, der göttergleich über das Meer gekommen sein soll. Er scheint jetzt in Haus Weltende gefangen gehalten zu werden. Eine Frau", dabei schaute Smali Olunde prüfend an, „eine Frau scheint noch größere Macht als er zu haben", schmunzelte er. „Allerdings auch nicht mehr, als die Arme ihrer Krieger wert sind. Soviel zu Göttern. Nein, es müsste schon andere Sicherheiten geben, vielleicht Überlassung lebenswichtiger Güter oder Geiseltausch oder dergleichen."

„Möglicherweise wären das Maßnahmen, die für den Anfang allen Beteiligten mehr Zutrauen geben würden", gab Olunde zu. „Aber auch das würde natürlich nur Wirkung zeigen, wenn beide Seiten grundsätzlich an einem friedlichen und gleichgestellten Zusammenleben interessiert sind."

„Für die Schrate kann ich diese Bereitschaft schon bestätigen", warf Thorn vollmundig ein.

Der *Ihselige* bekam schmale Augen.

„Würden die Schrate so weit gehen, uns die Kunst der Eisenherstellung zu verraten?", fragte er lauernd. Thorn war getroffen und musste erst einmal schnaufen.

„Ich glaube, unter den jetzigen Bedingungen würden wir das ablehnen", antwortete er bedächtig. „Was ich mir aber vorstellen könnte, wäre die Lieferung von Eisenwerkzeugen, wie wir es auch für die anderen Völker Duggalands gemacht haben."

„Vielleicht ein erster Schritt", wiegte Smali bedächtig sein großes Haupt.

„Wenn ihr mich fragt, wäre es nach einem Friedensschluss ohnehin nur noch eine Frage der Zeit, bis die Fähigkeiten der einzelnen Siedlungen und Völker Allgemeingut würden. Man sieht es doch schon daran, dass die *Seegilde* längst die Eisenherstellung kennt, ohne dass sie davon großen Gebrauch machen. Sie kaufen das Metall weiter bei den Schraten, weil es für die *Seegilde* viel zu aufwändig wäre, sich alle dazu nötigen Grundstoffe zu besorgen. Die Schrate haben schließlich alles bei sich zu Hause und dazu noch eine verhältnismäßig lange Erfahrung mit der Herstellung."

„Und warum konnten wir bisher nie *Eisen* bei euch kaufen?"

Die Frage ging wieder an Thorn. Der sah hilfesuchend Olunde an, doch diesmal nickte sie ihm nur aufmunternd zu, so als wollte sie ihm sagen: Trau dich jetzt!

„Ähm, ja," Thorn musste schlucken, „das hat sicher damit zu tun, dass *Eisen* einen sehr hohen Tauschwert hat ..."

Olunde blitzte ihn mit den Augen an.

„... und wir den *Ihseligen* am Haus Weltende nicht den wirklichen Wert ihrer Waren erstattet haben."

Der *Schrat* atmete hörbar aus. Die erste Wahrheit war gesagt. Smalis lauerndes Gesicht begann sich zu entspannen.

„Der zweite Grund ist, dass wir gut bewaffnete *Ihselige* als Bedrohung empfunden haben."

„Nicht ganz grundlos", grinste der Hüne selbstgefällig, was Olunde wieder auf den Plan rief.

„Mach jetzt bitte nicht den Fehler, dich und die *Ihseligen* zu überschätzen", warnte sie. „Ihr hattet früher schon Mühe genug damit, euch gegen die *Seo-Birahanen* zu behaupten. Und die stehen jetzt auf unserer Seite. Der einzige Grund, jetzt die Muskeln spielen zu lassen, ist euer Bund mit den Steppenkriegern, weil die hier mit einer riesigen Anzahl gut geübter Krieger lagern. Andererseits gibt es meines Wissens noch keine gemeinsame Führung zwischen euch und ihnen, seit der *Seo-Thruhtin* und seine Männer außen vor sind. Außerdem stellen im Augenblick die fremden Krieger an Haus Weltende für euch eher eine Gefahr als eine Hilfe dar, da sie vermutlich gerne die Kontrolle über den Pfad der Vermissten besäßen, um an die Küste zu gelangen. Jetzt besetzt ihr zwar noch den Zugang zu eurem alten Handelspfad, aber einmal ans Meer gelangt wären diese Krieger mit ihren schnellen

Booten vermutlich sogar allein in der Lage, sowohl die Ihseliklippen als auch die Scorren der Birahanen zu unterwerfen."

Zähneknirschend musste ihr Gegenüber die Zustände bestätigen, was aber wiederum eine leichte Annäherung zwischen den Parteien bewirkte.

Olunde und Thorn wurden allmählich müde, denn sie waren bereits in den frühen Morgenstunden aufgebrochen und hatten bei den Posten der *Ihseligen* um eine Unterhandlung gebeten. Da Smali bereits als neuer Anführer gewählt war, waren sie ziemlich schnell zu ihm durchgelassen worden, und die Verhandlungen zogen sich nun hin.

Als die Sonne ihren Höchststand hatte, boten die *Ihseligen* schließlich eine kleine Mahlzeit als Verhandlungspause an, wovon Thorn und Olunde gern Gebrauch machten. Smali hatte schon in den Morgenstunden zwei weitere *Ihselige* zwecks Beratung hinzugezogen und nach dem Essen neigten die Gesprächsteilnehmer zunehmend dazu, über die eigentlichen Inhalte der Verhandlungen hinaus abzuschweifen.

Als Olunde ihre eigene Lebensgeschichte schilderte, entstand durch die Ähnlichkeit mit den Schicksalen vieler *Ihseligen* in der Runde eine gewisse Verbundenheit. Den anwesenden Klippenbewohnern waren von ihren Eltern ausnahmslos ähnliche Erlebnisse aus der eigenen Sippe erzählt worden. Allerdings verschwieg Olunde in ihrem Bericht, dass es ein *Ihseliger* gewesen war, der sie verschleppt hatte. Da sie auch von den Birahanen wusste, dass diese sich am Sklavenhandel beteiligt hatten, setzte sie um des Friedens willen einen der Seeräuber als ihren Verschlepper ein. Dass sie ihren ersten Peiniger vor gar nicht langer Zeit umgebracht hatte, verschwieg sie.

Am Ende des Tages konnte man zwar noch kein handfestes Verhandlungsergebnis vorweisen, doch gingen beide Seiten in dem Gefühl auseinander, dass mit der jeweiligen Gegenseite grundsätzlich zu reden war. Smali versprach, am kommenden Tag mit dem *Schamanen* der *Hros-Wigmannen* zu sprechen. Wenn sie sich einigen könnten, was er für wahrscheinlich halte, würden sie sich gemeinsam an das Heer wenden, das an der Straße nach Tvinhaag lagerte. Vermutlich sei dann ja auch ein Vertreter aus Schratstihn zugegen. Thorn blickte kurz zu Olunde und bejahte dann. Um den gesamten Ablauf nicht durch die Krieger am Haus Weltende stören zu lassen, garantierte er Smali, dass er mit seinen Begleitern unterhalb des Wasserfalls unbeschadet den Kleinen Fluod überqueren dürfe. Die *Ihseligen* hatten festgestellt, dass die Krieger des *Seo-Thruhtin* das gesamte Wiesengelände bis zum Fallbecken unsicher machten. Offenbar hatten sie kein Interesse daran, dass *Ihselige* und *Hros-Wigmannen* ein gemeinsames Süppchen kochten.

„Ziemlich riskant, deine Zusage, bei den Verhandlungen zugegen zu sein", meinte Olunde, als sie den Pfad durch das Geröllfeld erreicht hatten und wieder allein waren.

„Zugegeben, aber wenn wir an dieser Stelle Bedenken gezeigt hätten, hätte er meine vorherige Aussage, dass wir jederzeit in der Lage wären, ungesehen durch die Wälder zu gehen, als unehrlich eingeschätzt, sozusagen als reine Verhandlungstaktik. Das hätte sein langsam keimendes Vertrauen in unsere Glaubwürdigkeit völlig untergraben können."

„Da wird uns wohl nichts anderes übrig bleiben als unsere Schleichfähigkeit unter Beweis zu stellen."

Thorn nickte. Dann klopften sie an die Pforte im Steinwall.

Im Sitz des Häuptlings angekommen wurden sie bereits ungeduldig von den anderen erwartet. Eilig berichteten sie von ihrem Gespräch und ernteten manchmal erstaunte Blicke, besonders von Wiht und Ebenher. Gleichzeitig machte sich eine gewisse Erleichterung breit, weil im Augenblick die Zeichen nicht mehr auf Kampf standen.

„Was ihr da bei den *Ihseligen* erreicht habt, ist noch ein schwaches Pflänzchen", gab der Schratälteste zu bedenken. „Aber immerhin ist es ein beachtlicher Anfangserfolg. Wir müssen abwarten, was die *Hros-Wigmannen* und ihr *Schamane* dazu sagen."

„Vor allem müssen wir zugegen sein, wenn die Unterhändler in dem Heerlager aus Duggaland auftauchen", drängte Thorn. „Und zwar möglichst einige Zeit vorher, um noch mit den Anführern dort zu sprechen."

„Smali wird den *Schamanen* erst morgen früh aufsuchen", warf Olunde ein. „Zumindest würden wir bemerken, wenn er geht, da er unter dem Wasserfall den Kleinen Fluod überqueren will. Am besten wäre es allerdings, wenn unsere Abordnung dann bereits vor dem Lager unserer Verbündeten angekommen wäre."

„Also heute Nacht im Dunkeln aufbrechen, morgen die Helligkeit abwarten und sich den Kriegern aus Duggaland zu erkennen geben", fasste Ebenher zusammen. „Bliebe noch zu klären, wer uns bei den Verhandlungen vertritt."

„Es sollte jemand sein, der im Lager unserer Verbündeten bekannt ist", sagte Wiht. „Fremde Personen könnten schließlich auch erscheinen, um eine Falle zu stellen."

„Würde man unsere Zugehörigkeit nicht an der Mundart erkennen, die wir sprechen?", fragte Urk.

„Bei den *Ihseligen* insbesondere gibt es genug Männer, die die Mundarten der Siedlungen sprechen, weil sie dort geboren sind."

„Stimmt, das habe ich nicht bedacht."

„Mich kennt dort vermutlich keiner", bemerkte Olunde.

„Mich wahrscheinlich auch nicht", fügte Juzz hinzu. „Es wäre schon ein ziemlicher Zufall, wenn alte Bekannte von der *Seegilde* dort wären."

„Ich finde, Ilunga sollte auf jeden Fall gehen", schlug Urk vor, sie ist sowohl in Sihport als auch in Tvinhaag gut bekannt und angesehen."

„Dich kennt man in Tvinhaag auch", erwiderte die Segelweise, „und außerdem bist du ein Waldmensch."

Urk blickte Olunde an.

„Lieber wäre es mir, du bliebest hier", sagte sie leise. „Aber du hast mich ja auch zu den *Ihseligen* gehen lassen. Auf jeden Fall muss aber ein *Schrat* mit, der den Weg kennt."

„Thorn", bestimmte Ebenher, „er war ja auch bei diesem Smali und ist dort bekannt. Er muss einfach mit."

„Einverstanden. Wenn es jetzt nichts weiter zu besprechen gibt, gehen also Ilunga, Urk und ich gemeinsam. Ich schlage vor, wir schlafen jetzt zunächst ein Weilchen und brechen dann in der Mitte der Nacht auf."

„Welche Bewaffnung?", fragte Urk.

„Messer, Pfeil und Bogen. Speere sind zu hinderlich."

Etwa um Mitternacht wurden die Unterhändler in Thorns Haus von Olunde geweckt. Sie hatte noch etwas zu essen und zu trinken besorgt. Schnell verzehrten sie die kleine Mahlzeit und brachen dann auf.

Da sie wussten, dass die *Ihseligen* am Schleichpfad unterhalb der Pforte lagerten und sicher seit dem Angriff auf den Nachschub besonders wachsam waren, mussten sie wieder einen langen Umweg in Kauf nehmen und den Ort hinter dem Häuptlingssitz durch die schmale Öffnung in der Palisade verlassen. Sie überquerten den Kleinen Fluod und drangen in den dichten Wald auf der gegenüberliegenden Seite ein. Zwar war die Nacht nicht ganz dunkel, da aber unter den Bäumen dennoch kaum etwas zu erkennen war, hielten sie sich dicht beieinander. Thorn ging voran, dann folgte Ilunga, und Urk beschloss die kleine Gruppe. Zunächst war der Anstieg sehr anstrengend, dann erleichterte ein kurzes Stück ebenen Waldbodens das Vorwärtskommen. Als sie die Felsnase überquert hatten, die das Felsenbecken überragte, ging es wieder steil bergab. Mehrere Male kamen sie ins Rutschen und mussten sich zusammenreißen, um nicht vor Schreck laut aufzuschreien. Schließlich standen sie vor dem gurgelnden Wasser des Kleinen Fluod, und Ilunga setzte schon einen Fuß hinein, um hindurchzuwaten.

„Nicht!", zischte Thorn aufgeregt. „Hier ist es zu gefährlich, der Fluss ist hier viel zu reißend. Du würdest einfach mitgerissen, zumindest in dieser Dunkelheit. Wir müssen noch ein Stück hinauf."

Geduldig trotteten sie ihrem Führer hinterher, bis er sie auf eine Furt aufmerksam machte. Hier war der Kleine Fluod etwas breiter und floss in mehreren Rinnen. Thorn ging vorsichtig voran, und seine Begleiter folgten genau jedem seiner Schritte. Als der *Schrat* den letzten Schritt hinüber gemacht hatte, sah er den Wachtposten im Weidengebüsch gegenüber hocken.

„Schnell hinüber und ducken!", rief er hinter sich und warf sich augenblicklich zu Boden – gerade noch rechtzeitig, um dem Pfeil zu entgehen.

„Geht das schon wieder los?", entfuhr es Ilunga, während sie sich auch mit einem Satz ans Ufer rettete und auf dem Bauch landete. Einen Augenblick später lag Urk neben ihr. Sie nahmen ihre Bögen quer, um im Liegen schießen zu können. Zwar hatten sie in dieser Lage nicht die richtige Zugkraft, aber der fremde Krieger war auch nicht sehr weit entfernt.

Zap! Zap! Zap! Drei Pfeile in schneller Folge, wenn auch ein sorgfältiges Zielen bei den Lichtverhältnissen unmöglich war. Es folgte ein prasselndes Geräusch, so, als ob jemand durchs Unterholz bräche.

„Mach, dass du fortkommst!", rief der *Ihselige* einem Mitwächter zu, den man allerdings zwischen den Bäumen nicht ausmachen konnte. Der Angerufene hütete sich auch, durch eine Lautäußerung oder heftige Bewegung auf sich aufmerksam zu machen. Nur der erste Krieger setzte lautstark seine Flucht fort, rief dabei aber unentwegt nach seinen Leuten.

„Liegenbleiben!", zischte Thorn, als Ilunga sich aufrichten und den Flüchtenden verfolgen wollte. „Vielleicht wartet sein Genosse nur darauf, dass wir ein geeignetes Ziel abgeben. Bis jetzt hat er sich noch nicht bewegt."

„Willst du lieber warten, bis seine Mitstreiter hier erscheinen?"

„Still!", flüsterte Urk. „Lass uns abwarten, ob er sich rührt. Dann können wir ihn vielleicht in die Zange nehmen."

Tatsächlich ertönte schräg links vor ihnen nach einiger Zeit ein Knacken. Offenbar hatte der Mann bei dem Versuch, sich davonzuschleichen, einen trockenen Zweig aus dem Buschwerk abgeknickt.

„Du von links, ich von rechts", raunte Urk dem *Schrat* zu. „Ilunga, du bleibst hier, falls er hierher kommt."

„Aber ..."

Doch bevor sie protestieren konnte, schnitt ihr Thorn das Wort ab: „Du bist kein Waldmensch, Ilunga, vertrau uns jetzt."

Ihr Nicken konnte zwar keiner der beiden sehen, doch gingen sie von ihrem Einverständnis aus. Wie zwei Wildkatzen glitten die beiden Waldbewohner über die Streu, ohne einen Laut abzugeben. Das leise Rascheln, das sich nicht vermeiden ließ, wurde durch Ilungas Stimme übertönt, die sich hinter einem dicken Erlenstamm verkrochen hatte.

„Ergib dich, *Ihseliger,* es soll dir auch nichts geschehen!"

Zwar rechnete sie nicht damit, dass der Angesprochene auf ihr Angebot eingehen würde, doch hoffte sie, ihn von den Bewegungen ihrer Gefährten abzulenken.

„Aaah!", ertönte plötzlich der Schrei des Ihseligenkriegers, als er von zwei Seiten wie aus dem Nichts am Arm gepackt wurde.

„Flieh und hol Hilfe!", rief er noch seinem Mitwächter zu. Tatsächlich ließ sich sein Mitstreiter noch einmal vernehmen. Er hatte nach anfänglicher Flucht etwas abseits am Berghang gesessen und auf das weitere Geschehen gewartet. Nun brach er weiter durch die Büsche und eilte, so schnell es ging, am Berghang entlang in Richtung seines Lagers.

„Sie werden bald da sein!", rief er noch seinem Gefährten zu.

„Wo lagern die anderen Wachen?", fragte Thorn gerade den Gefangenen, als Ilunga hinzukam. Allerdings zeigte der sich nicht sonderlich gesprächig. Trotz mehrfacher Wiederholung der Frage blieb er stumm.

„Wenn du versuchst, Zeit zu gewinnen, bis deine Freunde hier sind, müssen wir dir direkt sehr weh tun. Viel Zeit haben wir nämlich nicht", sagte Ilunga ganz ruhig zu ihm und zog betont langsam ihr Schratmesser aus dem Gürtel. Sie setzte die Spitze oberhalb seines Knies an und drückte sie leicht gegen seine Hose aus Seehundfell. Ohne ihn zu verletzen zog sie die Spitze des Messers langsam nach oben seinen Oberschenkel hinauf. Je näher sie seiner Leistengegend kam, umso nervöser wurde der Krieger. Er schien krampfhaft nachzudenken, was er tun solle. Schließlich, als die Messerspitze das Ende seines Schenkels erreicht hatte, stieß er ein abgehacktes „Halt, ich sage es ja, hm ..." hervor. Ilunga verstärkte etwas den Druck ihrer Klinge und ließ die Spitze noch näher an seine empfindlichsten Teile rutschen.

„Und?", murmelte sie.

„Äh, sie, äh, lagern am, am ... Berghang gegenüber dem Felsenbecken!", schoss es dann mit einem Mal aus ihm heraus.

„Soso", brummelte Thorn. „Und wie sieht es am Pfad der Vermissten aus? Sagen wir einmal, dort, wo der Weg bereits durch den Wald führt?"

„Äh, nichts, äh. Keine Wache am Pfad der Vermissten. Ganz bestimmt nicht."

„Sicher?", hakte Ilunga mit lauerndem Unterton nach.

„Jaja", beeilte sich der Mann zu betonen. „Am Pfad ist, äh, also da ist, äh, jetzt niemand, weil ... jetzt auch niemand Nachschub bringt." Erleichtert, eine plausible Erklärung gefunden zu haben, sackte der Mann etwas in sich zusammen. Ilunga nahm das Messer weg.

„Na, das war ja eine schwere Geburt", bemerkte der Schrat. „Wir werden dir nichts mehr tun. Nur festbinden werden wir dich. Dann können dich deine Leute befreien, wenn wir bereits fort sind. Sie werden ja bald hier sein."

Hastig nickte der Gefangene mit dem Kopf und ließ sich mit dem eigenen Gurt und einem Stück seiner Jacke, das Ilunga ihm mit dem Messer abschnitt, ohne Widerstand an einen jungen Baum fesseln. Zur Sicherheit nahmen sie ihm noch die Waffen ab.

„Auf geht's", sagte dann der *Schrat* und winkte Ilunga und Urk, ihm zu folgen.

„Das sollte doch eine Falle sein", konnte Urk nicht mehr an sich halten, als sie außer Hörweite waren. „Ihr wollt doch jetzt wohl nicht einfach über den Pfad der Vermissten spazieren, oder?"

„Sicher nicht", antwortete Thorn und versteckte die Waffen des *Ihseligen* im Unterholz. „Er wollte uns natürlich etwas vormachen, um uns seinen Leuten in die Arme zu treiben. Das ist schon klar. Leider müssen wir auf unserem Weg den Pfad immer an irgendeiner Stelle kreuzen, und wir wissen ja nicht, wo sie genau lagern."

„Und wenn wir uns anschleichen und die Wachen dann umgehen?"

„Sie sind nicht ganz so einfältig wie der Krieger eben, der sich vermutlich wer weiß wie gerissen vorkommt – jetzt, nachdem er glaubt, uns aufs Glatteis geführt zu haben. Denk daran, wo die beiden Posten standen, Urk. Sie waren nicht direkt am Ufer aufgestellt, sondern ein Stück zurück im Gebüsch, nicht zu sehen, still und abwartend. Unser Glück war, dass die beiden wegen der Dunkelheit daneben geschossen haben und dann panisch reagiert haben. Ich nehme an, dass sie sich diesen Standort nicht allein ausgedacht haben, sondern auf Anweisung dort standen. Die *Ihseligen* haben durch unseren kleinen Überfall auf ihren Nachschub nicht nur mehr Respekt vor uns bekommen, sie sind auch vorsichtiger geworden. Und jetzt überlegt mal. Wo würdet ihr die Wachen aufstellen, etwa direkt auf dem Weg?"

„Nein, eher schon unauffällig im Unterholz, bevor man den Pfad erreicht."

„Eben! Also müssen wir dort hergehen, wo sie nicht mit uns rechnen."

„Was meinst du?"

„Wir gehen erst gar nicht durch den Wald, sondern schleichen hier am Berghang entlang zurück bis zum Felsenbecken. So, wie der *Ihselige* geredet hat, ist dort garantiert keine Wache."

„Könnte sein. Aber wo willst du den Pfad überqueren?"

„Vom Felsenbecken aus kreuzen wir die Wiese. Es gibt dort einige Bodenwellen, die wir ausnutzen können. So müssen wir nicht die ganze Strecke kriechen."

„Dauert das nicht zu lange?", fragte Ilunga.

„Ich glaube nicht, es ist nur teilweise etwas beschwerlich, weil wir uns in der Wiese dicht am Boden halten müssen. Gleichzeitig sparen wir so aber den viel längeren Fußweg im Bogen durch den Wald."

Thorn übernahm wieder die Führung. Sie blieben im Bachtal des Kleinen Fluod, behielten aber immer den Berghang zu ihrer Linken. Direkt am Ufer wollten sie nicht gehen, da die *Ihseligen* dort vermutlich auch Wachen aufgestellt hatten, um den Übergang über den Wildbach zu kontrollieren. Da der Boden eben war und der Bewuchs aus einer Mischung von Wiese mit leichtem Buschwerk bestand, kamen sie gut voran. Nach kurzer Zeit sahen sie das Wasser des Felsenbeckens auf ihrer rechten Seite im fahlen Mondlicht schimmern.

„Wir sollten hier jetzt nicht mehr weitergehen, weil an dieser Stelle die Senke beginnt, in der der Pfad der Vermissten verläuft", sagte Thorn leise beim Zurückblicken. „Dort drüben auf der linken Seite befindet sich bereits der Rand des Waldes, in den der Weg hineinführt. Dort würde ich an ihrer Stelle auch eine Wache postieren."

„Und jetzt?", fragte Ilunga.

„Wir müssen jetzt die große Wiese in Richtung Haus Weltende überqueren. Am Anfang können wir noch die kleinen Büsche hier als Deckung nehmen, später werden wir dann auf allen vieren kriechen müssen."

„Na ja, dann los!", schnaufte Urk wenig erfreut.

Tatsächlich war der Anfang der Überquerung leicht zu bewerkstelligen. Sie huschten von Busch zu Busch, doch dann lag vor ihnen nur noch kniehohes Wiesengelände. Genau zu diesem Zeitpunkt machten die feinen Schleierwolken dem Mond Platz, sodass für die an die Dunkelheit angepassten Augen das Gelände deutlich zu erkennen war.

„Runter!", flüsterte der Schrat, und seine Begleiter glitten hinter ihm zu Boden.

Hintereinander bewegten sie sich auf Händen und Knien über die Ebene vor ihnen. Thorn blickte angestrengt über die Grasfläche und schaute nach unklaren Erhebungen, die eine hockende Wache von hinten sein konnte. Nichts war zu sehen. Wenn dort jemand war, musste er flach auf dem Boden liegen. Thorn winkte kurz, und sie setzten ihren beschwerlichen Weg fort. Bald darauf stießen sie auf den ausgetretenen Pfad der Vermissten. Ein Blick nach rechts und nach links, nichts Auffälliges war zu erkennen. Geschwind huschten sie über den Weg und setzten danach ihren Vierfüßermarsch fort. Als sie eine kleine Senke erreichten, atmete Thorn erleichtert auf.

„Das nächste Stück müssen wir nicht mehr kriechen", wisperte er, „gebückt laufen reicht hier."

Vorsorglich betrachtete er noch einmal die lange Vertiefung im Gelände vor ihnen. Auch hier schien nichts Auffälliges zu sein. Sie tauchten in das flache Tälchen ein und beschleunigten in gebückter Haltung ihren Marsch. Bald hatten sie das Ende der Bodenwelle erreicht. Erneut wandte sich Thorn um.

„Es ist jetzt nicht mehr weit bis zum Berghang gegenüber von Haus Weltende. Allerdings ist das hier der Bereich, der weder zum Lagerbereich der *Ihseligen* noch zu der Besatzung von Haus Weltende gehört. Wir müssen den Rest bis zum Wald wieder kriechen."

Etwa die Hälfte der Strecke bis zum Hang hatten sie zurückgelegt, als Ilunga hinter sich ein kurzes Ächzen vernahm. Sie blickte sich erschrocken um. Nichts war zu sehen, aber Urk war verschwunden. Eilig stieß sie Thorn von hinten an. Als sie beide nichts erkennen konnten, blickten sie sich ratlos an. In diesem Augenblick hörten sie ein dumpfes „Hier bin impf ...", dann war es wieder still. Sie richteten sich etwas auf, um besser sehen zu können, als sich plötzlich einige Schritte entfernt ein Schatten erhob und mit einem Pfeil auf sie zielte.

„Bleiben stehen!", erklang es in der *Sprache der Händler*.

Hastig griffen sie zu ihren Bögen und hatten schon einen Pfeil in der Hand.

„Besser nicht", zischte der Schatten, „sonst Mann hier tot."

Gleichzeitig erhoben sich zwei weitere Männer aus dem Dunkel. Einer von ihnen war Urk. Der andere hatte seinen linken Arm um den Hals des Flößers gelegt, gleichzeitig drückte die rechte Hand eine Steinklinge gegen Urks Kehle.

„Hier kommen, langsam!", befahl jetzt die Gestalt mit dem Bogen.

Vorsichtig traten Thorn und Ilunga mit gesenkten Bögen näher. Sie erkannten, dass die drei Männer in einer ausgehobenen Grube standen, die so tief war, dass ein Wachtposten bequem darin sitzen und gerade über das Gras schauen konnte. Sie waren vermutlich schon länger gesichtet worden, und als sie an der Vertiefung vorbeigeschlichen waren, hatten die Wachen Urk von hinten ergriffen. Hilflos blickte Thorn Ilunga an.

„Waffen auf Boden!", befahl nun der Mann mit dem Bogen.

„Schnell!", setzte er hinzu, als Thorn und Ilunga ihre Bögen betont langsam vor ihnen ablegten.

„Au!", ertönte jetzt ein Schmerzensruf des Kriegers, der Urk gepackt hatte. Er hatte einen Augenblick lang seine Aufmerksamkeit auf die Fremden gerichtet und seinen Kopf näher an Urks Schädel gebracht. Diese Gelegenheit hatte der Flößer ergriffen und mit einem schnellen Ruck seines Hinterkopfes seinem Gegner einen Stoß vor die Nase gegeben. Sofort danach griff er nach dem Arm, der das Messer hielt und drückte es von seiner Kehle fort. Jetzt aber hatte sein Widersacher die Beherrschung wiedergewonnen, und die beiden lieferten sich einen Ringkampf. Mit der linken Hand versuchte der Krieger, Urks Gesicht und dort die Augen zu erreichen, sodass dieser den Kopf wegdrehen musste und dadurch den Überblick verlor. Gerade genug Zeit für den Krieger, um seinen Arm mit dem Messer aus Urks Klammergriff zu reißen. Die Steinklinge zischte direkt vor der Kehle entlang, sodass sich der Flößer nur noch fallen lassen konnte. Sofort war sein Gegner über ihm und holte erneut mit seiner Waffe aus. Urk warf sich zur Seite und zog sein eigenes Schratmesser. Als der Krieger erneut zustoßen wollte, brach er mit einem Schrei zusammen, weil Urk ihm seine Klinge ins Knie gestoßen hatte. Schreiend umklammerte er sein Knie und wälzte sich unter Schmerzen auf dem Boden.

Der zweite Krieger hatte während des Kampfes ständig seinen Bogen auf Thorn und Ilunga gerichtet, die stocksteif dagestanden hatten. Jetzt beugte sich Urk zu dem verletzten Krieger und hielt ihm seinerseits das Messer an die Kehle.

„Besser, du ergibst dich", sagte er ruhig zu dem Bogenschützen, der sich ruckartig umwandte und instinktiv seinen Pfeil auf Urk richtete. Diesen Augenblick nutzten Ilunga und Thorn, rissen blitzschnell Bögen und Pfeile hoch und richteten sie nun gemeinsam auf ihren Gegner. Der fremde Krieger blickte unschlüssig zwischen seinem verletzten Kameraden und den auf ihn gerichteten Pfeilen hin und her. Mit einer hilflosen Geste ließ er seine Waffe fallen. Gleichzeitig erschollen Rufe aus der Richtung des Lagers um Haus Weltende. Es waren bereits dunkle Umrisse von Männern zu erkennen, die sich von Weitem näherten. Offenbar hatte man dort die Schreie gehört, die der Verletzte ausgestoßen hatte.

„Wir müssen weg!", warnte Thorn.

„Was machen wir mit ihm?", fragte Ilunga und wies auf den Bogenschützen, der jetzt mit erhobenen Armen vor ihnen stand.

„Jag ihn fort", antwortete der Schrat. „Er soll auf seine Mitkämpfer zulaufen. Es reicht, wenn wir den Wald vor ihnen erreichen, dorthin werden sie uns kaum folgen, es sind nur wenige, die ihm zu Hilfe eilen. Der andere kann ohnehin nicht laufen."

Sofort rannte der Krieger in die ihm angegebene Richtung, blieb aber stehen, nachdem er eine kurze Strecke zurückgelegt hatte.

„Der will uns sicher in einigermaßen sicherem Abstand verfolgen, um zu sehen, wo wir in den Wald eintauchen", meinte Urk.

Ohne ein weiteres Wort nahm Ilunga ihren Bogen und zielte auf den Mann. Sofort drehte er sich um, blickte aber weiter nach hinten. Als er bemerkte, dass Ilungas Pfeil gut gezielt war, machte er einen Satz zur Seite und gab schließlich doch Fersengeld, nachdem der Pfeil direkt neben ihm im Boden steckte.

„Los jetzt!", drängte Thorn und die drei rannten, so schnell sie konnten, auf den bewaldeten Berghang zu. Ihre Verfolger mussten sehr geübt sein, denn sie kamen ihnen ständig näher.

„Schaffen wir es noch?", keuchte Urk und blickte sich im Laufen um.

„Nicht reden, laufen!", erhielt er als Antwort.

Keuchend erreichten sie schließlich den Waldsaum, wo Urk sich an den Hals fasste.

„Was ist mit dir?", fragte Ilunga besorgt.

„Der Krieger hat mich doch noch mit dem Messer erwischt vorhin. Mein Hals blutet, aber es scheint nur die Haut zu sein."

„Das müssen wir uns genau ansehen!"

„Jetzt müssen wir erst einmal verschwinden", mahnte Thorn angesichts der näher kommenden Krieger und zeigte auf den Berghang. „Schaffst du das noch, Urk?"

Als der Flößer nickte, setzte der *Schrat* hinzu: „In der Nähe gibt es eine größere Lichtung, ich nehme an, dort ist es hell genug, um deine Verletzung zu verbinden."

Eilig tauchten sie im dichten Unterholz des Bergwaldes unter.

„Es ist glücklicherweise nur ein Kratzer", stellte Ilunga fest, als sie Urks Verletzung in Augenschein nahm. Zwar waren die Lichtverhältnisse nicht die besten, der Mond schien aber hell genug, um die Wunde einzuschätzen.

„Sie blutet nicht mehr, wir müssen also auch keinen Verband anlegen. Fass dich einfach die nächsten zwei Tage nicht an den Hals, damit du sie nicht wieder aufreißt. Du hast wirklich Glück gehabt."

„Wir aber auch!", warf Thorn ein. „Wenn Urk nicht diese schnelle Bewegung gemacht hätte, hätten uns diese fremden Krieger jetzt noch in ihren Krallen."

„Und damit ihnen das nicht doch gelingt, sollten wir jetzt weitergehen", drängte Urk. „Vielleicht trauen sich die Männer des *Seo-Thruhtin* tatsächlich in den Wald. Wer weiß?"

Sie setzten ihren Fußmarsch fort. Auch wenn sie jetzt aufrecht gehen konnten, was das Vorankommen erleichterte, mussten sie sich dennoch vor Fallstricken wie Efeuranken, zurückschnellenden Ästen und möglicherweise auch plötzlich auftauchenden Feinden in Acht nehmen. So verlief ihre Wanderung schweigend und mit großer Konzentration. Der *Schrat* schien wirklich jeden Ast in diesem Wald zu kennen und ging mit beeindruckender Leichtigkeit voran. Anfangs erschrak Ilunga noch, wenn vor ihnen ein verschlafenes Wild aufgeschreckt durchs Gebüsch brach oder wenn eine Eule in ihrem Rücken einen Schrei ausstieß. Mit der Zeit gewöhnte sie sich aber an die nächtlichen Geräusche des Waldes. Irgendwann verfielen sie in einen eintönigen Trott, der sie fast wie im Schlaf vorwärts stapfen ließ.

Sie konnten wegen der Bäume die aufgehende Sonne nicht sehen, bemerkten aber, dass die Sichtverhältnisse allmählich besser wurden.

„Wenn ich mit meiner Vermutung richtig liege, müssten wir jetzt dem Lager unserer Verbündeten schon sehr nah sein."

„Dann sollten wir uns ganz vorsichtig heranpirschen. Womöglich halten sie uns noch für Feinde und erschießen uns aus dem Hinterhalt."

„Ich glaube, wir sollten erst nachsehen, wo sich das Lager der *Hros-Wigmannen* befindet, dann könnte ich besser abschätzen, wie wir zu unseren Freunden aus Duggaland kommen."

Urk und Ilunga nickten zustimmend, und Thorn führte sie ein Stück den Berghang hinunter.

„Wir kommen jetzt zu der Schmalstelle, wo sich der Kleine Fluod durch den Berg gegraben hat", erklärte der Schrat. „Dort müssten sich die beiden Lager gegenüberliegen."

Als der Hang allmählich flacher wurde, hörten sie bereits den Lärm der *Hros-Wigmannen*. Um einen Platz zu finden, der ihnen einen Blick ins Lager ermöglichte, kletterten sie wieder ein Stück bergauf. Ein dicht mit Buschwerk bewachsener Vorsprung im Hang erfüllte diesen Zweck. Die Steppenkrieger unter ihnen liefen durcheinander und riefen sich irgendwelche Befehle oder Scherze zu. Anscheinend waren die Lagerbewohner gerade vom Schlaf erwacht und versuchten, sich eine Morgenmahlzeit zu beschaffen. Das ging nicht ohne Rangelei und Gezänk.

„Das wäre der ideale Augenblick für einen Angriff", bemerkte Ilunga. „Sie sind dermaßen mit dem Frühstück beschäftigt, dass sie sich sogar ohne Waffen durchs Lager bewegen."

„Umso besser für uns", meinte Thorn. „Dann können wir sie ganz gemütlich umrunden und unsere Freunde aufsuchen."

„Das sollten wir auch, damit wir da sind, bevor die Abordnung der Gegenseite kommt."

Erneut stiegen sie bergan und befanden sich kurz darauf wieder mitten im dichten Wald. Der *Schrat* führte sie immer weiter aufwärts, bis sie eine herausragende Kuppe erreichten.

„Wenn sie den Weg abriegeln und dafür die schmalste Stelle benutzt haben, müssten sie sich hier unter dieser Bergspitze aufhalten", sagte Thorn gerade, als er von einer fremden Stimme aus dem Gebüsch unterbrochen wurde.

„Das hast du ganz richtig erkannt!", röhrte die Stimme. „Und jetzt schön die Hände hoch, sonst erreicht ihr unser Lager nicht mehr lebend!"

Wie durch Zauberei traten plötzlich sechs Männer mit erhobenen Speeren aus dem Dickicht. An ein Weglaufen war nicht zu denken, da die Krieger gleichzeitig von allen Seiten gekommen waren und sie nun eingekesselt hatten.

„Wir sind ...", wollte Thorn eine Erklärung beginnen, doch die Männer nahmen sie gefangen, fesselten und entwaffneten sie, ohne ihnen Gelegenheit zu geben, etwas zu sagen. Unsanft wurden sie hinunter ins Lager gezerrt, wo sie vor einem spitzen Zelt aus Wollfilz warten mussten. Schließlich steckte ein älterer Krieger die Nase aus dem Zelt und schnauzte: „Herein mit ihnen, Wahsan erwartet sie."

Ihre Bewacher stießen sie in das Zelt, wo ein bärtiger, in braunes Leder gekleideter Mann mit wilder Haarmähne sie erwartete. Wegen des dämmerigen Lichts blinzelte der Mann und schaute fragend auf die Gefangenen. Urk hatte ihn gleich wiedererkannt.

„Kennst du mich noch, Wahsan?", fragte er ihn.

„Was?", antwortete der Häuptling ungläubig, „Ja, gibt es das denn? Bist du nicht der Mann, der mir in Holderhaag durch die Lappen gegangen ist?"

Urk nickte, und Wahsan begann, laut zu lachen.

„Haha, so sieht man sich wieder! Da kannst du sehen, haha ...", dabei schlug er sich vor Vergnügen auf die Schenkel, „ ... dass mir auf Dauer niemand entkommt, haha! Na, ich habe dir ja viel zugetraut, aber dass du nun die Seite gewechselt hast, das hätte ich ja nicht von dir gedacht!"

„Wir haben keine Seite gewechselt, wir kommen aus Schratstihn!", ging Thorn jetzt wütend dazwischen.

„Na, das kann ja schließlich jeder behaupten."

Thorn bekam vor Zorn einen hochroten Kopf und wollte den Häuptling erneut anschreien, als er von diesem im Ansatz unterbrochen wurde.

„Gemach, gemach! Ich kenne euch nicht, bis auf den Flüchtigen hier", damit zeigte er auf Urk. „Aber ich werde meine Mitanführer dazuholen lassen. Dann werden wir weitersehen."

Doch dazu kam es nicht mehr, denn die Nachricht von der Gefangennahme hatte sich im Lager bereits wie ein Lauffeuer verbreitet.

„Ilunga!", ertönte es vom Zelteingang.

„Jungi!", schrie die Segelweise und fiel, noch in Fesseln, in die Arme ihres alten Segellehrlings. Wahsan schaute noch verstört auf die beiden, als plötzlich Boto und Poto hineinstürzten und Thorn überschwänglich begrüßten. Schließlich kam noch der Hauptmann der Stadtwache.

„Urk, alte Wasserratte, du hier? Wir haben dich schon für tot gehalten. Na, den Göttern sei Dank, bist du ja noch am Leben. Hast du etwas von Frij gehört?"

Die freudige Begrüßungsstimmung ebbte jäh ab, als die Eingetretenen den betroffenen Ausdruck auf den Gesichtern der Noch-Gefangenen wahrnahmen. Schnell wurden ihnen zunächst die Fesseln abgenommen und ihre Waffen zurückgegeben. Dann sollten sie berichten.

„Thorn!!!"

Salidas gellender Schrei unterbrach die Ankunftszeremonie erneut und einen Augenblick später lagen sich der *Schrat* und seine Priesterin vor Freude schluchzend in den Armen. Allen liefen vor Rührung die Tränen aus den Augen und selbst der ruppige Wahsan rieb sich verstohlen ein paar Tropfen von der Wange.

Es dauerte eine Weile, bis sich alle wieder beruhigt hatten und sich zu einer Besprechung setzen konnten. In aller Kürze berichteten die drei Ankömmlinge von den letzten Geschehnissen, auch von Frijs Gefangennahme. Schließlich kündigten sie die Unterhändler der Steppenkrieger und *Ihseligen* an.

„Mit diesem Pack wollt ihr doch wohl nicht verhandeln?", ereiferte sich Wahsan. „Ich schlage vor, mit ihnen nicht viel Federlesens zu machen, sie zu schlagen und in ihre Steppe zurückzutreiben. Wir sollten ihnen eine solche Lehre erteilen, dass sie sich nie wieder trauen, einen Fuß in die Siedlungen Duggalands zu setzen."

„Ich glaube, du hast immer noch nicht verstanden, in welcher Lage sich Duggaland befindet", erwiderte Poto ganz ruhig. „Auch ohne den *Seo-Thruhtin* werden wir die *Hros-Wigmannen* nicht besiegen können, schon gar nicht, wenn sie mit den *Ihseligen* zusammen kämpfen."

„Und warum nicht?"

„Weil sie uns zahlenmäßig bei Weitem überlegen sind, und weil ihre Krieger weit besser im Kampf geübt sind als die allermeisten Krieger der Siedlungen."

„Haha, diese Steppenwichte, das möchte ich sehen", polterte Wahsan.

„Das kannst du haben", sagte Poto sanft.

„Wie meinst du das?"

„Ich war einer der *Hros-Wigmannen,* und ich schlage dir vor, mit mir zu kämpfen. Du bist doch ein geübter Krieger, oder?"

„Natürlich bin ich das!"

„Hört doch auf mit dem Blödsinn!", ging Ilunga dazwischen. „Wir haben jetzt andere Sorgen als eure dumme Rangelei."

„Nein, lass nur, ich will den Häuptling überzeugen, bevor die Unterhändler da sind. Er sollte nicht mit falschen Annahmen in die Verhandlung gehen."

„Und wie stellst du dir das vor?"

„Ganz einfach. Wahsan und ich kämpfen ohne Waffen, um uns nicht zu verletzen. Trotzdem behaupte ich, dass ich ihn in wenigen Augenblicken so weit habe, dass ich ihn nur mit meinen Händen töten könnte."

„Haha, Bürschchen, die Wette gilt. Ich werde diesem kleinen Steppenkrieger hier eine Abreibung verpassen, und danach reden wir weiter." Die Anwesenden verdrehten die Augen, sahen sich aber nicht dazu in der Lage, die Streithähne von ihrem Vorhaben abzubringen. Ungeduldig erhoben sie sich und traten vor das Zelt. Dort bildeten sie einen Ring um die beiden Kämpfer. Ohne ein Zeichen abzuwarten, stürzte sich der Häuptling mit einem Schrei auf seinen jüngeren Widersacher und schloss seine Arme um Potos Brust. Er versuchte, ihm so die Luft abzudrücken und ihn zur Aufgabe zu bewegen. In diesem Augenblick spuckte der junge Krieger gezielt auf Wahsans Mund. Angewidert lockerte der seine Umarmung und wollte sich instinktiv den Speichel abwischen. Diesen Moment nutzte Poto, ergriff Wahsans rechten Arm und drehte ihn ihm auf den Rücken. Mit einem weiteren Ruck zwang er den Häuptling zunächst auf die Knie, um ihn schließlich dazu zu bringen, sich völlig auf den Bauch zu legen. Wahsan versuchte, sich zu befreien, wurde aber durch den Schmerz in dem verdrehten Arm davon abgehalten. Mit seinem linken Arm bemühte er sich, den auf ihm knienden Poto zu fassen, was ihm aber nicht gelang. So blieb von dem Versuch nur ein hilfloses Zappeln. Poto fasste Wahsans hochgedrückten Arm nun mit seiner linken Hand, sodass er seine eigene rechte Hand frei bekam. Er versetzte seinem Gegner mit der Handkante einen trockenen Schlag ins Genick, genau so stark, dass Wahsan ihn spürte, aber nicht so, dass er ihn verletzt hätte.

„Das Zuschlagen mit der Handkante haben wir an Ästen geübt", erklärte er dem wütenden Häuptling. „Sei sicher, dass ein kräftigerer Hieb dich dein Leben gekostet hätte."

Dann erhob er sich und ließ seinen Gegner frei. Wahsan stützte sich mit dem linken Arm ab und stand ebenfalls auf. Vorsichtig bewegte er seinen lädierten Arm, wie um festzustellen, ob er noch ganz wäre.

„Nun, konnte ich dich überzeugen?", fragte Poto ruhig.

„Dein Spucken war hinterhältig und hat mich einen Augenblick abgelenkt. Nur dadurch konntest du mich bezwingen."

Der Häuptling war immer noch erregt und verärgert. Er schien nicht übel Lust zu verspüren, seinem Gegner doch noch eine Abreibung zu verpassen.

„Eben! Unsere Gegner sind hinterhältig! Die Krieger, die mit dem *Seo-Thruhtin* übers Meer gekommen sind, haben genau solche Kampfweisen mit den Steppenreitern geübt. Es geht ihnen nicht um einen ehrlichen Kampf, sondern nur um den Sieg. Alles andere ist nebensächlich. Wie wir in Tvinhaag gesehen haben, sind uns die *Hros-Wigmannen* vielleicht in der Planung des Vorgehens unterlegen, im Einzelkampf ist jedoch jeder von ihnen ein nicht zu unterschätzendes Raubtier. Im Übrigen, Wahsan", setzte Poto beschwichtigend hinzu, „bin ich sicher, dass ich dir im ehrlichen Kampf unterlegen wäre."

Der Häuptling brummelte als Antwort etwas in seinen Bart, schien seine schlechte Laune aber allmählich zu verlieren.

„Ich glaube, ich werde mich bei den Verhandlungen etwas zurückhalten", räumte er schließlich ein. „Im Gegensatz zu mir habt ihr eben doch eure eigenen Erfahrungen mit diesem Volk gemacht."

„Gut", sagte Ilunga, „bliebe noch zu klären, was wir den Steppenvölkern und den *Ihseligen* anbieten wollen und wie wir uns ein zukünftiges, friedliches Duggaland vorstellen. Und dazu, Häuptling Wahsan, solltest du als Vertreter der Menschen im Holderland schon etwas sagen."

Der Angesprochene nickte beruhigt, und sie begannen, ihre Standpunkte zu klären. Es zeigte sich, dass es wegen der persönlichen Erfahrungen der Anwesenden schwierig war, zwischen den neu auflodernden Gefühlen wie Hass, Wut und Rachegedanken sowie den vernünftigen Zugeständnissen im Sinne einer sicheren Zukunft zu vermitteln. Immer wieder kam es zu Zornausbrüchen über das Verhalten der Gegner. An diesen Stellen oblag es Boto und Poto, den Standpunkt des Steppenvolks vorab zu klären. Sie waren die Einzigen, die die Schmach der Missachtung durch die Bewohner der Siedlungen aus eigenem Erleben nachvollziehen konnten. Es war für sie nicht einfach, die Sichtweise der Menschen, die noch weitgehend als umherziehende Nomaden vom Jagen und Sammeln lebten, den hoch entwickelten sesshaften Bauern und Handwerkern zu vermitteln. Es war schließlich Salida, die das Wort ergriff.

„So kommen wir nicht weiter!" sagte sie. „Bedenkt bitte, dass wir alle die Geschöpfe der Großen Mutter sind, oder auch der Großen Göttin, wie sie ebenfalls genannt wird. Es ist nur gerecht, wenn wir allen Menschen in Duggaland ein besseres Leben ermöglichen. Lasst das Steppenvolk mithelfen, Brotgras und *Flass* anzubauen. Gebt ihnen einen entsprechenden Tauschwert für ihren Honig und was sie sonst so anzubieten haben. Es ist immer besser, die Nachbarn zum Freund zu haben statt einen großen Teil seiner Kräfte einsetzen zu müssen, um sich dauerhaft vor ihnen zu schützen."

Die Priesterin traf bei den meisten Anwesenden auf Zustimmung, lediglich Wahsan und der Anführer der Stadtwache blieben skeptisch. Sie hätten nach wie vor gern die Lösung in einem Sieg über die *Hros-Wigmannen* und ihre Verbündeten gesehen, ließen sich aber dann doch überzeugen, dass die Entscheidung für eine Fortsetzung des Krieges leicht zum Untergang ganz Duggalands führen konnte. Trotzdem wollten sie darauf achten, dass die Siedlungen bei einem Friedensschluss letztendlich nicht als Verlierer dastehen würden.

„Die Unterhändler!", erscholl eine Stimme aus dem Lager, als sie sich gerade soweit geeinigt hatten.

Es waren vier Männer, die von mehreren Kriegern zum Zelt geleitet wurden. Einer von ihnen war Smali, der ohne Waffen kam und genau so gekleidet war, wie Thorn ihn bereits kannte. Er ging neben einer kleinen, rundlichen Gestalt, die in einem wollenen Umhang steckte, der über und über mit zierlichen, meist bunten Gegenständen benäht war: Da hing ein violett eingefärbter Vogelknochen neben einem trockenen Strauß von Blüten. Darüber befanden sich eingefärbte Lederlappen verschiedenster Form, bunte Steine und vieles mehr. Der Umhang spannte über dem runden Bauch und reichte bis auf den Boden, sodass man die Füße des Trägers beim Laufen nicht sehen konnte. Auf dem Kopf trug der Mann eine halbkugelige Kappe, die aus langen Gräsern geflochten war. Sie war über und über mit farbigen Vogelfedern besteckt. Ein brauner Vollbart umrahmte das breite Gesicht, in dem besonders die hellwachen, kleinen dunklen Augen auffielen. Hinter diesem ungleichen Paar schritten zwei schwer bewaffnete Krieger, einer von den *Ihseligen* und ein *Hros-Wigman*.

„Sei gegrüßt, Smali!", wandte Thorn sich an den Hünen. „Es freut mich, dass du zu unserer Unterredung erschienen bist. Allerdings habe ich dich auch so eingeschätzt, dass man auf dein Wort zählen kann."

„Und dir ist es offenbar trotz unserer Wachen gelungen, hierher zu kommen", antwortete Smali grinsend. „Wenn du es nicht geschafft hättest, hätte ich dich heute als Gefangenen mitgebracht."

„Dann hättest du diese beiden Personen auch schon kennengelernt. Sie sind nämlich mit mir vom Schratstihn hergekommen."

Thorn stellte Ilunga und Urk vor, danach die anderen Anwesenden, alle mit ihren Namen und ihrer Herkunft.

„Dies hier ist Ziugon, der *Schamane* aus dem Lager der *Hros-Wigmannen*", erklärte Smali und wies auf seinen bunt gekleideten Begleiter. „Er ist dort nach dem Aufstand gegen die Männer des *Seo-Thruhtin* als neuer Anführer gewählt worden. Die zwei Krieger hier sind hochgestellte Personen unserer Völker, die wir als weitere Zeugen der Verhandlung mitgebracht haben."

Alle nickten sich zur Begrüßung zu und lagerten sich dann auf Lederdecken vor dem Zelt im Kreis. Wahsan und Jungi hatten eine kleine Mahlzeit vorbereiten lassen, die aus der mitgebrachten Verpflegung für die Krieger stammte. Ziugon bedankte sich und lobte, dass das Gesetz der Gastfreundschaft trotz des Kriegszustandes Bestand hätte. Da während des Essens noch keine Verhandlungen geführt wurden, verstrickte Salida den *Schamanen* in ein Gespräch über die Friedlichkeit der Götter. Er zeigte sich sehr interessiert an der Priesterin und schien einem späteren Treffen, wenn es gelänge, den Frieden wieder herzustellen, nicht abgeneigt. Als er erfuhr, dass Salida plante, sich in Schratstihn als Priesterin niederzulassen, hätte er am liebsten gleich einen ständigen Austausch vereinbart.

Als das Essen beendet war und die Verhandlungen begannen, war von der Leutseligkeit des Gesprächs bei ihm allerdings nichts mehr zu spüren. Er zeigte sich vielmehr als zäher und unnachgiebiger Unterhändler, der sehr auf den Vorteil der eigenen Seite bedacht war und immer wieder die Überlegenheit der *Hros-Wigmannen* anführte. Smali, der von seiner Gestalt eher wie ein unnachgiebiger Kämpfer wirkte, entpuppte sich dagegen als friedliebender Geselle, der die Kämpfe gern so schnell wie möglich beendet hätte. Immer wieder wurde er von Ziugon daran gehindert, verfrüht irgendwelche Zugeständnisse zu machen. Ein ähnliches Bild zeigte sich bei der Gegenseite, wo Salida öfter von Wahsan und Jungi unterbrochen wurde, wenn alte überkommene Vorrechte der Siedlungen zur Debatte standen. Thorn war eher auf Seiten Salidas, da er sich eine schnelle Rückkehr in ein geregeltes Leben und besonders ein ausgefülltes Liebesleben wünschte. So wurde hin und her geredet, gestritten, abgewogen, zugegeben und widersprochen, bis der Abend ein Ende der Gespräche einleitete. Man kam überein, die Verhandlungen am nächsten Tag fortzusetzen und dabei besonders auf die Ungleichheiten zwischen den Bewohnern der Siedlungen Duggalands und den Steppenbewohnern sowie der *Ihseligen* einzugehen. Ohne eine Klärung dieser Frage, soweit war man sich einig geworden, würde es keinen dauerhaften Frieden auf der Insel geben können.

„Man wird außerdem über die Benachteiligten innerhalb der Siedlungen nachdenken müssen", setzte Ilunga hinzu. „Da gibt es auch noch so einiges zu verändern."

„Das ist jetzt nicht Verhandlungssache", unterbrach sie Wahsan unwirsch. „Wir haben erst einmal hier genug zu klären."

„Ich denke allerdings ebenfalls", wandte Ziugon ein, „dass wir die Gespräche auch dann fortsetzen müssen, wenn uns hier eine vorläufige Einigung gelingt. Es wird garantiert weitere, wenn auch kleinere Streitereien geben, wenn *Ihselige* und Steppenbewohner in Sihport und Holderhaag auftauchen."

„Aber dann bitte nicht so auftauchen wie in Tvinhaag!", lachte der Anführer der Stadtwache.

„Nun, immerhin sind wir jetzt wohl so weit, dass das keiner mehr will", betonte der *Schamane*. „Im Übrigen könnten wir uns morgen in unserem Lager treffen, um auch den Ort zu wechseln. Danach kommen wir zu dir, Smali, oder hast du etwas dagegen?"

„Auf keinen Fall. Es scheint ja doch etwas mehr Zeit zu kosten, bis wir wirklich alles ausgehandelt haben."

„Dürfte ich während dieser Zeit mit Thorn und den anderen in Schratstihn leben?", fragte Salida plötzlich. Thorn strahlte sie freudig an und blickte erwartungsvoll hinüber zu Ziugon.

„Du hast genauso freies Geleit wie die anderen Gäste in Schratstihn. Wir wollen es uns schließlich nicht mit der Großen Göttin verderben", antwortete der schmunzelnd.

Kurze Zeit später beschloss man aufzubrechen.

„Was meinst du?", fragte Ilunga ihre Freundin Salida, während sie gemeinsam durch das Lager der *Hros-Wigmannen* zum Schratstihn zurückkehrten. „Werden wir mit den Gesprächen ein Ende des Krieges erreichen?"

„Das steht in der Hand der Götter", erwiderte die Priesterin. „Es ist noch so vieles offen, das geklärt werden muss, und die Einschätzungen der jeweiligen Gegenseite sind von vielen Ängsten und Misstrauen geprägt. Ich glaube, wenn man das erreichen will, liegt noch ein weiter Weg vor uns. Schau nur, wie misstrauisch uns die Krieger hier anblicken, sie haben fest an den Sieg über die verhassten Siedlungen geglaubt. Jetzt ist ihr großer Führer gescheitert. Sie sind maßlos enttäuscht, und es bleibt die Frage, ob sie sich den Ergebnissen, die Ziugon für sie aushandelt, wirklich anschließen. Ich vermute auch, dass der *Schamane* deshalb so hart bleibt in seinen Forderungen. Wenn er am Ende nichts vorweisen kann, was für diese Männer hier den Krieg gelohnt hat, werden sie ihn absetzen und sich einen anderen Anführer suchen, einen, der verspricht, ihre Forderungen mit Gewalt durchzusetzen. Diese Möglichkeit ist weiterhin gegeben."

„Umso schlimmer für Frij, wenn sie noch lebt", murmelte Ilunga.

„Sie wird zumindest so lange in der Gefangenschaft leben müssen, bis es zwischen den Siedlungen Duggalands, der Steppe und den *Ihseligen* ein Abkommen gibt. Vorher wird es vermutlich auch keinen Austausch mit den Männern in Haus Weltende geben."

Salida nickte nur.

SECHSUNDZWANZIG: Helgos Land

„Deine Auslieferung ist nur noch eine Frage der Zeit, mein kleiner *Seo-Thruhtin!*", zischte Lim und ihre Augen sprühten Blitze. „Und auch du, mein Täubchen, kannst von Glück sagen, dass du uns als Geisel für die Schrate nur unbeschadet von wirklichem Nutzen sein kannst. Sobald wir irgendeinen Vorteil darin sehen, werden wir uns von dir befreien. Ehrlich gesagt, wenn unsere eigenen Krieger nicht so darauf getrimmt wären, dass weibliche Gefangene unter Schutz stehen, würde ich dich ihnen gern ausliefern, damit sie noch ein wenig Spaß haben, bevor es hier für uns richtig brenzlig wird. Allerdings haben wir schon bei den *Ihseligen* angefragt, ob sie für eine solche Gabe wie dich bereit wären, den Zugang zum Pfad der Vermissten zu öffnen. Ich bin sicher, die einfachen Krieger würden sich ein solches Vergnügen nach ihrer langen Enthaltsamkeit nicht entgehen lassen. Leider haben ihre Anführer bisher noch nicht geantwortet. Sie stehen angeblich in Verhandlungen mit den Schraten."

Die beiden Gefangenen wussten beide keine angemessene Antwort auf diese Verkündigungen und schwiegen. Lim blickte unschlüssig zwischen ihnen hin und her, drehte sich dann abrupt um und rauschte wütend aus dem Raum.

„Was hat sie gesagt?", fragte Frij ihren Leidensgenossen. „Ich verstehe eure Sprache nicht so recht. Sie hat ja nicht in der *Sprache der Händler* gesprochen."

Helgo erklärte ihr kurz, was die Königin gesagt hatte.

„Es sieht, glaube ich, für Lim zur Zeit gar nicht gut aus, und für mich auch nicht", fuhr er fort. „Für dich allerdings ebenso wenig, du weißt ja jetzt, was sie mit dir vorhat. Zumindest, wenn unsere Gegner die *Ihseligen* oder die Steppenkrieger sind."

„Habe ich mir schon gedacht. Ohne Grund würden deine Leute ..."

„Es sind nicht mehr meine Leute!"

„Gut, also ohne Grund wären Lims Leute nicht so pausenlos damit beschäftigt, Haus Weltende zu verbarrikadieren." Frij zeigte durch eine der Spalten in der Hauswand. „Seit ich hier bin, haben sie Unmengen an Holz aus dem Berghang dort drüben herbeigeschafft. Sie sind fast damit fertig, das ganze Gebäude dicht mit angespitzten Pflöcken zu umgeben, die sie mit den Spitzen nach außen schräg in die Erde gegraben haben, wohl als Schutzwall sowohl gegen heranrennende Krieger als auch gegen Reiter."

„Ganz recht, und außerdem haben sie ums Haus verteilt halbrunde Brustwehren aus Palisaden aufgestellt. Dahinter sollen sich die Bogenschützen verschanzen und etwaige Angreifer davon abhalten, die spitzen Hölzer wieder aus dem Boden zu ziehen."

„Und das soll nützen?"

„Nun ja, das Haus hier lässt sich schon mit der vorhandenen Zahl an Kämpfern verteidigen. Es sind genügend Vorräte vorhanden, vermutlich mehr, als die *Hros-Wigmannen* und die *Ihseligen* für jeden Krieger besitzen. Letztlich hängt es bei der Übermacht der Gegner davon ab, wie viel Verluste sie in Kauf nehmen, bevor uns hier die Pfeile ausgehen."

„Uns?"

„Ja, uns. Es sind eben nicht die Schrate oder die Männer aus Tvinhaag, die uns angreifen werden. Als Lims Gefangene geht es uns sicher noch besser, als wenn wir in die Hände der *Ihseligen* oder des Steppenvolks geraten."

„Aber ist das nicht sowieso eine Frage der Zeit?"

Helgo nickte und seufzte laut.

„Wir sollten versuchen zu fliehen, und wenn es nur nach dort drüben in die Wälder wäre."

„Leicht gesagt."

„Könnte man vielleicht einen Balken hier mit deinem Eisenmesser herausschneiden?"

„Sicher", lachte Helgo bitter, „wenn du mir einen halben Mond Zeit gibst. Aber ob wir noch so viel Zeit haben, wage ich zu bezweifeln."

„Stimmt leider, außerdem müsste man das Schnitzwerk auch vor den Wachen verbergen."

Beide saßen trübsinnig gegen die Stämme der Außenwand gelehnt und schwiegen eine Weile.

„Eigentlich ist es schon merkwürdig", begann Frij erneut. „Meine Freunde und ich haben dich immer als unseren größten Feind betrachtet, und nun reden wir hier wie alte Bekannte miteinander."

„Eher wie eine Notgemeinschaft. Oder würdest du mich frei lassen, wenn wir jetzt zufällig auf dem Schratstihn säßen?"

Frij wiegte den Kopf.

„Na ja, vermutlich eher nicht."

„Na siehst du. Und wohin sollte ich dann mit dir flichen?"

„Es bieten sich nur zwei Möglichkeiten: der Schratstihn oder das Heer aus Duggaland. Alle anderen würden dich einen Kopf kürzer machen."

„Und bei deinen Leuten wäre das anders?"

„Hm, schwer zu sagen. Wenn wir dich als *Seo-Thruhtin* vorstellen, könnte ich für nichts garantieren. Aber ich glaube, sowohl von den Schraten als auch von den Männern an der Straße nach Tvinhaag hat dich noch keiner gesehen. Man müsste dich als einen Krieger ausgeben, der wegen irgendwelcher Dinge in Ungnade gefallen ist, zum Beispiel könntest du dich gegen das andauernde Morden ausgesprochen haben."

„Dann würde mein Leben völlig von dir abhängen, du wärest die Einzige, die mich kennt."

„Stimmt", grinste Frij. „Eigentlich eine sehr schöne Vorstellung, den großen *Seo-Thruhtin* auf Gedeih und Verderb in der Hand zu haben."

„Und das wäre ein Grund für dich, mit mir zu fliehen?"

„Unsinn! Solche Spielchen liegen mir nicht", Frijs Gesicht war schlagartig wieder ernst geworden. „Vergiss im Übrigen nicht, was du durch deinen Krieg mir und meinen Freunden angetan hast. Es gibt nur einen vernünftigen Grund für mich, dich zu schützen."

„Und der wäre?"

„Wenn wir hier bleiben, erwartet uns vermutlich beide auf irgendeine Art der Tod. Fliehen kann ich, wenn überhaupt, nur mit dir. Um mein Leben zu retten, würde ich dich schützen und dich bei Gelegenheit entkommen lassen. Für mein Leben, wohlgemerkt, nicht weil ich plötzlich freundschaftliche Gefühle für dich hege."

„Das hieße aber schon, dass ich von deinem Wohl oder Wehe abhinge."

„Richtig. Ich würde dir mein Wort geben, weil ich für mein eigenes Überleben keine andere Möglichkeit sähe."

„Und dein Wort hätte auch dann noch Gültigkeit, wenn wir bei deinen Leuten wären? Soll ich dir das glauben?"

„Ich könnte dir nur versichern, dass ich ein gegebenes Wort halte. Und dir bliebe nichts als mir zu vertrauen."

Helgo wiegte unschlüssig seinen Kopf. Er schien mit sich zu ringen.

„Es gäbe ja auch noch die Möglichkeit, meine Männer wieder auf meine Seite zu ziehen."

„Wenn du meinst, dann versuche es. Ich rechne, ehrlich gesagt, nicht damit, dass du aus Rücksichtnahme auf mich eine solche Gelegenheit ausschlagen würdest."

„Du schätzt mich falsch ein."

„Inwiefern?"

„Auch wenn unser Bündnis aus der Not heraus entstanden wäre, würde ich doch von da an zu dir stehen. Wenn wir also gemeinsam versuchen zu fliehen, würde ich dich auch freilassen, wenn sich die Dinge so entwickelten, dass ich plötzlich wieder in meiner alten Stellung wäre."

„Schön geredet, so haben wir uns nun gegenseitig unserer Verlässlichkeit versichert. Warten wir also ab, was im Ernstfall davon bleibt. Zunächst fehlt uns erst einmal eine Fluchtmöglichkeit."

Erneut lehnten sich beide grübelnd und schweigend zurück. Langsam verstrich die Zeit. Nur am Sonnenstand konnten sie durch die Wandspalten erkennen, dass der Tag allmählich verstrich. Es musste schon später Nachmittag sein, als sie plötzlich ganz nah bei sich ein kratzendes Geräusch vernahmen.

„Pssst!", ertönte leise eine Stimme hinter der Wand. Ein schneller Blick durch die Spalten zeigte einen Mann, der sich dicht von außen an die Stämme gekauert hatte und ebenfalls durch die Schlitze zwischen den Balken spähte.

„Chundo!", entfuhr es Helgo.

„Pssst! Nicht so laut", zischte die Stimme. „Ich wollte fragen, ob ich etwas für dich tun kann."

„Ach, packt dich dein schlechtes Gewissen?", knurrte Helgo. „Erst kneifst du vor Lim und jetzt machst du wieder auf Freundschaft? Wie soll ich das verstehen?"

„Hätte ich meine Familie ihrem Zorn aussetzen sollen? Du hast doch gesehen, was sie mit denen macht, die ihr nicht willfährig sind."

„Dann sei nur schön weiter willfährig, wenn du meinst, dass sie dich dann in Ruhe lässt."

Frij versetzte Helgo einen kleinen, aber spürbaren Stoß in die Rippen. Erstaunt sah er sie an. Sie hob nur bedeutsam die Augenbrauen und wies mit einem kurzen Kopfnicken auf den vermeintlichen Helfer.

„Und es würde allen nützen, wenn ich jetzt mit euch in dieser Kammer säße, oder?"

„Nein, natürlich nicht", lenkte der ehemalige *Seo-Thruhtin* ein, nachdem Frij ihm einen weiteren Rippenstoß versetzt hatte. „Sag mir lieber, wie meine Männer zu mir stehen. Meinst du, ich könnte sie auf meine Seite ziehen und Lim entmachten?"

Chundo schüttelte den Kopf.

„Vergiss es. Sie macht dich für die Misserfolge verantwortlich. Die Männer glauben ihrer Behauptung, du trügest daran die Schuld, dass sie jetzt von allen Seiten bedroht werden. Eigentlich wollen sie nur noch nach Hause, und Lim hat versprochen, sie aus der Zange zu befreien. Wie auch immer. Sie sehen in ihr jetzt ihre einzig mögliche Retterin."

„Dann musst du uns hier herausholen, Chundo!"

„Wie, etwa euch beide?"

„Uns gemeinsam, weil ich nur mit Frijs Hilfe bei den Schraten unterkommen kann."

„Ha, die werden dich am nächsten Baum aufknüpfen, wenn du mich fragst. Der Hass auf den *Seo-Thruhtin* ist im Gegenlager gewiss noch nicht abgeklungen."

„Niemand darf mich erkennen. Frij wird mich nicht verraten, dafür nehme ich sie mit."

Chundo schnaufte. Er schien sich zu fragen, wie weit man der fremden Gefangenen trauen konnte.

„Na gut", flüsterte er schließlich. „Und wie stellst du dir die Befreiung vor?"

„Hast du noch Befehlgewalt?"

„Ja, was die Regelung von Wachen und den Aufbau der neuen Abwehrmaßnahmen hier am Haus angeht, das schon. Ich kann aber keine größeren Maßnahmen mehr befehligen. Das machen jetzt vor allem deine Söhne."

„Pass auf! Du lässt als erstes Waffen hinter den neuen Brustwehren für die Bogenschützen ablegen. Begründe es mit der notwendigen Einsatzbereitschaft. Ich selbst werde noch heute die Wache bitten, mit Lim sprechen zu dürfen. Ich werde sagen, es gebe etwas, was ich ihr bisher verschwiegen hätte, was aber für die derzeitige Lage von großer Bedeutung sei. Versuche in ihrer Nähe zu sein und rate ihr ab. Sie wird misstrauisch sein und gleichzeitig neugierig. Ziemlich sicher wird sie kommen, wenn du ihr abrätst. Damit bist du auch gleichzeitig schuldlos an meiner Flucht."

„Ist das alles?"

„Ja, mehr solltest du auch nicht wissen. Und jetzt geh. Ich wünsche dir, dass du wohlbehalten zu deiner Familie zurückkehrst. Leb wohl, mein Freund."

„Eigentlich hatte ich gedacht, mit dir gemeinsam zurückkehren zu können, aber die Götter haben wohl anders entschieden. Leb wohl, Helgo. Viel Glück."

Der Schatten hinter der Hauswand huschte davon. Helgo wischte sich verstohlen eine Träne aus den Augen.

„Ihr kanntet euch lange, oder?"

„Hm, seit frühester Kindheit. Wir hatten gehofft, einmal unsere Enkel gemeinsam aufwachsen zu sehen. Aber das soll nun wohl nicht mehr sein."

Eine Weile später kam ein Wächter und sah nach den Gefangenen. Helgo bestand darauf, dass er Lim herbäte. Er hätte sich entschlossen, ihr etwas mitzuteilen, was von entscheidender Wichtigkeit sei. Wenn nicht, würde sich der Wächter mit Sicherheit den Zorn der Königin zuziehen. Der Mann runzelte misstrauisch die Stirn, zog aber dann doch ab, um die Botschaft zu überbringen. Es verging nur wenig Zeit, bis sich die Tür wieder öffnete und Lim, begleitet von einem Krieger mit Speer und Steinbeil, in den Raum trat. Sie selbst war unbewaffnet. Offenbar ging sie davon aus, dass ein bewaffneter Begleiter bei den Gefangenen für ihren Schutz ausreichte.

„Was gibt's?", fuhr sie Helgo voller Ungeduld an.

„Ich habe Euch etwas Wichtiges zu melden, schließlich will ich ja nicht, dass unsere Männer in eine Falle laufen."

„Red' nicht so viel drum herum. So viel Zeit habe ich nicht. Du warst es schließlich, der uns in diese angespannte Lage gebracht hat. Also?"

„Es wäre vermutlich besser, ich sage es Euch allein. Wenn es sich sofort herumspräche", Helgo blickte dabei vielsagend auf den Krieger, „könnte das unerwünschte Folgen haben. Mehr sage ich Euch im Augenblick nicht. Ihr müsst nun selbst entscheiden, wie Ihr verfahren wollt."

Lim zeigte sich unschlüssig, konnte aber ihre Neugier nicht verbergen. Nervös wie ein gefangenes Tier schritt sie im Raum auf und ab.

„Der Krieger dort genießt mein volles Vertrauen", begann sie, wurde jedoch durch den Mann selbst unterbrochen.

„Ich sollte vielleicht besser gehen, meine Königin. Danke für Euer Vertrauen, aber ich will den Fortgang der Dinge nicht gefährden oder verzögern."

„Gut, geh in den Gang hinaus, halte dich aber zu meiner Verfügung. Ich rufe dich dann."

Der Krieger verließ mit einer Verbeugung den Raum. Dann hörte man an seinen Schritten, wie er sich ein Stück entfernte, schließlich blieb er stehen.

„Kommt näher, damit ich leiser sprechen kann", wandte sich Helgo nun an Lim. Sie verzog ärgerlich das Gesicht, machte aber einen Schritt auf ihn zu. Helgo griff in eine Innentasche seines Oberkleides.

„Ich habe hier einen Gegenstand, der Euch beweisen wird ...", flüsterte er und Lim trat nun, neugierig geworden, ganz dicht an ihn heran, „dass Eure Krieger nicht immer sehr aufmerksam sind."

Mit einem Ruck riss er sein Schratmesser aus dem Wams, griff nach Lims Kopf und hielt ihr die Klinge an den Hals.

„Keinen Laut!", zischte er dann. „Du wirst uns nun behilflich sein, von hier zu verschwinden", und zu Frij gewandt: „Nimm ihren Gürtel und binde ihr die Hände auf den Rücken." Schnell wurde Lim mit ihrem eigenen Gürtel, einem einfachen Strick, gefesselt, was sie mit hochrotem, wütenden Gesicht notgedrungen geschehen ließ. Dann befahl ihr Helgo, die Wache zu rufen. Sie gehorchte und sofort hörte man die nahenden Schritte des Kriegers. Als er in den Raum trat, traute er seinen Augen nicht, wurde aber direkt zum Stillhalten und Schweigen genötigt, andernfalls würde die Königin sterben. Auch er wurde mit seinem Gürtel gefesselt, und Helgo schärfte ihm ein, auch weiter keinen Laut abzugeben, wenn ihm das Leben seiner Königin lieb wäre. Ein angedeutetes Kopfnicken Lims ließ den Mann stumm bleiben. Frij schob nun die Tür einen Spalt weit auf und blickte in den Gang vor ihnen. Er war leer. Die Wachen befanden sich anscheinend außerhalb des Hauses, da von dort auch am ehesten Gefahr drohte. Frij nahm nun den Speer des Kriegers an sich und hielt die Spitze auf Lim gerichtet, während Helgo der Königin weiter das Messer an den Hals drückte. Bis in den Eingangsraum des Gebäudes gelangten sie unbehelligt, dann stießen sie auf die ersten Wächter. Chundo war unter ihnen und tauschte kurz einen Blick mit dem ehemaligen *Seo-Thruhtin*, dann rief er gemeinsam mit den noch anwesenden zwei Wachtposten um Hilfe. Helgo musste einen Augenblick lang über Chundos Spiel schmunzeln, was er aber vor Lim verbergen konnte. Durch entsprechende Gesten hielten sie die Krieger auf Abstand und schoben sich aus der großen Vordertür von Haus Weltende. Eigentlich hatten sie vorgehabt, auf der Rückseite des ehemaligen Handelshauses hinüber zum bewaldeten Berghang zu fliehen, da aber immer mehr Krieger hinzueilten und nur einen geringen Abstand wahrten, hätten sie ihre Verfolger kaum abhängen können, zumal sie selbst nicht ortskundig waren. So gingen sie zunächst hinter eine der neu aufgestellten Brustwehren und deckten sich dort mit Bögen und Pfeilen ein. Helgo nahm auch noch einen Speer.

„Wir halten sie jetzt nur dadurch ab, auf uns zu schießen, weil wir zu zweit auf die Königin zielen. Sie können nicht sicher sein, dass einer von uns nicht doch noch den entscheidenden Stoß ausführen kann."

„Was sollen wir jetzt tun?"

„Aufgeben!", keuchte Lim in ihrer Sprache unter dem Griff ihres ehemaligen Anführers.

„Halt den Mund!", fuhr Helgo sie an. „Versuche nicht, uns etwas zu versprechen, du würdest es sowieso nicht halten."

Mit Lim sprach Helgo von nun an in der eigenen Sprache, mit Frij wechselte er in die Sprache Duggalands.

„Wir müssen aber jetzt etwas unternehmen", drängte Frij.

„Ich sehe nur die Möglichkeit, zum Torturm am Kleinen Fluod zu gehen und den *Hros-Wigmannen* ihre Auslieferung gegen freies Geleit anzubieten."

Lim gab ein wütendes gurgelndes Geräusch von sich.

„Ich werde ihnen sagen, dass du der *Seo-Thruhtin* bist", drohte sie. Den Begriff *Hros-Wigmannen* hatte sie aufgeschnappt und instinktiv richtig gedeutet.

„Falsch, denn du wirst der *Seo-Thruhtin* sein. Mein Gesicht hat von den *Hros-Wigmannen* bisher niemand gesehen. Und nach dem, wie du dich zuletzt aufgeführt hast, vermuten sowieso schon einige der Steppenkrieger, dass der wahre *Seo-Thruhtin* eine Frau ist. Heh! Du!"

Helgo hatte einen der hochgestellten Krieger herbeigerufen. Er trug die gleiche Ausrüstung und Bekleidung wie Helgo sie immer getragen hatte.

„Wirf dein Kleider über die Pfähle hier und besorge eine der ledernen Gesichtsmasken, wie ich sie auch immer aufgesetzt habe!"

Lim wurde gezwungen, sich in das Gewand des Kriegers zu kleiden und die Maske aufzusetzen.

„Dass der große Anführer eine Frau ist, glaubt dir kein Mensch!", keifte sie. „Dafür hast du viel zu viele Jungfrauen geschwängert."

„Ich hatte stets meine direkten Untergebenen bei mir, die diesen Dienst mit Freuden für mich erfüllt haben", spottete Helgo.

Lim knirschte mit den Zähnen und schwieg. Als sie umgezogen war und ihr Haar unter der Haube verborgen hatte, konnte sie bei ihrer

Statur gut als Mann durchgehen. Helgo und Frij nahmen sie so in die Mitte, dass sie sie jederzeit töten konnten. Helgo ging rückwärts, um die nachfolgenden Krieger zu beobachten und sie davon abzuhalten, mit ihren Pfeilen auf sie zu zielen. Sobald einer von ihnen seinen Bogen nur leicht anhob, machte Helgo eine deutliche Bewegung mit seinem Messer an Lims Hals. So wanderten sie zu dritt zum Torturm, immer mit Lims Wachtposten im Gefolge. Als sie die Reichweite von Pfeilen bereits unterschritten hatten, zischten die ersten Geschosse. Es handelte sich lediglich um Warnschüsse, denn die Spitzen blieben vor ihnen im Boden stecken. Ruckartig hielten sie an, und die Krieger Lims eilten schnell ein Stück zurück.

„Feiges Pack!", schimpfte die Königin, und Helgo grinste sie nur an.

„*Hros-Wigmannen,* wir wollen euch einen Handel anbieten!", rief Helgo zum Turm hinauf, dessen Brüstung mit Bogenschützen gespickt war.

„In eurer Lage könnt ihr gar keinen Handel mehr anbieten. Das Einzige, was euch möglich ist, ist, euch zu ergeben. Und zwar auf Gedeih und Verderb!"

„Wir haben hier den *Seo-Thruhtin.* Lebend hat er für euch einen hohen Tauschwert, gerade, was die Krieger in Haus Weltende betrifft. Bevor ihr uns erschießt, würden wir diese Geisel aber sofort töten. Damit wäre niemandem gedient."

„Was wollt ihr für den *Seo-Thruhtin?*"

„Freies Geleit nach Schratstihn."

„Wartet einen Augenblick!"

Der Redner wandte sich um und stieg zurück ins Innere des Turms. Es dauerte nicht lange, bis er wieder zurückkam.

„Wir sind einverstanden! Kommt langsam näher, legt eure Waffen vor dem Tor ab, dann lassen wir euch hinein."

Als die Gruppe langsam auf den Turm zuschritt, versuchten drei von Lims Kriegern, sich ihnen zu nähern, um Lim zu befreien. Nach drei Pfeilschüssen lagen sie am Boden. Zwei von ihnen waren sofort tot, der dritte schrie laut vor Schmerzen.

„Keine weiteren Versuche dieser Art!", rief der Mann vom Turm herunter, und Lims Krieger zogen sich noch weiter zurück.

Am Turm angekommen öffnete sich das Tor vor ihnen einen Spalt breit. Kaum hatten sie einen Schritt hineingesetzt, wurden sie schon gepackt und entwaffnet. Auch Frij und Helgo wurden Fesseln angelegt.

„Heh, das ist gegen die Abmachung!", protestierte Helgo.

„Na und? Du kannst dich ja beim *Seo-Thruhtin* beschweren", spottete der Mann. „Er steht ja neben dir."

„Ich nicht *Seo-Thruhtin*!", protestierte Lim, die den letzten Satz in etwa verstanden hatte.

Erstaunt über ihre nicht ganz männliche Stimme wurde ihr die Maske vom Kopf gerissen.

„Der *Seo-Thruhtin* ist eine Frau?"

Der Mann war sichtlich erstaunt. Helgo und Frij nickten bestätigend.

„Nicht wahr, nicht wahr!", kreischte Lim in der *Sprache der Händler*. „Ich bin Königin, gekommen von über Meer."

„Daher soll der *Seo-Thruhtin* ja auch gekommen sein", raunten mehrere der Umstehenden.

„Weil sie sich als Frau für den *Seo-Thruhtin*, euren geweissagten Retter, ausgegeben hat, hat sie stets eine Maske getragen", warf Helgo ein. „Das ist auch der Grund dafür, dass ihr trotz eurer großen Tapferkeit bisher nicht gesiegt habt. Sie hat euren guten Glauben nur ausgenutzt."

„Das *Seo-Thruhtin*!", giftete Lim nun und zeigte auf Helgo, der wiederum von den Umstehenden scharf fixiert wurde.

„Haha! Ich der *Seo-Thruhtin*! Würde ich mich denn selbst ausliefern und nach Schratstihn gehen, wo man mich dann vermutlich einen Kopf kürzer macht?"

Da Lim die letzten Worte nicht recht verstanden hatte, blickte sie nur verständnislos von einem zum anderen. Man nahm ihr Schweigen als Eingeständnis, und die Blicke, mit denen sie gemustert wurde, füllten sich zunehmend mit Hass.

„Und wer seid ihr?", fragte jetzt der Steppenkrieger.

„Mein Name ist Frij. Ich stamme aus Tvinhaag und bin von den *Ihseligen* gefangen und an die Krieger in Haus Weltende ausgeliefert worden. Meine Freunde sitzen in Schratstihn. Deshalb möchte ich gern dorthin. Dieser Mann hier ist einer der Krieger dieser Königin oder auch des sogenannten *Seo-Thruhtin*, wie ihr wollt. Er war es satt, euch im Namen seiner Herrscherin zu betrügen und hat mich befreit. Dass wir hierher kommen konnten, lag nur daran, dass er diese Person als Geisel genommen hat."

„Du hast also Freunde in Schratstihn. Umso besser! Dann kannst du uns als Geisel dienen, und dein Begleiter ist sicher für die Männer in Haus Weltende sehr interessant. Führt sie ab ins Lager zu Ziugon. Der *Schamane* soll über sie befinden."

Die drei wurden gepackt, man schleppte sie über die Brücke des Kleinen Fluod und folgte dem Trampelpfad zum Zelt des *Schamanen.*

Sie sahen schon von Weitem eine Gruppe von Menschen, die sich auf dem Weg befand, der aus Tvinhaag herführte. Sie bewegte sich ebenfalls auf das Zelt zu. Als sie es erreicht hatten, schienen sich die Mitglieder der Gruppe voneinander zu verabschieden. Ein Mann entfernte sich ins Lager der *Hros-Wigmannen,* ein weiterer blieb am Zelt stehen und blickte den anderen nach. Sechs weitere Personen machten sich in Richtung Schratstihn auf. Da der Weg zur Siedlung der Schrate und der letzte Abschnitt des Pfads der Vermissten aufeinander zuführten, kamen sie dem Gefangenentransport allmählich näher.

„Aber das ist doch ...", rief Frij außer sich, „das ist doch ... Thorn! Thorn! Ich bin hier! Hörst du mich? Thorn!"

Die Gruppe blieb abrupt stehen.

„Frij!", ertönte es aus vier Mündern, bevor sie auf die Gefangenen zurannten.

„Thorn ... Urk ... Ilunga ... und, und Salida ... seid ihr es wirklich?"

Frij schluchzte vor Glück, als sie von allen vieren umarmt und geherzt wurde. Die drei Krieger, die die Gefangenen begleiteten, versuchten, sich diesem Zugriff entgegenzustellen, wurden aber einfach achtlos zur Seite geschoben. Da es sich bei den Fremden um Unterhändler handelte, trauten sich die Wachen nicht, ihre Waffen zu gebrauchen. So warteten sie ab und achteten nur noch auf die verbliebenen beiden Gefangenen.

Während Smali und sein Ihseligenkrieger verwundert herüberschauten, dann aber unbekümmert ihren Weg fortsetzten, rannte der *Schamane*, der noch vor seinem Zelt gewartet hatte, auf den Pulk von Gefangenen, Kriegern und Unterhändlern zu.

„Diese Frau gehört zu uns, Ziugon!", wurde er ungeduldig von Thorn empfangen, während er noch vom Rennen keuchte. Er blickte seine Krieger an, erntete aber nur ein Schulterzucken und ein Verdrehen der Augen. Ilunga behielt als Einzige die Ruhe und erklärte dem *Schamanen*, wer Frij sei und wie sie in Gefangenschaft geraten wäre.

„Meinst du wirklich, dass es dir bei den Verhandlungen von Nutzen wäre, wenn du diese Frau als Geisel behalten würdest?", setzte sie ihre Rede fort. „Ich dachte, wir waren über die Stufe der Erpressung in unseren Verhandlungen schon hinaus. Du weißt, dass wir gewillt sind, die Siedlungen Duggalands zu einem gerechten Frieden zu bewegen. Lass sie bitte mit uns gehen. Deine Großzügigkeit würde die Siedlungen Duggalands mit Sicherheit eher zu Zugeständnissen an euch bewegen als eine harte Haltung."

„Und was ist mit den beiden?", fragte Ziugon zurück und wies auf Helgo und Lim.

„Das ist der *Seo-Thruhtin*", warf Frij schnell in die Runde und zeigte auf die Königin.

„Eine Frau?", staunten alle im Chor.

„Nicht bin *Seo-Thruhtin*!", schrie Lim dazwischen.

„Doch!", fuhr Frij sie an und wandte sich wieder dem *Schamanen* zu. „Sie hat sich als Mann ausgegeben, um besser als gottgesandter Befreier auftreten zu können, wie es eurem Volk vorhergesagt wurde. Deshalb auch die ständige Verkleidung mit der Maske. Sie hat ihre hochgestellten Anführer den Krieg führen lassen, stand aber ständig als Befehlshaberin im Hintergrund."

„Ich Königin Lim von hinter Meer!"

„Was ich gesagt habe", konterte Frij. „Sie ist die Königin des Volks, das über das Meer zum Steppenvolk gekommen ist, aber nicht der *Seo-Thruhtin*, wie sie vorgegeben hat. Sie hatte nur vor, ganz Duggaland zu unterwerfen, das Steppenvolk eingeschlossen."

„Du vergisst, dass das Steppenvolk die Siedlungen Duggalands fast besiegt hat. Wir sind nicht von ihnen unterworfen worden", warf Ziugon ein.

„Habt ihr jemals selbst entschieden oder habt ihr nur die Anweisungen des vermeintlichen *Seo-Thruhtin* und seiner direkten Untergebenen befolgt?"

Ziugon wand sich ein wenig: „Wir waren ja des Glaubens, dass der *Seo-Thruhtin* gottgesandt war."

„Eben! Darin liegt ja der Betrug. Was meinst du, edler *Schamane,* wie eure Stellung in Duggaland gewesen wäre, wenn die Siedlungen vollständig besiegt gewesen wären? Lim hätte ihr ganzes Volk nachgeholt, und dann wären eure Krieger nicht mehr in der Übermacht gewesen. Dann hätten die Siedlungen, das Steppenvolk und die *Ihseligen* für Lims Volk knechten können. Mit eurer Freiheit wäre es dann vorbei gewesen."

Der *Schamane* blickte ratlos in der Runde umher und blieb schließlich an Salidas Blick hängen.

„Ich glaube, Frij hat recht mit dem, was sie sagt. Ihr wäret, nachdem ihr für den *Seo-Thruhtin* euer Blut gelassen habt, erneut unterdrückt worden. Nur diesmal von euren angeblichen Freunden."

Ziugon wiegte noch ein wenig den Kopf. Er schien Salida als Priesterin noch am ehesten zu trauen.

„Gut", entschied er dann. „Ihr könnt Frij mitnehmen, diese beiden nehmen wir in Gewahrsam. Der Lagerrat soll entscheiden, was mit ihnen geschieht."

„Das geht nicht!", begehrte Frij auf. „Dieser Mann muss mit zu mir. Er ist es schließlich, der mich befreit hat. Gemeinsam waren wir gefangen, dann haben wir die Königin als Geisel genommen und sind zu den *Hros-Wigmannen* geflohen."

„Wieso war er bei seinen eigenen Leuten Gefangener?"

Der *Schamane* zeigte deutliches Misstrauen.

„Er heißt Helgo und war ein wichtiger Anführer Lims. Als sie schließlich andeutete, dass die *Hros-Wigmannen* nach dem Krieg als Arbeitssklaven für das Volk jenseits des Meeres eingesetzt werden sollte, hat er das abgelehnt. Er wollte die Männer, die mit ihm gekämpft hatten, nicht verraten. Ist es so, Helgo?"

Der Angesprochene bestätigte Frijs Worte und fuhr fort:

„Als ich mich geweigert habe, die *Hros-Wigmannen* gegen die Abwehrwälle des Schratstihn zu hetzen, weil die Verluste dabei zu hoch wären, hat sie mich meiner Stellung enthoben und eingesperrt. Dass die Steppenkrieger beim Sturm auf Schratstihn so hohe Verluste in Kauf nehmen müssten, kam ihr ganz gelegen, weil sie dann später, wenn unser Volk herüber käme, keinen großen Widerstand mehr leisten könnten."

Lim schaute von einem zum anderen, konnte aber dem Inhalt der Unterredung nicht ganz folgen. Immer wieder wies sie auf Helgo und bezeichnete ihn als *Seo-Thruhtin*.

„Sie will ihre Schuld auf andere schieben!", entgegnete Frij. „Glaube mir, wenn du diesen Mann wieder in das Lager an Haus Weltende schickst, werden sie ihn dort umbringen, genau den Mann, der vielen der *Hros-Wigmannen* das Leben gerettet hat."

Ziugon gab sich schließlich einen Ruck.

„Da du offenbar nicht zu dem Volk des *Seo-Thruhtin* gehörst, erscheinen mir deine Worte glaubhaft. Ich lasse ihn also mit euch ziehen, allerdings unter der Voraussetzung, dass sich die Unterhändler der Siedlungen sehr entgegenkommend zeigen werden. Andererseits", und damit wandte er sich zu seinen Kriegern, „haben die *Hros-Wigmannen* noch immer das stärkste Heer auf der Insel. Wir benötigen also nicht unbedingt Geiseln. Diese Frau mit Namen Lim halten wir aber zunächst einmal fest. Vielleicht sind die *Ihseligen* noch an ihr interessiert. Ich hörte, dass sie sich sehr für ihre Boote interessieren."

So wurde Lim ins Lager der Steppenkrieger geführt, während Frij und Helgo sich den Unterhändlern anschlossen.

Nachdem sie das Eingangstor Schratstihns hinter sich gelassen hatten und die erste Begeisterung über Frijs Rückkehr verflogen war, entschied Ebenher rigoros, dass Helgo in einen Turm gesperrt werden müsse, zumindest, bis man über seine Person Klarheit erlangt habe. Frijs Proteste blieben wirkungslos, zumal sie in dieser Hinsicht auch keine große Unterstützung ihrer engsten Gefährten hatte. Das Misstrauen gegenüber einem wichtigen Anführer aus der Kriegerschar des *Seo-Thruhtin* saß tief, und sie hegten die Vermutung, dass die Befreiung Frijs ein betrügerischer Plan war, um einen Spitzel bei den Schraten unterzubringen. Frij war froh, dass sie nicht die ganze Wahrheit gesagt hatte. Bei der angespannten Stimmung im Ort hätte sie Helgo, wenn er als der wahre *Seo-Thruhtin* entlarvt worden wäre, sicher nicht mehr schützen können. Zumindest war jetzt die Gefahr für sein Leben erst einmal abgewendet, wenn er auch in einem der Türme Schratstihns gefangen gehalten werden würde.

„Ich werde dich besuchen", rief sie Helgo noch zu, als er abgeführt wurde. Sie brachten ihn in den Turm, der sich am Ende des Steinwalls über dem Felsenbecken erhob.

Wegen der glücklichen Rückkehr Frijs beachtete niemand die Dunkelheit, die schon längst eingekehrt war. Fast bis zum Morgengrauen saßen die Gefährten in Thorns Hütte beieinander und redeten, aßen und tranken. Von Müdigkeit schien keiner geplagt zu sein. Zwischendurch ging Frij zu Helgo hinüber, der Turm war ja nicht weit entfernt, und brachte ihm auch etwas von den besseren Nahrungsmitteln, die die Freunde zur Feier des Tages vertilgten. Außerdem wollte sie nach seiner Verletzung sehen. Sie hatte sich von Salida einen Kräuterbrei anrühren lassen, der die Wunde reinigen sollte. Die Priesterin konnte leider ihre großen Heilkünste nicht anwenden, da sie hier erst neue Heilpflanzen sammeln oder anziehen musste. Mit ein paar Kräutern, die für viele Zwecke hilfreich waren, konnte sie aber sofort dienen. Außerdem hatte Frij ausgekochte Streifen aus Flassgewebe als Verbandstoff mitgenommen.

„Holst du mich hier wieder heraus?", fragte er sie, während sie seine Wunde behandelte.

„Ich tue, was ich kann."

„Vergiss dein Versprechen nicht."

„Ich vergesse es nicht. Außerdem solltest du dich sowieso etwas schonen, auch wenn du offenbar sehr gutes Heilfleisch besitzt. Also habe noch etwas Geduld."

Der nächste Tag begann erst gegen Mittag. Zu den Verhandlungen waren Ebenher und Wiht gegangen, da sie sich nicht die Nacht um die Ohren geschlagen hatten. Trotz ihrer Müdigkeit setzten die Gefährten die Gespräche fort.

„Wir müssen uns auf jeden Fall noch mit Wahsan und Jungi beraten, bevor wir den Steppenkriegern Zugeständnisse machen", sagte Ilunga gerade. „Auch wenn Ziugon sich letztlich als sehr bemüht gezeigt hat. Wir dürfen sie nicht einfach übergehen."

„Es gibt auch noch ungeklärte Fragen, die uns direkt betreffen", wandte Thorn ein. „Ich weiß nicht, ob die Schrate damit einverstanden sind, das Geheimnis der Eisenherstellung zu lüften. Ich stelle mir vor, die *Hros-Wigmannen* hätten plötzlich *Eisen*. Immerhin haben sie noch eine riesige Kriegerschar. Könnte es nicht sein, dass sie dann auch ohne den *Seo-Thruhtin* auf den Gedanken kommen, diese Übermacht auszuspielen?"

„Zuzutrauen wäre es ihnen schon", sagte Juzz. „Sie sind schließlich nicht besser als die Birahanen und die *Ihseligen*. Bei beiden Völkern ist auch schon immer jeder Vorteil, der sich ergab, ausgenutzt worden."

„Dann müssen irgendwelche Sicherheiten geschaffen werden, dass so etwas nicht passiert. Zum Beispiel, dass die Schrate ihre Geheimnisse erst dann preisgeben, wenn sich die Lage in Duggaland wieder entspannt hat. Und bei einem neuen Angriff würden die Siedlungen auch von Anfang an zusammenstehen, weil man die *Hros-Wigmannen* nicht noch einmal unterschätzen würde."

„Allerdings kann das Ganze nur dann ein gutes Ende nehmen, wenn wirklich alle Bewohner Duggalands gleich viel gelten und wenn etwas geschieht, was den Menschen Zutrauen gibt. Das heißt für die Siedlungen, dass sie sich mit den ehemaligen Feinden versöhnen und für *Ihselige* und Steppenvolk, dass sie sich von den Bewohnern der Siedlungen geachtet fühlen."

„Und hast du auch eine Vorstellung, wie das zu bewerkstelligen wäre, Olunde?"

So zog sich die Beratung wieder bis in den Abend, ohne dass ein nennenswertes Ergebnis erzielt worden wäre. Frij war es irgendwann leid, dieser Debatte weiter zuzuhören und begab sich zum Turm, wieder mit Kräuterbrei und frischen Verbandsstreifen ausgestattet.

„Zwar lässt du mich nicht frei, aber immerhin besuchst du mich", wurde sie von Helgo empfangen.

„Ich besuche dich nicht nur, ich pflege dich auch gesund. Du weißt, dass ich dich nicht einfach loslassen kann. Es ist zurzeit auch unmöglich, dich ins Gespräch zu bringen. Es geht nur um die Verhandlungen mit dem Steppenvolk und den *Ihseligen*. Für nichts anderes findet man im Augenblick ein Ohr."

„Du solltest dich noch einmal daran erinnern, dass wir uns gegenseitig etwas versprochen haben und dass du betont hast, du würdest dein Wort mir gegenüber halten."

„Hast du eine Vorstellung, wie ich das jetzt bewerkstelligen sollte?"

„Du hast in Schratstihn Freunde, du bist unter deinen Leuten, ich nicht! Also frage mich jetzt nicht, wie du es anstellen sollst, mir die Freiheit zurückzugeben."

„Wenn ich dich tatsächlich jetzt auf irgendeine Art fliehen ließe, wärest du doch verloren. Alle würden Jagd auf dich machen. Außerdem hast du kein Boot, mit dem du die Insel verlassen könntest. Wenn es aber tatsächlich gelänge, eine Absprache zwischen den verfeindeten Lagern zu treffen, wärest du danach hier in Schratstihn keine gefährliche Person mehr. Du könntest frei den Ort verlassen, und wir könnten versuchen, dich ungefährdet ans Meer zu bringen."

„Ist es nötig, dass ich deswegen hier in diesem zugigen Palisadenturm vor mich hin rotte? Könntest du mir nicht wenigstens die Gefangenschaft etwas erleichtern? Ich würde auch gern etwas tun. Verschaff mir eine Betätigung, die dem Ort nützt. So könnte ich vielleicht das Vertrauen der Schrate erlangen."

„Wir haben eine Abmachung. Zu der stehe ich. Aber glaube nicht, dass ich dir voll und ganz vertraue. Schließlich habe ich selbst erlebt, wie du planen und lügen kannst. Ich werde meine Leute nicht deinem falschen Wesen aussetzen."

„Ohne diesem falschen Wesen, wie du es nennst, säßen wir beide noch in Haus Weltende, vielleicht hätte man uns auch bereits umgebracht."

Frij sah ihn eine Zeitlang prüfend an.

„Du hast nicht ganz unrecht", murmelte sie dann, um lauter fortzufahren. „Ich werde versuchen, dir zunächst die Gefangenschaft etwas zu erleichtern. Deine Verletzung sieht übrigens schon viel besser aus." Ohne ein weiteres Wort wandte sie sich ab, nahm das gebrauchte Verbandszeug an sich und verließ den Turm.

Seit sie in Schratstihn war, wohnte sie mit den anderen in Thorns Hütte. Da Salida von den Schraten freudig aufgenommen worden war, hatte man sie gleich im Tempel untergebracht, obwohl sie noch nicht offiziell von Ebenher und seinem Rat als Priesterin eingesetzt worden war. Man war im Ort froh, dass es nun einen Ersatz für den verstorbenen *Schamanen* gab. Da Thorn sich, wenn ihn nicht die Verhandlungen und Besprechungen abhielten, vorzugsweise dort im Tempel aufhielt, ging Frij gar nicht erst in sein Haus, um ihn zu treffen. Sie folgte, nachdem sie Helgo verlassen hatte, den Palisaden, die sich direkt an den Steinwall anschlossen. Da man sie inzwischen im Ort kannte, wurde sie unterwegs von mehreren Leuten begrüßt. Hin und wieder warf sie einen Blick durch die Ritzen zwischen den Stämmen und blickte auf das enge Tal, das der Kleine Fluod durch den Berg gegraben hatte und das den Schratstihn wie ein großer Graben umgab. Auf der anderen Seite lag der steile, bewachsene Hang der Felsnase, die sich über dem Felsenbecken erhob. Wie sie aus den Erzählungen ihrer Gefährten wusste, lag dort der Weg in die Freiheit, wenn man die verborgenen Pfade des Schratgebirges kannte. Schließlich hatte sich ja auch die Abordnung für die Verhandlungen dort durchgeschlagen. Weder die *Ihseligen* noch die Männer von Haus Weltende würden jemanden dort aufspüren können - wenn man im Wald zu Hause war. Frij seufzte laut und setzte ihren Weg zum Tempel fort. Dort traf sie auf Thorn und Salida. Die Priesterin war gerade damit beschäftigt, die Zeichnungen ihres Vorgängers auf der Wand zu erneuern. Thorn half ihr dabei und schaute dann zu, wie sie auch eigene magische Zeichen hinzufügte.

„Sind dir die Bildnisse deines Vorgängers nicht gut genug, oder warum fügst du noch weitere hinzu?", fragte Frij die Priesterin, nachdem sie von ihr und Thorn ausgiebig begrüßt worden war.

„Von einigen dieser Zeichen kenne ich nicht einmal die Bedeutung", lautete die Antwort. „Aber ich denke, dass der *Schamane* sich etwas Sinnvolles dabei gedacht hat. Meine eigenen füge ich hinzu, damit auch deutlich wird, dass ich die Priesterschaft der Großen Göttin auf meine Weise ausüben werde. Die Umgebung auf diesem Felsen im Wald zwingt einen förmlich, solche Zeichen zu gestalten. Ich fühle mich hier der Erde wirklich sehr nah und hoffe, dass ich an diesem Ort die Unterstützung der Göttin erlangen kann."

Frij nickte und betrachtete dabei verstohlen ihren alten Weggefährten, der in der Gesellschaft Salidas wie verzaubert wirkte. Nach Urk und Ilunga schien auch dieser Freund sich allmählich von ihr zu entfernen und dem eigenen Glück zuzustreben. Mit Mühe riss sie sich aus ihren Gedanken.

„Ich bin eigentlich gekommen, um mit dir zu reden, Thorn. Kannst du mit mir etwas zur Seite gehen?"

„Hast du Geheimnisse vor Salida?"

„Nein, nein, das ist es nicht. Es ist nur eine Sache, die dich als Unterhändler von Schratstihn betrifft. Es ist auch kein Geheimnis, du kannst hinterher gern alles Salida erzählen."

Thorn schaute seine Geliebte an, die kurz nickte und die Hand schwenkte, um zu zeigen, dass sie sich nicht zurückgesetzt fühlte.

„Geht nur, ihr alten Kämpfer", lachte sie. „Mir ist schon klar, dass Frij immer jemand sein wird, der dir ähnlich nahe steht wie ich. Ihr habt ein Stück gemeinsames Leben, von dem ich nicht weiß, ob ich euch darum beneiden soll oder besser nicht."

Frij nahm die freundliche Priesterin in den Arm und schlenderte dann mit Thorn hinüber zur Palisade. Dort wies sie auf den Berghang gegenüber.

„Zwei Bitten hätte ich an dich", begann sie. „Die erste ist, dass du mir diesen Wald zeigst und wie man sich darin zurechtfindet."

„Solltest du nach deiner Gefangenschaft nicht froh sein, dich hier im halbwegs sicheren Schratstihn zu befinden? Warum willst du den Wald erkunden?"

„Weil ich neugierig bin. Das müsstest du doch von mir kennen. Wir haben schließlich immer versucht, uns in allen neuen Orten zurechtzufinden. Nur weil du hier zu Hause bist, muss ich doch nicht meine Neugier zügeln, oder?"

„Nein, natürlich nicht", lachte er. „Im Grunde sollte ich mich eher wundern, dass du erst jetzt mit einem solchen Ansinnen kommst. Allerdings ..."

„Allerdings was?"

„Du weißt, dass ich so gut wie keine Zeit habe, dir den Wald und den Berg zu zeigen. Man müsste mindestens einen ganzen Tag wandern, und du weißt ja, wie oft ich in eine Besprechung gerufen werde oder dass plötzlich ein Treffen mit unseren alten Feinden anberaumt wird."

„Schade!", die Enttäuschung stand Frij ins Gesicht geschrieben.

„Warte, warte", lenkte er sacht ein. „Vielleicht gibt es ja noch eine andere Möglichkeit."

Frij horchte auf und sah ihn aufmerksam an.

„Ich müsste meinen Bruder fragen. Er kennt sich hier im Wald genauso gut aus wie ich, und er hat mehr Zeit."

Frij strahlte ihn an. Er freute sich, dass sie wieder fröhlich aussah.

„Und was war deine zweite Bitte?"

„Könntest du nicht etwas unternehmen, um Helgo etwas mehr Freiheit zu geben? Immerhin hat diese Siedlung ihm einiges zu verdanken. Er war es schließlich, der den Sturm auf den Ort verzögert hat. Hätte er einfach seiner Königin gehorcht, läge Schratstihn vielleicht schon in Trümmern."

Thorn verzog gequält das Gesicht.

„Vielleicht hast du ja recht, aber andererseits war er ein hochgestellter Anführer und hat sicher einiges von den Kriegsgeschehnissen zu verantworten. Außerdem ist da noch etwas merkwürdig. Bei den Verhandlungen mit den *Hros-Wigmannen* haben sie nach ihm gefragt."

„Ja und?"

„Niemand dort hat ihn gekannt. Das ist doch merkwürdig, wenn er angeblich ein wichtiger Anführer im Krieg war. Es sind schließlich fast alle Krieger, die die Steppenvölker aufgebracht haben, dort unten im Lager versammelt."

„Soviel ich weiß, ist er eine ganze Weile in der Nähe des *Seo-Thruhtin* gewesen, also in der Nähe Lims, die sich so ausgegeben hat."

„Glaubst du diese Geschichte?", fragte der *Schrat* zweifelnd.

„Warum nicht?"

„Und wenn er in Wirklichkeit der *Seo-Thruhtin* ist? Gerüchte gibt es inzwischen reichlich. Es kursieren bereits die wildesten Vorstellungen." „Wenn er es wäre, wieso hat er so lange mit mir in diesem Loch in Haus Weltende gehaust, ohne dass er von mir wichtige Dinge erfahren konnte?"

Thorn zuckte mit den Schultern und wollte gerade antworten, als Frij ihm das Wort abschnitt.

„Viel wichtiger ist doch die Frage, was ist, wenn er es nicht ist, aber alle ihn dafür halten? Könnte es da nicht sein, dass sie ihn umbringen, und hinterher stellt sich heraus, dass er doch der Retter Schratstihns war?"

„Das wäre natürlich schlimm."

„Meinst du nicht, dass die Führung der Siedlung ihm einen deutlichen Vertauensvorschuss einräumen sollte, um solch ein Geschehen zu vermeiden?"

„Und wie soll das aussehen?"

„Er könnte Bewegungsfreiheit im Ort bekommen, sodass die Menschen mit ihm reden können. Allerdings sollte er ständig beaufsichtigt werden, aber nicht von einem Krieger mit Lanze, sondern wir sorgen dafür, dass er nie allein ist. Ich selbst könnte ihn zum Beispiel begleiten, um ihn in die Tätigkeiten einzuweisen, die er hier im Ort erledigen könnte. Waffen bekommt er natürlich keine."

„Hm, das wäre möglich. Zu tun gibt es genug. Ich werde mit Ebenher reden. Und natürlich auch mit Galm. Zufrieden?"

„Danke, Thorn. Und rede ruhig auch mit Salida über unser Gespräch. Sie ist eine weise Frau und hat vielleicht noch einen klugen Gedanken dazu im Kopf."

Thorn war froh über diese Aufforderung. So musste er die Sache nicht mit sich allein abmachen und konnte bei Ebenher auch die Ansicht der zukünftigen Priesterin mit ins Feld führen.

Am folgenden Tag war die Einführung Salidas in ihr Priesteramt vorgesehen. Aus diesem Grund waren alle Verhandlungen abgesagt worden.

Es hatte eine erstaunliche Bereitschaft sowohl bei den *Ihseligen* als auch bei den *Hros-Wigmannen* gegeben, den Schraten diese Feierlichkeit zu ermöglichen. Gleichzeitig hatten die Anführer dieser beiden Lager zu verstehen gegeben, dass sie gern dazu eingeladen würden. Sie stellten es als Möglichkeit der Bewohner Schratstihns dar, stellvertretend für alle Siedlungen Duggalands ein Beispiel ihres guten Willens zu zeigen, die bisher missachteten Völker der Insel in die Gemeinschaft aufzunehmen. Wieder baten die Schrate um Bedenkzeit, waren sich aber darüber im Klaren, dass eine Ablehnung zur Erschwerung, wenn nicht zum Abbruch der Verhandlungen führen würde. Um aber den *Ihseligen* und dem Steppenvolk nicht zuviel Einblicke in die Ausstattung des Ortes zu geben, wurde ein spezielles Ritual geplant. Angeblich um die Aufnahme der neuen Mitglieder in die Gemeinschaft Duggalands darzustellen, sollten diese als letzte in die Stadt einziehen. Vorher sollte eine größere Abordnung aus dem Lager der Siedlungen den Ort betreten. Da es von keiner Seite Widerspruch gab, wurde es so beschlossen.

Als Frij dem ehemaligen *Seo-Thruhtin* von dem Plan erzählte, ihm größere Bewegungsfreiheit zu ermöglichen, vielleicht schon zur geplanten Feier, lehnte er hastig ab.

„Ich glaube, es ist nicht sinnvoll, mich den *Hros-Wigmannen* gegenüber zu zeigen. Zwar ist es unwahrscheinlich, doch könnte es sein, dass mich jemand gesehen hat und nun wiedererkennt. Es muss nicht immer das Gesicht sein, was sich jemand gemerkt hat. Sorge am besten dafür, dass um mich kein Aufhebens gemacht wird."

Frij nickte und suchte Thorn auf, um zu fragen, ob er wegen Helgo schon bei Ebenher gewesen sei.

„Nein, ich habe noch nicht darüber gesprochen. Im Augenblick bin ich fast nur mit der Feier beschäftigt, immerhin ist es meine Geliebte, die hier Priesterin werden soll."

„Dann lass uns diese Geschichte auf die Zeit nach dem Einführungstag verschieben, so sehr eilt es schließlich nicht."

„Das ist mir sehr recht", antwortete der *Schrat* erleichtert.

So blieb Helgo vorerst in seinem Turm. Als Frij ihn aufsuchte, um seine Verwundung zu pflegen, versprach sie, ihm auch etwas von der guten Mahlzeit zu bringen, die zur Feier des Tages zubereitet werden würde.

Die Sonne war gerade aufgegangen, als bereits alle Einwohner Schratstihns auf den Beinen waren. Jeder hatte eine kleine Aufgabe zu erfüllen. Die Männer hatten sich in ihr Schratgewand aus Fellen geworfen, mit Fellhut und Eisenringen. Am Rücken hing ihr hölzerner Schild an einem Lederband hinab, an ihrem Gürtel trugen sie eine eiserne Streitaxt mit breiter Klinge. Einige Auserwählte begaben sich zu den Elchställen, um die Holzgeweihe an ihren Köpfen zu befestigen. Der größte Teil der Frauen traf sich am Sitz des Häuptlings, um dort das Festmahl für alle zuzubereiten. Hier gab es einen riesigen eisernen Kessel, der von allen Schmieden in vielen Etappen hergestellt worden war, indem sie flache, gebogene Eisenteile immer wieder an den oberen Rand des Gefäßes geschmiedet hatten. Der Kessel war der Stolz der Siedlung und groß genug, viele Esser satt zu machen. Eine Gruppe von Frauen zog mit den Kindern durch die geheime Pforte hinunter ins Tal des Kleinen Fluod, um dort Blüten zu sammeln. Jedes Kind und jede Frau trug einen Flechtkorb und füllte ihn mit den abgerissenen Köpfen der Wiesenblumen. Salida selbst hatte einige Personen um sich geschart, um ihre erste heilige Handlung als Priesterin vorzubereiten.

Nach dem Höchststand der Sonne meldeten die Wächter auf dem Torturm eine Bewegung im Lager der *Hros-Wigmannen.* Es war die Abordnung ihrer Verbündeten. Allen voran schritten Wahsan und Jungi, gefolgt vom Anführer der Stadtwache, dem seine Krieger in Zweierreihen folgten, in jeder Reihe soviel Männer, wie ein Mensch Finger besitzt. Alle waren mit Speeren, Schilden und Bögen bewaffnet. Boto und Poto waren im Lager geblieben. Sie wollten als ehemalige Steppenkrieger keinen Ärger verursachen. Die *Hros-Wigmannen* ließen sie in einer Gasse passieren und betrachteten neugierig ihre Ausrüstung. Als der Zug Brücke und Turm durchschritten hatte, wurde das Tor zunächst wieder verschlossen. Nach einer Weile bewegte sich erneut ein Zug von Kriegern vor den Befestigungen Schratstihns. Smali kam mit einer Truppe von Ihseligenkriegern, insgesamt so viel wie zwei Hände Finger besitzen. Die Männer bewegten sich am Rand des Geröllfeldes entlang, weit genug entfernt von den Kriegern in Haus Weltende. Sie liefen schließlich am Ufer des Fallbeckens entlang und überquerten den Kleinen Fluod oberhalb der Stelle, wo er ins Fallbecken mündete. Dann bewegten sie sich auf die Weggabelung zu, die ein Stück vor dem Torturm Schratstihns lag. Dort warteten sie auf die Abordnung der *Hros-Wigmannen*. Diese ließen nicht lange auf sich warten. Sie kamen zu Pferde. Der *Schamane* des Lagers schritt vor der Doppelreihe von Kriegern zu Fuß, trug einen weiten Umhang, zusammengenäht aus Stücken geschwärzten Leders, der über und über mit Fellstreifen und bunten Anhängen verziert war. Als Kopfbedeckung diente ebenfalls eine lederne Kappe, die mit verschiedenen Krähenfedern besteckt war.

„Das ist die Kleidung der *Schamanen* in Kriegszeiten", sagte Salida, die inzwischen auf den Torturm geklettert war, zu den Umstehenden. „Die Krähenfedern beziehen sich noch auf den Feldzug unter dem *Seo-Thruhtin*. Ziugon setzt damit gegenüber seinen Leuten ein Zeichen, dass der Frieden noch keine beschlossene Sache ist."

„Vermutlich muss er zeigen, dass er nicht so leicht vor den Siedlungen einknickt", erwiderte Frij. „Er ist in einer verzwickten Lage. An sich möchte er das Blutvergießen beenden, andererseits fordern die *Hros-Wigmannen* deutliche Verbesserungen für sich und ihr Leben. Umsonst soll der Friedensschluss nicht sein, dafür haben die Steppenkrieger schon zu viel Blut gelassen."

Salida nickte.

„Hoffen wir, dass die gemeinsame Feier etwas zur Annäherung beiträgt."

„Ich habe da auch schon eine Idee", meinte Ebenher. „Lass mich nur machen."

Bald darauf stand Smali mit seinen Männern auf der Brücke vor dem Turm, gefolgt von den *Hros-Wigmannen*. Sie warteten auf den Einlass. Ebenher schaute sich noch einmal um, ob auch alles zu seiner Zufriedenheit geordnet war, dann gab er ein Zeichen an die Wachen unten am Tor. Langsam öffneten sich die Türflügel vor den Kriegern, die gespannt und erwartungsvoll nach vorn sahen. Es war das erste Mal in der bekannten Geschichte Duggalands, dass Vertreter der *Ihseligen* und des Steppenvolks eine der befestigten Siedlungen betreten durften, und das noch bewaffnet.

„Eine ungeheure Aufwertung für diese Völker, wenn ihr mich fragt", sagte Olunde leise zu Urk und Frij, die neben ihr standen.

Aufrecht und mit geschwellter Brust marschierten die *Ihseligen* in den Ort, dicht gefolgt von den *Hros-Wigmannen,* die in stolzer Haltung hinter ihnen herritten.

„Das ist der Augenblick, in dem sie sich zum ersten Mal gegenüber den Bewohnern der Siedlungen gleichwertig fühlen", murmelte Olunde. „Vielleicht ist das der Durchbruch, wenn der Rest des Tages auch so verläuft."

„Hoffen wir es", hörte sie eine Stimme hinter sich. Es war der alte Wiht, der ihr geantwortet hatte.

Als die fremden Krieger den Torturm hinter sich gelassen hatten, gelangten sie in eine Gasse, die von zwei Menschenreihen gebildet wurde. Sie leitete sie mitten durch den Ort zu dem Becken unterhalb des Tempels. Dort sollten die ersten Feierlichkeiten stattfinden. Am Anfang der Menschenreihen standen die Krieger Wahsans und Jungis. Sie neigten die Köpfe vor den Vorbeischreitenden und stießen ihre Speere mit den Spitzen in den Boden. Ein Zeichen der Waffenruhe in Schratstihn. Hinter ihnen standen Männer, Frauen und Kinder des Ortes in bunter Reihe. Auch sie neigten die Köpfe und streckten die Arme nach hinten als Geste der Hochachtung, während die Krieger an ihnen vorbeimarschierten. Sobald die Männer an ihnen vorbeigezogen waren, nahmen sie die Köpfe wieder hoch. So zog sich eine Welle der Bewegung durch die Spaliere. Da Schratstihn nicht genug Einwohner hatte, um eine vollständige Kette von Menschen bis zum Ziel zu bilden, eilten die Personen, an denen der Zug bereits vorbeigeschritten war, an den Seiten vorbei zum vorderen Ende und stellten sich dort wieder auf. Da sich die Gäste nur langsam vorwärts bewegten, konnten sie leicht den Festzug überholen. Vor dem Becken der Tempelmulde endete das Geleit, und die fremden Krieger wurden von einem Begrüßungstrupp empfangen, der sich aus Häuptling Ebenher, dem alten Wiht als Vertreter des Rates, Juzz in Birahanentracht, Urk in Flößerkleidung, Frij mit einem Fischspieß und natürlich Salida bestand. Wahsan und Jungi kamen als Letzte dazu, da sie noch im Spalier mitgewirkt hatten. Sowohl Smali als auch Ziugon wirkten seltsam aufgeräumt. Der Empfang hatte sie sowohl beeindruckt als auch gerührt, waren sie doch die ersten ihrer Völker, die als gleichwertige Partner geehrt worden waren.

„Wie ihr seht, stehen zu eurer Begrüßung Vertreter der meisten Siedlungen Duggalands bereit", begann Ebenher eine Rede an die Gäste und stellte noch einmal die entsprechenden Personen mit Namen, ihrer erlernten Tätigkeit und ihrer Herkunft vor, um dann fortzufahren: „Wie ihr alle wisst, findet dieses Treffen statt, um die Priesterin der Großen *Erdfrouwa* aus Intrit hier im Schratgebirge erneut als Priesterin und Schamanin der Großen Göttin einzusetzen. Es ist normalerweise der Häuptling, der die Vertreter der Götter mit ihrer Aufgabe betreut, doch diesmal haben wir in dem ganzen Unglück, das Duggaland erleiden musste, das große Glück, einen hochgeachteten *Schamanen* aus unserem Nachbarvolk, den Steppenbewohnern, zu Gast zu haben."

Ziugon blickte erstaunt zu seinen Leuten, die ebenfalls vor Verwunderung die Augenbrauen hochzogen.

„Deshalb", fuhr der Häuptling fort, „möchte ich den *Schamanen* Ziugon bitten, die Einsetzungszeremonie an meiner Stelle vorzunehmen, denn er vertritt als Priester ebenfalls die Große Mutter. Ist es nicht so, Ziugon?"

„Das ist richtig, Ebenher, Häuptling der Schrate. Auch das Steppenvolk ist der Erdgöttin oder *Erdfrouwa* oder der Großen Göttin oder der Großen Mutter, wie sie auch in den verschiedenen Bereichen unserer Insel genannt wird, verbunden. Deshalb ist es mir eine Freude, Salida, die Priesterin mit dem Namen der *Erdfrouwa*, in ihrer neuen Bestimmung zu bestätigen. Da sie bereits eine geweihte Priesterin unserer gemeinsamen Großen Göttin ist − wenn auch nicht im Schratgebirge − muss ich sie nicht neu in den Dienst der Göttin einführen. Es obliegt mir nur noch, für ihr zukünftiges Handeln die Gunst der Götter und besonders der *Erdfrouwa* zu erbitten."

„Ich danke dir sehr für deine Bereitschaft, Ziugon, unabhängig von den Schwierigkeiten, in denen die Völker Duggalands verhaftet sind, dieser Aufgabe nachzukommen. Außerdem möchte ich, dass auch die Vertreter der *Ihseligen* sowie die Menschen der Steppe Zeugen dieses Vorgangs sind und ihrem Volk davon berichten. Dass dieses Wissen nicht unwichtig ist, möchte Salida nun erklären. Sie hat mich ausdrücklich aufgefordert, die *Ihseligen* wie die Steppenbewohner zu Zeugen ihrer Einsetzung zu bestimmen. Sprich, Salida!"

„Wir Priester und Priesterinnen der Erdmutter sind als *Schamanen* den Menschen verpflichtet, unabhängig von ihrer Herkunft. Ziugon wird mir das bestätigen."

Der *Schamane* nickte zustimmend.

„Nun hat es sich oft so ergeben, dass Menschen nicht zu einem Heiler gegangen sind, weil dieser einem anderen Volk angehörte. *Ihselige* waren krank in Haus Weltende, Birahanen im Handelsplatz der *Ihseligen,* Steppenreiter durften nicht nach Splint zu einem *Schamanen,* obwohl sie nur durch den Fluss Munde von ihm getrennt waren. Sie haben oft krank den weiten Weg nach Hause zu ihrem eigenen *Schamanen* gewählt, weil sie annahmen, dass der fremde Heiler ihnen nicht helfen würde. Viele sind auf diesem Weg sogar gestorben. Ich möchte sagen, dass, sobald ich in meine Aufgabe eingeführt bin, selbstverständlich jeder und jede Hilfsbedürftige zu mir kommen darf und soll."

Die Krieger der *Ihseligen* und die *Hros-Wigmannen* brachen in Hoch-Rufe aus. Nachdem wieder Ruhe herrschte, setzte Salida ihre Rede fort.

„Wie ich erfahren habe, haben die *Schamanen* und Heiler schon immer so gehandelt, doch war es den Betreffenden oft nicht möglich, zu ihnen zu gelangen, weil Wachtposten oder andere Personen sie gehindert haben. Diese Regelung soll sich in dem Augenblick ändern, in dem ich die Priesterin von Schratstihn werde. Jeder *Schrat* soll ab meiner Einführung verpflichtet sein, Hilfsbedürftige zu mir zu lassen oder auch zu bringen."

„Dies soll auch für die Priester des Steppenvolks gelten!", verkündete deren *Schamane* laut.

Erneut brachen die Menschen in laute Begeisterungsrufe aus, sodass die Ankündigung, dass dies auch für die *Schamanen* der *Ihseligen* gelten sollte, fast unterging.

Endlich kam man zur Einsetzung Salidas.

Die Priesterin legte vor sich eine Matte auf den Boden und kniete sich mit gebeugtem Haupt darauf nieder. Ziugon stellte sich vor sie und erhob die Hände gen Himmel. Schweigend wartete er, bis sich alle beruhigt hatten. Als es völlig still war und man nur den leichten Wind und die Vögel hören konnte, begann der Priester mit einem tiefen, kehligen Singsang. Die Worte, die er dabei verwendete, waren aus keiner der bekannten Sprachen und dienten nur der Anrufung der Göttin. Über Generationen waren sie von *Schamane* zu *Schamane* weitergegeben worden und wurden in einer Priesterreihe geheim gehalten. Auch Priester aus anderen Regionen kannten diese heiligen Worte nicht. So musste sich Salida darauf verlassen, dass Ziugon sie segnete und sie nicht etwa verfluchte. Nachdem der Priester seine Litanei heruntergebetet hatte, griff er unter seinen Umhang und holte ein Schrappinstrument hervor. Es bestand aus dem Röhrenknochen eines Auerochsen, der mit einer Reihe von Kerben versehen war. Er hielt den Knochen an einem Ende und stützte das andere Ende gegen seine Brust. Mit einem dünnen Stab rieb er über die Kerben, zunächst langsam, dann schneller werdend, und erzeugte so ein durchdringendes Schrappgeräusch. Dazu stampfte er auf den Boden und steigerte seinen Tanz bis zur Raserei. Allmählich griff dieser Rhythmus auf die Anwesenden über, und sie stampften gemeinsam mit dem Priester, bis der gesamte Ort von den Geräuschen der Versammelten widerhallte. Jetzt stimmte Ziugon einen hellen Ton an, den er im Rhythmus der Füße ausstieß. Auch dabei schlossen sich die Umstehenden an. Allmählich steigerten sich Geschwindigkeit des Stampfens und die Lautstärke, der Ort geriet förmlich in Exstase. Als schließlich nur noch ein Höllenlärm zu vernehmen war, hörte Ziugon abrupt mit Stampfen und Singen auf, griff erneut in seinen Umhang und holte eine kleine tönerne Pfeife hervor. Der plötzliche schrille Pfiff, den er dem kleinen Instrument entlockte, holte alle Tänzer wieder ins Bewusstsein zurück. Schlagartig erstarb der Lärm, und alle standen still. Ziugon ließ sich eine kleine Schale geben, kratzte mit bloßen Händen etwas Erde vom Boden auf und gab sie in das Gefäß. Dann ging er die wenigen Schritte zum Becken hinüber und schöpfte ein wenig

Wasser in die Schale, verrührte damit die Erde zu einem Brei und kehrte zu Salida zurück.

„Erhebe dein Gesicht!"

Die Priesterin hob den Kopf und blickte ihn an. Wieder murmelte Ziugon unverständliche Worte, steckte seinen Zeigefinger in die Schale und strich ihr von dem Schlamm etwas auf die Stirn, die Augenlieder, die Ohren, die Nase und die Lippen.

„Möge die *Erdfrouwa* dich stets gut beraten, und mögen deine Taten den Menschen eine Hilfe sein, Salida, neue Priesterin von Schratstihn."

Einen Augenblick hielt die Stille noch an, dann brach ein tosender Jubel aus. Die Wachen auf dem Torturm erzählten hinterher, dass sowohl die im Lager verbliebenen *Hros-Wigmannen* als auch die Krieger der *Ihseligen* unruhig aufgesprungen waren und sich auf einen möglichen Angriff vorbereitet hatten. Als der dann aber ausblieb, beruhigten sie sich wieder und bewegten sich neugierig auf den Torturm und die kleine Pforte im Steinwall zu. Einige besonders Mutige gingen noch näher heran und befragten die Wachen auf Turm und Wall, was das für ein Lärm sei.

Es war nun die Aufgabe der frisch gekürten Priesterin, ihre erste heilige Handlung durchzuführen. Dazu hatte sie sich in Rücksprache mit den Schraten, insbesondere mit Thorn, eine große tönerne Schale kommen lassen, die sie mit Holzkohlenstücken gefüllt hatte. Einer der Schmiede hatte die ganze Zeit die Glut angefacht, sodass sie hellrot in der Schale leuchtete. Neben der Schale stand ein kleineres Tongefäß, das mit dem Wasser aus dem Becken gefüllt war. Salida nahm nun eine grob geschmiedete Eisenspitze und stieß sie in die Glut. Der Schmied blies mit einem kleinen Blasebalg aus Leder Luft in die Schale, sodass die Spitze vorn allmählich rot glühend wurde.

„Ich bitte um den Schutz der Göttin für Wasser und Luft und Feuer in Schratstihn und ganz Duggaland!", rief Salida laut. „Denn alle drei hängen zusammen!"

Sie ergriff das Metallstück mit einem aus mehreren Schichten vernähten Lederlappen, wie er von den Schmieden benutzt wurde, zog es aus der Glut, zeigte die rot leuchtende Spitze in die Runde und tauchte sie in die Wasserschale. Ein lautes Zischen war zu hören, verbunden mit einer Wolke aufsteigenden Dampfs.

„Aus Wasser wird durch Feuer Luft, und Luft erzeugt wieder Feuer!" Dann nahm sie aus einem kleinen Korb eine Handvoll trockener Erde. „Ich bitte um den Schutz der Göttin für die Erde in Schratstihn und ganz Duggaland mit ihren Pflanzen, die darin wachsen, und den Tieren, die sie betreten. Große Göttin, lass uns wahrnehmen, dass dir dieses Erdopfer recht ist und wir kein lebendes Wesen töten müssen, um deinen Schutz zu erlangen! Zeige deine Gunst im Rauch der brennenden Erde!"

Salida ließ die Krümel in die Glut rieseln. Eine Wolke gelben Rauchs begleitete das Zischen und Prasseln des entstehenden Feuers. Ein scharfer Schwefelgeruch zog durch die Luft.

Wieder erfüllte ein Freudengeschrei den Ort. *Hros-Wigmannen* und *Ihselige* rissen die Augen weit auf, sie waren offenkundig überwältigt. Dann stimmten sie in das allgemeine Geheul ein. Ziugon war ebenfalls beeindruckt, seine Lippen umspielten jedoch ein feines Lächeln. Salida bemerkte es und wusste, dass er sie später fragen würde, wie sie diesen Effekt erreicht hatte. Sie würde ihm, sozusagen unter Priestern und unter dem Verschwiegenheitsgelübde der Priester, die Zutaten zu der Erde verraten: Krümel von *Glanzsteinen* für den gelben Rauch und den scharfen Geruch sowie eine Schicht *Zunder* über der Handvoll brennbarer, trockener Walderde für das Zischen und das aufleuchtende Feuer.

Aber noch war die Priesterin nicht am Ende ihrer Handlung.

„Zuletzt bitte ich um den Schutz der Göttin für die Menschen in Schratstihn und ganz Duggaland. Ich werde stellvertretend für euch alle ihre Gunst erfahren, wenn ich mich dem Feuer anvertraue."

Sie nickte dem Schmied neben der Feuerschale zu, der einen Speer mit Eisenspitze ergriff und damit die Schale auf ihre Rückseite hebelte. Dann schob er das heiße Gefäß an die Seite und verteilte mit der Speerspitze die Glut, sodass eine Fläche glühender Holzkohlen von etwa zwei Schritt Länge vor der Priesterin lag. Salida wartete noch einen Augenblick und rief dann Garm an ihre Seite. Der begann, auf seiner *Flöte* ein langsames Lied zu spielen. Ergriffen folgten alle der Melodie.

Melancholie legte sich auf die Gemüter. Als Salida bemerkte, dass der Bruder Thorns alle in seinen Bann gezogen hatte, zog sie ihre Schilfsandalen aus.

„Die Göttin möge mich und uns alle schützen!", rief sie und überquerte mit zwei beherzten Schritten die Glut. Atemlose Stille folgte auf dieses Schauspiel. Würde sich ihr Gesicht vor Schmerzen verziehen? Nichts dergleichen geschah.

Stattdessen drehte sich Salida um und hob ihre Füße, sodass die Umstehenden sie betrachten konnten. Sie waren schmutzig grauschwarz von der Asche, zeigten aber keinerlei Brandspuren. Noch immer hielten die Menschen den Atem an. Salida drehte sich langsam um, hob die Arme und sprach:

„Wir alle danken dir, oh *Erdfrouwa*, für deine Gnade!"

Die Jubelschreie, die nun ausbrachen, waren die lautesten unter den bisherigen, und es dauerte lange, bis sich die Menschen wieder beruhigten. Es folgte noch ein Festzug um die Tempelmulde herum hinauf zum Tempel. Auf dessen Rückseite, die unten vom Becken aus nicht einsehbar war, hatten die Frauen des Ortes seit den frühen Morgenstunden über breiten Feuern das Wildbret gebraten, das einige Schrate in den letzten Tagen im Wald gejagt hatten. Außer drei Hirschkühen und zwei Achtendern gab es noch zwei Sauen, die die Männer erlegt hatten. Sowohl der Duft des Bratens, der vom Tempel herunterzog, als auch die rhythmischen Töne der *Klangsteine,* die vom Hügel herunterschallten, ließen die Menschen den Aufstieg beschwingt angehen. Als alle Bewohner und Gäste sich vor dem Tempel versammelt hatten, wurde das Fleisch verteilt, und das *Festgelage* begann, nachdem die neue Priesterin der Göttin für die Nahrung gedankt hatte. Zum Fleisch gab es frisch gebackene Fladen aus *Eichelbrot* und frische Kräuter, die am selben Tag noch gesammelt worden waren. Für Smali und Ziugon wurde ein letzter Rest Waldwin aufgetischt. Leider reichte er nur für eine Verkostung der beiden Gäste. Ebenher nahm auch einen kleinen Schluck, um die Ungefährlichkeit des Getränks zu beweisen. Außer dem Waldwin wurden die beiden Geweihe der gejagten Hirsche den beiden Anführern als Geschenke übergeben.

Sowohl die *Hros-Wigmannen* als auch die Ihseligenkrieger bekamen je einen gebratenen Hirsch. Sie wurden jeweils von mehreren Männern an Stangen zu den Lagern außerhalb der Stadt getragen. Es dauerte lange, bis die Gäste sich schlaftrunken verabschiedeten und ihr Lager aufsuchten. An weitere Verhandlungen am folgenden Tag war nicht zu denken, da sich die meisten erst gegen Morgen zur Ruhe begeben hatten.

Da Frij während der Feier nicht dazu gekommen war, etwas von dem großen Mahl für Helgo abzuzweigen, nutzte sie die Mittagszeit, um ihr Versprechen einzulösen. Auf einer großen Holzplatte machte sie ihm aus den Resten eine kräftige Mahlzeit aus kaltem Bratenfleisch und Brotfladen zurecht. Sie trug das Essen hinüber zum Gefangenenturm, wo sie Helgo dösend in der Ecke seines Verlieses antraf. Er hatte wegen des Lärms in der Nacht wenig Schlaf gefunden und war außerdem besorgt, dass doch jemand von den geladenen Gästen ihn vielleicht sehen wollte, wenn die Rede auf ihn käme. Kauend fragte er sie, ob über ihn geredet worden sei.

„Überhaupt nicht", erhielt er zur Antwort, während sie sich zunächst wieder seiner Verletzung widmete. „Ich glaube, gestern hat jeder vermieden, über Krieg zu reden. Damit war sogar der *Seo-Thruhtin* kein Thema. Immerhin scheint es so etwas wie eine Annäherung gegeben zu haben. Zumindest die Anführer sind sich etwas näher gekommen. Das meinen auch meine Freunde, mit denen ich die lange Reise durch Duggaland gemacht habe."

„Dann besteht für dich ja Hoffnung, dass sich die Lage hier auf der Insel wieder normalisiert. Hast du schon darüber nachgedacht, was du machen wirst, wenn die Verhandlungen beendet sind?"

Frij zuckte mit den Achseln.

„So recht weiß ich es noch nicht. Mein Lebensplan, mit dem ich die Reise begonnen habe, hat sich in Luft aufgelöst. Ich könnte natürlich nach Tvinhaag zurückkehren und mithelfen, die Stadt wieder aufzubauen. Allerdings lebt mein Vater nicht mehr, und mein Haus ist bei der Belagerung verbrannt."

„Es klingt nicht so, als ob du das wirklich ins Auge fassen würdest."

„Es ist eben so, dass ich dort zwar einige Menschen kenne, aber diejenigen, die mir nahestehen, werden dann auch wieder verstreut sein. Thorn wird mit Salida in Schratstihn bleiben, Urk mit Olunde vermutlich nach Splint gehen. Ilunga und Juzz werden wohl gemeinsam das Meer unsicher machen. Das Einzige, was mir im Augenblick einfällt, ist, zur *Seegilde* zu gehen und mir damit einen alten Kindheitstraum zu erfüllen. Ilunga würde mir dort sofort eine Aufgabe verschaffen, aber ob ich als einsame Seefahrerin glücklich würde, weiß ich auch nicht."

„Eigentlich kommt der Frieden, wenn er jetzt kommt, für dich ungelegen."

Frij horchte überrascht auf.

„Wie meinst du das?", fragte sie verwundert.

„Nun, nachdem dein Traum vom gemeinsamen Leben mit Urk zerbrochen ist, hat dich die Gefahr von deiner Lage abgelenkt. Dein Kampf gegen den *Seo-Thruhtin*", hier musste Helgo lächeln, „hat dich an andere, vermeintlich wichtigere Dinge denken lassen. Jetzt bringt dich der Frieden auf den Boden der Tatsachen zurück. Du wirst dich in Kürze ziemlich einsam fühlen und musst dich erneut mit einer Aufgabe, zum Beispiel der Seefahrt, ablenken."

Frij blickte den kauenden Helgo an. War das der gefährliche, grausame, machthungrige *Seo-Thruhtin*, vor dem ganz Duggaland gezittert hatte? Ein Mann, dem es leicht fiel, sich in die Sorgen anderer Menschen hineinzuversetzen? Ein weiterer Blick in seine lächelnden Augen verschaffte ihr auch keine Klarheit, im Gegenteil, er verstärkte ihre Unsicherheit noch mehr.

„Ich weiß eine ganz andere Aufgabe", beeilte sie sich zu sagen. „Ich bin dir noch ein Versprechen schuldig. Da unsere feindlichen Gäste jetzt nicht mehr im Ort sind, könnte ich versuchen, dir mehr Bewegungsfreiheit zu verschaffen."

„Werden wir uns danach noch begegnen?"

„Warum?"

„Du machst es einem leicht, deine Nähe zu schätzen."

Wieder trafen Frijs Augen auf sein freundliches Lächeln. Sie hatte plötzlich das Gefühl zu verstehen, was seine Frau für ihn empfunden haben musste. Erschrocken schüttelte sie den Kopf.

„Wir ... wir werden sehen", stammelte sie eilig und verließ den Turm, ohne die benutzten Verbände mitzunehmen.

Thorn war schon wach und stand vor dem Tempel, als sie dort eintraf. Er schien schon zu wissen, weshalb sie kam.

„Ich bin gerade dabei, mich zu Ebenher aufzumachen", sagte er. „Willst du mitkommen?"

„Nein, ich glaube, es ist besser, ich warte hier bei Salida auf dich. Du kennst deinen Häuptling besser, und mir gegenüber müsste er sich vielmehr als Beschützer der Schrate aufspielen."

So ging Thorn das kurze Stück hinüber zum Häuptlingssitz, und sie gesellte sich zu Salida, der sie ein wenig bei der Gestaltung ihres neuen Tempels zur Hand ging. Während ihrer Handreichungen blieb sie ziemlich wortkarg und in Gedanken bei ihrem Gespräch mit Helgo.

„Du bist nicht sehr glücklich, oder?"

Salidas Frage traf sie erneut wie ein Schlag. Wieder konnte sie nur mit den Schultern zucken.

„Ich glaube, ich verstehe dich. Du wirst bald, und wir hoffen alle, dass es bald sein wird, in deinem Leben wieder auf dich selbst gestellt sein. Die große Aufgabe scheint vollbracht und der Alltag kehrt zurück."

„Das gilt doch für alle hier, oder?"

„Nicht ganz. Im Gegensatz zu Thorn, Ilunga und Urk hast du etwas verloren, nicht gefunden."

Frij nickte düster.

„Und was rätst du mir?"

„Es ist dein Leben. Das Einzige, was ich dir raten kann, ist ehrlich zu dir selbst zu sein. Entscheide dich erst, wenn du sicher bist, was du willst. Lass dich nicht von Gepflogenheiten vereinnahmen wie zum Beispiel, dass du das Haus deines Vaters übernehmen musst. Deine Entscheidung muss nur dir zusagen und nicht denen, die für dich entscheiden wollen."

„Würdest du wollen, dass ich in Schratstihn bliebe, weil wir befreundet sind?"

„Ich würde mich freuen, wenn du selbst richtig Lust darauf hättest, etwa weil dich das Schmieden von *Eisen* begeistert."

Frij nickte nachdenklich.

„Ich glaube, ich weiß noch gar nicht, was ich eigentlich will."

In diesem Augenblick kam Thorn zurück und herzte Salida, als hätte er sie seit Ewigkeiten nicht gesehen. Frij spürte einen Stich im Herzen. „Es hat geklappt", strahlte der Schrat. „Ebenher hat eingewilligt. Die Pforte am Turm wird geöffnet, und die Wache wird abgezogen. Helgo kann sich frei im Ort bewegen, darf allerdings keine Waffen tragen und unsere Befestigungen nicht überschreiten. Zu seiner eigenen Sicherheit, hat der Häuptling gesagt. Willst du ihm die Botschaft überbringen?"

„Ich wollte sowieso zu deinem Haus gehen und danach Garm aufsuchen wegen der Wanderung in den Wald. Da liegt der Turm auf dem Weg. Soll ich die Wache sofort fortschicken?"

„Tu das nur, man kennt dich ja inzwischen in Schratstihn und wird dir trauen."

Als Frij dem ehemaligen *Seo-Thruhtin* die neuen Bedingungen mitgeteilt hatte, fragte dieser: „Gilt das Verbot von Waffen auch für mein Schratmesser?"

„Ich werde niemandem davon erzählen", schmunzelte sie. „Aber achte selbst darauf, dass man es nicht bei dir findet. Es wäre sicher nicht zu deinem Vorteil."

Sie sah pflichtgemäß nach Helgos Verband und schien mit dem Ergebnis sehr zufrieden zu sein: „Deine Wunde muss ich nicht noch einmal verbinden. Sie hat sich geschlossen, aber schone dich noch etwas, damit sie nicht wieder aufreißt."

Helgo nutzte sofort die Gelegenheit, den Turm zu verlassen und sich die Beine zu vertreten. Frij aber begab sich zu Galm, um sich mit ihm zu verabreden. Als sie sich umblickte, sah sie Helgo bereits im Gespräch mit einem der alten Männer Schratstihns. Beide schienen zu lachen.

‚Er kommt gut mit den Menschen zurecht', dachte sie, ‚wenn er nicht gerade Krieg führen muss.'

Am nächsten Morgen traten Galm und Frij durch den versteckten Ausgang in der Palisade, der hinunter ins Tal des Kleinen Fluod führte. Sie überquerten die Felsnase, wie es die Gruppe getan hatte, die den Nachschub der *Ihseligen* überfallen hatte. Frij hatte sich gewünscht, die

Trampelpfade zu sehen, die zum Pfad der Vermissten führten. Galm schien stolz zu sein, der Weggefährtin seines Bruders die Umgebung Schratstihns zu zeigen und gab sich alle Mühe, ihr jede Kleinigkeit nahezubringen. Als sie ihn fragte, wie man es mache, im Wald ungesehen zu bleiben, brachte er ihr bei, wie man sich bei dicht stehenden Bäumen von Krone zu Krone fortbewegen konnte, ohne auf dem Boden Spuren zu hinterlassen. Auch das Verstecken im Geäst übten sie, allerdings deshalb, weil sie sonst einem Kriegertrupp der *Ihseligen* in die Hände gelaufen wären. Auf einen Gefangenenaufenthalt hatten weder sie noch Galm Lust. Bald darauf klagte Frij über Hunger. Galm, der vorgesorgt hatte, wollte sein Bündel mit Verpflegung auspacken, wurde aber gehindert.

„Nein, das meine ich nicht", sagte sie. „Ich würde gern wissen, was man im Wald an essbaren Dingen finden kann."

„Nun, man könnte Vögel jagen, wenn man Pfeil und Bogen bei sich hätte. Um diese Zeit könntest du auch noch Vogelnester ausnehmen, wenn du gut klettern kannst."

„Und wenn das alles nicht ginge, gäbe es noch andere Nahrung im Wald?"

„Warum willst du das so genau wissen?", wunderte sich der Schrat.

„Aus reiner Neugier", beeilte sie sich zu sagen. „Am und auf dem Meer habe ich auch lernen müssen, wie man sich ernährt. Irgendwie beruhigt es mich, wenn ich überall in der Lage bin, mich vor dem Verhungern zu bewahren."

Galm wunderte sich zwar über diese Wissbegier, zeigte ihr aber geduldig, wo und wie man fette Käferlarven aus dem Waldboden graben konnte und welche der Kräuter gut zu verzehren waren.

„Mit Pilzen ist es um diese Jahreszeit nicht gut bestellt", fügte er hinzu. „Aber wenn du uns im Sommer und Herbst besuchst, könnte ich dir auch noch essbare Pilze zeigen."

Als es auf den Nachmittag zuging, wollte ihr Führer sie in einem Bogen nach Schratstihn zurückführen, doch Frij bestand darauf, den gleichen Weg wieder zurückzugehen.

„Ich habe es gern, wenn ich einen Weg richtig kenne", sagte sie nebenher. „Den anderen Weg kannst du mir bei unserer nächsten Wanderung zeigen."

Garm schüttelte verwundert den Kopf, gab aber ihrem Willen nach. Als sie im Ort ankamen, wollte Frij nach Helgo sehen, fand ihn aber nicht in seiner Turmbehausung, die er trotz der zugigen Außenwände beibehalten hatte. Seit er nicht mehr eingeschlossen war, störte ihn diese kleine Unbill offensichtlich nicht mehr. Als Frij bei den jungen Leuten, die im Kohlelager schaufelten, nach ihm fragte, wurde sie zu den Erzgruben verwiesen. Dort fand sie den ehemaligen *Seo-Thruhtin* völlig verdreckt neben zwei anderen Schraten schuften. Sie hatten in einem neu angegrabenen Stollen gerade einen Kern mit *Glanzsteinen* aufgetan und bemühten sich nun, ihn mit Handhacken aus dem Geröll zu befreien. Helgo hatte man die Aufgabe übertragen, das beim Herauskratzen des Erzes anfallende Gestein an die Oberfläche zu schaffen. Gerade hatte er einen stabilen Lederbeutel mit dem Abraum gefüllt und schickte sich an, ihn nach draußen zu befördern. Frij wunderte sich, dass sie sich plötzlich Sorgen machte, er könnte seine Schulter überlasten. Auch dass es sie beruhigte, dass er bestimmte Bewegungen vermied, um seine noch frisch geheilte Wunde zu schonen, erschien ihr unverständlich. Was löste dieser Mann bei ihr aus? Sie schob diese Gedanken von sich.

„Na, habe ich euch einen guten Arbeiter mitgebracht?", fragte sie scherzhaft die beiden Schrate.

„Und ob! Er schuftet für zwei. Von uns aus kann er hier bleiben. Männer, die zupacken können, werden immer gebraucht. Außerdem ist er sehr wissbegierig. Er fragt uns ständig Löcher in den Bauch. Man muss richtig aufpassen, dass man ihm nicht alle Schratgeheimnisse anvertraut."

„Na ja", fiel der Zweite ein, „vielleicht bleibt er ja hier in Schratstihn, dann wäre es ohnehin gleichgültig."

„Das Händchen dafür hat er jedenfalls. Überleg es dir, Helgo. Zu tun haben wir genug für dich und zu essen auch."

„Und schöne Frauen gibt es auch bei uns!"

„So schön wie diese hier?", hakte Helgo ein, zeigte auf Frij und lächelte sie dabei verschwörerisch an.

Unwillkürlich erwiderte Frij das Lächeln, fühlte sich aber eigentümlich berührt. Wieder hatte er sie überrascht.

‚Was ist das eigentlich für ein Wesen?', dachte sie. ‚Einerseits ein grausamer Kriegsherr, aber gleichzeitig so gewinnend und einfühlsam.' Sie wurde nicht so recht schlau aus diesem Mann, ebenso wenig wie aus den Gefühlen, die er in ihr zu wecken begann.

„Darf ich euren Helfer jetzt entführen?", fragte sie rasch, bevor jemand eine Antwort auf Helgos Frage geben konnte. „Ich habe etwas Wichtiges mit ihm zu besprechen."

„Aha! So nennt man das jetzt!", gab einer der Schrate zurück und wandte sich dann dem zweiten Erzschürfer zu. „Das mit den Frauen kannst du vergessen. Der Mann ist versorgt. Wir brauchen ihm nur noch Arbeit und Brot anzubieten."

„Na, wenn ihr meint", sagte Helgo beiläufig. „Habt ihr etwas dagegen, wenn ich mich nun dieser Frau anschließe?"

„Nein, nein, geh nur. Wir verstehen dich."

„Du darfst aber jederzeit zurückkommen, wenn deine wichtigen Geschäfte beendet sind!", schob der andere grinsend nach.

„Du scheinst dich ja schon gut in den Ort eingeführt zu haben", bemerkte Frij, während sie am Kohlelager vorbeischlenderten.

„Man tut, was man kann."

„Und das scheint nicht gerade wenig zu sein. Ich glaube, langsam beginne ich zu verstehen, warum die Steppenkrieger dir so willig gefolgt sind."

„War das eben nett gemeint?"

„Keine Ahnung. Ich kann mir einfach noch kein rechtes Bild von dir machen. Du bist sehr widersprüchlich."

„Na, ich hoffe, das gibt sich bald."

Sie schwiegen eine kurze Zeit, während sie weiter in Richtung Palisade gingen. Dort angelangt blickten beide über das Tal des Kleinen Fluod in die Hügel, deren dichtes Grün wegen der tiefstehenden Sonne aufleuchtete.

„Weswegen wolltest du eigentlich mit mir sprechen?"

„Ich glaube, eine Möglichkeit gefunden zu haben, dir zur Flucht zu verhelfen."

„Und wie?"

„Heute war ich mit Galm im Wald unterwegs. Er hat mir den geheimen Pfad zum Weg der Vermissten gezeigt. Ich bin sicher, dass ich ihn wiederfinden würde."

„Und?"

„Wenn wir heimlich aufbrächen, könnte ich dich bis dorthin geleiten. Von dort würdest du allein zum Meer zurückfinden."

Helgo sah sie zweifelnd an.

„Doch, doch. Ich bin den Weg schließlich selbst gegangen. Er ist nicht zu verfehlen. An seinem Ende mündet er in einer Bucht, in der die *Ihseligen* mit ihren Flößen landen. Du könntest ein solches Floß benutzen, da sie oft unbewacht dort liegen. Wenn du großes Glück hast, findet sich dort vielleicht sogar eines von euren Auslegerbooten. Damit könntest du segeln, wohin dich dein Schicksal treibt."

„Hm, das wäre eine Möglichkeit", nickte Helgo nachdenklich. „Vielleicht bleibe ich aber auch hier bei den Schraten."

„Das meinst du nicht im Ernst, oder?"

„Warum nicht? Du hast doch gehört, was mir die beiden Erzgräber angeboten haben. Und was die schönen Frauen angeht, haben sie nicht Unrecht."

Frj verstand nicht recht, warum sie diese Bemerkung störte.

„Es geht hier nicht um deine Versorgung", stieß sie etwas zu laut hervor. „Wenn es tatsächlich zum Frieden kommt, wird man viel neue Menschen im Erzland sehen können, auch ehemalige Steppenkrieger. Irgendwann wird dich einer erkennen. Weißt du, was das heißt? Für dich und für mich?"

„Ich habe schon verstanden. Ich werde aufgehängt und du vielleicht auch, weil man dich des Verrats bezichtigt."

„Endlich scheinst du verstanden zu haben."

Wollte dieser Mann sich tatsächlich in Duggaland niederlassen oder spielte er nur mit ihrer Angst? Frij war sich nicht sicher.

„Also überlege dir, ob dir mein Plan recht ist. Einen anderen Vorschlag habe ich dir nicht zu unterbreiten!"

Schnaubend verließ sie den ehemaligen *Seo-Thruhtin*, der ihr nachdenklich hinterher blickte.

Die folgenden Tage waren wieder mit Verhandlungen gefüllt. Frij nahm nicht daran teil. Stattdessen streifte sie mit den Harzsammlerinnen durch den Wald. Es war eine Gruppe junger Frauen, der sie sich anschloss. Sie waren mit kleinen Beilen ausgestattet, mit denen sie schmale Rinnen in die Borke von Nadelbäumen hackten, so tief, dass das Harz aus dem Holz austrat und in die Rinne abtropfte. Dort wurde es in kleinen Ledersäckchen aufgefangen und wieder in die Siedlung zurückgebracht. Das Harz diente als Klebemittel bei der Anfertigung von Werkzeugen und Waffen und wurde überall dort eingesetzt, wo hohe Haltbarkeit erforderlich war. Besonders bei der Anbringung von Griffen an Hämmern oder Beilen oder bei der Befestigung von Speerspitzen und dergleichen war das Harz unbedingt vonnöten. Man umwickelte zum Beispiel die in das Holz des Schafts eingepasste Speerspitze stramm mit Bast oder dünnen Lederstreifen, die vorher mit dem noch klebrigen Harz eingestrichen worden waren. Saß die Spitze dann fest im Holz, wurde die ganze Wicklung noch einmal mit Harz eingestrichen. Wenn das Harz nach einiger Zeit ausgehärtet war, hatte man eine sehr belastbare und dauerhafte Verbindung von Holz und Stein oder Knochen geschaffen. Damit das Harz aber gut zu verstreichen war, musste es frisch verarbeitet werden, bevor es anfing, zu klumpen und seine Klebfähigkeit zu verlieren. Aus diesem Grund musste immer eine der Sammlerinnen den frisch gewonnenen Kleber in die Siedlung zurückbringen. Da trotz der Friedensgespräche aus Gründen der Sicherheit weiterhin in Schratstihn viele Waffen und besonders Pfeile hergestellt wurden, waren immer zwei Frauen mit frischen Harzbeuteln unterwegs. Frij übernahm diese Aufgabe gern, da sie dadurch immer in Bewegung war, vom Nachdenken abgelenkt wurde und nebenbei die umliegenden Wälder besser kennen lernte.

Als sie eines Nachmittags mit neuen Lederbeuteln zu den Harzsammlerinnen zurückkam, wurde sie zufällig Ohrenzeugin eines Gesprächs. Der Name Helgo ließ sie beim Näherkommen aufhorchen.

„ ... dieser Helgo ist schon ein besonderer Mann. Hast du mal seine Blicke gesehen?"

„Ja, sie gehen einem durch und durch, als ob er in dich hineinschauen könnte."

„Aber so richtiges Interesse an einer Frau hat er noch nicht gezeigt, obwohl ja gemunkelt wird, er würde sich in Schratstihn niederlassen."

„Vielleicht bleibt er ja nur dann hier, wenn auch diese Frau aus Tvinhaag hier bleibt. Wie heißt sie doch gleich? Fr.., Fr.., Frij, das war ihr Name. Auf sie soll er ja ein Auge geworfen haben."

„Wer hat was geworfen?", meldete sich Frij von hinten, um auf sich aufmerksam zu machen und nicht in den Verdacht zu kommen, gelauscht zu haben.

Das Gespräch der Frauen ließ sie den Rest des Tages nicht mehr los. Eine innere Unruhe hatte sie erfasst, ohne dass sie genau gewusst hätte, was in ihr vorging. Um der Sache auf den Grund zu gehen, besuchte sie am gleichen Abend Helgo in seinem Turm. Diesmal traf sie ihn tatsächlich an. Er wirkte bedrückt.

„Was ist mit dir?", fragte sie ihn.

„Ach, ich weiß nicht so recht. Während du draußen in den Wäldern warst, habe ich mich in der Siedlung nützlich gemacht. Dabei kommt man naturgemäß mit allen möglichen Leuten ins Gespräch. Sie sind wirklich ein nettes Volk, die Schrate. Wenn man sie kennt und nicht nur irgendwelche verrückten Erzählungen über sie hört. Eigentlich würde ich gern hier bleiben, aber gleichzeitig erfahre ich natürlich, welches Elend der *Seo-Thruhtin* über Duggaland gebracht hat, und dann schlägt mir richtiger Hass entgegen."

„Und das wundert dich?"

„Eigentlich nicht. Ich war eben der oberste Kriegsherr und ihr Feind. Natürlich bin ich in ihren Augen für jede Untat, die meine Krieger verbrochen haben, verantwortlich."

„Nicht nur in ihren Augen. Du bist verantwortlich, auch wenn es vielleicht Umstände gab, die dich zu deinem Handeln gezwungen haben."

Helgo nickte.

„Wahrscheinlich hast du recht. Ganz schlimm wird es, wenn sie mich nach meiner Vergangenheit fragen. Das Lügengespinst, das ich mir als Antwort ausdenken musste, wird immer dichter. Irgendwann werde ich mich völlig darin verheddern. Ich hatte mit dem Gedanken gespielt, hier ein neues Leben zu beginnen mit einer ausgedachten Vergangenheit."

„Die Schratfrauen hast du ja offensichtlich schon auf dein Hierbleiben eingestimmt, so wie sie über dich reden."

„Tun sie das?", Helgo lachte kurz auf. „So wirkt das Neue auf Menschen, die nur ihre nächste Umgebung kennengelernt haben. Dabei ist ihnen wohl entgangen, dass ich bei meinem Plan hier zu bleiben keine Schratfrau eingeplant habe."

Frij biss sich auf die Lippen, um nicht nachzufragen. Hatten die Frauen vielleicht doch nicht so falsch beobachtet? Sie musste auch nichts sagen, da er weiter redete.

„Nein, mir bleibt nichts anderes übrig, als dorthin zu gehen, wo mich niemand kennt. Keine Vergangenheit mehr, nur noch Zukunft ... oder das Ende. Und du? Hast du dir jetzt überlegt, wie dein weiteres Leben verlaufen soll?"

„Noch nicht genau, aber ich hoffe, dass Ilunga mich bei der *Seegilde* unterbringen kann. Sonst habe ich noch keine Vorstellung."

„Schade. Ich hatte gehofft ... Na ja."

Frij fragte nicht nach, was er denn gehofft habe. Um das Gespräch nicht fortsetzen zu müssen, verließ sie hastig den ehemaligen *Seo-Thruhtin*. Sie brauchte frische Luft, ihr Kopf schwirrte und sie fühlte sich, als fehle ihr die Verbindung zur Erde, obwohl sie doch fest darauf stand. Konnte es wirklich sein, dass dieser Mann sie dermaßen in Unruhe versetzte? Es wurde Zeit, dass etwas geschah. Am übernächsten Tag würde sie Helgo zum Pfad der Vermissten geleiten, und dann wäre diese Geschichte für sie endlich beendet.

Sie verbrachte den Abend im Kreise ihrer Freunde, immer bemüht, sich von ihren Gedanken und der bevorstehenden Fluchthilfe nichts anmerken zu lassen. Am darauffolgenden Morgen nahm sie auf ihren Gängen in den Wald einen Bogen, Pfeile, einen Speer mit Eisenspitze und einen Beutel mit Trockenbeeren als Wegzehrung mit. Sie verbarg die Gegenstände im Gebüsch, in der Hoffnung, sie auch im Dunkeln wiederzufinden. Bei dem Vorratsbeutel aus dickem Leder achtete sie genau darauf, dass er fest verschlossen war, damit sich nicht hungrige Tiere an ihm zu schaffen machten. Da sie die Gegenstände sehr früh am Morgen mitnahm, konnte sie vermeiden, dass irgendwem ihre ungewöhnliche Last auffiel. Nur einmal musste sie sich hinter einem Haus verstecken, weil sie sonst einem alten Weib auf dem morgendlichen Weg zum Turm begegnet wäre. Den Rest des Tages verbrachte sie wieder mit ihren Botengängen für die Harzsammlerinnen. Am späten Nachmittag schaute sie noch bei Helgo vorbei, um ihm mitzuteilen, dass die kommende Nacht die Nacht der Flucht sei. Helgo zeigte sich überrascht, hatte aber weiter keine Einwände.

„Holst du mich hier ab?", fragte er dann.

„Ja, ich komme, wenn es dunkel geworden ist."

„Dann werde ich dich heute Nacht zum letzten Mal sehen."

„Ja, dann ist unser Bündnis beendet."

Helgo blickte sie mit leerem Blick an, nickte schwach und wandte sich ab.

„Ich versuche, noch ein wenig zu schlafen", sagte er.

Frij ging zurück zu Thorns Haus, fand dort aber niemanden. Als sie eine Nachbarin fragte, erfuhr sie, dass ihre Gefährten sich alle beim Häuptling befänden. Die Verhandlungen schienen trotz der anfänglichen Erfolge etwas ins Stocken geraten zu sein. Man müsste beraten, welche Zugeständnisse man noch zu geben bereit wäre. Frij nickte und trat ins Haus zurück. Dort blickte sie sich unschlüssig um. Ihr Blick fiel auf ihren Bogen und ihren Spieß. Sie überlegte, ob es nicht besser sei, ebenfalls bewaffnet zu gehen. Wer weiß, wer ihnen unterwegs über den Weg laufen könnte. Vielleicht hatten die *Ihseligen* doch schon selbst in der Zwischenzeit die Wälder erkundet. Zeit hatten sie ja gehabt. Sie nahm Bogen, Pfeile und den Spieß. Vorsichtig lugte sie aus der Pforte. Niemand war zu sehen. Eilig eilte sie um die Hausecke und deponierte die Waffen im hinteren Teil des Grabens. Noch nie hatte sie jemanden beobachtet, der dort sein Wasser abschlug. Schnell huschte sie zurück in die Hütte und legte sich mit einem Stück *Eichelbrot* auf ihr Lager. Als sie es verzehrt hatte, fiel sie in einen flachen, unruhigen Schlaf.

Sie wurde von Thorn geweckt, der gekommen war, um sich ein Kleidungsstück zu holen.

„Schon müde?", fragte er fürsorglich.

„Ja, ich habe schon etwas geschlafen. Ich glaube, es ist das ständige Hin und Her im Wald, was mich müde gemacht hat."

„Dann will ich dich nicht länger stören. Gute Nacht, Frij."

„Gute Nacht, Thorn."

Als sie seine Schritte nicht mehr hörte, setzte sie sich auf, lauschte noch einmal angestrengt und schlich zur Tür. Behutsam öffnete sie das Türblatt einen Spalt weit. Noch immer war kein Geräusch zu hören. Sie griff sich ihren Lederumhang und ihre weiten ledernen Beinkleider, beide frisch eingefettet, und zog sie über ihr wollene Kleidung. Die Lederbekleidung aus Elchleder hatte ihr Thorn geschenkt, zwei Tage, nachdem sie in Schratstihn angekommen war. Er hatte Tränen in den Augen gehabt, als er sie ihr überreicht hatte, so froh war er noch, dass sie unversehrt zurückgekommen war. Frij musste lächeln. Thorn war wirklich ein Freund, leider aber nicht ihr Lebensgefährte. Sie schüttelte den Gedanken ab. Die Zeit drängte, Helgo fortzubringen.

Es war dunkel, als sie das Haus verließ, doch der Mond zeigte sich als breite Sichel am Himmel. Helgo wartete schon und wunderte sich über ihre Ausstattung.

„Man weiß ja nie", antwortete sie auf seine Frage, warum sie die Waffen bei sich führte. Sie schlichen sich zu der Lücke in der Palisade und stiegen ins Flusstal hinab. Obwohl sie jetzt weit genug vom Ort entfernt waren, setzten sie ihren Weg schweigend fort. Nur als Frij die Ausrüstung für Helgo aus dem Gebüsch zog, sprachen sie. Aufmerksam folgte der ehemalige *Seo-Thruhtin* seiner Führerin, die zielsicher einen Schritt vor den anderen setzte. Nachdem sie nach Helgos Gefühl eine halbe Ewigkeit unterwegs waren, tat sich vor ihnen eine Art Schneise von etwa zehn Schritt Breite auf.

„Der Pfad der Vermissten", sagte Frij und wies mit der Hand bergab.

„Wenn du mitkämest, hätte der Weg seinen Namen zu recht."

„Warum sollte ich?"

„Weil wir einander näher sind als du es dir eingestehen willst."

„Pffff!", zischte Frij abschätzig zwischen den Zähnen, blieb aber stehen und blickte Helgo ins Gesicht.

„Lass mich dein Mann sein."

„Ein Mann auf der Flucht?"

„Du brauchst keinen Mann, der dich beschützt und versorgt, nur einen, der dich liebt und mit dir zu neuen Ufern zieht."

Frij zog skeptisch die Augenbrauen hoch.

„Und wo sollen diese neuen Ufer sein?"

„Seefahrer meines Volks haben mir von einem Land berichtet, das aus riesig hohen Felsen besteht, hoch genug, dass die See es niemals überfluten kann. Es liegt an der Mündung eines riesigen Stroms."

„Und wo soll dieses Land liegen?"

„Von den Ihseligenklippen aus kann man es erreichen. Nicht nur auf der Mittagsseite von Duggaland oder auf der Morgenseite, wo ich herstamme, gibt es Land, auch in dem Bereich dazwischen. Man ist bei gutem Wind höchstens ein paar Tage unterwegs. Es soll auch kein Ackerland sein, sonst hätte Lim unser Volk wahrscheinlich dorthin geschickt. Aber als Fischer kann man dort sicher gut leben. Und außerdem ist da noch dieser große Strom, so breit, dass er wie ein Meer erscheint. Er stammt aus einem unermesslich weiten Land und birgt sicher noch Geheimnisse, die es sich zu erkunden lohnt."

„Und da willst du hin? Mit mir?"

Statt einer Antwort nahm er sie in den Arm und küsste sie leidenschaftlich. Erst versteifte sie sich unter seiner Umarmung, dann lockerte sie sich und erwiderte den Kuss.

„Ich werde dich beim Wort nehmen!", sagte sie, als er seine Umarmung löste.

„Leider haben wir kein sehr geeignetes Schiff, nur ein Ihseligenfloß, wenn wir Glück haben."

„Ich habe ein Schiff", antwortete sie und bat im gleichen Augenblick innerlich Ilunga um Vergebung für den beabsichtigten Diebstahl. Sie war sich aber merkwürdigerweise sicher, dass die Segelweise an ihrer Stelle genauso gehandelt hätte. Ohne ein weiteres Wort trat sie auf den Ihseligenpfad hinaus und folgte ihm abwärts.

„Heh, sollten wir uns nicht eher am Rand halten?, warnte Helgo.

„Wer weiß, wer sich hier noch herumtreibt?"

Sie gab ihm recht, und von nun an bewegten sie sich im Gebüsch am Rand des Weges.

Der Abstieg war sehr beschwerlich, da auch das Mondlicht den Pfad kaum erleuchtete. Sie mussten ständig auf der Hut sein, nicht über eine Wurzel oder einen Stein zu stolpern. Auch ihre Ernährungslage erwies sich bald als Problem. So beschlossen sie, sich am Tage etwas seitwärts vom ausgetretenen Pfad zu halten und zu jagen. Helgo stand, was die Künste mit Pfeil und Bogen betraf, seinen Kriegern nicht nach. So hatten sie in kurzer Zeit eine Gruppe Rehe aufgescheucht und ein junges Tier erlegt. Um das Fleisch haltbar zu machen, brieten sie es über einem Feuer, was einige Zeit in Anspruch nahm.

„Eigentlich reicht mir unsere Abmachung noch nicht", sagte Frij, als sie es sich neben dem brutzelnden Braten bequem gemacht hatten.

„Was fehlt dir noch?"

Sie lächelte ihn auffordernd an und begann, sich die Kleider vom Leib zu ziehen. Er schaute verdutzt, begriff aber dann und beeilte sich, es ihr gleich zu tun. Wie ausgehungert stürzten sie sich aufeinander.

Keuchend rollte sich Helgo schließlich erschöpft auf den Rücken. Frij strahlte ihn an und widmete sich dann dem Braten.

„Die kleineren Teile sind bereits gar", lachte sie. „Hier, nimm und stärke dich, damit du bald wieder zu Kräften kommst. Der Tag ist schließlich noch lang."

Dankbar nahm er ein Stück und schlang es hinunter. Er war schneller damit fertig als sie mit dem ihren.

„Brauchst du noch lange?", fragte er anzüglich.

Blitzschnell hatte sie ihren nicht ganz abgenagten Knochen nach hinten geworfen und sich mit den Händen nach hinten abgestützt.

„Nein, ich warte schon auf dich", kicherte sie.

„Sollen wir das in unsere Abmachung übernehmen?", fragte Helgo, als sie schließlich beide erneut atemlos im Gras lagen.

„Damit wäre für meinen Teil unsere Abmachung vollständig." Er lachte, rollte zu ihr hinüber und gab ihr einen langen Kuss.

Der Fußmarsch zum Meer verlief ohne größere Vorkommnisse. Einmal mussten sie einem Kriegertrupp der *Ihseligen* ausweichen. Da diese

Männer aber einen ziemlichen Lärm machten, hatten Frij und Helgo sie längst bemerkt, bevor sie ihnen auch nur nahe kamen. So schlugen sie sich seitwärts in die Büsche, bis der Trupp vorbeigezogen war. Den Rest der gemeinsamen Wanderung nutzten sie für Gespräche. Helgo erzählte von seinem Land, das langsam im Meer versank, und von dem Krieg, der dort herrschte. Frij berichtete von der langen Reise, die sie letztlich alle unternommen hatten, um das Geheimnis des *Seo-Thruhtin* zu lüften und dadurch vielleicht Duggaland zu retten.

„Siehst du", scherzte sie, „nur für dich bin ich so weit gereist."

„Wolltet ihr den *Seo-Thruhtin* nicht unschädlich machen?", fragte er zurück.

„Habe ich das nicht längst geschafft?", gurrte sie und schloss ihn in die Arme. Zu einer klaren Antwort kam er nicht mehr, sie ging im gemeinsamen Liebesspiel unter.

Es war in den Morgenstunden, als sie sich schließlich dem Anlegeplatz der *Ihseligen* näherten. Mit größter Anspannung näherten sie sich dem Ende des Pfades, immer auf der Hut, auf bewaffnete Krieger zu stoßen. Als sie schließlich hinter den letzten Büschen hervorlugten, blickten sie auf den Sandstrand, auf dem die *Ihseligen* ihre Flöße anlandeten. Tatsächlich lag dort auch ein großes Transportfloß, ein Mensch war allerdings nicht zu sehen. Stattdessen hatte sich eine große Familie von Seehunden um das Floß geschart und ließ sich von der Morgensonne bescheinen. Helgo musste unwillkürlich lachen.

„So ein beschauliches Bild hätte ich allerdings nicht erwartet. Kein Mensch in der Nähe und ein Floß zu unserer Verfügung. Allerdings ist es für unsere Zwecke etwas zu groß. Wir würden Schwierigkeiten haben, mit ihm zu zweit zu segeln."

„Ich habe eine ganz andere Sorge", meinte Frij düster. Helgo blickte sie fragend an.

„Ich habe dir doch gesagt, ich hätte ein Schiff. Wir müssen dafür noch ein ganzes Stück an der Steilküste entlanggehen."

„Ja und?"

„Wieso ist hier kein Krieger? Könnte es sein, dass sie das Seegildeboot gefunden haben?"

„Du hast ein Seegildeboot?"

„Na ja, eigentlich ist es nicht mein Schiff. Es gehört Ilunga, der Segelweisen aus Intrit. Es ist das Boot, auf dem meine Freunde und ich bis hierher gelangt sind. Sie wird mir verzeihen, wenn ich es entwende. Ich hoffe es zumindest."

„Erst einmal müssen wir es haben, bevor du über ein schlechtes Gewissen deiner Freundin gegenüber nachdenken kannst. Im Übrigen wird sie vermutlich nie erfahren, wer ihr Boot genommen hat. Wo geht es denn nun weiter?"

Frij zeigte hinüber zu der Steilwand, die sich hinter der breiten Bucht wie eine Nase ins Meer schob.

„Na, dann los!"

Vorsichtig umschlichen sie die Felsen, die in der weiten Bucht verstreut lagen, immer gewärtig, auf einen *Ihseligen* zu treffen. Als sie die vorspringende Steilwand erreicht hatten, hatten sie immer noch keinen Menschen gesichtet. Auch hinter der Kliffspitze war niemand zu sehen. Vor ihnen lag unterhalb der Steilküste ein übersichtlicher breiter Sandstreifen, ähnlich, wie er sich bei Frijs Ankunft gezeigt hatte.

„Hm, wir haben auflaufendes Wasser", brummte Helgo. „Meinst du, wir schaffen es bis zum Ziel, oder müssen wir den letzten Teil des Weges schwimmend zurücklegen?"

„Wir sind bei Hochwasser losgegangen. Da bekam man wohl am Anfang nasse Füße, aber schwimmen mussten wir nicht."

So wagten sie sich auf die glatte Fläche des Strandes hinaus und schritten kräftig aus. Gleichzeitig waren ihre Blicke immer auf den schmaler werdenden Küstenstreifen vor ihnen fixiert, um beim leisesten Anzeichen einer Gefahr reagieren zu können. Da sie sich nur auf den Strand vor ihnen konzentriert hatten, war ihnen das Auslegerboot zunächst entgangen, das sich von der Seeseite her auf sie zu bewegte. Erst, als sie ein gedämpftes: „Heh, wer seid ihr?" vernahmen, wurden sie auf das kleine Fahrzeug aufmerksam. Eine der drei Personen auf dem Boot hatte geschrien, wegen der Entfernung klang die Stimme allerdings ziemlich leise.

Erschrocken starrten sie zu den sich nähernden Männern hinüber.

„Sie können nicht einschätzen, wer wir sind", meinte Helgo. „Mich werden sie wohl für einen *Hros-Wigman* halten, bei dir sind sie sich wegen deiner Kleidung im Unklaren. Vermutlich haben sie noch nicht einmal bemerkt, dass du eine Frau bist."

„Na, danke schön, du kannst wirklich sehr nett sein!"

„Stimmt", grinste er, „kann ich auch, wie du inzwischen weißt. Aber jetzt haben wir, glaube ich, keine Zeit für kleine Geplänkel."

Sie musste ihm recht geben, dennoch waren sie sich unklar, wie sie nun reagieren sollten.

Dann stieß Frij ihn an: „Schau dort!", stieß sie hervor: „Das Seegildeschiff."

Tatsächlich folgte dem kleinen Boot Ilungas Schiff in gehörigem Abstand.

„Verdammt!", fluchte Helgo. „Wir müssen es irgendwie an uns bringen."

„Und wie stellst du dir das vor?"

„Zunächst müssen wir das kleine Boot in unsere Gewalt bekommen. Danach können wir Jagd auf das große machen."

„Ilunga war mit ihrem Schiff aber immer schneller als eure Auslegerboote."

„Das mag sein, aber siehst du, wie ungeschickt sie schon das kleine Boot bedienen. Wenn ich es steuere, werden wir schneller sein als eine auf Seegildeschiffen unerfahrene Besatzung von *Ihseligen.*"

„Schön und gut, aber wie kommen wir an das Wolfsboot dort?"

„Lass mich nur machen und halte einen Pfeil für deinen Bogen bereit."

Helgo eilte bis an die Wasserlinie und schrie: „Hierher, zu Hilfe, hierher!" Gleichzeitig wedelte er mit beiden Armen. Da er so die Aufmerksamkeit der Männer auf dem Boot auf sich gezogen hatte, gelang es Frij, unbemerkt drei Pfeile aus ihrem Köcher zu ziehen und mit der Spitze von unten durch ihr Gurtband zu stecken, sodass sie sie ohne Widerstand leicht oben hinausziehen konnte.

„Wir kommen vom Schratstihn", brüllte Helgo, bevor eine erneute Frage ihn zur Antwort nötigen würde. „Die Kämpfe sind ausgebrochen, und wir sollen Unterstützung holen. Lagern hier noch Waffen oder Verpflegung?"

Die Männer auf dem Boot verstanden Helgo wegen der Entfernung nicht sehr gut und kamen näher. Er musste seine Worte wiederholen, bis sie verstanden. Daraufhin hielten sie direkt auf den Strand zu. Als sie nicht mehr sehr weit entfernt waren, schien einer der Krieger zu stutzen. Er stieß seinen Vordermann an und zeigte zu dem Paar, das am Strand wartete.

„Wieso ist eine Frau bei dir?", rief dieser aufgeregt. „Weder bei den *Ihseligen* noch bei den *Hros-Wigmannen* gibt es Frauen. Noch einmal: Wer seid ihr?"

Da sie sich noch auf dem Wasser befanden, fühlten sich die *Ihseligen* ziemlich sicher. Gleichzeitig waren sie mit der Bootsführung so beschäftigt, dass sie nicht zu ihren Waffen griffen.

„Ahh!", schrie der Rufer entsetzt, als Helgos Pfeil sich in sein Bein bohrte. Eilig wollten sie nach ihren eigenen Bögen greifen, doch sie wurden durch Helgo zurückgehalten.

„Wagt es nicht!", rief er. „Wenn ich gewollt hätte, hätte ich euren Kameraden getötet. Und wenn ihr eure Bögen auch nur anfasst, seid ihr alle tot. Ans Ufer mit euch, und keine faulen Tricks!"

Die Männer blickten sich gegenseitig an und trauten sich angesichts der gespannten Bögen nicht, sich zu widersetzen. Brav lenkten sie das Auslegerboot zu den beiden Personen am Strand. Sanft rutschte das Boot auf den Sandstrand und blieb dort hängen. Helgo wies die Männer mit seinem Bogen an, das Gefährt zu verlassen. Die zwei unverletzten halfen dem dritten Krieger an Land. Neugierig und angstvoll musterten sie die beiden Fremden, die jetzt auf das Boot sprangen.

„Wie viel Männer befinden sich dort auf dem Seegildeschiff?" fragte Helgo.

„Fünf", antwortete der Verwundete. „Da werdet ihr nicht so leichtes Spiel haben. Besser, ihr lasst uns ziehen und versucht, unseren Kriegern zu entkommen. Noch machen sie keine Jagd auf euch."

„Das ist auch gut so", grinste Helgo und wies die *Ihseligen* an, sich schnell zu ihrem Floß zurückzubegeben, wenn sie nicht doch noch einen Pfeil abbekommen wollten. Das nahmen die Männer sehr ernst und bemühten sich, mit dem Verletzten in der Mitte, so schnell wie möglich Abstand zwischen sich und das Auslegerboot zu bringen.

„Jetzt haben wir zwei Möglichkeiten", sagte Frij. „Wir versuchen, mit diesem Boot über das Meer zu segeln, oder wir bemühen uns, die fünf Männer dort zu überlisten."

„Wir segeln zwar mit diesen Booten über das Meer, aber meist haben wir ein oder zwei größere Schiffe dabei, wenn wir die hohe See überqueren. Das ist sicherer."

„Gut, damit wäre eine Entscheidung getroffen, klar zur Wende!"

„Es wäre doch auch zu schade, wenn Ilungas Schiff in die Hände der *Ihseligen* fiele, oder?", setzte Helgo noch hinzu, während sie das Boot auf das Seegildeschiff zusteuerten.

Die *Ihseligen* auf Ilungas Schiff steuerten offenbar auf den Anlegeplatz zu, an dem ihr großes Floß lag. Als sie das kleine Boot zurückkehren sahen, refften sie das Segel. Offensichtlich gingen sie davon aus, dass ihre Leute aus welchen Gründen auch immer zurückkehrten. Erst, als Helgo und Frij ihnen fast auf Pfeilweite heran waren, schien einer den Unterschied bemerkt zu haben. Befehlsschreie wurden ausgestoßen, und an Bord entwickelte sich ein hektisches Treiben. Kurz darauf war das Segel wieder oben, und die Männer standen mit gespannten Bögen an Deck. Es waren tatsächlich fünf, von denen einer das Steuer hielt und ein anderer sich um das Segel kümmerte. Das Seegildeschiff hatte sofort Fahrt aufgenommen und hielt auf die Ankömmlinge zu. Helgo pfiff durch die Zähne.

„Schnell ist der Segler, das muss man sagen", bemerkte er anerkennend.

„Ich habe es dir gesagt. Ilunga hat Boote wie unseres damit ausgestochen."

„Das glaube ich sofort. Sie war vermutlich eine vorzügliche Seglerin. Wir müssen dann wohl ausprobieren, ob die *Ihseligen* dort drüben auch so gut mit dem Schiff umgehen können. Fliehen können wir jedenfalls nicht mehr, sie würden uns auf jeden Fall einholen."

Frij wusste, was das zu bedeuten hatte, und hielt sich am Dreiecksssegel bereit.

„Mach dich mit dem Strick dort fest", wies Helgo sie an, „damit du bei einer Wende nicht über Bord gehst. Mit diesem Boot können wir engere Kurven ziehen als mit dem Schiff dort drüben, weil Rumpf und Ausleger kürzer sind."

Er blickte sich um und wirkte zufrieden, als er ein Stück Strick neben dem Steuerruder fand. Schnell band er sich ebenfalls am Stützbalken, der die Plattform trug, fest. Noch hielten die beiden Boote aufeinander zu. Bisher waren sie von den *Ihseligen* nicht beschossen worden, da das Ledersegel sie weitgehend verdeckte.

„Pass auf!", sagte Helgo nun. „Auf mein Kommando machen wir eine scharfe Kehre mit der Einbaumseite. Wundere dich nicht, wenn sich der Ausleger dabei ein Stück aus dem Wasser hebt. Versuch es auch nicht durch Gewichtsverlagerung zu unterbinden, und vertraue meinen Erfahrungen mit diesen Booten. Sobald der Ausleger wieder aufs Wasser schlägt, werde ich einen gezielten Pfeil abgeben. Wenn du kannst, mach es ebenso. Und danach musst du sofort hinter dem Segel Schutz suchen. Auch wenn sie auf dich schießen, wird dich wahrscheinlich niemand treffen, da das elastische Leder die Pfeile abfängt."

Während er redete, hatte er gleichzeitig die Lederplane, mit der der hintere Teil des Einbaums abgedeckt war, aufgeknüpft. Dann kam sein Kommando.

„Uuund jetzt!"

Frij riss das Segel herum und schlagartig veränderte das Boot seine Richtung. Der Ausleger hob sich in die Luft, sodass der Rand des Einbaums fast unter die Wasserlinie gelangte. Als der Wind die Segelfläche wieder voll erfasste, klatschte der Ausleger mit einem lauten Knall auf das Wasser zurück. Gleichzeitig ertönte ein Schrei herüber von dem Seegildeschiff. Der Pfeil Helgos hatte den Mann am Segel in die Schulter getroffen. Da er ins Meer zu fallen drohte, sprangen sofort zwei seiner Kameraden hinzu, um ihn an Bord zu halten. Frijs Pfeil war ins Leere gegangen. Da sie jedoch im Augenblick am Segel nichts halten musste, schickte sie sofort einen zweiten hinterher, der wieder nicht traf, aber nur, weil die Männer dem Angriff schnell genug ausgewichen waren. Helgo war zu seiner Sicherheit liegend im Einbaum verschwunden. Dort blieb er, bis sie wieder genügend Abstand gewonnen hatten.

„Ah!", rief er erfreut aus. „Sie wenden und nehmen die Verfolgung auf."

„Sie werden uns erreichen!", warnte Frij.

„Nicht nur das, wir werden ihnen entgegen kommen. Wir wiederholen das Spiel, bis sie aufgeben oder verletzt oder tot sind."

„Ein Spiel ist das nicht!", rief Frij erregt, als sie die Begeisterung Helgos für diesen Wettkampf bemerkte.

„Nein, wirklich nicht. Aber es ist unsere einzige Möglichkeit, an das Schiff dort zu gelangen und zu überleben. Glaub mir, ich hoffe auch, dass sie uns das Boot ausliefern, bevor wir sie einen nach dem anderen abschießen müssen."

Frij machte ein unglückliches Gesicht.

„Aber überleben willst du schon?", fragte er gelassen. Sie nickte nur.

„Wenn es dich beruhigt, es muss nicht blutig ausgehen. Es ist eine erprobte Taktik, die zur Niederlage der *Seo-Birahanen* geführt hat, obwohl sie gute Kämpfer und Seefahrer waren. Sie hatten einfach nicht so wendige Flöße."

Frij wusste nicht, ob sie das wirklich beruhigte, aber sie sah auch keine andere Möglichkeit mehr, als sich auf dieses Gefecht einzulassen.

Auf Helgos Anweisung hin fuhren sie eine plötzliche Wende und hielten wieder auf Ilungas Schiff zu. Doch diesmal bog das Schiff plötzlich vor ihnen ab, sodass sie bei der geplanten eigenen Wendung parallel zu ihnen gesegelt wären. Damit wären sie natürlich dem Pfeilhagel der *Ihseligen* ausgesetzt gewesen.

„Ah, sie lernen schnell!", Helgo schien sich fast zu freuen, so als ob der Wettkampf dadurch spannender würde. „Wir tun so, als ob wir wieder einen Rechtsschwenk machen würden, drehen uns dann aber so lange, bis wir wieder in der gleichen Richtung laufen wie jetzt. Dann gleiten wir an ihrer Rückseite vorbei und beschießen sie erneut. Danach gehen wir sofort wieder in Deckung. Alles klar?"

Frij nickte und konnte ihre Bewunderung für Helgos Segelkünste nicht unterdrücken.

„Uuund jetzt!"

Erneut drehte das Wolfsboot, diesmal einmal vollständig um die eigene Achse, bis es wieder in der ursprünglichen Richtung segelte. Die *Ihseligen* waren verwirrt und wussten nicht, wann sie schießen sollten, bekamen aber diesmal zwei Treffer ab, ein zweiter Krieger in die Schulter und ein dritter in den Oberschenkel. Trotzdem drehten sie bei, um erneut die Verfolgung aufzunehmen.

„Zähe Burschen", musste Helgo zähneknirschend eingestehen. „Na gut, auf ein Neues!"

Das kleine Boot hatte jetzt in etwa den Kurs eingeschlagen, den die *Ihseligen* ohnehin verfolgten, wenn sie zu ihrer Anlegestelle wollten. Helgo segelte nun vor ihnen her, wohl wissend, dass sich die Distanz allmählich verringerte.

„Wenn sie überzeugt sind, dass wir ihnen entkommen wollen, werden wir plötzlich wenden und auf sie zuhalten, aber erst, wenn wir so nah sind, dass sie die Drehung von eben nicht mehr hinbekommen. Dann drehen wir wie beim ersten Mal vor ihnen nach rechts ab und versuchen noch einen gezielten Schuss."

Helgo und Frij gaben sich alle Mühe, möglichst schnell zu segeln, doch das Seegildeschiff holte Stück für Stück auf. Helgo verkroch sich schon wieder in den Einbaum, und Frij kauerte sich hinter das Segel. Einige Pfeile waren schon auf sie abgegeben worden, waren jedoch immer vom Segel abgefangen worden. Hier zeigte sich der Vorteil der dünn geschliffenen Lederlappen, die dann zu einem Dreieck vernäht worden waren. Ein Segel aus Flasser Tuch hätte die Pfeile weder aufgehalten noch ihre Kraft so verringert, dass sie nicht mehr in der Lage waren, wirkliche Verletzungen hervorzurufen. Andererseits wäre natürlich eine Lederplane zu schwer für ein großes Schiff wie das von Ilunga.

Inzwischen hatte das Seegildeschiff aufgeholt und war nahe genug herangekommen. Helgo gab erneut ein Zeichen, und die fliegende Wende erschreckte die *Ihseligen*. Als das kleine Boot wieder wie ein Raubvogel auf sie zuschoss, wussten sie, was sie erwartete und versuchten, vor den kommenden Pfeilschüssen in Deckung zu gehen. Das hatte aber zur Folge, dass sie genau im entscheidenden Moment den

Schützen den Rücken zudrehten. Die beiden noch Unverletzten zogen sich so einen Pfeil ins Gesäß zu. Offenbar reichte es den *Ihseligen* nun, und sie hielten Kurs auf ihren Anlegeplatz.

„Sie fliehen und setzen auf die größere Schnelligkeit ihres Schiffs", sagte Frij. „Wie sollen wir jetzt noch an Ilungas Boot kommen? Wenn sie erst an Land sind, sind sie uns weit überlegen."

„Wir haben noch eine Möglichkeit", meinte Helgo. „Durch unsere letzte Wende sind wir bereits näher an der Küste und können ihnen noch den Weg abschneiden. Es wird zwar knapp, aber es könnte gelingen."

Ein Wettrennen begann. Das Wolfsboot hatte die kürzere Strecke zu bewältigen, dafür war das andere Schiff schneller. Langsam verkleinerte sich der Abstand der Boote, bis er kurz vor der Küste wieder auf Pfeilweite war. Frij gab, von ihrem Segel gedeckt, noch ein paar Schüsse auf das große Boot ab. Zwar traf sie niemand dabei, doch störte sie die Segelhandlungen erheblich. Langsam schoben sie sich näher an Ilungas Schiff. Der Steuermann der *Ihseligen* winkte nun mit einem großen Lappen. Er wirkte wie ein Stück des Ersatzsegels, das sich noch in der Schiffshütte befunden hatte.

„Ich glaube, sie geben auf."

„Abwarten!", warnte Helgo.

Doch dann warfen die *Ihseligen* ihre Waffen in die Schutzhütte und stellten sich nebeneinander auf.

„Was wollt ihr von uns? Warum greift ihr uns an?", rief der Steuermann hinüber. „Ich denke, es gibt Friedensverhandlungen!"

„Ihr habt unser Schiff gestohlen. Gebt es zurück!"

„Wir haben es am Strand gefunden, es war herrenlos. Und es gilt die Regel, dass man nehmen kann, was das Meer antreibt!"

„Das Schiff war ordentlich vertäut und auf den Strand gezogen! Nicht angeschwemmt! Ihr habt es gestohlen!", ereiferte sich Frij.

„Gut, gut, ihr könnt es haben. Wir gehen gemeinsam an Land, und wir übergeben euch das Schiff."

„Das könnte euch so passen, hinterlistiges Pack! An Land fallt ihr dann mit eurer Übermacht über uns her!"

„Macht einen anderen Vorschlag!"

„Ganz einfach", ergriff nun Helgo das Wort. „Wir fahren nebeneinander so nahe an die Küste, dass ihr hinüberschwimmen könnt. Vier von euch verlasst das Schiff und schwimmt zum Ufer. Einer bleibt und hält das Schiff auf Kurs. Er ist natürlich unbewaffnet. Dann kommen wir herüber und übernehmen das Schiff. Euer Mann kann dann dieses Boot bekommen und zu euch hinüber segeln."

Die *Ihseligen* blickten sich an, palaverten etwas miteinander und schienen keine Lust mehr zu haben, ihr Leben weiter zu riskieren.

„Wie können wir sicher sein, dass ihr die Wahrheit sagt?"

„Ihr habt das Wort des *Seo-Thruhtin*!"

Ein Raunen ging durch die Gruppe der *Ihseligen*. Auch ohne genau zu wissen, ob diese Behauptung stimmte, schien ihnen das Risiko abzulehnen zu groß. Immerhin hatte dieser Mann mit einer Frau als Begleitung fünf erfahrene Krieger überlistet.

Helgo und Frij grinsten sich an, als die vier Männer mit lautem Platschen ins Wasser sprangen und auf den Strand zu schwammen. Kurz danach gingen sie an Bord, behielten den letzten *Ihseligen* noch so lange dort, bis sie einen genügend großen Vorsprung hatten und entließen ihn dann mit dem kleinen Boot. Helgo schaute noch ein wenig dem kleinen Segler nach, dann vertäuten sie Segel und Ruderblatt und ließen das Boot hinaus aufs Meer treiben. Zunächst sahen sie nach, was sich alles an Bord befand. Frij freute sich, die Kleidungsstücke, die sie und ihre Freunde beim Verlassen des Schiffs in der Schutzhütte gelassen hatten, noch sauber aufgestapelt vorzufinden. Sogar die zurückgelassenen Waffen, Seile und das Ersatzsegel lagen noch unangerührt in einer Ecke. Die *Ihseligen* mussten das Schiff erst kurze Zeit vorher entdeckt und von seinem Liegeplatz abgeholt haben, sodass sie noch keine Gelegenheit gefunden hatten, die Gegenstände unter sich aufzuteilen. Auch die Ausrüstung an Deck wie Flechtmatten und dergleichen war noch vorhanden. Sie würden eine Weile auf dem Schiff leben können, ohne Ersatz beschaffen zu müssen. Lediglich die Verpflegung war ein Problem. Fische konnten sie fangen, das Angelgerät war noch vorhanden. Nur Wasser mussten sie besorgen.

Sie beschlossen, zum Flüsschen Wasga zurückzukehren, um dort den großen Tontopf zu füllen. Vorsichtig näherten sie sich der alten

Anlegestelle, von der aus Frij zum Schratstihn gestartet war. Niemand war dort.

„Und wohin nun?", fragte Frij, als sie endgültig ablegten.

„In das Land, von dem ich dir erzählt habe?"

„In Helgos Land also."

„Wenn du es so nennen willst."

Sie richteten das Segel und nahmen Kurs auf Morgen.

Epilog

Im Wasser trieben immer mehr Zweige und Blätter. Helgo hatte davon gesprochen, dass sie sich bereits vor der Mündung eines riesigen Stroms befänden, der aus einem unermesslich großen Land stammte. Wenn sie sich in einer Art Trichtermündung, wie sie der Fluod bildete, befanden, war diese so breit, dass das zweite Ufer nicht zu sehen war. Aus dem grauen Küstenstrich vor ihnen erhob sich ein gewaltiger Sockel, der sich beim Näherkommen als bräunliche Sandsteinmasse entpuppte. Helgo wies mit der Hand dorthin.

„Nie wird das Meer diesen Felsen überschwemmen. Du wirst sehen, dass man hier sehr gut leben kann. Der Felsen schützt uns vor der Gewalt des Meeres und das Wasser des Riesenstroms trägt viele schwebende Teilchen mit sich, die die Fische und Muscheln an der Küste ernähren. Dort wollen wir uns eine Hütte bauen und in Frieden leben."

„Ich sehe es schon vor mir", antwortete Frij und legte ihren Arm um seine Schulter.

Was sie nicht sehen konnte, waren die drei Frauen, die auf dem Felsen Vogeleier sammelten.

„Dort kommt etwas über das Meer!", rief die Erste erschrocken und zeigte auf das sich nahende Schiff.

„So ein Boot habe ich in meinem Leben noch nicht gesehen", ergänzte die Zweite.

„Der große *Flussriese* möge uns beistehen", stieß die Dritte hervor, „wir müssen sofort unseren *Schamanen* benachrichtigen."

Sie ließen die Eier liegen und rannten zu der winzigen Hüttensiedlung zurück.

Danksagung

Ohne jede Hilfe wäre es mir sicher schwergefallen, dies Buch zu einem runden Ende zu bringen. Deshalb möchte ich mich hier zunächst bei meiner Frau bedanken, die mit großer Geduld die gesamte Trilogie auf sprachliche, inhaltliche und formale Mängel durchforstet hat. Ferner gilt mein Dank meinen ehemaligen Kollegen Dr. Dieter Allkämper, Hermann Render und Paul Breitenstein, die mich mit Tipps aus ihren Fachbereichen Geografie, Chemie und Physik unterstützt haben. Dank gebührt auch meinem Lektor, Herrn Fehrenschild, für seine professionelle Arbeit sowie, last but not least, meinem Verleger, Herrn Fuchs vom Fanpro-Verlag, für seinen Mut, einen Newcomer ins Verlagsprogramm aufzunehmen.

Ulrich Drexler

ÄCKER

nach Flass

nach Tvinhaag

Tor

Tor

Brunnen

Haus
des
Schamanen

Wetterturm

Brunnen

Brotmarkt

Brunnen

Burg

Brombeergraben

Palisade

Brennende Palisade

Fluchtscheune

Brunnen

Tor

ÄCKER

zur Küste

Schutz-
Hütte

nach Fisvik

N

BURVIK

nach Burvik
nach Tvinhaag

Priele

Sumpf

Steg

Insel

Ruine

Priele

Freiwasser

Torturm

Sumpf

Schilfteich

Sumpf

Knüppelpfad

Kanäle

Großer
Prielteich

Torbrücke

Anleger

Buhl

Sumpf-
Teich

Knüppelplatz

Seegilde
Pfahlbau

Weidenhecke

Knüppelpfad

Knüppelpfad

Feuerwurt

Watt

Hochwasserlinie

Anleger

Pfahlbauten
der
Piraten

Niedrigwasserlinie

Feuerturm

Sandbank

N

FISVIK

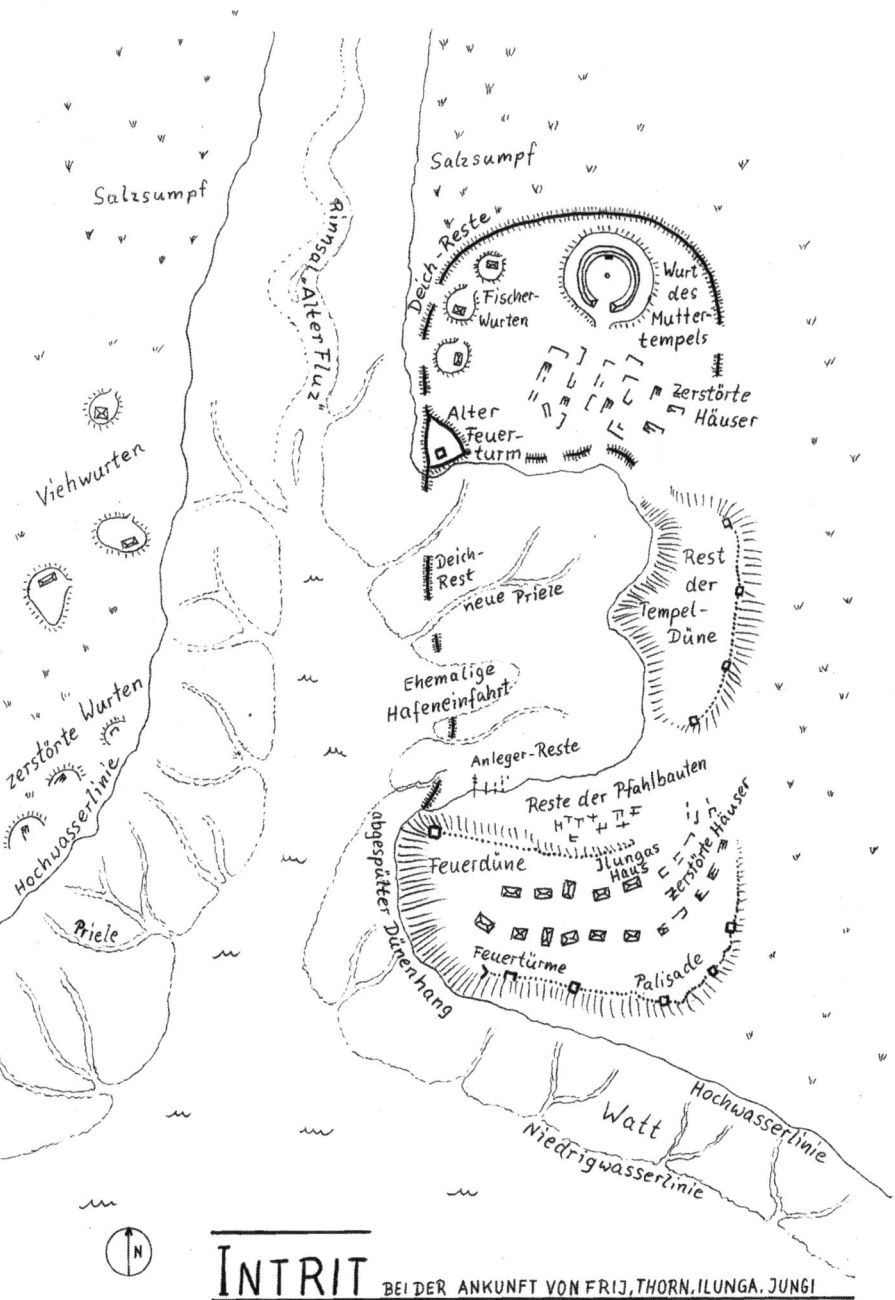

Salzsumpf

Salzsumpf

Rinnsal „Alter Fluz"

Deich-Reste

Fischer-Wurten

Wurt des Muttertempels

Zerstörte Häuser

Alter Feuerturm

Viehwurten

Deich-Rest

neue Priele

Rest der Tempel-Düne

Ehemalige Hafeneinfahrt

zerstörte Wurten

Anleger-Reste

Reste der Pfahlbauten

Hochwasserlinie

abgespülter Dünenhang

Feuerdüne

Ilungas Haus

Zerstörte Häuser

Priele

Feuertürme

Palisade

Watt

Hochwasserlinie

Niedrigwasserlinie

N

INTRIT
BEI DER ANKUNFT VON FRIJ, THORN, ILUNGA, JUNGI

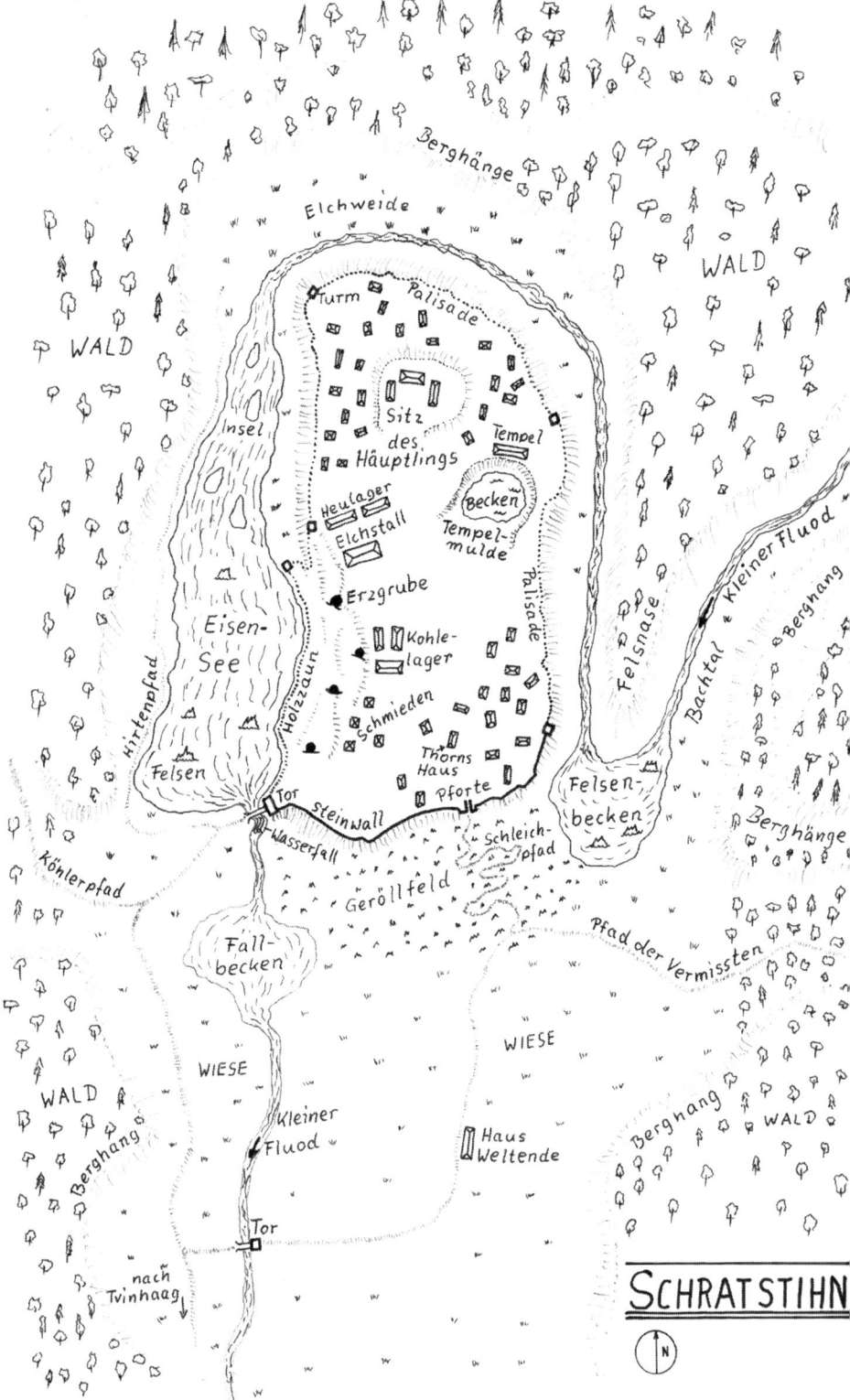

Berghänge

WALD

Elchweide

Turm · · Palisade · · ·

WALD

Insel

Sitz
des
Häuptlings

Tempel

Becken

Heulager
Elchstall

Tempel-
mulde

Eisen-
See

Erzgrube

Kohle-
lager

Palisade

Felsnase

Kleiner Fluod

Berghang

Hirtenpfad

Holzzaun

Schmieden

Bachtal

Felsen

Thorns
Haus

Pforte

Felsen-
becken

Berghänge

Tor · · steinwall

Wasserfall

Schleich-
pfad

Köhlerpfad

Geröllfeld

Pfad der Vermissten

Fall-
becken

WIESE

WIESE

WALD

Berghang

WIESE

Kleiner
Fluod

Haus
Weltende

Berghang

WALD

Tor

nach
Tvinhaag

SCHRAT STIHN

N

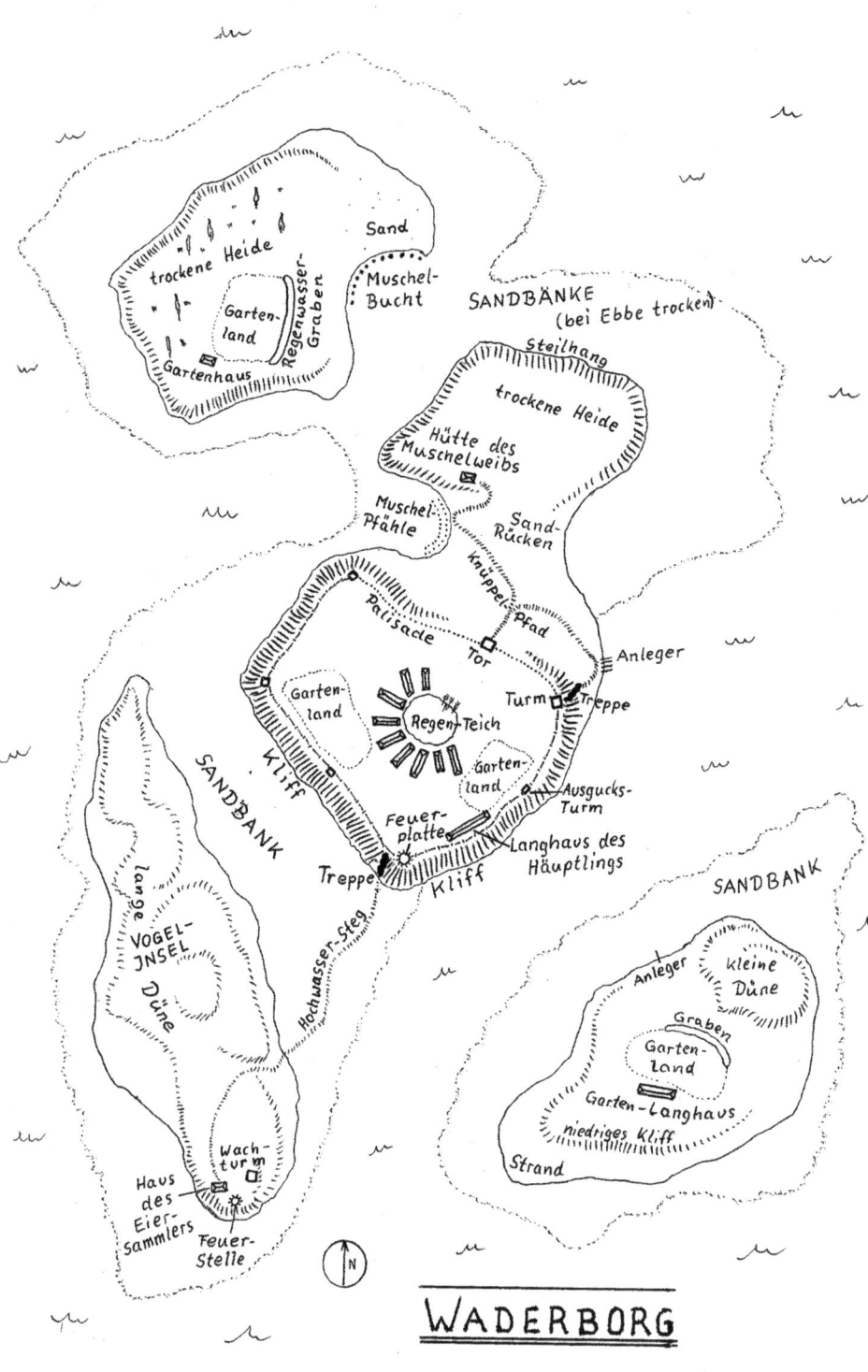

WADERBORG

Personenregister
(in alphabethischer Reihenfolge)

Balarat – Häuptling der *Ihseligen*

Ber – Inselältester auf einer Ihseli-Klippe

Blatt – Sklave aus *Flass*, gehört zu Bauer Quist; nennt sich später Gruoni

Blüte – Sklavin aus *Flass*, gehört zu Bauer Quist; nennt sich später Wizi

Boto – Junger Steppenkrieger

Chebea – Peros Frau aus dem Holderland

Chirado – Erster *Schamane* des Steppenvolks nach Helgos Ankunft

Chrut – Seelehrling bei Ilunga

Chundo – Einer der Unterführer Helgos und gleichzeitig sein Vertrauter

Ebenher – Häuptling in Schratstihn

Elfa – Heilerin auf den Ihseli-Klippen

Esel – Sklave aus *Flass*

Fara – Fährmann über den Fluod zwischen Holder- und Seilerland

Foss – Rothaariger Reisigsammler aus dem Holderland

Frij – Schanzenfischerin und Schlauchflößerin aus Tvinhaag

Galm – Ein *Schrat,* der Flöte spielt, Bruder Thorns

Gedwang – *Burghalto* von Sihport

Gosson – Jüngerer Sohn Helgos

Gruoni – Neuer Name des Sklaven Blatt nach seiner Befreiung

Guuma – Wirtin der Sklavenschänke in *Flass*

Harm – Alter Flößer, der Frij die Nachricht über den Angriff an der Munde bringt

Helgo – Genannt der *Seo-Thruhtin*, neuer Führer des Steppenvolks

Helson – Älterer Sohn Helgos

Hohsedal – Häuptling von Tvinhaag

Horm – Alter Flößer, der Frij von Urks Verschwinden berichtet

Hund – Sklave aus *Flass*

Hunno – Wetterkundiger in Intrit. Versucht, die Menschen nach der *Mandränke* zu retten

Ihseliger – Krieger der *Hros-Wigmannen,* der bei der Belagerung Tvinhaags überläuft. Stammt von den Ihseli-Klippen, daher dieser Rufname

Ilunga – Seefahrerin aus Intrit, Segelweise der *Seegilde*

Jungi – Seelehrling bei Ilunga

Jutt – Alte Schanzenfischerin, die Frij ihre Gräben überlässt

Juzz – *Kobereri* der *Seo-Birahanen*

Kuh – Sklavin aus *Flass*

Lim – Königin des Volks, aus dem Helgo stammt.

Linn – Bauer aus *Flass*

Maus – Sklavin aus *Flass*

Muos – Wirt der Sklavenschänke in *Flass*

Nidiri – Mädchen von den Ihseligen-Klippen. Wird vom Seegildeschiff aus Seenot gerettet

Olunde – Von Urk befreite Sklavin aus *Flass*

Onn – Frijs Vater

Pero – Reisigsammler aus dem Holderland, rettet Urk

Poto – Junger Steppenkrieger

Quist – Bauer aus *Flass*, Besitzer von Blatt und Blüte

Risi – Urks Hündin

Salida – Priesterin der ‚Großen Mutter' in Intrit

Scant – Händler aus Tvinhaag

Schlange – Sklavin aus *Flass*

Sturi – ‚Steinbohrer' von der Bauernküste. Trifft zufällig auf Frij auf deren Fahrt nach Fisvik

Thorn – Ein Schrat, mit Urk befreundet

Tivi – Flößer, gestorben beim Angriff der Steppenreiter

Tjoll – Urks Floßgehilfe, kommt an der Munde um

Trut – Älterer, erfahrener Segelweiser, ehemaliger Geliebter von Ilunga

Ulda – Geflüchtete Frau aus dem niedergebrannten Burvik. Sie taucht auf der Flucht bei Sturi auf.

Urk – Flößer aus Splint

Wahsan – Häuptling von Holderhaag

Weida – Wirtin in Holderhaag

Wizi – Neuer Name der Sklavin Blüte nach ihrer Befreiung

Zuhtari – *Schamane* in Burvik

Glossar

Die hier erklärten Begriffe sind im Text *kursiv hervorgehoben*.

Balla:

Eigentliche Wortbedeutung: Kugel. – Damit sind kleine Kugeln aus gebranntem Ton gemeint, die in dieser Geschichte als Zahlungsmittel dienen. Eine solche „Währung" hatte sich in Duggaland, insbesondere in Tvinhaag als zentralem Ort, als notwendig erwiesen, seitdem zwischen den Siedlungen ein reger Handel verschiedenster Güter florierte. Die Verschiedenartigkeit der Handelswaren machte einen direkten Tausch unmöglich, da die aufkaufenden Händler die Waren nicht immer aus Eigenbedarf erwarben, sondern sie weitergaben. Dies hing wiederum mit den Transportmitteln zusammen, die nur von bestimmten Personengruppen gehandhabt werden konnten, wie z.B. der Schlauchflößerei.

Die Töpferinnung der Stadt Tvinhaag hat in dieser Erzählung das Privileg, unter Aufsicht des Rates kleine, fingerkuppengroße Kugeln zu brennen, die mit dem Zeichen Tvinhaags versehen sind. Dieses Zeichen, eine kleine Schlange mit zwei gegenüberliegenden Punkten, symbolisiert den Fluod mit der Doppelstadt Tvinhaag. Es wird mittels eines Steinstempels von einem ausgesuchten Ratsmitglied in den noch weichen Lehm der Kugel gedrückt. Der Wert des *Balla* steigt mit der Anzahl der eingedrückten Zeichen, maximal sind es sechs.

Da die Töpferinnung eine bestimmte Mischung aus Lehm benutzt, die einen einmaligen Rotbrand ergibt, ist der *Balla* kaum von den Töpfern anderer Städte nachzuahmen.

Die anderen Siedlungen haben sich im Laufe der Zeit mit dem Rat von Tvinhaag auf einen bestimmten Wert des *Balla* geeinigt, indem sie die Preise für ihre jeweiligen Produkte ausgehandelt haben. Dies führt natürlich zu ständigen Wertstreitigkeiten, da die einzelnen Siedlungen ihre Produkte gegenüber denen anderer Orte manchmal als zu gering eingestuft empfinden. Ebenso wie der Wert wird die Menge der neu herzustellenden Kugeln mit den anderen Siedlungen abgesprochen. So können Verluste an Kugeln ausgeglichen und aus dem Bedarf resultierende Preisänderungen angepasst werden. Diese Kontrolle funktioniert, da alle Beteiligten grundsätzlich an einem verlässlichen Tauschwert interessiert sind.

Aus diesem Grund ist der *Balla* in ganz Duggaland als Zahlungsmittel anerkannt, lediglich die Steppenvölker treiben mit den zentralen Siedlungen einen direkten Tauschhandel.

Ist diese erdachte Handlungsweise Steinzeitmenschen eigentlich zuzutrauen?

Dass die Geld- bzw. Wertproblematik schon sehr früh in der menschlichen Geschichte von Bedeutung war, zeigt die Existenz von Geld, sogar virtuellem Geld als Tauschbasis bereits im alten Mesopotamien. Auch im Nordeuropa der Frühzeit hat man einen Hinweis darauf gefunden. Hier nutzte man Perlen aus *Bernstein* als Wert- bzw. Tauschobjekte, wie Tausende Funde im heutigen Dänemark belegen. Später wurden bereits gewichtsgenormte Bronzeteile als Währung verwendet. Offenbar tritt die grundlegende Tauschproblematik nahezu automatisch mit dem Handel auf. Immerhin gab es in der sog. Donauzivilisation bereits zwischen 6000 und 5000 v.Chr. Stempel in gebranntem Ton als Markierungen von Inhalt oder Wert, was zumindest auf die Fähigkeit hinweist, mit abstrakten Zeichen umzugehen. Die Fähigkeit zur Wertabstraktion war den frühen Menschen also offenbar gegeben. Eindeutig belegt ist sie auch in Bezug auf Maßeinheiten wie z.b. Hohlmaße für Getreidemengen.

Bentiman:
Wörtlich: Bändermann. Die in der Geschichte beschriebene Art der Zweigverdrillung zum Gewinn billiger und haltbarer Flechtbänder ist bis ins zwanzigste Jahrhundert zu verschiedenen Zwecken angewandt worden, z.B. zum ,Vernähen' der Riedbündel mit den Dachlatten beim Aufbau von Rieddächern. Auch beim Flößen ist die Verbindung der Stämme sowie der geflößten Brennholzpakete lange auf diese Art

bewerkstelligt worden. Erst nach der Erfindung billiger und leichter zu verarbeitender Materialien wie Draht oder Plastikschnur ist man von dieser Methode abgekommen. Da das Grundmaterial ‚Zweige' immer schon vorhanden und ihre Verarbeitung mit einfachen Mitteln möglich war, kann man davon ausgehen, dass auch bereits in der Steinzeit verdrillte Zweige als Bindematerial Verwendung fanden.

Bernstein:
Soweit aus archäologischen Funden belegt ist, haben die Menschen seit etwa 6000 v. Chr. an den Küsten im Bereich der heutigen Nord- und Ostsee den *Bernstein* als etwas Besonderes angesehen. Man vermutet, dass er für göttlich oder heilig gehalten wurde, da er in polierter Form das Sonnenlicht in aufregender Weise bricht und bündelt, ein Stein ist, der brennbar ist und auch mit damaligen Mitteln leicht zu bearbeiten war. Die Funde zeigen durchbohrte Anhänger, die neben Tierfiguren auch menschliche Abbildungen sowie geometrische Muster aufweisen, sogar „wissenschaftliche Abbildungen" wie die Strahlung des Nordlichts ließen sich finden. Damit ist anzunehmen, dass diese Anhänger nicht nur reine Schmuck-, sondern auch Amulettfunktion besaßen. Diese Annahme wird unterstützt durch spätere Bezeichnungen des *Bernsteins* wie etwa „Tränen der Götter". Das Augenamulett der Birahanen ist allerdings nur ein erdachtes Detail dieser Geschichte.

Blubber:
Dicke Fettschicht des hier *Brunfisc* genannten Schweinswals.

Brei der Götter:
Breie aus zerriebenen Pflanzen waren in der Volksmedizin üblich, um Verletzungen zu behandeln. Die ausgesuchten Pflanzen enthalten meist ätherische Öle, Gerbsäuren und andere Inhaltsstoffe in unterschiedlichen Mengen, die im Prinzip bakterientötend und entzündungshemmend wirken. Die vor der Entdeckung der Antibiotika lebensbedrohende ‚Blutvergiftung' sollte auf diese Art und Weise vermieden werden. Die in dieser Geschichte angedeuteten Pflanzen für den *Brei der Götter'*

könnten zum Beispiel folgende sein: Löffelkraut, Beinwell, Gänseblümchen, Schafgarbe, Schöllkraut, Pfennigkraut, Sumpfschwertlilie, Rainfarn, Wundklee, Heidelbeere, Pestwurz und Kriechender Günsel. Wirkungen und Inhaltsstoffe dieser Pflanzen lassen sich leicht aus der entsprechenden Literatur bzw. aus dem Internet entnehmen. Die zusammengestellten zwölf Pflanzen sind von ihrer klimatischen Verbreitung höchstwahrscheinlich in der beschriebenen Epoche und Region als Wildpflanzen verfügbar gewesen. Man kann davon ausgehen, dass auch in der damaligen Zeit *Schamanen* bzw. Heiler mit solchen Pflanzen gearbeitet und experimentiert haben.

Brunfisc:

Braunfisch. Ein in Norddeutschland gebräuchlicher Name für den auch Nordseedelphin genannten Schweinswal. Seine dicke Speckschicht wird *Blubber* genannt und verleiht ihm das rundliche, schweinsartige Aussehen.

Burghalto:

Wortbedeutung: ‚Schützer der Stadt'. In dieser Geschichte wird der *Burghalto* vom Ältestenrat der Stadt Sihport zu seinem Vorsitzenden gewählt. Er hat damit in etwa die Funktion eines Bürgermeisters. Einen Häuptling mit der entsprechenden Machtbefugnis gibt es in Sihport nicht, vielmehr ist der *Burghalto* dem Rat rechenschaftspflichtig und hat auch keine Befehlsgewalt über die Stadtwache. Der Anführer der Stadtwache wird wiederum vom Rat der Stadt direkt bestimmt. Der Wache steht ein Gegengewicht in den ebenfalls bewaffneten Schiffsbesatzungen der *Seegilde* gegenüber, die nicht dem Rat unterstehen. Somit ist eine einseitige Machtübernahme im Ort weitgehend unterbunden.

Diese Regelung geht auf die Zeit zurück, als Sihport von der *Seegilde* als Hauptniederlassung gewählt wurde, nachdem der ursprüngliche Sitz in Intrit mehrfach überschwemmt und damit zu unsicher geworden war. Die damaligen Bewohner des kleinen Fischerorts Sihport hatten darauf bestanden, ihren Ältestenrat beizubehalten, um einerseits nicht einem

Häuptling ausgeliefert zu sein, andererseits aber auch nicht von der einflussreichen *Seegilde* beherrscht zu werden. Zur Zeit dieser Geschichte hat sich aber die frühere Zweiteilung von Fischern und *Seegilde* längst aufgelöst, da die meisten Einwohner Handel treiben oder handwerklichen Tätigkeiten nachgehen. Die Wahl des Ältestenrates erfolgt bei Anwesenheit aller erwachsenen Bewohner auf dem Platz vor dem Palast. Tatsächlich ist die *Seegilde* inzwischen die bestimmende Kraft im Ort, da ihre Mitglieder als umsichtig und verantwortlich gelten – was wiederum auf ihren Fähigkeiten als Seefahrer beruht. Aus diesem Grund werden viele von ihnen in den Rat gewählt.

Butt peeren:
Ein heute noch gebräuchlicher plattdeutscher Ausdruck für ‚Plattfisch aufspießen'. Der ‚Butt', womit im Allgemeinen die Scholle als häufigster Plattfisch bezeichnet wird, wird bis heute an der Nordseeküste auf die in der Geschichte beschriebene Art gefangen. Handelt es sich in unseren Tagen wohl eher um eine Form des Angelsports, stellte es früher eine notwendige Tätigkeit zur Ernährung der armen Bevölkerung wie Tagelöhnern o.ä. dar. Der Fisch war eine kostenlose Gabe der Natur, dazu gesund und eiweißreich, ähnlich wie Krabben und Muscheln. Für die reichen Großbauern stellte diese Ernährung eine kostengünstige Garantie für die Gesunderhaltung ihrer Beschäftigten dar – obwohl sie selbst vermutlich einen Rinderbraten oder ein Schweinekotelett vorzogen. Auch wenn der Begriff noch gebräuchlich ist, erschien er mir passend für eine Tätigkeit, die sicher schon in der Steinzeit von den Küstenbewohnern ausgeübt wurde.

Der Gehörnte:
Männlicher Part eines dualen religiösen Systems von weiblicher und männlicher Gottheit, die verschieden, aber gleichberechtigt die Geschicke der Menschen lenken. Die Vorstellung dieses Doppelprinzips von männlichen und weiblichen Personen und Eigenschaften sind bei frühen Religionen öfter anzutreffen. Wie die Gottheiten in der Steinzeit hießen und welche Bedeutung sie hatten, entzieht sich unserer Kenntnis. Dass

diese Menschen aber mystisch-religiöse Vorstellungen besaßen, lässt sich aus gefundenen Figuren und Zeichnungen erschließen. Das Bild einer männlichen Gottheit, die so etwas wie ein Hirschgeweih trägt und sich mit einer Muttergottheit vereinigt, ist aus späteren Epochen nach der Einwanderung der Indoeuropäer entlehnt. Da die Zuordnungen ‚weiblich' bzw. ‚männlich' aber auch schon in frühere Gesellschaften üblich gewesen sein dürften, erscheint eine entsprechende Religion plausibel.

Dingsezzi:
Wortbedeutung: ‚Bestimmung' oder ‚Schicksal'. *Dingsezzi* ist in dieser Geschichte der Begriff für die Vorstellung der freien Bewohner des Seilerlandes, dass der Verlauf des Lebens von den Göttern vorgezeichnet und folglich nicht zu ändern sei. Damit wird die Situation der wohlhabenden freien Personen als glückliche Schickung angesehen, während es aus dem gleichen Grund für den Status der Sklaven keiner Rechtfertigung bedarf, da sie einer göttlichen Vorsehung entsprechend ihren gesellschaftlichen Platz einnehmen. Auch das ärmliche Dasein der Tagelöhner wird so als unabwendbar angesehen – womit gleichzeitig deren möglicher Anspruch auf Hilfe durch die Bessergestellten entfällt.

Eichelbrot:
Brot aus dem Mehl gemahlener Eicheln. An sich sind Eicheln wegen des hohen Gehalts an Bitterstoffen für den menschlichen Genuss unbrauchbar (im Gegensatz zur Schweinemast, wo sie ein gehaltvolles Futter bilden). Es ist jedoch möglich, den geschälten Früchten durch ein- bis zweitägiges Wässern die ungenießbaren Bitterstoffe zu entziehen. Nach gründlichem Trocknen kann man sie zwischen Steinen zerreiben bzw. vermahlen. Das Mehl kann dann wie Getreidemehl zu Brot verarbeitet werden. Es lassen sich sowohl flache Fladen ohne Triebmittel daraus backen als auch die heute üblichen Brote, deren Teig man mit Hilfe von Hefe oder Sauerteig vor dem Backen aufgehen lässt. Ein dunkleres, kräftigeres Brot erhält man angeblich durch Rösten der frischen Eicheln, bevor man sie wässert.

Die Verwertung von Eicheln, z.B. als Brot, ist eine sehr frühe Errungenschaft der Menschen – zumindest im Norden. Während der Anbau von Getreide vermutlich anfangs eher der Gewinnung berauschender Getränke (Bier) gegolten hat und mit sehr viel Mühe und einem großen Ernterisiko (Missernten, Tierfraß) verbunden war, stellte ein weitläufiger Eichenwald eine relativ sichere Nahrungsgrundlage dar. Die Eicheln ließen sich sammeln und für die kalte Jahreszeit speichern, so dass man während des ganzen Jahres mit einem gehaltvollen Nahrungsmittel versorgt war. Ein Eichenwald bzw. im Süden Europas ein Wald aus Esskastanien stellte vermutlich bei den frühen Menschen ein wesentlich plausibleres Motiv zur Ausbildung von Sesshaftigkeit dar als die Versorgung über den Ackerbau, der in der Anfangszeit sicher noch keine Grundversorgung gewährleisten konnte. Ausgehend von einer sicheren Ernährungsgrundlage durch den Wald ließ sich dann vortrefflich mit Ackerbau und Viehzucht experimentieren.

Eisen:
Dieses Metall wurde in der Steinzeit, soweit uns bekannt ist, noch nicht verwendet. Die Eisenzeit brach in Nordeuropa erst etwa um 500 v.Chr. an. Eigentlich ist das verwunderlich, denn in der hier beschriebenen Zeit wurde das Pyrit, auch Schwefelkies oder Katzengold genannt, durchaus gebraucht. Man benutzte dieses glänzende, leicht zu erkennende Erz, um Feuer zu machen. Die daraus geschlagenen Funken konnten die staubfeinen Sporen des Zunderschwamms zum Glimmen bringen. Durch vorsichtiges Pusten erhielt man mit viel Geduld und geeignetem Brennmaterial eine Flamme. Gleichzeitig war die Töpferei bekannt, bei der in den Töpferöfen Temperaturen von über 1000°C entstanden. Das hätte auf jeden Fall gereicht, um Pyrit zu rösten, damit den Schwefel aus dem Erz zu entfernen und schmiedefähiges Roheisen zu gewinnen. Man geht heute davon aus, dass die Metallherstellung dadurch entdeckt wurde, dass zufällig Erz mit in die Töpferöfen geriet und so als Reaktionsprodukt in der Asche auftauchte. Tatsächlich gibt es Belege dafür, dass *Eisen* in Einzelfällen auf jeden Fall schon während der Bronzezeit geschmiedet wurde, diese Technik also auch mehrfach unabhängig

entwickelt wurde. Vermutlich bot die Bronze aber lange Zeit in Bezug auf Herstellung, Wiederverwendung und Gebrauch weitreichende Vorteile. In dieser Geschichte wird jedenfalls davon ausgegangen, dass ein findiger *Schrat* das nach verbranntem Schwefel stinkende, glühende Pyrit aus dem Ofen gezogen hat und mit einem dicken Stein kräftig bearbeitet hat. So begann bei den *Schraten* die Schmiedekunst.

Elche:
Wie aus prähistorischen Zeichnungen hervorgeht, wurden *Elche* früher als Reit- und Zugtiere eingesetzt. Die Tiere gelten als leicht zähmbar. Mit dem Zurückweichen des Eises der letzten Eiszeit verbreiteten sie sich über ganz Europa.

Erdfrouwa:
Wörtlich: Erdfrau. Sinngemäß: Herrin der Erde. Der hier frei erfundene Begriff bezieht sich auf die Vielzahl von kleinen, aus Stein gefertigten Frauenfiguren, die man in weiten Teilen Europas entdeckt hat. Diese steinzeitlichen Figuren stellen zum großen Teil einen gedrungenen Frauentypus mit dickem Gesäß, rundem Bauch (Schwangerschaft?), kräftigen Schenkeln und großen Brüsten dar. Obwohl ihre Bedeutung unklar ist, werden sie häufig als Fruchtbarkeitssymbole angesehen, die mit einer weiblichen Gottheit verknüpft sind. Auffällig ist, dass viele Figuren kein Gesicht besitzen, obwohl die Kunstfertigkeit der Herstellung auch die Gestaltung von Gesichtszügen erlaubt hätte. Dies lässt eher die Darstellung eines allgemeinen Prinzips als die Schaffung individueller Abbilder vermuten. In dieser Geschichte wird davon ausgegangen, dass es sich bei diesen Figuren um ein Schönheitsideal der damaligen Zeit handeln könnte – eine Hypothese, die ebenfalls umstritten ist.

Dass eine Fruchtbarkeitsgöttin in den ackerbauenden steinzeitlichen Kulturen eine zentrale religiöse Stellung hatte, gilt allerdings als gesichert.

Vgl. auch *Männerrechte.*

Festgelage:
Dass die Menschen schon in frühen Zeiten solche Massenmahlzeiten abhielten, ist verbürgt. Der bislang älteste Fund von den Resten eines solchen Gelages ist etwa 12000 Jahre alt, stammt also noch aus der Zeit, bevor die Menschen sesshaft wurden. Man nimmt an, dass solche Veranstaltungen schon damals dazu dienten, Gemeinschaften zu bilden und Spannungen zwischen den Menschen abzubauen.

Flass:
In dieser Geschichte die Bezeichnung für die Faserpflanze Flachs = Lein. Das daraus hergestellte Gewebe ist das Leinen (Vgl. auch *Flasser Stricke)*. Der Hauptort des Seilerlandes ,*Flass*' ist nach dieser Pflanze benannt.

Flasser Stricke:
Stricke aus dem Seilerort *Flass*. Es gibt im nördlichen Raum steinzeitliche Funde von Seilen, Schnüren, Netzen und dergleichen, ja sogar Zwirn. Im Allgemeinen sind diese frühen handwerklichen Produkte aus Bastfasern hergestellt, manche auch aus Riedgras, das vermutlich durch Kauen von seinen Fasern befreit wurde. In dieser Geschichte wird davon ausgegangen, dass die Bauern von *Flass* irgendwann durch Handel mit dem südlichen Festland an Leinsamen, also Flachs, gekommen sind. Auch wenn zunächst beim Lein (=Flachs) die ölhaltigen Samen von Bedeutung waren, bemerkte man sehr schnell, dass die Stängel dieser Pflanze sich gut zum Binden und damit auch zur Fasergewinnung eigneten. Tatsächlich ist der Lein eine der ältesten Kulturpflanzen der Welt, jedoch in Nordeuropa erst relativ spät durch konkrete Funde nachgewiesen. Andererseits war der Ackerbau spätestens um 5000 v. Chr. bis ins heutige Niedersachsen vorgedrungen und die nördlich davon lebenden Jägergesellschaften trieben mit diesen sesshaften Bauern nachgewiesenermaßen Handel. Man kann also davon ausgehen, dass die aus dem Süden eingewanderten Ackerbauern den Flachs mitgebracht haben – immerhin gibt es jungsteinzeitliche Funde im heutigen Polen und England.

Flassöl:
Öl aus den Samen des *Flass* (= Leinöl). Dieses bis heute als Holzschutzmittel genutzte Öl wurde auch immer als Nahrungsmittel verwendet.

Flöte:
Musik scheint schon sehr früh zu den Errungenschaften menschlicher Kultur gehört zu haben. So fand man z.B. in der Schwäbischen Alb eine *Flöte* aus dem hohlen Knochen eines Singschwans, die 36000 Jahre alt war. Neben solchen Blasinstrumenten waren bereits in der Altsteinzeit neben trommelartigen auch sogenannte Schrappinstrumente verbreitet. Sie bestanden aus einer regelmäßig gekerbten Unterlage, z.B. einem Holz, über die ein Stöckchen geschrappt wurde. Je nach Eigenschaften der Unterlage wie Härte, Dicke, ob sie hohl oder massiv sind, entsteht ein anderes Geräusch. Diese wohlklingenden Rhythmusinstrumente finden bis heute in verschiedenen Varianten bei Percussionisten Verwendung. Es gibt sogar die Annahme, dass die regelmäßigen Kerbungen auf den Schrappinstrumenten von den Steinzeitmenschen als Zähl- oder Rechenhilfe entdeckt wurden. Liegt unsere Mathematik in der Musik begründet?

Die im Text beschriebene *Flöte* aus einem hohlen Holunderast entspricht dem einfachen Modell einer Holzflöte, wie sie bis in unsere Tage von Kindern angefertigt wird. Der Ton wird im Prinzip wie bei einer Blockflöte erzeugt. Die scharf geschnittene Kante, auf die die eingeblasene Luft trifft und so ein pfeifendes Geräusch hervorbringt, wird bei der Holunderflöte aus dem rohrförmigen Holz geschnitten. Damit man einen Luftkanal zum Hineinblasen erhält wie beim Mundstück der Blockflöte, wird die Rinde durch nicht zu starkes Klopfen vom Holz gelöst und dann vorsichtig abgezogen. Das Holz wird vor der scharfen Kante etwas abgetragen und die Rinde wieder übergeschoben, so dass sich nun zwischen Holz und Rinde ein Luftspalt befindet, in den man hineinblasen kann. Die Herstellung gelingt vermutlich nicht beim ersten Mal, aber die Menschen in der Steinzeit hatten viel Zeit und Geduld, wie man auch aus anderen handwerklichen Produkten der damaligen Zeit erkennen kann.

Bei den beschriebenen sechs Löchern der *Flöte* handelt es sich um reine Spekulation. Man findet solche *Flöten* z.B. in der keltischen Folklore. Sie ermöglichen fünf verschiedene Töne in mindestens zwei Oktaven. Wer z.B. irische Volksmusik kennt, kann sich die Klangfülle gut vorstellen, die ein solch einfaches Instrument hervorbringen kann.

Flussriese:

Die Menschen der Steinzeit stellten sich ihre Umgebung noch von Naturgottheiten beherrscht vor. ‚*Flussriese*' steht hier als göttliche Personifizierung der Elbe. Sie mündete wegen der Landverhältnisse zur Zeit des Untergangs der heutigen Doggerbank noch vor einem viele Kilometer langen Sandsteinmassiv in die Nordsee, dessen Rest heute die Insel Helgoland bildet. Zur damaligen Zeit war das Felsmassiv noch keine Insel, sondern gehörte zur Festlandsküste in dieser Region.

Geest:

Der mittlere, höher gelegene Landstreifen im heutigen Jütland und in Schleswig-Holstein. Die *Geest* besteht aus Sandboden und ist somit relativ unfruchtbares Gebiet, auf dem sich erst in neuerer Zeit durch entsprechende Bewirtschaftung und Düngung Ackerbau betreiben lässt. Der flachere Landbereich vor Jütland umfasste zum damaligen Zeitpunkt noch die vor der Nordspitze Dänemarks gelegene Jütlandbank, die jetzt wie die Doggerbank unter Wasser liegt. Auch die heute vom Meer zerfurchte Gegend um den Limfjord war damals noch trockenes Land. Diese Gebiete waren aufgrund ihrer schwereren Böden von Natur aus fruchtbarer als die *Geest* im Landesinneren. Helgos Herkunft wird in der vorliegenden Geschichte in diesem Bereich angesiedelt, einer Region, die gerade – genau wie die Doggerbank – in den Fluten versank. Da die Küsten wegen der günstigen Nahrungsgrundlage damals vermutlich dichter besiedelt waren als das Hinterland, könnte es bei der allmählichen Überflutung und Versumpfung des Bodens zur Konkurrenz um das verbleibende bessere Siedlungsland zwischen den dort lebenden Gruppen gekommen sein.

Gehörnter:
Siehe: *Der Gehörnte*

Girifisc:
Wörtlich übersetzt „Gierfisch". Gemeint ist der Hering, der ein natürlicher Bewohner der Nordsee ist. Normalerweise könnte man mit kleinen Booten diesen Fisch schlecht fangen, da für ein Heringsnetz eine erhebliche Zugkraft nötig ist. Mit den in dieser Geschichte beschriebenen Booten wäre es möglich, kleine Bodennetze durch *Priele* zu ziehen, um z.B. Plattfische wie Schollen zu fangen. Da der Hering als Schwarmfisch aber ständig von hungrigen Konkurrenten umgeben ist, muss er, um nicht zu verhungern, (gierig) nach allem schnappen, was ihm vor das Maul kommt. Aus diesem Grund lässt er sich auch gut mit der Angel bzw. Leine fangen. Die Ausbeute ist zwar nicht vergleichbar mit der Netzfischerei, aber unter den Bedingungen, die zur Zeit dieser Geschichte herrschten, würde sie sich durchaus lohnen.

Glanzsteine:
Ein Erz, das aus einer Verbindung von *Eisen* und Schwefel besteht, eine sehr glatte Oberfläche besitzt und in würfelartiger Form auskristallisiert. Die glänzende Oberfläche schimmert golden, weswegen das Erz auch als Katzen- oder Narrengold bezeichnet wird. Daneben existieren auch noch die Bezeichnungen Eisen- oder Schwefelkies und Pyrit. Das Material ist nicht selten und für die Zeit nach der Eiszeit in der nordeuropäischen Region nachgewiesen. Zudem war es in der Steinzeit bereits gut bekannt. Die Menschen benutzten es zum Feuermachen, wobei sie Feuerstein- und Pyritstücke gegeneinander schlugen. Mit den entstehenden Funken brachte man *Zunder* zum Glimmen. Weil das Metallerz sehr auffällig ist, kann man davon ausgehen, dass es bereits früh die Neugier der Menschen angeregt hat. Da die Hitzebehandlung z.B. von Steinen zur besseren Weiterbehandlung bereits bekannt war, ist es denkbar, dass auch in Einzelfällen mit Pyrit experimentiert worden ist. Auf diese Weise könnte die Gewinnung einfachen Roheisens entdeckt worden sein. Auch im Mittelalter wurde Pyrit noch

als Eisenerz verwendet. Es wurde über sehr heißer Glut geröstet und so mit Luftsauerstoff „verbrannt", wobei vor allem der Schwefelanteil als beißendes Schwefeloxidgas entwich (Oxidation). Anschließend wurde es in geschlossenen Lehmöfen mit Holzkohle verhüttet, wobei der Kohlenstoff dem *Eisen* den aufgenommenen Sauerstoff wieder entzog (Reduktion). Wie alt die Eisenherstellung tatsächlich ist, ist nicht sicher zu sagen. Zumindest gehen die Schätzungen immer weiter in der Zeit zurück. Die Vorstellung, dass die Erzeugung von *Eisen* erst mit der Eisenzeit begonnen hat, ist inzwischen widerlegt. Die Verarbeitung des Erzes bis zum Schmieden erfordert allerdings eine weitgehende handwerkliche Spezialisierung, die nur bei einer sesshaften Lebensweise – wie in der vorliegenden Geschichte – vorstellbar ist.

Grasbrot:
Brot aus Gerste. Wildformen der Gerste sind im Norden seit mindestens 4000 v. Chr. als Brotgetreide genutzt worden, in Südeuropa noch viel länger. Dies Getreide hat sich besonders in rauen Klimagebieten lange als Grundnahrungsmittel gehalten. Erst später setzten sich Roggen und dann Weizen durch. Es wurden in der Steinzeit auch Mehle aus anderen Pflanzen gewonnen, z.b. gemahlene Nüsse oder Samen des Windenden Knöterichs, eines Verwandten des Buchweizens. Diese Mehle sind im Allgemeinen dunkler als Gerstenmehl.

Grastrunk:
Eine Art Bier, das aus Gerstenkörnern und Brotresten hergestellt wird. In dieser Geschichte haben die Getreidebauern von Burvik entdeckt, wie man dieses berauschende Getränk erzeugt. Entscheidend dafür ist die Entdeckung eines Prozesses, der die Getreidestärke in Malzzucker umwandelt. In Afrika erreicht bzw. erreichte man das z.B. durch Kauen von Hirse, in Südamerika wird bzw. wurde entsprechend das Spuckebier ‚Chicha' erzeugt. Im Text wird diese Form der Fermentierung als *Spucketrunk* bezeichnet. Der Speichel spaltet dabei die Stärke zu Malz, das dann wiederum von überall vorkommenden Wildformen der Hefe zu Alkohol vergoren wird. Der Gärprozess muss nur unter weitgehendem

Abschluss von Luft bzw. Sauerstoff stattfinden, was bereits durch ein relativ hohes getöpfertes Gefäß erreicht wird. Eine Alternative zum Kauen ist das Ankeimen des Getreides (Mälzen), wobei das Korn selbst den Energiespeicher Stärke zu Malzzucker aufschließt. Auf diesen Prozess kann man leicht durch Zufall stoßen, etwa wenn schon angekeimtes Korn zwischen Steinen zerrieben wird, um einen Brei herzustellen, der dann aber nicht sofort gegessen wird und länger in einem Gefäß stehen bleibt. Bei günstigen Temperaturen beginnt die Gärung sehr schnell und ist geschmacklich auch direkt wahrnehmbar.

Harmfluot:
Wörtlich ‚Unglücksflut'. Gemeint ist die sogenannte ‚Springtide', das am höchsten auflaufende Hochwasser. Abhängig von der Nähe des Mondes und seiner Anziehung sowie der Zentrifugal- oder Fliehkraft der sich drehenden Erde verändern sich die Wasserstände der Gezeiten regelmäßig. Die Anziehungskraft der Sonne stellt einen weiteren Faktor dar, der sich jedoch wegen der großen Entfernung zur Erde nur geringfügig auswirkt. Stehen Sonne, Mond und Erde aber in einer Linie, addieren sich die Schwerkräfte der Himmelskörper und bewirken so den höchsten Pegel des Hochwassers. Diese Konstellation stellt sich etwa alle zwei Wochen ein, jeweils bei Neu- und Vollmond. Wegen der Trägheit der Wassermassen tritt die daraus resultierende Springtide aber erst jeweils drei Tage nach Neu- bzw. Vollmond ein. Der niedrigste Stand des Hochwassers wird ‚Nipptide' genannt. Sie geht darauf zurück, dass sich die Anziehungskräfte von Sonne, Mond und Erde teilweise aufheben. Dies geschieht, wenn die drei Himmelskörper im rechten Winkel zueinander stehen, also immer nach Halbmond. In dieser Geschichte wird die Nipptide als *Seldafluot,* wörtlich ‚Glücksflut', bezeichnet.

Heideblüten:
Gemeint sind die Blüten der Glockenheide, die in feuchte Heiden und Mooren von der Atlantikküste bis zur Ostsee heute wild vorkommt. Sicher war sie auch in der damaligen Zeit in der Küstenregion ein verbreiteter Vertreter der Heidekrautgewächse. Ihre Inhaltsstoffe

wurden früher in der Volksmedizin gegen fiebrige Erkrankungen eingesetzt.

Heimleiti-Samwist:
Von der Wortbedeutung her: Heiratstreffen. Ähnliche Sitten wie in der Geschichte für die Heidebewohner beschrieben fand man noch bei sogenannten „Naturvölkern" bis fast in unsere Zeit. Es handelte sich dabei um nomadisierende Gesellschaftsformen, deren Mitglieder vor allem vom Sammeln, geringfügig auch von der Jagd lebten. Wenn die Umwelt so karg an verfügbaren Lebensmitteln war, dass die wandernden Gruppen nur wenige Personen umfassen durften, damit täglich für alle genügend Nahrung gesammelt werden konnte, gab es regelmäßige zentrale Treffen, die dem Erfahrungsaustausch, vor allem aber der Paarbildung dienten. So war eine wesentlich größere Partnerauswahl gewährleistet, wodurch die sonst leicht auftretenden Inzuchteffekte wie angeborene Behinderungen weitgehend vermieden werden konnten. Der Treffpunkt aller Gruppen fand bei diesen Völkern meist einmal im Jahr statt, an einem Ort, der zum gewählten Zeitpunkt Nahrung für alle im Überfluss aufweisen musste – zum Beispiel bei Indianern in Nordamerika an einem Fluss zur Zeit der Lachswanderung. In dieser Geschichte bietet sich natürlich Holderhaag als Ort der Zusammenkunft an, da die wenigen Heidebewohner dort aufgrund der Nahrungsmittelproduktion der Siedlung während des Treffens ausreichend ernährt werden können.

Holder:
Der Begriff wird in dieser Geschichte doppelt gebraucht. Er steht für zwei Pflanzen gleichzeitig, die eine Grundlage des Wohlstandes für die Bewohner Holderhaags darstellen: einmal der Wa*holder* und andererseits der *Hol*under, beides Sträucher.

Der immergrüne, stachelige Wacholder wird wegen seiner ätherischen Öle im Holz zum Räuchern von Fleisch (eine alte Konservierungsmethode) benutzt. Die schwarzen Wacholderbeeren dienen als Gewürz oder Heilmittel.

Der sommergrüne Holunderstrauch wird wegen seiner saftigen Beeren, die aufgekocht schmackhaft und genießbar sind, geschätzt. Außerdem lässt sich der Saft leicht zu Beerenwein vergären. Die Bewohner Holderhaags profitieren aber noch mehr von den geraden, langen und durch ihr luftiges Mark sehr leichten Zweige, die zu Bündeln gebunden ausgezeichnete Schwimmkörper abgeben und in dieser Geschichte an die seefahrenden Bewohner Sihports geliefert werden, die daraus katamaran-ähnliche seetüchtige Boote anfertigen.

Da die Menschen im Holderland nur einen Begriff für beide Pflanzen haben, sind manchmal zusätzliche Erläuterungen nötig, welcher Strauch gemeint ist.

Holderwin:
Beerenwein, hier im Wesentlichen aus Holunderbeeren. Die Beerenweinherstellung drängt sich ab einer Entwicklungsstufe, in der gebrannte Tontöpfe und damit dichte Gefäße für die Vorratshaltung genutzt werden, förmlich auf. Der durch Auspressen leicht zu gewinnende Saft wird in solchen geschlossenen Behältern verwahrt, schon um zu verhindern, dass Tiere an die „Delikatesse" gelangen. Da die Verschlüsse (Tierhaut, Baumrinde u.dgl.) zur damaligen Zeit sicher nicht ganz dicht waren, ist einerseits durch den relativen Luftabschluss für Gärungsbedingungen gesorgt, andererseits kann das dabei entstehende Kohlendioxidgas entweichen. Beim Holunder kommt noch hinzu, dass der frisch gepresste Saft ungenießbar ist, der vergorene aber nicht. Wilde Hefepilze, die die alkoholische Gärung betreiben, kommen natürlicherweise überall dort vor, wo reifes Obst oder zuckerhaltige Pflanzenteile auftreten. Die mikroskopischen Hefen sitzen auf dem Obst selbst, so dass sie nicht gezielt, wie heute die Zuchthefen, in den Most gegeben werden müssen. Ein Problem stellt die längere Lagerung des Weins dar, da dazu luftdichte Verschlüsse vorliegen müssten – sonst entstände bei Sauerstoffkontakt relativ schnell Essig aus dem Alkohol. In dieser Geschichte sind die Reisigsammler durch geduldiges Ausprobieren auf den Gedanken gekommen, die flaschenähnlichen Tongefäße aus Tvinhaag mit

Bienenwachs von Wildbienen zu verschließen, so dass sie auch noch lange nach der Fruchtreife auf dieses beliebte Getränk zurückgreifen können.

Hros-Wigmann:
Bezeichnung für schnelle Reiterkrieger, wie sie in dieser Geschichte nur im Steppenvolk auftreten. Das Zähmen von Wildpferden wurde in der Steinzeit bereits praktiziert und demzufolge gab es schon berittene Krieger.

Ihselige:
Wortbedeutung: Verbannte, entsprechend steht „Ihseli" für Verbannung. Die nach ihnen benannten Ihseli-Klippen stellen in dieser Geschichte den Zufluchtsort für Menschen dar, die in den Siedlungsgemeinschaften Duggalands als nicht mehr tragbar galten, weil sie gegen die geltenden Regeln im Übermaß verstoßen hatten und deshalb fortgejagt worden waren. Dies konnte wegen extrem aggressiven Verhaltens sein, wegen des Hangs zum Diebstahl, Betrug usw. Auf den Ihseli-Klippen trafen individuell sehr verschiedene Schicksale aufeinander, von Männern wie Frauen, die ein gemeinsamer Hass auf die Bevölkerung des restlichen Duggalands verband. Diese in ihrem Verhalten relativ unberechenbaren Personen werden durch ihr gemeinsames Feindbild und eine strenge hierarchische Ordnung, die vom Häuptling mit Gewalt und harten Strafen durchgesetzt wird, zusammengehalten. Da auch die Kinder der Verbannten in dieser Gemeinschaft groß werden, müssen sie sich von Anfang an in die strengen Regeln einfügen. Für Fremde, die auf die Ihseli-Klippen kommen, besteht keinerlei Schutz und sie können jederzeit getötet werden, es sei denn, der Häuptling oder eine andere hochstehende Person setzt sich für sie ein. Das gilt im Prinzip auch für neu hinzukommende Verbannte, die erst ihre Eignung beweisen müssen und zunächst eine Art Sklavendasein fristen, bis sie vom Häuptling in die Gemeinschaft der *Ihseligen* aufgenommen werden.

Grundsätzlich unterhalten die Klippenbewohner keinen Kontakt zu anderen Siedlungen, und wenn, dann nur in Form eines Überfalls. Eine

Ausnahme bilden allerdings die *Seo-Birahanen,* die ein ähnlich isoliertes Dasein führen und als gute Seeleute und Kämpfer für die *Ihseligen* eine mögliche Gefahr darstellen. Da die *Seo-Birahanen* auch Waren anzubieten haben, lässt man sie auf eine der äußeren Inseln, den sogenannten Handelsplatz, und tauscht dort mit ihnen Waren. Das beiderseitige Misstrauen ist aber groß, so dass diese Treffen von allen Beteiligten nur unter größten Vorsichtsmaßnahmen durchgeführt werden.

Iwastrauch:
Gemeint ist die Eibe, deren hartes und gleichzeitig elastisches Holz früher häufig zu Bögen verarbeitet wurde. Sie galt als zauberbannend, was später auch dazu geführt hat, dass man sie auf Friedhöfen pflanzte.

Klangsteine:
Steinerne Klangkörper, mit denen bereits in der Steinzeit Musik gemacht wurde. Man hatte solche, ca. 8000 Jahre alten ‚Lithophone' schon länger entdeckt, ohne ihre Funktion zu verstehen. Heute versuchen Musiker, für dieses Instrument eine Komposition zu erarbeiten. Es handelt sich bei den Fundstücken um länglich-rundliche Steine von etwa 40cm Länge, die nebeneinander auf Holzblöckchen gelagert wurden. Jeder Stein gibt, ähnlich dem Prinzip eines Xylophons, einen anderen Ton ab, wenn er angeschlagen wird. In der Steinzeit benutzte man vermutlich kleine Holzhämmer, um die Töne zu erzeugen. Hatte man genügend solcher Lithophone, ließen sich mit diesem Instrument abwechslungsreiche Melodien erzeugen. Zu ‚Musik in der Steinzeit' siehe auch *Flöte.*

Knochenleiden:
Es handelt sich um die Mangelkrankheit Rachitis. Der Mangel an Vitamin D führt bei Kleinkindern wegen zu geringer Kalkeinlagerung zu einer Verformung der Knochen. Eigentlich wird das Vitamin selbst vom Körper aufgebaut, doch ist dazu eine UV-Bestrahlung durch das normale Sonnenlicht nötig. Im Winter ergibt sich in nördlichen Breiten insofern ein Problem, als die Kinder wegen der Kälte stets angezogen im Freien sind, ihre Haut also nicht dem Licht aussetzen. Zusätzlich sind

sie wetterabhängig weniger im Freien als in wärmeren Monaten. Verschärft wird das Erkrankungsrisiko noch durch dunkle Haut, die einen höheren UV-Anteil absorbiert als helle Haut. Man geht deshalb davon aus, dass bei der Nordwanderung der ursprünglich dunkelhäutigen Frühmenschen, die aus Afrika kamen und den natürlichen UV-Schutz ‚dunkelbraune Haut' besaßen, ein allmählicher Ausleseprozess zugunsten heller Haut einsetzte: hellhäutige Kinder konnten bei geringerer UV-Bestrahlung immer noch relativ mehr Vitamin D aufbauen und trugen damit statistisch seltener Rachitis-Schäden davon. Das vorher in Afrika mit heller Haut verbundene hohe Hautkrebsrisiko wird durch die geringere Sonnenstrahlung im Norden fast aufgehoben – zumindest bei der geringen Lebenserwartung der frühen Menschen.

Da nach der letzten Eiszeit noch eine weitere Einwanderung durch Menschen aus dem vorderen Orient erfolgte, die zudem den Ackerbau mitbrachten, wird sich damit auch der Anteil der stärker pigmentierten Personen zunächst wieder erhöht haben. Zur Zeit, in der diese Geschichte spielt, müssten also noch Menschen dunkleren Hauttyps im Norden aufgetreten sein, auch wenn sie erneut durch die Rachitis ausgelesen wurden. Man kann natürlich nicht davon ausgehen, dass die Steinzeitmenschen gezielt Vitamin D-Gaben gegen Rachitis gegeben haben, z.B. in Form von Lebertran. Es könnte aber sein, dass durch die zufällige Ernährungsweise in den natürlichen Nahrungsmitteln, z.B. bei frischem Fisch am Meer, lokal mehr von dem Vitamin aufgenommen wurde als in anderen Regionen, also unter Umständen auch Kinder mit dunklem Hauttyp weitgehend ohne Schädigung aufwachsen konnten.

Kobereri:
Wortbedeutung: Überwinder. Hier der Titel eines Befehlshabers bei den *Seo-Birahanen,* etwa vergleichbar den Segelweisen bei der *Seegilde.*

Kruot:
Das *Kruot.* Es handelt sich hier um den Wildkohl, der die Urform der Kohlsorten darstellt, die heute als Gemüse gegessen werden: Weißkohl, Rosenkohl, Kohlrabi usw. Das natürliche Verbreitungsgebiet des

Wildkohls ist die Küste, wo er bis in die salzhaltigen Bereiche vordringen kann. Im salzigen Umfeld werden die Blätter dieser ausdauernden Pflanze dickfleischig und hart, während sie im salzlosen Boden dünner und zarter bleiben. Da der Wildkohl neben günstigen Ernährungseigenschaften auch die Fähigkeit besitzt, auf Düngergaben mit reichlicher Bildung von Blattmasse zu reagieren, und zudem anspruchslos in Bezug auf die Bodenzusammensetzung ist, gehörte er zu den ersten Pflanzen, die von den Menschen als Gemüse kultiviert wurden.

Für diese Geschichte ist interessant, dass er noch heute als Wildform an der Nordsee vorkommt – z.b. auch an den Klippen Helgolands. Man kann also davon ausgehen, dass er die Küstenzone der damaligen Insel ,Doggerland' besiedelt hat.

Lichtwurt:

Als *Wurten* (auch: Warften bzw. Warfen) werden im Randbereich der Nordsee künstlich aufgeschüttete Hügel bezeichnet, die in der gezeitenabhängigen Überflutungsregion (Watt) oder in sturmflutgefährdeten meernahen Bereichen angelegt wurden. Zumeist dienten sie der Wohnbebauung, wodurch eine frühe Besiedlung der flachen überflutungsgefährdeten Küstenregionen möglich wurde. Die Anlage solcher Erdhügel bot gegenüber der Eindeichung von Nutzflächen den Vorteil, dass mit relativ wenig Aufwand ein akzeptabler Schutz gegen Hochwasser und Sturmfluten erreicht werden konnte. Zudem bietet eine flach aufsteigende, rundliche und kleine Erhebung dem auflaufenden Wasser im Vergleich zu einem langen Deich einen geringeren Widerstand und wird nicht so stark wie dieser von den Wellen angegriffen.

Wo es wegen der Schifffahrt bzw. des Fischfangs nötig war, hat man z.B. an Hafeneinfahrten zur Orientierung der Seeleute Leuchtfeuer unterhalten, die viel später dann von Leuchttürmen ersetzt wurden. Wenn es keine natürliche hochwassergeschützte Stelle wie Dünen, Klippen oder ähnliches für diese Feuerstellen gab, bot sich die Aufschüttung einer solchen ,*Lichtwurt*' an – später wurden auch Leuchttürme auf künstlich errichteten Hügeln erbaut.

Mandränke:

Mit diesem Begriff wird an der deutschen Nordseeküste eine Sturm-flut bezeichnet, die große Teile des Landes einschließlich der darauf befindlichen menschlichen Siedlungen mit sich reißt. Die dort lebenden Bewohner ertrinken, die ‚Männer' (steht für: Menschen) werden also vom Meer ‚ertränkt'.

Solche landvernichtenden Fluten hat es in der Zeit des Mittelalters und der beginnenden Neuzeit vor allem in Nordfriesland mehrfach gegeben. Dabei verschob sich die Küstenlinie in mehreren Etappen von der heutigen Westseite Sylts und Eiderstedts in etwa auf ihren jetzigen Verlauf. Das heutige Wattenmeer in diesem Bereich ist somit im Wesentlichen eine Folge der *Mandränken*. Noch heute sind die früheren Siedlungsspuren im Watt zu entdecken, z.b. die Reste der untergegangenen ehemaligen Küstenstadt Rungholt. Die deichüberspülende Kraft des Meeres kommt in der Deutschen Bucht meist dadurch zustande, dass eine Springflut, also die im Gezeitenturnus höchste Flut, zeitlich mit einer Sturmflut zusammenfällt. Der Sturm drückt von Nord bis Nordwest das Wasser gegen die Küste, so dass bei einsetzender Ebbe das Wasser nicht ablaufen kann. Das nächste einsetzende Hochwasser erhöht diesen Wasserstand noch einmal. Bei gleichzeitigem Sturm und gebrochenen Deichen kann dann das Meer kilometerweit ins Land ein-dringen und beim späteren Ablaufen den Boden mit sich fortreißen.

Besonders gefährlich für die Bevölkerung sind natürlich nächtliche Sturmfluten, da die Menschen dann – wie mehrfach geschehen – im Schlaf überrascht werden.

Zur Zeit unserer Geschichte lag die Insel Doggerbank mitten in dieser großen Meeresbucht. Deichbau im Sinne von großflächigem Küsten-schutz gab es sicher nicht, Moore und zum Meer offene Wasserrinnen und *Priele* bildeten natürliche Pforten für das einströmende Wasser. Dünen werden vermutlich in einigen Bereichen eine natürliche Bar-riere gebildet haben, aber auch diese Sandhügel werden hin und wieder von den Wellen abgetragen. Da damals der Meeresboden kontinuierlich sank, ist davon auszugehen, dass es immer wieder zu schweren, land-vernichtenden Sturmfluten kam.

Männerrecht:
Auch wenn häufig die Vermutung geäußert wird, dass die Gleichberechtigung der Geschlechter historisch eine relativ neue Errungenschaft darstellt, deuten die archäologischen Funde eher auf frühe egalitäre Gesellschaften hin, die weder den Unterschied zwischen arm und reich noch eine Hierarchie der Geschlechter kannten. Die sog. Donauzivilisation, die inzwischen als die erste Hochkultur Europas gelten kann und die sicher das nördliche Europa beeinflusst hat, zeigt eindeutig solche gesellschaftlichen Strukturen. Frauen und Männer waren höchstwahrscheinlich gleichberechtigt und die Verteilung der Güter zeigte keine Bevorzugung verschiedener Personen der Gemeinschaft. Erst mit der Einwanderung der nomadisch lebenden und zu einem Vatergott betenden Indoeuropäer veränderten sich die gesellschaftliche Struktur und Religion hin zu patriarchalisch-hierarchischen Formen.

Meersalat:
Durchscheinend frisch- bis sattgrüne Alge von salatähnlichem Wuchs, die massenhaft in der mittleren Gezeitenzone vorkommt und damit bei Ebbe leicht zu ernten ist. Sie ist schnellwüchsig und stellt wenig Ansprüche an den Untergrund. Man findet sie entsprechend in Fluttümpeln, auf Felsen, z.T. auch im Sand. Als Salat ist sie essbar und sehr vitaminreich, was eine vorzügliche Nahrungsergänzung bei einseitiger Fischernährung darstellt.

Meiler:
Für die Erzeugung von *Eisen* wurde bis zur Verwendung von Steinkohle Holzkohle benutzt. Dass man für die Verhüttung von Eisenerz kein Holz verwenden kann, liegt an der geringeren Temperatur, die bei der Holzverbrennung gegenüber dem Holzkohlefeuer erreicht wird. Um Holzkohle zu gewinnen, muss Holz unter weitgehendem Luftabschluss verbrannt werden, so dass schließlich fast nur der reine Kohlenstoff übrig bleibt. Dies geschieht in den sogenannten Kohlemeilern.

Ein *Meiler* besteht im Prinzip aus einer kegelförmigen Aufschüttung von Brennholz. Zunächst wird aus Holzstangen ein enger Schacht gebildet, der mit Reisig und Kleinholz gefüllt wird. Dieser zentrale Schacht wird rundum mit Holzstücken zugepackt, bis der Stapel eine kegelförmige Gestalt besitzt. Das Holz wird dann mit Laub, Grassoden, Lehm oder Ähnlichem abgedeckt, so dass es weitgehend luftdicht verschlossen ist. Schließlich wird der *Meiler* über den zentralen Schacht gezündet und das Holz schwelt durch die geringe Luftzufuhr im Inneren des *Meilers*. Dabei entstehen Temperaturen zwischen 300 und 350°C, wodurch organische Verbindungen zusammen mit der Restfeuchte des Holzes als Rauch aus dem Schacht ausgetrieben werden. Die Arbeit des Köhlers besteht nun darin, durch Öffnen bzw. Schließen kleiner Öffnungen in der Bedeckung des *Meilers* den Schwelbrand zu erhalten, aber gleichzeitig das Durchbrennen des Holzes zu vermeiden. In diesem Fall würde statt der gewünschten Holzkohle nur Asche übrig bleiben. Die richtige Luftzufuhr erkennt der erfahrene Köhler an der Art des austretenden Rauchs. Je nach Größe des *Meilers* dauert der Verkohlungsprozess zwischen einer knappen Woche und mehreren Wochen. Am Ende wird der *Meiler* mit genügend Wasser abgelöscht, so dass kein Brandherd zurückbleibt. Die Ausbeute an Holzkohle gegenüber der eingesetzten Holzmenge beträgt etwa ein Fünftel.

Met:
Alkoholisches Getränk, hergestellt aus einer Mischung von Honig und Wasser, die mit natürlichen Hefen vergoren wird. Dieser Honigwein ist nur süß, wenn der Anteil des Honigs so hoch ist, dass die Hefen, früher die Wildhefen, den Gesamtzucker wegen des dabei entstehenden Alkohols nicht mehr vollständig vergären können. Es ist davon auszugehen, dass früher – im Gegensatz zu heute üblichem *Met* – weniger Honig benutzt wurde und der *Met* dadurch eher ‚trocken' vergoren wurde. Wenn es um die Süße ging, hat man vermutlich den Honig pur zu sich genommen. Nicht süßer, trockener *Met* mit wilden Hefepilzen erreicht etwa acht Prozent Alkohol.

Milchkatzen:
Die Steinzeitmenschen haben nachweislich Waldkatzen, also die europäische Wildkatze, gejagt – ebenso wie Wolf, Fuchs und Baummarder. Eigentlich sollten in dieser Geschichte wilde Kaninchen als Nahrungsmittel dienen, jedoch waren diese Tiere auch in der späten Jungsteinzeit noch nicht im nördlichen Europa heimisch. Bis zum frühen Mittelalter traten die aus Nordafrika stammenden Nager lediglich in der Region des heutigen Spanien und Portugal auf. Erst ab dieser Zeit wurden sie von Menschen verbreitet, vor allem von Seefahrern, die sie auf nördlichen Inseln aussetzten. Die Schiffsbesatzungen verschafften sich damit bei ihren Landgängen eine jagdbare Beute zur Bereicherung ihres ansonsten mageren Speiseplans. Gleichzeitig begann die Domestizierung und damit die Verbreitung der Tiere über ganz Europa. Zwar hätte Kaninchenbraten gut in die Küche der *Seegilde* gepasst, doch in Ermangelung dieser Tiere müssen die Figuren dieses Romans mit Katzenschenkeln Vorlieb nehmen. Das hier genannte Einlegen des Katzenbratens in Sauer- oder Buttermilch ist ein alter Küchentrick, mit dem sich streng schmeckendes Fleisch geschmacklich abmildern lässt.

Mittagsland:
Zu der Zeit, in der diese Geschichte spielt, gab es vermutlich keine Begriffe wie Norden, Süden usw., da sie eine abstrakte kartographische Vorstellung der Welt voraussetzen. Eine konkrete Vorstellung der Himmelsrichtungen existierte aber sicherlich, und die einfachste Art ihrer Beschreibung erfolgt über den Sonnenstand. Demnach ist das *Mittagsland* das Land in der Richtung, wo die Sonne mittags steht, also der Süden. Da die Doggerbank (hier: Duggaland) zur Zeit dieser Erzählung eine Insel in der Nordsee war, handelt es sich um das Festland, das südlich liegt. Die Küste verlief damals nördlich der heutigen Friesischen Inseln. Dass in der Steinzeit bereits Schifffahrt außerhalb der sichtbaren Küstenlinie stattfand, ist belegt. Die in der Geschichte erwähnten Schmuckstücke aus dem Süden sind in der Steinzeit tatsächlich über weite Teile Europas gehandelt worden, z.B. wurden farbige Muscheln oder geschliffene Ringe aus Marmor vom Mittelmeergebiet

bis in den Norden befördert. Im Gegenzug findet man in südlichen Kulturen den roten Feuerstein aus Helgoland.

Plaggen:
Soden, die aus einer Gras- oder Heidekrautfläche gestochen wurden. Die Heidekrautplaggen wurden früher in Heidelandschaften getrocknet und als Brennmaterial benutzt, ähnlich wie in Moorlandschaften Torf für den Hausbrand gestochen wurde. Daneben handelt es sich bei den *Plaggen* um ein altes Baumaterial, das wie Ziegelsteine versetzt übereinander geschichtet wurde. Wenn die *Plaggen* zum Ausfüllen der Wände in einer Ständerbauweise genutzt werden, erhalten sie als Mauer eine erstaunliche Festigkeit, da sie sich mit den innenliegenden Fasern wie Wurzeln und dünnen Zweigen ineinander verhaken. Solange die *Plaggen* in der Wand trocken liegen, verrotten sie praktisch nicht. Durch den hohen Luftanteil in der trockenen Wand isolieren sie zudem gut gegen Kälte. Die Errichtung von Plaggenhütten ist seit der Steinzeit bekannt, wurde aber noch nachweislich im achtzehnten Jahrhundert bei Neubesiedlungen durchgeführt, da es sich hierbei um eine schnelle, billige und relativ unkomplizierte Methode des Hausbaus handelte. Als Stall oder Unterstand im bäuerlichen Bereich hat man sich dieser Bauweise sicher noch länger bedient.

Polon:
Wortbedeutung: Polarstern. Häuptlingstitel bei den *Seo-Birahanen,* die so ihren obersten Anführer mit ihrem Leitstern bei der Seefahrt gleichsetzen.

Pulen:
Krabben pulen. Begriff aus dem Norddeutschen für das Entfernen des dünnen Panzers, der die Nordseegarnele, regional Krabbe oder Granat genannt, umgibt.

Priel:
Der ständige Wechsel von Ebbe und Flut bedingt eine starke Formung des bei Niedrigwasser trockenfallenden Landes durch die Strömungskräfte

des Wassers, wie man es heute noch gut am Wattenmeer von den Niederlanden bis Dänemark beobachten kann. Beim Anstieg und Rückgang des Wassers bilden sich in dem weichen Schlick- oder Sandboden Rinnen, die sich stark verzweigen und bei ihrem Zusammenfluss immer tiefere Gräben bilden. Die kleineren Rinnen nennt man *Priele*, während die großen, oft viele Meter tiefen und breiten Gräben Wattströme genannt werden. Die Letzteren dienen heute oft als Fahrrinnen für die Schifffahrt. Die kleineren *Priele* stellen für den Unkundigen eine tödliche Gefahr bei Wattbegehungen dar, da sie wegen der in ihnen herrschenden starken Strömung bei auflaufender Flut zu Fuß oft nicht zu überqueren sind und die Wanderer so im Watt zurückhalten.

Queller:
Eine in den Salzschlickböden der europäischen Küsten häufig vorkommende Pflanze. Sie wird bis zu vierzig Zentimeter hoch und ist armleuchterartig verzweigt. Ihre Stängel sind, ähnlich wie bei Kakteen, dickfleischig ausgebildet, während die Blätter zu Schuppen reduziert sind. Die im Frühjahr leuchtend hellgrün gefärbte Pflanze dunkelt im Laufe des Sommers nach und zeigt sich im Herbst in tiefroter Färbung. Gleichzeitig steigt ihr Salzgehalt, bis sie schließlich vor dem Winter abstirbt und als Samen überdauert. Diese keimen im nächsten Frühjahr wieder aus.

Der *Queller* ist von den Küstenbewohnern schon immer als willkommenes Frühjahrsgemüse bzw. als Salat verzehrt worden, da zu dieser Zeit die Pflanzen noch zart und salzarm sind. Heute legt man ihn ähnlich jungen Gurken sauer ein und benutzt ihn wie diese als Beilage zu verschiedenen Gerichten. In der Volksmedizin ist er früher wegen seiner harntreibenden Wirkung bei Nieren- und Blasenerkrankungen eingesetzt worden.

Reephus:
Traditionelle Bezeichnung in Norddeutschland für die langgestreckten Gebäude, in denen Seile hergestellt wurden.

Rieddach:

Diese Dachbedeckung bot sich bereits beim steinzeitlichen Hausbau an, da das Ried in feuchten Gebieten massenhaft wächst – und sich jedes Jahr neu nachbildet. Als Bündel geerntet lässt es sich relativ leicht in Schichten übereinander anbringen, so dass die Dächer völlig dicht werden. Um Dichtigkeit, Festigkeit und eine glatte Fläche der gesamten Bedachung zu erreichen, wird es beim Auflegen mit einem flachen Holz angeschlagen. Während heute die Riedbündel je nach Salzgehalt der Luft mit Kupferdraht oder Kunststoffschnur regelrecht „vernäht" werden, wurden vorher bis in unsere Zeit biegsame Haselruten benutzt. Ein dick gedecktes *Rieddach* kann gut hundert Jahre alt werden, da das wildwachsende, ungedüngte Material nicht leicht fault und auch relativ schlecht brennt. In diesen beiden Punkten ist es den Getreidehalmen weit überlegen. Was die Isolationswirkung angeht, ist Ried dem Stroh vergleichbar.

Rind:

Das Hausrind ist ebenso wie das *Schaf,* die *Ziege* und das *Schwein* ein sehr altes Haustier des Menschen. Im Gegensatz zu *Schaf* und *Ziege* musste es nicht in Nordeuropa eingeführt werden, da es eine Zuchtform des verbreiteten Auerochsen darstellt und ähnlich wie das *Schwein* direkt aus den Jungtieren von im Norden vorkommenden Wildformen entstanden ist.

Rotaboum:

Wörtlich: Rotbaum. Gemeint ist hier die Erle, deren geschlagenes Holz einen rötlichen Farbton aufweist. Die Erle ist in der Lage, auf nassem Untergrund zu wachsen, weswegen man sie oft an den Rändern von Gewässern antrifft. Ihr Holz ist aber wesentlich härter und dauerhafter als das weiche Holz von Pappeln und Weiden, die ebenfalls feuchte Standorte ertragen.

Rösteteich:

Flache Teiche, die zum 'Rösten', d.h. zum Vergären der Flachs-*(Flass-)* Stängel dienen. Dabei werden die von den Samen befreiten Flachsstängel in Bündeln unter Wasser gedrückt und dort etwa eine Woche belassen. Nach zwei bis drei Tagen beginnt der Flachs zu gären und es steigen Blasen auf. Nach Ende der Gärung sind die weichen Teile der Stängel nahezu aufgelöst, so dass man die festen Fasern leicht aus den Bündeln gewinnen kann. Die *Rösteteiche* werden an sonnigen Plätzen angelegt, da die Erwärmung des Wassers den Gärvorgang begünstigt.

Ruderkraut:
Eigentlich ‚Löffelkraut‘, da die Blätter mit ihrem Stiel an einen Löffel erinnern. Da es vermutlich in der Steinzeit keine Löffel gegeben hat, wurde hier die Pflanze in *Ruderkraut* umgetauft. Sie wächst wild in Nordeuropa in den *Salzwiesen* in Küstennähe, kann aber auch leicht als Gartenpflanze angebaut werden, da sie praktisch auf jedem Boden gedeiht. Man muss lediglich die feinen Samen sammeln und ausstreuen. Da das Kraut frosthart ist, lässt es sich bis in den Winter ernten. Es hat einen rettichartigen Geschmack und ist vitaminreich, wodurch das Löffelkraut auch unter dem Namen Skorbutkraut bekannt ist. Es ist schon früh von Seefahrern als Mittel gegen den Vitamin C-Mangel eingesetzt worden. Wie in der Geschichte angedeutet, verursacht die Vitamin C-Mangelkrankheit Skorbut Entzündungen und Blutungen der Schleimhäute, z.B. des Zahnfleischs.

Säge:
Von *Sägen* aus *Eisen* kann man in der Steinzeit nicht ausgehen (vergleiche Stichwort: *Eisen*), sägeartige Werkzeuge waren aber sehr wohl bekannt. Sogenannte Mikrolithen, d.h. kleine Steinsplitter, die vor allem beim Behauen von Feuersteinen anfielen, wurden weiter benutzt, um andere Gerätschaften zu verbessern. Die Splitter waren meist sehr scharf und spitz und wurden z.B. als Widerhaken von Harpunen benutzt. Mit Hilfe von Baumharz und Bast wurden sie in kleinen Holzspalten des Werkzeugs bzw. der Waffe befestigt. Für eine *Säge* wurde ein gerader Ast der gewünschten Länge mit kleinen Steinkeilen vorsichtig aufgespalten, die Mikrolithen mit der Spitze nach außen eingeklemmt und dann mit Harz verklebt. Nach entsprechender Wartezeit, in der das Harz

aushärten konnte, besaß man so ein Werkzeug, mit dem man mit etwas Geduld Holz sägen konnte.

Salzwiese:

Der Bereich oberhalb der normalen Hochwassergrenze, sofern er nicht durch einen Deich geschützt ist, wird in unregelmäßigen Abständen über das Jahr vom Salzwasser überschwemmt. Dies geschieht vor allem im Herbst und Winter wegen der dann gehäuft auftretenden Stürme, aber auch im Sommer kann es unter Umständen zu Überflutungen kommen. Durch die damit immer wieder eingetragene Salzfracht können nur solche Pflanzen überdauern, die salzhart sind. Diese aus speziellen Gräsern und Kräutern zusammengesetzte *Salzwiese* bietet im Frühjahr und Frühsommer ein farbenprächtiges Blütenmeer, was heute aus Naturschutzgründen und touristisch durchaus von Interesse ist – ähnlich den blühenden Matten im Hochgebirge. Gleichzeitig bietet die *Salzwiese* im Sommerhalbjahr eine nährstoffreiche Weide für bestimmte Nutztiere wie *Schafe* und *Rinder.*

Schädelöffnung:

Die auch als Trepanation bezeichnete Operation wurde nachweislich bereits in der Jungsteinzeit durchgeführt. Sie diente dazu, Menschen mit schweren Schädelverletzungen, bei denen Knochensplitter ins Gehirn gedrungen waren, zu heilen. Dabei wurde nach einem Schnitt mit einem Steinmesser die Kopfhaut zurückgeklappt. Danach legte man durch Schaben und Schneiden der Schädelknochen eine meist ovale Öffnung über dem Hirn frei. So war es möglich, eingedrungene Bruchstücke der Schädeldecke zu entfernen, und die Behandelten besaßen eine gute Chance zu genesen. Wie man aus Schädelfunden erschließen kann, haben sehr viele Trepanierte diesen Eingriff um Jahre überstanden, wie die Heilungsspuren an ihren Schädelknochen belegen. Die älteste belegte Schädeloperation dieser Art in Europa geschah vor etwa 7000 Jahren im heutigen Elsass. Man vermutet, dass die damaligen Operateure auch Kenntnisse über antibiotisch wirkende Substanzen, z.B. aus Pflanzen, besaßen. Anders ist die Vermeidung lebensbedrohlicher

Infektionen bei diesem Eingriff nicht zu erklären. Zum Infektionsproblem siehe auch das Stichwort *Brei der Götter*.

Schaf:
Schafe und *Ziegen* wurden seit etwa 10000 v.chr. als Haustiere gehalten, möglicherweise auch schon länger. Nach Nordeuropa gelangten sie allerdings erst mit den Einwanderern aus Vorderasien, die nach der letzten Eiszeit diese Tiere zusammen mit dem Ackerbau an den Flüssen entlang nach Norden brachten. Man geht davon aus, dass sie mit den benachbarten teilnomadisierenden Jägern feste Kontakte hatten und einen Handelsaustausch unterhielten (vgl. *Schwein*).

Schamane:
Zauberer, Priester und Heilkundiger bei Naturvölkern.

Schlauchflößerinnung:
Zusammenschluss der Händler in Tvinhaag, die in dieser Geschichte über den zentralen Wasserweg Fluod den Warenaustausch innerhalb Duggalands bewerkstelligen. Durch diese wichtige Versorgungsfunktion stellen sie eine wesentliche Ursache für den Wohlstand Tvinhaags dar, und ihr Einfluss erstreckt sich praktisch in alle Siedlungen des Landes. Durch den engen und freundschaftlichen Kontakt mit der *Seegilde* reicht er sogar bis in die Handelsbeziehungen zum Festland im Süden, die trotz der langen Überfahrt über das Meer in Einzelfällen noch beibehalten werden. Auf Grund dieser Bedeutung des Fluodhandels hat sich auch der *Balla* als Zahlungsmittel durchgesetzt. Die Schlauchflößer, laut Ratsbeschluss ein Männerberuf, transportieren ihre Waren auf Flößen, die als Schwimmkörper viele gefettete Lederschläuche aus Schweinsbälgen besitzen, die aufgeblasen und miteinander mittels Holzstangen verbunden werden. Als Ladefläche dient ein großes und stabiles Geflecht aus Weidenruten, das oben auf den Holzstangen befestigt ist. Mit Hilfe dieser Konstruktion sind Schifffahrt und Transport auf einem flachen, sandbank- und stromschnellenreichen Fluss wie dem Fluod möglich, da die luftgefüllten Lederschläuche elastisch über

Steine u. dgl. hinweggleiten können, ohne dass das Floß zerbricht. Zum Steuern und Bewegen des Schlauchfloßes werden lange Stakstangen benutzt. Nur im Bereich des *Sumpfsees* gibt es größere Wassertiefen, so dass hier Stechpaddel gebraucht werden. Das ist allerdings, besonders stromaufwärts, mit großen Anstrengungen verbunden.

Die Vorstellung eines Schlauchfloßes als Transportmittel auf Flüssen mit geringer Wassertiefe hat sich bei nachträglichen Recherchen als technisch möglich erwiesen. So wurde zwischen dem anatolischen Bergland und Mesopotamien bereits in sehr früher Zeit – der genaue Beginn ist unklar – jahrhundertelang ein reger Handel auf solchen Flößen durchgeführt.

Schrat:
Name für die Bewohner des Schratgebirges. Eigentlich versteht man in Duggaland unter „*Schrat*" einen Waldgeist mit gefährlichen Kräften, aber diese Bezeichnung wird auf die Siedler des Waldgebirges übertragen und auch von diesen selbst angenommen. Die Menschen aus dem Schratgebirge haben für die restlichen Bewohner Duggalands nahezu übernatürliche Fähigkeiten, da sie die Köhlerei und vor allem die Metallgewinnung aus Gestein entdeckt haben – und diese Kenntnisse streng geheim halten.

Dass die Metallverarbeitung im Übergang zur Bronzezeit zu hohem Ansehen, einem magischen Ruf und auch Reichtum der Menschen geführt hat, die diese Fähigkeit besaßen, ist durch die prachtvollen Gräber belegt, die man für diese Personen angelegt hat. Sie scheinen etwa im Rang von *Schamanen* gestanden zu haben.

Die *Schrate* rösten mit Hilfe der heißbrennenden Holzkohle den im Gestein leicht zu erkennenden Schwefelkies („Katzengold"), verbrennen somit den Schwefelanteil im Erz und können danach das gewonnene Metall zu einfachem Schmiedeeisen verarbeiten.

Sowohl die Holzkohle als auch die geschmiedeten Eisenwerkzeuge und -waffen sind in Duggaland sehr begehrt und haben einen hohen Handelswert. Insbesondere die Eisengeräte werden von den *Schraten* wegen der knappen Erzvorkommen nur in kleinen Mengen weitergegeben. Die Steppenvölker erhalten überhaupt kein Metall, da diese für die *Schrate* keine lohnenden Waren zum Tausch besitzen.

Als Anpassung an ihre Lebensumwelt im Wald tragen die *Schrate* Fellkleidung, was ihnen ein animalisch-bedrohliches Aussehen verleiht und so eine gewisse Außenseiterstellung in Duggaland noch unterstützt.

Durch die harte Arbeit (Erz schürfen, schmieden, Holzfällerei usw.) sind sie körperlich meist sehr stark und zudem noch gut bewaffnet: sie besitzen große Metalläxte, mit denen sie ebenso gut Bäume fällen wie kämpfen können. Diese Äxte werden sehr sorgfältig geschmiedet und sind der Stolz ihrer Besitzer. Auf Grund dieser Bedingungen begegnen die meisten Bewohner Duggalands den *Schraten* mit einer Mischung aus Furcht und Bewunderung. (Siehe auch *Eisen, Glanzsteine)*

Schwein:

Eines der ältesten Haustiere der Menschen, das vom Wildschwein abstammt. Über das Mitnehmen von Frischlingen bei der Jagd ließ sich relativ leicht eine Haustierlinie herauszüchten, da *Schweine* ähnlich wie Hunde als Rottentiere schnell eine Beziehung zu Menschen aufbauen. Mit Hilfe von Knochenfunden konnte man beweisen, dass schon 4600 v.Chr. ein Handel mit *Schweinen* zwischen den sesshaften Menschen an der Elbe und den weiter nördlich lebenden Robbenjägern existiert hat.

Scorra:

Mehrzahl: Scorren. Heute als Schäre bezeichnet. Die in unserer Zeit um die Küste von z.B. Schweden zu findenden Inseln treten meist als Gruppen, sogenannte Schärengärten, auf. Entstanden sind sie beim Abschmelzen der Eismassen nach der letzten Eiszeit. Durch das Eindringen des Meeres in die eiszeitlich gebildete sogenannte Rundhöckerlandschaft entstanden buckelartige Inseln, die dann noch vom Meer geformt wurden. Beim langsamen Versinken der heutigen Doggerbank sind ähnliche kurzfristige Schärenbildungen anzunehmen.

Scribari:
Wortbedeutung: Schreiber, Schriftgelehrter. In dieser Geschichte Mitglieder der *Seegilde*, die in der Lage sind, an Hand einfacher Zeichen das geheime Wissen der Gilde festzuhalten. Mit Hilfe von Maltechniken auf Tierhäuten und Ritztechniken in Holz, Knochen und gebrannten Lehmtafeln erstellen sie einfache Kartenskizzen, Listen und dergleichen. Diese dienen zur Orientierung auf See und zur Ausbildung der Segellehrlinge und werden ständig dem jeweils neuesten Wissensstand der *Seegilde* angepasst.

Ob die Steinzeitmenschen tatsächlich eine Art von Schrift besaßen, wissen wir nicht. Direkte Funde gibt es keine, zumindest, was das nördliche Europa angeht. Undenkbar ist es aber nicht, dass einzelne Gruppen derartige Kulturtechniken entwickelt haben. So sind deutliche figürliche Ritzzeichnungen in verschiedenen Materialien nachgewiesen. Auch der Gebrauch von Mineralpigmenten wie Rötel und Ocker (beide in Farbtönen von Gelb bis Dunkelrot) war bekannt. Warum sollten nicht auch relativ schnell verblassende Farben aus Pflanzen benutzt worden sein? Schließlich zerfallen sie sehr schnell, – sie heute noch zu finden, ist sehr unwahrscheinlich. Man hat Knocheneinkerbungen gefunden, die zumindest den Verdacht nahe legen, dass es sich um einen einfachen Kalender handeln könnte. Wenn man noch die Kenntnisse in Astronomie hinzunimmt, die durch riesige kreisförmige Sonnenobservatorien aus Erdwällen und Palisadenzäunen belegt sind (z.B. in der Nähe von Halle in Ostdeutschland), könnte man unseren Vorfahren auch die Fähigkeit zutrauen, eine Methode zum Konservieren von Informationen zu entwickeln. Schließlich hat man sich anfangs auch gewundert, dass die Menschen in der sogenannten Donauzivilisation zwischen 6000 und 4000 v. Chr. eine vollausgebildete Schrift besaßen.

Auch wenn es tatsächlich keine regelrechte Schrift in der damaligen Zeit gegeben hat, waren die Voraussetzungen wie Abstraktionsfähigkeit und technische Darstellungsmöglichkeiten vermutlich vorhanden.

Seedornstrauch:
Gemeint ist der Sanddorn, ein im Bereich der Nordsee ursprünglich wild vorkommender Dornenstrauch von bis zu sechs Metern Höhe. Etwa seit Ende des 17. Jh. wird er wegen seiner orangeroten Früchte als Zierstrauch angebaut. Heute schätzt man ihn wegen des hohen Vitamin C-Gehalts seiner Scheinbeeren, aus denen man Saft gewinnt, was dem Strauch inzwischen eine wirtschaftliche Bedeutung verschafft hat. Traditionell ist die Küstenpflanze an Nord- und Ostsee wegen ihres weitverzweigten und tiefen Wurzelwerks sowie der Bildung von Ausläufern als Dünenbefestigung kultiviert worden, da sie auf tiefsandigem Boden gut wächst und die salzige Nähe des Meeres verträgt.

Seegilde:
Organisation der Seefahrer in Duggaland über die Grenzen der Länder hinweg. Ursprünglich hatte in dieser Geschichte die *Seegilde* ihren Sitz in Intrit, dem einzigen nennenswerten Ort auf der Duggaland vorgelagerten ,Großen Insel'. Die Bewohner dieser Insel waren naturgemäß auf das Überqueren des Meeres angewiesen, wenn sie Waren tauschen wollten. Da die Große Insel aber durch Stürme und steigenden Meeresspiegel große Landverluste zu beklagen hatte und Intrit mehrfach überschwemmt worden war, wurde der Hauptsitz der *Seegilde* nach Sihport verlegt, was zu einem wirtschaftlichen Aufblühen der ehemals kleinen Fischersiedlung führte. Die *Seegilde* unterhält in den großen Orten z.T. befestigte Häuser und an der Küste Beobachtungsstationen für das Wetter und die Gestirne, die sogenannten Tempel. Dort bildet sie Seeleute aus. Frauen und Männer werden dabei gleichberechtigt behandelt. Den höchsten Grad der Ausbildung besitzen die Segelweisen und Wetterkundigen, die Sonnen- und Sternennavigation beherrschen und Boote außerhalb der sichtbaren Küste führen dürfen. Damit ist es der *Seegilde* auch möglich, Handel mit dem *Mittagsland* zu treiben. Die Kenntnisse der Organisation werden streng gehütet und dürfen unter Androhung des Todes an niemanden verraten werden. Eine unabhängige Flotte seetüchtiger Handels- und Kampfboote gewährleistet einen ungestörten Warenaustausch an

den Küsten Duggalands, wobei die Grenze des Einflusses im Gebiet der *Seo-Birahanen* endet. Mit der *Schlauchflößerinnung* unterhält die *Seegilde* enge Beziehungen, so dass See- und Flusshandel nach gemeinsamen Absprachen verlaufen. Sowohl in Tvinhaag als auch in Sihport haben beide Handelsvereinigungen ihre Sitze. Durch ihre Zusammenarbeit stellen sie in Duggaland einen Machtfaktor dar, der den der regionalen Häuptlinge übertrifft.

Seher-Pilze:
In dieser Geschichte eine Bezeichnung der *Schamanen* für Pilze, die auf das Nervensystem wirken und dadurch rauschähnliche Zustände oder Halluzinationen hervorrufen. Solche Pilze wurden und werden zum Zwecke der Bewusstseinserweiterung eingesetzt. Bei den sogenannten Naturvölkern wurden sie oft als Mittel angesehen, um den Rat der Götter einzuholen. Da es sich bei diesen Pilzen um Giftpilze handelt, ist die richtige Verarbeitung und Dosierung sehr wichtig – was im Prinzip auch für andere Rauschgifte gilt. Das Wissen um die Verabreichung dieser Mittel gehörte daher zu den geheimen Kenntnissen der *Schamanen*. Der bekannteste im Bereich Europa/Asien verwendete Schamanenpilz ist sicher der Fliegenpilz.

Seldafluot:
Siehe *Harmfluot.*

Seo-Birahanen:
In dieser Geschichte eine Bevölkerungsgruppe Duggalands, die eine Inselgruppe zwischen der Fischerküste und den Ihseli-Klippen bewohnt. Sie leben im Wesentlichen von der Seefahrt, d.h. vom Handel, da die Inselchen für Ackerbau, Viehzucht oder Sammeln und Jagen zu karg sind und die Bewohner nicht ernähren können. Damit sind sie Konkurrenten der *Seegilde*, was anfangs zu Kämpfen auf See geführt hat. Diese Zeit hat ihnen auch die Bezeichnung ‚Seeräuber' eingebracht, da sie öfter fremde Schiffe aufgebracht und ihre Ladung verkauft haben. Ihre größte Siedlung ist das befestigte Waderborg und sie wickeln ihre

Geschäfte über Fisvik ab, wodurch sie inzwischen zum Handelspartner der *Seegilde* geworden sind. Wegen der gefährlichen Klippen und des damit verbundenen Risikos hat es die *Seegilde* trotz zahlenmäßiger Überlegenheit aufgegeben, Waderborg zu erobern. Die *Seo-Birahanen* stellen ein Bindeglied zwischen den in Duggaland als rechtlos geltenden *Ihseligen* und den restlichen Siedlungen dar, da sie als Einzige von den *Ihseligen* als Handelspartner akzeptiert werden. Die Beziehungen zwischen *Ihseligen* und *Seo-Birahanen* sind aber nach wie vor von Misstrauen geprägt, wodurch immer wieder Streitigkeiten und Kämpfe aufflammen.

Seo-Thruhtin:
Bedeutung des Namens: Herrscher, der vom Meer kommt. In dieser Geschichte eine Person, die von den Steppenvölkern als ihr Anführer bezeichnet wird.

Sprache der Händler:
In der Steinzeit gab es bereits weitreichende Handelsbeziehungen quer durch ganz Europa. Da ein solcher Warentausch nicht ohne Verständigung vor sich gehen konnte, die verschiedenen Regionen zwar eine einfache, aber sicher keine identische Sprache besaßen, könnte es so etwas wie eine Sammlung von Ausdrücken gegeben haben , die in weiten regionalen Bereichen in etwa verstanden wurde und mit der sich das reisende Volk überall verständlich machen konnte. Diese Art von „Grundverständigung" wird hier *„Sprache der Händler"* genannt.

Spucketrunk:
Spuckebier. Siehe unter *Grastrunk.*

Stihnribanar:
Wörtlich: Steinreiber. Gemeint ist eine bedeutende Tätigkeit des steinzeitlichen Handwerks. Um Holzgriffe, -schäfte usw. in Steinwerkzeuge wie Äxte, Hacken und dgl. einzupassen, mussten zunächst Löcher in die Steine gebohrt werden. Im Prinzip benutzte man dazu ein Rundholz,

das mittels eines Bogens mit Sehne schnell gedreht werden konnte – ähnlich wie man es z.T. auch zum Feuermachen gebrauchte, wenn man den Holzpflock in einem Bett aus Zunder bis zu dessen Entzünden gerieben hat. Beim Bohren wurde der Pflock allerdings in ein Gestell aus Hölzern eingefügt, das mit Hilfe eines größeren Steins als Gewicht das Rundholz fest auf den zu bearbeitenden Stein drückte. Um die nötige Reibung beim Bohren zu erzielen (das Holz selbst war natürlich zu weich), streute man ständig Sand zwischen Bohrpflock und das zukünftige Steinwerkzeug. Aus Versuchen experimenteller Archäologie schätzt man den Zeitraum zur Herstellung einer solchen Bohrung auf etwa drei Monate bei täglich mehrstündiger Arbeit.

Dies war sicher auch für die Steinzeit ein Arbeitsprozess mit sehr hohem Zeitaufwand. Zum Vergleich brauchte man für die Fertigung eines massiven Feuersteindolches nicht mehr als einen Tag, wobei gleichzeitig, quasi als Abfallprodukt, noch eine Menge von Mikrolithen (siehe unter Stichwort: *Säge)* anfielen.

Storksuft:
Wörtlich: Storchsumpf. Die beschriebene Landschaft entspricht einem flachen Marschgebiet, das nicht durch Deiche o.ä. vor dem Meer geschützt ist. Am ehesten lässt sich heute eine solche Land-Meer-Übergangsregion auf den Halligen im Nordfriesischen Wattenmeer finden, obwohl auch dort heute Maßnahmen zum Küstenschutz üblich sind, z.B. niedrige Sommerdeiche. Diese weite Landschaft, durchzogen von *Prielen,* übersät mit flachen Brackwassertümpeln, immer wieder vom Meer überflutet und danach wieder trockenfallend, gibt es seit dem Deichbau im Mittelalter nicht mehr. Aus Berichten, die aus der Zeit vor den Großen *Mandränken* im heutigen Nordfriesland erhalten sind, geht hervor, dass der gesamte Bereich zwischen der sandig-hügeligen *Geest* und der Linie zwischen dem heutigen Sylt und Eiderstedt einen solchen Landstrich darstellte, in dem man über angeschüttete Wege und Knüppelpfade sowie über kleine Brücken trockenen Fußes von Sylt über Pellworm bis Husum gelangen konnte.

Strich des Todes:
Allgemein als Blutvergiftung bekannt. Es handelt sich um eine heftige Infektion des Körpers mit Bakterien, die durch die offene Wunde in den Körper eingedrungen sind. Der gerötete Strich zeigt einen Befall und eine Ausbreitung der Erreger über das Lymphsystem an. Da das Lymphsystem mit seinen Lymphknoten eine wesentliche Rolle bei der Bekämpfung eingedrungener Krankheitserreger spielt, ist die Entzündung gerade in diesem Bereich ein Hinweis auf eine schwerwiegende Infektion. Die Rötung breitet sich wegen der anatomischen Lage der Lymphbahnen im Körper meist in Richtung Herz aus, was den Eindruck der Bedrohung durch dieses Phänomen noch verstärkt. Tatsächlich kann die unbehandelte Blutvergiftung zum Tode führen. Heute würde man mit Antibiotika behandeln. Vergleiche hierzu auch den Stichpunkt *Brei der Götter.*

Sumpfsee:
Tatsächlich fanden sich bei der geophysikalischen Untersuchung der Doggerbank unter dem Schlick sowohl ein Flusssystem als auch ein großer Binnensee, der sich später zu einem deltaartigen Ausfluss mehrerer Flüsse veränderte. Der ehemalige See ist noch heute als Senke im Meeresboden wahrnehmbar.

Totenfesseln:
In einigen steinzeitlichen Gräberfunden stieß man auf gefesselte Tote. Man nimmt heute an, dass aus Furcht vor einem ‚Umgehen' der Leichen diesen Fesseln angelegt wurden, um sie zur Totenruhe zu zwingen. Es scheint sich bei den Totenfesselungen um regionale Sitten gehandelt zu haben.

Wassernuss:
Die inzwischen in Norddeutschland, vermutlich wegen der kühlen Temperaturen ausgestorbene *Wassernuss* ‚Trapa natans' ist eine einjährige Pflanze, die in moorigen Gewässern vorkommt. Ihre schwimmenden Blattrosetten bilden nach der Blüte nussartige, stärkereiche

und wohlschmeckende Früchte, die, wie Funde belegen, bereits in der Jungsteinzeit als Nahrungsmittel dienten. Da in der Zeit, in der unsere Geschichte spielt, das Klima im Norden etwas milder war, kann man davon ausgehen, dass diese Pflanze in den Moortümpeln wuchs und von den Menschen genutzt wurde.

Wegweiser:
Bei dem in der Geschichte so bezeichneten Stern handelt es sich um den Polarstern. Da bereits in der Steinzeit astronomische Kenntnisse vorlagen, was durch die heute noch sichtbaren Steinkreise bzw. Wall-und-Graben-Anlagen belegt ist, kann man davon ausgehen, dass dieser durch seine stets fixe Position auffällige Stern den Menschen bekannt war.

Weidenrinde:
Das in der Rinde mehrerer Weidenarten vorkommende Salicin wird im Körper zu Salicylsäure umgewandelt. Seine schmerzlindernde, fiebersenkende und entzündungshemmende Wirkung wurde in der Volksmedizin lange genutzt. Heute wird Salicylsäure synthetisch hergestellt und ist unter verschiedenen Handelsbezeichnungen eins der am weitesten verbreiteten Arzneimittel.

Wiechholzboum:
Wörtlich Weichholzbaum. Gemeint ist die Schwarzpappel, ein Baum, der sich durch schnellen, schlanken Wuchs auszeichnet, dessen weiche Holzqualität heute aber als minderwertig gilt. Man verarbeitet die Pappel zu Streichhölzern, Spankörben und Sperrholz. Sie wächst bevorzugt auf feuchten Böden, also z.b. an Bach- und Flussläufen, aber auch häufig an anderen wasserreichen und tiefgründigen Böden. Eine Gegend, die auf Grund ihrer Beschaffenheit als Ackerland taugt und relativ feuchte Bereiche aufweist, begünstigt deshalb das Auftreten dieses Baumes.

Da das Holz sehr leicht ist, taugt es auch gut als Schwimmholz zum Bau von Flößen, da die Stämme im Wasser hoch auftreiben. Allerdings müssen die Flöße regelmäßig getrocknet werden, da sich das Holz mit der Zeit stark mit Wasser voll saugt.

Wurt:
Siehe *Lichtwurt*.

Zauberfeuer:
Gemeint ist die Selbstentzündung von nassem Stroh oder Heu, das z.B. in Scheunen in dichten Packlagen geschichtet wird. Die Feuchtigkeit erlaubt einer Reihe von Fäulnisbakterien einen Stoffwechsel unter Luftabschluss im Inneren des Strohlagers. Dabei entsteht Methangas als Endprodukt, vergleichbar dem sog. Biogas in Faultürmen. Die beim Stoffwechsel der Bakterien anfallende Wärme staut sich im Inneren der Heu- oder Strohschüttung, die nach außen hin isolierend wirkt. Mit zunehmender Temperatur wechseln die Bakterienstämme: diejenigen, die jeweils höhere Temperaturen ertragen können, lösen die vorherigen ab. So kann es zu immer höheren Temperaturen und einer steigenden Konzentration von Methan kommen, die schließlich zu einer Selbstentzündung des Gases führen können.

Ziahhros:
Wörtliche Bedeutung: Zugpferd. Die im Text beschriebenen Arbeitspferde weisen absichtlich eine große Ähnlichkeit mit der alten Pferderasse der Friesen auf. Dieses schwarze, nicht sehr große, aber kräftige Pferd stammt aus der holländisch-friesischen Pferdezucht, die es zunächst als Bauern- und Arbeitspferd herausbildete. Im Mittelalter wurde es dann zum Ritterpferd, das in der Lage war, einen Bewaffneten in schwerer Rüstung zu tragen. Interessant ist, dass es steinzeitliche Funde in der Region gibt, die einen zumindest ähnlichen Pferdetyp belegen. Offenbar hat man bereits in dieser Zeit eine Zuchtwahl bei den domestizierten Tieren betrieben, die die erwünschten Eigenschaften begünstigte.

Ziege:
Siehe unter *Schaf*. Vgl. auch *Schwein*.

Zunder:

Feiner Staub, der sich bereits durch Funken aus aneinander geschlagenen Feuersteinen entzünden lässt. Auch die steinzeitliche Methode, einen angespitzten Ast in einer dafür vorgesehenen Aussparung eines flachen Holzstücks so schnell zu drehen, dass das Holz heiß wird, liefert genügend Hitze, um den *Zunder* zum Brennen zu bringen. Beim *Zunder* handelt es sich im Prinzip um die staubfeinen Sporen eines Baumpilzes, des Echten Zunderschwamms. Der Pilz befällt als Parasit das Holz von Buche, Eiche, Birke, Pappel und anderen Laubbäumen. Er wächst haubenartig auf der Außenseite der befallenen Baumstämme. Aus seiner Unterseite, die aus feinen Röhren besteht, entlässt er seine Sporen. Sie fliegen mit dem Wind umher und können sich so zufällig auf einem anderen Baum niederlassen und ihn infizieren. Man kann die Pilze vom Stamm entfernen, trocknen und die dabei herabfallenden Sporen sammeln. Auch ein Herausschneiden der sporenbildenden Schicht im Pilz mit anschließender Trocknung und Zerkleinerung soll brauchbaren *Zunder* liefern. Bis zur Erfindung der Streichhölzer im neunzehnten Jahrhundert wurde *Zunder* zum Anfeuern benutzt.